Inmitten der ländlichen Hofidylle entfaltet sich ein Netz aus Geheimnissen und leidenschaftlichen Sehnsüchten, das das Schicksal der Hofbewohner auf unvorhergesehene Weise miteinander verknüpft.

Während Michelle fest davon überzeugt ist, wieder schwanger zu sein, wird Kristina immer mehr zum festen Bestandteil in Gustavs Leben.

Zunächst von Trennungsängsten geplagt, die sich in heftigen Reibereien mit Ingrid entladen, ändert sich Michelles Sichtweise schlagartig durch Kristinas Geständnis vom sexuellen Missbrauch durch ihren Stiefvater.

In einem Akt der Solidarität beschließt die Hofgemeinschaft, Kristina finanzielle wie auch emotionale Unterstützung anzubieten.

Mit Ingrids psychologischer Hilfe versucht Kristina tapfer, die Schatten der Vergangenheit zu besiegen.

Währenddessen findet Willem nach und nach seinen festen Platz innerhalb der Hofgemeinschaft und Spaß daran, sich mit vollem Einsatz einzubringen.

Gustav hingegen ist hin- und hergerissen zwischen seinem Versprechen an Michelle und dem verzehrenden Verlangen nach Kristina, die ihn mehr als je zuvor in ihren Bann zieht.

In einem Strudel aus Emotionen kämpft er darum, seine Wünsche, Ängste und Loyalitäten in Einklang zu bringen, sieht sich aber schnell mit einer Entscheidung konfrontiert, die nicht nur sein Herz, sondern auch die Beziehung zu Michelle auf eine harte Probe stellen wird.

Wird Gustavs und Michelles Liebe groß genug sein, um dieser Zerreißprobe standzuhalten und gelingt es Kristina, mit den Dämonen der Vergangenheit abzuschließen?

Gustav Knudsen

Kristina

Liebe ist gemeinsame Freude an
der wechselseitigen Unvollkommenheit.

Ludwig Börne

Bibliografische Information der Deutschen Nationalbibliothek: Die Deutsche Nationalbibliothek verzeichnet diese Publikation in der Deutschen Nationalbibliografie; detaillierte bibliografische Daten sind im Internet über dnb.dnb.de abrufbar.

© 2024 - Gustav Knudsen
Verlag:
BoD · Books on Demand GmbH, In de Tarpen 42,
22848 Norderstedt
Druck:
Libri Plureos GmbH, Friedensallee 273, 22763 Hamburg

ISBN: 978-3-7693-1253-9

„Prolog"

„Ist das denn überhaupt möglich? Dass du schwanger bist? Bist du sicher? Du hattest doch erst vor kurzem deine Tage?" sah ich in den Rückspiegel zu Michelle. Richtete meine weiteren Fragen an Torid. Die mir natürlich keine Antworten geben konnte. „Meinst du das stimmt? Dass die Mama wieder ein Baby im Bauch hat? Ein Geschwisterchen für dich? Die will uns doch auf den Arm nehmen, oder was meinst du?"

Michelle streichelte über meine Wange. „Du hast echt keine Ahnung von Frauen ... von Frauenkörpern. Ausser ... klar, du weißt wo man was reinstecken kann ... aber sonst ... eher nicht. Ja, ich hatte meine Tage. Vor kurzem wie du sagst. Das war vor gut zwei Wochen. Der Eisprung ist zwischen dem zehnten und vierzehnten Tag nach der Periode. Also rein rechnerisch passt das. Da wir ja sowieso jeden Tag miteinander schlafen ... also fast jeden Tag ... manchmal sogar mehrmals am Tag ... in der Nacht ... wenn du nicht arbeiten musst ... und du immer in mich abspritzt ... wir nicht verhüten ... wir doch eigentlich ein Kind wollen ... es drauf anlegen ... das könnte passen. Ausserdem spüre ich das. Ich spüre das einfach".

Sie beugte sich zu Torid herunter. „Du bekommst ein Geschwisterchen. Was wäre dir denn lieber? Brüderchen? Oder Schwesterchen? Einer von Papas Millionen Spermien hat es geschafft. Hat sich durchgekämpft".

Michelle schaute mich an. Mit strahlenden Augen. „Genau weiss ich das ... wir ... erst wenn ich beim Frauenarzt war. Oder so einen Schnelltest mache. Vielleicht so in zwei Wochen. Oder wenn meine nächste Periode ausfällt. Dann hat diese Scheiss Bluterei auch wieder ein Ende". Sie kniff mir in die Wange. „Dann brauchst du dich auch nicht mehr ekeln. Vor mir. Vor meinem Blut. Kannst mich einfach ... und immer lecken". Sie umarmte mich. „Süsser, freust du dich? Noch ein Kind, freust du dich auf noch ein Kind?" Michelle grinste. „Dann fehlen nur noch neun ... bis zur Fussballmannschaft".

Mein Blick fixierte den Rückspiegel. Michelles Gesicht. Im Spiegel. „Noch neun?" Michelle schmunzelte. „Ja, [1]Bondscoach. Aber ich bin auch schon mit weniger zufrieden. Aber ein paar sollten es schon noch werden. Vielleicht so vier ... oder fünf insgesamt". Ihre Hand ging an mein Gesicht. „Am liebsten alles Mädchen".

„Wir unterhalten uns gleich ... später, okay? Wenn wir zuhause sind. Ich muss jetzt auf die Strasse gucken. Was meinst du?" Michelle zwinkerte mir mit einem Auge zu. „Ja, ist irgendwie kein Thema das man mal eben unterwegs bespricht".

Die Neuigkeit, die Aussicht auf die Schwangerschaft, die vermeintliche Aussicht wirkte dieses Mal ganz anders bei mir als die bisherigen. Sowohl bei Wilma als auch bei Michelle. Dieser krampfhafte Druck ... dieses „Du musst liefern" war nicht da. Kein Vögeln auf Teufel komm raus. Kein erzwungener Beischlaf. Nur – und ausschliesslich mit dem Gedanken „Mach' mir ein Kind" verbunden. Nein, gar nicht. Wenn es denn so stimmte wie Michelle es sagte – sie wäre einfach schwanger. Gewollt – von ihr, aber nicht erzwungen. Einer von den kleinen Spermiensoldaten hatte einfach den Weg über die Frontlinie hinweg geschafft. Konnte nach „Eiland" eindringen. Sich dort einnisten. Schon verrückt. Wenn man bedenkt, dass in nur einem Tropfen Sperma abertausende von diesen Spermien rumwaberten. Was für ein Gedränge.

---

[1] Nationaltrainer

„Kannibale"

Ingrids Van stand rückwärts eingeparkt vor dem Stall. Daneben ein paar Kunststoffkästen. Mit Pflanzen. Aus dem Teich ragten ein paar Schilfrohre empor. Zumindest sah das so aus. Leopold lief aufgeregt um den Teich umher. Das wollte ich mir aus der Nähe anschauen. Rief ihn direkt herbei. „Leopold. Med meg". Zweimal lief er am Teichrand hin und her. Bellte. Gab Laut. Kam dann zu mir. Setzte sich neben mich. Auf weitere Anordnungen wartend. „Guter Junge" strich ich ihm durch das Fell. Das Schilfrohr bewegte sich. Obwohl kein Wind ging. Dann wurde Ingrid sichtbar. Die sich durch eine Handvoll Schilf bewegte. „Schau' mal. Habe ich gekauft." winkte sie mir zu. „Bist du irre? Willst du dir den Tod holen?" Lediglich mit einem T-Shirt bekleidet kam sie auf den Rand des Teichs zu, hielt mir ihre Hand entgegen. „Hilf mir mal bitte". Triefnass zog ich sie heraus. Unter dem Shirt nur einen Slip. Die Nässe der Kleidung zeigte mehr von ihrem Körper als sie verbarg. Ihre Brüste drückten sich durch das Shirt. Eigentlich klebte das Shrit an ihren Brüsten. An ihrem Körper. „Bist du vollkommen irre? Noch ist Winter. Keine Strandsaison". Ingrid schmunzelte. „Irgendwie müssen die Pflanzen doch in den Teich".

Mit Schwung zog ich sie an den Rand des Teichs. „Du bist komplett Plemm-Plemm. Willst du dir unbedingt eine Lungenentzündung holen?" Mit den Fingern glitt sie unter den Rand ihres Slips, zog ihn sich ein wenig in Position. Aus der Poritze heraus. „Ich habe ein paar Pflanzen gekauft". Das sah ich. „Du kommst jetzt mit. Ins Haus. An den Kamin. Und dann nimmst du eine heisse Dusche. Du hast blaue Lippen. Du bist gestört".

Michelle kiekste laut auf als wir das Haus betraten. „Was hast du gemacht?" Noch bevor Ingrid eine Antwort geben konnte, klärte ich Michelle auf. „Die Bekloppte war im Teich". Schob Ingrid durch, ins Badezimmer. „Unter die Dusche mit dir. Klamotten ausziehen". Michelle staunte mit grossen Augen.

„Meine Fresse, du hast steifere Brustwarzen als wenn wir im Bett liegen. Du bibberst am ganzen Körper. Du spinnst. Aber echt. Stell' dich unter die Dusche. Ich lass' dir ein Bad ein. Dann wechselst du direkt. Von der Dusche in die Badewanne".

Michelle schaute zu mir. „Ich bring' Torid zu Bett. Sie muss ein wenig schlafen. Du holst bitte Brennholz". Zuppelte an Ingrids Kleidung. An den zwei spärlichen Kleidungsstücken. „Los, mach' schon. Runter mit den Klamotten. Zieh' die nassen Klamotten aus. Unter die Dusche. Wenn ich gleich wiederkomme sitzt du in der Wanne". Ging mit Torid an mir vorbei. „Was für eine gestörte Else". Schmunzelte. „Die kann man auch nicht allein lassen. Echt, was habe ich doch für eine beknackte Familie".

Bevor ich Brennholz holte drehte ich den Wasserhahn zu. Der Teich war schon gut befüllt. Für heute sollte das genügen. Morgen war ja auch noch ein Tag. Und bestimmt würde es morgen auch Wasser geben. Um den Teich weiter zu befüllen. Leopold folgte mir auf Schritt und Tritt. „Hast du gut gemacht" lobte ich ihn. Konnte das jetzt auch einordnen. Warum er gebellt hatte. Weil Ingrid im Teich rummachte. Er auf sie aufgepasst hatte. Sie natürlich nicht von ihrem eigenen schwachsinnigen Vorhaben abbringen konnte. Aber zumindest auf sie achten. Mir mit seinem Bellen anzeigen wollte, dass irgendwas war. So wie ich das aus dem Fernsehen kannte. Von Lassie. Die ja auch mit Bellen auf was auch immer aufmerksam machen wollte.

Schnell entzündeten sich die Holzscheite an der noch vorhandenen Glut im Kamin. Flammen züngelten empor. Spendeten Wärme im Raum. Michelle kam mit dem Babyfon in der Hand nach unten. „Die Maus schläft. Ich geh' jetzt zu Ingrid in die Wanne. Die muss richtig warmgerubbelt werden. Echt, wie kann man so blöd sein? Bei dem Wetter. Bei den Temperaturen. Sollte sie aber schon wissen. Sie ist doch die Norwegerin. Wie kann man so blöd sein? Bei der Kälte ins Wasser zu gehen". Im Vorbeigehen gab sie mir einen Kuss auf den Hals. „Kümmerst du dich um alles? Auto ausräumen. Essen machen. Am Besten eine heisse Suppe für die Vollblöde". Michelle lachte. „Für meine blöde Schwester".

Die uns von Nele mitgegebenen Käsesorten räumte ich auf den Esstisch. Dazu Brot. Setzte in einem Topf eine Dose Suppe auf. Einfach nur Konserve öffnen, auf kleiner Flamme warm machen, Suppe fertig. Ging kurz ins Badezimmer, zog mir den Stuhl, der neben der Wanne stand heran. Ingrid sass mit dem Rücken zu Michelle gewandt zwischen ihren Beinen. Hatte gerade die Haare gewaschen bekommen. Mit dem Schaum des Shampoos rieb Michelle ihren Körper. „Welcher Teufel hat dich denn geritten? Bei dem Wetter in den Teich zu gehen?" Ingrid schaute zu mir. „Ich wollte was machen. Eine Überraschung für euch". „Ist dir ja komplett gelungen" musste ich breit grinsen. „Mach' nicht sowas. Nicht wenn du alleine hier bist. Hast du denn nicht gehört wie Leopold gebellt hat? Das sollte heissen *Mensch Ingrid, lass' die Scheisse*". Ingrid lächelte. „Ja, war eine Scheiss Idee von mir".

„Suppe ist gleich warm … wenn ihr aus der Wanne kommt. Ich geh' noch mal raus. Nach den Tieren schauen. Ob die in den Stall wollen. Ob die Futter haben" erhob ich mich. Beugte mich zu Michelle, gab ihr einen Kuss auf den Hals. „Du kümmerst dich um alles? Um alle?" Michelle schmunzelte. „Ja, ich bin ausgebildete Pflegekraft".

Futterversorgung war lediglich für das Federvieh nötig. Schafe und Esel bedienten sich auf der Wiese. War es wegen Leopold? Jedenfalls traute ich mich an Gustine heran. Näher als sonst. Ganz langsam, ruhig und bedächtig. Redete mit ihr. Zu ihr. Legte behutsam eine Hand auf ihren Rücken. Beobachtete ihre Reaktion. Sie schien nichts dagegen zu haben. „So, mein Junge, jetzt bekommst du auch Futter" schaute ich zu Leopold. Wieso sollte ich nicht auch Nederlands mit ihm reden? Das könnte er doch bestimmt auch lernen? Warum eigentlich nicht? Ich ging doch auch zu einer Sprachschule. Und die Befehle, Anordnungen würde ich weiterhin auf Norsk geben. Aber reden konnte ich doch Nederlands mit ihm. Zu ihm. Wahrscheinlich war es ihm sowieso Scheissegal. Bestimmt war es mehr der Klang einer Stimme als die Worte die man sagte, an der er eine Person festmachte.

Einen Blick hatte ich in Ingrids Van geworfen bevor ich Tierfutter verteilen wollte. Sie hatte tatsächlich Hundefutter gekauft. Genau die Marke um die ich gebeten hatte. Hob den Sack aus dem Van, warf die Schiebetür zu. Schüttelte den Sack in meinen Armen. „[2]*Leopold, med meg. Det er mat*". Stellte ihm im Stall zwei Schüsseln parat. Einmal Futter, einmal Trinkwasser.

Der Abend war angebrochen. Die Sonne verabschiedete sich. Zum Glück hatte sich die dunkle Zeit schon um einiges verlängert. Sonnenuntergang war mittlerweile so gegen sieben Uhr. „Ich komm' gleich noch mal zu dir" schaute ich zu Leopold als ich den Stall verliess. Drehte mich auf der Türschwelle. „Ich schau' mal ob es Hühnereier gibt". Gab es tatsächlich. Allerdings schon eingesammelt. In dem geflochtenen Korb deponiert. Sicherlich von Ingrid eingesammelt. Sonst war ja keiner hier.

Michelle und Ingrid sassen am Esstisch. Beide in Handtücher gewickelt. Ingrid löffelte die Suppe. Auf dem Tisch knackte das Babyfon vor sich hin. Im Hintergrund leise Stimmen. Aus dem Fernsehgerät kommend. Irgendwas Norwegisches. „Ich habe Ingrid gesagt ... angeboten, dass sie bei uns bleibt. Dann braucht sie nicht extra bei sich heizen" schob mir Michelle ein Gedeck herüber. „Setz' dich, mein Schatz. Iss was mit uns. Von dem leckeren Käse von Nele".

Michelle erzählte Ingrid von unserem Ausflug auf den Käsehof. Schnitt ihr dabei auch immer wieder mal Stücke Käse herunter.

---

[2] Leopold, komm' mit. Es gibt Futter.

Was aber nicht wirklich Ingrids Geschmack traf. Käse generell. „Ich esse lieber Wurst. Oder Fleisch". Auch von der frischen Milch wollte sie nicht wirklich probieren. „Das ist doch dasselbe. Käse ist doch eigentlich schlechtgewordene Milch. Im Kaffee, okay. Aber sonst eher nicht. Danke" lehnte sie höflich, aber bestimmt ab. Was Michelle als „Nederlands meisje" natürlich so gar nicht verstehen konnte. „Und wenn ich einen Käseladen auf dem Hof aufmache? Was hältst du denn davon? Hier kommen doch genug Leute hin. Deine Kunden". Ingrid schmunzelte. „Gute Idee. Wird es dann irgendwann auch Wurst geben?"

Michelle schnitt ihr etwas Wurst herunter. „Du Kannibale. Du Wikingerweib. Für Wurst müssen Tiere sterben. Für Käse nicht". Ingrid biss in die Wurstscheibe. „Und für Brot muss Getreide sterben. Aber lecker ist es schon, so ein Tier".

Das Babyfon wechselte von gleichmässigen Knacken in leicht quengeligen Klang. Von Torid. „Ich geh' schon" schob ich meinen Stuhl vom Tisch. Holte aus der Küche eines der Fläschchen, die Michelle heute vormittag gezapft hatte. „Esst ihr mal weiter, unterhaltet euch weiter. Papa macht das schon".

Torid freute sich mich zu sehen. Auch dass ich Futter mitgebracht hatte. Nuckelte inbrünstig an dem Fläschchen. Strahlte mich dabei an. „Danach geht es aber unter die Dusche. Du stinkst" lächelte ich sie an. Torid nuckelte weiter. Unbeeindruckt von meinen Worten. Unbeeindruckt vom Geruch. Rochen Babys eigentlich selbst, wenn sie gekackt hatten? Und wenn ja, warum machte ihnen der Geruch nichts aus? Spüren mussten sie das doch? Wenn an ihrem Unterleib alles plötzlich wärmer war als sonst. Oder hatten sie noch kein Gefühl für warm? Und dann wärmer? Oder war es ihnen egal? Scheissegal sozusagen?

Michelle und Ingrid sassen auf der Couch als wir herunterkamen. „Ich wasch' den kleinen Scheisser mal" ging ich direkt ins Badezimmer durch.

„HKWT"

„Kann ich … soll ich mich jetzt neben meine Nebenfrau setzen? Oder soll ich … kann ich mich neben meine Hauptfrau setzen? stand ich mit Torid im Arm vor den beiden. „Und wer nimmt jetzt die kleine Maus?" Michelle öffnete ihre Arme. „Ich natürlich". Schaute zu Torid. „Komm' zur Mama." Schaute zu mir. „Setz' dich zwischen deine beiden Frauen. In unsere Mitte". Michelle öffnete ihr Handtuch, legte Torid an ihren Oberkörper, schloss das Handtuch wieder.

Nicht allzu lange blieb ich zwischen den beiden sitzen. Nach stumpf in den Fernseher glotzen war mir nicht so, auch dass von zwei Seiten Hände meine Oberschenkel entlang glitten war nicht in meinem Sinne. Erhob mich. „Ich regel' noch ein paar Dinge draussen". Schaute zu Ingrid. „Du wirst dich ja bestimmt nicht wieder anziehen, oder? Ich park' dann mal dein Auto ein. Räum' es vorher aus".

In Ingrids Van war noch so einiges an Pflanzen, sie hatte richtig zugeschlagen im Pflanzencenter. In Plastikkästen waren kleine, niederige Pflanzen – so wie die, die wir auch auf dem Dach des Stalls angepflanzt hatten. Aber auch ein paar Sträucher – oder Büsche, je nachdem wie man das nannte. Und ungefähr zehn grosse Kästen mit Bambuspflanzen. Schon etwa dreissig Zentimeter hoch. Ingrid schien eine klare Vorstellung davon zu haben wie sie wo was anpflanzen wollte. War jedenfalls zu vermuten. Zu hoffen. Nachdem alles ausgeladen war, einfach neben dem Auto auf dem Boden deponiert, parkte ich den Van ein. Holte mir die Schubkarre, lud Pflanzen hinein, begann damit die Pfalnzkübel rings um den Teich zu verteilen. Leopold folgte mir auf Schritt und Tritt. Immer wieder mal zu mir aufschauend – vielleicht Ansagen erwartend. „Lauf', mein Junge" reckte ich meinen ausgestreckten Arm in die Luft. Leopold schaute mich an, legte seinen Kopf leicht schräg. Erst als ich *„Løp, min gutt"* wiederholte sprintete er los.

Um sich, nach einer kleinen Runde über die Wiese, wieder zu mir zu setzen. Weiteres erwartete. Aus dem Stapel neben der Werkstatt zog ich eine kurze Holzlatte. Hielt sie ihm hin. Reckte wieder meinen Arm in die Luft - „[3]*Pak de stok*". Es passierte – nichts. Verdammt, was hiess „Stöckchen" auf norwegisch? „Du musst meine Sprache lernen Leopold". Zumindest reagierte auf seinen Namen. Der sowieso in jeder Sprache gleich lautete. „Pin". Pinnen fiel mir ein. Warum eigentlich nicht Stokk? Oder so ähnlich? „Meg stokken" probierte ich es einfach. Leopold stellte sich auf alle Viere. Sah an mir hoch. „Das ist es" schoss es mir durch den Kopf. Holte Schwung, warf die Latte. „Meg stokken Leopold". Leopold zischte ab, holte tatsächlich das Stöckchen, die Latte. Brachte sie zu mir, liess sie aus seinem Maul zu Boden fallen. „Jepp, geil. Das machen wir direkt noch mal" holte ich erneut Schwung mit der Holzlatte. „Meg stokken Leopold". Nach ein paar Mal konnte ich auf weitere Ansagen verzichten. Leopold wollte das. Beobachtete mich beim Schwungholen, sprintete los.

Nach ein paar Mal Apportieren hockte ich mich zu Leopold herunter, schloss ihn in meine Arme. „[4]*Flink gutt*". Das was Frederike erzählt hatte fiel mir ein. „Wenn du ihm etwas beibringst ... und er es macht ... belohnst du ihn mit einem Leckerli. Zu Anfangs. Nicht ewig. Bis er das Kommando begriffen hat". Aus dem Stall holte ich ein paar Leckerlis aus der Tüte, die Michelle auf einem Regal deponiert hatte. Gut verschlossen, damit die blöden Hühner sich die nicht reinzogen.

Leopold hatte das schnell durch, dass es für ihn eine kulinarische Überraschung gab. Fltzte dem Stöckchen hinterher. Brachte es zu mir, legte es vor mir ab, wartete darauf, dass ich es warf, wartete auf sein Leckerli. Das wollte ich noch ein wenig ausbauen. Lief mit der Latte in der Hand

---

[3] Hol' das Stöckchen.
[4] Guter Junge.

über die Wiese. Leopold neben mir. Liess mir ein wenig Zeit mit meinem nächsten Wurf. Jetzt begleitet von „Meg stokken Leopold". Änderte auch jetzt öfter die Wurfrichtung. War dann aber wohl zu übermütig. Die Holzlatte landete im Teich. Klatschte auf die Wasseroberfläche auf. Leopold sprang in vollem Lauf einfach über die niedrige Zaunabtrennung. In den Teich. Yksi und Kaksi stoben in die Luft. „Leopold … niet …" entfuhr es mir. Konnte meinen Gedanken „Kann der überhaupt schwimmen?" gar nicht zu Ende bringen. Klatschnass kam Leopold zu mir, in seiner Schnauze das Stöckchen. „[5]*Ik word gek. Wat ben je toch een brave hond. Verdomme, zo'n brave jongen*" umarmte ich ihn. Legte ihm eine doppelte Portion Leckerlis in meine Handfläche.

Im Stall gab es noch eine Extramahlzeit für Leopold. Während er frass holte ich mir aus der Werkstatt ein Bier, drehte von einem Schraubglas, in dem Klenteile waren, den Deckel herunter. Als Ascher. Nahm beides mit in den Stall, setzte mich zu Leopold ins Stroh. Sprach zu ihm. „Wir haben zwei Möglichkeiten – entweder du lernst meine Sprache … oder ich muss mir alle möglichen Befehle auf norwegisch aufschreiben. Was meinst du? Was ist einfacher?" Mir persönlich schien natürlich Variante Eins am sinnvollsten. Ich dachte „Nederlands". Demzufolge kamen auch meine Worte auf Nederlands aus meinem Kopf heraus. Ohne Umdenken, ohne Übersetzung, ohne Nachdenken.

Leopold legte sich neben mich. Seinen Kopf auf meinen Oberschenkel. Zum mir hochblickend. Mit hochgezogenen Augenbrauen, mit grossen Augen.

Wie lange ich bereits neben Leopold sass, im durch's Fell streichend, konnte ich nicht sagen. Lange jedenfalls, es war dunkel draussen. Also richtig dunkel. Abend. Ich zuckte leicht zusammen, als Willem plötzlich den Stall betrat. Gefolgt

---

[5] Ich werd' bekloppt. Was bist du nur für ein guter Hund. Verdammt, so ein guter Junge.

von Wilma. Er, Willem, auch ein wenig. In einer Hand hielt er einen Edelstahl-Fressnapf. „Haben wir auf dem Flohmarkt gekauft. Für deinen Hund. Das ist doch besser als die Plastikwanne da" reichte er mir den Fressnapf an. Wilma lugte an Willem vorbei. „Hast du einen neuen Freund?" lächelte sie mich an. „[6]Ja Wilma. Hij is zo'n lieve hond. Ik denk dat ik verliefd ben. Op Leopold". Leopold sah zu mir auf als er seinen Namen vernahm. Willem hielt den Fresnapf noch immer. „Das sieht man. Auch bei Leopold. Wie er dich anschaut. Seine Körpersprache zeigt das ganz deutlich. Er vertraut dir". Wilma ging in die Hocke, streichelte Leopold durchs Fell. „Das hast du gut … und schnell erkannt. Vertrauen und Bindung sind die wichtigsten Grundpfeiler einer liebevollen Beziehung. Und Gus kannst du vertrauen". Mit einem Auge zwinkerte sie mir zu. „Ich spreche da aus eigener Erfahrung. Deine Liebesbeweise springen sogar auf den Hund über".

Willem hatte kurz den Stall verlassen, kam kurz darauf mit zwei Flaschen Grolsch zurück. „Biertje?" setzte er sich zu mir. Begann zu erzählen. Von ihrem Flohmarkt-Ausflug. Eine Badewanne hätten sie zwar gefunden, sich aber dagegen entschieden. Stattdessen verzinkte Wannen gekauft. „Waschkübel". Wilma lachte. „Hättest du eigentlich sehen müssen. Willem hat sich so hingehockt als wenn er ein Schaf … oder Gustine sei. Ausprobiert ob sie überhaupt aus der Wanne trinken könnten. Über den Rand hinweg". Willem grinste. „Ja klar. Über den Wannenrand schauen können die wohl, dann muss aber noch der ganze Schädel runter. Zum Wasser. Für Gustine bestimmt kein Problem. Aber für die Schafe schon. Besonders für die Lämmchen. Von daher … keine Badewanne, sondern die Kübel".

Wilma erhob sich, legte eine Hand auf Willems Schulter. „Ich geh‘ mal zu Michelle rüber. Lass‘ euch Männer mal allein, oder?"

---

[6] Ja Wilma. Er ist so ein guter Hund. Ich glaube ich bin verliebt. In Leopold.

Ich erzählte Willem ein wenig von unserem Ausflug. Zu Nele und Jaap. Und dass das irgendwie ein Ausflug nach Nederland war. Gefühlt jedenfalls. Von der Käserei, vom Hof, davon dass ich wohl einiges bei Jaap ... für Jaap reparieren solle ... mir also in der nächsten Woche ein Schweissgerät kaufen wolle. „Ein kleines Elektroschweissgerät. Gibt es ja auch irgendwo im Baumarkt. Bestimmt". Wollte wissen was er davon halte, dass wir Schweissarbeiten generell anbieten. „Und Schlosserarbeiten. Du bist doch richtiger Schlosser. Also ausgebildet". Und dass ich die Werkstatt doch sowieso mit Starkstrom habe einrichten lassen. „Dann brauchen wir aber eine richtige Schweissmaschine, nicht so ein Spielzeug aus einem Baumarkt". Diese Meinung teilte ich mit ihm. Allerdings ... „Für so Kleinkram reicht auch so ein Spielzeug. Und das kann man auch mal eben irgendwo mit hinnnehmen". Wie in dem Fall zu Jaap.

Willem dachte weiter. „Können wir das denn? Dürfen wir das denn? Geht das einfach so?" Da war ich mehr mehr als sicher. „Wir haben eine Firma. Schon vergessen. Angemeldet. Eingetragen. Wir erweitern das einfach. Um einen Bereich Metalltechnik. Sozusagen Teil unserer BA. Nennen das einfach HKWC". Willem schaute mich an. „HKWC? Hört sich das nicht ein wenig nach Klo an? WC? Was soll das denn überhaupt heissen?" „Na, unsere Namen. Halderen. Knudsen. Welding. Company". Willem wiegte seinen Kopf hin und her. „Und wenn wir statt Company Technology nehmen? Also HKWT? Hört sich nicht so nach Klo an? Halderen Knudsen Welding Technology".

„Was meinst du? Wollen wir das machen? Kannst du dir das vorstellen? Dass du bleibst ... auch hier bei uns ... bei Wilma ... mit Wilma ist doch jetzt klar, oder? Ich wollte das sowieso. Deswegen habe ich auch die Werkstatt so einrichten lassen. Mit Stromanschluss und so. Zwar kleine Werkstatt. Aber für den Anfang würde das doch reichen. Ob das klappt ... ob jemand unsere Arbeit benötigt ... müsste man einfach sehen".

„Der Plan"

Willem hielt mir seine Hand entgegen. „Coole Idee eigentlich. Machen wir einfach. Probieren wir einfach. Wir müssen ja nicht davon leben. Wir haben ja einen Job. Beide. Können das also ganz locker angehen". Stiess mit seiner Bierflasche gegen meine. „Okay Partner".

Wilma hatte Willem abgeholt. Ging mit ihm zu sich nach Haus. Schmunzelte mich kurz an. „Ingrid ist jetzt wohl das geworden was ich in unserer Dreierbeziehung war. Sehe ich das richtig?" Willem schaute zu mir. „Steht Michelle auf Frauen? Ist sie Lesbisch?" „Ich denke schon. Also, dass sie auf Frauen steht. Auf Ingrid. Auch auf Wilma". Kniepte ein Auge zu. „Wilma hat sich ja umorientiert. Sie hat doch jetzt einen festen Partner. Dich. Hatte sie vorher doch auch. Mich. Sie hat sich nur ... für eine Weile ... ausprobiert. Mit Michelle". Gab Wilma einen flüchtigen Kuss. „Ist doch richtig, oder? Du stehst doch eigentlich auf Männer, oder?" Wilma nahm Willems Hand. „Ja, auf echte Männer. So wie Willem einer ist. Ein echter Mann".

Die Situation bei uns im Haus hatte sich kaum verändert. Lediglich dass Michelle Torid zu Bett gebracht hatte. Das Babyfon auf dem Esstisch liegend leise knackte. „Fernüberwachung". Aber sonst nicht wesentlich. Sie sass immer noch mit Ingrid auf der Couch - immer noch in ihre Badetücher gewickelt. Schauten in die Glotze. Michelle klopfte auffordernd auf den Sitzplatz zwischen den beiden. Ich musste lachen. „Ich bin doch kein Hund. Ich bin doch nicht Leopold. Der auf Klopfzeichen reagiert". Michelle lächelte. „Komm' doch zu uns, mein Schatz. Setz' dich zu uns. Fernsehabend".

Schon die ersten Sekunden, Sequenzen im TV liessen mich einstimmen. „*That girl is pretty wild now - the girl's a super freak - The kind of girl you read about - in new-wave magazines - That girl is pretty kinky - the girl's a super freak - I really love to taste her - every time we meet - She's alright, she's alright. That girl's alright with me. Yeah, hey, hey, hey,*

hey! She's a super freak, super freak. She's super-freaky, yow". Ingrid schaute mich an. „Kennst du das? Hast du das schon mal gesehen? Das ist The A-Team. Der ... B.A. ... Bad Ass Baracus ... der hat genau meinen Van". Meine Hand ging an Ingrids Oberschenkel. An ihr Handtuch. „B.A. steht für Bad Attitude – und nicht für Bad Ass. Eigentlich sogar für Bosco Albert. Bosco Albert Baracus". Ingrid schmunzelte. „Bad Ass hört sich aber besser an. Das ist der doch, das spielt der doch. A really Bad Ass".

Meine Hand ging von Ingrids Bein in die Luft, zeigte auf das TV-Gerät. „Und der Typ ... das ist Rick James. Eigentlich ein Sänger. Super Freak ist voll der Hit von dem. Sang ihr wieder eine Textzeile vor. *„[7]That girl is pretty kinky - the girl's a super freak - I really love to taste her - every time we meet"* – Wundert mich nicht, dass du das toll findest. So bist du auch. Ein bisschen. Ein bisschen pervers". Ingrid schaute zu Michelle herüber. „Bin ich das? Pervers?" Michelle lächelte. „Ein bisschen schon. Und du schmeckst gut". Ingrid setzte sich aufrechter in die Couch, lockerte ihr Badehandtuch etwas. „Warum bin ich pervers?" „Jetzt nicht Ingrid. Pack' alles ein. Ich möchte den Film schauen. Denn plötzlich interessierte mich die Geschichte dann doch. Mehr als reden. Oder gar Ingrids Körper zu betrachten.

Das A-Team hatte – wieder einmal – eine knifflige Aufgabe zu lösen. War das doch auch der Slogan der Serie. „Wenn Sie mal nicht weiterwissen, rufen Sie einfach das A-Team". Hätte ich auch schon ein paarmal gebrauchen können. Gab es schon ein paarmal, dass ist nicht weiterwusste. Aber die vier – Hannibal, der Kopf der Truppe, Face, der Schönling, Murdoch, der Gestörte und eben B.A., der Mann fürs Grobe - konnten mir nicht helfen. Kamen auch nie. War halt eben nur TV. Ausgedacht. Jedenfalls mussten sie in dieser Folge einen inhaftierten Freund von Rick James retten. Von einem

---

[7] Das Mädchen ist ziemlich pervers – das Mädchen ist ein Superfreak – Ich liebe es wirklich, sie zu schmecken – jedes Mal, wenn wir uns treffen.

weiteren Sänger, Isaac Hayes, gespielt. Ein bekannter Soulsänger. Also eigentlich mehr ein Musikvideo denn ein Actionstreifen. Was mir aber gefiel. Vielleicht gerade deswegen. Die anderen Musikfilme die mir im Gedächtnis waren, waren eher so schnulzige Filme – mit Peter Alexander. Oder Heintje. Auf die meine Mutter dafür umso mehr stand.

Der Verlauf der Geschichte war aber irgendwann dann doch öde – und absehbar. B.A. würde wieder irgendeine abstruse Konstruktion zusammenschweissen. Aus Schrott. Der „zufällig" irgendwo rumstand. Auch fand ich seine Schweisskünste eher bescheiden. Sehr an der Realität vorbei. Und auch dass „ohne Ende" geballert wurde. Mit Schnellfeuergewehren. Was aber erstaunlich – und somit sicher Familienfreundlich war - war der Umstand, dass keiner, nicht einer, schwer verletzt wurde. Oder gar getötet wurde. Kaum zu glauben bei der Ballerei. Oder die Beteiligten waren alles grottige Schützen. Was ich mir aber auch nicht vorstellen konnte. War das A-Team doch Vietnam-Krieg erprobt. Und was die US-Army in Vietnam angerichtet hatte war ja hinlänglich bekannt.

„Umziehen wollt ihr euch heute wohl nicht mehr?" ging ich Richtung Badezimmer. Michelle lächelte. „Ne, nur noch maximal ausziehen. Das Handtuch. Und dann ins Bett". Im Gehen zog ich mir mein Sweatshirt über den Kopf. „Dann nehme ich jetzt auch ein Bad. Binde mir dann auch ein Handtuch um. Ziehe es oben aus ... und komme dann zu euch ... ins Bett. Ingrid bleibt doch, oder? In unserem Bett?"

Michelle griff zu Ingrids Hand. „So ist der Plan, oder?" Ingrid beugte sich zu ihr herüber, gab ihr einen flüchtigen Kuss. „Ja Schwester. So ist der Plan". Michelle drückte sich aus der Couch empor. „Dann schau' ich mal nach unserem Mädchen".

„Elftal"

Mit glücklichem, zufriedenem Gesichtsausdruck – und aordentlich durchbluteten Wangen lagen die beiden übereinander. „Na, ihr Gourmets. Vorspeise schon beendet?" stand ich am Fussende des Bettes. „Wieso Gourmets?" „Na, hast du doch vorhin ... unten gesagt ... dass Ingrid gut schmeckt. Deswegen Gourmet. Habt ihr schon genascht?" Ingrid drehte sich im Bett. „Ssoll Ssussana auch mal bei dir lutssen?" Mit einer Hand streichelte ich über ihren Hintern. „Ne. Lass' mal Susana. Ich geh' rüber. In mein Zimmer. Du kannst ja noch etwas an deiner Schwester lutschen". Tätschelte leicht ihre Pobacke, drückte dann aber fest zu. „Kannst du das nicht lassen? Musst du das machen? Dich so verstellen? Ich steh' nicht so auf dieses Ssussana-Zeugs. Ich will. ... ich möchte ... wenn ich denn möchte ... jetzt nicht ... aber grundsätzlich hätte ich lieber die versaute Ingrid im Bett. Statt so einer leicht verblödeten Sswedin". Michelle grinste von einem Ohr zum anderen. „Du gehst echt rüber?"

Kurz setzte ich mich zu Michelle auf die Bettkante. „Ich will noch was lesen ... was denken ... was aufschreiben. Vielleicht kannst du ... könnt ihr zwei mir ja morgen einen kleinen Norwegisch-Kurs geben. Statt Französich ... mir jetzt einen zu Blasen". Gab ihr einen Kuss. Und einen weiteren auf die Stirn. „Und vielleicht kann Ingrid ... deine geile Schwester neben dir ... sich ja morgen ein paar Stunden um Torid kümmern. Und wir beide machen was zusammen". Griff an Michelle Körper vorbei. Gab Ingrid noch einmal einen Klapps auf den Hintern. „Also, ich geh' rüber. Bestellt euch doch noch einen Nachschlag". Blieb dann doch noch an der Bettumrandung stehen. Um Michelle noch einmal zu küssen. „Find' ich übrigens sehr geil, wenn ihr zwei meinen Schwanz in den Mund nehmt. Gemeinsam". Michelle griff an meine Hand. „Dann bleib' doch". Kopfschüttelnd zeigte ich in Pantomimensprache zur Tür. Auf mich, an meine Brust tippend, dann wieder zur Türe.

Gelesen hatte ich kaum, dafür so einiges notiert. Was man ... was ich wohl zu Leopold sagen würde. Anordnungen, Befehle. Hatte mir aber auch fest vorgenommen ihm Nederlands beizubringen. Das müsste doch auch zu schaffen sein. Mithilfe der Leckerlis. Hatte noch eine Weile den Verlustierungen von Michelle und Ingrid gelauscht. „Was für Luder. Was für geile Schwestern" musste ich schmunzeln. Dachte aber auch „Je besser die zwei miteinander klarkommen, desto wahrscheinlicher ist auch dieses Hauptfrau – Nebenfrau Dings". Wenn sie sich doch so sehr vertrauten. Sich so sehr anvertrauten. Ich fand den Gedanken überaus reizvoll. Auch die Aspekte, die Michelle mal gesagt hatte. „Einer ist immer da dem man sich anvertrauen kann".

Hörten sie das denn nicht? Sie lagen doch direkt neben Torids Bett. Das arme Ding weinte bitterlich. Wenn sie grösser ... älter wäre ... vielleicht sogar schon reden könnte, hätte das doch geheissen „Mama, hörst du mich denn nicht? Ich hab' Hunger. Bitte Mama". Schnell eilte ich ins Schlafzimmer. Tatsache. Michelle – und auch Ingrid hörten nichts. Sie schliefen. Fest. Unbeeindruckt vom Weinen des kleinen Kindes. Schnell hob ich Torid aus dem Bett. An meinen Oberkörper. „Eigentlich müssten wir zwei den beiden da jetzt so richtig den Arsch versohlen. Was meinst du? Sollen wir denen mal den Arsch versohlen?" Torid gab mir „Mem Mem Mem" zur Antwort. Ich drehte mich mit ihr im Arm. „Machen wir später. Ich geb' dir erstmal was zu futtern. Und dann gibt es frische Garderobe. Ist ja kein Zustand". Torid versuchte in mein Gesicht zu patschen als wir vorsichtig das Treppenhaus hinuntergingen.

Aus dem Kühlschrank nahm ich ein Fläschchen, liess für einen Moment warmes Wasser darüber laufen, setzte mich mit ihr in einen Sessel. In meiner Armbeuge liegend nuckelte sie. Lauschte meinen Worten, beobachtete mich. „Also bei zwei Frauen sollte man doch davon ausgehen, dass mindestens eine sich um dich kümmert. Kümmern kann". Strich ihr ein paar ihrer feinen Haare aus der Stirn. „Deine Mutter ist schon ein Luder. Und jetzt bald … zumindest hat sie das gesagt … sollst du ein Geschwisterchen kriegen. Das ist in ihrem Bauch. So wie du auch da drin gewesen bist". Bei dem Gedanken, der mir jetzt durch den Kopf ging – und den ich laut aussprach - „Hoffentlich geht das diesmal … wenn es denn so ist … mit der Geburt … zur Abwechslung mal normal ab. Keine Notoperation. Wie bei dir. Einfach nur Kreißsaal, Beine breit, Köpfchen flutscht aus Michelle heraus, dann der Rest, Kind geboren". Dass das natürlich nicht so war, selbst wenn es eine natürliche Geburt war, wusste ich noch von Willekes Geburt. Unter welchen Schmerzen Wilma sie geboren hatte. Meine Hand, die sie hielt, dabei zu Pürree zerquetscht hatte. Und unter welchen Schmerzen Wilma … wir sie dann verloren hatten. „Bitte lass' alles glatt gehen" - drückte ich Torid mehr an mich heran.

Ein ganz klein bisschen der Milch kotzte Torid auf meine Schulter, als ich sie zum „Bäuerchen" anhob. „Egal, mein Engel" streichelte ich über ihren Rücken. „Hauptsache du bist gesund und munter".

„Du machst mich ganz verlegen. Ich komm' mir schon fast ein bisschen schäbig vor" hörte ich Michelles Stimme. Sah sie aber nicht. Erst als sie aufstand, sich vom Treppenabsatz erhob. „Ich habe das gehört, was du gesagt hast. Zu Torid. Ich habe sowas gefühlt. Oben. Im Bett. Und als Torid nicht in ihrem Bett lag … bin ich runtergekommen. Wie du mit ihr redest … was du mit ihr redest … Ich habe dir gestern erzählt wie gerne ich eine gute Mutter sein möchte … Und du bist so ein guter Vater. Lässt ihre Mutter einfach im Bett liegen. Mit einer anderen Frau. Kümmerst dich einfach. Ohne Theater … Ohne Murren …" Michelle legte ihre Arme um meinen Hals. „Womit habe ich das eigentlich verdient?" Mit einer Hand griff ich über die Lehne des Sessels nach ihr. „Setz' dich zu uns". Torid strahlte, als sie Michelle sah. „Da Da da". Ich legte Torid in Michelles Arme. „Ja, Da Da Da. Das ist deine Mama".

Michelle lehnte sich an mich. „Habe ich das richtig gehört? Verstanden? Du freust dich auf ein weiteres

Kind?" Flüchtig küsste ich ihren Hals. „Was ist denn mit dir? Freust du dich? Wieder schwanger zu sein? Noch ein Kind zu bekommen? Wenn es denn so ist, wie du sagst. Noch ist das doch alles nur ein Gespür von dir ... eine Vermutung". Michelle schmunzelte. „Ja, ist es. Aber ich weiss das trotzdem. Ich fühle das. Ich will das auch. Hätte gerne noch ein Kind. Von dir. Mit dir. Bald wissen wir ja mehr. Also du. Ich weiss das sowieso. Jetzt schon".

Michelle setzte ich breitbeinig auf die Sessellehne. Ein Bein im Sessel, das andere auf dem Fussboden. „Machst du dir Gedanken? Willst du nicht noch ein Kind? Hast du Angst wir schaffen das nicht?" Gab mir einen Kuss auf die Wange. „Wir schaffen das. Locker sogar. Du kümmerst dich einfach ... wie bisher auch ... um Arbeit und Geld. Dein Frauchen Michelle regelt den Rest". Ich sah zu ihr. „Mein Frauchen?" Michelle grinste. „Ja, dein Frauchen. Dein Frauchen Michelle. Das bin ich doch. Ich bin doch dein Frauchen". Sie zog mir leicht am Ohrläppchen. Lächelte mich an. „Und dein Fickflittchen. Manchmal. Manchmal auch mit Ingrid. Und wenn du mich einfach lässt wie ich bin ...".

„Ja, genau. Meine Frau, mein Frauchen, [8] mijn neuksletje, meine Prinzessin, meine Königin, meine Bäuerin, meine Angebetete, mein Ein und Alles. Das bist du. Meine Michelle. Alles in einer Person". Legte meinen Arm um ihre Schulter. „Kleinigkeit, Süsse. Klar schaffen wir das. Alles. Weil ich dich liebe".

Michelle stellte sich vor mich. Torid lag an ihrem Oberkörper zwischen uns. „Min knulleslampe heisst das übrigens auf norwegisch. Neuksletje". Sie schaute zu Torid herunter. „Ja, mein Schatz. Ist die Mama manchmal. Für deinen Papa". Sie gab mir einen Kuss. „Und du kannst dir gar nicht vorstellen wie gerne ich das bin. Für dich. Nur für dich.

---

[8] Mein Fickflittchen

Sonst nicht. Für keinen. Mit Ingrid ist das anders. Wir knutschen. Wir befummeln uns. Wir lecken aneinander. Aber ficken ... also so richtig ... das will ich nur mit dir. Du weisst schon. Du hast ja einen Pimmel ... den du in mich reinstecken kannst. Mit einer Frau ... Mit Ingrid ist das anders".

Mit beiden Händen drückte ich mich aus dem Sessel. „Ich wollte eigentlich gerade Torid waschen. Die ist voll eingekackt". Michelle ging voraus. Ins Badezimmer. Setzte Torid in das Waschbecken. „Ich habe das gestern ... bei Nele ... gemerkt. Dass das genau das ist, was ich möchte. Ich möchte Mutter sein. Mutterliebe geben. All das geben was ich nie selber hatte. Liebe. Geborgenheit. Und auch das, was du machst. Du bist Torids Vater. Du kümmerst dich total. Auch das hatte ich nie. Ich weiss nicht wie ein Vater ist. Aber so stelle ich mir das vor. So wie du zu unserem Kind bist. Für ein Kind. Oder zwei. Oder drei. Oder ...".

„Ähm ... versteh' ich jetzt nicht ganz. Was hat das mit Flittchen zu tun?" Michelle strich mir mit der leicht feuchten Hand über die Wange. „Eigentlich nichts. Ich höre das einfach nur gerne. Insbesondere wenn du das zu mir sagst. Mich auch ein bisschen wie ein solches behandelst. Wenn wir Sex haben. Im Bett. Du bist einfach ein geiler Typ. Ein geiler Mann. Ein geiler Vater". Sie beugte sich ein wenig vor, gab mir einen Kuss. „Du bist auch mein Ein und Alles. Mein Mann".

Von der Wickelkommode nahm ich ein Handtuch für Torid, hielt es Michelle entgegen. „Und wo wir gerade beim Komplimente machen sind. Du bist beides für mich. Die Mutter ... die Anständige, die man heiratet ... die ich heiraten werde ... und das Flittchen .... die gefährliche Verführerin ... verlockend ... versaut".

Michelles Hand, die noch in einem Waschlappen steckte, griff an meinen Pimmel. „Schläfst du mit mir?" „Ja, immer wieder. Bis wir die *elftal* komplett haben. Nur jetzt nicht. Torid sitzt in der Wanne".

„Bolle"

Von einem kleinen Tisch, der neben dem Treppenaufgang stand, holte ich zwei Decken, legte sie über Michelle und Torid, die sich auf die Couch gesetzt hatten. Torid nuckelte sich an Michelles Brust in den Schlaf. „Ich hol' mal schnell noch was Brennholz" schlüpfte ich in meine Schuhe. „So? Nackt? Willst du nichts anziehen?" blickte Michelle zur Haustür. „Wieso? Für wen? Wilma und Willem pennen garantiert noch. Und die andere *knulleslampe* liegt oben. In unserem Bett".

Stapelte ein paar Holzscheite vor der Haustür ab, ein paar nahm ich mit ins Haus. „Ich will auch gleich spazieren gehen. Nicht spazieren. Etwas Gehen. Vielleicht ein bisschen Laufen". Michelle zog sich die Decke höher, fast bis ans Kinn. „Laufen? Willst du jetzt auch noch Joggen oder sowas?" „Ne, nicht Joggen. Laufen. Herumtollen. Mit Leopold. Das habe ich mir vorgenommen. Jeden Tag. Auch bevor ich zur Arbeit fahre". Michelle hielt mir ihre Hand entgegen, die unter einen Zipfel der Decke hervorlugte. „Ist doch dein Hund. Leopold. Oder?" Ich nahm ihre Hand, drückte sie leicht. „Ich habe den voll lieb. Ich bin verliebt in den. Ich hab' den in mein Herz geschlossen. Der ... Leopold ist einfach irre". Erzählte dann was ich gestern mit ihm erlebt hatte. Wie er ... ohne mit der Wimper zu zucken in den Teich gehechtet war. „Weil ich gesagt habe er soll das Stöckchen holen. Von Teich war keine Rede. Der ist einfach reingesprungen". Kurz setzte ich mich zu Michelle. „Du musst den beschäftigen. Oder ihr. Alle die hier sind. Wenn ich arbeiten bin. Leopold braucht Programm". Drückte mich aus der Couch heraus. „Ich geh' jetzt. Wenn ich zurück bin gibt es Frühstück, oder?" Michelle schmunzelte. „Dein Frauchen kümmert sich".

Leopold lag zwischen den Schafen. Schlief er? So wie die Schafe? Lily lag auf dem Bauch, den Kopf ins Gras gelegt. Die kleinen Lämmchen lagen auf der Seite. Auch Gustine lag auf der Seite, alle Viere von sich gestreckt. Oder vielleicht so wie Michelle? Die von gar nichts was mitbekommen hatte? Die

Viecher schien sich aber sicher zu fühlen. Machte jedenfalls den Eindruck auf mich. Schon beim Näherkommen erhob sich Leopold. Beobachte mich ganz genau. Ein kurzes „Leopold" genügte. Mehr nicht. Er sprintete auf mich zu. Schlug fast ein Rad, einen halben Purzelbaum. „Meine Fresse, wie du dich freust" bemerkte ich wie sein kleiner Pimmel ausfuhr. „Kom op" zeigte ich mit ausgestrecktem Arm. Leopold lief los. Immer einige Meter vor, kam zurück, schaute mich an, wartete auf weitere Ansagen. Die aber immer wieder gleichlautend waren. „Løp".

Unterwegs beschäftigte ich ihn mit „Meg stokken". Warf kleine Äste vor mich. Wie simpel es war ihn glücklich zu machen. „Wenn doch alles so einfach wäre" dachte ich einmal kurz. Auf halber Strecke, etwa an der Troll-Wurzel, machten wir Rast. Zigarettenpause. Für mich. Leopold war Nichtraucher. Er setzte sich neben mich, meine Hand ging durch sein Fell. Er blickte mich an. Aus meiner Jackentasche holte ich ein Leckerli für ihn. „Hier mein Junge" hielt ich es ihm entgegen. Wie zärtlich er es nahm, kein hektisches Schnappen.

Lange unterhielt ich mich mit Leopold. Naja, Unterhaltung. Ich redete, er hörte zu. Ob er verstand wovon ich sprach sei mal dahingestellt. Aber ich konnte einfach meinen Gedanken freien Lauf lassen. Zu Schwangerschaft, weiteres Kind, meinen Überlegungen. Nicht einmal, dass ich – wie Michelle es gesagt hatte – Angst davor hatte. Mehr war es ein erneutes Mal die Sorge um die Ungewissheit, die Unwägbarkeiten. Die aber nicht unbedingt nur mit einer Schwangerschaft zu tun hatten. Unwägbarkeiten generell. Was würde sein? Sein können? Und was dürfte auf gar keinen Fall passieren. Eintreten. Sollte doch am Liebsten alles so verlaufen wie es auf meinem imaginären Zettel stand. Wozu sonst machte ich Pläne? Versuchte alles so gut als möglich vorzuplanen? Aber war es nicht John Lennon, der mal gesagt hatte ... oder gesagt haben sollte „Das Leben ist das was passiert, während wir dabei sind, andere Pläne zu machen." Stimmte das nicht auch irgendwie? Insbesondere in Hinblick auf Kinder. Und Mütter. Im Besonderen für Michelle.

Musste sie nicht jeden Tag – auf's Neue – ihre Vorhaben ständig an das Leben anpassen? Denn, und auch das war mir klar – ich konnte mir selbst alle Pläne machen, die ich wollte – vielleicht hatte das Leben jedoch möglicherweise ganz andere Pläne. Für mich.

Meinen Zeigefinger reckte ich in die Luft, sah zu Leopold. „[9]*Leopold, Pas op*". Dieser Befehl, diese Anordnung war sowohl auf Nederlands als auch Norsk identisch. Unterschieden sich lediglich in der Schreibweise. Aber das dürfte Leopold nicht stören. Schreiben war ja nicht seine Kernkompetenz. Ob jetzt *Pas op* oder *Pass opp*. Ich wiederholte sowohl Befehl als auch Handbewegung. Leopold gab Laut. Bellte einmal. „Guter Junge" strich ich durch sein Nackenhaar, sein Fell. „Genau so machst du das. Wenn ich sage *Pas op,* dann passt du auf. Egal auf was, egal auf wen".

Ich erhob mich von der Troll-Wurzel. Leopold stellte sich auf alle Viere. „[10]*Sete Leopold*" machte ich zwei Schritte. Leopold setzte sich. Abwartend. „*Pas op*" zeigte ich mit dem Finger in die Luft. Das hatte Frederike ja gesagt – dass möglichst jede verbindliche Ansage durch eine Geste unterstützt werden sollte. Leopold bellte wieder. Einmal. So in etwa wie ich selbst auf eine Anordnung meines Chiefs – auf der SHELL – mit „Yes Chief" antwortete. Ging in die Hocke. „*Kom*". Leopold schaute mit schräg gelegtem Kopf zu mir. Blieb einfach sitzen. „*Med meg*" wiederholte ich, nur auf Norsk. Leopold hatte auf der kurzen Distanz zwischen uns dermassen Schwung geholt, beschleunigt, dass er mich beinahe umriss, als er in meine Arme lief. Setzte sich zwischen meine Beine, freute sich wie Bolle, versuchte mein Gesicht abzulecken.

„*Med meg*" richtete ich mich auf, lief mit Leopold zurück. Frühstückszeit. Für uns beide.

---

[9] Leopold, Pass' auf.
[10] Sitz' Leopold

„Kältepenis"

Warf unterwegs immer wieder mal ein Stöckchen. Mit dem dazugehörenden Auffordern „Meg stokken". Am Tageslicht war in etwa die Uhrzeit zu erkennen. Der Winter, der richtige Winter, ging ein wenig dem Ende entgegen. Nicht unbedingt von den Temperaturen, aber von den Lichtverhältnissen, Sonnenaufgang war mittlerweile so gegen acht Uhr. Und es blieb richtig lange hell. Bis etwa gegen sieben Uhr abends. Also fast zwölf Stunden Licht. Gut für's Gemüt.

Auch alle anderen Tiere waren erwacht, tummelten sich auf der Wiese, auf der Weide umher. Eine Runde um alle zu begrüssen liess ich mir nicht nehmen. Soweit sie denn die Begrüssung zuliessen. Zumindest ein Annähern war möglich. Ein kurzes Streicheln oder Tätscheln. Der Schafe. Von Gustine. Die Flattermänner machten das was ihr Name implizierte. Flatterten umher. Zuerst versorgte ich Leopold mit seinem verdienten Frühstück, verstreute, während er sich labte, Körner für die Hühner. Ebenso für Yksi und Kasi. Rauchte mir, an den Stall gelehnt, noch eine Zigarette. Hörte, aus dem Stall kommend, ein Geräusch. Warf einen Blick hinein. Willem kramte im Stall. Hatte ich gar nicht registriert, als ich das Futter geholt hatte. Säuberte ein wenig das Stroh, hatte einen kleinen Berg angehäuft. „[11]*Hoi, goedemorgen. Al vervelend als je vroeg opstaat, hè?*" Lud den Strohhaufen in die Schubkarre, kam mit mir nach draussen. „Du warst schon fleissig, sehe ich".

Willem zeigte auf den Teich. „Und Ingrid wohl auch, wie man sehen kann. Das sieht gut aus mit dem Schilfrohr". Mit der Hand zeigte ich auf die vielen kleinen Pflanzkübel, die ich gestern noch aus Ingrids Van ausgeladen hatte. „Ja, sie hat Grosses vor, wie man sieht. Bist du ... seid ihr heute hier? Oder habt ihr was vor? Ausflug oder so?" Willem hob eine Augenbraue an. „Wieso? Was ist denn? Was hast du auf dem

---

[11] Hoi, Guten Morgen. Ist schon lästig irgendwie, wenn man Frühaufsteher ist, oder?

Herzen?" Erzählte Willem den Hintergrund meiner Frage. Dass Ingrid gestern „leichtsinnigerweise" in den Teich gestiegen war um das Schilf einzusetzen. Willem dachte genau wie ich. „Ist die Wahnsinnig? Das Wasser ist doch eiskalt". „Jepp, genau. Kannst du ... wenn du hier bist ... einfach ein bisschen auf Ingrid achten. Dass sie keinen Blödsinn macht. Auch wenn sie es gut meint". Schmunzelte ihn an. „Du weißt doch – Gut gemeint heisst nicht unbedingt Gut gemacht". Willem klopfte sich eine Zigarette aus seiner Packung. „Schon komisch mit Ingrid, oder? Als Psychologin ist sie echt eine gestandene Frau. Als Ingrid ist sie ganz anders. Schon fast ein kleines Mädchen. Also ... ich meine ... nicht negativ. Sie ist so drollig, so lustig ... so süss ...". An Willems Schulter schlagend unterbrach ich ihn. „Du findest Ingrid süss?" Willem schmunzelte. „Ja. Ingrid ist süss. Irgendwie schon".

Willem trat seine Zigarette im Gras aus, hob den Stummel auf, steckte ihn sich in die Jackentasche. „Bist du denn hier? Seid ihr denn hier? Heute? Wollen wir zusammen was machen?" Leopold hatte seine Mahlzeit beendet, setzte sich neben mich. Blickte zu mir hoch. „[12]*Pas op. Pas op voor de beestjes. Rennen. Ga*" hob ich meinen Zeigerfinger in die Luft. Leopold bellte einmal, blieb aber sitzen. „*Pass opp, Leopold. Løp! Løp!*" wiederholte ich. Leopold stob los. Auf die Weide. Zu den Viechern. Drehte ein paar Runden um sie herum. Willem nickte. „Du kommst gut klar mit ihm". „Ja. So wie du wohl mit Gustine. Wir haben irgendwie einen guten Draht zueinander".

„Ich geh' rüber" öffnete ich mit einer Hand das Tor, das das eingezäunte Gelände vom Rest des Hofs abtrennte. „Kommt ihr gleich? Frühstück ist bestimmt fertig". Willem nickte. „Ich schau' mal ob Wilma schon parat ist. Aufgestanden, Angezogen".

---

[12] Pass' auf. Pass' auf die Viecher auf. Lauf. Los.

Wohlige Wärme schlug mir beim Betreten der Wohnung entgegen. In doppelter Hinsicht. Sowohl von der Temperatur als auch von der Art wie Michelle mich empfing. Mich innig umarmte, innig küsste. „Da ist ja mein Jogger. Na, Frühsport beendet?" Torid lag vor dem Kamin auf ihrer Spieldecke, beschäftigte sich mit ihren Filztieren. Mit den Versuchen danach zu greifen. Sie in den Mund zu bekommen. Machte verzückte Laute. Wenn sie eines der Objekte zu fassen bekam. „Mem Mem Mem".

Michelle hatte nicht nur das Frühstück vorbereitet, auch sie selbst war vorbereitet. Angezogen, geschminkt. Nicht mehr das nur mit Handtuch bekleidete Luder, war jetzt voll und ganz Mutter, Frau. Frauchen wie sie es ja genannt hatte. Sie um die Taille fassend küsste ich ihren Hals. „Ich bin so froh ... ich freu' mich so, dass du mein Frauchen bist. Wenn ich mir ein Frauchen wünschen dürfte ... backen könnte ... wärest du das. Eine bessere gibt es gar nicht". Michelle hielt meine Hände, die auf ihrem Bauch ruhten. „Wir sagen aber nichts ... erst wenn das amtlich ist ... wenn ich beim Frauenarzt war. So wie du mich gerade umarmst ... so hast du das auch in der Zeit mit Torid gemacht. Deine Hände auf meinem Bauch. Das ist so ein schönes Gefühl". Sie drehte ihren Kopf über die Schulter. Lächelte mich an. „Ich bin gerne dein Frauchen".

Ich hockte mich zu Torid, Michelle ging in die Küche. Stellte zwei Pfannen auf den Herd. „Noch schnell *Pannekaker, Baconstrimler, Eggerøre*. Alles andere ist fertig. Dann können wir frühstücken." Schaute kurz von ihrer Arbeit auf. „[13]*Pannekoeken. Speklapjes. Roereieren*."

Wenig später kamen Willem und Wilma. Wilma anscheinend noch nicht ganz wach. In Jogginghose und Sweatshirt gekleidet, die Frisur noch ein wenig zerzaust. Hockte sich direkt neben mich, neben Torid. Kuss und Umarmung. „Du bist

---

[13] Pfannkuchen. Bauchspeck. Rührei.

noch richtig Bettwarm. Wie habe ich das geliebt … wie liebe ich das, wenn du so bist" erwiderte ich ihre Umarmung. Wilma strich sich mit der Hand durch die Haare. Wie mit einem grossen Kamm. „Ich bin noch gar nicht geschminkt. Noch gar nicht richtig wach". Torid war sowieso mit sich beschäftigt, ich zog Wilma an der Hand in die Senkrechte. „Lass' uns frühstücken, Schönheit". Wilma schmunzelte.

„[14]*Alle til bords, frokosten er klar*" forderte Michelle uns auf. Goss Kaffee in die Becher. Bevor ich mich setzte ging ich kurz zum Kühlschrank, holte eine Flasche Milch heraus. „[15]*Vers getapt. Gisteren. Van Nele*" stellte ich die Flasche auf den Tisch, nachdem ich mir ein Glas eingefüllt hatte. Obenauf schwammen anständig Fettaugen. Trank einen ersten Schluck. Leckte mir den Milchschnurrbart ab. „[16]*Verdomme, dat is heerlijk. Vers. Niet gesteriliseerd. Echte melk*". Wilmas Frage „Wer ist Nele?" liess Michelle von unserem gestrigen Besuch ausgiebig erzählen. Goss auch für Wilma ein Glas Milch ein, schob ihr die Käseplatte zu. „[17]*Nederlandse Kaas. Moet je proefen*".

Tappsende Schritte kamen vom Treppenhaus. Dann der über den Handlauf gebeugte Oberkörper von Ingrid. Den sie sich mit einem Arm bedeckte. „Michelle … ich habe doch gar keine Klamotten. Mein T-Shirt ist bestimmt noch nass. Kann ich mir was von dir ausleihen? Kann ich etwas von dir anziehen?" Michelle gab ihr Antwort. Mit kauendem Mund. „[18]*Ja visst, søster. Bare forsyn deg*".

Wilma fasste an Michelles Handgelenk. „Hast du eine neue Schwester, eine neue Sexgespielin gefunden? Scheint mir so.

---

[14] Alle an den Tisch, Frühstück ist fertig

[15] Frisch gezapft. Gestern. Von Nele

[16] Verdammt, ist das lecker. Frisch. Nicht steriliert. Echte Milch.

[17] Niederländischer Käse. Unbedingt probieren.

[18] Sicher, Schwester. Bedien' dich einfach.

Wir ... also bei uns ... bei mir war das ja mehr so ein Ausprobieren. Wie das ist mit einer Frau". Sie drückte Michelles Handgelenk. „Das war schön mit dir. Ich bin froh, dass wir das probiert haben ... uns ausgelebt haben. Aber bei dir ist das mehr als Ausprobieren, oder? Weißt du das noch? Als du anfangs gesagt hast du seiest Lesbisch? Bist du nicht. Du bist Bi. Du machst es gerne mit Mann und Frau". Michelle schmunzelte sie an. „Ja, ist wohl so. Und ich darf ... ach Quatsch, ich kann so sein. Ich habe mit Gus einen Mann, der das alles zulässt. Der mich so lässt wie ich bin ... wie ich sein möchte". Michelle zwinkerte mir zu. „Danke, dass du dein Frauchen so lässt wie sie ist".

Ingrid kam zu uns herunter. Trug ein dunkelblaues Kleid. Von Michelle. Mit V-Ausschnitt, der nur wenig von ihren Brüsten sehen liess. Dreiviertel-Ärmel. In der Taille gerafft, von einer silbernen, chromglänzenden Schnalle gehalten. Reichte ihr bis weit über die Knie. Wilma schnalzte mit der Zunge. „Das muss man dir schon lassen. Du hast tolle Kleider". Schaute zu mir. „Du hast uns immer toll eingekleidet. Du hast uns das immer ermöglicht ... dass wir uns solche Kleider kaufen konnten. Durften".

Wilma lächelte mich an. „Auch wenn du sonst ... für dich selbst eher knickrig bist ... für uns Frauen ... für deine Prinzessinnen hast du einfach die Kohle rausgehauen". „Ich bin nicht knickrig. Geizig soll das wohl heissen. Ich brauch' keine Kleider. Stehen mir auch nicht. Mir reicht das so. Jeans, Hemd. Ich erfreu' mich daran wie gut ihr ausseht. Euch stehen die Kleider auch viel besser ... als mir. Das genügt mir. Ausserdem kommt Geld haben nicht vom Geld ausgeben, sondern vom Sparen. Sparen heißt, Geld, das man hat, nicht auszugeben".

Goss mir ein wenig Kaffee nach. „Für mich ist das ganz einfach - Wenn man aus der Kasse, in der 100 Gulden sind, 300 Gulden rausnimmt, muss man erst wieder 200 Gulden reintun, damit nichts mehr drin ist". Wilma schaute mich an. „Hä? Was?" „Ist doch ganz einfach Wilma. Ich kann nur ausgeben was ich habe. Mehr nicht". Wilma rückte ihren Stuhl etwas. „Du hast doch wohl Geld. Du verdienst doch. Und gar nicht mal so wenig. Genau wie Willem. Ihr seid doch beide frisch. Was Geld anbelangt".

Das schien mir ein geeignetes Stichwort zu sein. „Wir müssen uns auch langsam mal um unsere Buchhaltung kümmern. Also du. Du bist doch unsere Buchhaltung. Genug verdienen ... schon ... aber willst du mal wissen ... weißt du wieviel Geld ich ausgegeben habe? Die letzten Monate?" Sah Wilma an. „Eigentlich alles. Alles was ich hatte... Fast alles. Bis auf eine Notreserve. Deswegen ist das auch ganz wichtig, dass ich wieder arbeite. Arbeiten gehe. Geld verdiene". Willem unterbrach mich. „Brauchst du Geld?" Ich musste lachen. „Ja klar. Immer. Aber ich weiss was du meinst. Fragen willst. Ne, geht schon. Ich möchte nur nicht als knickrig ... geizig dargestellt werden. Bin ich nämlich nicht. Ich bin sparsam, okay. Aber nicht geizig".

Nahm mir eine Brotscheibe, schnitt ein Stück Käse herunter. „Alles was wir haben gehört uns. Alles von uns bezahlt. Nix von der Bank. Keine Schulden. Alles unser. Verstehst du Wilma. Unser. Deins, Meins, Michelle, Ingrid. Und jetzt auch Willem. Unser".

Willem legte einen Arm um Wilmas Schulter. „Also wenn doch ... wenn du ... wenn wir Geld brauchen ... sag' es einfach ... Bitte ... Ich habe auch noch ein bisschen gespart".

„Machen wir was heute? Zusammen? Hier auf dem Hof?" wollte ich das Gespräch in eine andere Richtung lenken. „Oder wie sehen eure Pläne aus?" Grinste Ingrid breit an. „Du gehst auf keinen Fall wieder in den Teich. Egal was ist. Lass' mich das machen. Oder Willem. An uns ist mehr dran als an dir. Und du holst dir noch den Tod in dem Eiswasser". Ingrid grinste. „Und ihr kriegt einen ganz kleinen Pimmel, wenn ihr in das kalte Wasser geht". Wilma lachte laut auf. „Schwester, da haben wir doch Mittel um die wieder gross zu machen, oder?" Klopfte sich auf die Schenkel. „Stimmt aber. Wie oft habe ich das gesehen ... bei Gus ... wenn wir irgendwo ... in Rockanje im Meer waren. Bei der Kälte. Stimmt. Sein Pimmel wird echt klein". Sie schmunzelte mich an. „Wird aber zum Glück wieder richtig ... normal gross. Muss man sich nur ein bisschen Mühe geben". Schaute Willem an. „Ist das bei dir auch so? Wird dein Pimmel auch kleiner?" Willem grinste. „Ist wohl bei jedem Mann so. Kältepenis nennt man das. Solltest du aber wissen. Als Pflegekraft. Klar wird der kleiner. Weil das Blut woanders gebraucht wird. Um den restlichen Körper zu wärmen. Zu durchbluten". Er drückte Wilma an sich. Aber stimmt auch was du sagst. Warmhalten, Sex haben – wird dann schon wieder. Normal". Gab Wilma einen Kuss. „Und so wie du das machst ... wie mein Körper auf dich reagiert ... wird der sogar extra gross".

Wilma erwiderte schmunzelnd seinen Kuss. „Mann, bin ich froh, dass du dich so verändert hast. Dass du so redest. Im Prinzip bist du doch gar nicht so verklemmt". Griff über den Tisch zu Ingrids Hand. „Haben wir auch dir zu verdanken. Deiner Beratung".

Michelle stand auf, holte Torid zu sich. „Wollen wir denn was machen? Zusammen? Oder reden wir jetzt nur über Pimmel?"

Auch Ingrid erhob sich vom Esstisch. „Ich geh' dann mal rüber. Zieh' mich um. Gärtnerklamotten. Machen wir die Bepflanzung? Zusammen? Ich habe so viel Pflanzen gekauft. Ist doch auch schönes Wetter. Zwar kalt, aber regnet nicht, die Sonne scheint". Sie blieb im Vorbeigehen kurz bei Wilma stehen. „Und dann gebe ich dir mal alle Rechnungen und Quittungen. Auch die ich noch im Auto liegen habe. Für die Buchhaltung".

Michelle schob sich einen Träger ihres Kleids herunter, legte Torid an ihre Brust. „Dann macht ihr mal. Ich kümmer' mich um Haushalt und Kind. Komm' dann nachher zu euch raus. Wenn alles erledigt ist"

„Kosmos-Ding"

Leopold freute sich uns alle in „seinem" Gehege zu sehen. Wuselte von einem zum anderen. Wilma hockte sich zu ihm hinunter. „Du bist ja so ein Energiebündel". Leopold genoss ihre Streicheleinheiten. Einen Moment standen wir zusammen, warteten auf Ingrid. Sie sollte die Ansage machen. Wo sie sich was gedacht hatte. Wo was gepflanzt werden sollte.

Ein erstes Kunststoffelement holte sie direkt. „Das ist Andemat. Nennt man auch Duckweed. Für den Teich". Willem nahm einen Topf aus dem Element. „Bei uns ... in Nederland heisst das Wasserlinsen. [19]Eendenkroos. Sind gut gegen Algen im Teich. Kann man sogar essen. Ist sowas wie Soja. Auch Yksi und Kaksi werden die mögen. Das Zeugs wächst wie Sau. Man muss nur für ein wenig Bewegung im Wasser sorgen. Sonst wird das Ruckzuck ein stinkender Tümpel".

„Wie? Bewegung?" wollte Wilma wissen. „Ja, Bewegung. Ein Springbrunnen. Oder ein Wasserzulauf. Vielleicht mit einer Pumpe. Sowas wie einen Bachlauf anlegen".

Ingrid verteilte in der Schubkarre ihren Pflanzeneinkauf. „Das hier, die Bodendecker, pflanzen wir um den Zaun herum. Die kriegen nicht so tiefe Wurzeln. Und den Bambus etwas weiter weg. Nicht auf der Folie. Die kriegen echt tiefe Wurzeln. So stelle ich mir das vor. Was meint ihr denn?" Legte etwa alle zwei Meter einen Bambus-Steckling aus. „Die vermehren sich von selbst. Irgendwann sieht das dann aus wie im Urwald. Dann ist bestimmt alles zugewachsen".

Willem lief um den Teich herum, schien irgendwas zu inspizieren. „Ich kümmer' mich um den Bachlauf, okay? Mach' ein wenig Zement an, modelliere was. Morgen kauf' ich dann Gummikabel, also wasserfestes und wetterfestes Kabel".

---

[19] Entengrütze.

Schaute zu mir. „So wie wir das auf der Arbeit haben. Dieses schwarze Kabel. Und eine Pumpe. Eine kleine. Reicht doch. Wir müssen ja kein Feuer löschen. Nur ein bisschen Wasser im Kreis pumpen".

Mit Wilma und Ingrid zusammen krauchte ich im Dreck umher, setzte eine nach der anderen Pflanze. Ingrid gab Anweisung. „Alle zwei Meter ... ungefähr ... einen Bambustopf. Und dazwischen ... auch alle zwei Meter ... was von den Sträuchern. Habe ich mir so gedacht". Wilma lächelte sie über die Schulter blickend an. „Dann machen wir das so. Wenn du dir das so gedacht hast. Wir ... also ich habe mir nämlich gar nichts gedacht". Sie zeigte zu einer Ecke des Teichs, in der Yksi und Kaksi ruhten. „Denen scheint es jedenfalls zu gefallen".

Sie kam aus der Hocke, stellte sich zu Ingrid. „Wer von den beiden ... Yksi oder Kaksi ... ist eigentlich der Mann? Irgendwie haben die beide keinen Pimmel. Zumindest sehe ich keinen". Ingrid lachte. „Das kann man noch nicht sehen, die sind noch zu jung. Vielleicht in zwei Monaten. Wie bei Jungs wohl auch. Die haben doch auch einen kleinen Pimmel. Wenn sie jung sind. Oder meinst die kommen direkt mit so einem Riesenpimmel zur Welt?" Beide grinsten erst nur, lachten sich dann schlapp. „Stell' dir das mal vor. Ein Baby ... ein Babykörper ... und dann direkt so Riesenteile ...".

„Könnt ihr euch vielleicht woanders hinstellen? Und abledern? Über Pimmel. Das geht jetzt schon den ganzen Morgen so. Seid ihr unterfickt? Kann ich mir gar nicht vorstellen". Wilma grinste. „Also ich nicht. Du Ingrid? Bist du unterfickt? Wie sieht es aus bei dir? Wirst du anständig gefickt? Genug? Machst du es auch mit Gus? Oder nur mit Michelle?" Ich kam aus der Hocke hoch. „Ich geh' mal woanders hin. Unglaublich. Echt unglaublich".

Ich ging zu Willem. Schaute mir an was er fabrizierte. Eine Rinne hatte er mit einer Maurerkelle bereits gezogen. Wolle jetzt ... gleich ... das auszementieren. „Vielleicht hier und da ein paar Steine einarbeiten. Damit sich kleine Strudel bilden, Sauerstoff in das Wasser kommt". Habe vor das Stromkabel in den gleichen Rohrkanal zu verlegen wie den Wasserschlauch. „Von der Werkstatt aus".

Legte die Kelle an die Seite. „Was du eben gesagt hast ... wegen Geld ... Wie ist das denn dann mit unserer Idee? Der Metallwerkstatt. Ich habe Geld. Für Ausstattung, Einrichtung. Gebe ich gerne. Nicht mal als Darlehen. Gebe ich gerne. Nachdem was du gesagt hast sind das ja schon ein paar Tausend ... Gulden ... die hier in dem Hof stecken". Er zog seine Zigarettenschachtel aus der Jacke, klopfte eine Zigarette heraus. Hielt sie mir entgegen. „Und das, was Wilma mir erzählt hat kommt ja bestimmt noch einiges auf dich zu". „Wie? Wieso? Was hat sie dir denn erzählt? Was kommt denn auf mich zu?" Willem hielt mir sein Zippo entgegen. „Zum Beispiel mit deinen Autos. Du musst ... du sollst die ja ummelden. Lohnt sich das denn überhaupt noch? Die sind ja schon was älter. Da hast du doch bestimmt mehr Kosten als die Kutschen wert sind". Er steckte Zigarettenpackung und Feuerzeug ein. „Bei meinem Wagen ist da ja was anderes. Der ist ja quasi neu. Habe ich dann ja auch bald an den Hacken. Den ganzen Ämterscheiss. Ich muss mich ja nächsten Monat in Nederland abmelden. Und dann hier anmelden. Rathaus, Bank, einfach alles".

„Und wo meldest du dich an?" Willem legte seinen Arm auf meine Schulter. „Hier. Bei Wilma. Ich bin doch ihr Mieter. Auf dem Papier jedenfalls". „Und sonst? Also nicht auf dem Papier?" Willem inhalierte einen tiefen Zug. „Kannst du dir das vorstellen? Könntest du dir das vorstellen? Dass Wilma und ich ... Also sie hat mich gefragt ob ich sie heiraten würde?" „Was? Nach ein paar Wochen?" „Ne, natürlich nicht jetzt direkt. Überhaupt. Ich würde ... es ist genau wie du mir gesagt hast ... eine bessere als Wilma gibt es nicht. Ja, ich würde das machen. Nur sag' ihr das nicht. Noch nicht. Das mache ich schon selber".

„Ne, mach' ich nicht. Glückwunsch Alter. Stimmt, was du sagst. Eine bessere gibt es nicht. Ausser Michelle natürlich. Für mich. Ich freu' mich für dich. Für euch". Hielt Willem meine Hand entgegen. „Sag' mir einfach, wenn es soweit ist. Nichts ... oder nur wenig würde ich lieber erleben als Wilmas Hochzeit. Auch wenn ich nicht der Bräutigam bin".

Am Arm führte ich Willem ein paar Schritte vom Teich weg. Erzählte ihm wie das bei mir war. Dass ich eigentlich im Begriff war Wilma meinen Heiratsantrag zu stellen. An dem Morgen als sie mit Michelle bei uns auftauchte. Sie mir als ihre Freundin vorstellte. Mit der sie gerne ihrem Intimitätswunsch nachkommen wolle. Mit einer Frau. „Kannst du dir das vorstellen? Nicht nur der Gedanke war weg. Auch hat es in meinem Kopf so geknallt, dass ich nur noch Michelle wollte". Willem grinste. „Ja, kann ich. Geht mir ähnlich. Ich will Wilma. Nur noch Wilma". Willem schaute mich einen Moment an. „Und wie ist das dann mit Ingrid? Und dir? Und Michelle? Du schläfst mit zwei Frauen. Und Michelle auch. Könnt ihr das so locker trennen? Und Ingrid? Wie geht sie damit um? Ingrid weiss doch, dass du Michelle heiraten wirst. Im Prinzip bleibt sie doch immer Nummer zwei. Bei dir. Bei Michelle".

Michelle kam mit Torid im Arm zu uns. Angekündigt durch Leopold. Der bellend zu mir kam, dann wieder zu Michelle lief. Unterbrach unser Gespräch. Unterbrach es nicht wirklich. Wir unterbrachen es. Das war so wie Michelle es auch gerne mal zu mir sagte. „Verschwinde mal, das ist Frauenthema. Das geht dich nichts an". Nur war es jetzt bei Willem und mir „Männerthema".

Ich liess mir Torid von Michelle geben, ging in die Hocke, setzte Torid auf meinen Oberschenkel, an meinen Oberkörper angelehnt. Zitierte Leopold „Med meg" heran. Der sich vor mich und Torid setzte. Mich anblickte. Nur kurz reckte ich meinen Zeigefinger in die Luft. „Leopold, pas op". Leopold schlug an. Einmal. Wieder dieses „Yes Chief. Yes Sir". Ich hatte gar nicht gewusst, dass Torid so grosse Augen machen konnte.

Eine Mischung aus Entsetzen und Erstaunen. Was aber schnell verflog als Leopold ihr Gesichtchen ableckte. „Mem Mem Mem. Da Da Da" plapperte Torid los. Schnell zog ich meine Jacke aus, breitete sie auf der Wiese aus. „Ich zeig' dir mal was" fasst ich an Michelles Hand. Legte Torid auf die Jacke. „Leopold. Sete". Leopold setzte sich. Neben Torid. „Pas op". Leopold schlug an. „Ja genau. So machst du das. Du passt auf unser Mädchen auf. Du bewegst dich nicht von der Stelle. Bis ich dir das sage" strich ich durch sein Nackenfell. Nahm Michelle an der Hand, ging mit ihr zwei oder drei Schritte. Blickte über meine Schulter. Zu Leopold. Wiederholte noch einmal „Sete".

„Ich werd' bekloppt. Der rührt sich ja nicht einen Millimeter. Das hast du ihm alles schon beigebracht?" drückte Michelle meine Hand. „Mein Gott, was bist du ein braver Hund" ging sie auf Leopold zu, schloss ihn in ihre Arme. „Ich werd' verrückt. Der passt volle Pulle auf Torid auf". Ich nahm eine Holzlatte. „Hier. Und schau' jetzt mal". Warf die Holzlatte über die Wiese. „Meg stokken Leopold". Leopold rannte los. Kam im Affenzahn zurück. Legte die Holzlatte vor mir ab. „So ... so musst du ihn beschäftigen. Ich schreib' gleich mal ein paar Befehle auf. Dann kannst du ihn beschäftigen. Mit ihm spielen. Wenn Leopold in eurer Nähe ist braucht ihr euch keine Sorgen machen. Um gar nichts. Er passt auf. Auf dich. Auf Torid". Hob Torid von meiner Jacke hoch. „Das ist jetzt dein Aufpasser. Dein Freund. Nicht Da Da Da. Wau Wau Wau. Das ist Leopold" schaute ich in Torids Gesicht. Ihre Äuglein blieben an Leopold geheftet. „Da Da Da". „Ja genau, mein Schatz. Wau Wau Wau".

Michelle nahm Torid wieder. Führte ihre kleinen Händchen an sein Fell. „Der ist so lieb. Fühl' mal. Wie weich der ist. Wie lieb der ist". Schaute kurz zu mir. „Du hast einen ganz tollen Hund ausgesucht". „Ne Michelle. Hat Frederike doch gesagt. Leopold hat uns ausgesucht. Nicht wir ihn, wir mussten das nur raffen. Dass er zu uns wollte. Zu uns gehört". Michelle schmunzelte. „Das ist dein Kosmos-Ding, oder? Dass sich alles fügt. Wenn man es lässt".

„Schabracke"

Wir gingen zu Ingrid und Wilma. Zum Teich. Zur Pflanzgärtnerei. Leopold folgte uns. Eigentlich mehr mir. „Komm' Leopold. Komm' zu Michelle" versuchte Michelle ihn aufzufordern. „Ne, nicht so. Klar Ansage. Du musst ihn schon wie einen Hund behandeln. Nicht wie ein Kuscheltier. Auch wenn der flauschig ist. So wie du das auch mir sagst. Wie du mit mir redest. Wenn du was willst. Wenn du sagst *Fick' mich*". Kurz schlug ich an meinen Oberschenkel. „Leopold. Med meg". Michelle lachte. „Ja, genau. Genau so ist das auch bei dir. Du kommst sofort. Zu mir. Wenn ich das sage. Und du bist auch manchmal richtig flauschig". Michelle hakte sich bei mir unter. Biss in mein Ohrläppchen. „Fick' mich". Meine Hand griff an ihren Hintern. „Gleich. Wenn alles erledigt ist. Wenn Ingrid sich um Torid kümmert. Wenn Torid schläft. Hat dir das nicht gereicht? Mit Ingrid?" Michelle fasste an meine Hand. An meinen Hintern. „Habe ich dir doch gesagt. Mit Ingrid ist das anders. Sie hat keinen Schwanz. Sie kann mich nicht ficken. Nicht so wie du". „Aber eigentlich wollte ich mit dir einen kleinen Ausflug machen. Um mal ein wenig zu reden. Über uns. Deinen Bauch. Ein eventuelles Baby".

Ingrid und Wilma hatten schon anständig was geschafft. Beinahe alle Pflanzen in Erde gesetzt. „Nur die Sträucher … und den Bambus nicht. Da muss uns einer helfen. Einer von euch Männern. Löcher graben". Michelle lief die Arbeiten begutachtend den Zaun entlang. „Das ist voll schön was ihr da gemacht habt. Wollen wir vielleicht was essen? Mittagspause machen?" Wilma hob die Arme in die Luft, winkte Willem heran. „[20]*Kopje koffie? Wat eten? Pauze?*" war ihre Frage als er herankam. „Jepp" nickte Willem nur kurz. Sein Part sei beendet. Der Zement müsse jetzt sowieso aushärten. „Morgen dann Kabel und Pumpe. Vielleicht noch etwas Schlauch. Dann haben wir einen Bachlauf". Wolle aber erst noch die Kübel, die

---

[20] Tasse Kaffee? Was essen? Pause?

Tiertränken aus seinem Auto laden und aufstellen. „Ich komm' dann gleich".

„Hilfst du mir kurz?" schaute er zu mir. Was jetzt an den beiden Blechkübeln an Hilfe nötig war schien mir nicht sofort klar. Die konnte er, oder auch ich, locker alleine tragen. In jeder Hand einen. Willem holte den Wasserschlauch, begann die beiden Kübel zu befüllen. „Das hat mir gut gefallen. Mit dir zu reden. Du bist offen ... und ehrlich ... zu mir. Sowas ... so einen Freund kann ich gut gebrauchen". „Geht mir auch so. Ist genau wie du sagst. So einen Freund kann ich gut gebrauchen". Willem wechselte mit dem Schlauch vom kleineren Kübel zum grösseren. „Bleibt aber unter uns, oder? Unser Männergespräch?" „Willem, hast du doch gerade selbst gesagt. Männergespräch. Klar bleibt das unter uns".

Wilma und Ingrid waren dabei den Esstisch einzudecken. Michelle kümmerte sich um Torid. „Ich habe mit Ingrid gesprochen. Sie würde sich um Torid kümmern. Aber Wilma hat sich auch angeboten. Wir haben also zwei Babysitter". Wilma stellte Brot auf den Tisch. „Passt schon. Willem wird garantiert gleich weiter draussen rumfummeln. Er ist doch genau wie du. Immer irgendwas machen". Im Vorbeigehen kniff sie Willem in den Hintern. „Mir wär' zwar lieber du würdest an mir rumfummeln, aber so seid ihr nunmal". Willem griff ihre Hand. „Kann ich doch immer noch. Aber ich habe das jetzt auch schon begriffen. Hier in Norwegen gibt es immer nur ein begrenztes Zeitfenster Tageslicht. Das ist schon anders als bei uns in Nederland. Und es gibt noch einiges zu tun. Ich buddel' dann die Löcher. Für die Sträucher. Und du kannst doch ziemlich gut mit dem kleinen Mädchen". Er grinste zu Ingrid. „Du nicht so, oder? Du hast es nicht so mit Kindern, oder?"

Ingrid schob Teller auf dem Tisch umher. „Nicht so. Ist irgendwie nicht mein Ding. Was soll ich denn mit so einem Wurm machen? Wenn was ist. Ich kann das nicht. Ich will das nicht. Ich will ja auch keine Kinder. Bestimmt deswegen".

Michelle stellte sich zu Ingrid. „Vielleicht solltest du mal zu einer Psychologin gehen. Die kann … die könnte dir das bestimmt erklären. Näherbringen. Aber ist okay, wenigstens ehrlich. Ich muss mich schon auf den Babysitter verlassen können. Und das kann ich bei Wilma. Hundertprozentig".

Von einem Block riss ich mir einige Blätter herunter. Notierte ein paar der wichtigsten Ausdrücke. „Schaust du nach Leopold?" schob ich Willem die Zettel herüber. Blickte kurz zu Ingrid. „Aber das kannst du doch, oder? Du sprichst doch Leopolds Sprache". Ingrid nahm die Zettel. „Ja, kann ich. Mach' ich. Ich helfe dann Willem. Beim Pflanzen".

„Bleib' gerne bei uns. Hier ist geheizt. Ich pump' noch ein wenig Milch ab, für Torid. Mach' es dir gemütlich. Mach' dir die Glotze an. Was sag' ich? Die kennst dich hier aus. Mach' was du willst" wollte Michelle wohl noch loswerden bevor sie nach oben ging. Kam in einem zartblauen Kleid wieder nach unten. Kurzärmelig, mit einem glockenförmigen Rockteil, das bei ihr perfekt sass. Kurz über den Knien endend. Über dem Unterarm lag ein Mantel. Farblich passend. Zartes Blau, mit grossen, schwarzen Knöpfen. Zweireihig. „Noch schnell ein bisschen Schminke, dann bin ich soweit" verschwand sie im Badezimmer. Wilma schaukelte Torid schon im Arm. „Du hast eine verdammt hübsche Mama, weisst du das?" empfing sie Michelle lobend, als sie zurückkam. Geschminkt, Lippenstift, Kajal – das volle Programm.

„Wo willst du denn eigentlich hin?" stieg Michelle in den Mercedes, dessen Beifahrertür ich für sie geöffnet hatte. Drehte sich kurz zu mir. „Danke, der Herr. Sehr aufmerksam". Erst als ich selber den Wagen bestieg gab ich „Zu einem Platz, der nicht besser geeignet sein kann als über Kinder … über unsere Kinder zu sprechen. Über das was wir haben … und über die, die noch kommen werden … kommen sollen". Michelle schaute zu mir herüber. „Dann willst du auch noch weitere Kinder mit mir?" „So viele du möchtest mein Engel.

Bedeutet doch irgendwie auch, dass ich unaufhörlich mit dir schlafen kann. Ist nämlich gar nicht wie du gesagt hast – Jeder Schuss ein Treffer. Weißt du wie oft ich schon danebengeschossen habe? Und trotzdem war jeder Elfmeter mit dir mir ein besonderes Vergnügen. Wenn ich könnte würde ich noch viel öfters ... viel mehr mit dir schlafen. Kann ich aber nicht. Mein Material ... meine Potenz ist begrenzt". Michelle gab mir einen Kuss. „Schade eigentlich. Wenn es danach ginge ... nach Lust ... nach Begierde ... nach dir ... könnten wir gerne einfach durchvögeln. Tag und Nacht". Sie lächelte mich an. „Vielleicht zwischendurch mal was essen. Aber sonst ...".

Sie griff zu meiner Hand, die am Automatik-Wahlhebel lag. „Stell' dir mal vor ... wie das wäre ... jeder Schuss ein Treffer. Wir hätten doch schon unser eigenes Land ... unseren eigenen Staat zusammen". Mich amüsierte was sie sagte. „Das glaube ich kaum. Wenn du so viele Geburten hinter dir hättest ... glaube ich kaum, dass du dann noch Bock auf Sex hättest. Du musst dir die Landesbevölkerung ja erst mal ... einem nach dem anderen ... aus dem Leib pressen. Das ist doch bestimmt Horror". Michelle drückte meine Hand. „Kann man sich eigentlich wünschen, dass man eine Kaiserschnittgeburt bekommt? Oder gibt es das nur bei Problemen?" Da fragte sie natürlich genau den Richtigen. Mich. Spezialist in Sachen Geburt. Was ich ihr durch Achelzucken versuchte klarzumachen. „Keine Ahnung. Zumindest glaube ich nicht, dass man sich x-fach den Wanst aufschneiden lassen kann. Ausserdem ... wie sieht das denn aus? Wenn dein Bauch irgendwann nur aus Narben besteht?"

Michelle drehte sich auf dem Sitz zu mir. „Findest du mich eigentlich noch attraktiv? Begehrenswert?" „Chrrr" presste ich durch meine Lippen hervor. „Ne, du bist potthässlich. Es kostet mich schon echte Überwindung dich nur anzuschauen. Geschweige denn dich anzufassen ... zu berühren. Vielleicht bewirbst du dich mal bei einer Geisterbahn. Da werden immer wieder Horrorweiber gesucht". Beugte mich aber direkt zu einem Kuss zu ihr. „Du bist wunderschön. Was soll die Frage.

Natürlich begehre ich dich. Jeden Zentimeter. Aber nicht nur deinen Körper. Du bist alles für mich". Michelle strich mir über die Wange. „Und wenn du mit Ingrid schläfst? Ist sie nicht knackiger als ich?" „Du bist blöd Michelle. Was ist denn mit dir? Wenn du mit Ingrid schläfst? Ist sie dann nicht knackig?" Eine Hand nahm ich vom Lenkrad, legte sie auf ihren Oberschenkel. „Ist das nicht eigentlich klar? Besprochen? Wie wir damit umgehen? Ich habe noch nie zu Ingrid Dinge gesagt die ich zu dir sage. Weil ich es auch nicht so meine. Zwischen uns ... zwischen Ingrid und mir jedenfalls ... ist nichts. Also nicht nichts. Wir schlafen miteinander. Ich will sie nicht heiraten, ich will kein Kind mit ihr. Keine Kinder. Einfach nur Sex. Bei dir ist das doch auch nicht anders. Oder doch?"

Michelles Hand lag immer noch auf meiner Wange. „Aber sie ist jetzt nicht sowas wie eine Nutte für dich, oder?" „Michelle, bitte. Jetzt hör' aber mal auf. Gut, so gesehen hast du natürlich Recht. Ich liebe sie schon. Als Ingrid. So wie sie ist. Nicht mehr. Nicht weniger".

Drehte mir den Rückspiegel so dass ich Michelle anschauen konnte – und gleichzeitig auf die Strasse. „habt ihr beiden denn mal über diese Hauptfrau und Nebenfrau-Sache gesprochen?" Michelle drehte mit ihrer linken Hand den Rückspiegel zurück. Hältst du mal kurz an? Fährst du mal irgendwo an die Seite?"

Eine richtige Parkbucht gab es nicht. Ich steuerte den Parkplatz des Baumarkts in Åsane an. „Was ist denn?" stellte ich den Motor ab. Michelle räusperte sich ein paar Mal. „Ich muss ja demnächst nach Nederland. Ich muss mich da melden. Meine Mutterschaft ist so gut wie beendet. Ich krieg' dann auch kein Geld mehr. Oder ich muss meinen Job ... im Pflegeheim wieder anfangen". „Du spinnst doch" kam es spontan, ohne zu überlegen aus mir heraus. „Gar nichts musst du. Erst recht nicht im Pflegeheim arbeiten". Michelle rutschte auf ihrem Sitz herum. „Irgendwas muss ich auf jeden Fall machen. Wenn ich in Nederland gemeldet bin ... bleiben will ...

muss ich doch irgendwas machen. Oder mich arbeitslos melden. Oder ...".

„Wenn du das meinst ... meinst das machen zu müssen ... dann musst du das wohl machen. Meld' dich einfach ab in Nederland. Beende deine Mutterschaft. Mach' alles offiziell. Du brauchst kein Geld von denen. Dein Mann ... ich ... ich versorge dich. Ausserdem hast du hier doch schon einen neuen Job. Bei Mikkel. Und bald auch deinen eigenen Hofladen. Das sind doch deine Wünsche ... deine Träume. Halt bloss daran fest. Lass' die nicht aus den Augen. Scheiss' auf Nederland. Zumindest auf den Ämterkram. Dein Leben ist jetzt hier. In Hylkje". Mit beiden Händen fasste ich ihr Gesicht. „Oder wie stellst du dir das vor? Willst du Torid mitnehmen? Mir wegnehmen? Willst du, dass deine Tochter ohne Vater aufwächst? Und das Kind, dass du im Bauch hast ... eventuell ... Du bist doch BallaBalla. Kommt überhaupt nicht in die Tüte. Was hast du vor kurzem erst zu mir gesagt? Ich kümmer' mich um die Kohle, du um den Rest. Ist das nicht so? Hast du das nicht gesagt?"

Unter ihrem Kinn hob ich ihren Kopf ein wenig an. „Kommt überhaupt nicht in Frage. Wir machen einfach weiter. Wir leben einfach weiter wie wir es wollen. Wir brauchen kein Amt. Keine finanzielle Unterstützung. Im Gegenteil Wir kaufen uns bald eine Kuh, du machst Käse. Den wir verkaufen können. Du wirst mich heiraten. Du wirst meine Frau. Und ich werde für dich sorgen". Streichelte über ihren Bauch. „Für euch. Für Torid. Und für alles was da noch kommt".

Michelle warf ihre Arme um meinen Hals. „Du hast es schon drauf. Mir Liebeserklärungen zu machen". Strich mit einer Hand ihre Haare zurück. „Genau so machen wir das. Ich meld' mich einfach aus meiner Mutterschaft zurück. Und dann hat sich das erledigt. [21]*Jeg bor i Norge. Torid ... barna våre i*

---

[21] Ich wohne in Norwegen. Torid ... unsere Kinder sowieso.

hvert fall". Sie gab mir einen Kuss. „Und ich werde deine Frau. Wir werden heiraten. Und du machst mir noch mehr Kinder. Basta. Die helfen alle. Auf dem Hof. Im Hofladen. Wir machen ein richtiges Imperium auf. So einfach ist das".

„Genau so will ich das hören, mein Spätzchen ..." Michelle unterbrach mich. „Das hast du ja noch nie zu mir gesagt. Mein Spätzchen". „Ist einfach mal was anderes. Ist doch eigentlich egal, was ich sage. Wichtig ... wichtiger ist doch was der Auslöser dafür ist. Das bist du. Ich kann gar nicht genug Kosenamen für dich finden. Mein Spätzchen, mein Hase, mein Engel, mein Kätzchen ... am Ende bleibt es aber doch immer meine Michelle, meine geliebte Michelle".

Michelle setzte sich wieder Vorschriftsmässig in ihren Sitz, zog sich das Kleid zurecht. „Ist das nicht verrückt? Da müssen wir auf den Parkplatz vom Baumarkt fahren, um so miteinander zu reden". „Wohl weil wir immer eingespannt sind. Auch zuhause. Eigentlich ist doch immer was los. Bei uns. Das ist viel zu selten, dass wir so sind. So sein können". Michelle strahlte mich an. „Ich liebe dich so unendlich. Echt Mann, ich liebe dich. Total".

Ich startete den Mercedes. „Und jetzt fahren wir weiter, oder?" Michelle kontrollierte im Schminkspiegel der Sonnenblende den Sitz ihrer Frisur, schürzte ihre Lippen. Stülpte sie leicht übereinander. „Ich habe dich immer schon geliebt ... war immer schon in dich verliebt. Von dem Moment an, als ich zu euch gekommen bin.- Als du noch mit Wilma zusammen warst. Weißt du das noch? Als wir meine Klamotten aus deinem Escort holen wollten? Und du mich auf dem Kinderspielplatz ... in Rockanje ... so dermassen gefickt hast? Mein erster Fick mit einem Mann. Mit meinem Mann. Das warst du ... das bist du. Mein Mann".

Ich schaute zu Michelle herüber, berührte ihre Wange. „Das weißt du noch alles? Wie das mit uns angefangen hat?" Michelle tippte mit einem Finger an ihren Kopf. „Du schreibst das vielleicht alles in deine Kladden. Bei mir ist das alles hier oben abgespeichert. Alles. Alles was du getan hast. Für mich. Mich aus dem Scheiss Appartment in Spijkenisse rausgeholt hast. Mich in deine Wohnung ... in dein Herz aufgenommen hast. Das was Wilma heute morgen gesagt hat stimmt. Du gibst alles ... für die die du liebst. Das Kleid hier ... alle Kleider ... alles ... ich hatte doch gar nichts. Du hast aus mir die Frau gemacht, die ich heute bin. Vorher war ich doch nur das geschundene Heimkind".

Aus dem Augenwinkel bemerkte ich sehr wohl Michelles Tränen. „Na Na, nicht weinen". Streichelte über ihren Oberarm. „Das Kleid hast du vielleicht von mir bekommen ... aber die Frau die darin steckt ... das bist du ... das warst du. Das was du nämlich heute morgen gesagt hast ist ganz wichtig ... für dich. Du kannst ... du sollst sein wie du bist. Ich will dich gar nicht anders. Dann wärst du ja auch jemand anders. Ich will aber dich".

Vom Baumarkt aus war es nicht mehr sehr weit. Ich wollte – ursprünglich geplant – nach Myrdal. Einen kleineren Ortsteil von Nyborg. Da wo Frederike mit ihrer Hundezucht lebte. Hatte nämlich von ihr, mit Hilfe von Händen und Füssen, bei unserem gemeinsamen Hundegang vor ein paar Tagen erfahren. dass hier ein schöner Kindergarten sei. Eigentlich auch von Hylkje aus der nächstgelegene. Darüber hinaus war die Gegend sehr schön. Lud zum Spazieren ein. Das hatte ich bemerkt als wir Frederike besucht hatten.

Rot getünchte Holzhäuser erwarteten uns, schmiegten sich an bewaldetes Gebiet heran. „Was ist das?" wollte Michelle wissen. „Hier wolltest du hin? Was gibt es hier?" Wir liefen über das Grundstück. Jetzt natürlich Menschenleer. Es war Sonntag. Alle Kinder waren zuhause. Auf einer grossen Rasenfläche waren ein paar Schaukeln zu sehen. Daneben Sitzgelegenheiten. Tische und Bänke. „Das ist mir grad so in den Sinn gekommen. Als du das erzählt hast. Ich will mit dir schlafen. Hier auf dem Spielplatz". Michelle schaute mich mit grossen Augen an. „Ja klar. Und wie zufällig ist dann auch direkt ein Spielplatz zur Stelle. Was ist das hier?"

„Das ist ein Kindergarten. Vielleicht für Torid. Wenn Kinder hier .... in Norwegen acht Monate alt sind können sie ja schon in den Kindergarten. Das ist nicht weit von Hylkje. Und wir müssen uns sicher bei Zeiten für einen Platz anmelden". Wir stromerten weiter über das Gelände. Michelle warf einen Blick durch die Fensterscheiben in den Kindergarten hinein. „Sieht gut aus. Ja, Kindergarten wäre schon gut. Dann kommt Torid mit anderen Kindern in Kontakt. Ich könnte ein bisschen Luft für mich bekommen. Und wenn es nur ein paar Stunden am Tag sind". Michelle hakte sich bei mir unter. „Wie ist das wohl, wenn ich wirklich schwanger bin? Torid ist dann ungefähr ein Jahr alt, wenn unser zweites Kind geboren würde". „Wenn ... würde ... wäre. Wollen wir nicht mal abwarten? Was dein Frauenarzt sagt". Michelle lehnte sich an meinen Arm. „Klar, können wir machen. Für mich steht das aber schon fest. Wir kriegen ein Baby. In neun Monaten".

Michelle setzte sich auf eine Schaukel, schaukelte. Ein paar Mal. Warf die Sitzfläche samt Kette ein paar Mal über die obere Stange des Schaukelgestells. Kontrollierte. Nur was? Schaute dabei verstohlen umher. „Und hier ist heute echt geschlossen? Hier ist keiner?" Setzte sich wieder auf die Schaukel. Hob ihr Kleid an. „Nimm meine Beine. Stell' dich vor mich. Mach's mir".

Michelle hüpfte von der Schaukel herunter, strich ihr Kleid glatt. Fasste an meinen Pimmel. „Also hören Sie mal. Was ist denn das für eine Art? Sich mir hier so unsittlich zu nähern. Wollen Sie nicht mal diese Schwellung wegpacken. Wenn das einer sieht". Lachend zog sie mich an der Hand hinter sich her. Mit halb heruntergelassener Hose watschelte ich hinter ihr her. „Lass' es uns da auf dem Tisch machen. Wie bei unserem ersten Mal. Kannst auch gerne so grob sein wie damals". Michelle grinste mich an. „Weißt du das denn noch? Du warst so geil, dass du mir den Slip zerrissen hast".

Das war eine neue – oder vergessene Information für mich. Michelle setzte sich auf den Tisch, stellte ihre Füsse auf die hölzerne Sitzbank davor. Schob ihr Kleid hoch. „Kannst du dir vorstellen ... stell' dir mal vor ... ich wäre damals schon schwanger geworden. Nach unserem ersten Fick. Ich weiss noch genau wie Wilma uns zur Sau gemacht hat ... als du ihr davon erzählt hast. Vonwegen kein Kondom und so".

„Das weißt du alles noch?" „Ja, habe ich doch gesagt. Ist in meinem Kopf gespeichert. Überall haben wir es gemacht. Nach den Fahrstunden ... deinen privaten Fahrstunden für mich ... auf der Motorhaube von deinem Rennwagen. Das war so heiss". Michelle lachte. „Ich meine die Motorhaube. Du hast ... wir haben eigentlich überall gevögelt. Und weißt du noch? Da in der Schule? Als ich der Vermieterin der Pension gesagt habe, dass sei unsere Hochzeitsnacht?" „Echt, das weißt du alles noch? Mit Details? Wo war das denn?"

Michelle hüpfte von der Tischplatte, setzte sich auf die Bank. „Das war in Enschede. Das weiss ich deswegen so genau, weil du mich da das erste Mal von hinten genommen hast. Mich in den Arsch gefickt hast". Neben mir sitzend lehnte sie ihren Kopf an meine Schulter. „Und du bist so gekommen. So laut. Du hast so gestöhnt". Sie lachte. „Hoffentlich kriegt der jetzt keinen Herzkasper habe ich sogar gedacht".

Meinen Arm legte ich um ihre Schulter. Hatte mittlerweile auch schon meine Hose wieder richtig angezogen. „Wir beide sollten mal zusammen was schreiben. Ein Buch. Unsere gemeinsamen Erlebnisse. Ist bestimmt interessant ein und dieselbe Situation aus zwei Blickwinkeln zu lesen". Michelle nahm meine Hand, die etwas oberhalb ihres Decolleté lag. „Lenk' jetzt nicht ab. Lass' mich noch ein bisschen erzählen. Was ich gespeichert habe. Deswegen bist du ja auch so präsent bei mir. Du füllst meinen Kopf ... meine Gedanken komplett aus. Alles was ich erlebt habe, habe ich mit dir erlebt. All das hat den ganzen Müll aus mir herausgedrängt. Nur manchmal ... in kurzen

Momenten kommt das noch mal durch. Aber dann denk' ich an dich ... und alles ist gut. Alles ist schön".

Michelle erzählte mehr. Zum Teil sogar Dinge von den ich nichts ... nichts mehr wusste. So als wäre ich gar nicht dabei gewesen. War ich aber, wie sonst hätte Michelle davon erzählen können. Ganz kurz kam ein Gedanke in mir auf. An einen Freund. Aus früheren Tagen. Den ich irgendwie aus den Augen verloren hatte. Rolf. „Der hat immer gesagt *Wer sich erinnert, war nicht dabei*". Michelle strich mir durch die Haare. „Ist doch Quatsch. Man kann sich doch nur an was erinnern was man erlebt hat. Oder kannst du dich an deine Träume erinnern? Selbst wenn du das geilste Gerät der Welt in deinem Traum fickst, du wirst nie ein Gesicht dazu assozieren können. Das geht nur in echt. Solltest du aber wissen. Oder hast du schon mal so eine richtige Schabracke gevögelt? So ein richtig hässliches Weib?" Michelle lachte. „Kann ich mir gar nicht vorstellen. So ein bisschen kenne ich ja deinen Geschmack". Ich drückte Michelle an mich. „Habe ich dir doch eben im Auto schon gesagt. Du, du bist ...". Michelle erstickte weitere Worte mit einem Kuss. Spielte mit ihrer Zunge in meinem Rachen.

In ihrer rechten Hand baumelte ihr Slip. „Soll ich den wieder anziehen? Oder wird das noch was mit uns?" schmunzelte Michelle mich an. „Ne, zieh' an. Wird nix mehr. Lass' uns noch ein wenig rumgehen".

Das Grundstück, das Waldgrundstück war wunderschön. Ich konnte mir die spielenden Kinder hier wunderbar vorstellen. Keine Autos, kein Verkehr, kein Verkehrslärm. Nur wenige Schritte bis in den tiefsten Wald. Direkt rechts von dem Gebäude ein grosser Sportplatz. Bestimmt optimal für Jungs. Zum Bolzen. Zum Toben. An der Eingangstüre war ein Schild angebracht. „Åpningstider: Mandag, Tirsdag, Onsdag, Torsdag, Fredag - åpent fra kl. 07.00". Mit meinen Händen tat ich so als würde ich das abfotografieren. Was aber gar nicht nötig war. Einfach jeden Wochentag ab 7 Uhr.

„Anhänger"

„Du kannst ja mal an irgendeinem Tag hierhin gehen. Am besten direkt mit Torid. Ist zwar noch Zeit, aber Monate gehen schnell vorbei. Schau' mal wie fix die letzten Monate vergangen sind. Ich schloss Michelle in meine Arme. „Monate der Freude. Jeden Tag. Unser Kind macht mich glücklich".

Notierte mir im Auto zur Sicherheit aber dennoch die Öffnungszeiten. Zettel … Papier … Notizpapier lag ja irgendwie überall rum. Zwar eine Marotte von mir, aber sehr hilfreich. Verstaute den Zettel in meiner Jackentasche. „Darf ich dich zum Essen einladen? Bei Regine? Ist ja nicht weit von hier? Höchstens sechs Kilometer. Oder möchtest du nach Hause?" Michelle drehte sich ein wenig. „Och, wenn du mich so lieb fragst, zum Essen einladen lass' ich mich gerne. Besonders zu Regine".

Regine freute sich riesig uns zu sehen. Setzte sich einen Moment zu uns, erzählte ein wenig. „²²Kaffe først?" schaute sie dann fragend uns beide an, nachdem Michelle ihr von dem Ausflug zum Kindergarten berichtet hatte. Was ich aus dem Wort „Barnehagene" schloss.

Zu meiner Überraschung servierte Arnora uns den Kaffee. „²³Hei, kjære. Hyggelig å se deg. Hvorfor ikke bli med oss" versuchte ich meinen bislang recht bescheidenen Wortschatz anzubringen. „²⁴Du snakker allerede som en ekte nordmann" lächelte Arnora. „Komm' Süsse, setz dich zu uns" führte Michelle auf Englisch das Gespräch weiter. „Oder musst du arbeiten?" Das müsse sie nicht. Regine, ihre Mutter habe ihr nur Bescheid gesagt, dass wir da seien. „Da bin ich natürlich gleich losgeflitzt. Schön euch zu sehen. Wo ist denn

---

²² Erstmal Kaffee?

²³ Hallo Schatz. Schön dich zu sehen. Setz' dich doch zu uns.

²⁴ Du sprichst ja schon wie ein echter Norweger.

Torid? Im Auto? Schläft sie?" Michelle erzählte ihr, dass wir – mal zur Abwechslung – Kindfrei hätten. Wir einen kleinen Ausflug gemacht hätten. „Du musst mal wieder kommen. Damit du siehst was Gus unserem Leopold schon alles beigebracht hat. Das ist so ein lieber Hund".

Trotz aller von Regine genannten und angepriesenen Speisenempfehlungen beschränkte sich unsere Auswahl – typisch Sonntag – auf Kuchen. Passte auch hervorragend zur Tageszeit. Nachmittag. Sonntagnachmittag. Kuchenzeit. Arnora bat Michelle mitzukommen. „Zur Kuchen- und Tortenvitrine". Aber sicherlich auch um für einen Moment mit „ihrer" Freundin reden zu können. Ungestört. Von Freundin zu Freundin. Hatten sich sicherlich einiges zu erzählen. Knappe zwei Wochen hatten sie sich nicht gesehen. Gesprochen.

Nach der Dauer die Michelle weg war zu urteilen hatte sie garantiert eine ganze Konditorei ausgewählt. Dem war aber nicht so, wie sie mir erzählte als sie sich wieder zu mir setzte. Genau das Gegenteil war der Fall. Anders noch. Sie hatte nicht nur Kuchen ausgesucht, sondern auch noch Regine gesprochen. Über Schafe. Genauer gesagt über zwei Schafe. Die zudem auch noch trächtig seien. Habe sich quasi von Regine „belabern" lassen, die sich zu nehmen. Zu uns. „Weil Regine ... und Arild ... im Moment einfach zu viel Nachwuchs haben. Tiernachwuchs". Wusste mit einer Erklärung „Wir haben doch Platz. Jetzt wo wir eine eingezäunte Weide haben ... und die Tiere ... bis auf die Hühner ... den Stall eigentlich gar nicht nutzen ... Nur noch selten ... Sonst sind die doch nur draussen". Ihren „Biiitte-Blick" unterstütze sie mit Auflegen ihrer warmen und weichen Handfläche auf meinen Handrücken. „Und das wäre doch auch gut für deinen Leopold. Dann hat der richtig was zu tun".

Wie geschickt sie ihre Argumente ... ihr Bitten mit der kleinen Silbe „dein" Leopold verband. Klimperte mich mit Augenaufschlag weiter an. Dann hätten wir doch schon eine kleine Herde. Genug für Milch ... und Wolle. „Wenn ich einen

Hofladen mache brauche ich doch schon etwas mehr als nur ein Schaf". Ein Schaf? Was war denn mit den Lämmchen? Das waren doch auch ... wären doch auch in Kürze Schafe. Ausgewachsene Schafe. „Die geben doch nicht automatisch Milch. Nur weil sie ausgewachsen sind. Die müssen doch erst einmal gedeckt werden". Ihr Lächeln war entwaffnend. „Decken nennt man bei Tieren das. Wenn sie gefickt werden". Strich mir über die Wange. „In der Tierwelt wärest du ja auch sowas wie ein Deckhengst. Wenn du mich nicht decken würdest würde ich ja auch keine Milch produzieren".

Warum sprach man eigentlich bei Soldaten ... oder in Cowboyfilmen ... bei Kampfhandlungen davon, dass man in Deckung gehe? War das jetzt ... nach Michelles Schilderung ... nicht so, dass man sich ganz und gar nicht versteckte, wenn man in Deckung ging? Sondern das Gegenteil. Dass man bewusst ... und gewollt in den Angriff überging? Seinen Pimmel rausholte. Seinen Gegner ... seine Gegnerin decken wollte. Ich schaute Michelle an. War sie meine Gegnerin? Wohl kaum. Warum also nannte man das in der Tierwelt „Deckung"? Warum sagte man nicht auch ... wie bei uns Menschen „Ficken"? Oder höflich ausgedrückt „Geschlechtsverkehr"? Obwohl das ja eigentlich auch ein bescheuerter Ausdruck war. Was hatte das mit Verkehr zu tun? Gab es in den Unterleibern vielleicht einen Stau? Oder erhöhtes Verkehrsaufkommen? Tummelten sich gar mehr als zwei Geschlechtsteile bei diesem Akt am Ort des Geschehens? Wenn, dann doch wohl eher hintereinander. Nicht gleichzeitig. Galt doch wohl auch nur für weibliche Geschlechtsteile, oder? Mehr als eine Fotze konnte ein Pimmel doch nicht bedienen. Zur gleichen Zeit. Und bei Frauen? Konnte man zwei ... oder gar mehr Pimmel in sie einführen? Konnte ich mir nicht vorstellen. Wollte ich mir nicht vorstellen.

„Was meinst du denn mein Schatz?" riss mich Michelles Frage aus meiner Grübelei. „Ja sicher. Was denn?" Michelles Hand lag noch auf meiner. Warm. Und zärtlich mit den Daumen meinen Handrücken streichelnd. „Hast du mir nicht zugehört? Die Schafe. Wollen wir die zu uns nehmen?" Ich gab mir einige Mühen ihrem Blick genau so zu entgegnen. Lieb, bittend. „Ja. Ja, klar. Jedes Wort. Zwei Schafe. Gedeckt, Trächtig. Nachwuchs. Milch. Wolle. Jedes Wort mein Engel". Michelle lachte. „Netter Versuch. Das war aber nicht meine Frage".

Regine brachte einen grossen Porzellanteller mit Kuchen. Mit Torte. Setzte ihn behutsam auf dem Tisch ab. „Ist nicht hausgemacht. Aber von einem Konditor. Und weil wir so viele Urlaubsgäste haben … ausländische … aus Deutschland … haben wir extra auch Sswarsswäldor Kirsstörte". Fast hätte ich den Schluck Kaffee, den ich gerade getrunken hatte, wieder ausgespuckt. „Du hörst dich an wie Susana". Michelles Augen weiteten sich, Regine schaute nur fragend. „Wer ist Susana?" Mit dem Handrücken wischte ich mir etwas Kaffee von den Lippen. „Eine Freundin von uns. Aus Schweden".

Wie lange hatte ich das nicht mehr gegessen? Schwarzwälder Kirschtorte. In meiner Kindheit, meiner Jugendzeit zuletzt. Bei meinen Eltern. Meine Mutter machte die sogar selber. Zu besonderen Anlässen. Süss, Saftig, Gehaltvoll, Kalorienbombe. Aber sowas von lecker. Zucker und Sahne ohne Ende. Dann noch diese besonderen Kirschen. Aus dem Glas. Natürlich auch noch mal extra gezuckert. Gelegentlich, wenn ein paar Kirschen übrig blieben, durften wir Kinder diese pur, aus dem Glas naschen. Eigentlich blieben so gesehen keine übrig, meine Mutter liess einfach „absichtlich" ein paar im Glas. Für uns Kinder. Und ein wenig Sahne, frisch aufgeschlagen, aus der Rührschüssel aufschlecken.

In einer extra Schale, einem Schälchen, servierte Regine noch eine zusätzliche Portion Sahne. Von der ich direkt einen anständigen Klecks in meinen Kaffee gab. War aber eigentlich für den „Toscakaka" gedacht. Ein karamelisierter Mandelkuchen. „Habt ihr zufällig Eierlikör?" wollte ich von Regine wissen. „Ja, haben wir. Aber nicht selbstgemacht. Gekauft". Sie ging kurz an den Bartresen in der Raummitte.

Holte eine Flasche und zwei kleine Gläser. „Klötenköm" stellte sie die schwarze Flasche auf den Tisch. Sei auch aus Deutschland. „Du sprichst doch Deutsch. Was heisst das, Klötenköm?"

Gut, dass ich noch nichts, keinen Kuchen oder Kaffee, im Mund hatte. Die Sauerei wäre perfekt gewesen. „Eierlikör Regine. Aber eigentlich ist das ein Ausdruck aus Norddeutschland. Klöten nennt man da die Eier ... die Tierhoden. Manchmal auch die von Männern". Regine lachte laut auf. „Das muss ich Arild erzählen". Schaute zu Michelle. „Wusstest du das? Eigentlich bedeutet das dann doch sowas wie Sperma, oder sehe ich das falsch? Ist das jetzt meine Phantasie, die da mit mir durchgeht?" Michelle stimmte in ihr Lachen ein. „Ja Regine, das ist deine Phantasie. Aber ist doch eine nette Vorstellung. Kannst du dann ja beim nächsten Mal zu Arild sagen – Gibst du mir bitte noch ein wenig Klötenköm". Regine setzte sich zu Michelle. Lehnte sich lachend an ihre Schulter. Goss zwei Gläschen Eierlikör ein. „Also ich dann nicht" lehnte Michelle ab. „Dann werde ich wohl nach Hause fahren. Wenn Gus etwas trinkt". Regine hielt mir ihr Gläschen zuprostend entgegen. „[25]Skål. Så ned med sæden". Michelle schlug leicht an Regines Unterarm. „Regine ...". Drückte sie an sich. Lachte. Was weiss ich worüber. Was war an Skål so lustig?

Erst einige Zeit später kam Arnora wieder zu uns an den Tisch. „Mama hat gesagt ich soll euch in Ruhe Kuchen essen lassen" setzte sie sich zu Michelle. Unterhielt sich dann aber direkt sehr angeregt mit Michelle. Hatte wohl einiges nachzuholen. An Redebedarf. Ich goss mir noch ein Gläschen Eierlikör ein, Regine hatte die Flasche auf dem Tisch stehen lassen, ging auf die Veranda. Um zu rauchen. Hatte aber auch Michelles Blick richtig gedeutet, die mit den Augen „nach rechts" auf den Ausgang wies. Dabei ganz leicht ihren Kopf,

---

[25] Prost. Dann runter mit dem Sperma.

auch nach rechts, neigte. Was für mich bedeutete „[26]*rot op*".
Sie wollte mit Arnora quatschen.

Gemächlich schlenderte ich zu den Stallungen. Einige Schafe lagen im Stall, ihre kleinen Lämmchen aneinander gekuschelt. An die Mütter gekuschelt. Davon würden es keine sein. Suchte weiter mit meinen Augen. Woran erkannte man überhaupt schwangere Schafe? Am Bauchumfang? Wie bei Frauen? Aber wie sollte ich das erkennen? Trugen sie doch alle einen dicken Wollpullover. Was war also dicker Bauch? Und was war nur dickes Fell? Oder konnte man das am Euter erkennen? An den Schafbrüsten? Aber wie dick ... wie gross waren die denn im „Nichtschwangerzustand?"

„Lass' dich einfach überraschen" schloss ich meine Beobachtungen ab. Ja gesagt, zugestimmt hatte ich ja sowieso schon. Also worüber sich einen Kopf machen? In Kürze würde ich das ja erleben. Wusste ja bereits, dass Schafe etwa 150 Tage trächtig waren, also in etwa 5 Monaten wüsste ich mehr.

Michelle und Arnora unterhielten sich weiterhin sehr angeregt. Ich ging an den Bartresen. Zu Regine. Bat sie, uns bitte von dem Kuchen für unsere Mitbewohner einzupacken. „Von der Kirschtorte aber bitte vier Stücke. Von dem Mandelkuchen drei". Wartete förmlich darauf, dass Regine erneut „Sswarsswäldor Kirsstörte" sagen würde. Was sie auch tat. Ging dann zu Michelle an den Tisch. „Wir brechen jetzt aber auf, oder? Wird bald dunkel. Vielleicht kann ich noch irgendwas helfen. Auf dem Hof".

Regine brachte ein Papptablett mit Kuchen. In einer Glasschüssel hatte sie noch Schlagsahne abgefüllt. Mit Klarsichtfolie, mit Cellophanfolie abgedeckt. Michelle legte ihr grosszügig Geld auf den Tisch. „Warum vier Stücke Torte? Und von dem anderen nur drei?" schob sie das Tablett ein wenig

---

[26] Verschwinde mal.

über den Tisch. „Für dich mein Schatz. Oder für mich. Kann ich ja nachher von deinem Körper essen". Michelle schmunzelte. „Hör' doch auf. Sind doch nur leere Versprechungen. Morgen musst du wieder arbeiten. Da gehst du doch gleich wieder in dein Einzelzimmer. Musst schlafen. Ich kenn' dich doch". Drehte die gläserne Schüssel. „Obwohl ... reizvoll wäre das schon. Weißt du noch wie wir das mal gemacht haben? Mit Wilma. Bevor sie da in Friesland zur Schule gegangen ist. Wir uns mit Sprühsahne eingesaut haben ... und uns dann gegenseitig geleckt haben?" Im Gegensatz zu einigen anderen Dingen, die Michelle gesagt hatte, oder gefragt hatte ... im Laufe des heutigen Tages ... aus ihren Erinnerungen heraus ... konnte ich mich daran sehr gut erinnern. „Oder nur die Sahne. Wir behalten nur die Sahne. Den Rest geben wir den dreien". Michelle grinste. „Dann bin ich mal gespannt".

Regine und Arnora verabschiedeten uns an der Restauranttüre. „Ich komme in den nächsten Tagen zu euch. Wollte ja auch mal mit Ingrid reden. Kannst du sie bitten, mich mal anzurufen? Wegen eines Termins. Dann bringe ich auch die Schafe mit, wir haben ja einen Anhänger. Wäre natürlich gut, wenn noch jemand da ist, der beim Ausladen helfen könnte" äusserte Regine ihre Wünsche. Aber erst als Arnora schon gegangen war. „Was sollen ... was kosten die Viecher eigentlich Regine? interessierte mich jedenfalls. „Vielleicht kann Ingrid das mit ihrer Beratung verrechnen. Ich muss bestimmt mehr als einmal zu ihr kommen" lächelte Regine. „Ihr könnt das doch bestimmt untereinander abklären. Ein paar Sitzungen werde ich wohl brauchen. Nötig habe ich das auf jeden Fall". Sie legte ihre Hand auf Michelles Arm. „Und ich bringe Arnora mit. Das Angebot von dir gilt doch noch, oder?" Michelle nahm sie in den Arm. „[27]Definitivt Regine. Alt som diskutert". Gab ihr einen Kuss. „Jeg elsker deg, kjære".

---

[27] Auf jeden Fall Regine. Alles wie besprochen. Ich hab' dich lieb Süsse.

„Nachtisch"

Ein paar Meter waren wir gefahren. Also Michelle fuhr. Waren kurz hinter der Geländeinfahrt bei Regine. „Du magst es Frauen zu küssen, oder? Hast du bei Nele auch getan. Als wir dort waren". Michelle stellte sich mit der rechten Hand den Rückspiegel ein. „Ja, warum denn nicht. Ich mag sie. Nele und auch Regine. Habe ich doch auch gesagt. Dass ich sie liebhabe. Gibt es eine bessere Art seine Verbundenheit auszudrücken? Als mit einem Kuss?" Sie schaute kurz zu mir herüber. „Ist doch auch nichts dabei. Ist ein Kuss halt. Der nur ausdrückt was mein Mund sagt. Ja, ich habe sie lieb. Deswegen küsse ich sie. Regine. Und auch Nele. Ist doch nichts Schlimmes". Sie drückte meinen Arm. „Ihr Männer seid da wohl anders. Ist dir vielleicht peinlich einen Mann zu küssen. Du äusserst deine Gefühle ... Männern gegenüber eben anders. Oder hast du mal einen deiner Freunde geküsst? In Rockanje? Hier? Hast du schon mal einen Mann geküsst? Einfach so? Weil du ihn gernhast?"

Lange brauchte ich über die Frage, die Fragen nicht nachdenken. „Nein". Brauchte eine Sekunde. „Doch. Einmal. Einen Kollegen auf der Brent Alpha. Bin aber ... also wir beide ... sind aber direkt von unseren Arbeitskollegen verspottet worden". Michelle grinste. „Männer".

Michelle liess sich nach dem Einparken auf dem Hof direkt die Kuchenplatte von mir geben. „Die Sahne stellst du am besten direkt in den Kühlschrank. Bei uns. Brauchen die anderen erst gar nicht sehen". Ging dann auf direktem Wege zu Wilma.

Wie geheissen hatte ich die Sahneschüssel deponiert, holte erst noch ein wenig Brennholz, legte einen Holzscheit im Kamin nach. Ging dann auch zu Wilma. Auch bei ihr war es „muckelig" warm. Auf dem Boden vor dem Kamin hatte sie eine richtige Spielwiese für Torid ausgebreitet. Decken, Kissen, ihre Kuscheltiere. Lag mit ihr mittendrin. Michelle hatte sich zu

Willem an den Tisch gesetzt, war bereits mit ihm im Gespräch. Ich hockte mich zu Torid. Und Wilma. Kitzelte leicht über Torids Bauch. „Weißt du eigentlich wie dankbar ich bin? Dafür, dass wir … dass du so eine tolle Tante hast? Tante Wilma. Sie ist echt ein Goldschatz". Drehte mich zu Wilma. „Danke, mein Goldschatz. Setz‘ dich zu Willem. Iss ein Stück Kuchen. Oder zwei. Sonntag. Hast du dir echt verdient". Schaute wieder zu Torid. „Ja, der Papa ist da. Und wo ist die kleine Torid?" Hielt mir die Hände vor‘s Gesicht. „Toooriiid". Nahm die Hände weg. „Da ist ja die kleine Torid". Das … mein Baby lächelte. Mich an. Ich hob sie in meine Arme. „Kommst du mit? Wir gehen mal zu Leopold".

Leopold lag auf der Wiese, bei den Lämmchen. Kam direkt als er uns sah, angelaufen. „Hei, gutten min" hockte ich mich mit Torid. Leopold drehte sich zwischen meinen angewinkelten Beinen. Schlabberte mit seiner Zunge an Torids Händchen. „Schau‘ mal, wie er sich freut dich zu sehen" schaute ich in Torids strahlendes Gesicht, die „Da Da Da" von sich gab. Setzte sie auf meinen Oberschenkel, an meinen Oberkörper angelehnt, führte ihre Hand an Leopolds Fell. „Ist der nicht lieb. Der hat dich ganz doll lieb". Etwas unbeholfen versuchte Torid nach ihm zu patschen. „Du machst nichts, sie will dich nicht schlagen, Torid kann das noch nicht so gut. Lass‘ sie einfach mal machen" strich ich mit einer Hand seine Nackenhaare. Führte Torid behutsam näher an Leopold heran. „Streicheln, nicht schlagen".

Nicht weit von uns entfernt lag eines seiner Hölzchen. Torid schien zu gefallen wie Leopold nach meinem Wurf losrannte. „Da Da Da" hiess also alles mögliche. Für sie. Freude, Erstaunen, was weiss ich nicht noch alles. Wir liefen über die Weide. Auch zu den anderen Tieren. Bei den Schafen blieben wir kurz stehen. „Willst du die auch mal streicheln?" schaute ich zu Torid. „Zumindest versuchen?" Ob die Lämmchen sich so easy streicheln liessen wie Leopold wusste ich selber nicht. Vielleicht würden sie, in irgendeiner Form, auf Torids Laute „Mem Mem Mem" reagieren. Versuchte mit diesen Lauten …

Worten ... uns den Lämmern zu nähern. Wie weit Torid ihre Augen aufreissen konnte. Wie sie auf das „Määh, Määhäähää" reagierte. Und auch Lily, ihre Mutter, kam auf uns zu. Stiess leicht mit dem Kopf gegen meinen Schenkel. Rieb ihn leicht an meinem Bein. Leopold beobachte alles aus ein paar Schritten Entfernung. Scheinbar bereit einzuschreiten ... wenn ihm irgendwas nicht koscher vorkommen sollte.

Fast schon wie von einer Eskorte begleitet, von Schafen und Hund, liefen wir zum Teich. Willem und Ingrid hatten ganze Arbeit geleistet. Alle Pflanzen werden gesetzt. Die Bambusstangen wogten ganz leicht hin und her. Das sah schön aus. Alles. Die niederigen Bodendecker, hier und waren einige Blüten zu sehen, bildeten sowas wie einen Teppich um den niedrigen Zaun herum. Aus dem, in regelmässigen Abständen, die Sträucher oder eben das Bambus herausragten.

Willem war zu uns gekommen, trug das Kuchentablett in einer Hand. „Gefällt dir?" Er wolle kurz zu Ingrid rübergehen, ihr auch Kuchen bringen. „Sie hat sich vorhin ... nach der Arbeit ... ein wenig hingelegt. Vielleicht ich sie ja wach. Ich schau' einfach mal". Willem ging los. „Willem ..." Kurz drehte er sich über die Schulter zu mir. „Ja, gefällt mir. Sehr. Alles. Auch das mit dem Grünzeug auf dem Teich. Vor allem gefällt mir, dass ihr das einfach gemacht habt".

Einen Moment war ich schon wieder bei Wilma als Willem auch eintrat. Er solle alle grüssen, von Ingrid. Sie würde allerdings nicht kommen, sondern beizeiten zu Bett gehen. Müsse auch noch einiges lesen, vorbereiten. „Für sie fängt ja auch morgen wieder die Arbeitswoche an". Willem setzte sich zu uns. „Ich kann mir gut vorstellen, dass das schon anstrengend ist. Für den Kopf. Sich den ganzen Müll von anderen Leuten anzuhören. Und dann auch noch gute Ratschläge erteilen. Vor allem immer freundlich zu bleiben. Also ich ... würde wahrscheinlich irgendwann einfach sagen *Ach Mann, verpiss' dich einfach mit deinem Gejammer. Lass' mich bloss in Ruhe mit deinen Scheiss-Problemen*". Willem lachte.

„Hat Ingrid bestimmt auch gedacht als ich sie vollgeschwafelt habe".

Willem pickte noch ein paar Mandelsplitter mit einem Finger von dem Kuchentablett auf. „Ingrid ist so …. Wie soll ich sagen? Sie ist doch höchstens Einmeterfünfundsechzig gross … und wiegt vielleicht sechzig Kilo … sie kann echt anpacken. Sie ist ein zähes Biest". Wilma beugte sich leicht über den Tisch. „Macht sie dir schöne Augen? Hört sich fast so an". „Ne, gar nicht. Ist einfach das, was ich gerade gesagt habe. Ingrid ist zäh, packt an. Zieht einfach durch". Griff zu Wilmas Hand. „Du natürlich auch. Du packst auch an. Klar. Aber an dir ist einfach mehr dran. Gegen dich ist Ingrid doch echt dürr …" Wilma grinste. „Du redest dich grad um Kopf und Kragen, ist dir klar, oder? Mehr dran. Was denn mehr? Mehr Speck? Oder was willst du jetzt sagen?" Willem schüttelte den Kopf. „Ne, Ne, so meine ich das nicht. Mehr Frau". Ich musste schmunzeln. Darüber wie Willem sich verhaspelte. Wie Wilma reagierte. „Was wiegst du denn jetzt?" Michelle empörte sich. „Das fragt man nicht. Das fragt man eine Frau nicht. Und selber? Was wiegst du denn?" So in etwa wusste ich das, nicht auf das Gramm genau. In den Umkleiden der SHELL standen Körperwaagen. „Irgendwas um die 90 oder 91 Kilo. Je nachdem wieviel ich gefuttert habe". Schaute in die Runde. „Bin aber Einsachtundneunzig gross".

Michelle hatte sich Torid in den Arm gelegt. „Wir gehen mal rüber". Willem erinnerte mich nochmals daran, dass ich morgen mit meinem Auto fahren müsse. „Schule ist angesagt. Ich habe nach Feierabend auch andere Dinge zu erledigen". Michelle herzte Wilma, bedankte sich noch ein paar Mal bei ihr. „Danke Süsse". Umarmte auch Willem zum Abschied. Ich tat es ihr gleich. Gab Wilma einen Kuss. „Danke Süsse". Streckte Willem meine Hand entgegen. Entschied aber um. Gab ihm einen Kuss. „Danke mein Freund". Willem schaute megablöd. „Stimmt Michelle" drehte ich mich zu ihr. „Ist gar nicht so schlimm. Einem Mann einen Kuss zu geben. Und Willem sowieso nicht. Wie du gesagt hast. Besser kann man gar nicht ausdrücken, dass man jemanden gernhat". Michelle kicherte, fasste an Wilmas Hand. Willem wischte sich mit dem Handrücken über die Lippen. „Das wird jetzt aber nicht zur Gewohnheit". Wilma hatte natürlich auch eine Meinung. „Warum nicht? Ihr kennt euch doch. Immerhin geht ihr jeden Tag zusammen duschen. Ihr zeigt euch jeden Tag eure Schwänze. Warum nicht mal einen Kuss. Wenn es dabei bleibt ist das doch okay".

Michelle hakte sich auf den wenigen Metern bis zu unserer Wohnung bei mir unter. „Cool von dir. Das mit dem Kuss. Wilma nach ihrem Gewicht zu fragen war weniger cool. Das macht man nicht". „Ich weiss Wilmas Gewicht. Ungefähr. Sie wiegt etwas mehr ... etwas mehr als Ingrid. Vielleicht so fünf oder sechs Kilo. Ist aber auch bestimmt fünf oder sechs Zentimeter grösser als Ingrid. Ausserdem ... von den fünf Kilo sind bestimmt anderthalb allein schon ihre Titten". Michelle schlug mir auf den Hintern. „Du bist echt eine blöde Sau". Michelle öffnete die Haustüre. „Und ich? Was wiege ich denn? Weißt du das auch?" Ging durch ins Badezimmer. „Ja, weiss ich. Du wiegst in etwa wie Wilma. 65 Kilo. Bist aber fast Einsfünfundsiebzig gross". Umarmte sie als sie Torid ins Waschbecken setzte. „Ich liebe jedes Kilo ... jedes Gramm an dir". Küsste ihren Hals. „Und bevor du jetzt fragst ... nein, du bist nicht fett. Kein Stück. Warst du nicht, bist du nicht. Das Gewicht, dass du in deiner Schwangerschaft zugelegt hast liegt jetzt vor dir. Im Waschbecken. Unsere Maus".

Michelle war schon eine ganze Weile oben, brachte Torid zu Bett. Ich hatte ihr etwas Zeitvorsprung gelassen, konnte es aber selber kaum erwarten zu ihr zu gehen. Mit ihr ins Bett zu gehen. „Schläft die Maus?" spingste ich um den Türrahmen. Michelle sass auf der Bettkante, klappte ihr Vorlesebuch zu. „Ja, jetzt ja. Tief und fest". Auf Zehenspitzen ging ich zu ihr. „Dann komm'. Komm' zu mir. In mein Zimmer. Es gibt Nachtisch Baby".

„Spätzchen"

„In deinem schmalen Bett?" setzte sich Michelle an das Fussende. Antwort gab ich ihr keine. Streifte ich das Kleid über die Schulter hinunter. Küsste ihre Brüste. Tastete nach der Sahneschüssel, die ich auf dem kleinen Nachtschränkchen postiert hatte. Zog das Cellophanpapier ab. Tupfte mit einem Finger ein wenig Sahne auf ihre Nippel. „Uiih, ist das kalt" zuckte Michelle leicht zusammen. Küsste und schleckte an ihr. Sah zu ihr hoch. „Da kriegt der Begriff *Sahneschnitte* doch direkt eine ganze andere Bedeutung. Das bist du nämlich. Eine echte Sahneschnitte". Michelle zerzauste meine Haare. „Lass' mich wenigstens das Kleid ausziehen. Das ... die Sahne macht Fettflecken. Das Kleid kann ich nicht waschen, das muss dann in eine Reinigung. Wär' doch schade drum".

Michelle gefiel es, wie ich mit der Sahne ... und mit ihr spielte. Sehr sogar. Sprühsahne hatte wir ja keine, also nahm ich einfach immer einen grossen Klecks auf meine Finger. Steckte sie ihr in den Mund. Mit der anderen Hand, mit den Fingern der anderen Hand, verteilte ich etwas Sahne auf ihren Schamlippen. Michelle zog kurz die Beine an. „Das ist so kalt. Und so flutschig".

Mehrfach hatte ich „nachgelegt", Michelle genoss was ich tat. Hielt irgendwann meine Hand fest. „Leck' mich. Und nicht mehr deine Finger in meinem Mund. Tu' dir Sahne auf deinen Schwanz. Steck' mir deinen Schwanz in den Mund". Was für ein verrücktes Gefühl. Wie Michelle gesagt hatte. „Uiih, kalt". Was aber sehr schnell zu einem wohligen Bad in ihrem Mund wurde. Was sie tat konnte ich nicht sehen, nur hören. Und das hörte sich verdammmt gut an. Wir verwöhnten uns gegenseitig. Mit Mund und Fingern. An meinem After spürte ich kurz die kalte Sahne, dann Michelles Finger, der in mich eindrang.

„Oooohps, sorry" zog ich meinen Pimmel aus ihrem Mund. Michelle rotzte auf ihren Brustkorb. „Das wusste ich.

Das war klar. Dass du das irgendwann einfach machst. Du blöder Hund. Konntest du deinen Schwanz nicht einfach in meinem Mund lassen? Musstest du den rausziehen? Das hast du doch mit Absicht gemacht. Ich hab' dir gesagt du sollst nicht in mein Gesicht spritzen". Wieder rotzte sie. „Naja, dann ist es jetzt eben passiert. Vielleicht bin ich auch selber schuld. Du kriegst so einen Prügel, wenn ich dir meine Finger in den Arsch stecke". „Finger? Wieviele?" Michelle lachte. „Erst einen, dann zwei, dann drei. Echt unglaublich wie weit sich so ein Arschloch dehnen kann".

Ich rollte mich neben sie. „Was denn. Guck' mal was aus dir ... aus deinem Unterleib rauskommt. Ein ganzes Kind". Michelle lachte. „Naja, bis jetzt noch nicht. Bis jetzt ist ja aus mir ... aus meinem Unterleib noch nichts rausgekommen". Führte meine Hand an ihre Kaiserschnittnarbe. „Hier, so war das doch. Notausgang". Rotzte wieder. „Das war jetzt eine einmalige Sache. Das machst du nicht wieder. Da muss man doch kotzen". Mit meiner Hand strich sie über die Narbe an ihrem Bauch. „Ich glaube ich möchte wieder ... beim nächsten Kind ... Kaiserschnitt haben. Wenn ich mir Torid so anschaue ... das ist doch schon ganz gross was da aus meiner Fotze raus will". Sie setzte sich aufrecht in das Bett, rutschte etwas zur Seite, klopfte auf die Matratze. „Setz' dich zu mir. Erzähl' mir mal wie du die Geburt ... die Geburten erlebt hast. Die von Wilma ... die von mir".

„Bei dir durfte ich nicht dabei sein, man hat mich rausgeschickt. Vielleicht ist das nicht so schön auf die Eingeweide eines Menschen zu schauen. Letztendlich ist das doch so, dass das bestimmt nicht sehr appetitlich aussieht. Ausserdem hattest du Vollnarkose. Das ging ja alles ratzfatz. Ins Krankenhaus, die haben dich direkt in den Operationsraum geschoben. Ich habe draussen gewartet. Mit Wilma. Ich habe mir in die Hose geschissen. Ich hatte so eine Sorge ... so eine Angst um dich"

Ein wenig musste ich schlucken, mit meinen Tränen kämpfen. „Ich habe dich dann ... mit Torid erst wieder in dem Krankenzimmer gesehen. Du sahst so beschissen und abgekämpft aus ... aber nie habe ich dich mehr geliebt als in diesem Moment". Michelle wischte mit einem Finger meine Tränen auf. „Mann, bin ich froh, dass du da warst. Manchmal ist das doch gar nicht so schlecht, dass du wie ein angestochenes Schwein reagierst". Legte einen Arm um meine Schulter. „Und bei Wilma? Wie war das da?" „Ähnlich ... anders. Ich konnte nichts tun. Wilma hatte solche Schmerzen, hat so geschrien. Ich wollte die Ärzte schlagen. Warum sie denn nichts tun, warum Wilma so leiden musste. Eigentlich ist Geburt Horror. Horror pur. Schon verrückt, dass ihr Frauen das so schnell vergessen könnt, gegen Mutterliebe austauschen könnt. Ihr seid echte Kampfmaschinen. Dagegen bin ich jedenfalls die absolute Vollmemme".

Weiter an Michelles Schulter gelehnt nahm ich ihre Hand. Führte ihre Finger zusammen. Michelle grinste. „Dass dich das so anmacht ...". Mit der anderen Hand knetete sie sanft meine Eier. „Wollen wir noch mal? Schauen ob noch Klötenköm aus dir rauskommt?" Sie lachte auf. „Hast du eigentlich verstanden was Regine vorhin gesagt hat? Als sie mit dir angestossen hat? Mit dem Klötenköm?"

Hatte ich nicht. Ausser *Skål* hatte ich nichts verstanden. Michelle sagte es mir aber auch jetzt nicht. Grinste nur. Legte die Fingerkuppe ihres Zeigefingers an den Daumen, zu einem Ring. Spielte dazwischen mit ihrer Zunge.

Nach einer ganzen Weile rollte sie sich aus dem Bett. Liess sich sanft auf den Fussboden fallen. „Auf Dauer ist dein Bett nichts für zwei Personen. Ich geh' rüber". Griff sich die Sahneschüssel. „Nehm' ich mit. Runter. Kann in den Kühlschrank. Oder brauchst du die noch?" Beugte sich noch zu einem Kuss zu mir herunter. „Sagst du das noch mal zu mir? Spätzchen?" Meine Hand umfasste ihren Hintern. „Ja, mein Spätzchen".

„Durch"

Bevor ich mich ablegte stellte ich mir noch den Wecker. „Fünf Uhr". Überlegte kurz. Das war doch schon ganz schön früh. Früher als sonst. Aber so sollte es sein, so hatte ich es mir vorgenommen. So war es wohl auch nötig. Ging in Gedanken noch einmal meine Planung durch – Hundetraining, Frühstück, also Kaffee, dann SHELL, dann Schule.

Statt Nescafé hatte ich – zumindest für mich selbst – ein Glas frische Milch eingegossen. Die von Nele. Also nicht von Nele direkt, die von ihren Kühen. „Könnt' ich mich dran gewöhnen, schmeckt schon ziemlich geil, so frische Milch". Der Spaziergang mit Leopold - eine Mischung aus Bespassung und Beschäftigung für ihn, Befehle festigen, Stöckchen werfen, Kommandos geben - hatte auch nir gutgetan. War auch immer wieder mal in schnelleren Schritt gefallen, schon fast Laufen, aber noch nicht wirklich, zumindest nicht über eine längere Strecke. Dafür war es einfach noch zu dunkel, die Gefahr mich auf's Maul zu legen zu gross. Wollte es aber auch nicht übertreiben, meine bisherigen sportlichen Betätigungen hielten sich in Grenzen. „Langsam rantasten" nannte ich das für mich. „Langsam rantasten, jeden Tag ein bisschen mehr". Mein Kreislauf war voll in Schwung. Auch hatte ich bis zum Eintreffen von Willem keine Zigarette geraucht. Auch das war neu für mich.

Willem trank seinen Kaffee, dann konnten wir los. Die Arbeitswoche hatte mich wieder. Auch dank der Erinnerung durch Willem war ich auf alles eingerichtet. Pausenbrote, Schulunterlagen, Autoschlüssel, alles griffbereit auf dem Tisch. Für Michelle hatte ich noch schnell einen Zettel, eine Botschaft geschrieben. Sie solle bitte zur Bank fahren, Geld für Frederike, für Leopold abheben – und dann am liebsten auch direkt durch nach Nyborg. Unseren Aussenstand begleichen. Im Prinzip sollte heute auch mein Gehalt auf dem Konto eingetroffen sein. Der erste Monat war rum.

Natürlich nicht ohne einen kleinen Liebesgruss. Das war doch immer nett, jemanden mit ein paar Worten zu beglücken. Ihm – in dem Fall ihr – meine Liebe zu bekunden. Beendete das mit „Hab' dich lieb, mein Spätzchen". Musste beim Schreiben kurz schmunzeln. Dass sie so auf diesen Kosenamen ansprang – verband, ich jedenfalls – mit Spatz, Spätzchen - ein cleveres Verhalten, Anpassungsfähigkeit in nahezu allen Situationen. Bestand da gar eine Verbindung zwischen dem kleinen Spatzen, dem Spätzchen, und meinem Instinkt, diesen, beziehungsweise Michelle, die ja damit gemeint war, beschützen zu müssen?

Irgendwie war ich froh alleine mit meinen Gedanken im Ford Escort zu sitzen, nicht in ein Gespräch eingebunden wurde. Willlem, das hatte ich mittlerweile auch registriert, war auch, ähnlich wie Michelle, jemand der direkt losreden konnte. Das war so gar nicht meine Welt. Klar, zwar auch Frühaufsteher, aber eben nicht Frühdrauflosquatschender. Ich brauchte meine Warmlaufzeit. Ähnlich wie der Escort. Ich setzte mich ja auch nicht in mein Auto und drehte den kalten Motor direkt auf volle Umdrehungszahl. So ähnlich sah ich das für mich auch. Erstmal überall Öl hinpumpen, alles schmieren. In meinem Fall aber kein Öl, sondern Blut. Das musste ja auch erst einmal in Wallung kommen. Von daher leitete sich sicherlich auch der Ausdruck „Läuft wie geschmiert" ab.

Nicht nur Willem sah ich in der Umkleide wieder, auch meine anderen Arbeitskollegen. Hielten einen kurzen Plausch während wir uns in unsere SHELL-Monturen einpackten. Von privat auf Arbeit umswitchten. Mit meinem direkten Kollegen Francoise etwas intensiver, immerhin teilten wir uns einen Arbeitsplatz. Rauchte mir jetzt auch meine erste Zigarette. Kevin lief an den Arbeitsplätzen entlang, verteilte Blätter mit Wochenaufgaben, hielt mit jedem einen kurzen Plausch. „Ihr wisst ja was zu tun ist, die Freigabe der Röntgenprüfung liegt vor. Kann alles verschweisst werden. Gute Arbeit, gute Vorarbeit" war er in unsere Schweisskabinen gekommen. Was für uns, für Willem und mich bedeutete „Feuer frei".

Ich hatte mir bereits meine lederne Schweisserschürze umgebunden, legte sie aber schnell wieder ab, verspürte einen ungeheuren Kackreiz. Ausgelöst durch die Zigarette. „Bin sofort wieder da".

Zur Frühstückspause, ein paar Minuten vorher, machte auch Tjorben seine Runde durch die Werkstatt. Er hatte andere Prioritäten, telefonierte viel, wie beim gelegentlichen Blick durch das Fenster zu seinem Büro zu erkennen war. Klar, er musste das Moped am Laufen halten. Das war sein Job. Das alles ineinandergriff. War sozusagen das Bindeglied zwischen der Werkstatt und den Herren in den grauen Anzügen. Den Herren in grau. Angefangen von den Anzügen über ihre Haare bis hin zu ihren grauen Gesichtern. Das einzige nicht graue an ihnen waren sicher nur die farbigen Geldscheine in ihren Portemonnaies. Selbst ihre Dienstwagen waren grau. Oder silberfarben. Was im Grunde ja auch grau war. Nicht einmal das SHELL-Logo zierte die Fahrzeuge. Sie waren quasi „Undercover" unterwegs.

Wir unterhielten uns, selbst bis in die Pause hinein. Privat. Tjorben war immer sehr interessiert was wir für Fortschritte machten. Auf dem Hof. Was passierte, was passiert war, wie sich was entwickelte. Vermittelte mir, unterschwellig, gerne auch das von seiner Frau mal genannte „Schwiegersohn-Gefühl". Nur kurz riss ich das mit Willem besprochene Thema einer „Metall- und Schweissfirma" an. Das wir darüber nachdachten. Wollte im Grunde wissen ob uns das überhaupt möglich sei, wenn wir doch „Fulltime" für SHELL tätig waren. „Überhaupt kein Problem. Was ihr neben eurer Tätigkeit hier macht ist allein eure Entscheidung. Es sei denn eure hauptberufliche Tätigkeit leidet unter euren nebenberuflichen Ambitionen". Tjorben grinste. „Und ihr uns keine Konkurrenz macht".

Der Tag flog an mir vorbei, grösstenteils unter meinem Schweisshelm in meiner eigenen Welt. Die kurzen Pausen, in denen ich mit Willem zusammenstand, erzählte er von seinem Vorhaben. Seinen heutigen Vorhaben. „Teichpumpe kaufen, noch ein paar Kleinteile". Wolle dann den Bachlauf einrichten. „Was hältst du von der Idee, dass ich mal nach einer Unterwasserbeleuchtung schaue? Eine oder zwei Lampen, die wir in den Teich einlassen? Strom muss ich ja sowieso legen, für die Pumpe".

Das fand ich alles klasse, nur ein wenig blöd, dass ich so gar nicht an den Arbeiten teilhaben konnte. Ich musste zur Schule. Kam mir sogar ein bisschen schäbig vor, dass es jetzt alles an Willem hängen blieb. Er sich aber, wie es schien, mit Freude darum kümmern wollte. Meine kurze Ausführung darüber tat er mit „Halb so wild Mann, das ist schon okay. So habe ich wenigstens was Sinnvolles zu tun. Wilma kommt ja auch erst spät von ihrer Arbeit zurück. Habe ich ja schon mal gesagt, ohne sie ist es öde. Für mich" ab. Er musste selber lachen. „Verrückt, oder? Dass sich in ein paar Wochen alles für mich geändert hat. Seit ich Wilma kenne. Seit ich euch kenne. Seit ich bei euch bin. Bei euch wohne". „Ja Willem. Ist schon verrückt. Aber du wohnst nicht bei uns. Du wohnst mit uns. Mit Wilma. Ist ein feiner Unterschied".

Noch schnell duschen, umziehen, dann schon wieder weiter. Zur Schule. Mit noch nasssen Haaren stieg ich ins Auto. Kam wenig später in Minde, bei der Schule an. Blieb gerade noch Zeit eine Zigarette zu rauchen. Dann hiess es schon „Ab auf die Schulbank".

Heute ging es um Wochentage, um die Namen der Monate. Diese sollten wir kombinieren. Mit dem was wir bislang erlernt hatten. Sätze bilden. Schreiben und vortragen. Olav lief durch die Stuhlreihen, warf hier und da einen Blick auf die gemachten Notizen, bat den ein und anderen vorzulesen, um seine ... ihre ... unsere Aussprache zu kontrollieren. Korrigierte nicht nur, sondern sprach vor wie es eigentlich klingen solle. Bei ihm waren die gurgelnden Klänge einfach in der Stimme verankert. Ich hatte den Eindruck ich würde an Schwindsucht leiden.

In der Pause stand ich wieder mit Kristina zusammen. Unterhielt mich mit ihr. Erzählte ihr von Leopold. Dass ich mir einen Hund zugelegt habe. „Und was macht der, wenn du den ganzen Tag weg bist? Erst arbeiten und dann Schule. Ist das nicht öde für den Hund? So ganz allein? Ist ja schon ein bisschen egoistisch von dir, oder?" Kurz begann ich Kristina zu erzählen. Vom Hof, von den Tieren, von seiner Aufgabe. Für mehr blieb keine Zeit, der Unterricht ging weiter.

Nach Unterrichtsende wartete ich auf Kristina vor dem Klassenraum. „Ich nehm' dich wieder mit, wenn du möchtest. Also nicht nur heute ... wie die letzten Tage ... den ganzen Kurs über. Du brauchst nicht extra zur Bushaltestelle laufen. Das liegt sowieso auf meinem Weg". Sie stellte ihre Ledertasche auf dem Boden ab, legte sich ihr Blazer-Jackett an. Seit ich sie jetzt kannte, seit unserem gemeinsamen Unterricht war sie immer in ein Kostüm gekleidet. Rock, Bluse, Jackett, farblich passende Schuhe. Halbhohe Pumps, den Ausdruck kannte ich von Michelle. So eine Art Vorstufe zu High Heels. Dezent geschminkt. Was meiner Ansicht nach sehr gut zu ihrem dunklen, lockigen Haar passte. Das ihr bis knapp auf die Schulter fiel.

Auf meine Frage ... während der Rückfahrt ... was sie denn genau da mache ... bei ihrem Job, erklärte mir Kristina ein wenig. Dass sie – „als Werbekauffrau kommunikative Massnahmen plane und entwickele. Sowas wie Werbung im Prinzip. Marketing and Communictaion nennen die das ganz hochtrabend. Heisst aber eigentlich nichts anderes als irgendwie versuchen den Leuten was zu verkaufen". Kristina lächelte. „Ausarbeitung von Werbekampagnen, Kundenberatung, Büro- und Verwaltungsarbeiten, Papier von einem Stapel auf den anderen legen. Meinen Chefs was zur Unterschrift vorlegen". Schaute zu mir herüber. „Irgendwie

wie eine Tippse. Noch. Ändert sich bestimmt noch. Aber erstmal bin ich das, ich bin ja noch *die Neue*".

„[28]*Takk skal du ha. For den behagelige reisen. Ha en fin kveld. Vi ses i morgen. På tirsdag*" öffnete Kristina die Beifahrertüre als wir vor ihrem Haus, in der Strasse vor ihrem Haus angekommen waren. Lächelte mich an. „Machst du auch abends noch Vokabeltests?" So wie es war antwortete ich ihr „Nicht wirklich. Selten. Zu selten". Kristina beugte sich noch einmal in den Wagen. „[29]*Og det betyr på norsk?*" „Egentlig ikke. Sjelden. For sjelden. Kristina" zwinkerte ich ihr zu. Kristina warf die Türe zu, hob noch kurz ihre Hand.

Vor unseren Häusern brannten die Aussenbeleuchtungen, auch vor Stall und Werkstatt. Alle Autos waren eingeparkt. Zu sehen war aber niemand. Ausser die Tiere. Ihre schemenhaften Umrisse. Nicht verwunderlich, es ging auf halb zehn zu. Zu tun gab es nichts mehr, es war dunkel. Nur einmal rief ich „Leopold". Aus der Dunkelheit kam er angelaufen, übersprang das niedrige hölzerne Tor, das die Weide vom restlichen Grundstück abtrennte. Deutlich niedriger als der umlaufende Zaun. Setzte sich schwanzwedelnd vor mich, versuchte mit einer Pfote, seinem Vorderbein an meinem zu scharren. Wie ein leichtes Anklopfen, wie ein leichtes Schulterklopfen. Eben nur an meinem Bein. „Guter Junge" knuddelte ich ihn mit beiden Händen am Hals. „Kom op" ging ich los. Wiederholte „Med meg Leopold". Drehte mit ihm eine Runde. Bis an den Waldrand. Was irgendwie schon zu „unserer Strecke" geworden war. Von der Weide, vom Teich war ein leises Gluckern zu hören. Das Gluckern eines Bachlaufs.

Ein paar Mal hatte ich für Leopold Stöckchen geworfen, kleinere uund grössere Äste, die auf dem Boden neben den

---

[28] Danke dir. Für die angenehme Fahrt. Ich wünsche dir einen schönen Abend. Wir sehen uns dann morgen. Am Dienstag.
[29] Und das heisst auf Norwegisch?

Bäumen lagen. Kombiniert mit „Pas op" bevor ich warf. Leopold schlug an, rannte dann los. Legte das Gehölz vor mir ab, bellte. So als wolle er mir sagen „Noch mal. Los, mach' schon". Erneut schleuderte ich es in die Dunkelheit. „Meg stokken Leopold".

Noch einmal überall kurz reinschauen, Werkstatt, Stall, Aussenbeleuchtungen ausschalten. Hundefutter war noch etwas in der Edelstahlschale, die Willem für Leopold gekauft hatte. Gefressen hatte er also. Sogar noch etwas übriggelassen. Vielleicht für später. So wie wir Menschen, die auch mal gerne nachts an den Kühlschrank gingen. „Wir sehen uns morgen mein Junge. Pas op". Leopold schlug an.

Gerade als ich den Stall verlassen wollte kam mir Willem entgegen. „Ach, du bist das. Ich habe ja nur gehört, dass der Hund anschlägt. Musst' ich doch mal nachschauen". Er blickte über die Weide, Leopold hatte sich nahe den Schafen abgelegt. „Der ist schon verdammt cool. Und aufgeweckt. Wachsam und aufgeweckt. Und hat Ausdauer. Weißt du wie oft ich dem heute Stöckchen geworfen habe? Und dann war der auch ganz neugierig. Was ich gemacht habe. Ein guter Hund".

Auf ein längeres Gespräch wollte ich mich aber nicht einlassen. „Sorry, ich will rüber. Nach Hause". Willem legte eine Hand auf meinen Oberarm. „Klar. Wann bist du aufgestanden?" „Fünf Uhr Willem. Jetzt ist zehn. Oder schon durch". Musste grinsen. „So wie ich. Ich bin echt durch".

Michelle hatte es ich auf der Couch gemütlich eingerichtet. Strickte. Sah dabei fern. Schaute kurz auf als ich die Wohnung betrat. „Soll ich dir was zu essen machen?" Kopfschüttelnd lehnte ich ab. „Nicht nötig Süsse. Einfach nur ein bisschen bei dir sitzen. Sonst nichts. Erzähl' mir von deinem Tag". Setzte mich zu ihr. Lehnte meinen Kopf an ihre Brust. „Spätzchen". Hörte ihre Stimme durch den Brustkorb in mein Ohr dringen. Während sie mir durch die Haare kraulte.

„Traum"

„Willst du nicht hoch gehen? Dich ins Bett legen?" Ich schrak leicht zusammen bei Michelles Frage. „Hä? Was?" Sie lächelte mich an. „Du bist eingeschlafen. Sofort. Hast wahrscheinlich nicht ein Wort mitbekommen, vom dem was ich erzählt habe". Fasste an meine Hand, die unter ihrem Pullover ruhte. „Nicht mal bis an meine Brüste hast du es geschafft. Bist einfach eingeratzt. Geh' hoch. Leg' dich ins Bett".

Die Nacht war kurz. Sehr kurz. Pünktlich um fünf Uhr klingelte der Wecker. Leise schlich ich nach unten. Nur ein kurzer Blick zu Michelle und Torid. Mehr war nicht möglich. Und auch unsinnig. Beide schliefen fest.

Einen ersten schnellen Nescafé wollte ich dann aber doch trinken, bevor ich in Schuhe und Jacke schlüpfte, Leopold abholte. Zu unserem morgendlichen Spaziergang. Seiner – und irgendwie jetzt auch meiner körperlichen Ertüchtigung. „Ich sollte mir vielleicht auch eine Taschenlampe besorgen", kam es mir bei den ersten Metern in der Dunkelheit in den Sinn. Oder vielleicht so eine Stirnlampe, wie sie Arbeiter in Bergwerken sie trugen. Mir so den Weg ausleuchten.

Leopold schien die Wegstrecke schon verinnerlicht zu haben, sah sich immer wieder zu mir um, ob ich ihm vielleicht etwas sagen … anordnen wollte. Wollte ich aber nicht, liess ihn einfach laufen. Seiner dicht über dem Boden schnuppernden Nase folgend. Ab und an ein Stöckchen holen. Vielleicht könnte ich so die nonverbale Kommunkation zwischen uns beiden stärken. Er auf meine Körpersignale achte. Mehr als sowieso schon.

Irgendwann zwischen Frühstück und Mittagspause liess Tjorben mich in sein Büro bitten. Durch Kevin ausrichten. „Wenn du zwischendurch mal ein paar Minuten Luft hast sollst du mal zum Chief kommen". Was genau meinte er mit „Zwischendurch"? Und Luft? Klang doch irgendwie nach

„Kannst du mal deine Arbeit unterbrechen". Richtete mir das „Zwischendurch" mit einer abgezählten Anzahl an Schweisslelektroden ein. Genau zehn Stück. „Danach" zeigte ich auf die Werkbank.

Klopfte an der Bürotüre, öffnete nach Aufforderung. „Chief?" Tjorben zeigte auf einen Stuhl, bat mich Platz zu nehmen. Schob mir einen Umschlag über den Tisch. „Deine Abrechnung". Warf eine Zigarettenpackung auf den Tisch. „Bedien' dich. Chiefgespräch ist erledigt. Wir sind privat". Legte sein Feuerzeug auf den Tisch, nachdem er sich selber eine Zigarette angezündet hatte. Statt mich aus der angebotenen Packung zu bedienen drehte ich mir eine Zigarette. Filterzigaretten war nicht so mein Ding

Er habe sich gestern ein wenig schlau gemacht, zu dem Thema „Selbstständige Schweissfirma" begann er. „Also von Seiten der SHELL ist das kein Problem. Wie ich es ja schon gesagt habe, eingeschätzt habe. Ihr müsst das Gewerbe natürlich anmelden. Und auch eine Versicherung für euch beide abschliessen. Falls mal was passieren sollte. Deine ... eure ... auch die von Willem ... eure Versicherung gilt ja nur für die Zeiten wo ihr hier auf der SHELL seid". Er werde die nächsten Tage mal zu uns kommen um alles im Detail zu besprechen. „Steuern, Krankenversicherung und so". Das solle am besten unsere Bürokraft machen. Er wisse ja von Ingrid, seiner Tochter, dass wir für die BA eine angestellt hätten. „Das ist doch Wilma, oder?"

„Ich bin aber bestimmt nicht da. Nach Feierabend gehe ich doch zur Schule, komme nicht vor halb zehn Uhr nach Hause. Ausser Freitag, da geht es früher". Kaum hatte ich das ausgesprochen fiel mir ein, dass auch der Freitag eigentlich schon verplant war. Ich wollte ... ich musste ein Schweissgerät kaufen. Ein Elektrodenschweissgerät. Das brauchte ich. Für den nächsten Samstag. Ich hatte Jaap meine Hilfe zugesagt. „Wo gibt es ... Gibt es Schweissfachgeschäft in Bergen?" wollte ich von Tjorben wissen. Der mir aber nicht direkt antwortete, sondern wissen wollte was ich denn brauche. Suche. Das war einfach zu sagen. „Ein Schweissgerät. Elektrode. Sollte auf Normalstrom, also 220 Volt, aber auch auf Starkstrom, also 380 Volt funktionieren".

„Für eure Firma?" Tjorben drückte seine Zigarette im Ascher aus. „Ja, gibt es. Aber die haben mehr so Geräte für Heimwerker. Ich glaube nicht, dass du für eure Zwecke so der Brüller ist. Warum nehmt ihr nicht ein Gerät von Kemppi? Das sind Profigeräte. Weißt du doch. Siehst du doch. Jeden Tag. Ich kann … wenn du möchtest … unseren Kemppi-Vertreter anrufen. Der würde das auch anliefern. Hierhin. Bestelle ich gerne. Auch direkt auf euren Namen. Auf eure Rechnung". Zückte ein Blatt. „Schreib' mir gerne eure genauen Daten auf".

Fand ich grundsätzlich einen guten Gedanken, ein nettes Angebot. „Und was kostet sowas? Und wann wär' das hier? Ich brauch' das am Samstag. Müsste dann schon spätestens Freitag hier sein. Dass ich es mitnehmen kann".

Tjorben spielte mit dem Kugelschreiber in seiner Hand. „Ist bestimmt nicht so günstig wie in einem Laden hier in Bergen. Ist aber ein Kemppi. Da habt ihr ein Leben lang was von. Nicht so ein Billigteil. So ein No-Name-Produkt. Was Gescheites. Ich ruf' da an … wenn du möchtest". Wies mit dem Kopf auf seine Bürotüre. „Schickst du mal bitte Willem zu mir. Ich sag' dir Bescheid".

Im Vergleich zu der Zeit, die ich in Tjorbens Büro verbracht hatte, ging das bei Willem echt fix. Im Prinzip rein ins Büro. Raus aus dem Büro. Auch er hielt einen Umschlag in der Hand. Sicherlich auch seine Abrechnung. Auch bei ihm, war genau wie bei mir, gross aufgedruckt. „[30] *Fortrolig. Personlig. Ikke snakk med kollegene dine om lønnsslippen din*". Was aber eigentlich nur Makulatur war.

---

[30] Vertraulich. Persönlich. Sprechen Sie nicht mit Ihren Kollgen über Ihre Gehaltsabrechnung.

Wie sollte wer kontrollieren wer was, wann und wie, mit seinen Kollegen besprach? Was wir, Willem und ich, dann auch taten. In unserer Mittagspause. Verstand ja sowieso keiner, grundsätzlich, wenn wir uns auf Nederlands unterhielten. „Zeig' ich nachher mal, im Auto, wenn wir zurückfahren. Ich habe eine Extrazahlung erhalten. Auslöse. Spesen. Anscheinend werde ich noch als Auslandsmonteur geführt. Für 18 Tage". Was mir jetzt auch schlüssig – und logisch erschien. Wollte es so auch Willem erklären. „Klar, du wohnst nicht in Norwegen, bist hier nicht gemeldet. Geht sicher auch noch auf dein Konto in Nederland. Du bist Ausländer, also nicht Einwohner Norwegens". Schmunzelte Willem an. „Ausländer sind wir ja irgendwie alle. Irgendwo immer".

Mit Willem im Auto weiter zu reden, wie er es ja gesagt hatte, fiel natürlich flach. Wir fuhren nicht zusammen in einem Auto. Auch auf seine Abrechnung zu schauen war nicht, ich musste zur Schule. Zügig. Wie gestern, wie die letzten Tage. Duschen, Abfahrt, Pünktlich zum Unterricht erscheinen.

Heute war Unterrichtsthema „Geographie". Nicht wirklich Geographie, was ich darunter verstand – Erdkunde – sondern wie man auf Norwegisch Vulkan, Schlucht, Wald, Sumpfgebiet, Berg, Bergkette, Hügel, Wasserfall, Fluss, See, Insel, Strand, Ozean, Meer, Bucht oder Küste sagte. Das war dann auch unsere Hausaufgabe. Einen kurzen Aufsatz schreiben. In dem so viel als möglich dieser Begriff – und andere bereits erlernte zu verwenden.

Diese Hausfaufgaben – generell alle Hausaufgaben war überhaupt nicht mein Ding. Wann sollte ich das machen? Mein Tagesablauf war stramm getaktet. Hundeprogramm, SHELL, Schule, Hundeprogramm. Nebenbei hatte ich auch noch eine Familie. Frau und Kind. Sollte ich jetzt auch noch die Nacht zum Tag machen? Das bisschen Nacht, das mir blieb? In der ich eigentlich schlafen müsste. Der von Olav genannte Termin „Zu Donnerstag dann bitte" war da eher ein schwacher Trost für mich.

Kristina, mit der ich wieder in Pause zusammenstand, war heute besonders elegant – und gleichzeitig mehr als aufreizend gekleidet. Trug ein grau-melliertes Pencildress. Das eng an ihrem Körper anlag. Meine mehr pauschale Schmeichelei „Hübsch siehst du aus" schien Kristina zu gefallen. „Danke". Strahlte mich ein wenig an. „Magst du Frauen in Kleidern?" Gab mir dann direkt eine Lektion in Modefragen. „60s Jackie Pencil Dress. Klassischer Jackie Kennedy-Look der 60er Jahre". Meine Augen scannten sie ab während sie redete. Spitzer Kragen, eine Reihe von 'faux' Knöpfen, einen 'faux' Lackgürtel – das Kleid in edlen Tweed-Look - Grau, Schwarz und Weiß - passte sich perfekt ihren Kurven an. Und Kristina hatte Kurven. „Dreh' dich mal. Bitte" beschrieb meine Hand einen Kreis in der Luft. Von der Rückseite aus gesehen war ihr Anblick noch heisser. Vom Hals ging bis knapp über den Hintern ein schwarzer, dünner Reissverschluss hinab.

„Du siehst heiss aus. Echt Kristina, du siehst verdammt heiss aus". Kristina drehte sich wieder, sah mich an. „Kannst du das auch auf Norwegisch sagen?" Einen Moment brauchte ich. Nicht nur um die Worte in meinem Kopf zu finden, auch um mich ein wenig zu sortieren. *„Du ser sexy ut. Virkelig, Kristina, du ser jævlig sexy ut"*. Kristina strich sich mit den Händen über die Hüften. „Danke. *Takk skal du ha*".

Nach Schulschluss liefen wir nebeneinander zum parkenden Auto, das ich wie immer in einer Seitenstrasse des Schulgebäudes geparkt hatte. Kristina striff wie zufällig meine Schulter, fast schon ein leichtes Anlehnen. „Das war sehr nett von dir, was du in der Pause zu mir gesagt hast. Bei uns im Büro habe ich noch kein Kompliment bekommen. Zumindest nicht so eins. Klar, hübsches Kleid hat eine meiner Kolleginnen gesagt. Aber so ... so direkt ... vonwegen heiss ... sexy ... habe ich dir ja schon mal gesagt ... am ersten oder zweiten Tag ... als du mich direkt ausgefragt hast ... du bist sehr direkt". Sie schulterte ihre Ledertasche neu. Trug jetzt einen farblich passenden grauen Mantel über dem Kleid. „Sagst du das öfter zu Frauen?" Ich schloss ihr die Beifahrertüre auf, hielt sie offen. „Nur wenn eine Frau auch heiss aussieht. Und du siehst heiss aus. Sonst eigentlich nicht". Schloss die Wagentüre nachdem sie sich hineingesetzt hatte.

Kristina zog unsere Arbeitsbücher aus ihrer Ledertasche. „Ist diesmal ganz schön viel, unsere Hausaufgabe, oder? Ich kann das ja ein bisschen sogar im Büro machen. Da habe ich ja einen Schreibtisch. Muss ich nicht alles abends machen". „Ich nicht, ich habe keinen Schreibtisch. Meine Arbeit läst das auch nicht zu. Ich bin eigentlich froh, wenn ich in meiner Pause ... in meinen Pausen schnell was essen kann. Mehr Zeit ist da nicht. Und abends läuft auch nicht viel. Noch eine Stunde mit dem Hund, dann muss ich ins Bett". Kristina schaute zu mir herüber. „Wann gehst du denn ins Bett? Um wieviel Uhr?" Mein Finger zeigte auf die Uhr im Armaturenbrett. Auf zehn Uhr. „So gegen Zehn. Maximal halb Elf. Ich stehe um fünf Uhr auf". Kristina machte dicke Backen, blies die Luft heraus. „Das ist früh". Steckte das Buch wieder in ihre Tasche. „Vielleicht kann ich dir ja ein bisschen helfen. Wenn du möchtest. Ich schreibe meine Sachen ja mit der Schreibmaschine. Habe ich doch gesagt *Ich bin Tippse*. Mit zehn Fingern. Das geht echt flott. Schreibe mir das aber vor, mit einem Füller. Ich änder' das einfach ein bisschen beim Abtippen. Dann kannst du das Handschriftliche abgeben. Wenn wir das überhaupt abgeben müssen. Wenn nicht ... dann hast du wenigstens was. Und dann lernst du wie du Zeit hast ... findest. Ist aber eine einmalige Sache. Ich mach' dir jetzt nicht die Hausaufgaben, Ist klar, oder?"

„Würdest du ..." Kristina lächelte mich an. „Habe ich doch gerade gesagt. Angeboten. Ja, würde ich. Ich geh' ja auch nicht so früh ins Bett. Steh' auch nicht so früh auf".

Langsam rollte ich die Ellerhusensvei entlang. „Wo wohnst du eigentlich genau? In welchem Haus?" Hatte ja bislang nur mitbekommen, dass sie irgendwo reingegangen war, in eines der Häuser. Kristina zeigte auf ein mit grauem Holz vertäfeltes Haus. „Da, in dem. Nummer 22. Im Obergeschoss. Nur ein kleines Appartment. Kochecke, Schlafzimmer. Für mich reicht das". Für einen Moment sah sie mich an. „Und bevor du fragst … du fragst ja gerne. Alleine. Wolltest du ja schon beim ersten Gespräch wissen. Ich lebe alleine. Ich habe keinen Freund. Reicht dir das? Oder willst du noch mehr wissen?" Schaute mich weiterhin an. Gab mir unvermittelt einen Kuss. „Danke für das Kompliment. Vorhin". Küsste mich erneut. „Und weil ich dich mag". Direkt hatte ich wieder ihren vanilligen Parfumgeruch in der Nase. „Also … dann bis morgen" öffnete sie die Wagentüre. Stieg aus. „Hausnummer 22. Kannst du dir das merken?"

Die Schweinwerfer des Escort warfen Licht bis auf die Weide. Leopold schlug an, die Gänse stimmten direkt mal mit wildem, lautem Geschnatter ein. Was für ein Empfang. Ich ging bis zum Holztor neben dem Stall. Leopold sass bereits davor, schien darauf zu warten, dass es ich öffnete. Lief aufgeregt hin und her. „Na mein Junge" ging ich in die Hocke, liess mich von ihm abschlecken. Dass sich direkt sein Pimmel ausfuhr – vor Freude - hatte ich jetzt schon ein paarmal beobachtet. Meine Freundin Willeke hatte das ja auch mal zu mir gesagt – „Du bist wie ein Hund, kriegst direkt einen Steifen, wenn du mich siehst". Was auch, jetzt wo ich mich an sie erinnert fühlte, so stimmte. Wie oft war das so, wenn ich nach Hause kam – oder sie – egal wie lange wir uns nicht gesehen hatten – wir liebten uns. Und dann auch direkt körperlich. Hatten Sex. Mein Gott, wie vermisste ich sie. Wenn sie doch nur bei mir sein könnte. Konnte sie aber nicht. Willeke war tot. Körperlich. In meinen Gedanken, in meinem Kopf nicht. Und auch das, was Michelle kürzlich erst gesagt hatte. Dass man ein geiles Weib im Traum nicht mit einem Gesicht in Verbindung bringen könne stimmte für Willeke nicht. Ich sah sie, wenn ich von ihr träumte, klar und deutlich. Wie sich mich anlächelte. Ihre blonden Haare. Wie oft hatte ich … wie oft redete ich Michelle mit ihrem Namen an? Willeke. Und Michelle nahm das als gegeben. Ohne Eifersucht. Ohne mir böse zu sein.

„Spatzeln"

Erst sah ich nur den Schein einer Taschenlampe, der Maglite von Willem. Dann hörte ich Wilmas Stimme. „Hallo mein Schatz. Echt lange Tage, oder?" Sie leuchtete sich selbst ins Gesicht, umarmte mich. „Welch seltener Gast auf unserem Hof" schmunzelte sie im Schein der Taschenlampe, umarmte mich. „[31]*Ja, språkkurset er flott. Bare ikke timingen. Jeg får ikke noe lenger. Det som skjer her*". Wilma griff meine Hand. „[32]*Hei, kompis. Du snakker allerede veldig godt*". Schaltete dann aber wieder um. Auf Nederlands. „Ich möchte dir was zeigen". Zog mich hinter sich her. Leuchtete dabei den Boden aus. Führte mich bis an den Bachlauf. Am gluckernden Geräusch zu erkennen. Liess jetzt die Maglite über den Boden wandern. Wie einen Suchscheinwerfer. Über ein etwa ein Quadratmeter grosses Stück. Mit Bodendeckern bepflanzt. Durch den Bachlauf durchbrochen. Mit Blüten in Blautönen bis Magentafarben. „Weiss ich wie das alles hier in Norwegen heisst. Aber bei uns ... in Nederland heisst das Kruiptijm, Maagdenpalm und Parelkruid". Auf der rechten Seite des Bachlaufs standen zwei Steine, Felsstücke. Ein kleiner und ein grösserer. „Die hat Willem jetzt zwei Tage lang in Form gehauen. So wie es in einem Buch von Ingrid zu sehen war. Das sind Wikingergrabsteine. Der kleine soll unsere kleine Willeke symbolisieren, der grössere unsere grosse Willeke. Die Pflanzen habe ich ausgesucht. Das ist unsere Grabstelle". Wilma drückte meine Hand. „Das hast du dir doch gewünscht.

Mir schossen Tränen in die Augen. Gut, dass es dunkel war, Wilma das nicht sehen konnte. Was aber nicht viel nutzte, denn mein Aufschluchzen war nicht zu überhören. Hinter uns hörte ich Schritte. Ein Arm legte sich um meine Hüfte. Michelles Arm. Sie küsste meinen Hals. „Lass' uns unseren geliebten Menschen gedenken". Eine andere Hand hielt mir ein

---

[31] Ja, der Sprachkurs ist toll. Nur der Zeitpunkt nicht. Ich krieg' nichts mehr mit. Was hier passiert.

[32] Hey Mann. Du sprichst ja schon richtig gut.

Gefäss entgegen. Wie ich fühlen konnte ein Tongefäss. „Lasst uns trinken". Ingrids Stimme. Wilma leuchtete mit der Taschenlampe auf das Tongefäss. Ingrid meinte „Lasst uns mit Thor und Odin anstossen. Auf dass unsere Freunde und Familie endlich nach Valhalla kommen dürfen". Vier weitere Tongefässe stiessen in die Runde. Aneinander. Das Getränk schmeckte fruchtig, süsslich, nach Apfel und Honig. Aber auch nach Alkohol. „Leuchte mal bitte" nahm ich Wilmas Hand, um das Etikett erkennen zu können. „[33]*Valhalla Mjöd - Gudenes eliksir*"

„Das hast du alles gemacht? Für uns?" fasste ich an Willems Schulter. „Danke. Ich danke dir. Ich kann dir gar nicht sagen wie sehr ich dir danke". Willem umarmte mich. „Das habe ich gerne gemacht. Kein Dank". Löste sich von mir. „Nur nicht wieder küssen". Hob seine Flasche. „[34]*Gezondheid beste vriend*". Ging dann aber auch direkt zügig zu dem Erdspiess, an dem der Wasserschlauch montiert war. „Und hier … hier sind zwei Schalter. Einer ist für die Pumpe …" Er schalte kurz die Pumpe aus. Der Bachlauf versiegte. „Und der ist für die Beleuchtung". Aus dem Teich stiegen zwei kleinere Lichtsäulen empor, durchbrachen die Wasseroberfläche, breiteten sich kreisförmig aus. Ich hockte mich. „Kannst du das bitte eingeschaltet lassen? Und kann ich ein paar Minuten allein hierbleiben. Mir fehlen die Worte". Schaute zu Wilma. „Bleibst du? Bleibst du bei mir?" Wilma hockte sich neben mich. Michelle, Wilma und Ingrid gingen zum Haus. Erst jetzt sah ich, dass Torid im Tragetuch vor Michelles Oberkörper lag. „Michelle, warte. Und mein Kind. Ich möchte mein Kind". Michelle kam auf mich zu, nahm Torid aus dem Tragetuch. „Unser Kind, nicht dein Kind". Zog das Tragetuch über ihren Kopf aus. „Du legst dir aber das Tuch um, es ist dunkel. Und Augen auf". Legte mir das Tuch um. „Wilma, du achtest auf die beiden".

---

[33] Valhalla Mjöd – Trank der Götter
[34] Prost bester Freund

Eine gefühlte Ewigkeit hockte ich mit Wilma an dem Grab. Sie hatte sich breitbeinig hinter mich gesetzt, jetzt nicht mehr in Hockposition, sondern auf dem kleinen Betonsockel, der für den Fahnenmast gedacht war. Ihre Beine an meiner Hüfte vorbei, ihre Arme um meinen Oberkörper geschlungen. Um meinen und Torids Körper. Ihre ganze Wärme, ihre ganze Herzenswärme durchströmte uns. „Es tut mir so leid ... dass ich Willem so angeranzt habe ... was er für uns getan hat ... was mir das bedeutet ..." Wilma strich über meine Wange. „Kein Problem, mein Schatz. Wir sind doch alle nur ... ja, Menschen halt. Mit Fehlern und Macken. Mit einer verletzlichen Seele. Die dann auch schon mal überreagiert. Ist bestimmt schon vergessen. Bestimmt. Willem hat dich sehr gern". Sie lachte in meinen Hals. „Nur Knutschen ... wenn du ihn küsst ... da steht der nicht so drauf".

Kuschelte sich in meinen Hals. „Willem hat dir bestimmt erzählt, dass ich ihm sozusagen einen Antrag gemacht habe. Einen Heiratsantrag. Hat er doch, oder?" „Ja Wilma, hat er". Sie gab mir einen Kuss in den Nacken. „Ich werde mir in den nächsten Tagen die Spirale rausnehmen lassen. Ich möchte ein Kind von Willem. Ist das okay für dich? Oder ...". Mein Kopf drehte sich zu ihr. „Echt? Ist das nicht ein bisschen früh? Heiratsantrag. Kind". Wilma strich mir durch die Haare. „Ja. Echt. Ich weiss ... ich muss dich nicht fragen. Ist mir schon klar. Ich meine halt nur ... Ist das okay für dich, wenn ich einem anderem ... einem weiteren Kind ein Leben schenken möchte? Es hat jetzt zwei Mal nicht sollen sein. Vielleicht ...". Ich spürte ihre Tränen an meinem Nacken. „Es ist halt alles irgendwie Scheisse gelaufen. Eigentlich kann es doch nur besser werden. Und ich muss da so oft dran denken. Wenn ich sehe wie du ... wie ihr ... Michelle und du ... ihr seid so gute Eltern. Verdomme, warum hat das mit uns nicht gepasst? Schon viel früher? Ich habe das zweimal voll verkackt. Einmal mit dir. Weil ich nicht gerafft habe was .... Dann mit dem Teun Arschloch. Weil ich es auch nicht gerafft habe was er für ein Arschloch ist. Und dich dafür in den Wind geschossen habe. Welcher Mann reist seiner

Frau schon um die halbe Welt nach? Du hast … wir haben aus unserer Liebe heraus ein Kind gezeugt. Am Arsch der Welt. Aber da war eigenlich schon für mich der Zug abgefahren. Du warst Michelles Mann. Bist es. Gut so. So gesehen habe ich es eigentlich bisher nur verkackt. Auch mit Alberto war doch nur Scheisse. Dich, dich hätte ich nie verlassen sollen. Das soll mir nicht wieder passieren".

Ich nahm ihre Hand, die über meine Schulter griff. „Es hat alles nicht sollen sein. Du weißt doch was Willeke gesagt hat – der Kosmos regelt das für uns. Hat er doch. Wir sitzen doch hier. Sind jetzt mit ihnen verbunden. Ich bin Willem unendlich dankbar. Dass er diesen Platz für uns geschaffen hat. Ich bin mir sicher, dass unsere beiden in Valhalla sind. Bei den Göttern. Denn das sind sie doch auch für uns".

Wilma erhob sich, hörbar ausatmend. „Lass' uns reingehen. Ich frier' mir den Arsch ab. Und ich krieg' gleich 'nen Heulkrampf". Kam um mich herum. „Gib mir deine Hand". Zog mich samt Torid in die Senkrechte. „Gibst du mir die Taschenlampe? Ich muss … ich will noch eine Runde mit dem Hund drehen".

Alles was in meinem Kopf rotierte, erzählte ich. Laut. Für Leopold und Torid hörbar. Schaute zu Torid herunter. Sie schlief. Verständlich. Wie spät mochte es sein? Spät. Das war klar. Leopold lief einfach neben uns. Mal ein paar Meter vor, kam dann wieder zurück, sah zu mir hoch. „Heute nicht mein Junge". Hoffte er würde verstehen, was ich ihm sagen wollte.

Öfter mal was Neues. Die gesamte Hofgemeinsachft sass versammelt um Wilmas Küchentisch, unterhielt sich, trank die Reste des *Valhalla Mjöd*. Es war angenehm geheizt im Raum. Wilma stand direkt auf. „Soll ich dir was zu essen machen? Hast du schon gegessen? Hast du Hunger?" Begann direkt aus ihrem Kühlschrank Lebensmittel herauszunehmen. Willem drehte sich zu ihr. „Wann soll Gus denn gegessen haben? Wo? Er kommt doch direkt vom Unterricht. Ja klar, heute Mittag, zwei Brote. Fahr‛ mal auf".

„Komm‛ mein Schatz, setz‛ dich zu mir" bat Michelle mir den Platz neben sich an. „Und gib mir das Mädchen. Ich bring‛ sie auch gleich rüber. Ins Bett". Nahm mich in den Arm. „Und du kommst dann gleich auch. Zu mir. Ins Bett. Wenn du dann wieder einschläfst liegst du wenigstens neben mir".

Schon bei der ersten Scheibe Brot merkte ich was für einen verdammten Hunger ich hatte. Wilma war noch in der Küche zugange. „Magst du Tee? Oder Kaffee?" Öffnete den Kühlschrank. „Oder Bier?" Mit noch Brot im Mund kauend kam „HHiieer" heraus. Wilma stellte mir lachend eine Flasche Heineken auf den Tisch. „Willem ist eine würdige Vertretung für dich. Er kümmert sich um alles. Geht nach der Arbeit einkaufen. Ich bin froh, dass wir ..." Sie legte ihre Arme grinsend um Willems Hals. „... den Stallknecht aus dem Keller befreit haben".

Ich nahm Wilmas Gesprächsfaden auf. „Ich bin nicht nur froh, ich bin dir dankbar. Für alles was du machst. Insbesondere die Grabstelle. Ich kann dir gar nicht sagen was mir das bedeutet. Und es tut mir leid, dass ich dich so blöd angemacht habe. Entschuldige bitte". Willem winkte ab. „Halb so wild. Schon vergessen. Hast du nicht selber gesagt unter Freunden darf man sich auch mal sagen, wenn einer ein Arschloch ist. Und dann ist das vergessen. Vergessen. Und was dir das bedeutet ... in etwa habe ich eine Vorstellung ... von dem was Wilma mir erzählt hat". Er griff hinter sich zu einem kleinen Tisch. „Hier, schau‛ mal, das ist meine Abrechnung". Zeigte mit einem Finger auf die Position „ [35] *Godtgjørelse og reiseutgifter*". 5400 Kroner. „Die wollte ich eigentlich Wilma geben, aber sie will das nicht annehmen. Verstehe ich zwar nicht, aber egal, so sei es denn. Wie findest du ... wie findet

---

[35] Vergütungen und Reisekosten.

ihr denn den Vorschlag, dass ich das dann in die Firma investiere?"

Wilma hatte sich die Abrechnung genommen. „Wenn ich das so lese, was ihr verdient, welches Gehalt ihr bekommt. Ihr zwei zusammen bekommt in einem Jahr fast eine Million Kroner. Ihr seid Millionäre. Kroner-Millionäre". Sie gab Willem einen Kuss auf die Wange. „Glaubst du so eine Partie, lass' ich noch mal ziehen". Willem legte einen Arm um ihre Schulter. „Aha, es geht dir um Geld. Gar nicht um mich". Wilma gab ihm einen weiteren Kuss. „Ne, gar nicht. Ich will dich auch wenn du arm wie eine Kirchenmaus bist".

„Was meinst du? Ist das ein Vorschlag?" nahm Willem sein Gespräch wieder auf. Beim Stichwort Firma fiel mir ein, dass ich unbedingt daran denken musste für morgen noch die Unterlagen der Firma für Tjorben rauszusuchen. „Wenn der Preis stimmt würde ich ein Schweissgerät kaufen. Bestellen. Tjorben wollte bei Kemppi nachfragen. Ich brauch' auf jeden Fall eines. Am Samstag schon mache ich den ersten Job. Bei Jaap und Nele. Wenn nicht, dann muss ich Freitag in Bergen eines kaufen. Kommt eben ganz auf den Preis an".

Willem wies mit der Hand durch den Raum. „Wenn ich mich hier ... bei euch ... bei Ingrid ... überall umschaue, macht das nicht unbedingt den Eindruck, dass du bei irgendwas auf den Preis geschaut hast. Hier ist doch alles Tipp-Topp. Gemacht. Oder machen lassen. Ist ja auch egal. Du willst doch jetzt nicht irgendso ein Bastlerwerkzeug kaufen? Wollen wir nicht Geld damit verdienen? Das geht nicht mit Heimwerkerzeugs, da muss Profigerät ran".

Vorsichtig schob ich meinen Stuhl vom Tisch ab. „Können wir sicher morgen noch mal drüber reden, wenn ich irgendwas von Tjorben weiss". Rückte den Stuhl an den Tisch. Stellte mich zu Ingrid. „Ach ja, dein Vater will kommen. Wegen irgendwelcher Steuersachen. Ich bin ja nicht da, magst du ihn mal anrufen. Und du Wilma suchst schon mal den ganzen

Rechungsscheiss raus. Wir müssen das angehen". Wilma grinste. „Wir? Du meinst doch ich, oder?" „Jepp, meine ich. Ich geh' jetzt rüber". Ingrid erhob sich vom Tisch. „Ich auch. Also zu mir natürlich".

Michelle schlief schon fast, war eingenickt. Leicht dösig hob sie nur das Plumeau an. „Komm' zu mir. Kuschel' dich an dein Spätzchen". Begann, erst noch ein wenig schläfrig, zu erzählen. Von ihrer Arbeit bei Mikkel. Dass sie bei Frederike war – „Aber gestern schon. Aber da hast du ja nichts mehr mitbekommen von dem was ich erzählt habe". Sei mit Torid dorthin gefahren. „Ingrid ist mit der Kleinen echt überfordert. Was Babysitter anbelangt ist sie echt eine Niete. Also muss ich, wenn Wilma dann arbeiten ist, Torid mitnehmen". Was natürlich schon eine Hilfe sei, wäre ihr Van, den sie gerne zur Verfügung stellte. „Sonst wär' das alles ein wenig blöd. Wilma braucht eigentlich ein Auto. Ein eigenes".

Sie schon selber merke welche Fortschritte sie beim Käsen mache. Wie sehr Mikkel mit ihrer Arbeit zufrieden sei. „Er würde mich auch unterstützen. Bei dem Hofladen. Bei uns". Sei nie selber auf die Idee „Hofladen" gekommen. Weil er ja direkt an Grossabnehmer verkaufe. „Aber auch weil er eigentlich ..." Michelle lachte „... kein fremdes Gesindel auf seinem Hof haben möchte".

Während Michelle erzählte nuckelte ich an ihren Brüsten. Sie strich mir durch die Haare. „Wie nennt man das eigentlich bei Spatzen? Bei Spätzchen? Wenn sie intim werden? Spätzeln? Oder heisst das bei Vögeln generell vögeln?" Ihre Hand ging unter das Plumeau. „Sollen wir ein bisschen Spätzeln? Du ... der grosse Spatz da unten ..." sie gab mir einen Kuss. „Der ist ja schon ziemlich gross ... geworden". Küsste mich inniger. „Oder willst du weiter nuckeln? Und ich beschäftige mich mit deinem Spatzen". Ich musste lachen. „Beschäftigen? Willst du mir einen runterholen, oder was soll das jetzt heissen?"

„22"

„Ich würde mir gerne eine Zigarette rauchen" stieg ich aus dem Bett. Michelle schüttelte den Kopf. „Willst du nicht auch mal versuchen mit dem Rauchen aufzuhören? Wenn ich schwanger bin ... das wäre doch die Gelegenheit, der Anlass". Ich drehte mich zu ihr. „Wenn du schwanger bist. Wenn. Noch ist doch nichts Amtlich. Ausser deinem Gespür". Michelle steckte sich ein Kopfkissen in den Rücken. „Mein Gespür ist Amtlich. Da kannst du dich drauf verlassen. Wenn dein Spätzchen das sagt, dann ist das auch so".

Leicht bibbernd kam ich wieder nach oben, hatte mir vor der Haustüre schnell eine gequalmt. Mir aber leichtsinnigerweise nichts angezogen. Michelle lehnte noch immer am Kopfende des Bettes. Schlug mir das Plumeau auf. „Komm' ins Bett Schatz". Korrigierte aber schnell, als ich mich neben sie kuscheln wollte. „Ne, richtig. Komm' zwischen meine Beine. Mach's mit mir. Noch mal. Vielleicht bin ich ja doch nicht schwanger ... und du musst noch mal nachlegen".

Abermals pellte ich mich aus dem Bett. „Spätzchen, Zufrieden? Glücklich? Befriedigt? Du hast ja keinen Mucks von dir gegeben. Habe ich es nicht gebracht?" Michelle zog mich lächelnd an mich. „Wenn ich nichts sage ... keinen Mucks von mir gebe ist das garantiert keine Reklamation. Die sage ich dir schon. Ich find' die Frage auch blöd ... ob du es gebracht hast. Nein, Torid liegt neben uns. Soll ich ihr die Hucke vollstöhnen?" Sie nahm meine Hand, führte sie an ihren Unterleib. „Fühl' mal. Was fühlst du? Das ist dein ... unser Saft der da ausläuft: Noch Fragen?" Hielt mich an der Hand. „Willst du denn schon wieder rauchen?"

Wollte ich nicht. Nahm die Uhr vom Nachttisch. „Es ist gleich drei Uhr. Pennen ist Unfug. Für mich. Ich geh' duschen, dann lerne ich noch ein paar Vokabeln. Ich muss morgen, also Donnerstag einen Aufsatz abliefern. Also nicht ich, wir alle. Ich lerne noch was. Um fünf muss ihr sowieso raus. Hunderunde".

Michelle klopfte sich das Kissen auf. „[36]*Det finnes ikke noe bedre enn å ligge med deg. Du gjør meg lykkelig. Du tilfredsstiller meg. Jeg er fornøyd. Veldig fornøyd. Du gir meg det*". Lachte. „Schau' das ruhig auch mal in deinem Vokabelheft nach".

Frisch geduscht holte ich meine Schulbücher aus dem Auto, setzte mich an den Esstisch. Was sollte ich bloss schreiben? Zumal ich ja noch im Kopf hatte das mein letzter Aufsatz, unsere letzte schriftliche Aufgabe nicht mal eines Blickes von Olav gewürdigt wurde. Sollte ich vielleicht einfach schreiben „Fick' dich du Arschloch". Blätterte in meinem Vokabelheft. Hatte nach einigem Blättern so in etwa *„Faen ta deg, din drittsekk!*" zusammen. Ob das jetzt allerdings Schul-Norwegisch war wagte ich zu bezweifeln. Barg natürlich auch das Risiko des Unterrichts … oder gar der ganzen Schule verwiesen zu werden. Kritzelte weiter auf einem Zettel herum. Schwiff aber gedanklich immer weiter ab. Mit dem „Ass im Ärmel", dass Kristina etwas für mich zu schreiben angeboten hatte. Schaute auf den Zettel. „[37]*Kristina, je bent al een verdomd aantrekkelijke vrouw*". Hatte ich das geschrieben? Strich schnell alles durch. Knüllte dann das Papier zusammen, warf es in den Kamin. Die Glut frass schnelle meine wirren Gedanken auf. Nahm das Lehrbuch. „Einfach mal schauen was Michelle so geschrieben hat". Vielleicht hatten sie das ja auch als Thema aufbekommen – und ich könnte vielleicht einfach was stiebitzen.

„Meer, Ozean …" Meine Gedanken drifteten ab. Kamen jetzt flüssig aus meinem Kopf. Zumindest schon mal auf Nederlands. Waren zurück. Auf der Brent Spar. Die ja im Meer verankert lag. In einem Ozean, auch wenn die Nordsee nicht so hiess … Ozean. Aber irgendwie war es doch auch ein Ozean.

---

[36] Es gibt nichts Schöneres als mit dir zu schlafen. Du machst mich glücklich. Du befriedigst mich. Ich bin zufrieden. Sehr zufrieden. Du bringst es.

[37] Kristina, du bist schon ein verdammt attraktives Weibsbild.

Und die anderen Vokabeln fehlten einfach nur. „Strand, Küste, Bucht, Küste ...". Das alles war sehr weit weg. Von Wasserfall keine Spur, weit und breit nicht. Insel, das könnte vorkommen – Bohrinsel. Auch eine Insel. Warum nicht? So hiess ... so nannte man das doch. Mehrfach las ich mir das Geschriebene durch. Im Prinzip eine Aneinanderreihung von schwachsinnigen Sätzen. „Hey, komm' - von Lyric hatte Olav nicht gesprochen".

Mein Blick ging zur Wanduhr. Gleich halb fünf. „Mach' dir einen Kaffe, rauch' dir eine, geh' zum Grab, geh' zum Friedhof, geh' zu Leopold" formulierte ich meine Überlegung laut. Suchte mir aus dem Sideboard unsere Firmengründungsurkunde heraus. Musste kurz lachen bei dem Gedanken wie Ingrid dem Typen bei der Bank so dermassen die Hucke vollgelogen hatte. „Wir werden bald heiraten". Nur um unser Vorhaben wahr werden zu lassen. However, es hatte geklappt. Wir konnten unsere Firma gründen. Waren jetzt da, wo wir vielleicht sogar hinwollten. Zwar immer noch nicht verheiratet, aber verbunden, verbundener denn je zuvor. Auch das was Willem gesagt hatte – „Schau' dich um, alles Tipp-Topp" – all das hatten wir gemeisam geschafft. Ohne Erfahrung, nur aus unseren Köpfen heraus entstehen lassen.

Ich nahm meinen Block. Schrieb hinzu „Auch unser Bauernhof ist eine Insel, nicht weit von der Küste entfernt, Wasserfälle in der Nähe. Für uns das Zentrum des Universums". Sicher, genau so schwachsinnig wie die anderen Sätze auch. Vielleicht klang das ja besser, wenn ich es übersetzt hatte – ins Norwegische. Aber wer hatte das zu entscheiden? Zu bewerten? Ohne zu wissen was ich fühlte – wenn ich das, oder anderes notierte. Doch garantiert keiner. Kein Lehrer. Kein Keiner.

Nach der Runde mit Leopold, bis in den Wald hinein und wieder zurück, setzte ich mich an den Teich, an den Bachlauf, die neu angelegte Grabstelle. Die beiden von Willem installierten Leuchten warfen ein schwaches, aber irgendwie ruhiges Licht an die Wasseroberfläche. Das sich irgendwie beruhigend mit dem sanften Plätschern des Wassers vermischte. Ohne es zu wissen – oder hatte er das gewusst? – hatte er einen Ort der Ruhe geschaffen. Für mich. Hatte er das bewusst so ausgewählt? Zwei Lampen? Genau wie die beiden Felsblöcke? Stellvertretend für zwei Menschen, die hier jetzt ihren Platz hatten. Bei uns. Bei mir. Wo sie eigentlich auch hingehörten. Nicht nur in meinem Herzen. Schnell stellte sich das Gefühl ein, das ich auch immer auf dem Friedhof verspürte. Mich gedanklich zu sammeln. Zu ihnen zu reden. Meinen Gedanken und Empfindungen freien Lauf zu lassen. Waren die beiden Lampen sowas wie die beiden Seelen? Die symbolisch ihr Licht gen Himmel sendeten?

Meine anfängliche Überlegung vielleicht sowas wie eine Zeitschaltuhr anzuschliessen – warum sollte tagsüber eine Beleuchtung brennen? – verwarf ich sehr schnell. Wenn es tatsächlich so gedacht war – dass das Licht ihre Seelen darstellen sollte – dann durfte das natürlich nicht ausgeschaltet werden. Auch tagsüber sendeten sie, auch wenn das Licht kaum wahrnehmbar sei, auch ihr Signal. Ein, ein wenig lästiges Element hatte das konstante, zwar beruhigende Plätschern schon. Es animierte zum Pinkeln, löste einen Harndrang aus. „Was soll's, ich piss‘ einfach irgendwo in die Gegend" stand ich auf. Machte eine erstaunliche Beobachtung. Nicht weit von der Stelle entfernt, an die ich mich gestellt hatte, urinierte Leopold auch sofort hin. Hob sein Bein, pisste an einen Strauch. Willekes Worte „Du bist wie ein Hund" kamen mir wieder in den Sinn. Oder war es umgekehrt? Der Hund war wie ich?

Noch schnell versorgte ich Leopold mit Futter, Wasser in seinen Napf zu füllen konnte ich mir schenken. Hatte ja am Bachlauf beobachtet wie er direkt dort trank. An der Quelle sozusagen. Ging zurück ins Haus. Kaffee für Willem und mich vorbereiten. Und auch Pausenbrote. Legte den Proviant neben die Firmenunterlagen und meine Unterrichtsnotizen. Sobald Willem erscheinen würde noch schnell heisses Wasser auf das Kaffeepulver.

So gesprächig wie jeden Morgen, so mitteilungsbedürftig wie jeden Morgen begann Willem auch direkt „[38]*Goedemorgen. Heb je nagedacht over mijn aanbod? Dat ik mijn geld in het bedrijf investeer*". Hatte ich nicht. Wann? Ich hatte ein anderes Programm. Hatte Michelle zugehört. Mir ihre Neuigkeiten erzählen lassen. Und mit ihr geschlafen. Also hatte ich keinen Kopf für „Investieren".

„Wir reden nachher. In der Pause, okay?" Trank meinen Nescafé, nahm Proviant und Papiere vom Tisch. „Wollen wir los?" Warf meine Autoschlüssel kurz in die Luft. Als eine Art Startschuss in den Tag.

Heute war, anders als in den Tagen zuvor, Tjorben an unseren Arbeitsplatz gekommen. Begrüsste Willem und Ian, mich und Francoise. Schaute sich den Arbeitsfortgang an. „Das habt ihr bis Freitag fertig?" klopfte er mit einem Zollstock auf die Rohrsegmente. Willem blickte in unsere Runde, zu Ian, zu Francoise, zu mir. Nickte Tjorben zu. „Yes Chief. Ist Freitag fertig". Die Antwort gefiel Tjorben, wahrscheinlich wollte er auch nichts anderes hören. „Prima. Draussen wartet weitere Arbeit". Führte dann weiter aus, dass das zeitlich sehr gut passen würde. Am Montag würde von Bergen aus ein Versorgungsschiff zur Brent losfahren. „Dann kann das zusätzlich geladen werden". Dieses Versorgungsschiff würde alle zwei Wochen zwischen Bergen und dem Brentfeld verkehren. Tjorben legte eine Hand auf meine Schulter. „Du weißt ja selber was die Kollegen dort so wegfuttern. Da wird immer Nachschub gebraucht". Das wusste ich, daran konnte ich mich erinnern. Es gab immer Essen in der Plattformkantine. Immer. Rund um die Uhr. Was natürlich auch nötig war. Benötigte wurde. Die Arbeit auf der Brent war anstrengend. Da musste der Körper eines jeden mit anständig Nahrung versorgt sein. Hunger war keine Option.

---

[38] Guten Morgen. Hast du mal über mein Angebot nachgedacht? Dass ich meine Auslöse in die Firma investiere.

Tjorben legte einen Zettel auf meine Werkbank. Mit handschriftlichen Notizen. „Lies dir das mal durch. Und dann kommst du nachher mal zu mir ins Büro. Hast du die Firmendaten, die eurer Firma dabei?" Wartete kurz auf meine Antwort „Ja, habe ich in der Umkleide". Ging dann weiter. Zu anderen Kollegen. Ohne einen weiteren Blick auf Tjorbens Zettel zu werfen steckte ich ihn ein. Um etwas zu lesen ... zu studieren ... war jetzt nicht die Zeit. Tjorbens Frage – und Willems Antwort darauf - „Yes Chief. Ist Freitag fertig" - war eindeutig.

In der Frühstückspause holte ich Tjorbens Zettel hervor, las durch was er notiert hatte. „Kemppi 180 A Inverter Elektroden Schweißgerät. Anschlussart: 220 V und 380 V. Gewicht ca. 25 Kilogramm. Lieferbar frei Haus. Sofort. Preis: 5.610 Kroner". Schob Willem den Zettel zu. Der Preis war schon happig. In einem Baumarkt, oder Schweissfachhandel würde es garantiert Geräte für einen Bruchteil des Preises geben. Sicher, müsste man erst noch hinfahren und abholen. Wenn es denn eines sofort gab. Die notierte Option „Frei Haus" war ja im Prinzip nichts anderes bei diesem Kemppi-Gerät. „Frei Haus" musste ja eigentlich heissen „Frei SHELL".

Willem sah zwischen Papier und mir hin und her. „Was meinst du? Die Kemppis sind doch Eins A Maschinen". „Strammer Preis, oder?" Mehr wusste ich nicht zu entgegnen. Willem faltete das Papier zusammen. „Habe ich doch gestern schon gesagt. Ist ein Kemppi. Guck' dir einfach die Maschinen an, die wir hier haben. Funktionieren. Immer. Hundertprozentig. Verlässlich. Konstant. Ist es wegen des Preises? Habe ich auch schon gesagt. Ich investier' meine Auslöse. Das ist in etwa der Preis der da steht. Lass' uns das kaufen. Bestell' das bei Tjorben. Bei Kemppi". Schob mir das Papier zu. „Oder willst du noch irgendwo anders schauen? Suchen? Und wenn die keins haben? Was dir ... was uns zusagt? Vor allem ... wann willst du das machen? Du hast doch ... aktuell zumindest ... keine Zeit für gar nichts. Willste am Wochenende den Job mit einem

Feuerzeug machen? Oder wie willst du was verschweissen? Ohne anständige Maschine? Lass' uns das bestellen".

Lange hatte ich über das Angebot nachgedacht. Auch über das was Willem gesagt hatte. Zeit dazu hatte ich reichlich. Unter meinem Schweisshelm. In meiner blauen Welt. Sah ja auch – eigentlich jede Minute – wie wichtig es war eine gescheite Schweissmaschine zu haben. Nutzen zu können. Kam dann letztendlich zu der Entscheidung „Das Ergebis zählt. Sonst nichts". Was sollte mein Zweifel? Aus Kostengründen für ein minderwertiges Produkt zu entscheiden. Hatte ich nicht, wie Willem zurecht angeführt hatte, bei allen Dingen auf und für den Bauernhof, auf Qualität gesetzt. Dass Willem ähnlich, wenn nicht sogar gleich dachte, war doch an seinem Range Rover zu sehen. Keine billige Karre, ein Qualitätsprodukt. „Wer billig kauft, zahlt doppelt". Das war mir klar. Sonnenklar. Ausserdem waren die Kemppis „unkaputtbar". Warum sonst sollte ein Konzern wie SHELL auf dieses Produkt setzen? Die konnten ... wollten doch bestimmt keinen Schrott.

„Hast du eine Minute für mich?" klopfte ich zur Mittagspause bei Tjorben an die Bürotüre. Hatte mir aus der Umkleide die Firmengründungsurkunde geholt. „Ich ... also wir ... ich mache die Schweissfirma ja mit Willem ... wir würden dann gerne das Kemppi ordern. Das ist aber dann auch garantiert vor dem Wochenende hier?" Tjorben bot mir einen Stuhl an. „Wenn ich dir das sage ... wenn Kemppi das sagt ... dann ist das auch so". Nahm die Urkunde entgegen. Begann sogleich zu lachen. „Das ist doch Ingrids Idee gewesen, oder? Eure Firma heisst tatsächlich *vikingen og prinsessene BA*? Das sieht Ingrid ähnlich". Las schmunzelnd das Papier durch. „[39]*Så dere to er slynglenes overhode*". Ebenso schmunzelnd erwiderte ich „Ja, sjef". Tjorben klopfte die Papiere an der Blattkante auf seinem Schreibtisch zusammen. „Okay, dann gebe ich das so in Auftrag. Ich geb' dir Bescheid. Mach' Mittagspause".

---

[39] Dann seid ihr zwei also der Kopf der Rasselbande.

„Ist geordert" liess ich Willem kurz wissen was ich mit Tjorben vereinbart hatte. Die Mittagspause war schon fast vorbei. Ich nahm noch ein Pausenbrot mit in die Werkstatt, ass es an der Werkbank.

Vor Feierabendzeit fanden Willem und ich dann Zeit für ein ausgedehnteres Gespräch. Die Zwischenlage war eingeschweisst. Halbe Miete sozusagen. Alles sah gut aus. Was Kevin uns nach prüfender Sichtung bestätigte. Jetzt waren Ian und Francoise am Zug. Alles für die letzten, abschliessenden Decklagen ausschleifen. Bei der Breite der Schweissnähte war klar – nicht eine breite Decknaht, sondern zwei Decklagen nebeneinander. Die komplette Lage über die gesamte Fläche zu ziehen war nicht angesagt. Viel Hitze, über lange Zeit. Sehr anstrengend. Für die Schweisser. Und auch für die Rohrverbindung. Breite Nähte, breite Lagen bargen die Gefahr der Überhitzung – somit auch von Fehlern.

Willem bot mir eine Zigarette an, hielt mir seinZippo entgegen. „Dann sind wir also jetzt Partner? Also so richtig? Das Kemppi ist sozusagen der Startschuss ... die Gründung von HKWT?" Ich schlug in seine offene Handfläche ein. „Ja Partner".

Wie jeden Tag sprang ich schnell unter die Dusche, kleidete mich an, verabschiedete mich noch schnell von Willem. „Vielleicht sehen wir uns nachher ja noch". Musste dann auch schon los. Die Schulbank drücken.

Olav unterhielt sich mit uns, hatte jetzt, im Verlauf der Unterrichtsstunden, immer mehr darauf bestanden, dass wir nur – und ausschliesslich norwegisch redeten. Zumindest im Unterricht. Das Thema heute lautet „Astronomie und Sonnensystem". Also Namen der Planeten und Gestirne. Zählte, während er die Tischreihen abschritt, die Namen auf. Bat immer wieder jemanden es ihm nachzusprechen. Wobei ich das nicht sonderlich schwierig fand. Hiessen die Planten genau wie im Deutschen ausgesprochen. „Merkur, Venus,

Mars, Jupiter, Saturn, Uranus, Neptun". Lediglich Solsystemet und Solen[40] klangen anders. Wie der Norweger allerdings auf „Verden" für Welt – und somit auf „Verdensrommet" für Weltraum kam erschloss sich mir nicht. Liess sich so ganz und gar nicht ableiten.

In der Pause gab Kristina mir eine Übersetzungsaufgabe. Ob ich den deutschen Spruch „Das Glück der Erde liegt auf dem Rücken der Pferde" kenne. „Kennst du? Übersetz' mal". Ich suchte in meinem Kopf die Worte, die Wörter. *„Jordens lykke ligger på hesteryggen"*. Kristina schmunzelte. „Super, du machst dich". Wollte dann wissen ob ich schon mal geritten sei. War ich nicht. Wollte ihr aber auch nicht mit einem platten Witz antworten. „Geritten … worden … schön öfters … von meiner Freundin … einer wilden Stute". Sah sie an. „Nein. Ich hatte mal eine Freundin, die war Reiterin". Florentien war mir in den Sinn gekommen. Die aber im eigentlichen Sinne nicht meine Freundin war. Eine Freundin. Die mich mit Haut und Haar vernaschen wollte. Kristinas Frage „Hattest du schon viele Freundinnen?" erstaunte mich ein wenig. Antwortete mit einer Gegenfrage. „Und du? Hattest du schon viele Freunde?"

Kristinas Antwort, unverblümt, und sehr direkt „Ich bin keine Jungfrau mehr, wenn du das meinst" liess mich staunen. Das hatte ich nicht gemeint. „Ich hatte vielleicht schon mehr Männer als du Frauen. Ist ja auch nichts Schlimmes, oder?" Kristina sah mir anscheinend mein Erstaunen an. „Also nicht, dass du jetzt was Falsches von mir denkst. Ich bin keine Schlampe, die es mit jedem macht. Liebe ist nicht davon abhängig, es ist nicht unbedingt die Vorstellung von Liebe, die einen … die mich dazu treibt, es zu tun". „Wie? Was meinst du? Es zu tun. Was zu tun?" Kristina zog eine Augenbraue hoch. „Komm', hör' auf, du weißt genau was ich meine. Nennt man auch Lust, glaube ich".

---

[40] Sonnensystem, Sonne

Die Aufforderung ins Klassenzimmer zu kommen unterbrach unser Gespräch. Ich hätte aber zu gerne jetzt mehr erfahren. Von ihr.

Einer unserer Schulkameraden hatte sich zu Olav gestellt. Stellte sich als Chuck vor. „[41]*Vi vil alle møtes neste uke. På fredag. På en pub. For å prate litt. For å bli kjent med hverandre. Utover timene. Gi meg beskjed i morgen. Hvem som har lyst til å komme. Så skal jeg bestille bord*". Setzte sich wieder auf seinen Platz. „[42]*Fredag kveld. Jeg glemte å fortelle deg det*".

Kristina zog aus ihrer Tasche einige Blätter hervor, als sie sich ins Auto gesetzt hatte. Habe etwas geschrieben. „Für unseren Aufsatz. Für morgen. Auch für dich. Soll ich mal vorlesen?" Den Schlüssel hatte ich schon ins Zündschloss gesteckt, startete aber nicht den Motor. „Ja, gerne. Lass` hören". Kristina blätterte ein wenig. „Eine Version ist für dich, eine für mich. Die für dich habe ich auf Deutsch geschrieben. Zusätzlich. Vielleicht ist es dann einfacher. Und am besten schreibst du das in deiner Handschrift noch mal. Man weiss ja nie. Ist zwar schwer vorstellbar, dass ausgerechnet wir beide morgen vorlesen sollen – aber sicher ist sicher". Drehte sich ein wenig auf dem Beifahrersitz zu mir, zupfte den Saum ihres Rocks etwas zurecht.

„Entdecken Sie mit mir die faszinierenden Landschaften und aufregenden Abenteuer, die die Natur Norwegens zu bieten hat. Kommen Sie mit mir auf die Reise durch beeindruckende Schluchten, dichte Wälder, mysteriöse Sumpfgebiete und majestätische Berge. Erkunden Sie atemberaubende Wasserfälle, klare Seen, idyllische Strände und die unendliche

---

[41] Wir wollen uns nächste Woche alle treffen. Am Freitag. In einer Kneipe. Um ein wenig zu quatschen. Uns kennenzulernen. Über den Unterricht hinaus. Sagt mir doch morgen bitte Bescheid. Wer kommen möchte. Dann reserviere ich einen Tisch.

[42] Freitag abend. Habe ich vergessen zu sagen.

Weite des Ozeans. Seien Sie bereit sich in die Schönheit dieser Naturschätze zu verlieben. Die schroffen Wände der Schluchten erzählen Geschichten von Jahrtausenden, wie eine Zeitreise in die Erdgeschichte. Atemberaubende Farben und Formen der Felsen geben Ihnen einen Adrenalinkick. Halten Sie die magischen Momente in Ihrem Kopf und Ihrem Herzen fest. Ein Besuch der Wälder Norwegens ist Balsam für die Seele. Achten Sie auf die einzigartigen Geräusche, die die Natur hier erzeugt – ein wahrhaft magisches Erlebnis".

Kristina schaute zu mir. „Und? Gefällt dir. Kann man doch nehmen, oder?" „Kann man nehmen? Man merkt, dass du in der Werbebranche bist. Nicht nur tolle Worte, sondern du drückst auch einfach alles aus, was dieses Norwegen ausmacht. Für mich jedenfalls. Norwegen ist einfach geil. Und wild. Mit dir würde ich jederzeit die fazinierenden Landschaften erkunden wollen. Das hat du doch geschrieben – Entdecken Sie mit mir". Drückte das Blatt ein wenig nach unten. „Bist du viel ... oft in der Natur unterwegs?" Kristina schmunzelte. „Ne, kein Stück. Ich habe einfach versucht die Vokabeln in nette Sätze zu packen. Das ist doch mein Job. Den Leuten was zu verkaufen". Ihr Gesicht, ihre Augen strahlten. „Also nimmst du das? Möchtest du das haben? Als Hausaufgabe?"

„Auf jeden Fall Kristina. Selbst wenn ich nicht vorlesen ... vortragen soll ... also nicht von Olav aufgefordert werde ... dann habe ich auf jeden Fall etwas von dir ... das ist wunderschön geschrieben. Und beschreibt zu 100% was ich hier fühle. Norwegen ist einfach geil". Kristina lachte. Da sagst du gerne, scheint mir. Geil". Meine Hand ging an ihre Wange. „Jepp". Einen Moment hielt Kristian meine Hand an ihrer Wange. „Dann lese ich dir jetzt vor was ich geschrieben habe. Für mich. In etwa ähnlich. Du kannst aber ruhig losfahren. Wir müssen jetzt hier nicht stehenbleiben. Du willst doch sicher auch nach Hause". Faltete das gerade vorgelesene Blatt zusammen.

Räusperte sich. Nahm ein weiteres Blatt. *„Ein Abenteuer in der Natur. Die Morgensonne bricht sanft durch* *die Bäume und taucht den Wald in ein zauberhaftes Licht, als ich meinen Weg in die geheimnisvolle Schlucht beginne. Das Plätschern des Wassers ist das einzige Geräusch, das die Stille durchbricht; manchmal wird es übertönt von dem Rauschen eines versteckten Wasserfalls, der in den klaren Fluss stürzt, der sich gemütlich durch die grüne Landschaft schlängelt. Als ich tiefer in die Schlucht eintauche, umgebe ich mich mit hohen, majestätischen Felsen, die schroffe Kanten und schattige Höhlen bieten. Der schmale Pfad windet sich an morastigen Sumpfgebieten vorbei. Hier, zwischen den schilfigen Pflanzen, treffe ich auf schillernde Libellen und singende Frösche, die aus den Gewässern emporhüpfen"*.

Liess das Blatt auf ihren Schoss sinken. „Und das? Was sagst du dazu? Ist doch ganz anders, oder? Klingt doch nicht so als wenn das ein und dieselbe Person geschrieben hat?" Kurz sah ich zu ihr herüber. „Du kannst gut … du kannst schön schreiben. Das sind schöne Worte … schöne Sätze … schöne Beschreibungen". Versuchte über die Rückenlehne des Sitzes an meine Schulbücher zu kommen. Was mir aber nicht gelang. „Auf dem Rücksitz liegen meine Hefte, da ist ein Blatt drin, mit dem was ich geschrieben habe. Willst du das mal lesen? Den Müll. Im Vergleich zu deinen Worten".

Kristina steckte ihren Kopf zwiwchen den Sitzen nach hinten, lehnte sich dabei mit ihrer Schulter leicht an meinen Oberarm an. Zog mein Schulbuch nach vorne. Las sich meinen „Aufsatz" durch. „Du hast … du lebst auf einem Bauernhof?" Schaute immer wieder mal zu mir. „Du hast auf einer Bohrinsel gearbeitet? Du hast Tiere? Ich hatte gedacht … hattest du nicht gesagt einen Hund?" Steckte meinen Aufsatz wieder in das Buch. „Ja, ist anders als meins. Aber ist deins. Ich kann mir gut vorstellen, dass dich die Natur überwältigt. Du bist ja irgendwie auch so. Du wirkst jedenfalls so auf mich. Ein Hafenarbeiter. Und ein wilder Typ".

„Ich bin kein Hafenarbeiter Kristina. Ich bin Schweisser". Kristina lächelte. „Aber wilder Typ stimmt, oder?"

In der Strasse, in Ellerhusensvei fuhr ich den Escort mit einer Seite auf den Bürgersteig. Der Wagen stand jetzt ganz leicht schräg. „Nummer 22, war richtig, oder? Dann sind wir da".

Kristina sortierte ihre Tasche. „Darf ich dir einen Kuss geben?" Beugte sich schon zu mir herüber. Ganz leicht berührten sich unsere Lippen. Meine Hand war versucht sie anzufassen. „Du riechst gut. Lecker. Nach Vanile". Kristina küsste mich erneut. Liess ihre Zunge über meine Lippen gleiten. Wich zurück. „Entschuldige". Meine Hand fasste sie an. Ihr Gesicht. „Ist schon okay. Schmeckst du auch so?" Kristina öffnete leicht ihre Lippen, leckte an meinen. Öffnete die Beifahrertür. „Ach so, was unser Schulkollege ... Chuck vorhin gefragt hat. Mit dem Treffen. Hättest du Lust da hin zu gehen? Vielleicht sogar mit mir? Mich dann abzuholen?"Lächelte mich ganz entzückend an. „Dann brauch' ich nicht dem Bus fahren".

„Ist bestimmt ganz nett. Stell' ich mir nett vor. Klassentreffen sozusagen. Weiss ich aber jetzt noch nicht. Wenn, dann ist das sicher kein Problem. Ich komm' ja dann sowieso hier ... in Biskopshavn vorbei. Wo du wohnst weiss ich ja jetzt". Kristina hatte schon ein Bein aus dem Auto gesetzt. „[43]*Og takk igjen for essayet ditt. Som du skrev til meg*". Kristina blinzelte mir zu. „Habe ich gerne gemacht".

---

[43] Und nochmal danke für deinen Aufsatz. Den du mir geschrieben hast.

„Poesje"

Mein erster Gang führte geradewegs zur Grabstelle, zum Bachlauf. Zwischen beiden Felssteinen stand jetzt eine tönerne Vase. Darin frische Margeriten. Neun Stück. Leopold war zu mir gekommen, sass schwanzwedelnd vor mir. „Ja, sofort mein Junge. Wir gehen jetzt. Ich habe dich nicht vergessen" streichelte ich mit einer Hand durch sein Fell. Warf ihm zur ersten Beschäftigung ein Holzstöckchen, von denen mittlerweile reichlich über die Weide verteilt lagen. Was ihn nur für einen Moment beschäftigte. Hatte das Stöckchen sehr schnell geholt, vor mir auf dem Boden abgelegt. „Na, dann komm'. Ab in den Wald". Streckte meinen Arm aus. „Løp Leopold". Hier, auf der Waldstrecke schien es ihm noch mehr Spass zu machen zu rennen. Den geworfenen Hölzern hinterher zu rasen. Absolvierte heute aber eine verkürzte Runde mit ihm. Ich war müde. Richtig müde. Hatte ja nicht geschlafen. Seit gestern Nacht. Seit vorgestern Nacht. Hungrig war ich auch.

Michelle schaute irgendwas im Fernsehen. Strickte dabei. Ich setzte mich zu ihr. Küsste sie zur Begrüssung, umarmte sie. „Was strickst du da eigentlich die ganze Zeit? Seit Tagen schon". Michelle legte ihre Arbeit beiseite. Ein kleines Deckchen. So ähnlich wie Topflappen. Griff neben die Couch, holte einen ganzen Stapel von diesem Deckchen hervor. „Das wird eine Decke für Torid. Eine Patchwork-Decke. Aus vielen kleinen Stücken. Die stricke ich am Ende zusammen. Zu einer grossen Decke". Legte mir das Gestrickte in die Hand. „Schafwolle. Ganz weich. Und warm". Sanft küsste ich Michelle auf den Hals. „Hast du sonst nichts zu tun? Oder Langeweile?" Sie lachte. „Langeweile. Eher das Gegenteil. Das entspannt mich. Ich bin den ganzen Tag zugange. Kind, Käse machen, Haushalt, Einkaufen, Tiere versorgen, mit Leopold spielen. Ne, ich habe schon genug zu tun. Beim Stricken kann ich einfach abschalten". Schaute mich lieb an. „Und abends habe ich noch einen Mann zu versorgen". Gab mir einen Kuss. „Und möchte auch von einem Mann ... von dir versorgt werden".

Ich erhob mich aus der Couch, ging in die Küche. Nahm mir Brot und Brotbelag aus Schrank und Kühlschrank. „Versorgt? Du meinst jetzt aber nicht besorgt, oder? Dein Mann braucht Schlaf". Michelle kam grinsend zu mir. Nahm mir einen Teller ab. „Ne, ich meine schon versorgt. Einen Mann der mir zuhört. Dem ich erzählen kann. Und wenn du dabei nicht einschläfst ... und mir es so ... wie gestern Nacht dann obendrein auch noch besorgt ... gibt es besseres?" Schob mir den Teller mit Käse zu. „Heute abend nicht Michelle. Keine Besorgungen. Ich bin echt müde. Ich bin echt geschafft. Wo ist denn Ingrid? Ich habe ihren Van gar nicht gesehen". Michelle setzte sich zu mir. „Die ist am späten Nachmittag los. Warum fragst du? Soll sie es mir vielleicht besorgen? Wenn du nicht da bist? Oder nicht kannst? Oder nicht willst? So schlimm ist es ja noch nicht. Oder meinst du ich kann nicht ohne Sex?"

„Nein, so ist das nicht gemeint. Nur weil eben ihr Auto nicht da ist. Hast du die Blumen besorgt? Auf dem Grab?" Michelle zuckte mit den Schultern. „Ich weiss nichts von Blumen. Dann war das wohl Wilma". Drehte sich auf dem Stuhl seitlich zu mir. Begann von ihrem Tag zu erzählen. Sie habe heute ihren ersten Gouda bei Mikkel machen können. „Ganz alleine". Vom Milch erwärmen über pressen. „Jetzt muss der schon eine ganze Weile reifen. Deswegen macht es natürlich Sinn jeden Tag Käse zu machen. Das dauert alles in allem Wochen, Monate". Sie müsse also irgendwie einen Vorrat vorproduzieren. Legte ihre Hand auf meinen Unterarm. „Ich möchte so einen Hofladen. Kannst du sowas für mich bauen? Einen kleinen Laden".

Ich schaute sie an. „Wie heisst das Zauberwort?" Michelle legte ihren Kopf an meine Schulter. „Biiitte". Schaute mich an, küsste meine Hals. „Meinst du das?" Wiederholte das Zauberwort. Extrem und absichtlich besonders langgezogen. „Biiiiitte mein Schatz. Kannst du deinem Spätzchen ... deinem Kätzchen ... deiner Michelle sowas bauen? Ein klitzeklitzekleines Lädchen". Ich musste grinsen. „Du hast mich doch sowieso schon. Schon lange. Wie kann … wie könnte ich dir ein Biiiitte … einen Wunsch abschlagen?"

Ging noch schnell ins Badezimmer. Um mich zu waschen, Bettfertig zu machen. Zähneputzen, noch mal pullern. Michelle hatte mir dabei erzählt, dass sich Regine für morgen angekündigt hatte. Sie habe eine Beratung mit Ingrid vereinbart. Am Nachmittag. „Arnora ist dann bei mir. Und sie bringt die Schafe mit". Mit einem Kuss manövrierte ich mich an ihr vorbei. „Sei mir nicht böse Schatz, ich muss ins Bett". Michelle hielt mich fest. „Ach Quatsch, sei du mir nicht böse. Jetzt habe ich nur von mir erzählt. Wie war denn dein Tag?" Ich nahm ihre Hand. „Komm' mit. Ich leg' mich hin. Erzähl' dir aber gerne noch. Ich muss mich einfach hinlegen".

Michelle hatte sich auf die Bettkante gesetzt. Erst erzählte ich vom Schulunterricht. Dass ich Fortschritte machte, mich auch schon deutlich mehr traute zu reden. „Weil ich mittlerweile mehr Worte weiss, nicht mehr so nach Worten suchen muss." Und dass wir jetzt wohl in die Phase kämen, von der sie mir erzählt hatte. Dass wir sowas wie Aufsätze schreiben mussten, diese auch vorlesen sollten. „Einer meiner Mitschüler will ein Klassentreffen organisieren. Nächste Woche, nächste Woche Freitag". Lehnte meinen Kopf bei ihr an. „Darf ich da hin? [44]Vær så snill, mamma, kan jeg få lov til å gjøre dette?" Michelle lachte. „Du bist bekloppt. Mama muss dir nichts erlauben. Du kannst machen was du willst. Du bist alt genug. Nur komm' nicht so spät nach Hause. Und sauf' dich nicht voll".

Legte mich jetzt lang. „Ach ja, Wochenende ist klar, oder? Also Samstag. Samstag zu Nele und Jaap. Ich habe heute ein Schweissgerät gekauft. Also nicht ich … Willem und ich …" Michelle unterbrach mich. „Ich weiss, Willem hat das schon erzählt. Dass ihr … ihr zwei eine Firma gründen wollt.

---

[44] Bitte Mama, erlaubst du mir das?

Eine neue? Oder sowas wie eine Tochtergesellschaft? Von der, die es schon gibt?" „Wieso Tochter? Wenn dann doch wohl Sohngesellschaft". Michelle lachte mit einem leichten Grunzgeräusch. „Gibt es sowas denn? Sohngesellschaft? Und wieso heisst das eigentlich Mutterkonzern? Und nicht Vaterkonzern?" „Was weiss ich. Weil es wohl heisst *die Gesellschaft. Die Firma.* Und nicht *der Gesellschaft. Der Firma*". Michelle hob das Plumeau an, deckte mich zu. „Du schläfst jetzt. Bevor du noch mehr Unsinn redest". Gab mir einen Kuss auf die Stirn. „Schlaf` gut mein Süsser. Träum` was Schönes. Von mir".

Die Stunden Schlaf hatten mir, meinem Körper gutgetan. Hatte nicht einmal geträumt. Zumindest konnte ich mich nicht daran erinnern. Obwohl ja gesagt wird, dass man grundsätzlich träumt. Jede Nacht. Wenn man schläft. Auch wenn man tagsüber schläft. Wie auch immer. Ging ausgeruht nach draussen. Zur Grabstelle. Das war jetzt noch besser als in Rockanje. Kein Weg zum Friedhof. Das entfiel. Einfach nur ein paar Schritte über das Grundstück. Als ich gestern abend mit Wilma an der Grabstelle gesessen hatte waren mir ein paar Zeilen eigefallen die der Pastor an Willekes Grab gesprochen hatte. Die ... damit wollte ich jetzt immer meinen Besuch bei ihnen einleiten. Faltete die Hände zum Gebet. „Die Liebe erträgt alles, sie glaubt alles, sie hofft alles, sie duldet alles. Nicht trauern wollen wir, dass wir sie verloren haben, sondern dankbar sein, dass wir sie gehabt haben, ja auch jetzt noch besitzen". Sparte mir aber das „Amen" am Ende. Soweit ging meine Gläubigkeit dann doch nicht.

„Kom op Leopold" sah ich zu ihm herunter. „Med meg". Ab in den Wald. Drehte jetzt wieder die gewohnte Runde. Bis zur Troll-Wurzel, erst dann zurück. Versorgte Leopold mit Futter, dann mich selber. Mit vorgeschmierten Pausenbroten. Dann noch Nescafé in zwei Tassen. Willem würde jeden Moment erscheinen. Mittlerweile hatte er auch durch, dass ich morgens nicht vollgequatscht werden mochte. Trank seinen Kaffee mit mir.

Kevin hatte uns beiden bereits Pakete mit Schweisselektroden bereitgelegt. 6 Milllimeter Durchmesser. 450 Millimeter lang. Richtige Brummer. „Stromstärke 280 Ampère" grinste Kevin. „Also volle Power".

Die Schweissnähte strahlten eine solche Hitze ab, ein Steak wär' ratzfatz durch. Deswegen war auch das Anlegen einer zusätzlichen Schweisserschürze ein Muss. Wenn nicht würde es unseren Eiern genau so ergehen. Neben der extra Schürze hatte Kevin uns noch eine spezielle Creme für Schweisser parat gelegt. Eine Art Sonnencreme. Mit extrem hohem Anteil an Titandioxid-Pigmenten. Zäh wie Teer, nur in Weiss.

Die Schweisselektroden brannten runter wie nichts. Eine zusätzliche Hand, die nur Elektroden nachschob wäre jetzt gut.

Zur Mittagszeit gab es eine unerwartete, dafür aber um so willkommenere Unterbrechung für mich. Kevin hatte neue Pakete Schweisslektroden gebracht. „Geh' doch mal bitte ins Büro. Zu Chief Sysegard" legte er eines der Pakete bei mir ab. Schaute auf die bereits geschweisste Decklage, einer der Decklagen. „Wie gemalt Junge, geiler Job". Nicht nur ihm gefiel die Naht, die silbrig glänzend das Rohrsegment mehr und mehr verschloss. Auffüllte. Auch mir selber.

„Chief?" öffnete ich nach Anklopfen die Bürotüre. Tjorben zeigte auf einen Typen, der in seinem Büro sass. Der augenblicklich aufstand. „Samu Korhonen. Kemppi Norge" hielt er mir seine Hand entgegen. Zeigte auf eine orangefarbene Schweissmaschine, die neben der Eingangstüre stand. „[45]*Jeg ser frem til å ønske deg velkommen som ny kunde*". Tjorben grinste breit. „Deine Schweissmaschine. Wie versprochen. Samu Korhonen wechselte zu Englisch. „Wenn es

---

[45] Ich freue mich Sie als neuen Kunden begrüssen zu dürfen.

Ihnen lieber ist, unterhalten wir uns auch gerne auf Englisch". Mein Blick wechselte zwischen der orangefarbenen Maschine und ihm hin und her. „Noch ja, ich lerne gerade erst norwegisch". Mister Korhonen schob mit einer Hand ein paar Papiere auseinander. „Technisches Handbuch, Rechnung, Garantie". Tjorben winkte durch die Scheibe seines Büros. Kevin heran. „[46]*Be Willem om å bli med oss. Vær så snill*".

Willem betrat das Büro. Nach Anklopfen. „Chief?" Tjorben zeigte auf die Schweissmaschine. „Probier` die mal aus. Prüf` ob alles geht. Gus wird hier noch einen Moment gebraucht". Wies direkt auf einen zweiten Stuhl an seinem Schreibtisch. Setz` dich".

Mister Korhonen breitete die Dokumente vor mir aus. „Mister Sysegard hat die Bestellung ja aufgegeben. Vikingen og prinsessene BA, ist richtig, oder? Das ist unsere Rechnung. 5610 Kroner. Zahlbar innerhalb 14 Tagen." Zeigte an das Fussende der Rechnung. „Bankdaten stehen hier". Zog sich einen Alukoffer heran, der neben ihm stand. Nahm ein ganzes Sortiment an Schweisselektroden heraus. „Unsere Erstausstattung für Sie. Oerlikon Elekroden. Bekommen Sie auch über uns". Kramte weiter in den Koffer. „Und ein Schweissschirm". Zog einen weiteren Karton heran. „[47]*Dette er hva du bestilte*" schob er den Karton zu Tjorben. Der den Karton direkt zu mir durchschob. „Das bekommst du ... ihr ... von mir". Ein Stück öffnete ich den Kartondeckel. „[48]*Hvor flott er ikke det? Et Speedglas*". Sah zu Tjorben. „Takk, Chief".

Mister Korhonen erzählte noch ein wenig. Dass wir bei Kemppi mit allen Belangen in Punkto Schweisstechnik bestens aufgehoben seien. Auch wenn mal, kurzfristig, grosse, leistungsstärke Maschinen gebraucht würden. „Kemppi vermietet auch. Tageweise. Kurzfristig. Auch Schutzgas

---

[46] Bittest du mal Willem zu uns. Bitte.
[47] Das ist was du bestellt hast
[48] Wie cool ist das denn. Ein Speedglas.

natürlich. MIG-Mag oder WIG. Egal. Einfach bei mir melden". Schaute zu Tjorben. „Oder Mister Sysegard informieren. Für gute Kunden machen wir alles möglich".

Willem betrat nach erneuten Anklopfen Tjorbens Büro. Reckte seine Daumen in die Luft. „Tipp-Top Maschine". Schaute zu mir. „[49]*Spint als een poesje. En heeft kracht als een poema. Net als onze vrouwen. Verdomd cool apparaat. Precies iets voor ons. We kunnen er geld mee verdienen*". Tjorben – und auch Mister Korhonen schauten ihn an. Ich übersetzte ins Norwegische. Leicht abgeändert. Das mit den Frauen liess ich weg. Und den Zusatz „Damit können wir Geld verdienen".

Kevin betrat das Büro. Schaute in die Runde. „Habt ihr eigentlich nichts zu tun? Denkt dran. Morgen mittag alles fertig. So war das doch abgesprochen. Kaffeeklatsch ist vorbei". Schmunzelte aber dabei. „ [50] *Chief, trenger du fortsatt mennene?*" Tjorben schob die Unterlagen zusammen. „Ich fahr' nachher sowieso zu euch. Zu Ingrid. Soll ich das alles mitnehmen? Ich kann auch das Kemppi mitnehmen. Muss nur schnell meine Frau abholen. Ingrid erwartet uns zum Essen. Sie war ja gestern bei uns. Hat uns eingeladen". Er grinste zu Mister Korhonen herüber. „[51]*Datteren min og herr Knudsen har et firma sammen*". Zeigte auf die Rechnung. „[52]*Dette*". Mister Korhonen grinste mich an. „[53]*Så du er Tjorbens svigersønn?*"

Dazu sagte ich nichts. „Wir haben zu tun. Wir müssen wieder. Vielen Dank Mister Korhonen".

---

[49] Schnurrt wie ein Kätzchen. Und hat Power wie ein Puma. Wie unsere Frauen. Verdammt geiles Gerät. Genau das Richtige für uns. Damit können wir Geld verdienen.

[50] Chief, brauchst du die Männer noch?

[51] Meine Tochter und Herr Knudsen haben eine gemeinsame Firma.

[52] Die hier.

[53] Dann sind sie also Tjorbens Schwiegersohn?

„Bemerkung"

„Was hat der denn noch alles gefaselt?" wollte Willem wissen. „Du musst diese Sprache lernen" klugscheisserte ich ein bisschen. Stellte mich noch für ein Zigarette mit Willem zusammen. Danach würde es ja heissen „Durchbraten". Und sonst nichts. „Soso, deine Frau schnurrt also wie ein Kätzchen. Und das sagst du so. Vor allem sagst du schon deine Frau". Willem grinste. „Ja, beides. Dass Wilma schnurrt wie ein Kätzchen weißt du ja wohl selber. Und dass sie meine Frau wird ist doch wohl auch klar. Ihr redet doch miteinander. Hat Wilma mir doch alles erzählt. Dass ihr beide keine, aber auch gar keine Geheimnisse voreinander habt. Ich kenne eigentlich kein Paar, dass so miteinander ... zueinander steht wie ihr beiden. Obwohl ihr kein Paar mehr seid. Irgendwie".

Willem lehnte sich an die Werkbank. „Würdest du ... wenn es sowas gäbe ... wenn sowas möglich wäre ... die Zeit zurückzudrehen ... würdest du irgendwas anders machen ... wenn du dann mit Wilma zuammen wärest?"

Was erwartete er für eine Antwort von mir? Erwartete er eine Antwort von mir? „Nein. Ich glaube nicht. Weiss man ja auch nicht. In der Situation. Alles ist wie es ist. Und deswegen ist es auch so geworden wie es ist. Stell' dir vor man wüsste im Voraus was es bedeutet was man tut. Würde man überhaupt noch irgendwas tun? Ich wär' nicht hier, du wärest nicht hier, keiner wäre hier. Also schon hier, auf der Welt, nur woanders. Oder dann übervorsichtig und unglücklich sterben? War sicher nicht alles richtig was ich ... was wir getan haben, aber hat alles Spass gemacht. Ne, ich würde alles noch mal machen".

Den einzigen Gedanken zum Thema „nochmals machen" den ich hatte liess ich in meinem Kopf, nahm ihn mit mit unter meinen Schweisshelm. Ich würde Wilmas sehnlichsten Wunsch, den sie immer schon hatte, viel füher erfüllen. Sie wollte ein Kind. Immer schon. Hatte immer davon geredet, dass sie acht Jahre älter war als ich. Jetzt würde sie, wie ja selber gesagt hatte, bald vierzig. Hatte eine Fehlgeburt hinter sich, unser gemeinsames Kind war verstorben. „Hoffentlich klappt das jetzt. Mit Willem. Hoffentlich klappt das überhaupt mit Willem", Musste an das von ihr gestern gesagte denken „Ich lass' mir die Spirale entfernen".

Die Zeit zurückdrehen konnte ich nicht. Nicht nur ich nicht. Keiner. Aber wenn ich sie vordrehen könnte würde ich nichts lieber sehen als sie als glückliche Mutter. In einer glücklichen Beziehung. Mit Willem. Sie aber dennoch weiterhin an meiner Seite. Als meine Freundin. Nicht als Partnerin. Vielleicht aber doch als Partnerin. So wie jetzt eben. So wie Willem es eben noch gesagt hatte ... Ihr habt keine Geheimnisse voreinander". Sie, Wilma war doch ein Teil von mir. Ein Leben ohne sie wäre sicherlich möglich, aber irgendwie auch sinnlos. Ohne Sinn.

Das war dieses Phänomen des „Blauen Lichts", das mich unter dem Schweisshelm immer wieder in sich hineinzog. Ich konnte alles um mich herum vergessen. Mich nur mit mir und meinen Gedanken beschäftigen. Schien irgendwie gar nicht in dieser Welt zu sein. Entrückt von der Realität.

„Feierabend Männer" hörte ich laut Kevins Stimme. Sehr laut. Schob den Speedglas-Helm hoch. Kevin klopfte mit einem Schweisserhammer etwas von der Schlacke auf der Schweissnaht auf. „Wie schon gesagt, sieht super aus. Dicht ist es ja ... hat ja die Röntgenprüfung ergeben. Viel hast du ja nicht mehr. Den Rest reisst du morgen locker runter. Also kein Grund für Überstunden. Mach Feierabend. Geh' duschen. Ab nach Hause". Das hörte sich gut an. War aber nicht so. Vor „ab nach Hause" legen ab jetzt noch mal eben drei Stunden Schule vor mir. Dann erst war „ab nach Hause" an der Reihe.

Mein Blick ging zu Willem. Dann seinen Arbeitsplatz absuchend. „Wo ist das Kemppi?" Willem schmunzelte. „Das hat der Chief mitgenommen. Vorhin schon. Du warst ja ... du bist ja nicht ansprechbar, wenn du in deine Arbeit vertieft bist. Als wärest du gar nicht hier". Willem legte mir einen Arm über die

Schulter. „So warst du auch in Pernis. So kenne ich dich. Weg. Auf einem anderen Planeten". Wir gingen zur Umkleide. „Ich glaube deswegen wollen die dich ... schätzen deine Arbeit sehr. So war das in Pernis. Bei Kees schon. Wenn etwas besonders knifflig war, hat man das dir überlassen. Du bist irgendwie wie ein Köter. Du beisst dich einfach fest. Gibst keine Ruhe". Ich musste lachen über Willems Vergleich. „Echt?" „Ja Mann, Echt".

Unter der Dusche stehend bat Willem „Bringst du mir mal Anmeldeformulare mit? Für die Sprachschule. Muss ich wohl auch machen. Führt ja irgendwie kein Weg dran vorbei".

Kurze Begrüssung durch Olav, dann ging der Unterricht aber auch direkt los. Heute wolle er mit uns das Thema „Sport und Erholung" durchnehmen. „[54]*Dette inkluderer også en dag i svømmebassenget*". Olav schmunzelte. „ [55] *Tenk deg klassekameratene dine i badebukse. Eller i bikini. Eller i badedrakt*". Das wollte ich gerne. Zumindest die Frauen. In Bikini. Musste mich aber einmal umschauen. Keine, nicht eine der Frauen, meiner Klassenkameradinnen würde ich irgendwo auf der Strasse erkennen. Würde einfach an ihnen vorbeilaufen. Wie an Fremden. Die sie ja auch für mich waren. Vielleicht würde sich das ändern? Nach unserem Klassentreffen. Ausser Kristina. Sie war präsent. In meinem Kopf. Alle anderen nicht.

Olav bat aber zuvor ob er einen Blick auf unsere Hausaufgabe werfen könne. Ging durch die Tischreihen. „[56]*Du... ...og du... Vil du lese essayet ditt, teksten din, for klassen?*" Einen Mitschüler hatte er ausgewählt, gebeten. Einen namenlosen Mitschüler. Für mich namenlos. Und Kristina. Bat beide zu sich ans Lehrerpult. Der Typ stellte sich zum Glück noch einmal vor. Sein Name wäre Tom, er arbeite bei British Telecom, eigentlich

---

[54] Dazu gehört auch ein Tag im Schwimmbad.

[55] Stellt euch eure Mitschüler einfach in Badehose vor. Oder in Bikini. Oder Badeanzug.

[56] Du ... und du ... wollt ihr euren Aufsatz, euren Text der Klasse vorlesen?

Telenor. Als Kundenberater für Engländer in Norwegen. Rasselte seine Geschichte herunter. Hatte immer noch, auch jetzt nach Wochen Unterricht, einen sehr starken britischen Akzent. Warum auch nicht. So ein paar Wochen Sprachschule machten garantiert keine Norweger aus uns. Wir würden uns am Ende einigermassen unterhalten können. Mehr wohl nicht. Waren ja nicht alle solche Sprachtalente wie Michelle. Für die das alles kein Problem darstellte. Sprachen lagen ihr einfach. Was sicherlich nicht wenig damit zu tun hatte, dass ihr Sprache generell lag. Also reden. Egal worüber. Egal mit wem.

Toms Vortrag flog an mir vorbei. Oder durch mich durch. An einem Ohr rein, am anderen raus. Was aber auch daran lag, dass meine Augen auf Kristina fixiert waren, die neben ihm stehend auf ihren Vortrag wartete. Wieder in ein dunkles Business-Kostum gekleidet. Schwarzer Rock, weisse Bluse, das dazugehörige Blazer-Jacket nur über ihre Schultern gelegt. Die Ärmel baumelten seitlich an ihr herunter. Ihre Locken lagen auf ihren Schultern, auf dem Jacket. Dazu passend schwarze Pumps.

Toms Aufsatz verkam zu sowas wie belanglosen Hintergrundgeräuschen während ich ein Gemälde in einer Kunstgalerie betrachtete. Das Gemälde einer überaus attraktiven Frau. Für mich. So wie Kunst ja generell im Auge des Betrachters liegt.

„Flott, takk Tom" übergab Olav dann an Kristina. Die sich auch noch einmal kurz vorstellte. „[57]*Hei, jeg heter Kristina. Jeg jobber i administrasjonen i Røde Kors. I PR-avdelingen"*. Schaute kurz auf ihr Blatt. „[58]*Før jeg glemmer det, Chuck. Jeg vil gjerne komme på gjenforeningen"*. Schaute zu mir. „[59]*Sammen med Gustav"*. Begann dann mit ihrem Aufsatz.

---

[57] Hallo, ich bin Kristina. Arbeite in der Verwaltung des Roten Kreuz. In der Öffentlichkeitsarbeit.

[58] Ach ja, bevor ich vergesse, Chuck. Ich komme gerne zum Klassentreffen.

[59] Zusammen mit Gustav.

Fast erschien es mir so als müsste sie gar nicht ablesen, sondern trug das beinahe wie eine Rede ... ein Verkaufsgespräch vor. Flüssig, ohne zu stocken. Musste sich ein- oder zweimal korrigieren, bei kniffligen Worten bei der Aussprache dieser Worte.

Olav nickte ihr zu, als sie geendet hatte, klatschte in seine Hände „[60]*Det var veldig bra, Kristina*". Die Klasse, meine Schulkameraden stimmten in das Klatschen, den Beifall ein. Hatte ich das jetzt nur gesehen? Oder alle? Kristina hatte einen Knicks gemacht, sich dabei an den Saum ihres Rocks gefasst. So wie Balletttänzerinnen. Bei einer Schulaufführung. Lächelte verlegen. Würde sie jetzt weisse Söckchen tragen wäre das Bild komplett. Arrangierte ihre Blazerjacke neu, ging zu ihrem Sitzplatz zurück. Jetzt war ich erst recht froh, dass Olav Tom ausgewählt hatte – und nicht mich. Denn das war schlagartig klar, ich hätte nicht den von Kristina für mich verfassten Auftrag vortragen können, dafür war der inhaltlich zu sehr dem von Kristina ähnlich. Das hätte selbst der Blödeste bemerkt. Und welche Pleite wäre das geworden? Sicher ähnlich bescheiden ... zurückhaltend wie bei Tom wäre Olavs „Beurteilung" ausgefallen. Hiess doch das kurze und knappe „Danke Tom" nichts anderes als „Sauber hingeferkelt mein Junge".

Olav ging an seinem Pult auf und ab. „[61]*Ok, la oss snakke om sport og fritidsaktiviteter*". Fragte den ein oder anderen nach seinen Freizeitaktivitäten. Ob er – oder sie – vielleicht sogar Sport in der Freizeit betreibe. War aber nicht mit einem einfachen „Ja" zufrieden. „[62]*Fortell meg om det*". Auch mich traf es. „[63]*Nei, jeg driver ikke med sport*". Olav

---

[60] Das war sehr gut Kristina.

[61] Okay, dann reden wir mal über Sport und Freizeitgestaltung.

[62] Erzähl' mal.

[63] Nein, ich mache kein Sport.

schmunzelte. Direkt ergänzte ich „[64]*Eller kanskje du gjør det, i prinsippet. Jeg jobber veldig hardt i åtte timer. På SHELL. Det er nok sport for meg. Som et treningssenter"*.

In der Pause stand ich wieder mit Kristina zusammen. „Dein Aufsatz war Hammer, einfach toll. Und wie flüssig du das vorgelesen ... vorgetragen hast. Hast du das auswendig gelernt?" Kristina lächelte ein wenig verlegen. „So in etwa. Ich habe mir das einfach zig Mal durchgelesen. Vorhin, auf der Busfahrt". Meine Hand ging an das Revers ihre Jacketts. „Dass ich zum Klassentreffen komme ... mit dir ... da habe ich aber nichts von gesagt". Zwei Finger berührten ihre Haare. „Noch nicht. Geht aber klar, ich komme, ich hol' dich ab". Geschickt wechselte Kristina das Thema, wollte wohl nicht darauf eingehen was ich gesagt hatte. „Das war irgendwie witzig, was du gesagt hast. Dass du kein Sport machst, dass du das nicht brauchst. Aber sonst auch nichts? Zum Ausgleich zu deinem Job? Vielleicht schwimmen oder so?"

„Ne, gar nichts. Zurzeit nicht. Zum Schwimmen gehen ist es hier in Norwegen echt zu kalt". Erzählte ihr davon wie gerne ich in Rockanje – „Das ist der Ort wo ich in Nederland gelebt habe. Direkt am Meer, nur ein paar hundert Meter vom Strand" – zum Meer, zum Strand gegangen bin. Auch gerne ins Meer. Schwimmen, abkühlen, herumalbern. Kristina berührte meine Hand. „Wollen wir mal schwimmen gehen? Hier gibt es ein Schwimmbad, in Solheim Nord. Sogar mit Sauna". Lächelte mich an. „Ich würd' dich auch gern mal nackt sehen ..." Zog ihre Hand zurück. „... Deine Muskeln ... vom Fitness-Center ... Ich meine ... natürlich in Badehose ... Badebukser heisst das hier" stotterte sie ein wenig.

„Kommt ihr bitte wieder rein" rief Olav in der Türe stehend auf den Flur vor dem Klassenzimmer. „[65]*Jeg også... i*

---

[64] Oder doch, im Prinzip schon. Ich arbeite acht Stunden sehr hart. Bei SHELL. Das ist mir Sport genug. Wie ein Fitness-Center.
[65] Ich dich auch ... also im Bikini, Badeanzug.

bikini, badedrakt". Kristina drehte sich über die Schulter. „Dann lass' uns das doch mal machen".

Einiges aus dem neuen Lehrstoff für heute waren wir durchgegangen – Sport und Freizeit. Sollten ein paar Sätze bilden. Vortragen. Olav prüfte die Aussprache, korrigierte immer wieder mal. Gab uns zum Unterrichtsende auf einen kleinen Aufsatz - „[66]*for mandag da*" – zu schreiben. Der alles bereits Erlernte enthalten sollte. Also nicht nur Sport, Freizeit. Alle Vokabeln. Entliess uns in's Wochenende.

Kristina stellte im Flur ihre Tasche auf dem Boden ab. Hielt mir ihr Jackett und ihren Mantel entgegen. „Hältst du mal bitte? Ich muss noch schnell zur Toilette".

Ein wenig schaute ich aus dem Fenster. In die Dunkelheit. Hörte dann Kristinas Schritte auf dem Linoleumfussboden wieder näherkommen. Hatte ich jetzt sowas wie einen Tagtraum? In Zeitlupe kam sie auf mich zu. Ihr lockiges Haar wehte. Wie in einem Werbspot für „Fa-Duschgel". Ihre Brüste wippten bei jedem Schritt. Auch in Zeitlupe. Ihre Hand griff zu ihrem Jackett als sie vor mir stand. Wieder in „Echtzeit". Sie legte das Jackett wieder, wie vorhin, über ihre Schulter. „Was stierst du mich so an?" „Kneif' mich mal. Ich glaub' ich träume. Hattest du … warst du die ganze Zeit so gekleidet? Bei deinem Vortrag? Auf der Arbeit? Du trägst keinen BH? Nur diese Bluse?" Kristina schmunzelte. „Ne, den BH habe ich mir gerade auf der Toilette ausgezogen. Also hast du das doch bemerkt".

Bemerken? Wie sollte ich das nicht bemerken? Ihre Brustwarzen drückten gegen den dünnen Stoff ihrer Bluse. Ich konnte nirgends anders hingucken. „Ich … Äh … eben … Vorhin … habe ich mir kurz vorgestellt wie du im Bikini aussiehst … du siehst Hammer aus … du hast tolle Brüste".

---

[66] Für Montag dann

„Schmerz"

Kristina lächelte. „Danke für's Kompliment. Aber jetzt glotz' da nicht die ganze Zeit hin. Ich hab' auch noch ein Gesicht. Oder willst du sie ganz sehen? Meine Brüste?" Knöpfte einen von diesen kleinen Perlmuttknöpfen auf. „Willst du sie ganz sehen? Meine Brüste?" Als sie sich nach ihrer Tasche herunterbückte glotzte ich ihr ungeniert in den Ausschnitt. „Ja". Kristina richtete sich auf. „Aber nicht hier".

Im Auto sitzend sortierte Kristina ihre Schultasche, ihr Jackett, ihren Mantel auf den Rücksitz. Jedes Teil einzeln. Lehnte ihren Oberkörper – ihre Brüste dabei gegen meine Schulter. Absichtlich. Bewusst. Schon ein wenig provozierend. „Erzähl' mir doch mal ein bisschen von dir. Du hast ganz am Anfang ... als du mich nach meinem Freund befragt hast ... gesagt, dass du auch keinen Freund hast. Dass du nicht schwul bist nehme ich jetzt einfach mal. So wie du auf meine Brüste schaust. Auf meine Brüste reagierst". An der Ecke, an der die Strasse auf die Hauptstrasse mündete, hielt ich länger als nötig. „Nein, ich bin nicht schwul. Habe ... lebe mit meiner Freundin zusammen". Kristina schmunzelte. „Und trotzdem schaust du anderen Frauen hinterher?" „Wenn es sich lohnt. Warum nicht? Und bei dir lohnt es ich. Du bist hübsch. Habe ich ja auch schon gesagt. Du bist attraktiv. Und ich schau' dir nicht hinterher. Ich schau' dich an".

Kristina setzte sich aufrecht in den Sitz. „Kann ich dir was erzählen? Von mir? Würdest du mir zuhören? Interessiert dich das? Ich glaube ich kann dir das erzählen. Du glotzt mich zwar an ... du ziehst mich mit deinen Augen aus ... aber du ziehst mich nicht aus ... du fasst mich nicht an".

Räusperte sich. „Mein Vater ... also nicht mein richtiger Vater ... der ist gestorben, als ich zwei Jahre alt war ... der neue Freund meiner Mutter ... und auch sein Bruder ... mein neuer Onkel haben mich missbraucht als ich so dreizehn oder vierzehn war". Sie schaute zu mir herüber. „Vergewaltigt. Mich begrappscht.

Immer wieder. Ich war so klein ... alles an mir war so klein ... und die so grob. Die haben mich eingesperrt. In einen Käfig. Einen seelischen Käfig. Und meine Mutter hat mir nicht geglaubt. Im Gegenteil Ihr Freund würde sowas doch nicht machen, ich würde mir das alles nur ausdenken. Weil ich ihn nicht leiden möge hat sie nur gesagt. Und wenn ich das mal ... mein Schauermärchen irgendeinem erzählen würde würde es eine Ohrfeige geben".

Wir waren etwa auf Höhe von Solheim Sør. „Ich kenne hier ein Café, wollen wir da hin? Das ist nicht etwas was ich so nebenbei ... während der Autofahrt erzählt bekommen möchte. Wenn du magst ...Ja, ich möchte dir zuhören ... Ich bin für dich da ... wenn du möchtest ... wenn du erzählen möchtest".

Steuerte den Escort zu einem Parkplatz am Kanalveien. Industriegebiet. Hier war abends nicht los. Keine Autos. Das Café kannte ich, hier war ich mit Ingrid, als wir auf das Glas für die Badezimmertüre gewartet hatten. Ein kleines, gemütliches Lokal. Der ideale Ort um sich zu unterhalten. Um zuzuhören. Idealer als der Ford Escort. Insbesondere während der Fahrt. Orderte beim Betreten des Ladens Kaffee und Kanelsnurrer.

Kristina hatte sich auf einem der Sessel niedergelassen. „Ne, wir setzen uns auf das Sofa. Nebeneinander" reichte ich ihr eine Hand, legte einen Arm um ihre Schulter. „Erzähl' mir. Ich höre zu".

Kristina biss ein Stück des Kanelsnurrer ab, schob ihren Rock ein kleines Stück nach oben, wischte sich ihre Finger – ein wenig „unfein" – an ihrem Oberschenkel ab. Ich musste lachen. "Es gibt auch Servietten". Die Stelle an ihrem Oberschenkel glänzte. „Als mein Vater ... der ja gar nicht mein Vater war ... ich ihn aber immer so nennen musste ... damit angefangen hat ... mich anzutatschen ... da ist irgendwie alles in mir abgestorben. Jegliche Phantasie an Zukunft. So wird das jetzt immer sein ... immer bleiben. Wie sollte ich aus diesem Käfig ausbrechen? Ich war doch ein Kind ... ein Teenie ... ein junges Mädchen. Habe nur gedacht Entweder du schaffst das ... kommst raus ... aus dem Käfig ... dann kriegt mein Vater Ärger ... oder der Käfig ... die Gitterstäbe werden zu meinem Horizont". Sie trank einen Schluck Kaffee. „Ich habe dann einfach immer die Augen zugemacht, ihn machen lassen ... an mir ... in mir rummachen lassen". Kristina schluckte. „Was hätte ich denn machen sollen? Machen können? Wer glaubt schon einem Kind? Wenn es nicht einmal meine Mutter tat?"

Aus meiner Jacke nahm ich Tabak, drehte mir eine Zigarette. „Stört es dich? Wenn ich rauche?" „Ne, mach' ruhig. Nur blas' den Rauch nicht direkt zu mir". Kristina schniefte. „Ich habe einfach stillgehalten ... damit es weniger wehtat. Habe mir vorgestellt er sei ein normaler Mann ... einer von den Jungs aus der Nachbarschaft ... ein Mann der auch meine Mutter bumst. Soll es ja geben. Aber er war eines dieser Arschlöcher ... die kleine Mädchen gefickt haben". Kristina biss wieder von dem Kanelsnurrer ab. „Hier, Serviette" hielt ich ihr den Zellstoff hin.

„Ich habe mich in Hausaufgaben, Schule und so gestürzt. Bis ich meine Lehre angefangen habe. Bin dann auch direkt zuhause ausgezogen. Mit sechzehn". Habe dann aber den nächsten Fehler begonnen, wie sie meinte. „Ich habe mich jedem Typen hingegeben, der auf der Bildoberfläche erschienen ist. Habe gedacht auf diese Weise könnte ich den ganzen Mist mit meinem Vater einfach hinter mir lassen. Weg von ihm. Auch gedanklich. Mit einem netten Typen wäre das doch eine Lösung gewesen. Mich herzugeben ..." Kristina begann zu weinen. „... Hergegeben ist der richtige Ausdruck. Ich habe mich einfach von jedem ficken lassen. Sofort. Um zu vergessen. Um einen anderen Schmerz zu empfinden. Vielleicht sogar ein bisschen Glück, für Sekunden ... Minuten. Länger hat das ja nie gedauert ... gehalten". Wieder schniefte sie, liess sich nach hinten, in die Rückenlehne der Couch fallen. Mit einer Hand strich ich ihre Tränen auf. „Warum hast du das gemacht? Dir den BH ausgezogen? Soll ich ... sollte ich auch einer von denen werden, denen du dich hergibst? Von dem du gefickt werden sollst? Sozusagen Ablenkung?" Kristina schüttelte den Kopf. „Nein. Ich mag dich. Wirklich. Vielleicht wäre das sogar schön von dir gefickt zu werden. Mit dir zu ficken. Aber nicht als Zerstreung. Ich wollte dir gefallen. Ich habe doch gemerkt, dass da irgendwas ist … bei uns … zwischen uns … die ganzen Tage schon … wenn du mich nach Hause bringst … Du aber … selbst nachdem ich dich geküsst habe … du gar nicht so … die Typen wollten doch immer direkt zu mir … in meine Wohnung … in mein Bett … mich ficken".

Kristina legte ihren Kopf an meine Schulter. Sah zu mir auf. „Würdest du … willst du mit mir ficken?" Ich erzählte ich von meinen Erlebnissen, auch von meinen Verlusten. Und dass Willeke – „das war meine erste grosse Liebe" – mir einmal gesagt hatte, dass man Traurigkeit nicht wegvögeln kann. „Okay, so etwas kann helfen den Kopf frei zu kriegen … für den Moment … so lange er andauert". Ich nahm ihr Kinn mit zwei Fingern hoch. „Jeder von uns hat etwas erlebt über das er nicht gerne nachdenkt. Und darüber reden hilft. Glaub' mir. Sonst bleibt die Angst immer in dir. Oder du kriegst Depressionen". Ganz zärtlich küsste ich sie. „Ich mag dich sehr. Ich lebe mit einer Psychologin zusammen. Die hat mir auch geholfen. Wenn du möchtest … ich kann sie bitten mit dir zu reden". Kristina streichelte meine Wange. „Auf dem Bauernhof von dem du erzählt hast?" „Ja, aber das ist nicht die Freundin mit der ich zusammenlebe. Die heisst Michelle. Wir haben ein Kind zusammen. Die Psychologin heisst Ingrid. Eine Norwegerin".

Kristina weinte. „Du glaubst also ich hab' 'ne Meise?" Ich musste lachen. Weil ich diesen deutschen Ausdruck ewig nicht gehört hatte. „Garantiert … nicht. Nicht mehr als alle anderen auch. Ich hör' dir weiter zu, aber ich kann dir nicht helfen. Ingrid schon. Soll ich sie fragen? Würdest du eine psychologische Hilfe annehmen?" Strich mit einem Finger eine Locke aus ihrem Gesicht. Kristina lächelte kurz. „Ich habe dir ja gesagt, dass ich mich schnell verknalle … vielleicht weil ich kein Mass kenne. Und jetzt hab' ich mich in dich verknallt ..." Die Locke versuchte ich hinter ihr Ohr zu klemmen. „Was heisst das noch mal? Verknallt? Ich habe schon ziemlich viele deutsche Ausdrücke vergessen". Kristina lachte. Richtig. „Verknallt, Verschossen, Verliebt. Also nicht richtig verliebt ... bei mir ist das eher eine Flucht. Fühle aber auch eine gewisse Angst dabei. Wenn mich etwas einengt flipp' ich schnell aus. Dann will ich eigentlich nur noch ... Ach verdammt, ist das eine Scheisse. Ich habe ... ich möchte dir noch so viel erzählen".

Ich küsste sie erneut. „Dann ... so wie du das definierst ... bin ich auch in dich verknallt. Nicht verliebt. Ich mag dich". Spielte an dem Permuttknopf ihrer Bluse. „Sowas brauchst du nicht machen. Mir extra deine Titten zeigen. Um mir zu gefallen. Du bist sehr attraktiv. Du gefällst mir sowieso. Kristina kam mir mit dem Gesicht näher. „Darf ich dich küssen?" „Darfst du. Aber nicht so wie die letzten Tage. Zum Abschied. Küss' mich gerne zum Willkommen. Du bist willkommen. Ich möchte dir helfen. Dir behilflich sein". Kristina öffnete leicht ihren Mund, spielte mit ihrer Zunge erst an meinen Lippen. Ich liess sie in meinen Mund. Kristina führte meine Hand an ihre Brüste. Ich unterbrach den Kuss. „Nicht Kristina. Nicht jetzt. Küssen ja, anfassen nicht". Sie sah mich an. „Hast du nicht gesagt du findest mich attraktiv?" „Ja, habe ich. Ich find' dich attraktiv. Vielleicht will ich ... würde ich auch gerne mit dir schlafen. Ist jetzt aber nicht der Zeitpunkt. Vielleicht kommt der. Vielleicht auch nicht. Was du brauchst ... benötigst ist nicht noch einer, der dir deinen Schmerz wegvögelt. Was du brauchst ist ein Freund. Das möchte ich dir gerne sein. Komm' zu uns. Komm' zu uns auf den Hof. Schau' wie wir leben. Wie man miteinander umgehen kann".

Kristina strich mir über den Haaransatz. „Sind da noch mehr?" „Ja, Wilma noch. Und ihr Freund Willem. Also insgesamt fünf ... ne, sechs. Wilma, Willem, Ingrid, Michelle, unsere Tochter Torid ... und ich". Kristinas Hand lag auf meinem Haar. „Und wenn du ... wie du gerade gesagt hast ... mit mir schlafen möchtest. Was ist denn dann mit deiner

Freundin?" „Das weiss ich nicht. Ob sie mit dir schlafen möchte".

„Mucks"

Kristina lachte laut. „Das ist genau so eine Antwort wie du sie mir gegeben hast. Du hast keinen Freund".

Ich erhob mich aus der Couch, winkte die Bedienung heran, schaute zur Wanduhr hinter dem Verkaufstresen. Gleich zehn Uhr. Mehr als eine Stunde hatten wir uns unterhalten. „Wir fahren jetzt weiter. Ich bring' dich jetzt nach Hause". Legte Geld auf den Tisch. „Mach' deine Bluse zu. Zieh' deine Jacke an. Pack' deine Möpse ein. Es sei denn du möchtest sie zeigen. Musst du aber nicht".

Auf dem Weg zum Parkplatz hakte sich Kristina bei mir unter. Für einen Moment. „Danke".

Viel redeten wir nicht auf dem Weg nach Biskoshavn. Hatten ja auch genug geredet. So von jetzt auf gleich. Kristina öffnete die Beifahrertür. Ganz leicht beugte ich mich zu ihr herüber, kramte im Handschuhfach. Reichte ihr eine Visitenkarte. „Wenn was ist Kristina ... egal was ... ruf' mich an. Irgendeiner ist immer da". Sie lachte. „Sonst krieg' ich immer nur Visitenkarten von Geschäftspartnern". „Ist jetzt ähnlich. Nur eben nicht Geschäft. Ich bin dein Freund. Würde es sein ... wenn du das möchtest". Kristina beugte sich nach hinten. Zum Rücksitz. Um ihre Tasche und Mantel zu greifen. „Krieg' ich denn noch einen Kuss? Zum Abschied. Wir sehen uns ja wohl erst am Montag wieder". Mit beiden Händen fasste ich ihr Gesicht. „Kriegst du". Schaute sie an. „Wenn du mir das alles nicht erzählt hättest, hätte ich über kurz oder lang mit dir hochgehen wollen. In deine Wohnung. Ist jetzt natürlich völlig unpassend. Küss' mich einfach. Und werde meine Freundin. Mein Freund. Ich bin ... ich möchte für dich da sein". Kristina leckte mit ihrer Zunge über meine Lippen. „Ja mein Freund. Mein Freund Gustav". Stieg aus. „Bis Montag".

Ging die Wanduhr im Café falsch? Oder hatten wir tatsächlich noch im Auto gesessen? Vor Kristina Haus stehend?

Die Uhr im Armaturenbrett des Escort zeigte elf Uhr an als ich auf den Hof fuhr. Meine Hunderunde müsste extrem kurz ausfallen. Jetzt noch eine Stunde mit Spaziergang zu verbringen war nicht angesagt. Wie extrem kurz die Runde ausfiel merkte ich als ich mich kurz an der Grabstelle niederhockte. „Meine Fresse, was für eine Geschichte von Kristina. Ein echtes Brett". Nicht nur das was sie mir erzählt hatte. Noch viel mehr, dass sie es mir erzählte. Es erlebt hatte. Nach einigen Minuten ging ich ins Haus. Michelle war nicht da. Nicht im Wohnzimmer. Nicht im Bad. Nicht in der Küche. Aus dem Obergeschoss fiel schwaches Licht herunter. Leise stieg ich das Treppenhaus hinauf. Michelle lag im Bett, blätterte in einem Magazin. „Kommst du auch noch mal nach Hause". Ihre Begrüssung klang scharf. „Hallo mein Schatz" setzte ich mich zu ihr ins Bett. „Ich war noch mit einer Schulkollegin Kaffee trinken. In einem Café". Michelle klappte das Magazin zu. „So, Kaffee trinken. Hast du dich wenigstens amüsiert?"

Ich legte mich zu ihr. „Überhaupt nicht". Erzählte ihr was ich gehört hatte, was ich erzählt bekommen hatte. Nur einmal kurz, ganz zu Anfang meiner Schilderung, unterbrach Michelle mich. „So gut sprichst du schon norwegisch? Dass du solche Gespräche führen kannst? Dass du das alles verstehst?" Mit einer Hand strich ich durch ihre Haare. „Nein, Kristina ... so heisst meine Schulkollegin ... ist aus Deutschland. Und ich spreche ja auch Deutsch. Schon vergessen? Hör' mir einfach zu. Bitte".

„Nein, das ist ja furchtbar. Das gibt es doch gar nicht. Dass es immer wieder solche Männerschweine gibt. Die einer Frau ..." Michelle nahm meine Hand. „... Dann war sie ja noch nicht einmal eine Frau ... ein junges Mädchen ... wie furchtbar". Sie streichelte meine Wange. „Entschuldige ... dass ich so reagiert habe ... ich war einfach ein bisschen sauer ... dass du so spät kommst". Stieg aus dem Bett. „Wir gehen runter. Ich mach' dir was zu essen. Und du erzählst mir alles". Griff sich noch schnell das Babyfon.

Mit Käse, Wurst und reichlich Brot setzte sie sich zum mir an den Esstisch. Hörte sich an, was ich zu erzählen hatte. Glitt mit ihrer Hand über meinen Arm. Oder meine Wange. „Das nimmt dich mit, oder?" „Ja sicher Michelle, was denn sonst? Soll mir sowas Scheissegal sein? Nicht nur was sie mir erzählt hat … auch dass sie sich mir anvertraut hat". „Das ist so furchtbar. Ich könnte kotzen. Diese dreckigen Männerschweine. Denen muss man den Schwanz abschneiden. Und dann ganz langsam ausbluten lassen". Michelle gab mir einen Kuss auf den Hals. „Sorry, aber das sind deine Worte. Das hast du gesagt als du von mir erfahren hast … irgendwie kommt da direkt bei mir meine eigene Scheisse wieder hoch. Kannst du … wirst du ihr helfen? Helfen wollen?"

„Ob ich kann weiss ich nicht. Aber ich will. Ich habe Kristina von Ingrid erzählt. Und von dir. Also nicht, dass du ähnliches erlebt hast. Sondern dass ich mit dir lebe, mit dir eine Tochter habe, du meine Freundin bist. Kristina hat versucht mich anzumachen, zu reizen, mir ihre Titten gezeigt, absichtlich, extra". „Ist sie hüsbsch?" „Ja Michelle, ist sie. In meinen Augen jedenfalls". „Willst du ihr deswegen helfen? Willst du was von ihr? Sie von dir? Willst du es mit ihr machen? Also mit ihr ins Bett?" „Michelle. Ich will ihr helfen". Schaute zu Michelle. „Ja, ich will … ich würde auch mit ihr ins Bett wollen. Es mit ihr machen, wie du gesagt hast. Was auch immer das heissen soll. Es mit ihr machen. Was machen?" Michelle lachte, lächelte. „Also bitte, das weißt du doch wohl. Was heisst das denn, wenn ich … wenn wir zueinander sagen *Mach's mir*. Ficken, was denn sonst". „Vielleicht. Vielleicht später. Wenn es sich ergibt. Wenn wir das beide wollen. Erst einmal will ich ihr aber nur helfen. Den ganzen Dreck zu verarbeiten. Ich möchte, dass sie zu Ingrid geht. Mit Ingrid redet. Sie braucht … sie benötigt Hilfe. Unterstützung. Selbst wenn ich nicht mit ihr ins Bett wollte muss ich doch was tun. Das kann ich doch nicht davon abhängig machen, dass sie mit mir fickt oder nicht. Du weißt doch selber wie das ist. Wenn man missbraucht wurde".

Michelle hatte sich auch ein Brot geschmiert. Es mit Schafskäse belegt. „Probier' mal. Hat dein Spätzchen gemacht. Den Käse. Mit Kräutern. Chilischote, Knoblauch, Rosmarin, Thymian, Pfeffer". Ich biss ein Stück von ihrem Brot ab. „Lecker". Lächelte sie an. „Genau wie du. Mein leckeres Spätzchen". Sie bestrich ein weiteres Brot mit Butter, legte eine dicke Scheibe Schafskäse auf. „Für dich mein Engel. Sei mir nicht böse, wenn ich so blöd reagiert habe. Selbst wenn du nicht *nur Kaffee trinken* gewesen wärest ... kann ich ... könnte ich das verhindern? Dass du vielleicht ... statt Kaffee ... mit ihr gefickt hättest. Ne, kann ich nicht. Will ich eigentlich auch gar nicht. Du hast mir das doch selber beigebracht. Mich aus meiner Eifersucht befreit. Du lässt mich ja auch".

Ihre Hand lag auf meinem Unterarm. „Ich weiss das noch genau ... wie du zur Schule gefahren bist ... als dieser Drecksack mich in der Schule befummelt hat. Sollte ich dir böse sein? Wenn du bist wie du bist? Nein, sollte ich nicht". Ich legte meine Hand auf ihre. „Bist du mir denn böse?" „War ich ... einen kleinen Moment. So ganz kann man ... ich dann doch nicht aus meiner Haut raus. Aber zu reden ist immer besser als auszuticken. Das macht unser Zusammenleben aus. Unser Zusammenleben hier. Irgendwie sind wir wie eine Therapiegruppe, oder?" Ich gab ihr einen Kuss. Lächelte sie an. „Ja. Zeitweilig ein Haufen von Gestörten".

Michelle erzählte mir von ihrem Tag. Vom Besuch. Von Regine und Arnora. „Wir haben jetzt drei Schafe. Zwei Mutterschafe, zwei Lämmchen. Und Lily". „Also fünf meinst du". Michelle grinste. „Ja, mein geliebter Klugscheisser".

Während Regines Beratung sei sie mit Arnora und Torid spazieren gegangen. „Leopold hat uns begleitet. Und er hat aufgepasst. Wie ein Luchs. Auf Torid. Immer wenn ich ihm das gesagt habe, dieses Pas op, hat er sich keinen Millimeter vom Kinderwagen wegbewegt. Und er bellt auch wenn er was hört oder sieht. Und Torid strahlt. Wenn sie ihn sieht. Oder wenn Leopold bellt. Sagt dann jedes Mal Da Da da". Sie räumte den

Aufschnitt zusammen. „Pass' mal auf, ihr erstes Wort wird nicht Mama oder Papa, ihr erstes Wort wird bestimmt Wauwau sein".

Erzählte dann noch, dass auch Tjorben hier war. Bei Ingrid. „Also auch ihre Mutter. Ihre Eltern". Sie das aber nur so am Rande mitbekommen habe. Habe ja nach Ingrids Beratung mit Regine und Arnora die Schafe ausgeladen. „Leopold hat jetzt auch reichlich zu tun. Fünf Schafe ... ist ja schon eine Aufgabe". Die Schafe selbst würden sich untereinander gut verstehen. „Echt, die machen keinen Stress". Regine habe ihr noch einiges an Tipps gegeben. Wie sie erkennen können, wenn es soweit wäre. „Regine hat mir das gezeigt. Dass ich immer wieder auf die Schamlippen schauen soll. Also nicht jeden Tag, aber regelmässig. Wenn es soweit ist, etwa 14 Tage vorher, vor der Geburt, würden die anschwellen, rosafarben und feucht". Michelle lachte. „Weißt du wie peinlich das war, als Arnora gefragt hat ob das bei Frauen auch so sei. Ob das bei mir, bei Torids geburt auch so war". Michelle grinste noch mehr. „Peinlich für Regine. Irgendwie hat sie ein bisschen Probleme über Sexualität zu reden. Mit Arnora". „Und? Was hast du gesagt?"

Michelle hob ihr Shirt an. „Was soll ich ihr gesagt haben. Ich hatte eine Notoperation. Bei mir ist nichts aus meiner Scheide gekommen". Sie lachte. „So musste ich das ja auch Arnora sagen. Konnte ja schlecht sagen Fotze". Ab und an solle Michelle das Schaf abtasten. Schafe würden gerne Zwillinge zur Welt bringen. Das könne sie aber ertasten. Wie dick der Bauch sei.

Ich legte meine Hand auf Michelles Bauch. Und? Ist bei dir schon was zu ertasten? Kriegst du Zwillinge?" Michelle kicherte. „Da kannst du gar nichts ertasten. Weder Zwillinge noch Einlinge. Oder hast du bei Torid ertasten können ob ein Kind in meinem Bauch war – oder zwei?"

Tjorben habe ihr noch gesagt, dass er ein Schweissgerät in die Werkstatt gestellt habe. „Aber das kann dir Willem viel beser erklären. Für mich ist das einfach eine orange Kiste gewesen. Sieht aber Top-Modisch aus. Ein richtiges Fashionteil". „Soll ich dir übrigens von Willem sagen. Dich dran erinnern. Dass ihr morgen zusammen fahrt". „Ich weiss mein Engel. Letzter Tag für diese Woche. Wochenende. Dann habe ich endlich Zeit für dich. Für euch. Für meine Familie. Ich hätte die Sprachschule schon früher machen sollen. Als mehr Zeit war. Als ich noch nicht arbeiten musste. Ist schon anstrengend. So lange Tage. Und euch so wenig zu sehen".

Michelle räumte den Tisch ab. „Kommst du noch ein bisschen zu mir? Ins Bett? Kuscheln? Ein bisschen?" Ich ging zu ihr. Umarmte sie während sie das Geschirr schnell im Waschbecken abspülte. Drückte mich an ihren Hintern. „Nur kuscheln?" Michelle drehte ihren Kopf über die Schulter. „Du musst doch früh aufstehen". Mit einer Hand hob ich ihr Shirt etwas an, mit der anderen zog ich ihren Slip herunter. Fuhr dann an ihren Hintern. Von dort weiter an ihre Brüste. Zwirbelte ihre Nippel zwischen Daumen und Zeigefinger. Michelle stöhnte ganz leicht auf. „Nicht so fest. Nicht so brutal". Ihre Hand fasste an meinen Unterleib. „Das fühlt sich aber nicht nach kuscheln an. Du hast ja jetzt schon den Ständer".

Schnell öffnete ich meinen Gürtel, striff meine Hosen herunter. „Michelle drehte ihr Gesicht zu mir. „Willst du es hier mit mir machen? Während ich spüle?"

Ungelenk ging ich leicht in die Hocke. Um in sie eindringen zu können. Michelle kicherte, stellte sich auf ihre Zehenspitzen, beugte sich weiter vornüber das Waschbecken. Spreizte leicht ihre Schenkel. „So besser?" Fasste mit ihrer leicht glitschigen, spülschaumigen Hand an meinen Hintern. Legte ihren Kopf an meinen Brustkorb. Biss mir von unten leicht in den Hals. „Ist bestimmt ein Super-Gleitmittel. Das Spülmittel". Kicherte. „Warum bist du so erregt? Wegen der Geschichte. Mit Kristina?

Wegen Kristina?" Griff zu einem Handtuch, trocknete ihre Hände, drehte sich. Mein Pimmel flutschte aus ihr. „Ich kenn' dich doch. Sowas nimmt dich mit, wühlt dich auf. Du würdest doch am liebsten irgendwas ... oder irgendjemanden schlagen. Dich abreagieren".

Sie nahm meine Hand, zog mich hinter ihr her. Im Entengang, weil meine Hose bis kurz unter die Knie heruntergelassen war. „Lass' und nach oben gehen. Du kannst dich abreagieren. An mir. Dann habe ich auch was davon. Ich mag es, wenn du so bist. Zu mir. Mich einfach nur rammeln willst. Manchmal jedenfalls. Jetzt. Wie du so bist. Wie du dich für andere ... für diese Kristina einsetzen willst. Du hast mir doch mal erzählt, dass du dir andere Frauen vorstellst, wenn du mit mir schläfst. Stell' dir Kristina vor".

Immer noch im Entengang lief ich Michelle hinterher. Das Treppenhaus hinauf. Befummelte ihren Hintern. Michelle schlug mir auf die Hand. „Beherrsch' dich. Und nicht in meinen Hintern. Und leise. Torid schläft".

Mit beiden Händen schubste Michelle mich rückwärts ins Bett. Hockte sich vor mich, zog mir meine Hosen komplett aus. Drückte meine Beine auseinander. Nahm meinen Pimmel in den Mund. Spielte mir ihrer Zunge, knetete meine Eier. Hielt kurz inne. „Wehe, wenn du mir noch mal ins Gesicht spritzt".

Mein Schwanz stand hart und schräg von meinem Unterleib ab. Michelle setzte sich auf mich. Zog sich ihr Shirt über den Kopf. Beugte ihren Oberkörper bis an mein Gesicht. „Nuckel an meinen Titten. Alles andere mache ich. Du wirst jetzt mal richtig gefickt. Von mir". Bewegte sich auf mir. Als wäre sie ihre eigene Zwillngsschwester. Die in einem Dominastudio arbeitete. Ihre Brust hatte ich aus meinem Mund „entlassen". Stöhnte leicht. Michelle legte ihre Handfläche auf meinen Mund. Grinste mich an. „Keinen Mucks". Liess ganz kurz los, zeigte auf das Kinderbett, legte ihre Handfläche wieder auf. „Keinen Mucks".

„ikke kil meg"

Michelle legte kichernd ihren Kopf auf meinen Brustkorb. „Bei dir stimmt das Hundertpro. Du erleidest echt einen kleinen Tod, wenn du kommst. Ich seh' das ja nicht so oft ... weil ich sonst die Augen geschlossen habe ... wenn wir miteinander schlafen. Um es noch mehr zu geniessen. Aber du ..." Sie kicherte wieder. „... Nicht einen, du erleidest mehrere Tode". Sie zog meinen Kopf an sich. „Würdest du auch in echt für mich sterben wollen?" Küsste mich. „Hast du dir Kristina vorgestellt? Als du gekommen bist? Wie sieht sie eigentlich aus? Beschreib' sie mir doch mal".

Mit beiden Armen umschloss ich ihren Oberkörper, drückte sie an mich. „Weisst du was ich an dir liebe?" Michelle gehauchtes „Sag' es mir" kroch ganz langsam meinen Brustkorb empor. „Alles mein Kätzchen. Dass du leicht bescheuert bist. Spass an Spielchen hast. Spielchen mit mir machst. Ja mich sogar animierst an andere Frauen zu denken". Michelle legte ihren Kopf seitlich auf meinen Brustkorb. „Hast du? Hast du an Kristina gedacht? Jetzt beschreib' sie doch mal". Meine Hände wanderten von ihrem Rücken an ihren Hintern. „Was ich besonders mag ... an dir ... so wie jetzt ... ist wie dein Saft auf meinen Körper läuft. Du bist so warm. So flüssig. Du zerläufst auf mir. Das ist ein schönes Gefühl". Michelle zog sich an meinem Nacken hoch. „Das ist deine ... das ist unsere Liebe ... das ist unser Liebessaft". Gab mir einen Kuss. „Und ich mag ... ich liebe an dir, dass du immer deine Gefühle audrückst. Auch mit schönen Worten. Du solltest Schriftsteller werden".

„Sie ... Kristina ist etwas grösser als Wilma, etwas kleiner als du. Hat schwarzes ... dunkles Haar. Lockig. Schulterlang. Fällt ihr immer ins Gesicht. Arbeitet beim Roten Kreuz. In Bergen ..." Michelle lachte. „Du hast wohl ein Faible für Krankenschwestern". „Nein, sie arbeitet in der Verwaltung. Irgendwas mit Werbung. Kann sich toll ausdrücken. Hat tolle Brüste ..." Michelle schaute mich an. „Ach, soweit seid ihr dann doch schon, dass du ihre Brüste kennst". „Ne, anders. Hat sie mir heute gezeigt. Hat ihren BH ausgezogen, um mich zu reizen. Sie trägt sonst immer BH. Und Kostüm. Also Rock und Blazer, Und Bluse. Nur heute ... erst nach dem Unterricht hat sie sich ausgezogen. Also ihren BH. Nicht ganz. War aber glaube ich anders geplant. Von ihr. Dass sie mir dann gesagt hat, was mit ihr ist stand wohl nicht auf dem Plan. Ursprünglich. Auf ihrem Plan". „Wieso? Was war denn ihr Plan?"

„Hase, habe ich dir doch eben erzählt was sie mir alles gesagt hat. Dass sie sich gerne Typen reinzieht. Um zu vergessen ... um sich abzulenken". Michelle führte meinen Pimmel durch unsere Körpersäfte. „Und heute solltest du dann ihre Ablenkung werden? Hättest du mit ihr gefickt?" „Ja Michelle. Garantiert".

Michelle spielte mit meinem Pimmel. Schob ihn ihren Unterleib entlang. „Bring' sie mit. Bring' sie zu Ingrid. Stell' sie mir vor. Ich würde gerne mit ihr reden. Ich möchte sie kennenlernen. Irgendwie verbindet uns doch die gleiche Scheisse. Und vielleicht kannst du ihr ja wirklich helfen. Bei mir hat das doch auch funktioniert. Du hast ... ihr habt mir doch auch geholfen. Du und Wilma".

Rollte sich von mir herunter, griff zum Wecker auf dem Nachttischchen. „Uff, schon wieder gleich drei Uhr. Willst du nicht ein wenig schlafen?" „Lohnt sich nicht, mein Engel. Für mich fängt in zwei Stunden schon wieder der Tag an. Lass' uns gerne noch was reden. Ich seh' dich selten genug. Ich geniesse das sogar ... mir mit dir die Nächte um die Ohren zu schlagen". Michelle legte ein Bein über mich. „Oder noch was vögeln? Oder beides. Dann aber drüben. Bei dir. Ich würde dann ... gerne sogar ... laut werden wollen. Und du auch". Rollte sich von mir, direkt aus dem Bett. „Komm', lass' uns laut werden".

Der Wecker klingelte. Mein Wecker. Fünf Uhr. Meine Hand fuhr Michelles Körper entlang, verharrte auf ihrem Hintern. Ihr Körper hatte einen ansehnlichen Fleck auf dem

Laken hinterlassen. Sanft küsste ich ihren Hals. „Geh' rüber mein Schatz. Zu unserer Tochter. Schlaf' noch was".

Einen schnellen Kaffee, schnell unter die Dusche. Hundebespassung. Durchatmen. Waldluft einsaugen. Pauenbrote würde heute ausfallen. Halber Tag. Freitag.

Willem wusste einiges zu berichten. Fand ich heute auch gar nicht so tragisch, dass er direkt drauflos sabbelte. Er habe von Ingrid, nachdem ihre Eltern gefahren waren, noch so einiges gesagt bekommen. Zu Gewerbeanmeldung, Gewerbeerweiterung, Versicherung, Steuerklärung und so. „Ich habe alles mögliche an Papier bei uns. Und Wilma hat auch gestern abend direkt angefangen die Quittungen und Rechnungen zu sortieren". Er steckte sich eine Zigarette an. „Du bist spät gekommen. Ich habe aber mal das Kemppi ausprobiert. Mit Normalstrom. Das Teil ist echt klasse".

Unsere Aufgabe war klar. Decklage fertig schweissen. Nicht nur klar, sondern auch fest zugesagt. Musste also eingehalten werden. „Hast du noch viel?" wollte Willem auf dem Weg zu unseren Arbeitsplätzen wissen. „Vielleicht noch dreissig Zentimeter. Maximal zwei Stunden, dann sollte der Drops gelutscht sein". Willem nickte „Dito. Bin auch gleich durch".

Tjorben und Kevin erschienen gemeinsam zur Inspektion, zur „Endabnahme". Es ging auf elf Uhr zu. Genau im vorgegebenen Zeitfenster, von uns bestätigtem Zeitfenster. „[67]Good job, guys. Shower, change, have a nice weekend". „Es ist gerade mal elf Uhr Chief" setzte Willem an. „Wollt ihr was Neues anfangen? Das muss erstmal raus. Vorher auskühlen. Also, Abmarsch. Schönes Wochenende" entschied Tjorben. Kevin nickte zustimmend. „Ihr habt den Chief gehört. Raus mit euch".

---

[67] Gute Arbeit, Männer. Duschen, umziehen, schönes Wochenende.

„Wie geil ist das denn?" seifte sich Willem gerade ein. „Was jetzt? Dass du dir mit Hingabe deinen Pimmel wäschst?" schmunzelte ich zu ihm herüber. „Ja, das auch. Aber dass wir abhauen können. Das meine ich eigentlich". Willem warf mir ein Stück Seife herüber. „Du aber auch. Mach' dich mal fein. Für deine Frau. Untenrum. Ihr seht euch ja selten genug". „Gute Idee". Ihm jetzt zu sagen, dass wir durchgevögelt hatten – brauchte er nicht wissen. Und selber? Wie läuft es mit dir und Wilma?" Willem grinste genau so. „Geht dich gar nichts an".

Willem steuerte zielstrebig das Mini-Einkaufszentrum in Åsane an. Hier gab es alles. Rema, Bäcker, Metzger. „Biertje?" stieg Willem aus seinem Range Rover. „Jepp, ich geh' in der Zeit Blumen kaufen. Für unsere Frauen. Wir treffen uns beim Metzger. Wochenende, Barbecue". Willem reckte einen Daumen in die Luft. „Genau so machen wir das". Liessen uns anständig Fleisch beim Metzger einpacken. Dann noch gemeinsam kurz zum Bäcker. Unsere Ausstattung war komplett. Das Wochenende konnte kommen. Besser gesagt, es war schon da.

Sowohl Wilma als auch Ingrid staunten als wir zur Mittagszeit auf den Hof einfuhren. Michelle war noch bei Mikkel. Käse machen. Bevor wir aus Willems Wagen ausgestiegen waren hatte ich ihm einen Strauss Blumen in die Hand gedrückt. Verzog meine Mundwinkel. „Von Willem. Für Wilma. Wilma mag Blumen sehr. Deswegen bekommen die ... die Prinzessinnen ja auch immer Blumen". Wilma trug Torid in ihrer Armbeuge, beugte sich zu einem Kuss zu Willem. „Das ist lieb von dir. Aufmerksam. Hast du dich beraten lassen?" nahm sie den angebotenen Blumenstrauss entgegen. Auch für Ingrid gab es einen Strauss. Von mir. „Schön dich zu sehen". Ingrid lächelte. „Geht mir genauso". Michelles Strauss gab ich ebenfalls Wilma. „Stellst du den bitte in eine Vase". Hielt sie kurz am Arm. „Hast du die Margeriten für Willeke besorgt?" Es gab einen Kuss auf die Wange für mich. „Ja, die hat sie doch so geliebt. Und du hast sie immer für sie geholt. In Rockanje. Jede Woche. Und auch für mich. Das ist ja wohl das Mindeste was ich tun kann".

Leopold war bereits über das niedrige Tor gesprungen, harrte vor meinen Füssen aus. „Zeigst du mir unsere neuen Tiere?" Willem schaute zu mir. „Ich?" „Wenn du magst, eigentlich meinte ich Leopold. Er ist der Herr ... der Hund der Tiere". Wilma lachte. „Wie sich das anhört – Der Hund der Tiere. So wie der Herr der Ringe. Dieses Buch".

Mit Leopold zog ich los. Über die Weide. Zu den Schafen, Zu Gustine. Yksi und Kaksi hatten wohl schon länger ihr Domizil am Teich gefunden. Aufgeschlagen. Lily, unser Erstlingsschaf hatte ja von Anbeginn ihren Namen weg. Wie war das eigentlich mit den beiden Lämmchen? Hatte Michelle ihnen vielleicht auch schon Namen gegeben? Und die beiden Neuzugänge? Langsam würde es schwierig. Für mich. Wobei die Schafe sowieso gleich aussahen. Wie Schafe eben. Und wie würde sich das bemerkbar machen? Wenn sie irgendwann den geplanten Weg zur Schlachtbank antreten würden? Konnte man ... Sollte man überhaupt ein Tier schlachten? Lassen? Dem man einen Namen verpasst hatte? Kurz dachte ich unseren Einkauf vor wenigen Minuten beim Metzger. Hatten die Lammkoteletts, die wir gekauft hatten vielleicht auch einen Namen? Und wieso machte es so einen Unterschied? Ein namenloses Viech zu futtern? Eines mit Namen vielleicht gar nicht?

Gerade als ich vom Rundgang zurückkkam fuhr auch Michelle auf den Hof ein. Trug einiges an Käse im Arm. „Na meine Prinzessin. Hast du das alles gemacht?" Michelle lächelte. „Nein, das habe ich gekauft. Bei Mikkel. Alles was ich gemacht habe muss erst noch reifen. Lagern. Dauert noch eine Weile. Aber ich mache ja jeden Tag neuen". Schubste mich mit ihrer Schulter. „Gehen wir rein. Ich habe dir einiges zu erzählen. Zur Abwechslung mal tagsüber. Schön, dass du schon da bist. Wir gehen dann gleich spazieren. Mit Torid, sieht deine Tochter dich auch mal wieder".

Michelle packte alles auf die Küchenanrichte. „Wilma, möchtest du Käse? Mit zu dir rübernehmen?" Wilma stellte sich zu ihr. „[68]*Ja, te gek. Lekker plakjes kaas*". Torid wechselte von Wilmas Arm zu Michelle. Michelle streichelte ihr leicht über das Köpfchen. „Meine kleine Melkmaschine. Du willst doch bestimmt die Mama leersaugen, oder? Du hast doch bestimmt Hunger?"

„Mem Mem Mem" war Torid schon dabei an Michelles Pullover zu zubbeln. Wusste genau, dass sich darunter die – für sie – feinste Milchbar befand. Zusammen setzte sie sich auf die Couch. Michelle liess Torid trinken. Sie schaute zu mir. „Ich habe mir einen Namen für dich ausgedacht. Du kennst doch Thor. Den Donnergott. Du bist jetzt Stöhn. Der Liebesgott". Sie lachte sich scheckig. „Du stöhnst so ab. Unglaublich". Hielt mir ihre freie Hand entgegen. „Komm' mal zu mir. Mein kleiner Stöhn. Wie geht es dir. Bist du arg müde?" Ihre Hand drückte ich leicht. „Soso, da bin ich also Stöhn. Dann bist du Ahu Ahu. Das sind nämlich deine Geräusche. Wenn du dich in das Bettlaken krallst".

Michelle lachte. „Ahu Ahu hat dir übrigens frische Bettwäsche aufgezogen. War echt nötig. Ganz schöne Sauerei haben wir da fabriziert". Ihre Hand hielt ich immer noch. „Wenn, dann du. Meine Sauerei landet ja immer in dir". Michelle erwiderte meinen Handdruck. „Da gehört sie ja auch hin".

Sie wolle sich jetzt ein wenig hinlegen. Mit Torid. „Mittagsschläfchen" ging sie samt Baby ins Badezimmer. „Ich wasche sie, dann gehen wir nach oben. Sei ein bisschen leise". Dem konnte ich nachkommen. Ging nach draussen. Traf Willem, der gerade auch Wilma verabschiedet hatte. „Ist bei

---

[68] Ja, gerne. Lecker Käse.

uns genau so blöd, wie bei dir. Ich seh' Wilma immer nur abends. Sie ist dann fit, ich muss ins Bett. Mann bin ich froh, wenn sie heute abend zurück ist. Wir gemeinsam Wochenenende haben". Bevor er ins Haus ging liess er noch wissen „Fleisch, Grillzeug ist im Kühlschrank. In der Werkstatt".

Mein Vorhaben war Ingrid zu besuchen. Weil ich sie ein paar Tage nicht gesehen ... gesprochen hatte. Schloss sie fest in meine Arme. „Schon verrückt, jetzt wohnen wir doch Tür an Tür, und sehen uns kaum. Ich vermiss' dich schon". Ingrid lachte. „Hach, ist Liebe doch schon schön. Mir geht es auch so. Wenn du nicht da bist. Ich vermisse dich. Und wenn du dann kommst ... so wie jetzt ... zum Wochenende ... dann flattern in mir drin Hundertausend Schmetterlinge. Setz' dich. Erzähl'" bot sie mir einen Stuhl an. „Soll ich Kaffee machen? Hast du Zeit mitgebracht? Oder willste nur mal kurz gucken? Dann wieder zu Michelle?"

„Ne, ich habe Zeit. Ich wollte dich sehen. Dich sprechen. Ich habe auch was auf dem Herzen. Was Wichtiges. Für eine Schulkollegin".

Ingrid hatte in einem Espressokocher Kaffee aufgesetzt, hörte sich dabei mein Anliegen, meine Geschichte zu Kristina an. „Mann, verdammt. Diesen Typen sollte man echt die Eier abschneiden". Das waren exakt Michelles Worte von gestern. Ingrid lächelte. „Also nicht allen. Nicht grundsätzlich. Aber diesen Scheisstypen auf jeden Fall". Hörte mir dann weiter zu. „Ich möchte, dass sie zu dir kommt ... wenn sie möchte. Ich habe ihr von dir erzählt". Ingrid nippte an ihrem Kaffee. „Woher kennst du sie denn? Hast du dir wieder so einen Problemfall aufgerissen?" „Ach Quatsch Ingrid. Sie ... Kristina heisst sie ... ist eine Klassenkameradin".

Ingrid pustete über den Rand ihres Kaffeebechers. „Das ... was du mir gerade gesagt hast ... das ist aber nicht mal eben zu analysieren. Das dauert schon ... Stunden ... Tage ... Wochen. Je nachdem wie tief das bei ihr sitzt. Das weißt du, das weiss sie auch? Kann auch ganz schnell einiges kosten. Du kennst ja meinen Tarif". „Ich zahl' das Ingrid ... wenn Kristina das Angebot annnehmen möchte. Was ich hoffe. Sie braucht Unterstützung. Sie hat mir zwar erzählt, dass sie nur für ein Jahr nach Norwegen gekommen ist, dann wieder nach Deutschland will. Das glaube ich aber mittlerweile nicht mehr. Wie ich das einschätze ist sie geflüchtet oder so. Vor sich selbst. Würdest du ihr helfen? Helfen wollen? Wenn Kristina sich darauf einlässt".

Ingrid sah mich an. „Hast du was mit der? Weiss Michelle davon?" Kurz trank ich meinen Kaffee. In einem Zug. „Ja, im Moment habe ich voll Mitleid mit ihr. Sie tut mir leid. Ich find' das furchtbar. Wenn du was anderes meinst – Nein, ich habe nichts mit ihr. Und Michelle weiss davon, ich habe ihr das gestern Nacht erzählt. Michelle ist meine Frau. Warum sollte ich ihr das nicht erzählen?"

Ingrid kam um den Tisch herum zu mir. „Erzählst es aber sonst keinem. Das ist nicht gut. Wenn soll ... wie heisst sie noch mal?" „Kristina". „Wenn soll Kristina absolutes Vertrauen haben. Zu mir. Du weißt ja wie wichtig das ist. Und wenn dir das so wichtig ist ... für sie ... mach' ich dir natürlich einen Hauspreis. Ist doch klar". „Mir ist egal was der Preis ist Ingrid. Würdest du ihr helfen? Helfen wollen? Ich biete es Kristina an. Entscheiden muss sie".

Mittlerweile hatte Ingrid sich auf meinen Schoss gesetzt. „Erzähl' mir noch ein wenig von Kristina. Nicht von ihren Erlebnissen. Das soll ... muss sie dann schon selber machen. Wie hast du sie kennengelernt? Wo kommt sie denn her? Ist sie Norwegerin?" „Ingrid, natürlich nicht. Wäre sie sonst meine Klassenkameradin? Wurde sie sonst zur Sprachschule gehen? Sie kommt aus Deutschland. Spricht als Deutsch. So wie ich ja auch Deutsch spreche. Eigentlich. Ich bin ja nur nach Nederland ausgewandert". Ich musste lachen. „Also ein klassischer Fall von Schizo. In Deutschland geboren, mit belgischem Pass, in Nederland zwischengelandet, da meine

Frau für's Leben getroffen, Michelle, auf einer Fähre eine tolle Norwegerin kennengelernt. Dich. Und jetzt sitz' ich hier. In deiner Küche". Feixte sie an. „Kannst du doch bestimmt irgendwie verwerten, in deiner Psychoanalyse. Verstehst du? Ich muss Kristina helfen. Also ich muss natürlich nicht. Ich muss gar nichts. Aber ich möchte. Ich will".

Ingrid lehnte ihren Kopf an meinen Brustkorb. „Ich weiss, du belächelst mich manchmal. Wegen meiner Wikingergeschichten. Aber es gibt da die Asen, die Asen-Götter. Das sind die Hauptgottheiten der nordischen Mythologie. Gütige Götter, die im Reich Asgard leben. Die Asen-Götter sind nicht nur die Beschützer des Gleichgewichts des Universums, sondern beschützen auch die Welt der Menschen. Midgard heisst das bei uns. Vor Jötunn, den Eisriesen. Aus diesem Grund werden die Asen von den Wikingern verehrt. Und von mir. Asen-Götter sind nicht unsterblich, können sogar leiden. So wie du das wohl auch gerade durchlebst. Du leidest. Möchtest helfen. So wie du uns allen immer versuchst zu helfen". Ingrid drückte mir einen Kuss auf die Lippen. „Du kannst dich auf mich verlassen. Wenn Kristina möchte ..."

Ganz leicht zwickte ich sie in die Taille. „Hast du schon mal vom Gott Stöhn gehört?" „Was für ein Gott?" Klar, mit dem niederländischen Begriff konnte sie nichts anfangen. Kramte im Vokabelheft in meinem Kopf. „Moan, kjærlighetens gud. So nennt Michelle mich neuerdings". Ingrid lachte. „Ja, passt. So ungefähr hört sich das auch an, wenn du kommst". Sie kicherte. „Moan, Moan, Moan". Aus meinem leichten Zwicken in ihre Taille wurde ein heftiges Kitzeln. Ingrid wand sich in meiner Umarmung. „[69]*Vær så snill, ikke gjør det. Vær så snill, ikke kile. Du vet at jeg er kilen. Vær så snill, ikke gjør det. Vær så snill, ikke kil meg*".

---

[69] Oh bitte nicht. Bitte nicht kitzeln. Du weißt, dass ich kitzelig bin. Bitte nicht. Bitte nicht kitzeln.

„Kochstudio"

Aus der Werkstatt holte ich mir die technischen Unterlagen des Kemppi, wollte mich ein wenig einlesen, mit den Funktionen vertraut machen. Ging zu Willem, befragte ihn zu seinen ersten Erfahrungen. Ob er vielleicht sogar schon Tipps und Ratschläge parat hätte. Immerhin hatte er ja gesagt „Ich habe das schon mal ausprobiert". Bei der Gelegenheit nahm ich auch die anderen Papiere mit, die Tjorben für uns hinterlassen hatte, zu Gewerbeanmeldung, Versicherung, Vorgaben für unsere geplante Firmenerweiterung. Willem schob mir alles über den Tisch. „Ist bei dir auch besser aufgehoben, ich verstehe nichts davon. Kann es ja nicht einmal lesen. Ist ja alles auf norwegisch". Das sollte aber auch bei mir warten. Ein Spaziergang war eingeplant. Von Michelle. „Family-Time".

Michelle war noch oben, hielt ihr Mittagsschäfchen mit Torid. Die Gelegenheit um mich selbst auf der Couch auszustrecken. Ein wenig „Augenpflege" konnte auch mir nicht schaden. Ganz bestimmt nicht.

Michelles Stimme „Wollen wir den Papa mal aufwecken?" und die kleinen Hände von Torid auf meinem Gesicht liessen mich die Augen aufschlagen. Torid lag auf meinem Brustkorb, von Michelles Hand im Rücken gehalten. Ein süsses, strahlendes Gesicht lächelte mich. „Da Da Da" brabbelte Torid vor sich hin, schien mir was erzählen zu wollen. „Ach meine Maus" legte ich sanft einen Arm um ihren kleinen Körper, schloss dabei Michelles Hand ein, die sie versuchte wegzuziehen. „Bleib'. Lass' deine Hand ruhig da. So habe ich euch beide" Michellle lächelte mich an. „Das hat Torid von dir. Mich so anzulächeln. Echt, sie ist wie du. In klein. Noch süsser, noch lieber" streichelte ich mit meiner freien Hand Michelles Wange. „Alles hat sie von dir, die Freundlichkeit, dein Lächeln, deine zarte Haut, deine wachen Augen. Als hätte man ein Stück von dir genommen und daraus einen neuen Menschen geschnitzt". Michelle küsste meine Hand. „Das haben wir beide gemacht. Torid ist unser Kind. Ich bin stolz, dass man das sieht". Beugte sich an Torids Gesicht, küsste ihre kleine Wange. „Du süsse kleine Maus".

Auf meinem Oberkörper liegend stemmte sich Torid mit den Händen hoch. „Du kannst schon Liegestütz?" schaute ich sie erstaunt an. „Sie hat einen Riesenschritt gemacht. Kann schon ihren Oberkörper aufrichten. Allein. Und wenn sie in meinem Schoss sitzt kann sie schon sitzen. Alleine, kurze Zeit". Michelle strahlte. „Schade, dass du so selten mitbekommst wie sie sich entwickelt. Jeden Tag passiert etwas bei ihr".

Michelle holte das Tragetuch für Torid. „Wir gehen ein bisschen raus, oder? Wenn sie im Tuch sitzt muss auch nicht mehr ihr Köpfchen gestützt werden. Nicht die ganze Zeit". Nahm Torid in ihre Arme. „Leg' dir mal das Tuch um, ich setz' sie dir rein. Am besten du ziehst dir schon mal Schuhe an, mit deiner Jacke helfe ich dir". Hob Torid in die Luft. „Wir gehen jetzt spazieren Spätzchen. Du beim Papa". Ich rappelte mich von der Couch hoch. „Dann habe ich ja direkt zwei Spätzchen. Mama Spätzchen und Baby Spätzchen".

An der Weide vorbei gingen wir Richtung Wald. Ein kurzer Ruf über die Umzäunung „Leopold, Med meg", schon kam er angesprintet. Hatte einen Wettlauf quer über die Weide hingelegt, am Stall über das niedrige Tor gesprungen, sass neben mir. „Willst du den Hund mitnehmen?" schaute Michelle. „Jepp, tagsüber sind die Viecher mit sich selbst beschäftigt, ein Fuchs ..." ging mit meinem Kopf an Michelle her, verstellte meine Stimme in eine dunklere Tonlage, „... oder der böse Wolf kommt bestimmt nicht am Tag". Michelle drückte mich ein wenig an der Schulter. „Hör' auf, das mag ich nicht, wenn du so sprichst". Ich musste lachen, beugte mich wieder zu ihr, an ihren Hals. „Der Wolf wird kommen ... und dann frisst er dich". Michelle lachte. „Na warte, wenn du gleich ... nachher Torid nicht mehr im Arm hast bist du fällig". Nahm meine Hand. Schlenkerte mit meinem Arm. „Ich habe dich lieb". „Kom op Leopold. Løp" hob ich Michelles Arm mit meinem in die Luft.

Nach vielleicht hundert Metern blieb Michelle stehen. „Warte mal, ich setz' Torid andersherum. Warum soll sie die ganze Zeit auf deinen Pullover glotzen? Dann kann sie schauen ... und ist bei dir angelehnt. Ist doch viel besser". Kaum in eine andere Sitzposition gebracht fuchtelte sie mit den Ärmchen in der Luft. „Da Da da". Michelle lachte. „Das ist ihr Wort für Leopold. Das sagt sie immer, wenn sie ihn sieht". Glaubte ich jetzt einfach mal so. Da Da Da – oder Mem Mem Mem sagte Torid zu allem.

Michelle bog einen kleinen Weg nach dem Waldrand ein. „Wenn wir hier lang gehen kommen wir an Gandalen raus. Bei Mikkel. Der Weg führt zu seinem Hof". Das war mir neu. „Und warum fährst du dann mit dem Auto zu Mikkel? Und gehst nicht durch den Wald?" Michelle kam dichter an mich heran. „Weil das erstens schneller geht ... Ich geh' ja nicht spazieren ... ich muss zur Arbeit". Machte eine kleine Pause. „Und weil dein Spätzchen im Wald nicht vom bösen Wolf gefressen werden will".

Eine ganze Weile waren wir bereits unterwegs. In gemächlichen Spaziertempo. Immer wieder mal stehengeblieben. Auch um Torid an Bäume oder Sträucher heranzuführen. Sie danach greifen zu lassen – oder mich mit ihr herunterbeugend riechen zu lassen. Auf einer kleinen Lichtung suchte ich den Waldboden ab, nach einem Ast. Wurde aber nicht wirklich fündig, suchte einen Ast den ich mir zu einem „Schäferstock" schnitzen könnte. Auch als Stütze, als Gehhilfe. Zeigte auf einen Baum. „Das ist eine Esche, das erkennt man an den Blättern". Michelle nickte lachend. „Ja Herr Förster, weiss ich". Bog einen niedrigen hängenden Ast herunter. „In meiner Hosentasche ist mein Taschenmesser, kannst du den mal bitte abschneiden? Ziemlich dicht an meiner Hand". Michelle tauchte mit der Hand in meine Hosentasche. „Schatzi, das ist nicht mein Taschenmesser". Michelle lächelte, gab mir einen Kuss. „Ich weiss. Aber wenn ich noch ein bisschen kramen kann klappt das bestimmt gleich auch auf". Legte meinen Kopf an Torid. „Soll ich dir mal sagen was die

Mama gerade macht?" Schaute zu Michelle. „Hör' mal auf. Nimm einfach das Messer aus der Tasche, schneid' den Ast ab. Bitte. Wenn nicht ..." Michelle blickte keck und fordernd. „Dann ... was dann?" „Dann lege ich Torid ins Moos und fall' über dich her. Dann kommt dich der böse Wolf holen".

Michelle macht ein paar Schnitte. „Das ist ganz schön scharf, dein Messer". Sollte es ja auch. Das war ja der Sinn eines Taschenmessers. Eines Messers generell. Es sollte schneiden. „Das ist ein Güde, echt Solinger Wertarbeit". Michelle klappte die Klinge wieder in das Heft. Steckte es in meine Hosentasche. „Was ist Güde?" Ich erzählte Michelle alles zu Güde. Einer Solinger Messermanufaktur. Keine Fabrik, ein Handwerksbetrieb. Dass ich dieses Messer schon ewig hatte und es sicher auch noch ewig halten würde. „Aus Damast-Stahl. Von Hand geschmiedet". Versuchte mit meiner Hand das Messer aus meiner Hosentasche zu fingern. „Jetzt hör' mal auf an meinen Pimmel rumzumachen". Michelle grinste. „Ich dachte ... weil du ja Torid im Arm hast ... und dich nicht wehren kannst ...". „Ne, meine ich ernst jetzt. Bleib' mir vom Pimmel".

Leopold war immer mal wieder vorausgelaufen – oder rechts und links vom Weg ab. Aber nie soweit, dass er nicht nach einmal zurufen sofort zurückkam. „Der hört voll auf dich" befand Michelle. Ein wenig hinter dem dichten Baumbewuchs war Rauch zu erkennen. Aus einem Schornstein aufsteigend. „Da ist Mikkels Hof" zeigte Michelle in die Richtung. Zeit um Leopold ganz dicht bei mir zu führen. „Med meg" ordnete ich an neben mir zu laufen. *„Du blir her. Inntil jeg sier noe annet*[70]". Michelle schmunzelte. „Irgendwie komisch. Dich jetzt norwegisch reden zu hören". Was war daran komisch? „Du wolltest doch, dass ich die Sprache lerne. Du hast mich doch sozusagen zur Schule geschickt". „Ich habe

---

[70] Du bleibst. Bis ich etwas anderes sage.

dich nicht geschickt. Das ist gut ... das ist wichtig ... wir sind in Norwegen. Wir müssen uns anpasen. Nicht die anderen".

Michelle bewegte sich auf Mikkels Hof ... über Mikkels Hof als sei es ihr Zuhause. Rief hier und da mal in ein Gebäude ... einen Stall rein. „[71]*Mikkel? Hallo, er det noen hjemme?*" Irgendwann kam aus einem Gehege eine Stimme, kurz darauf Mikkels abgeranzter Cordhut zum Vorschein. „[72]*Michelle. Bondejenta mi. Så hyggelig av deg å komme og besøke meg. Lengter du etter gamle Mikkel?*" Mikkel war über und über mit Stroh gespickt. Begann direkt zu erzählen. Ein Kalb sei geboren. „[73]*Kort tid etter at du dro*" schaute er zu Michelle. Dann wieder zu mir. Er habe von Michelle erfahren, dass wir eine Milchkuh kaufen wollten. Eventuell. Einige Worte konnte ich mittlerweile ja zuordnen, verstehen. Vieles, das meiste musste mir Michelle aber übersetzen. „[74]*Skal vi gå inn? Inn i huset? På kjøkkenet?*". War im Sprechen schon unterwegs.

Sein Haus, seine Küche war gut beheizt. Seine Frau war mit irgendetwas beschäftigt, unterbrach aber direkt, als sie uns sah. Wischte mit einem Tuch eine karierte Plastiktischdecke auf dem Küchentisch ab. Kam ganz dicht an mich, an Torid heran. „[75]*Så søt jente*". Stellte eine Thermoskanne und Becher auf den Tisch. „Kaffe?" Mikkel setzte sich an den Tisch, zückte aus seiner Jacke eine Zigarre. Wollte sie sich gerade anzünden. „[76]*Mikkel. Nei. Bare ikke tenn den stinkende sigaren. Det sitter en baby der*". Gut, dass seine Frau das gesagt hatte. Sonst hätte ich es gemacht. Sicherlich

---

[71] Mikkel? Hallo? Jemand zuhause?

[72] Michelle. Mein Bauersmädchen. Das ist aber nett, dass du mich besuchst. Hast du Sehnsucht nach dem alten Mikkel?

[73] Kurz nachdem du weg warst

[74] Wollen wir mal rein gehen? Ins Haus? In die Küche?

[75] So ein süsses Mädchen

[76] Mikkel. Nein. Zünde bloss nicht die stinkige Zigarre an. Da sitzt ein Baby.

nicht so wie sie, dazu fehlten mir die Worte. Aber „Mikkel. Nei" hätte ich auch hinbekommen.

Die Zigarre wanderte in die Brusttasche seiner Jacke. Er zog sich ein Blatt Papier heran. Redete und notierte Zahlen. Gleichzeitig. Ich war raus. Sprachlich. Schaute zu Michelle. Die mir zuzwinkerte. „Ich mach' das, Schatz". Lehnte sich auf der Tischdecke zu Mikkel. „[77]*Hva har du tenkt på?*" Liess erst einmal Mikkel reden. Erst als er geendet hatte bekam ich die Übersetzung, die Erklärung zu hören.

Den Kaufpreis habe er ja bereits genannt. Der sei Fix. 9600 Kroner. Einmalig. Dann hätten wir eine Milchkuh. Könnte auch die sein die gerade erst gekalbt hatte. In etwa drei Tagen würde er ihr das Kälbchen wegnehmen. Ab dann wäre die Milch sozusagen für Käseprodukte verfügbar. Den Rest habe er sich so gedacht – wir würden die Hälfte der Milch, etwa 10 bis 12 Liter jeden Tag ihm zur Verfügung stellen, die andere Hälfte wäre für uns, Michelle könne weiterhin bei ihm Käse machen. Dafür würde er sie auch weiterhin bezahlen. Mit dem Käse … oder auch der Milch könnten wir machen was wir wollen. Wie er von Michelle erfahren habe wolle sie ja einen kleinen Laden eröffnen. „[78]*Det er en utmerket idé*" flocht er ein. Von der Milchmenge die er kalkuliere könnten wir so etwa 10 Kilo Käse die Woche haben. „[79]*Og hva jeg betaler deg. Du er hardtarbeidende. Du er en stor hjelp for meg*" fasste Mikkel an Michelles Handgelenk. Der andere, sein Anteil an der Milch wäre dann sozusagen zur Deckung seiner Kosten. Futter und so. Und zweimal im Jahr würde er alle Kühe decken lassen.

Michelle schaute mich an sie alles übersetzt hatte. „Kannst du dir das vorstellen? Ist das was du einkalkuliert hast? Du bist doch der kühle Rechner bei uns". „Du möchtest einen

---

[77] Was hast du dir denn überlegt?

[78] Das ist eine ganz hervorragende Idee

[79] Und das was ich dir bezahle. Du bist fleissig. Du bist mir eine echte Hilfe

Hofladen ... du möchtest Käse machen ... du möchtest Käse verkaufen ... dann machen wir das. Einkalkuliert habe ich gar nichts. Nur eins ... ich werde dir jeden Wunsch erfüllen".

Michelle wandte sich wieder zu Mikkel. „[80]*Ok, Mikkel, Gus er enig. Vi kjøper kua di.*". Mikkel hielt mir seine Hand entgegen. Seine dreckige Pranke. Dass ein Deal per Handschlag besiegelt wurde kannte ich. Wusste aber auch wie das ging, nicht nur in Norwegen. Hielt meine Handfläche kurz über seiner. „*Åtte tusen fem hundre*". Mikkel entgegnete „*Ni tusen fire hundre*". Ich war wieder am Zug. „*Åtte tusen åtte hundre*". Mikkel grinste. „*Ni tusen. Første strek*" [81]

Mikkel erhob sich, holte eine Flasche Akquavit aus einem Schrank. Zwei Gläser. Goss ein. Reichlich. „[82]*Det er slik vi forsegler avtalen. Odin er vårt vitne*". Mikkel erhob sich. „[83]*Jeg må fortsatt gjøre noe*".

Ein Teil von dem was ich gehört hatte ... was Mikkel gesagt hatte ... was Michelle mit übersetzt hatte fand ich dann schon leicht grenzwertig. „Schon krass, oder? Dass der Mutter das Kälbchen nach drei Tagen weggenommen wird". Michelles Antwort ... Reaktion hatte ich nicht erwartet. „Mikkel macht das ja nicht, weil er so ein lieber Kerl ist. Er ist Bauer. Er lebt davon". Wusste sie als Mutter nicht, was ich in etwa ausdrücken wollte? „Stell' dir mal vor die Kühe wären wir. Wir Menschen. Und wir die Kühe. Du uns vielleicht ein- oder zweimal im Jahr ficken lassen. Vielleicht dreimal, wenn es mit der Schwangerschaft nicht sofort geklappt hat. Sonst aber sowieso nicht. Kein Sex, gar nix. Und wenn das dann doch geklappt hat kriegen die Mütter direkt ihre Babys abgenommen. Das meine ich, das finde ich schon ziemlich

---

[80] Okay Mikkel, Gus ist einverstanden. Wir kaufen deine Kuh.
[81] Achttausendfünfhundert. Neuntausendvierhundert. Achttausenachthundert. Neuntausend. Schlag' ein.
[82] Damit besiegeln wir das Geschäft. Odin ist unser Zeuge.
[83] Ich muss noch was tun.

krass. Eigentlich sind wir ... wir Menschen doch ganz schön asoziale Kreaturen". Michelle hakte sich bei mir unter. „Im Prinzip schon. Aber da darfst du nicht drüber nachdenken". Ich schaute zu ihr. „Wirst du auch so? So denken? Wenn du Bauersfrau bist? Geworden bist?" Michelle drückte meine Hand. „Willst du mir ein schlechtes Gewissen machen?"

Einiges hatten wir uns schon von Mikkels Haus entfernt. Aber immer noch auf dem Grundstück. Leopold hatte vor dem Haus ausgeharrt. Freute sich riesig als wir kamen, ich ihm mit „Løp" aus seiner Warteschleife erlöste. Michelle steuerte eine kleine Bank an, die unter einem Baum stand. Leopold steuerte den Baum an, hob sein Bein, strullerte anständig ab. Michelle lachte. Wenn wir länger drin geblieben wären wäre der bestimmt geplatzt". Hob Torid von meinem Oberkörper weg. „Ich nehm' mal die kleine Maus, die schläft ja schon fast. Lass' sie noch mal an meine Brust. Sie nuckelt sich bestimmt in den Schlaf. Dann gehen wir zurück, oder?"

Torid war in der Tat während der Mahlzeit eingeschlafen. Michelle setzte sie jetzt so in das Tragetuch, dass sie ihr Köpfchen an meinen Brustkorb anlehnen konnte. „Kannst du vielleicht Leopold ein bisschen beschäftigen? Wirfst ihm Stöckchen?" bat ich Michelle, als wir wieder in den Wald kamen. „Der Junge braucht Bewegung". Michelle hob einen kleinen Ast auf. „Muss ich was sagen? Oder einfach werfen?" „Meg stokken". Leopold sass schon ganz gespant neben Michelle, fixierte „sein" Stöckchen. „Das ist alles?" „Ja. Und werfen natürlich". „Das ist alles. Ganz schön einfach einen Hund glücklich zu machen. Bei dir habe ich mehr Arbeit". Ich zwackte Michelle leicht in den Hintern. „Das sagt die Richtige". Sie kiekste leicht auf. „Nicht immer in meinen Hntern. Manchmal ... je nachdem wie oft du das machst ... habe ich richtig blaue Flecken am Arsch".

Ein sehr kurioser, irgendwie auch ungewohnter, nicht gekannter Anblick bot sich uns, als wir auf dem Hof ankamen. Ingrids Van war komplett zerlegt. Also die komplette

Inneneinrichtung herausgenommen, stand neben ihrem Van. „Baust du um? Oder was wird das?" schaute ich ins Wageninnere. „Ne, ich mach' sauber. Habe mich anstecken lassen". Willem habe seinen Wagen ausgesaugt - „auch euren Mercedes" - habe ihr geholfen die Einbauten zu entfernen. „Du kannst dir gar nicht vorstellen was hier für ein Dreck drin war. Baustoffreste, Kekse, Papier, sogar Geld habe ich gefunden".

Michelle hatte Torid vor dem Kamin auf eine Decke gelegt, sie mit einer kleineren Decke zugedeckt. Kurzerhand legte ich mich dazu. Ein Schläfchen wollte ich jetzt unbedingt. Nachholen. Die kleine Pause vorhin war mir eindeutig zu wenig. Legte einen Arm um Michelles Taille. „Ich könnt' mich auch gut ein bisschen in den Schlaf nuckeln", zog ich sie an mich. Michelle grinste. „Verdient hast du es ja. Meinst du das jetzt ernst? Oder ist das so ein dummer Spruch von dir?" „Ne, echt. Fänd' ich super". Michelle zog meinen Kopf in ihren Schoss, zog sich ihren Pullover über den Kopf. „Dann komm' mein Kleiner. Komm' an Mamas Brust".

Streichelte mir durch die Haare während ich an ihrer Brust saugte. Sie schaute zu mir herunter. „Ich glaube, wenn wir einen Jungen kriegen wird der wie du. Dann habe ich zwei Jungs. Einen grossen und einen kleinen. Gefällt dir das wirklich? An meinen Brüsten zu nuckeln?" Hielt meinen Kopf einen kurzen Moment. „Bist du manchmal eifersüchtig? Auf Torid? Weil sie … jederzeit an meine Brüste darf … kann? Und du nicht?"

Ziemlich nassgeschwitzt wachte ich auf. Lag immer noch auf der Decke. Torid nirgends zu sehen. Rappelte mich langsam hoch, schaute auf die Wanduhr. Halb Acht. Michelle stand in der Küche, Torid neben ihr auf der Arbeitsplatte in der Babytrage. Spielte in der Luft mit einem hölzernen Kochlöffel. „Die permanente Bespaßung muss jetzt auch nicht mehr so sein. Nähe zu Mama und Papa ist für Torid mittlerweile noch wichtiger. Das ist eigentlich alles was sie braucht". Michelle fasste ihr Händchen. „Du hilfst der Mama beim Kochen. Du bist schon ein grosses Mädchen".

„Gesellschafter"

Michelle rührte auch mit einem hölzernen Löffel, nur eben nicht in der Luft, sondern in einer Schüssel. „Was machst du?" Michelle drehte kurz ihren Kopf. „Nudeln, das werden Nudeln". Zog ein glänzendes Edelstahlwerkzeug heran. „Ich habe eine Nudelmaschine gekauft. Ich mache ... ich versuche Nudeln zu machen". Zeigte auf den Verpackungskarton. „Das ist ... glaube ich zumindest ... aus Deutschland. Kannst ja mal durchlesen. Du sprichst doch Deutsch".

Über die gesamte Breite des Kartons war „Manufactum – Italienische Pastamaschine" aufgedruckt. An einer Seite – kleiner – *Gehäuse aus verchromtem Stahlblech, Rollen aus Edelstahl. Kurbel aus Buchenholz. Mit Riffel- und Knetwalzen, verstellbar in sechs verschiedenen Stärken; Duplex-Aufsatz zur Herstellung von Nudelbändern in zwei Breiten. Mit Klemmfuß.* „Ja, ist aus Deutschland. Sieht gut aus". Michelle erklärte mir mehr. Wenn der Teig einmal fertig sei gehe das ruckzuck. „Nudeln in kochendes Wasser. Vielleicht fünf Minuten". Gut, das war bei Nudeln aus der Packung nicht anders. „Und was ist jetzt bei den Nudeln dann so anders?" Michelle holte den Teigklumpen mit dem Holzlöffel aus der Rührschüssel, klatschte ihn auf einen bemehlten Bereich der Küchenarbeitsplatte. „Dass man die Nudeln selber macht". Schaute zu mir herüber. „Und jetzt frag' mir keine Löcher in den Bauch. Hilf mir doch ein bisschen. Mach' doch einen Salat dazu. Wir essen, wenn Wilma kommt. Alle zusammen".

Aus dem Kühlschrank suchte ich mir Salat heraus. „Ich möchte dich mal was fragen" stubste Michelle mich mit einem Ellenbogen an. „Ich würde gerne was wissen. Ob du so denkst wie ich". Lenkte etwas von dem Teig vom Holzlöffel. „Vater ... oder Mutter zu sein ... also Eltern zu sein ist ja mehr als ein kurzzeitiger Zustand. Also anders als zum Beispiel Hunger zu haben ... oder krank zu sein ... Das kann man ja schnell und einfach ändern. Einfach was futtern ... oder Medikamente schlucken. Eltern zu sein ist ja eher was Langfristiges ... also eigentlich immer ... mit Verantwortung ... mit Konsequenzen". Sie schaute mich an. „Wenn man es ernst meint". „Ja, und was genau möchtest du jetzt wissen? Was ist die letztendliche Frage?"

Michelle wusch sich die Hände. „Wenn sich mal ... bei uns ... Sympathie, Zuneigung oder gar die Liebe verändert ... verändern sollte ... bist du dann weiterhin da? Als Vater?" „Was faselst du denn da? Was ist denn das für eine Frage?" „Wegen dieser Kristina. Bei mir war das doch auch so. Du warst in einer festen Beziehung mit Wilma. Und dann bin ich aufgetaucht ... Wilma und du ... ihr habt euch getrennt ... wegen mir. Und wenn das jetzt ... vielleicht auch mit dieser Kristina passiert?" Ich nahm ihre Hände. In dem Handtuch. „Du bist doch plemplem. Das mit Wilma und mir ... dass das geendet ist ... das war nicht wegen dir ... dass war wegen uns ... wegen Wilma und mir. Wir sind andere Weg gegangen. Für eine Zeit. Und als sie wieder da war ... war ich kein Vater für Willeke? Über was für eine Scheisse machst du dir 'nen Kopf? Nein, natürlich nicht. Natürlich passiert das nicht". Drückte sie an mich. „Wie kommst du darauf? Was lässt dich das denken? Gibt es irgendeinen Grund? Anlass?" „Ja, du hast doch gesagt, dass du mit Kristina schlafen willst. Hast du doch mit mir auch gewollt. Und dann ist das einfach mehr geworden." Mit leicht feuchten Augen sah sie mich an. „Da habe ich Angst vor".

Mit beiden Händen fasste ich ihr Gesicht, küsste ihre glänzenden Augen. „Spätzchen ... Mäuschen ... Schätzchen ... Michelle. Keine schlechten Gedanken. Alles ist gut". Michelle lächelte. Ein wenig gequält. Ich gab ihr einen Kuss. Sie schmeckte nach Nudelteig – und Sehnsucht. Strich mit einem Finger die Tränen auf ihrer Wange auf. „Vergiss eines nicht – Ein gewisses Grundvertrauen sollte man schon haben, sonst lohnt sich das Leben nicht". Michelle schniefte in ein Blatt Zewa, zog die Nase hoch. Ganz leicht streichelte ich über ihren Hintern. „Und jetzt mach' mal die Nudeln. Gleich kommen unsere Freunde. Und geh' mal schnell ins Bad. Mach' dich hübsch. Mach' deine verheulten Augen weg. Es gibt keinen Grund traurig zu sein. Echt nicht". Beugte mich zu Torid herunter. „Die Mama macht es sich manchmal extra schwer. Für nix".

Unsere Freunde kamen alle gleichzeitig. Ingrid und Willem hatten wohl bis zu Wilmas Eintreffen Ingrids Van gesaugt und wieder eingeräumt. Ingrid scherzte „Mein Auto ist jetzt bestimmt zehn Kilo leichter". Willem hatte aus der Kiste Heineken einige Flaschen entnommen, den Rest, eine halbe Kiste trug er lässig in einer Hand. Unter seinem Arm klemmte ein DIN-A-4 Block. Wilma interessierte sich direkt für die Pasta-Maschine. Stellte sich zu Michelle. Schaute ihr zu wie sich der Teig in Nudeln verwandelte. „Ist ganz easy" erkärte Michelle. „Mehl, Eier, Salz, ein wenig Öl. Fertig. Kurz den Teig ruhen lassen, dann durch die Maschine". Legte Wilma ein Sortiment an Edelstahlteilen zur Auswahl hin. „Was für Nudeln sollen wir machen?" Wilma sortierte durch die Einsätze. „Spaghetti ... oder warte ..." nahm sie ein anderes. „Das hier, so dicke Nudeln. Ich steh' auf dicke Nudeln". Sie grinste erst nur, lachte dann auf ihre Schenkel klopfend „Auch zum Essen".

Michelle lehnte sich an ihre Schulter, lachend. „Wilma ..." „Ja was denn, du nicht auch. So richtig schön dicke Nudel, ist doch was Feines". Die beiden hatten Spass. Offensichtlich. Ingrid ging zu ihnen. „[84]*Hva snakker du om? Hva er det du snakker om? Hvorfor ler du sånn?"* Wilma nahm sie in den Arm. „[85]*Om store nudler, om store, feite pikker, Ingrid. Hva annet snakker du om?"*

Salat hatte ich bereits aufgetischt, Wilma brachte einen Topf mit Sosse mit. „Hmm, wie das duftet. Carbonara. Mit anständig Speck und Sahne". Wartete auf Michelle und die Nudeln. „Teller her" gab sie direkt Anordnung. „Hmm, wie das

---

[84] Wovon redet ihr? Worüber redet ihr? Warum lacht ihr so?

[85] Von dicken Nudeln, von dicken fetten Schwänzen, Ingrid. Was denn sonst?

duftet. Und ich habe so einen Hunger" verteilte Wilma auf unsere Teller. Neben den tiefen Tellern hatte ich kleinere, eigentlich Kuchenteller, für den Salat platziert. Willem öffnete für jeden eine Flasche Heineken. Hielt seine in die Höhe. „Gezondheid lieve mensen". Ingrid schaute zu Willem. „[86]*Skål, kjære folkens*" stiess Michelle mit ihr an.

Die Nudeln schmeckten wahrlich anders, besser, frischer, saftiger. Kein Vergleich zu welchen aus der Packung. Die wahrscheinlich auch vor dem Kauf schon wochenlang in iregndeinem Regal gestanden hatten. Selbst die Eier unserer Hühner meinte ich herauszuschmecken. „Lecker mein Schatz, ganz lecker gekocht. Alles. Nudeln, Sosse. Lecker".

Michelle erzählte von unserer Shopping-Tour. Bei Mikkel. „Ihr habt eine Kuh gekauft? Eine richtige Kuh?" Wollte Wilma gar nicht glauben. „Doch. Und ab jetzt gibt es jeden Tag ein Kilo Käse. Gouda. Oder Edamer. Oder Leerdamer. Oder ... Alles was ich lerne. Und Gus baut mir einen Hofladen. Den wollte ich doch. Jetzt bekomm' ich den. Und wenn die Schafe dann geschoren werden haben wir auch Wolle. Und dann stricke ich. Pullover, Socken ... einfach alles. Und irgendwann brauchen wir uns nichts mehr kaufen. Machen alles selber ..." Michelle war nicht einzubremsen, sprudelte förmlich über. „Du baust Michelle einen Hofladen?" fragte Wilma zwischen zwei Gabeln Nudeln, die in ihren Mund wanderten. Dass Michelle sich so freute ... eine solche Begeisterung verströmte, hätte ich nicht erwartet. Das war bis gerade gar nicht zu spüren. „Wenn Michelle einen Hofladen möchte ... dann kriegt sie einen. Dann baue ich einen. Oder lass' einen bauen. Ja, kriegt sie". Drehte mich zu ihr. „Alles, mein Engel ... du kriegst alles was du möchtest".

Wilma nahm sich Nachschlag. Nudeln und Sosse. Schob den Salatteller beiseite. „Vielleicht später". Wollte dann aber mehr zu der gekauften Kuh wissen. Ob die ... und wann ... auch hier

---

[86] Prost, liebe Menschen

auf den Hof komme? Ob das überhaupt gehe … „Vom Platz her meine ich. Wo soll die denn untergebracht werden?" Michelle erzählte alles, bis ins kleinste Detail. Schaltete aber, um auch Ingrid miteinzubeziehen, auf Englisch um. Liess immer mal wieder hören „[87]*I'm so happy. I really wanted this. I'll go with my name. De Boer. Michelle de Boer. The farmer*".

Das Geschirr hatte ich abgetragen, Wilma half mit den Töpfen. Schaute von der Küchenanrichte in den Raum. An den Esstisch. „Dass Michelle heiss ist weiss ich ja selber. Dass du das alles für sie machst. Sie bläst dir doch bestimmt jeden Tag einen, oder?" lachte sie mich keck an. „Mindestens Wilma. Mindestens einmal". Wilma lachte. Leise. „Hast du verdient".

„Wollen wir gleich was zusammen spielen? Karten? Oder was anderes? Noch was zusammen machen? Ihr geht doch jetzt nicht alle nach Hause, oder wie?" stellte sich Michelle an ihre Stuhllehne. „Ich bringe Torid ins Bett … und dann?" Willem zog seinen Block hervor. „Dann können wir ja noch bis dahin ein bisschen über den Papierkram reden".

Resümierte was er von Ingrids Erzählungen behalten hatte. „Sag' mir, wenn was falsch ist, dein Vater hat dir ja alles erklärt" bat er Ingrid. Ingrid schaute ihn nur an. „[88]*You'll have to speak English to me. I don't understand your language*". Willem nahm die Unterlagen. „[89]*Or you can speak Norwegian and Wilma will translate for us. She has to do the accounting stuff anyway. It's her job*".

Gebannt versuchte ich zumindest einen Teil des norwegischen zu verstehen. Einiges erschloss sich mir. Zu meinem eigenen Erstaunen. Die Schule brachte also doch was. Merkte ich jetzt.

---

[87] Ich freu' mich so sehr. Das habe ich mir so gewünscht. Ich werde das machen wie ich heisse. De Boer. Michelle de Boer. Der Bauer.

[88] Du musst schon Englisch mit mir reden. Ich verstehe eure Sprache nicht.

[89] Oder du redest norwegisch, Wilma übersetzt uns dann. Sie muss ja sowieso den Buchhaltungskram machen. Ist ja ihre Aufgabe.

Das was Michelle mir mal gesagt hatte, stimmte. „Du musst einfach quatschen. Auch wenn es falsch ist. Oder nicht ganz richtig. Du musst dich einfach trauen".

Eine gute Stunde spulte Ingrid ihre Informationen herunter. Dass es sinnvoll sei eine weitere Firma zu gründen, eine kleine Firma, „an der sich zum einen Gustav oder besser gesagt unsere Firma beteiligt und zum anderen Willem". Dann ist das losgelöst von dem Rest. Dafür müssten wir auch eine Versicherung abschliessen. „Ist ja schon gefährlich was ihr so macht. Mit dem ganzen Metallkram". Was den Steuerkram und Buchhaltung betraf kam Ingrid schnell zum Punkt. „Wenn wir, also unsere BA weniger als Dreihunderttausend Kroner Umsatz machen entfällt die Steuerklärung, die Umsatzsteuer". Eine Revision findet erstmalig statt, wenn wir einen Jahresumsatz von fünf Millionen Kroner vorweisen. Sie schaute in unsere Dreierrunde. „Also am besten keinen Umsatz machen, oder?" Fasste an Wilmas Handgelenk. „Quittungen und Rechnungen musst du natürlich trotzdem sortieren, nach Datum irgendwie abheften. Vielleicht will ja doch irgendsoein Vogel vom Finanzamt das mal sehen".

„Und was heisst BA?" wollte Willem wissen. Ingrid bekam einen Lachanfall. „Bad Ass. Was weiss ich". Ingrid war erst einmal nicht ernsthaft anzusprechen. Beömmelte sich über Bad Ass. Das entspräche in etwa der [90]Nederlandse BV. „Heisst vielleicht auch genau so, nur auf norwegisch" nahm ich das Wort. „Ist aber auch alles ziemlich egal, was auch immer wir anmelden wollen, ohne deine Anmeldung hier in Norwegen geht gar nichts. Du brauchst eine ID-Card, eine Meldeadresse, eine Bank, eine Krankenversicherung – den ganzen Scheiss den wir auch gemacht haben. Erst dann können wir irgendwo ... beim Notar oder so was eintragen lassen. Weiss ich doch noch genau was das für ein Gerenne war.

---

[90] Besloten Vennotschap (Gmbh)

Willem schaute ein wenig enttäuscht. „Und wenn ... wenn Wilma den Anteil ... meinen Anteil nimmt? Auf ihren Namen?" Wilma drehte ich zu Willem. „Das willst du mir anvertrauen? Und wenn dann nix mehr mit uns ist ... dann haben Gus und ich dich an den Eiern. Ist dir klar, oder?" Willem schmunzelte. „Also bei dir ist das eine nette Vorstellung ... das mit den Eiern. Ich vertrau' dir". Bekam aber direkt von Igrid einen Dämpfer. Sie wisse das zufällig. Dass ein Geschäftsführer einer BA sich nicht an einer anderen Firma beteiligen könne. „Wegen Geschäftskonflikten. Und Wilma ist ja unser Geschäftsführer".

Willem schob seinen Block von sich weg. „[91]*Allemaal onzin. Kut. Verdomme. Dan zal het moeten wachten. Ik moet toch naar Nederland. Ik moet me daar uitschrijven. Mijn flat inleveren en dan hier registreren. Al die zooi, zoals je net zei*".

Klappte den Block auf. Schau' mal was ich mir gedacht ... ausgedacht habe". Legte mir ein Blatt vor, er habe mal was gezeichnet. „Wie findest du das? Gefällt dir sowas? In der Art vielleicht?"

Lange betrachtete ich seinen Entwurf. Das ist sehr schön. Gefällt mir. Was wir machen können ... könnten ... ich melde die Firma an, und wenn du deinen ganzen Kram zusammen hast nehme ich dich als Gesellschafter. Offiziell. Arbeiten können wir doch schon vorher. Ich habe doch morgen schon den ersten Job". Schaute zu Wilma, dann wieder zu Willem. „Und bis dahin lässt du dir von Wilma einfach so an den Eiern rumspielen". Grinste Wilma an. „Verdient hat er das doch". Wilma lachte. Laut. Dreckig. „Ja, das hat er. Mein Willem". Willem empörte sich. Leicht. Gespielt. „Wilma ... du sollst nicht so reden".

---

[91] Das ist doch alles Scheisse. Dann muss das warten. Ich muss sowieso nach Nederland. Mich dort abmelden. Wohnung abgeben. Und mich dann hier anmelden. Den ganzen Scheiss, wie du gerade gesagt hast.

Wilma strich mit der Hand über Willems Logo-Entwurf. „Das sieht richtig gut aus". Michelle kam gerade das Treppenhaus herunter. „Schau' mal Süsse. Hat Willem gemacht. Für die Firma von den beiden. Wie findest du das?" Michelle blickte auf das Papier. „Was ist das? Sieht aus wie ein Roboter. Mit einem riesig langen Schädel". Willem griff hastig zu der Zeichnung. „Ich mach' das noch mal neu".

Michelle setzte sich auf die Couch. „Seid ihr denn durch? Mit eurer Besprechung? Sollen wir was spielen?" Nach kurzer Diskussion entschieden wir „Mens Erger Je Niet". Das war international, bedurfte auch keiner langen Regelerklärung. Einfach die anderen Mitspieler möglichst geschickt fertig machen. Ganz einfach also. Ingrid tippte auf den, auf den Tisch gelegten Spielekarton. „Ludo". Michelle verteilte die

Spielfiguren, hatte sich links neben ihrem Platz das Babyfon parat gelegt.

Ingrid erwischte es oft, wurde immer wieder rausgeworfen, nahezu von jedem von uns. Machte genau das Gegenteil von dem was das Spiel sagte. Sie ärgerte sich. Anständig. Fluchte und schimpfte. Wobei „Fuck" oder „Thanks Asshole" noch verhalten war. Bat irgendwann Michelle „[92]*Jeg går bort dit. Kan jeg få et ord med deg? Alene?*" Ging mit ihr in die Küche. Unterhielt sich leise mit Michelle. Verabschiedete sich dann von uns. Wilma wollte „Ist Ingrid nicht gut drauf?" von Michelle wissen als sie sich wieder zu uns gesetzt hatte. „Doch, alles okay. Hat wohl einfach keinen Bock mehr. Auf Spieleabend".

Wilma hatte das grosse Los gezogen, Ging als Gewinner aus der Runde. „Dann gehen wir auch mal rüber. Wann wollt ihr denn morgen los? Dauert das lange? Dein Job? Was musst du überhaupt machen?" Kurz erklärte ich Wilma was anstand, was ich Jaap zugesagt hatte. „Ein paar Reparaturen. Keine grosse Sache. Geht bestimmt fix. Nachnittags will ich eigentlich zurück sein. Willem und ich haben eingekauft. Barbecue ist angesagt".

Stand mit Wilma und Willem auf. „Ich dreh' noch eine Runde mit Leopold, dann komm' ich zu dir mein Engel". Michelle nickte. „Ich räum' noch auf, mach' auch noch schnell den Abwasch. Bleib' nicht so lange weg".

Setzte mich mit Leopold zuerst an die Grabstelle, rauchte mir eine Zigarette. Dann gingen wir in den Wald. Kurz. Vielleicht eine halbe Stunde.

Michelle war bereits nach oben gegangen, hatte sich unter das Plumeau gekuschelt. „Du schläfst aber heute bei mir".

---

[92] Ich geh' rüber. Kann ich mal mit dir reden? Allein?

„Egge"

Fast so aufgeregt als müsse ich zur SHELL war ich früh wach. Mein erster Auftrag ... unser erster Auftrag ... der erste Auftrag, den ich im Prinzip für unsere neue Firma ausführen würde. Wobei das alles noch so unrealistisch war. Noch so gar nicht greifbar. Begreifbar. Ausser einem Namen, einem ausgedachten Logo existierte doch rein gar nichts. Eine Rechnung, für das Kemppi-Schweissgerät, die gab es. Allerdings auf unsere BA ausgestellt. Wie würde das alles funktionieren? Interne Verrechnungen? Eigentlich keine Fragen für mich, mehr für einen Steuerberater. Oder besser noch, direkt alles an Wilma weitergeben? Sollte sie sich kümmern.

So einiges hatte ich schon erledigen ... vorbereiten können, bevor ich nach erledigtem Spaziergang mit Leopold wieder ins Haus kam. Aus der Werkstatt hatte ich das Kemppi-Schweissgerät in den Mercedes eingeladen. Dazu ein kleines Sammelsurium an Werkzeugen und zwei Winkelschleifer. Einen grossen und einen kleinen. Die Werkzeuge und Maschinen hatte ich aus Rockanje mitgebracht. Mit der Spedition anliefern lassen. Beim Umzug. Maschinen von *Fein*, Werkzeuge von *Stanley* und *Gedore*. Wie wir sie auch auf der SHELL einsetzten. Wertarbeit, Qualität.

Michelle hatte Frühstück vorbereitet. Torid leistete ihr Gesellschaft. War sogar schon fein gemacht. Ausgehfertig. In einen lustigen Strampler gekleidet, dem sie mit den sich darin bewegenden Beinchen alle Namensehre machte. „Na, mein Mäuschen, machst du Frühsport?" hockte ich mich zu ihr auf die Decke. Mit den Händchen hantierte sie mit einem Holzlöffel. Michelle schmunzelte. „Das sind jetzt ihre neuen Lieblingsspielzeuge. Küchengerätschaften. Alles was sie greifen kann. Ob gross oder klein". Begrüsste mich mit einem Kuss und einer Umarmung. „Bist du ausgeruht? Gut geschlafen?" Meine Hände glitten ihren Rücken herunter, blieben auf ihren Pobacken liegen. „Sehr. Ich habe sehr gut geschlafen". Schaute sie an. „Du bist einfach eine schöne Frau. Muss ich ja immer wieder feststellen. Und ich werde es nicht müde, es dir zu sagen". Michelle lächelte mich an. „Du bist und bleibst ein Charmeur. Was meinst du? Soll ich mich noch mal umziehen? Vielleicht ein Kleid? Oder besser so? Jeans und Pullover?"

An der Taille hob ich sie auf die Küchenarbeitsplatte. „Du weißt doch, dass ich dich am liebsten nackt sehe". Michelle legte ihren Kopf an meine Schulter. „Du weißt doch, dass ich es mag, wenn du mich einfach so hochhebst. Als würde ich nichts wiegen". „Du wiegst doch auch nichts. Du bist maximal eine süsse Last. Eine ganz süsse".

Ging dann nach oben, um meine Arbeitskleidung aus dem Schrank zu nehmen. Meinen Overall von der SHELL, meine weisse Schweisserjacke. Die ich noch aus Pernis hatte. Die, die ich bei der Arbeit trug hatte ich von Kevin bekommen. Auf der Brent Alpha. Dann noch meine PUMA-Sicherheitsschuhe. Denn auch meine Sicherheitsstiefel hatte ich von SHELL bekommen. Ich war also ausgestattet. Legte alles auf einen Stapel, trug ihn mit nach unten, legte ihn auf der untersten Treppenstufe ab.

„Wir brechen dann aber auch ziemlich direkt auf, oder? Direkt nach dem Frühstück, oder hast du noch zu tun?" setzte ich mich zu Michelle, die Torid mittlerweile in der Babytrage neben sich postiert hatte. Michelle verteilte Brotscheiben. „Von mir aus ja, nur noch Torid einmal wickeln, sie noch etwas trinken lassen, den Rest pump' ich ab". Spielte mit einem Finger auf Torids Bauch. „To Go. Für unser Mädchen".

Auf dem Esstisch hatte sie ein grosses Stück Käse deponiert. Das wolle sie mitnehmen. Wolle von Nele ihre Meinung einholen. Zum Geschmack. „Sie kennt sich doch aus. Mit Gouda. Gerne würde ich mir von ihr noch einiges zeigen lassen. Kniffe, Tricks, Besonderheiten. Du bist ja sowieso beschäftigt. Sie hat bestimmt noch einiges mehr drauf als Mikkel. Der macht ja nur den norwegischen Käse. Was die hier so futtern. Gouda ist schon was anderes. Vom Geschmack".

Im Hof trafen wir Ingrid. Und Willem. Die beiden kümmerten sich um die Tiere. Willem schmunzelte. „Wilma schläft noch. Wir gehen gleich noch ein bisschen einkaufen. Bier und so". „Hast du das nicht gestern gemacht?" Willem nickte. „Yes, aber das haben wir weggesüppelt. Wilma und ich. Sind ja auch nur kleine Fläschchen. 0,33 Liter, also ein Glas quasi". Michelle schob den Kinderwagen zum Mercedes. „Lädst du den dann ein? Ich habe Torid im Arm".

Bis zu Nele und Jaap waren es gut zwanzig Kilometer, den Weg, den genauen Standort ihres Hofes kannten wir ja jetzt. Also nicht wie beim letzten Besuch lange suchen. Waren entsprechend flott da. Und auch relativ zeitig. Nicht einmal zehn Uhr war es bei unserem Eintreffen.

Zuerst entlud ich den Kinderwagen, Michelle legte Torid direkt hinein. Von der Rücksitzbank nahm ich meine Arbeitskleidung. Michelle schaute mich an. „Willst du dich hier umziehen? Im Freien?" Umkleide sah ich keine, wusste ich keine. „Ja sicher". Tauschte meine private Kleidung gegen meine SHELL-Montur. „Ich habe dich noch nie in Arbeitsklamotten gesehen, Premiere sozusagen" schmunzelte Michelle. Fasste an den Reissverschluss des Overalls, der sich sowohl von unten als auch von oben öffnen liess. „Warum ist das so?" spielte sie an dem Zipper. „Wenn man mal schnell … wenn man mal nur pinkeln muss. Braucht man nicht den ganzen Overall auszuziehen. Weiter schmunzelnd zog sie den Reissverschluss ein Stück nach oben. „Dann kannst du einfach deinen Pimmel rausholen?" „Ja, mein Hase. Genau so". Sie liess ihre Hand in den Overall gleiten. „Mach' mal, will ich mal sehen". Ganz leicht schob ich ihre Hand weg. „Du spinnst".

Jaap kam uns über den Hof entgegen. „Ihr seid tatsächlich gekommen". Umarmte Michelle. Küsschen links,

Küsschen rechts. „[93]*Goedemorgen mooie vrouw*". Ging auf das Wohngebäude zu. Rief laut „ [94] *Nele, Nele. We hebben bezoekers. Gus en Michelle zijn er*". Schaute in den Kinderwagen. „Und die kleine … wie heisst sie noch mal?" Michelle lächelte ihm zu. „Torid".

Nele kam hinzu. Auch sie umarmte uns. Küsschen links, Küsschen rechts. Für Michelle gab es noch einen Kuss auf den Mund. „Schön, dass ihr da seid. Das freut mich sehr". Fasste an den Griff des Kinderwagens. „Sollen wir reingehen. Vielleicht hast du Lust mir zu helfen? Die Männer machen ja ihren Kram. In der Scheune". Nur noch leise, schon im Weggehen hörte ich Nele zu Michelle „Schön, dass ihr gekommen seid, Süsse" sagen. Jaap war da weniger emotional, ging mit mir zur Scheune. „Ich zeig' dir mal was gemacht werden kann … wenn du da was machen kannst … ob das zu reparieren ist".

Grob verschaffte ich mir einen Überblick. Mehrere abgebrochene Zähne an einer Egge, andere dermassen verbogen, dass anzunehmen war, dass sie beim Richten auch brachen. „Meinst du das lohnt sich noch? Kannst du nicht besser einfach was Neues kaufen?" klopfte ich das Stahlkonstrukt ab. „Neu kaufen? Weißt du was sowas kostet?" Wusste ich nicht, hatte keinerlei Vorstellung. „Neu kostet sowas mindestens dreissigtausend Kroner. Vielleicht mittlerweile sogar mehr. Und dann ist die immer noch beim Landhandel. Ne, wenn das zu reparieren ist … dann reparier' mir das bitte".

Mein Blick ging durch die Scheune. „Wo hast du denn Stromanschluss? Vielleicht sogar Starkstrom? Und vielleicht ein Holzbrett? Oder zwei?" Jaap zeigte auf eine Wand. „Da ist Strom. Holz besorge ich. Ich habe irgendwo noch Schaltafeln".

---

[93] Guten Morgen schöne Frau.
[94] Wir haben Besuch. Gus und Michelle sind da.

In der Zeit, die Jaap unterwegs war entlud ich meine Gerätschaften, legte mir Stromkabel. Gut, dass ich das auch bedacht hatte. Eingepackt hatte. Kabeltrommel. Jaap kam zurück. Mit Schaltafeln. „Das beste wäre alle Zähne abzutrennen, neu zu richten, dann anschweissen. Die, die krumm sind brechen sonst als nächstes. Dann kann ich jede Woche kommen. Ist doch Blödsinn. Was meinst du?" Jaap schaute auf das Metallkonstrukt. „Hey, ich bin Bauer. Was soll ich meinen? Ich habe keine Ahnung. Weiss nur, dass ich das Ding brauche. Du bist der Schlosser".

Mit den Schaltafeln legte ich mir einen Arbeitsbereich aus, räumte drumherum noch etwa frei, damit eventueller Funkenflug die Bude nicht in Brand setzte. „Mach' ich dir neu. Wie neu". Jaap nickte mir zu. „Ich hau' ab, ich habe anderes zu tun. Die Viecher müssen versorgt werden. Gemolken werden. Nele braucht Milch".

Mit Schweisserkreide hatte ich mir vor dem Abtrennen der Stahlzähne die Positionen, in vier Reihen zu fünf Zähnen, leicht im Zick-Zack-Muster angeordnet, markiert. Machte mich daran die Teile zu richten, gerade zu dengeln. Mal was ganz anderes. Metallbau auf einem Bauernhof. Gefiel mir. Dass ich teilweise improvisieren musste. In einer Ecke der Scheune war alles möglich an Schrott abgelagert. Meine Meinung nach Schrott. Metallstücke, Reste von irgendwelchen Gestängen.

Zwei Reihen waren bereits neu eingeschweisst. Hatte erst das Schweissgerät eingerichtet als alle Zähne wieder gerade waren. Damit war die Hämmerei beendet, ab jetzt nur noch sauber verschweissen. „[95]*Kom je eten? Het is etenstijd. Middag. Nele heeft lunch gemaakt*" stellte Jaap sich zu mir. „Nicht in die Schweissflamme schauen" bat ich ihn. Legte den Schweissschirm beiseite. „Echt, wie du gesagt hast. Wie neu" wollte Jaap einen der Zähne prüfen. „Und auch nicht

---

[95] Kommst du essen? Es ist Essenszeit. Mittag. Nele hat Essen gemacht.

anfasssen. Das ist heiss, das ist geschweisst". Aus meiner Lederjacke zog ich Tabak heraus. „Ich komme, aber erst mal eine rauchen". Jaap zog ebenfalls seinen Tabak aus seiner Latzhose. „Ja, Shagje".

Nele hat ein tpisch Nederlands Lunch aufgetischt. Aber echt wie in Nederland. Tomatensuppe, Brot, Käse, Aufschnitt, Kartoffelsalat. So kannte ich das aus Nederland. Mittags gab es eigentlich keine warme Mahlzeit. Bis auf eben eine Suppe. Und was nicht fehlen durfte – Kaffee. Michelle stellte sich an mich heran. „Du siehst aus als würdest du gerade von einer Modenschau kommen. Weisse Lederjacke. Voll schick". Auch Nele musterte mich. „Du arbeitest für SHELL, wie man sieht". Strich mit einer Hand über das leicht erhabene Logo. „Darum ist Nederland so reich. Und Norwegen auch. Wegen des Öls. Und des Gas".

Nele schnitt Käse und Wurst herunter nachdem wir uns an den Tisch gesetzt hatten. „[96]*Eet ze, mensen*". Schaute Jaap an, genau so verliebt wie ich es beim letzten Male schon bemerkt hatte. „Und? Bist du zufrieden? Ist das zu reparieren? Kann Gus das reparieren?" Jaap belegte sein Brot dick mit Käse. „[97] *Gerepareerd? Zo goed als nieuw. Gus bespaart ons duizenden kroner. Verdomme. Verdomd goed werk*". Erzählte weiter. Er habe jede Menge liegen was repariert werden müsse ... könne. „Habe ich gesehen. In der Scheune". Nele lachte leicht. „Nicht nur. Überall steht was. Auf den Weiden. Auf den Feldern. Jaap ist eben kein Handwerker. Hat andere Qualitäten". Michelle war es die anbot „Gus kann ja noch mal kommen". Zog Torid im Kinderwagen etwas zu sich heran. Hatte die Rückenlehne ein wenig schräg gestellt, ihren Oberkörper nach vorne mit ein paar Kissen abgestützt. „Schau' mal, ein bisschen sitzen kann sie schon. Mit Stütze. Kissen von Nele". Griff an meine Hand. „Schaffst du das denn

---

[96] Mahlzeit

[97] Repariert? Wie neu wird das. Gus erspart uns tausende von Kroner. Verdammt. Verdammt gute Arbeit.

heute?" Da ging ich jetzt mal schwer von aus. Mittagszeit. Noch mal die gleiche Zeit würde ich jetzt brauchen, eher weniger, Dengeln war nicht meh nötig. „Ja, locker". Schaute zu Jaap herüber. Wenn du Farbe hast, dann kann ich die Schweissnähte noch lackieren. Schützen".

„Habe ich. Und mit den anderen Sachen ... wäre super, wenn du noch mal kommen würdest. Im Prinzip ist hier Reparaturarbeit ohne Ende. Und wenn ich den Bauern hier ... rings um uns herum ... wir kennen ja alle ... wenn ich denen sage ... zeige, was du gemacht hast ... wir können dich zuscheissen mit Arbeit". Jaap lachte laut. „[98]*Jaap, waarom laat je Gus er niet eerst een afmaken? Misschien wil hij niet ondergescheten worden. Hij heeft ook een gezin. En een weekend*". Nele lachte. Michelle lachte. „Ich glaub' Gus macht das gerne. Und ich kann immer mitkommen. Du zeigst mir wie Käse gemacht wird. Nederlandse Kaas".

Michelle hob Torid aus dem Kinderwagen. An ihren Oberkörper. „Du kriegst auch gleich was zu essen ... was zu trinken. Dann saubere Windel, dann legst du dich was hin. Im Kinderwagen. Ich kann dann noch mit Nele was machen". Schaute Nele an. „Geht doch, oder?" Nele nickte, mit vollem Mund. Ass den Bissen. „Gerne. Schön, dass du so viele Freude daran hast. Und du lernst schnell. Klar, zeige ich dir wie das geht". Goss allen Kaffee ein. „Und weißt du was Jaap, Schatje. Gus hat Michelle eine Kuh gekauft. Sie will auch einen Hofladen aufmachen. Ihren eigenen Käse verkaufen. Vielleicht können wir sie sogar unterstützen. Unser Hauptgeschäft ist doch Schafs- und Ziegenkäse. Und nicht aus Kuhmilch". Fasste Michelles Handgelenk. „Als Ergänzung. Zu deinem Käse". Michelle legte ihre Hand auf Neles. Auf ihrem Arm. „Ein kleiner Laden nur".

---

[98] Jaap, lass' Gus doch erst mal eines fertig machen. Vielleicht will er ja gar nicht zugeschissen werden. Er hat doch auch eine Familie. Und Wochenende.

„Ich nehm' den Kaffee mit rüber", schob ich meinen Stuhl zurück. War es nicht gewohnt eine ausgedehnte Pause zu machen. Zumindest nicht während der Arbeitszeit. Sonst gerne. Zusammensitzen, klönen, kein Problem. Aber ein bisschen Arbeit hatte ich ja schon noch vor der Brust. Und wollte mir auch noch eine Zigarette rauchen. Draussen.

Genoss es wieder in meine Welt des blauen Lichts einzutauchen. Das Kemppi-Gerät schweisste erste Sahne. „Qualität zahlt sich doch aus" sprach in meine Schweisskappe hinein. Absolut gut investiertes Geld. War sogar schneller durch als ich gedacht hatte. Räumte meine Gerätschaften zusammen. In der Zeit konnte das Werkstück etwas auskühlen. Lud alles wieder in den Mercedes. Legte meine Lederjacke auf den Rücksatz. Zum Anpinseln brauchte ich die nicht. Konnte so auch keine Farbspritzer, eventuelle Farbspritzer abbekommen.

Lief noch ein wenig über den Hof. Um zu schauen. Wo und was an Schrott rumstand. Wie Nele es genannt hatte. Gab es. Anhängeteile für den Traktor. Mit gebrochenen Metallspeichen. Verbogene Maschinen. Was man nicht alles an so einen Traktor anschliessen konnte. Lief dann zum Käsehaus herüber. Michelle stand an einem Waschbecken, wusch sich. Mit nacktem Oberkörper. „Aha, Frau de Boer legt einen Striptease hin". Michelle fuhr herum. „Nur ein bisschen waschen. Ist doch ganz schön anstrengend, schweisstreibend". Hielt aber auch direkt die Hand hoch. „Du darfst hier nicht rein". Das war mir noch vom letzten Besuch geläufig. „Dreh' dich mal ganz rum. Zeig' mir deine Titten" Aus einer Ecke kam Neles Gekicher. „Süss, wie frisch verliebt".

Ihr Kopf kam um's Eck. „Deine Frau ist aber auch eine Hübsche". Ich versuchte zu Nele zu spingsen. „Nicht eine Hübsche, die Hübscheste, die Schönste". Michelle kam zwei Schritte auf mich. „Kopf weg, Nele ist auch nackt". Nele kam mit einem Handtuch vor ihrem Oberkörper in die Mitte des

Käseraums. „[99]*Lieverd. Dat maakt niet uit. We zien er allemaal hetzelfde uit*". Michelle wechselte ihre Gummistiefel gegen ihre Schuhe an der Eingansgtür. „Dann schau` ich mal nach Torid. Habe ja sowieso grad meine Titten ausgepackt". Huschte an mir vorbei.

Nele hatte sich wieder ein T-Shirt übergezogen. „Und du? Bist du durch?" „Ja, alles fertig. Kann wieder kaputtgemacht werden" Nele lachte. „Könnte passieren. Hast du denn Lust noch mal zu kommen? Auch mit Michelle und eurer süssen Tochter?" Kam auch zum Türchgang, wechselte von ihren Gummistiefeln in eine Art Klompen. Aus Gummi. Oder Kautschuk. Oder Plastik. Nahm meine Hand. „[100]*Kom op. Kopje koffie. Gebak. Koekjes. Het werk is gedaan. Jaap komt zo*".

Und auch das war Nederland in Reinform. *Kopje koffie. Gebak. Koekjes.* Wie Nele gesagt hatte tauchte Jaap auch auf. Er habe sich meine Arbeit angeschaut. Das sei echt wie neu. Er habe sogar Lust die ganze Egge neu zu streichen. „Dann ist die echt neu. Zwar alt, aber neu. Wie neu".

Michelle hatte Torid mitgebracht. Hatte sie im Schlafzimmer der beiden füttern dürfen, noch ein paar Minuten mit ihr „richtig schön gekuschelt".

Eine gute Stunde sassen wir bestimmt schon zusammen. „Gezellig" wie der Nederlander das nannte. „Ich zieh` mich dann mal um" erhob ich mich. Nele stand auch auf. „Das kannst du auch hier drin, musst du nicht am Auto machen. So wie vorhin. Du kannst dich auch waschen. Hier, gleich rechts, ist das Bad. Oder auch duschen. Wie du willst. Handtücher und alles ist im Bad", Hob ihren Kopf in Richtung Jaap. „Zeig` Gus mal alles".

---

[99] Schätzchen. Das macht doch nichts. Wir sehen doch alle gleich aus.
[100] Komm'. Tässchen Kaffee. Gebäck. Kekse. Arbeit ist gemacht. Jaap kommt bestimmt auch gleich.

„Verloren"

Frisch geduscht setzte ich mich noch auf ein weiteres „kopje koffie" zu den dreien. Wollte dann aber los. „Wir wollen doch grillen. Barbecue". Jaap ging an einen Küchenschrank, zog eine Art Kellnerportemonnaie hervor. „Was kriegst du denn jetzt von uns?" Kurz schaute ich zu Michelle. „Das machen wir später … beim nächsten Mal". Hob meinen Kopf ein wenig an. „Wir fahren jetzt. Wilma, Willem und Ingrid warten". Michelle schaute zu Nele und Jaap. „Das sind unsere Mitbewohner. Also nicht Mitbewohner. Jeder hat ja sein eigenes Haus". Nele lächelte. „Also Wohngemeinschaft. Kommune". „Hofgemeinschaft Nele" ging ich schon zu ihr. Umarmte sie. Küsschen links, Küsschen rechts. „War nett bei euch. Wir kommen gerne wieder". Bei Jaap das Gleiche. Michelle war etwas inniger. Zu Nele. „Das war toll. Danke dir. Auf jeden Fall kommen wir gerne wieder". Nele drückte sie fest an sich. „Gib mir einen Kuss Süsse. Wir mögen euch auch. Sehr sogar". Schaute zu Jaap. „Stimmt's?" Jaap verzog seine Mundwinkel zu einem Grinsen. „Wenn Michelle mir auch einen Kuss gibt sogar noch mehr". Mit ein wenig Abstand, weil sie ja Torid im Arm hatte, umarmte Michelle Jaap. Küsschen links, Küsschen rechts.

Nele begleitete uns bis zum Auto. „[101]*Dank je wel. Dank u … uit de grond van mijn hart. Dat was erg aardig. Je bent erg aardig. En altijd welkom*". Den Kinderwagen verstaute ich im Kofferraum, Michelle setzte sich mit Torid auf den Rücksitz. Steckte ihren Kopf noch an der Rückenlehne des Beifahrersitzes vorbei. „Ich … wir haben euch lieb Nele. Wir sehen uns nächste Woche. Versprochen".

Michelle war, wie bereits nach unserem letzten Besuch, Feuer und Flamme. Sprudelte die Neuigkeiten heraus. Habe mit Nele Gouda mit Kräutern gemacht. „Nele macht jeden Tag 100 Liter

---

[101] Danke. Von Herzen bedankt. Das war sehr schön. Ihr seid sehr nett. Und immer willkommen.

Kuhmilch und 150 Liter Ziegenmilch zu Käse. Schafskäse weniger. Manchmal auch mehr, je nachdem wieviel Milch die Kühe und Ziegen geben". Habe ihr in einer Kühlbox wieder Käse mitgegeben. Ziegenkäse. Schafskäse. Frischkäse. „Und Milch. Die fandest du doch so lecker. Steht im Kofferraum. In so einer weissen Box. Ganz komisches Zeug, das quietscht voll, wenn man das aneinander reibt". Ich schaute zu ihr in den Rückspiegel. „Das nennt man *Piepschuim*. Styropor. Weil es so Piepgeräusche macht".

Michelle fuhr mir mit der Hand meinen Nacken hoch. „Was kostet das denn jetzt? Was du für Jaap gemacht hast?" Tja, das war eine sehr gute und berechtigte Frage. Die ich aber nicht beantworten konnte. Jetzt gerade nicht. Nicht auf Anhieb. „Keine Ahnung mein Schatz". Sie fasste leicht in meinen Haarschopf. „Hör' doch auf. Als wenn du nicht wüsstest was das kostet. Also wenn doch einer bei Geld auf Zack ist, dann bist du das doch wohl". „Nein, echt nicht. Ich habe keine Ahnung. Gearbeitet habe ich gut sechs Stunden. Dann Werkzeuge und Material. Wenn ich Jaap eine Rechnung stellen muss ... soll ... dann noch Steuern ... Versicherung muss ich einplanen ... Einen Anteil für Willem ..." „Wieso für Willem? Der hat doch gar nichts gemacht". Damit hatte sie Recht. Irgendwie. Irgendwie aber auch nicht. „Wilem ist doch mein Partner ... mein Geschäftspartner. Also müssen wir ja wohl auch teilen. Ich habe keine Ahnung, Maus. Ich frage am besten mal Tjorben. Der kalkuliert doch ständig irgendwas".

Michelle liess ihre Hand in meinem Nacken ruhen. „Das ist so lieb ... so nett von dir. Dass du dir immer einen neuen Namen für mich ausdenkst. Schatz, Hase, Engel, Spätzchen, Maus ... alles so süsse Namen". Ich griff an ihre Hand. „Habe ich dir heute eigentlich schon gesagt ... wie sehr ich dich liebe? Mein Kätzchen. Mein süsses kleines Kätzchen". Michelle kraulte mit ihren Fingernägeln meinen Nacken. „Nein, hast du noch nicht".

Mein Vorhaben, mit dem Mercedes direkt bis an unsere Werkstatt heran zu fahren – um zu entladen - konnte ich vergessen. Vor der Werkstatt, zwischen Werkstatt und Stall, war bereits die Terrassengarnitur aufgestellt. Daneben der Grill. Der auch schon die Glut darin erkennen liess. Rund um den Tisch versammelt Ingrid, Wilma und Willem. Und zwei weitere Personen, die ich aber nicht sofort erkannte … zuordnen konnte. Erst als ich den Wagen auf den Parkplatz abstellen wollte, wurde dies klarer. Der froschgrüne Citroen 2CV von Frederike stand dort. Dahinter, leicht versetzt, ein schokobrauner Saab 900 Turbo, wie auf dem chromglänzenden Schildchen am Heck zu lesen war. Eine der beiden Gäste wäre also Frederike, der andere …

Michelle war mit Torid sehr zielstrebig zur „Sitzgruppe" gegangen, begrüsste sie mit Umarmung. Neben Frederike sass Leopold ihr zu Füssen. Frederike kraulte seinen Nacken. Ich stellte mich zu Frederike, legte einen Arm um ihre Schulter. „[102]*Hei, hyggelig å se deg, hyggelig at du besøker oss*". Frederike fasste die neben ihr sitzende Frau am Ärmel. „Lisa kennst du ja. Meine Freundin". Fast wäre mir „Was? Das ist die mit den riesigen Hängetitten?" rausgerutscht. Lisa erhob sich von der Sitzbank. Sie trug einen eleganten Hosenanzug. In einem leichten Beigeton. Hose, passendes Jacket. Darunter eine stramm sitzende Weste, aus der eine weisse Bluse hervorblitzte. Von ihren Megamöpsen war nichts zu erkennen. In der Weste eingepresst. Dass sie einen BH trug – zum Glück – merkte ich, als ich sie zur Begrüssung umamrmte. Meinte sogar das Metall in ihrem BH zu spüren, das sicherlich dazu beitrug, dass ihre Brüste jetzt nicht den physikalischen Gesetzen der Schwerkraft folgten. Sie war hübsch geschminkt. Ihre Haare fielen ihr bis auf den Oberkörper herab. Kein Vergleich zu dem wie sie sich beim letzten Besuch mt Frederike präsentiert hatte. Eine hübsche Frau, zwar schon älter, aber hübsch. Und äusserst elegant.

---

[102] Hallo, schön dich zu sehen, schön, dass du uns besuchst.

Sie habe heute mittag mit Frederike telefoniert, von ihr erfahren, dass sie uns besuchen wolle. „Und da ich einen Termin in Hordvik hatte haben wir uns hier verabredet". Ich war erstaunt wieviel ich jetzt doch schon verstand. Von der Sprache. „Job? Was für einen Job machst du?" Lisa setzte sich wieder zu Frederike. „Ich bin Innenarchitektin. Und Lichtdesignerin. Berate Bauherren. In Einrichtungsfragen". Also schon in etwa wie Ingrid mal gesagt hatte „Irgendeine leitende Funktion". Auch das „Sonst ist sie immer elegant gekleidet" stimmte.

Willem hatte seinen Platz am Grill eingenommen. Für mich stand „Ausladen" an. Kinderwagen, dann das schwere Schweissgerät, Werkzeuge und Maschinen. „Ingrids Patientin" schoss es mir durch den Kopf. Irgendwann hatte ich für mich entschieden Ingrids Kunden doch einfach so zu bezeichnen – Patienten – auch wenn Ingrid das immer anders nannte, weil sie ja, wie sie betonte, keine Ärztin sei. Nicht heile, sondern helfe. Berate. Und jetzt gerade erfuhr ich, dass Lisa selber Menschen beriet. Nur in anderen Fragen.

Michelle hatte sich zu der Gruppe gesetzt. Mit Torid im Tragetuch. Wurde direkt zum Zentrum des Interesses von Frederike und Lisa. „Ihr bleibt doch zum Essen, oder?" Schaute zu Willem am Grill. „Fleisch ist ja wohl genug da, oder? So wie ich euch zwei kenne habt ihr doch ordentlich eingekauft". Willem nickte ihr zu. „Reicht für alle".

Nachdem ich alles in der Werkstatt verstaut hatte stellte ich mich zu ihm. Mit einem eiskalten Heineken. Das war jetzt genau das Richtige. Für mich. Zischend lief es meine Kehle herunter. Ich versuchte mehr oder minder erfolgreich einen Rülpser zu unterdrücken, zog meinen Tabak aus der Jacke. Willem klimperte mit der Grillzange. „Hättest du die erkannt? Auf der Strasse? Lisa, das ist doch die mit den Monstertüten, oder?" Ich musste schmunzeln, eigentlich mehr breit grinsen. Sehr breit. „Dein feuchter Traum?" Willem drehte ein Stück

Fleisch auf dem Grill. „Aber ganz bestimmt … nicht". Blickte mich belustigt an. „Alles gut gelaufen? Job erledigt? Kunde zufrieden?" „Jepp, alles bestens. War zwar einiges … aber alles in allem easy, entspannt. Ist aber noch einiges mehr zu machen da auf dem Hof". War einigermassen froh, dass Willem nichts zur Bezahlung wissen wollte. Hätte ich ihm ja auch nicht beantworten können.

Wilma hatte in der Zwischenzeit Salate aus ihrer Küche geholt. Nudelsalat, Kartoffelsalat, Tomate mit Ei. Und natürlich Brot. Das durfte ja nicht fehlen. Lisa war aufgestanden. „Kann ich … darf ich mal eure Toilette benutzen?" Wilma nickte ihr mit einer Kopfbewegung zu. „Komm' mit. Ich zeig' dir wo". Führte sie … in unser Haus. Kam kurz darauf mit Geschirr zurück. „Ist doch okay, oder? Ich kann so eine Dame doch nicht in unser Klohäuschen führen". Michelle war in ein Gespräch mit Frederike vertieft. Ich rief Leopold zu mir. Wollte mit ihm eine Runde drehen. Mich mit ihm beschäftigen. Scheuchte ihn über die Weide. „[103]Samle sauene". Unterstützt mit einer Handbewegung. Hatte gar nicht bemerkt, dass Frederike zu uns gekommen war. „Du machst das sehr gut. Du … ihr beide habt echt dazugelernt. In kurzer Zeit schon. Machst du viel mit Leopold? Trainiert ihr?"

Ich erzählte ihr, leicht holprig in der Sprache, mit Händen und Füssen unterstützt, dass mindestens zwei Stunden am Tag für Leopold seien. „Spaziergänge, Söckchen werfen, apportieren, Befehle ausführen. Ja. Leopold ist ein verdammt guter Hund. Ich danke dir, dass du ihn uns überlassen hast". Frederike hakte sich bei mir unter. „Ich danke dir, dass er so ein gutes Zuhause hat. Dass mich mein Gespür nicht getäuscht hat". Blieb noch eine Weile, sah zu wie wir … Leopold und ich … uns verlustierten. „Gleich … am Tisch … kein Essen für Leopold. Nicht am Tisch. Gerne in seinem Fressnapf … an seinem Futterplatz. Aber niemals am Tisch".

---

[103] Treib' mal die Schafe zusammen.

Willem verteilte das Grillgut, Wilma lud Salate auf die Teller. Einige Bierflaschen standen bereits auf dem Tisch. Lisa hatte sich ihr Jackett ausgezogen, ein kleines Handtuch, scheinbar aus unserem Badezimmer mitgebracht, in ihre Weste gesteckt. Jetzt war ihr Brustvolumen doch schon zu erkennen, wurde durch den BH, der die Brüste hochzurrte, leicht an den Ärmelöffnungen der Weste seitlich heraus erkennbar. „Euer Badezimmer ist Tipp-Topp" schaute sie über den Tisch. „Das ist der Verdienst von Michelle. Sie hält alles alles sauber. Das ist ihre Leistung". Lisa schmunzelte. „Das meine ich nicht. Klar, sauber ist das, sehr sauber sogar. Nicht nur das Badezimmer. Eure komplette Wohnung. Ich meine die Einrichtung. Die Gestaltung. Habt ihr das machen lassen? Von wem? Einer Firma aus Bergen?" Sicher, die Einrichtung, die Einbauten, Waschtische, Armaturen, Badewanne und so hatten wir gekauft. „Die Fliesenarbeit ist von Michelle. Das Mosaik hat sie gemacht. Gefällt dir?"

Lisa probierte etwas vom Nudelsalat. „Hmm, lecker. Schön fettig". Legte ihre Gabel zur Seite. „Gefällt mir sehr. Sehr extravagant. Auch die Eingangstüre". Direkt kam von Michelle „Die hat Gus gebaut, ein Meisterwerk, oder?" Lisa schien mehr als angetan. „Macht ihr sowas auch für andere? Für Kunden? Richtet ihr Badezimmer ein? Wohnungen?" Ich kaute meinen Bissen zu Ende. „Ja, machen wir". Das war doch ein Grund warum ich mit Willem eine Firma gegründet hatte. Gründen wollte. Lisa holte eine Tasche hervor. Keine Handtasche. Eine Tasche. „Könnt ihr Zeichnungen lesen?" zog sie ein Blatt aus der Tasche. Konnten wir. Ich in jedem Fall. Willem ebenso. „Da würde ich gerne noch mal mit euch drüber reden. Sowas Modernes könnte gut zu meinem Kunden … zu meinen Kunden passen. Wenn ihr Lust habt … schlag' ich ihm … und auch anderen sowas gerne mal vor".

Packte die Zeichnung wieder ein. „In meinem Auto habe ich einen Fotoapparat … ich fotografiere ja alles bei meinen Kunden … und mache dann gleich ein Foto von eurem

Badezimmer. Ist das okay?" Michelles „Dann putz' ich aber vorher noch mal schnell durch" erstaunte mich. Was gab es da zu putzen? War doch immer alles blitzeblank bei uns im Haus. Michelle doch immer sehr drauf bedacht, dass bloss nichts dreckig war. Kein Wunder also … für mich … dass vielleicht bei Lisa der Eindruck entstanden war, dass das Haus, zumindest das Erdgeschoss, unbewohnt … unbenutzt war. In ihrer Architektensprache hiess sowas wohl „Musterhaus".

Wie mir von Frederike gesagt wurde, packte ich einige Fleischreste und Knochen auf einen Teller. Rief Leopold „[104]*Kom igjen, Leopold. Det er mat*". Ging mit ihm in den Stall. Zu seiner Futterstelle. Was das was ich ihm jetzt sagen wollte auf norwegisch hiess wusste ich nicht … noch nicht. „[105]*Dus, mijn jongen. Geef hem een flinke mep. Alles voor jou*" schob ich alles vom Teller in seinen Fressnapf.

Setzte mich danach zu Lisa. Was sie machte interessierte mich. Natürlich auch dass sie Interesse an unserer Arbeit zeigte. Insbesondere aber, dass sie als Architektin garantiert Bescheid wusste wie man Arbeiten, Arbeitsaufwand kalkulierte. Was zu beachten sei. Erzählte ihr direkt, unverblümt und unbefangen, was Willem und ich vorhatten, dass ich ein paar Projekte anstehen habe – vielleicht etwas hochtrabend bezeichnet – aber keine Ahnung von Kalkulation habe. Wie man Preise kalkuliere. „Das erkläre ich dir gerne. Komm' doch einfach mal vorbei. Ich habe ein Büro in Bergen. In Minde. Fageråsveien" Griff wieder zu ihrer Tasche. Zog eine kleinere Tasche aus dieser Tasche. Ihre Handtasche. Kramte kurz darin, reichte mir ihre Visitenkarte. „Wenn du mal in der Gegen bist … ruf' zur Sicherheit vorher an".

Auf der Vordereite der Visitenkarte ihre Daten. Name, Adresse, Telefonnummer. Lisa Bruarøy. Auf der Rückseite ein

---

[104] Komm' Leopold. Es gibt Futter.
[105] So, mein Junge. Hau' mal anständig rein. Alles für dich.

Kurzroman. [106]*Min filosofi er å skape noe varig for deg, og jobber dedikert for å løse dine utfordringer som dere måtte ha hjemme eller på jobb. Funksjonalitet og brukervennlighet – estetikk, varighet og kvalitet, bærekraftig design, innovativ materialbruk.*

„Geht klar, mach' ich" steckte ich die Karte in meine Jackentasche. Ging zu Willem, der gerade begonnen hatte den zweiten Gang auf den Grill aufzulegen. „Was hast du denn die ganze Zeit mit der gequatscht. Ist ja wohl eher dein feuchter Traum, oder?" grinste er mich breit an. „Kommt drauf an. Vielleicht" begann ich ihm davon zu erzählen was Lisa mache, dass sie vielleicht für uns – als Firma – ganz interessant sein könne. Willem war direkt Ohr, fand das äusserst interessant. „Könnten wir gut gebrauchen. Jemanden der Verbindungen hat. Bauherren haben doch auch Geld". Klopfte mit der Grillzange leicht auf ein Stück Fleisch. „Nicht dass ich Geld brauche ... eher reizt mich schon was Nettes zu bauen. So wie deine Badezimmertüre. Die ist nämlich echt toll. Jeder der sie gesehen hat findet die cool. Auch Ingrids Vater, als er neulich hier war".

Frederike und Lisa wollten sich verabschieden. „Ich hol' schnell meinen Fotoapparat" ging Lisa schon zu ihrem Saab. „Dann geh' ich schnell rein. Wische noch mal eben durch das Badezimmer" stand auch Michelle auf. „Nimmst du bitte Torid? Danach komme ich sie holen. Die Kleine muss gewickelt werden". Spontan bot sich Wilma an, hielt Michelle ihre geöffneten Arme hin. „Komm' zu Tante Wilma, mein Mäuschen". Mit einem Teller, den Willem mit Fleisch bestückte hatte setzte ich mich an den Tisch. Zu Ingrid. Irgendwie schien sie ein wenig „Aussen vor" zu sein. Hatte sich nur wenig an

---

[106] Meine Philosophie ist es, etwas Bleibendes für Sie zu schaffen, und ich setze mich dafür ein, alle Herausforderungen zu lösen, die Sie zu Hause oder bei der Arbeit haben. Funktionalität und Benutzerfreundlichkeit - Ästhetik, Langlebigkeit und Qualität, nachhaltiges Design, innovative Verwendung von Materialien.

der Unterhaltung beteiligt. „Wie geht es meiner süssen Psychologin? Du bist so still".

Anscheinend hatte sie nur darauf gewartet, dass ich sie ansprach. „Hast du einen Moment? Um mit mir zu reden? Allein?" Hatte ich. Nahm ich mir. Verabschiedete aber zuvor Frederike und Lisa. Michelle nahm Torid aus Wilmas Armen. „Ich geh' sie dann mal baden. Und gebe ihr etwas zu essen. Vielleicht legen wir uns auch einen Moment hin. Die Maus ist jetzt schon Stunden wach. War ein langer Tag für das kleine Mädchen". Kam mit ihr zu mir. „Sag' dem Papa mal gute Nacht" hielt sie Torids Gesicht an meine Wange. „Kann sein, dass das grosse Mädchen auch einschläft".

„Was hast du auf dem Herzen, Herzchen?" nahm ich Ingrid an der Schulter. „Lass' uns ein paar Schritte gehen, ja?" Wir liefen bis zum Bachlauf am Teich, Leopold begleitete uns. Setzten uns dort auf den Betonsockel, den Willem für den Flaggenmast vorbeiretet hatte. „Ich habe mit Michelle geredet. Dass ich gerne mit dir schlafen möchte. Mit dir alleine". Nahm meine Hand. „Michelle möchte das nicht". Ingrid redete weiter. Dass Michelle ihr gesagt habe, dass das ja irgendwie ein Date wäre. Dass ihr das nicht behage. „Ich versteh' das nicht. Sie kann … sie darf mit mir alleine sein … aber ich nicht mit dir … du mit mir. Was ist denn los? Verstehst du das? Weißt du mehr? Hat Michelle etwas zu dir gesagt?"

Zum einen wusste ich nichts von einer Unterhaltung der beiden. Zumindest zu diesem Thema. „Wann war das denn?" „An dem Spieleabend". „Bist du deshalb abgehauen? War das gar nicht wegen des Spiels? Weil du verloren hast?" „Ja". Ingrid verzog die Mundwinkel. „Ja, so fühle ich mich. Als hätte ich verloren. Nicht nur das Spiel. Auch dich. Unsere Zweisamkeit". Ich setzte mich hinter sie, zog sie in meine Arme. „Blödsinn. Ich versteh' das zwar nicht … du bist doch die Psychologin … aber du kommst nachher mit zu uns. Wir reden".

„Dum fitte"

„So, und jetzt brennen wir uns mal schön einen" stellte ich Heineken auf dem Tisch ab, das ich aus dem Kühlschrank in der Werkstatt genommen hatte. Stiess mit der Runde an. „Gezonheid mensen". Zu Ingrid „[107]Skål, min kjære". Ingrid trank einen Schluck. „[108]Språkkurset lønner seg. Du kan allerede føre en god samtale. Til og med tidligere. Med Lisa og Frederike". Erneut stiess ich mit der Runde an. Beugte mich zu Ingrid vor. „[109]Og nå skal jeg få et stort kyss av deg". Umarmte sie. „[110]Men riktig. Med tungen". Wie sehr Wilma mich kannte, zeigte sie durch ihr Lächeln und ihren Spruch „Ihr habt es nötig, oder? Ich habe auch Frostschutz im Haus. Vodka. Du weißt ja, dass ich gerne mal einen zwitschere. Soll ich holen?" Stand, ohne auf Antort zu warten auf, zog Willem am Arm. Komm' mal mit. Lass' die Zwei mal alleine".

Kaum zwei Schritte hatten sich Wilma und Willem vom Tisch entfernt - lass' es drei gewesen sein – zog ich Ingrid auf meinen Schoss. Unsere Münder frassen sich fast gegenseitig auf. Ingrid Hand öffnete zielstrebig meine Hose. „Ich will mit dir ficken. Ich will deinen Schwanz in mir". Ich stoppte ihre Hand. „Kannst du warten? Ich will mit Michelle reden". Ingrid legte ihren Kopf an meine Schulter. „Musst du das? Brauchst du ihre Erlaubnis? Ihre Zustimmung? Musst du es ihr sagen? Verschweigen bedeutet doch nicht, gelogen zu haben".

Wie sehr Ingrid erregt war konnten meine Hände, die unter ihren Pullover geglitten waren, sofort ertasten. Ihre Brustwarzen standen bretthart von ihren Brüsten ab. „Ja, muss ich ... möchte ich ihr sagen. Nicht um Erlaubnis bitten. Es ihr sagen. Ihr ... ihr zwei habt mit eurer ganzen Rederei ...

---

[107] Prost, mein Schatz

[108] Der Sprachkurs macht sich bezahlt. Du kannst dich schon gut unterhalten. Auch vorhin. Mit Lisa und Frederike.

[109] Und jetzt krieg' ich mal einen fetten Kuss von dir.

[110] Aber richtig. Mit Zunge.

über die Hauptfrau und Nebenfrau alles zerredet. Warum nicht einfach alles lassen wie es ist … wie es war. Wenn wir Bock aufeinander haben, dann leben wir das auch. Basta. Ganz einfach. Oder wie soll das sonst gehen? Soll ich jetzt mit dir irgendwo heimlich … vielleicht im Stall … vor den Viechern ein Nümmerchen schieben? Wir reden gleich. Wir drei".

Mit dumpfem Geräusch stellte Wilma die Vodkaflasche auf den Tisch. Vier kleine Gläschen daneben. „Und jetzt wird gesoffen" schütte sie die Gläschen voll. Willem holte weitere Biere aus der Werkstatt. Ging am Grill vorbei. „Noch jemand Fleisch? Noch gibt es reichlich". Wilma setzte sich neben mich. „Trink' was. Machst du selten genug. Sauf' dich mal richtig zu. Wie wir beide das auch gerne gemacht haben. Und dann gehst du mit den zwei Bräuten ins Bett. Fickst sie mal anständig durch. Haben wir doch auch gemacht. Oft genug. Wirkt Wunder. Insbesondere bei Ingrid. Die hat es echt nötig. Merkst du doch, oder?" Ich schaute zu Wima. „[111]*Meen je dat?*" Wilma nickte, goss weiteren Vodka ein.

Die Vodkaflasche hatte schon anständig an Füllstand verloren, einige Biere dazu. Michelle war von ihrem „Schläfchen" zurückgekehrt. „Na, ihr habt ja schon gut getankt" setzte sie sich zu uns. Der Abend war mittlerweile hereingebrochen, Willem hatte mit einem Baustrahler für Erleuchtung gesorgt. Meine Bewegungskoordination ging so gerade noch. Bevor es dann endgültig zum Scheitern verurteilt war entschloss ich mich für eine Runde mit Leopold.

Leopolds Fressnapf im Stall war gut mit Fleischresten bestückt. Keine Reste im eigentlichen Sinne. Gebratenes, das nicht gegessen wurde. Ihm Futter zu geben war Unsinn. Wie sehr er das ihm kredenzte mochte, war direkt zu erkennen. Auch dass er Fleisch mochte. Gierig nagte er die Stücke.

---

[111] Meinst du das ernst?

Knochensplittergeräusche verstärkten den Eindruck, dass er seine Mahlzeit genoss.

Willem sass am Tisch. Allein. Stierte auf den Grill. „Was machst du? Meditierst du das Feuer aus?" hockte ich mich zu ihm. „Ne, ich weiss grad nicht. Michelle und Ingrid haben gestritten. Sich angekeift. Und dann hat sich Wilma auch noch eingemischt". „Wie gestritten? Worüber?" Willem griff neben sich. Neben der Bank hatte er den Kasten Heineken griffbereit. „Biertje?" „Jepp. Gerne". Öffnete mir eine Flasche mit einer anderen. „Ich weiss nicht worum es ging. Ich spreche ... und verstehe auch kein norwegisch. Nur dass es wohl heftig war. Wie die sich angeranzt haben". Er stiess mit mir an. „Wohl sowas ähnliches wie wir auch sagen. „[112] *Du er en dum fitte.* Das heisst bestimmt *Je bent een stomme kut.* Geh` ich mal schwer von aus. Und was weiss ich noch alles. Jedenfalls ... am Ende haben alle geheult. Michelle und Ingrid". Seine Frage, zwischen zwei grossen Schlücken - „Weißt du was da los ist?" – konnte ich nicht beantworten. „Wir trinken uns noch einen, oder? Irgendeine Weiberscheisse. Garantiert".

Einige Fläschchen Bier hatte ich mir mit Willem noch getrunken. Wilma war irgendwann auch zu uns gestossen. Zuvor hatte ich sie bereits gesehen. Wie sie zu sich ins Haus ging. Stellte eine weitere Flasche Vodka auf den Tisch. „Trinken wir noch einen zusammen?" Goss für uns drei ein. „Warum ... wieso hast du so viel Schnaps im Haus?" hob ich mein Gläschen zum Anprosten in die Höhe. „Eigentlich, weil ich mir gerne abends ein Schlückchen gönne. So vor dem Einschlafen. Ich sauf` mich nicht voll, wenn du das meinst. Sonst hätte ich ja wohl kaum so einen Vorrat. Weil ich das von ein paar älteren Herren im Pflegeheim bekomme. Wenn die erwischt wurden. Die dürfen ja nichts saufen. Eigentlich. Machen sie aber trotzdem. Und dann geben sie es mir. Statt es auszugiessen".

---

[112] Du bist eine blöde Fotze

„Sitzbank"

Ich war so „richtig schön rund" als Wilma und Willem unsere Runde auflösten. Taumelte nach Hause. Zum Glück nur wenige Meter Fussmarsch. Registrierte meine anständige Betrunkenheit, als ich beim Versuch im Stehen meine Schuhe auszuziehen fast hingedonnert wäre. Setzte mich vorsichtshalber auf den Treppenabsatz. Schlich dann auf Socken nach oben. Was man in dem Trunkenheitszustand so als „Schlich" bezeichnen konnte. Öffnete polternd die Schlafzimmertüre. Michelles und Ingrids nackte Körper zuckten zusammen. Fast synchron. „Oh ... Äh ... Ich wollte nicht stören ... Konnte ich ja nicht ahnen ... Wusste ich nicht". Setzte mich dann aber auf den Bettrand. „Könnt ihr ... wollt ihr mir mal sagen was hier los ist? Mit euch. Ihr streitet euch ... ihr heult zusammen ... jetzt liegt ihr zusammen in der Kiste ... nackt". Strich mit einer Hand über Michelles Körper. Sehr grobmotorig. „Ich versteh' das nicht. Jetzt sowieso nicht. Ich geh' runter. Oder nach nebenan. Oder ... was weiss ich ... ich lass' euch mal allein. Auf eurer Reise. Reisende soll man nicht aufhalten". Michelle hielt meine Hand fest. „Was für eine Reise?" „Na, eure Reise. Durch eure Gefühle. Ihr seid doch Gefühlsreisende. Was ist das wohl anders? Ihr schreit euch an ... wie Willem mir gesagt hat ... jetzt liegt ihr hier zusammen im Bett. Ihr seid bekloppte Weiber. Ich geh' jetzt". Rappelte mich mühsam vom Bettgestell auf. „Denkt nur dran, neben euch liegt mein Baby. Baut bloss keine Scheisse".

Schlüpfte unten wieder genauso mühselig in meine Schuhe. Taumelte an den Terrassentisch zurück. Nahm mir ein Heineken aus der Kiste, setzte mich an den Tisch. Goss mir ein Glas Vodka ein. Versuchte, mehr schlecht als recht, mir eine Zigarette zu drehen. „Pfff, echt, die sind doch hohl, die Zwei" atmete ich den ersten Zug aus. „Echt, meine Fresse, sind die hohl. So ein Zirkus. Für nix. Um am Ende doch im Bett zu landen. Das kann man einfacher haben".

Mir war kalt. Mir fröstelte. Es roch ein wenig streng. Etwas Warmes lag auf meinem Brustkorb. Tastend spürte ich etwas Weiches. Schaute an mir herunter. „Leopold?" Rappelte mich hektisch auf. Lag im Stall. Im Stroh. Wieso lag ich hier? Wie war ich hierhin gekommen? Konnte jetzt auch direkt den Geruch einordnen. Schafe und Esel. Wahrscheinlich sogar auch noch Hühnerkacke. In der ich vielleicht sogar eingeratzt war.

Meine Augen suchten den Stall ab, aber ausser mir, Leopold und ein paar Hühnern war niemand hier. Hatte sich so das Jesuskind gefühlt? Damals, in Bethlehem? War das gar eine Metapher für mich? Sowas wie Geburt? Neugeburt? Wiedergeburt? War das alles überhaupt real? Oder befand ich mich in einem Traum? Schon als ich nur in die Hocke kam sass Leopold vor mir, legte seinen Kopf schräg. Mal nach links, mal nach rechts. Kniff beide Augen zu, gleichzeitig. So als wolle er sagen „Geht's los? Drehen wir eine Runde?" Mit einer Hand klopfte ich das Stroh von meinen Klamotten ab. „Naja, warum eigentlich nicht? Wo ich schon mal da bin" erwiderte ich seinen „Hundeblick". Musste sowieso raus, den Stall verlassen. Um dem etwas strengen Geruch zu entkommen. Der auf eine längere Zeit ganz anders in meine Nase strömte als sonst – wenn ich nur für kurze Zeit hier verweilte. Und pinkeln musste ich, ganz dringend.

Wie schon bei anderer Gelegenheit beobachtet, schien Leopold durch mein Pinkeln dazu animiert, genau das auch zu tun. Auf dem Tisch erkannte ich, leicht schemenhaft, Flaschen. Zum einen deswegen schemenhaft, weil ich noch anständig betüdelt war, zum anderen, weil es doch noch ganz schön duster war. Es fehlte Tageslicht. Prüfend schüttelte ich eine der Heinekenflaschen. „Frischte" die letzte Pfütze Bier darin auf, setzte an, trank einen Schluck. „[113]Kom op, Leopold. Het bos in" setzte ich die Flasche auf den Tisch, hob meinen Arm.

---

[113] Komm', Leopold. Ab in den Wald

Die Runde, die körperliche Betätigung – Stöckchen werfen, nach Stöckchen bücken - hatte nicht nur Leopold in Wallung gebracht, auch mein Kreislauf ging wieder Richtung „Normal". Die Schafe und Gustine waren mittlerweile auch wach, zumindest standen sie auf der Weide. Zwar auch noch ein wenig apathisch, aber sie lagen nicht mehr. Gingen noch nicht ihrer Lieblingsbeschäftigung - Fressen - nach. Mir kam ein Bild einer Schafherde in den Sinn, die ich auf einer Weide hier in der Gegend gesehen hatte. Die eigentlich immer, wenn ich sie sah, futterten. Klanglich untermalt durch das ständige Bimmeln der Glöckchen um ihren Hals. Hatte der Schäfer sie absichtlich damit ausgestattet? Damit sie beim Fressen auch bloss nicht einschliefen?

Beendete meinen Spaziergang an Willekes Grabstelle. Hier war es auch ein wenig beleuchtet. Drehte mir meine erste Zigarette. Leopold schlabberte aus dem Bachlauf Wasser. „Da war es mit dir schon einfacher, meine liebe Freundin. Du warst geradlinieger, hast nie rumgezickt. Hast jeden so gelassen wie er war. Weil du auch selber gelassen werden wolltest. Gelassen warst" zupfte ich ein paar welke Blätter von den Stengeln der Margeriten, liess sie als „Schiffchen" den Bauchlauf herunter gleiten. In den Teich. „Was für hohle Bratzen" kam es mir wieder in den Sinn. Was ich gestern … vorhin gesagt … gedacht hatte.

Leopold war fressenstechnisch versorgt. Noch vom Grillfest. Das würde auch garantiert noch eine Weile vorhalten, musste erst einmal verdaut werden. War bei ihm bestimmt nicht anders als bei uns Menschen. Ein vollgefressener Wanst musste verarbeitet werden. Ich ging ins Haus. Zog meine Schuhe am Hauseingang aus, direkt danach meine gesamte Kleidung. Müffelte dann doch schon ein wenig alles. Setzte die Kaffeemaschine in Gang, ging ins Bad, nahm eine Dusche.

Mit einer frisch gebrühten Tasse Kaffee setzte ich mich an den Esstisch. Absolute Stille im Haus. Die Wanduhr zeigte „Halb Sechs". Annähernd meine normale Aufstehzeit, sogar schon etwas später. Aber im Prinzip passte das, Spaziergang mit Leopold war bereits erledigt.

Hatte mir gerade meine Schulhefte genommen, wollte die Zeit nutzen um mich an die Hausaufgabe zu machen. Einen Aufsatz über „Wie war euer Wochenende". Sinnierte eine Weile. „Im Prinzip gut. Erlebnisreich. Abwechslungsreich. Erfahrungsreich". Aber würde das reichen? Ein paar Phrasen? Wohl kaum. So war es ja auch mit meinem letzten, dahingerotzten Aufsatz. Den Kristina mir nicht nur in Form gebracht hatte, sondern mir einen geschrieben hatte. Der so gar nichts mit den zusammenhangslosen Worten zu tun hatte, die ich verfasst hatte.

Tappsende Schritte waren auf den Treppenstufen zu hören. An den sofort darauffolgenden Beinen erkannte ich durch das Treppenauge Michelle. Das waren Michelles Beine. Lang, schlank. Sie erschrak leicht als sie mich wahrnahm. „Bist du schon lange wach? Hast du die ganze Zeit hier gesessen?" kam sie auf mich zu. Mein Arm streckte sich nach ihr aus, meine Hand öffnete sich. „Mein Kätzchen, komm' zu mir" zog ich heran. Michelle setzte sich auf meinen Schoss. Ihr Körper war verlockend Bettwarm. Meine sich einstellende Erektion drückte gegen das Handtuch das ich umgebunden hatte. Michelle zog es zwischen unseren Körpern heraus. Mein Pimmel flutschte in sie hinein. Michelle stöhnte leicht auf, legte ihren Kopf an meine Schulter. „Ich …". Meine Hände fassten ihr Gesicht. „Bist du wieder normal? Was war los bei euch? Müsst ihr es immer so kompliziert … so schwer machen?"

Michelle biss mich leicht in meine Schulter. „Dein Schwanz ist so dick … wieviel hast du getrunken? … Und ich muss dermassen pissen". Erhob sich. Ging ins Badezimmer. Durch die geöffnete Tür drang das Geräusch ihrer Erleichterung. Ähnlich wie eben – als ich am Bachlauf sass. Plätschernd.

Michelle setzte sich direkt wieder auf meinen Schoss. „Schläfst du mit mir?" Wie warm sie war. Kam das jetzt noch vom Pinkeln? „Gerne, immer wieder gerne, immer wieder. Nur jetzt nicht. Ich möchte dich halten ...festhalten ... langfristig ... für immer". Michelle strich mir über die Wange. „Ist das ein Heiratsantrag?" Meine Hand glitt über ihren Rücken. „Ne, kein Antrag ... ein Versprechen. Du wirst meine Frau ... mit allen Konsequenzen ... für mich ... für dich". Michelle begann zu weinen. In meine Schulter. „Ich ... ich muss dir erzählen ..."

„Nicht jetzt. Nachher. Wenn du ... und Ingrid klar seid. Wach seid. Ich habe keinen Bock mit Problemen in den Tag zu starten ... so hat der gestrige Tag aufgehört ... das reicht mir eigentlich ... keine Probleme. Ich mach' uns Frühstück. Danach gehen wir spazieren. An einen neutralen Ort. Nicht hier ... wir gehen zu dritt ... zu viert ... Torid kommt natürlich mit. Und auch erst wenn ihr klar seid, also richtig klar ... dann erst reden wir, okay?"

Den Tisch hatte ich schon lange eingedeckt, von den beiden Frauen samt meinem Baby war aber immer noch nichts zu sehen. Stimmen ... Unterhaltung drang aber nach unten. Zum Glück entspannter Tonfall. Sie zickten sich als nicht ... schon wieder ... an. Ich hatte mir wieder meine Schulhefte genommen, an meinem Aufsatz begonnen.

Norwegen – mein Naturparadies Bergen
Mein Wochenende begann eigentlich schon vor vielen Wochenenden, vor vielen Monden, wie die Indianer zu sagen pflegten. Auf einer Fähre von Stavanger nach Bergen. Die mich und meine Freundin in eine malerische, tiefe Fjordbucht führte. Entführte. In eine Zeit der Ungewissheit, eine Zeit voller Herausforderungen. Wie sich aber erst im Verlauf der drauffolgenden Wochenenden zeigte. Umgeben von Hügeln, Bergkuppen und dem überwältigenden Geleit des Nordmeeres zog mich diese Stadt mit ihrem unbeschreiblichen Charme immer tiefer hinein. In Wochenenden, Wochen voller Unwägbarkeiten. Die es zu meistern galt. Und immer noch gilt. Die Schönheit der Menschen um mich herum half mir, genau wie die Schönheit der umliegenden Natur. Vieles gab es zu

erkunden. Sowohl landschaftlich als auch menschlich. Ein stetes Abenteuer. Langweilig wurde es nie. Ähnlich wie die Aussicht vom Fløyen – auf die bunten Holzhäuser des Stadtteils Bryggen – war auch immer wieder die Aussicht auf meine Partnerinnen – die ich übrigens nicht missen möchte. Keine von ihnen. Auch wenn es nicht immer einfach mit ihnen ist. Aber was ist schon einfach im Leben? Geben sie mir doch das, was mir auch die Landschaft gibt. Frische Luft, Luft zum Atmen, Stille und Ruhe. Zuweilen. Aber immer Stärke und Unterstützung. Liebe und Güte. Die deutlich mehr wiegt als die Bekloppiheit, die sie zuweilen einfach zügellos und unbedacht auf mich einprasseln lassen. Als hätte ich nichts anderes zu tun. Habe ich aber – ich muss die Karre am Laufen halten. Unser Vehikel. Das uns letztendlich – sicher und zufrieden ans Ziel bringen soll.

Ein oder zweimal hatte ich mir mein Geschriebenes durchgelesen, so gut es ging Rechtschreibfehler verbessert. Was mir einigermassen gelang, noch war ja alles Nederlands. Die entsprechenden norwegischen Begriffe aus meinem Vokabelheft und Wörterbuch mussten noch herausgesucht werden. Michelle, mit Torid im Arm, und Ingrid kamen herunter. Beide hübsch gekleidet. Ingrid in ein Kleid von Michelle. Michelle sowieso. So sah ich sie gerne. Beide. Normal. Harmonisierend. Meine Aufmerksamkeit galt sofort Torid. Zumindest hatten die beiden es nicht so toll getrieben, in beiderlei Hinsicht – weder bei ihrer Diskussion als auch bei ihrer Versöhnung – dass Torid das mitbekommen hatte. Nahm ich einfach an. Ich jedenfalls hatte ja nichts mitbekommen. Und wenn ich es mitbekommen hätte – bis hin zum Stall, in dem ich genächtigt hatte – hätte ich dem sofort Einhalt gebieten müssen.

„Ich setzte frischen Kaffee auf, okay?" machte Ingrid sich in der Küche zu schaffen. Um Torid zu knuddeln, sie an mich zu schmiegen, hatte ich mich mit ihr auf die Couch gesetzt. Schnupperte an ihr. „Du könntest aber gut eine frische Windel vertragen, oder?" Michelle stoppte mich auf dem Weg zum

Badezimmer, legte ihre Hand auf meinen Arm. „Ich habe dich eigentlich gar nicht verdient". „Quatsch' nicht. Wir haben uns alle verdient. Das ist so vorgesehen. Von der Macht da oben. Sonst wär' das auch nicht so". Michelle lächelte leicht. „Ich geh' Torid waschen. Geh' du doch nach oben. Zieh' dir auch mal was an. Oder gehst du heute in Handtuch bekleidet mit uns aus?"

Michelle hatte Torid ins Handwaschbecken gesetzt, angefangen sie zu baden. „Ingrid, kommst du mal bitte" rief ich sie herbei. „Ich will ... ich möchte ... ich hätte gerne, dass das für dich ein Teil der Normalität wird. Unserer Normalität. Dass du dich auch um Torid kümmerst. Sie umsorgst. Darum hatte Michelle auch schon gebeten. Um zu verstehen was Michelle ... eine Mutter empfindet, sollest du auch wissen was das bedeutet. Das steht garantiert in keinem deiner schlauen Bücher". Mit Hüftschwung, ähnlich wie Elvis – nicht ganz so elegant – wackelte ich mein Handtuch herunter. Griff mit beiden Händen unter Ingrids Kleid, streifte ihren Slip ein Stück herunter, drückte meinen Pimmel an ihren Hintern. Für einen Moment. Wechselte zu Michelle. Machte bei ihr das gleiche. „So wie das auch. Ich will ... ich möchte ... ich hätte euch gerne beide. Mit dem gleichen Selbstverständnis. Wie es war. Mehr ist gar nicht nötig". Die beiden schauten sich an, dann mich. In den Spiegel schauend. Ich ging nach oben. Um mich anzukleiden.

Michelle hielt mein Geschriebens, meinen Aufsatz in der Hand. Übersetzte für Ingrid. „Wofür ist das? Warum hast du das geschrieben?" schaute sie auf. „Hausaufgaben. Sollen wir schreiben. Was wir am Wochenende erlebt haben". Ingrid nahm das Blatt aus Michelles Hand. „Dette er mye mer enn lekser. Det er en kjærlighetserklæring. Til oss begge ...". „Ingrid, bitte so, dass ich das auch verstehe, nicht auf norwegisch. Da bin ich noch meilenweit von entfernt". Ingrid legte das Blatt auf den Tisch. „Das ist viel mehr als Hausaufgaben. Das ist eine Liebeserklärung. An uns beide. Das beschämt mich. Als Psychologin. Du breitest deine Liebe vor uns aus. Deine Liebe zu uns. Und wir sind so blöd. Ja, richtig blöd sind wir. Haben keine andere Sicht als unsere Eifersucht. Dass wir uns missgönnen was der andere hat. Mir tut so leid, was ich gemacht habe, losgetreten habe. Aber ich bin auch nur ein Mensch. Was du sagst stimmt. Über meine eigene Unzulänglichkeit, meine eigene Eifersucht steht nichts in meinen Büchern. Nur von anderen".

Ich zog mir den Stuhl vom Tisch ab. „Wollen wir frühstücken?" Erzählte den beiden von meiner Nacht. Im Stall. Was sie sehr belustigte. Mich glücklich stimmte. Sie lachen zu sehen. Lachen zu hören.

Michelle hatte Torids Tragetuch auf meine Körpermasse eingestellt, Torid schön warm eingepackt, in einen flauschigen Strampler, eine der von ihr gestrickten Mützchen. Ingrid noch mit einem wärmenden Mantel ausstaffiert, wir konnten … wollten los.

Ingrid hatte einen Spaziergang zu einem nahe gelegenen Park vorgeschlagen. Zum „Friluftsområde". Etwa drei Kilometer entfernt. Unweit vom Fähranleger nach Valestrandsfossen. Von der Wegstrecke sicherlich auch passend zu ihrer Kleidung. Kleidchen und Pumps. Spaziergang eben – keine Wanderung. Also auch keine Wanderkleidung. Ich sah sie – beide – auch deutlich lieber in Kleidern als in Wanderkluft. Davon, von diesen typischen Wanderern, begegneten mir unterwegs oft genug Ausflügler und Urlauber. Dick eingepackt. In Thermojacken und Thermohosen. Mit Skistöcken, die sie als Wanderstöcke umfunktioniert hatten. Um so lange als möglich durch die Kälte zu marschieren. Mit glühend roten Wangen.

Für die erste Etappe hatte ich Torid umgeschnallt. So wie beim letzten Male, so dass sie nach vorne schauen konnte. Sehen konnte was auf uns zukam, was uns umgab. Nur eben mich nicht. Mich nur spürte. Michelle und Ingrid hielten sich an der Hand, spazierten erzählend ein paar Schritte vor mir. Ich schloss ab und an auf. „Das erinnert mich daran wie es mit

Wilma und dir war. Wir zu dritt durch die Innenstädte in Nederland flaniert sind. Weißt du das noch? Du hast sogar mit Wilma getanzt. Auf dem Gehweg. Es wäre echt schön, wenn das alles wieder so wäre. Du ... ihr habt euch doch so gut verstanden. Seid doch Freundinnen. Ihr geht doch nicht nur zusammen ins Bett. Da ist doch mehr". Ingrid löste sich von Michelle, nahm meine Hand. „Sjalusi ist eine echte Krankheit ..." Ich unterbrach sie sofort. „Das heisst genau wie bei uns? Jaloezie?"

„Ich weiss auch nicht ... als Michelle mir gesagt hat ich solle ... dürfe nicht mit dir allein sein ... ich fühle mich zurückgesetzt, vielleicht weil mir klar ist, dass du Michelle eine größere Beachtung schenkst als mir. Ich habe sogar sowas wie einen Groll ... Hass auf Michelle empfunden. Ich vermisse deine Zuneigung, deine Liebe. Auch körperlich". Sie schaute zu Michelle. „Das habe ich doch versucht dir zu erklären. Mich verbindet mit Gus ein Liebesanspruch. So wie auch zu dir. Und es schmerzt mich, dass du das blockierst ... blockieren möchtest. Gus lässt dich ... uns beide alles ausleben. Aber ich darf das nicht mit ihm. Nur mit ihm. Aber du schon".

Ich löste mich aus der Mitte, führte wieder Ingrids und Michelles Hände zusammen. „Meine Psychologin ... übrigens eine sehr kompetente und intelligente Person ... solltet ihr mal kennenlernen ... hat mir mal gesagt was Eifersucht eigentlich bedeutet. Angst, Selbstzweifel. Dass Eifersüchtige glauben, sie seien nicht gut genug, nicht intelligent genug, nicht attraktiv genug, nicht liebenswert. Seid ihr aber, beide. Vielleicht macht es Sinn wieder dahin zurückzukehren was uns zusammengeführt hat. Die Lust und die Neugier aufeinander. Das andere am jeweiligen anderen zu entdecken. Und auch zu schätzen. Zu lieben".

Mit der Hand zeigte ich auf eine nicht weit entfernte Parkbank, eine Sitzgelegenheit. „ich möchte mir eine Zigarette rauchen. Das geht natürlich nur, wenn du Ingrid ... das kleine Mädchen nimmst. Das was ich Badezimmer heute morgen gesagt habe gilt. Wenn du mich ... oder Michelle ... oder uns beide willst ... dann musst du auch Torid wollen. Zulassen. An dich ranlassen. Im wahrsten Sinne des Wortes. Du musst ihr Nähe geben. Sie muss die Möglichkeit bekommen dich zu spüren. Dich zu riechen. Deine Stimme zu hören. Sie kann nämlich noch gar nicht richtig dein Gesicht erkennen. Aber deine Stimme. Deine Wärme". Ingrid setzte sich. „Das wusste ich gar nicht. Sie schaut doch immer so". „Siehste, weiss ich mal was was du nicht weißt" schmunzelte ich sie an. Michelle öffnete Ingrids Mantel. „Nimm sie an deine Brust, an deinen Oberkörper. Ich mach' dir dann den Mantel wieder zu. Dann ist das ganz kuschelig für die kleine Maus".

Ingrid schaute ein wenig unsicher. Erst zu Michelle, dann zu mir. „Genau damit ... sie an meine Brust zu nehmen ... habe ich ein Problem". Erstaunte mich, was sie sagte. „Genau deswegen hat die Natur das so eingerichtet. Frauen haben Brüste. Um Kinder zu säugen. Sie zu beschützen. Klar, auch um für meinen Spass zu sorgen". Ingrid grinste. „Auch du Ingrid bist eine potentielle Mutter. So wie jede Frau". Torid liess ihre kleinen Händchen an Ingrids Ausschnitt wandern. „Sprich mit ihr. Lass' sie deinen Körper erkunden. Sie ... wie jedes Baby ... sucht ... und findet die Brust" schloss Michelle Ingrids Mantel.

Mit der gedrehten Zigarette entfernte ich mich einige Schritte von der Sitzbank, bat Michelle zu mir. „Und was ist mit dir? Warum bist du so ... zu Ingrid?" Michelle lehnte sich an meinen Arm. „Aus dem Grund, was du gesagt hast, diese Psychoanalyse. Wenn ich mir vorstelle ... seit du erzählt hast ... von dieser Kristina ...wenn ich mir das vorstelle ... dass du mit ihr ... dass ihr ... genau das ist es. Ich kriege Panik. Ich habe Angst. Trennungsangst". Sie gab mir einen Kuss auf die Wange. „Wenn du es mit der machst bringe ich dich um".

Konnte ich mir jetzt nur sehr schwer vorstellen, also dass sie mich töten werde ... wegen einer anderen. „Wenn ich dann aber tot bin, von dir getötet ... dann ist die ... unsere Trennung aber doch sehr definitiv. Und vor allem hast du sie dann selbst herbeigeführt. Würdest du auch nicht machen, oder? Einen Menschen töten". „Nein mein Hase, niemals". Ich drückte Michelle an mich. „Also verstehe ich das richtig, du hast deine Angst vor Kristina auf Ingrid projeziert? Es geht gar nicht um Ingrid?" Michelle begann zu weinen. In letzter kam das öfters vor. Öfters als bisher. Mir fielen ein paar Zeilen aus einer alten Schnulze ein, die in meiner Jugendzeit gerne im Radio gespielt wurde. Sogar an den Namen des Sängers erinnerte ich mich – Ulli Martin. Sang Michelle leise die Worte vor. *„Du musst nicht weinen, mein Herz schlägt nur für Dich. Deine blauen Augen sind schöner als zwei Edelsteine. Ich will sie behüten, sie sollen nie mehr traurig sein"*. Michelle sah mich an. „[114]*Wat betekent dat?"*

So wenig schmalzig als möglich versuchte ich ihr das in Nederlands zu übersetzen. „Ich habe euch beide lieb. Dich und Ingrid. Jede auf ihre Art. Dich … Du bist für immer. Ingrid nur für's Bett. Für Sex. Gelegentlich. Weil uns beiden … Ingrid und mir manchmal einfach danach ist. So wie bei dir auch. Wenn du mit Ingrid ins Bett gehst. Ich weiss nicht, wie ich das sonst sagen soll … sagen kann. Du bist … du wirst meine Ehefrau. Du bist die Mutter meiner Kinder". „Kinder?" Michelle strich mir durch's Haar. „Und diese Kristina?" „Ja nix ist da. Und selbst wenn, dann doch auch nur …". Michelle griff in meinen Haarschopf. „Also willst du doch mit ihr ficken?"

„Mensch Michelle, wollen und machen sind unterschiedliche Dinge". Nahm ihre Hand, ging mit ihr zu Sitzbank. Zu Ingrid. „Können wir … wollen wir wieder normal miteinander umgehen? Lässt sich das irgendwie einrichten?" Ingrid schaute auf. „Kannst du mir das Tragetuch umbinden? Torid schläft. Ich möchte sie tragen. An mir". Griff an mein Handgelenk. „Du bist zwar kein Psychologe, aber du verstehst es uns zusammen zu halten".

---

[114] Was bedeutet das?

„Zwei Stunden"

Michelle war Ingrid behilflich. Erst ihren Mantel abzulegen, dann das Tragetuch umbinden, Torid hineinsetzen. Diesmal aber so, dass ihr Gesicht an Ingrids Brustkorb lag. „Du musst ihr Köpfchen ein wenig stützen. Nicht dass das umkippt beim Schlafen". Legte ihr den Mantel wieder an. Gab ihr einen Kuss. Strich Ingrid über die Wange. „Ja, du bist meine Freundin". Ingrid lächelte sie an. „Und du meine".

Michelle lief direkt herunter, bis zum Kinderspielplatz, schwang sich auf eine Schaukel. Ihre langen Haare schwangen im Rhythmus der Schaukelbewegung. Mal vor, mal zurück. Mich hinter sie stellend gab ich ihr ab und an etwas Schwung. Michelle streckte ihre langen Beine aus, um nicht den Boden zu berühren. Das Spielgerät war eindeutig auf Kindermass eingestellt. Ingrid kicherte ein wenig. „Immer wenn du nach vorne schwingst kann ich deinen Slip sehen". Michelle drückte sich ihr Kleid ein wenig zwischen die Schenkel. „Soll ich den vielleicht ausziehen? Wär' dir das lieber?"

Mit Torid setzte sich Ingrid auf eine weitere Schaukel, nahm mit den Füssen nur wenig Anlauf. Lief quasi, ds war weniger schaukeln. „Soll ich dich auch wenig anschubsen?" Ingrid drehte sich über die Schulter. „Lieber nicht. Unter meinem Mantel ist ein Kind". Machte weiterhin kleine Trippelschritte. Ganz vorsichtig. „Das ist toll dich so zu sehen. Du bist echt fürsorglich" legte ich eine Hand auf ihre Schulter. „Hätte ich nicht gedacht ... was das in mir auslöst ... Torid an meiner Brust zu haben. Sie ist so warm ...". Ich musste lachen. „Dann hat sie bestimmt gekackt. Würdest du sie gleich auch waschen? Wickeln?" Ingrid grinste. „Würdest du denn auch ... wie heute morgen ... bei Michelle ... deinen Schwanz an mich drücken?"

Sie stand auf, erhob sich von der Schaukel. „Habt ihr das schon mal gemacht? Michelle und du? Vor einem Spiegel gevögelt?" Hatten wir. Mehrfach. Auch mit Wilma hatte ich das mehrfach getan. Fand das sogar sehr reizvoll. Von hinten in sie einzudringen und dabei dennoch ihr Gesicht und ihre Brüste sehen zu können. „Du? Hast du das schon gemacht?" Ingrid schüttelte verneinend den Kopf. „Machen wir das mal? Machst du das mal mit mir?" Kicherte leicht. Stellte sich dicht an mich. So dicht es eben ging, mit einem Baby im Mantel. „[115]Men så inn i rumpa mi". Auch diese Vorstellung fand ich reizvoll. Sagte aber nichts dazu.

„Ist hier nicht irgendwo die Grillbude? Von der Willem und Wilma erzählt haben? Wo die beiden waren? Wenn wir uns da vielleicht was kaufen? Drei Grillhähnchen? Pommes machen wir selber". Michelle hüpfte von der Schaukel. „Sind die dann nicht kalt, wenn wir zuhause ankommen?"

Grillhähnchen war auch so ziemlich das Einzige was mich in der Bude reizte. Alles andere sah irgendwie labberig aus. Bei den Hähnchen konnte nichts schief gehen. Die drehten sich munter am Spiess. Also nicht wirklich munter, sagte man ja nur so. „ [116] Skal jeg kutte deg direkte? Som seks halvdeler?" Zumindest war die Bedienung freundlich. Zuvorkommend. „[117]Nei, takk skal du ha. Men legg en ekstra pose rundt hver av dem. Hvis det er mulig". Das in der Schule durchgenommene Kapitel „Im Restaurant, Bestellungen aufgeben" kam mir jetzt sehr zugute. Wie auch Ingrid bemerkte. „[118]Du begynner å bli en ekte nordmann". Verzog sich aber schnell mit Michelle aus dem Grill. „Sonst stinken unsere Kleider gleich nach Pommesbude" erklärte Michelle. Stand mit ihr jetzt schwatzend vor der Glasscheibe des Ladens.

Willem und Wilma waren scheinbar nicht zuhause. Jedenfalls stand Willems Auto nicht auf dem Hof. Sicher, es war Sonntag, die beiden machten sicher einen Ausflug. Oder

---

[115] Aber dann in meinen Popo.

[116] Soll ich dir direkt schneiden? Als sechs Halbe?

[117] Nein, danke. Aber bitte jeweils eine extra Tüte drumherum. Wenn möglich.

[118] Du wirst so langsam ein richtiger Norweger.

waren irgendwo bummeln. Wchenende war ja die einzige Zeit an der sie gemeinsam tagsüber etwas unternehmen konnten.

Zwei kleinere Holzscheite nahm ich mit ins Haus. Die Temperaturen waren schon deutlich im positiven Bereich, wenn die Sonne durchkam so um die zehn Grad. Kein Vergleich zu den echten Wintermonaten die wir durchlebt hatten. Kam mir selber jetzt schon „richtig warm" vor. Für einen echten Norweger wahrscheinlich schon frühlingshaft. Bis dahin war es bei mir aber noch ein wenig hin. Ingrid hatte das mal scherzhaft mit „Wenn der Regen wärmer wird" umschrieben.

Meine Aufgabe bestand darin Pommes zu machen. Das hatte ich ja selber angeboten. Heizte den Backofen an, um die Grillhähnchen darin wieder auf Temperatur zu bringen. Michelle hatte Torid aus Ingrids Mantel gehoben. Nicht eine Minute hatte sie sie wieder hergegeben. „Soll ich dir zeigen wie ich sie wasche? Worauf du achten musst?" Echt, Ingrid war nicht wiederzuerkennen. Ihr Umgang mit Torid war nicht wiederzuerkennen. Und auch ihr Umgang mit Michelle war wieder „Normal". Sie kicherten gemeinsam im Badezimmer. Ein verdammt gutes Zeichen. Auch als sie mit der frisch gebadeten Torid zurückkamen war alles ganz anders. „Willst du sie vielleicht auch füttern?" legte Michelle Torid wieder in Ingrids Armbeuge. „Wie füttern? Ich habe keine Milch. Brüste, okay, habe ich. Aber keine Milch". Michelle griff ein Fläschchen aus dem Kühlschrank. „Ich mach' dir das schnell warm. Du kannst ihr ein Fläschchen geben. Lässt sie nur kurz an deiner Brust annuckeln".

Ingrid setzte sich auf die Couch, striff sich die Träger ihres Kleides herunter, legte Torid an. „Das ist schon ein komisches Gefühl. Aber irgendwie auch schön". Torid sog an dem Fläschchen. Sichtlich hungrig. Strahlte dabei Ingrid an. Ingrid strahlte sie an. Hielt ihr Köpfchen stützend. „Mein Gott, sie ist so süss. So klein". Legte eine Hand auf Michelles Arm, die sich neben sie gesetzt hatte. „Wie ist das für dich? Wenn du sie fütterst? Also richtig? An deinen Brüsten?"

Michelle strich Ingrid durch die Haare. „Wie soll ich dir das beschreiben? So ungefähr als würdest du in einer riesigen, warmen Badewanne liegen. Alles um dich herum ist warm. Es gibt keine Stelle an deinem Körper an dem du das nicht spürst. So ungefähr vielleicht. Eine enorme Wärme". Sie gab Ingrid einen Kuss auf die Wange. „Oder wie ein Orgasmus. Nur viel länger. Wenn wir uns danach umarmen. Und nicht mehr loslassen wollen".

Michelle hatte sich mit Torid auf ihre Decke gelegt, sie noch ein wenig bespasst, leichte Turnübungen mit ihr gemacht. Kurz darauf war sie eingeschlafen. „Dann können wir gleich essen. Schmeisst du die Pommes an?" erhob sie sich, machte aus Decken und Kissen eine kleine Barriere für Torid. Bedachte sie noch mit „Nicht mehr lange, Maus, dann krabbelst du hier durch die Bude".

Den ersten Frittiergang hatte ich, den Backofen jetzt auf Oberhitze und Grillfunktion hochgeschaltet. Saucen und Mayonnaise auf den Tisch. Geschirr dazu. In maximal fünf Minuten konnten wir essen. Zur Abwechslung mal zu einer zivilen Uhrzeit. Zur richtigen Essenszeit. Wie in Nederland. Gegen sechs Uhr. Die Grillhähnchen teilte ich mit einer Grillschere in Hälften, servierte jedem eine, dazu Pommes. „Eet ze mensen".

Auf halber Mahlzeitzsstrecke kamen Wilma und Willem. Michelle bot ihnen einen Platz am Tisch an. „Nein, danke. Wir haben schon gegessen. Waren heute in einem Restaurant in Hjortland. Willem hat mich mal wieder eingeladen Wir gehen auch direkt rüber. Abhängen vor der Glotze. Ich hab' voll die fette Plauze" schlug Wilma mit beiden Händen auf ihren Bauch". Legte kurz ihre Arme um Michelles Hals. „Bei euch alles gut?" Michelle nickte mit vollem Mund.

So langsam kam auch ich an den Punkt an dem Wilma eben wohl auch war. Was sie angedeutet hatte. Entweder aufhören zu essen, oder sich gleich nicht mehr bewegen können. Schob meinen Teller von mir ab. „Ich hör' auf, den Rest kann ja Leopold fressen". Michelle schob ihren Teller ebenfalls von sich. Ingrid sowieso. Sie war ja echt ein Hemd. Nicht dünn, nicht dick. „Das kannst du aber nicht ... das darfst du aber nicht Leopold geben. Hühnerknochen splittern, weil sie hohl sind, da kann der dran ersticken". Ein kleiner Lachanfall schüttelte mich. „Dann habt ihr ja was gemeinsam. Deswegen ist das so bei dir ... bei euch. Ihr seid ja auch Hühner. Auch ein wenig hohl". Dachte ich mir. Michelle räumte das Geschirr in die Küche. Legte ihre Arme um meinen Hals. „Spülen mache ich nachher. Ich geh' jetzt mit Leopold. Und Torid. Kleine Runde. Dann gehe ich zu Wilma". Ging zu Ingrid. „[119]Jeg blir borte i to timer nå. Gjør noe ut av det".

„Was hat Michelle genau gesagt? Zwei Stunden? Was zwei Stunden?" Ingrid nahm meine Hand. „Komm' mit. Dann zeig' ich dir was sie gesagt hat. Was sie gemeint hat". Zog mich. Blieb auf dem oberen Treppenabsatz stehen. „In dein Zimmer? Oder in euer Zimmer?" Sie weiter an der Hand haltend ging ich an ihr vorbei. „In unser Zimmer. Da ist ein Spiegel, ein grosser. Da kannst du dich ganz sehen".

Ingrid striff sich das Kleid über die Schulter, liess es zu Boden gleiten. War nur noch mit Slip bekleidet. „Mach', zieh dich aus. Wir haben zwei Stunden. Ich will jeden Moment davon mit dem einzigen ... absoluten Gefühl krönen, das es gibt. Mit Liebe und Glück. Mit dir". Ingrid zog mich ins Bett. „Momente können manchmal so kurz sein. Zu kurz. Lass' es uns tun. Schlaf' mit mir". Begann mich zu küssen, mich gleichzeitig auszuziehen. „[120]Du vet hva jeg vil. Knull meg. Knull meg. Slik jeg liker det. Knull meg skikkelig. Stikk pikken din i rumpa mi".

---

[119] Ich bin jetzt bestimmt zwei Stunden weg. Macht was draus.
[120] Du weißt was ich will. Fick' mit mir. Fick' mich. Wie ich es gerne mag. Fick' mich richtig durch. Steck' deinen Schwanz in den Arsch.

„Nasenspitze"

„Schatz, Schaahaatz. Willst du nicht rüber gehen? Du musst morgen früh raus" hörte ich erst nur, spürte dann Michelles Hand, die über meine Wange strich. Sie sass auf der Bettkante. Lächelte mich an. „Echt, geh' rüber. Schlaf etwas". Neben ihr sass Ingrid, hielt die schlafende Torid im Arm. „Legst du sie ins Bettchen. Siehst du, es ist nämlich ganz anders als du vielleicht denkst. Wie es vielleicht mit dir ist. Ihr habt einfach Sex miteinander. Ich muss mich um mein Kind kümmern".

Michelle strich mir wieder über die Wange. „Und auch um meinen grossen Jungen hier. Als wir uns kennengelernt haben ... hier bei dir, Ingrid ... wir haben auch nur ... überall ... auf Schritt und Tritt gevögelt ... so wie du das vielleicht immer noch möchtest ... jetzt haben wir eine Tochter ... eine Familie ... vieles hat sich verändert ... Gus hat Verantwortung ... übernommen ... für uns alle ... dass er dich liebt ist klar ... nicht nur wenn du mit ihm fickst ... schau' aus dem Fenster ... schau' dich um ... uns allen ein zuhause geschaffen ... meine Aufgabe ist jetzt Gus den Rücken freizuhalten ... ich bin seine Frau ... das tue ich für ihn ... weil ich ihn liebe ... anders als vorher ... mehr". Ich war immer wieder eingenickt, hatte wahrscheinlich nur diese Wortfetzen mitbekommen. Michelle nahm meine Hand. „Jetzt komm', du musst schlafen".

Manövrierte mich ins Bett. „Schlaf' gut. Träum' von mir. Ich möchte nämlich mehr von dir als ...". Sie kicherte. „... [121]enn i rumpa".

Mein Wecker klingelte. Fünf Uhr. Kurz schaute ich zu Michelle ins Schlafzimmer. Ingrid lag an ihrer Schulter. Von Michelles Arm umschlungen. Ging nach unten. Nescafé, Schuhe, Jacke, Spaziergang. Warf danach noch einen Blick auf meine Hausaufgaben. Übersetzt war noch gar nichts. Auch

---

[121] ... als in den Popo.

wollte ich jetzt das Geschriebene auf keinen Fall abgeben. Ingrids Worte „Das ist eine Liebeserklärung an uns beide" fielen mir. Das sollte es dann auch bleiben. Nicht etwas mit dem ich mich vielleicht vor der ganzen Klasse blamieren würde. „Das musst du neu machen. Du rotzt gleich in den Pausen irgendwas runter".

Die Arbeitswoche ... die Arbeitswelt hatte mich wieder. Die bereits, beim ersten Rohrkonstrukt genutzte Vorrichtung für die Rohrverschweissungen konnten wir wieder nutzen, dieser Schritt entfiel schon mal. Nach und nach arbeiteten Francoise und Ian Willem und mir zu. Unser Job konnte beginnen. Ich war froh, einmal mehr, unter meinem Schweisshelm in meine Welt zu entfliehen. Abgeschottet von allem um mich herum, hing meinen Gedanken nach. An das vergangene Wochenende. Spürte meine leicht schmerzenden Schambeine. „Ingrid ist so gelenkig ... sie kann ihre Beine so weit auseinander machen ... Spagat machen ... nicht mal ihre Schenkel habe ich berührt ...". Sie hatte mich animiert, aufgefordert, gefordert, gepeitscht – mit Worten – immer tiefer und heftiger in sie einzudringen. Bis unsere Unterleiber förmlich aneinanderkrachten. Hatte auch kurz - während wir es machten – Wilmas Worte „Du musst sie anständig durchficken" im Ohr. „Das war nicht nur anständig, das war unanständig". Und nicht zuletzt musste ich daran denken wie subtil ... raffiniert ... berechnend Michelle mit ihrem Satz „Ich bleib' bestimmt zwei Stunden bei Wilma" es Ingrid und mir ermöglicht hatte unseren animalischen Trieben aufeinander nachgehen zu können. Und auch die Wortfragmente, die sie am Bett sitzend gesagt hatte. Gesagt hatte sie garantiert mehr als nur die Fetzen, die mir bei ankamen ... hängen geblieben waren. Sah mich in dem dunklen Schirm des Speedglas-Helmes selbst lächeln.

Willem lachte sich schlapp, als ich ihm zur Pause, auf seine Frage hin wie der Sonntag denn für mich war, erzählte dass ich ... wie auch immer ... warum auch immer im Stall genächtigt hatte. „Tja, Alkohol ist schon des Teufels Werk.

Macht ganz komische Dinge mit uns. Der Schnaps, nicht das Bier".

Der Tag flog vorbei. An mir. An meinem Schweisshelm. Jetzt noch fix duschen, dann musste ich auch schon wieder weiter. Zur Schule. Hatte natürlich – in keiner der Pausen – nicht ein Wort meiner Hausaufgabe geschrieben.

Zur Unterrichtseinführung gab es das Kapitel „Familie". Solche Formulierungen wie „Hast du einen Freund, eine Freundin. Hast du Kinder, Wie lange bist du verheiratet. All so Fragen. Die aber, meiner Meinung nach, kein Schwein etwas angingen. Kristiana schaute von ihrem Sitzplatz zu mir herüber, ihre Lippen formten „ [122] *Har du en kjæreste?*" Wobei das norwegische nicht unterschied zwischen den Geschlechtern. Freund oder Freundin teilten sich eine Vokabel. *Kjæreste.* Danach liess Olav dann wissen, dass ab jetzt, ab dieser Lektion alles bisher Erlernte wiederholt würde. Wir jetzt jeden Tag etwas schreiben sollten, mit Vokabeln aus allen Kapiteln. Die wir aber gerne frei wählen und mischen dürften. Und nicht nur schreiben, sondern dann auch vortragen würden, um unsere Aussprache zu verbessern.

Dass dieses Schreiben so gar nicht mein Ding war, gut, vortragen ... reden war mittlerweile okay. Machte mir sogar Spass, weil ich eben Worte wusste, mich unterhalten konnte. So gar nicht mehr der Ochs' vor'm Berg war, wie noch vor Wochen. Und hätte es Olav es erahnt ... wählte er heute mich aus von meinem Wochenende zu berichten. Meinen Aufsatz vorzulesen. Mit einer Handbewegung riss ich das Blatt aus meinem DIN-A-4 Block heraus, trat an sein Pult.

„Mein Wochenende in Bergen und Umland". Schaute kurz auf, in die Gesichter meiner Mitschüler. *„Das Wochenende in Bergen und Umgebung war ein unvergessliches Erlebnis, das*

---

[122] Hast du einen Freund?

ich mir mit Freunden und Familie geteilt habe. Erst war ich arbeiten, bei Freunden, dann, bei einem gemütlichen Barbecue sassen wir lange zusammen. Prosteten auf die kommenden Abenteuer an. Mehrmals. Immer wieder". Senkte das Blatt, faltete es mehrfach, bis klein genug zusammengelegt war um in meine Hemdtasche zu passen. Olav sah mich an. „Das ist alles?"

„[123]Er det alt? Mener du lengden? Eller innholdet? Ja, det er alt. Vennene mine, familien min betyr alt for meg. De gir meg alt. Det kan ikke engang beskrives med ord". Olav schmunzelte leicht. Auch weil ich ihm mit einer solchen Inbrunst geantwortet hatte. „Sonst noch jemand? Wer möchte noch vortragen?" wandte er sich an das Klassenzimmer. Ich ging an meinen Platz. Eine Klassenkameradin las ich ihren Aufsatz vor. Eine wirklich schöne Geschichte. Die Mühe, die sie sich beim Verfassen gemacht hatte war zu erkennen. Schwelgte in blumigen Beschreibungen.

„Lässt du mich noch mal lesen was du vorgetragen hast? Einige Worte habe ich nicht verstanden, als du vorgelesen hast" wollte Kristina wissen als wir zur Pause im Flur vor dem Klassenzimmer standen. Mühsam friemelte ich das gefaltete Blatt aus meiner Hemdtasche, gab es ihr. Kristina sah auf das entfaltete Blatt, dann mir ins Gesicht, wieder auf das Blatt. „Da steht ja gar nichts. Nicht ein Wort" fixierte sie mich mit grossen Augen – während ich sie musterte. Sie war züchtig gekleidet. Also nicht züchtig im Sinne von züchtig. Seriös. Trug wieder Kostüm – Rock, Bluse, Blazer. Und BH. „Aber so war das. Wir haben gefeiert, gesoffen, geredet. Das war einfach schön. Mir gefällt sowas. Reden, mitunter auch Blödsinn. Wen man gesoffen hat". Kristina grinste. „Ich hatte keine Zeit was zu schreiben" schickte ich erklärend hinterher. Kristina grinste weiterhin. „Da bin ich ja mal gespannt … auf Freitag. Was du

---

[123] Das ist alles? Meinst du von der Länge? Oder vom Inhalt? Ja, das ist alles. Meine Freunde, meine Familie bedeutet mir alles. Gibt mir alles. Das ist gar nicht in Worten zu beschreiben.

so alles zu erzählen hast. Also ich ... ich würde schon gerne mehr von dir erfahren".

Meine Hand strich ihr eine Locke aus dem Gesicht. Nicht weil mich das störte, sondern weil ich sie berühren wollte. „Trägst du eigentlich immer ein Kostüm?" Ihre Wange hatte leicht ... ganz leicht gezuckt als mein Finger ihre Haut berührte. „Nicht immer. Nur zur Arbeit. Da ist ja Business-Dress angesagt. Sonst ... privat ... gerne Kleider". Sie berührte meine Wange, auch wenn kein Haar wegzulegen war. „Wenn ich schlafe ... wenn ich ins Bett gehe, trage ich nichts".

Die Pause war immer zu kurz. Jedesmal. Gerade wenn wir uns ein wenig gelöst hatten, warm geworden waren, wurden wir wieder ins Klassenzimmer gebeten.

Olav forderte uns auf uns locker zu unterhalten, so als wären wir irgendwo. „Stellt euch ein Café oder sowas vor. Redet einfach. Kein bestimmtes Thema".

Das gute an dieser offenen Diskussionsrunde – die ja nicht einmal eine Diskussion war – war, dass man sich nur immer kurz, mit einem oder zwei Sätzen beteiligen brauchte. Was sollte ich auf so platte Sätze wie „Mein Hobby ist ..." oder „Ich habe zwei Katzen ..." – in meinen Augen oberfächliches BlaBla, so wurde ich mich im Leben nicht in einem Café mit jemandem unterhalten. Dann schon eher – und wahrscheinlich auch ehrlicher fragen „Kannst du mir mal die Zeitung anreichen?" Nutze die Zeit für mich, um Vokabeln rauszusuchen. Die ich gerne Kristina fragen wollte. Nachher. Auf der Rückfahrt. Wenn wir alleine waren. Nicht vor der gesamten Belegschaft. „[124]*Vil du gå ut med meg?"* - *„Har du lyst til å ta en kaffe?"* - *„Skal vi gå på en date?"*

---

[124] Möchtest du mit mir ausgehen? – Möchtest du einen Kaffee trinken? – Sollen wir uns verabreden?

Lief aber dann ganz anders als angedacht. Kristina bat mich, wie auch vor dem Wochenende, auf sie kurz zu warten, wolle noch mal schnell zur Toilette. „Du ziehst jetzt aber nicht wieder deinen BH aus" flehte ich sie unausgesprochen an. Blinzelte ihr zu.

Kristina kam mir lächelnd auf dem Flur entgegen. Ohne Bekleidungsveränderung.

Im Auto sitzend zog ich den Zettel mit meinen Notizen aus der Hemdtasche. Das leere Blatt hatte eine Verwendung gefunden. „[125]*Du ser fantastisk ut. Du har vakre øyne. Du betyr mye for meg*". Kristina legte ihre Hand auf meine, die den Zettel hielt. „Musst du das ablesen? Oder steht da wieder nichts drauf?" Noch den Zettel haltend strich ihr über ihre Wange. „Ich habe mit meiner Freundin geredet ... Der Psychologin ... Habe ich dir doch von erzählt ... Von Ingrid ... Würdest du ... Hast du Interesse dich mit ihr zu unterhalten ... Das was du mir letzte Woche erzählt hast ... Geht mir ganz schön nahe ..." Merkte selber wie sehr ich stotterte. „Ich möchte dir meine Hilfe anbieten ...". Kristina schmunzelte. „Merkst du was du gerade redest?" Merkte ich. Jetzt, als sie es sagte, doppelt.

Kristina nahm ihre Tasche aus dem Fussraum als wir vor ihrer Wohnung anhielten. „Ich denke gerne über dein überaus nettes Angebot nach. Sag' dir dann Bescheid. Das muss ich mal sacken lassen". Beugte sich zu mir herüber. Um mir wohl zur Verabschiedung einen Kuss zu geben So wie sie das die letzten Tage auch gemacht hatte. „Kristina ... das kann dir ... das könnte dir helfen. Ich weiss nicht genau wobei, aber das ist eine echte Scheiss-Story die du mir erzählt hast ... erlebt hast". Kristina griff in ihre Tache, zog ein Taschentuch hervor, trompete laut hinein. „Wenn du wüsstest. Mein Leben ist ein Trümmerfeld. Da müsste ... da muss dringend mal

---

[125] Du siehst fantastisch aus. Du hast wunderschöne Augen. Du bedeutest mir viel.

entrümpelt werden". Ihr Gesicht kam meinem wieder näher. Ich wich zurück. „Dann lass' dir helfen. Nimm die Hilfe an. Denk' drüber nach. Bitte". Legte ihre Händen in ihren Schoss.

Ihr Parfumgeruch, diese Note von Vanille, die ich bei jeder bisherigen Näherung wahrgenommen hatte, stieg wieder – und direkt in meine Nase. Erwiderte wie ihre Zunge über meine Lippen glitt. Meine Zungenspitze berührte ihre. „Wie heisst das Parfum das du hast?" Kristinas Zunge leckte von meiner Oberlippe an meine Nasenspitze. „Magst du? Yves Saint Laurent". „Ja. Du riechst gut. Du schmeckst gut".

Direkt neben dem Parkplatz bei uns auf dem Hof lag eine lange weisse Holzstange auf dem Boden. Die aber, ausser dass sie da lag, kein weiteres Interesse in mir weckte. Stattdessen ging ich direkt zu Leopold. Der mich, wie immer, überschwänglich begrüsste. Schwanzwedelnd an mir hochsprang. „[126]*Kom, gutten min*" forderte ich ihn mit einer Handbewegung auf. Lief mit ihm eine ausgedehnte Runde, bevor ich dann endlich nach Hause ging.

Michelle sass, Torid sanft in ihren Armen wiegend, auf der Couch. Schaute fern. Ohne Ton. „Unsere Maus hat wohl wieder so einen leichten Koliken-Anfall" sagte sie, noch bevor ich sie zur Begrüssung küssen konnte. „Hallo, mein Schatz". Dann direkt Torid auf's Haar küsste. „Hallo, mein Schatz".

Ging in die Küche, schmierte mir zwei Brote, setzte mich damit zu den beiden. „Soll ich Torid nehmen? Auf sie aufpassen? Möchtest du dich hinlegen? Das war doch bestimmt auch ein langer Tag für dich? Wie war dein Tag überhaupt? Erzähl' mal". Michelle küsste meine Wange. „Du bist ein lieber Kerl. Ne, geht schon. Dass du jetzt da bist ... dass du mir das anbietest ist schon genug. Nimm mich ... nimm uns einfach in den Arm. Das genügt schon".

---

[126] Komm', mein Junge

„Montagefertig"

Michelle lehnte sich an meinen Oberkörper, biss etwas von dem Brot ab. „Hast du Hunger? Soll ich dir ein Brot machen? Möchtest du das?" Sie kaute, antwortete – erst ein wenig unverständlich – „Nein, nur den einen Bissen". Erzählte mir dann. Vom Käsemachen. Von ihrer Arbeit. Auch dass sie mit Mikkel noch andere Möglichkeiten besprochen habe, zum Beispiel ob sie vielleicht auch Butter machen könne. Mikkel ihr aber davon abgeraten habe. „Zu viel Arbeit, zu viel Aufwand". Für ein Kilo Butter brauche man fast die doppelte Menge an Milch wie für Käse. Mikkel habe gemeint, dass es Butter doch wohl in jedem Supermarkt gebe. Von Grossmolkereien. Zu einem unschlagbaren Preis. Er deshalb seine Milch nicht verkaufe, würde nur einen Spottpreis dafür bekommen. Zärtlich küsste ich Michelles Hals. „Kann man eigentlich aus Muttermilch … also aus deiner Muttermilch auch Käse machen?" Sie kicherte. „Klar, bestimmt. Bei den Kühen ist das ja auch nichts anderes als Muttermilch. Nur haben die viel mehr … mehr Euter als ich. Rechne mal … für ein Kilo Käse brauchst du ungefähr zehn Liter Milch. Weißt du wie lange du mich melken müsstest? Und anders als bei Kühen hört das bei mir ja irgendwann auf. Die Milchproduktion". Sie griff an meinen Nacken. „Oder ich müsste durchgehend schwanger sein, immer ein Baby erwarten". Sie kicherte. „Wenn das was werden soll müssten wir alle drei … Ingrid, Wilma und ich zu Gebärmaschinen umgebaut werden. Selbst dann würde das nicht ausreichen".

Michelle kuschelte sich mehr an mich. "Ausserdem … wie würde das wohl aussehen? Wenn Frauen so Riesen-Euter hätten?" Um sie herumgreifend fasste ich an ihre Brust. „Vielleicht wie bei Lisa?" Michelle lachte. „Aber mehr Milch gibt die nicht. Die Grösse der Titten hat nichts mit der Milchmenge zu tun. Das ist einfach nur mehr Fettgewebe. Oder hat Wilma mehr Milch gehabt als ich? Weil sie grössere Brüste hat als ich? Ne, Lisa hat einfach nur Mega-Möpse". Sie kicherte. „Die hat aber auch Mega-Möpse. Kannst du dir vorstellen mit ihr …

vielleicht einen Tittenfick?" Erneut küsste ich Michelles Hals. „Ne, kann ich mir ... will ich mir auch gar nicht vorstellen. Du? Würdest du mit ihr ... also einer mit solchen Tüten ins Bett gehen ... wollen?"

Michelle streichelte mit ihrer Handfläche über meinen Handrücken. „Es gibt mehr ... viel mehr als mit jemand ins Bett gehen". Mein Kopf lag an Michelles Schulter. „Ich weiss mein Engel. Das habe ich gehört. Gestern von dir. Als du mit Ingrid geredet hast. Nicht viel ... immer wieder ein paar Worte ... schöne Worte".

„Soll ich nicht ... Bist du sicher ... Sonst geh' ich jetzt zu Bett ... Soll ich mich um Torid kümmern?" löste ich meine Umarmung. Michelle setzte sich auf die Kante der Couch. „Sie ist ja jetzt ganz ruhig, schläft. Vielleicht hat es ja schon geholfen, dass du da warst. Dass sie gespürt hat, dass du da bist. Deine Stimme gehört hat". Michelle hielt meine Hand als ich aufstand. „Ich auch".

Nach meiner morgendlichen Runde mit Leopold setzte ich mich kurz, auf eine Zigarette, an die Grabstelle. Neben dem Betonsockel lagen zwei rechteckige Stahlrohre. Im oberen, mittleren und unteren Bereich mit Bohrungen versehen. Am Fussende jeweils L-förmige Laschen angebracht. Auch mit Bohrungen versehen. Was war das? Wozu sollte das sein? Das würde ich gleich bei Willem erfragen. Wer sonst sollte sowas ranschaffen? Ingrid oder Wilma garantiert nicht. Michelle hätte, wenn sie es besorgt hatte, garantiert etwas zu mir gesagt.

Brote waren geschmiert, schnell den Nescafé vorbereitet, wir – Willem und ich – konnten los. Erst zur Frühstückspause kam ich dazu Willem nach den Stahlteilen zu fragen. „Hast du nicht den Mast gesehen? Am Parkplatz? Bei uns?" Das seien die Füsse ... die Halterungen für den Mast ... den Flaggenmast. Den habe er besorgt. „Besorgt? Was heisst besorgt?" Willem lachte. „Gekauft. Nicht besorgt. Bei

Marinesenter". Das sei doch direkt hier nebenan. „Fix und fertig. Montagefertig". Er wolle am Wochenende die Beflaggung vornehmen. Würde dann auch die Flaggen kaufen. „Noch kannst du Wünsche äussern. Also zusätzlich zu diesem Wikingermotiv". Schaute mich sein Brot mümmelnd an. „Vielleicht unsere Nationalflagge? De Prinsenvlag. Klein, Nicht so Riesenteile wie sie hier wehen".

Nach der Pause ging Willem ganz kurz in die Umkleide, brachte mir einen Zettel, eine Rechnung mit. Legte sie mir auf die Werkbank. [127] *Flaggstang av tre, konisk, utvendig heiseanordning. Med stålbrakett. Limtre, Vanntett limt. 1-stykke konisk frest, avrettet og slipt, hvitmalt. Komplett med utvendig tauføring, Endetopp i tre. Føringsøye. Plastklemme og 5 mm tau.* Darunter der Preis. 5460 Kroner. „Uff, stolzer Preis". Willem schmunzelte. „Ist schon bezahlt. Alles erledigt. Rechnung bekommt dann unsere Buchhaltung. Wilma". Für mehr Unterhaltung blieb keine Zeit. Wir wurden ja nicht für's Quatschen bezahlt. Hatten eine Aufgabe zu erledigen.

Erst zur Mittagspause gab es weitere Infos. Erklärungen. Dass ein Stahlrohrmast, wie er hier vor der Werkstatt stand, vielleicht ein wenig überdimsioniert sei. Sicherlich auch um ein Vielfaches teurer, aufwändiger zu montieren, weil eben auch erheblich schwerer. „Dann müssen wir den noch verzinken oder lackieren lassen. Und wie kriegen wir den dann auf den Hof? Ohne LKW? Und wie richten wir den auf? Ohne Kran?" Alle seine Argumente waren schlüssig. Montagefertig, leichter, dennoch stabil. Alle Beschläge dabei.

---

[127] Holzfahnenmast, konisch, externe Hissvorrichtung. Mit Stahlbügel. Brettschichtholz, wasserfest verleimt. Einteilig konisch gefräst, gespachtelt und geschliffen, weiß lackiert. Komplett mit äußerer Seilführung, Endkappe aus Holz. Führungsöse. Kunststoffklemme und 5 mm Seil.

„Trompete"

„Ich besorg' dann noch ..." Willem lachte. „... Also ich kauf' dann noch so Dübel ... wie wir sie hier auch verwendet haben". Beugte seinen Oberköper über die Tischplatte. „Für Besorgen sind ja andere ... Wie ist Ingrid eigentlich ... im Bett? Hast du es ihr besorgt? Hat sie es dir besorgt? Wilma hat ja sowas gesagt". Mit der flachen Hand schlug ich auf die Tischplatte. „Mann, was soll die bescheuerte Frage? Willst du es wissen? Lass' es dir von Ingrid besorgen. Wenn sie es dir besorgt. Ob, ist sicher fraglich. Geh' doch mit ihr ins Bett. Willst du mit ihr ins Bett? Dann weißt du es. Mann Willem, du bist echt ein blöder Idiot. Spar' dir ... und mir so dämliche Fragen. Was hat Wilma denn gesagt? Doch garantiert nicht das, was du fragst. Was du hören möchtest. Soll ich dir mal erzählen wie Wilma es mir immer besorgt hat? Blöder Wichser. Als würde ich dir darauf antworten. Echt, klootzak".

Zurück in der Werkstatt stellte ich mich zu Willem an seinen Arbeitsplatz. „Kann ja sein, dass Wilma dir alles mögliche anvertraut ... aber sicher nicht, damit du das dann rausposaunst. In dem Wort *Anvertrauen* steckt als ganz wesentlicher Bestandteil Vertrauen. Denk' mal drüber nach".

Wie von Olav ja angekündigt wurde im Prinzip jetzt jede Thematik mit jeder verknüpft. Wir sollten jetzt vermehrt miteinander kommunzieren. Um unsere Aussprache zu verbessern. Und auch noch mehr die Scheu zu verlieren einfach zu reden. „Zum nächsten Wochenende ... also nicht jetzt am Wochenende, sondern nächste Woche endet euer Kurs ja". Was ich wissen wollte stellte ich als Frage. „[128]*Finnes det noe slikt som en avsluttende eksamen?*" Das sei eigentlich nicht so. Es würde ein Zertifikat geben. „Manche von euch brauchen das bestimmt für den Arbeitgeber". Nur wenn man so gar nicht mit dem Kurs klargekommen sei könne es schon

---

[128] Gibt es sowas wie eine Abschlussprüfung?

mal vorkommen, dass man kein Zertifikat bekommt. „Aber das sehe ich bei keinem von euch".

„[129]*Skal vi ikke snakke norsk da? I pausen?*" fragte ich Kristina als wir im Flur zusammenstanden. Sie antwortete mir - auf Deutsch. „Aber wenn wir nach Hause fahren nicht, oder auch? Also ich meine ... nicht nach Hause ... du hast ja ein eigenes Zuhause. Wenn du mich nach Hause bringst". „[130]*Vi kan gjøre det*".

Chuck ging zu den einzelnen Grüppchen, die in unserer Nähe standen. Sagte ihnen wohl auch das, was er für uns hatte. „Wir treffen uns dann so gegen Acht Uhr, am Freitag. Der Laden ..." Er nannte einen Namen „... ist direkt am Festplassen, Christies gate". Ob wir wüssten wo das sei? Festplassen wusste ich.

Unsere Unterhaltung auf dem Rückweg war eher flach. Kristina erzählte was sie so die letzten Tage gemacht habe. Im Büro. Sie hörte sich jetzt an wie eine echte Businessfrau. Absolut passend zu ihrer Kleidung. Erzählte von Kommunikations- und Marketingaufgaben. Vermittlung der Aufgaben und Angebote des Roten Kreuzes. „Nach innen und nach aussen". „Das heisst genau?" stellte ich eine einzige Zwischenfrage. Ihre Hauptaufgabe sei „aktive Kommunikation". Was mir alles und nichts sagte.

Kristinas Abschiedskuss, der schon ein wenig wie ein Ritual geworden war, wich ich aus, küsste sie stattdessen auf den Hals. Hörte sie ganz leise Luft einsaugen. Ihre Wange berührte leicht mein Gesicht. „Du riechst so gut" drückte ich einen zweiten Kuss auf ihren Hals. Wieder dieses einsaugende Geräusch von ihr. „Dann bis morgen" öffnete sie die Wagentüre. Stieg aus.

---

[129] Wollen wir dann nicht norwegisch reden? In der Pause?
[130] Können wir machen.

Nach meiner Runde mit Leopold setzte ich mich wieder an den Bachlauf. Auf dem Betonsockel waren bereits, wie von Willem angekündigt, vier Gewindebolzen eingedübelt. Mit kleinen Holzabschnitten hatte er sie in lotrechter Position fixiert. Morgen würde ich mehr erfahren. Überhaupt hätte es ja bald ein Ende, dass ich nur aus Erzählung mitbekam was sich auf dem Hof tat. Noch eine gute Woche, dann wäre mein Sprachkurs erledigt. Bis ich dann, wenn überhaupt, noch einen weiteren Kurs absolvieren würde, könnte dauern. Sechs Wochen, nächste Woche dann, sechs Wochen nur Stundenweise am Leben meiner Freunde und Familie teilzuhaben reichten mir für's Erste.

Michelle war nicht unten, hatte aber mein Kommen mitbekommen. „Ich bin oben. Im Schlafzimmer" hörte ich ihre Stimme. Sie sass im Bett, eine Hand an Torids Bettchen. Schaukelte sie ganz leicht. „Puuuh, das ist so anstrengend. Unser armes Mädchen. Sie hat jetzt bestimmt zwei Stunden am Stück geweint. Ist gerade erst eingeschlafen". Ich kletterte aufs Bett, setzte mich hinter sie, zog sie an meinen Oberkörper. „Und du? Wie geht es dir?". Michelle lehnte ihren Kopf an meine Schulter. „Ich bin fertig. Fix und fertig".

Mit einer Hand klopfte ich ein Kopfkissen auf, zog das Plumeau ein Stück auf. „Leg' dich hin, mein Engel. Ich komm' gleich zu dir. Ich schlaf' bei dir. dann kann ich aufstehen, wenn Torid es braucht. Ich kümmer' mich. Du ruhst dich aus". Michelle blies laut hörbar die Luft aus ihren Lungen. „Aber ..." „Kein Aber, kein Wenn. Du legst dich jetzt hin. Ich komm' gleich. Nur schnell ein Brot. Fünf Minuten. Dann bin ich da".

Michelle schlief als ich nach oben kam. Vielleicht war ich sechs Minuten weg gewesen, statt der versprochenen fünf. Mit dem Plumeau deckte ich sie richtig zu, setzte mich an die Bettkante, schaute in Torids Bettchen. Konnte man denn gar nichts machen gegen diese Koliken? Ausser dem, was ich schon kannte? Wusste. Dass man einfach nur geduldig ausharren musste. Bis das vorbei ging. Wieso gab es kein Mittel? Es gab doch für jeden Scheiss ein Medikament oder Mittelchen. Warum nicht bei Koliken? Die nicht nur meine Tochter leiden liessen, sondern auch meine geliebte Michelle an den Rand eines Nervenzusammenbruchs brachten.

Zweimal stand ich in der Nacht auf, hob Torid schon beim leisesten Schluchzen aus dem Bett, ging mit ihr nach unten. Beruhigend in meinen Armen wiegend. Es zumindest versuchte. Sie zu beruhigen. Redete ihr Trost zu, sang etwas für sie, marschierte durch das Wohnzimmer. In unterschiedlichen Reihenfolgen. Mehr als einmal hörte ich mich denken „Boah, ich dreh' gleich durch". Warum bekam man diese Schmerzen, gegen die man nichts tun konnte, eigentlich immer nachts? Bauchschmerzen. Oder auch Zahnschmerzen. Gegen die man auch nichts machen konnte. Ausser vielleicht mit der Stirn gegen die Wand schlagen. Davon gingen sie aber auch nicht weg, verlagerten sich einfach nur. Auf die Stirn. Für eine Weile. Kamen dann aber wieder. Meist schlimmer als vorher. Gingen kurioserweise erst weg, wenn man dann auf dem Weg zum Zahnarzt war.

Liess sogar meine Runde mit Leopold ausfallen. Erst kurz bevor ich mich fertig machen musste … kurz bevor Willem kam, brachte ich Torid zu Michelle. Weckte sie kurz, legte Torid zu ihr ins Bett. Sie schlief zum Glück. War in meinen Armen, an meinem Oberkörper eingeschlafen. „Sorry Süsse, ich muss los". Michelle verzog ihre Mundwinkel zu einem Lächeln, deckte Torid an ihren Körper geschmiegt zu. „Du hast so ein Glück … so einen Papa zu haben".

Jetzt aber fix, Brote schmieren, Nescafé einfüllen, runterstürzen, losfahren. „Du hast schon die Anker gesetzt habe ich gesehen" war das Einzige was ich zu Willem sagte als wir in unsere Autos stiegen. Schnaufte im Wagen erst einmal durch. „Meine Fresse, bíst du fertig".

Kein Wunder also, dass ich mir in der Pausenbude, noch vor dem Umkleiden, erst mal ordentlich Kaffee reinschüttete. Zügig. Schwarz. Heiss. Nachdem ich in meiner Montur war direkt einen weiteren Becher mit an meinen Arbeitsplatz nahm. Willem grinste. „Anstrengende Nacht?" Ich zog meinen Tabak aus der Jackentasche. „[131]*Zeg gewoon niets stoms jongen*".

Nicht nur der Arbeitstag rauschte an mir vorbei. Auch der Schulunterricht. Mein Nervenkostüm war sehr angespannt. Das merkte ich, als ich auf Olavs Aufforderung „ob ich micht an der Unterhaltung beteiligen wolle?" ungehalten mit „[132]*Skal vi bytte? Vil du gjøre jobben min?*" reagierte. Erst zur Pause konnte ich ein wenig durchatmen. Nachdem ich mich dann aber doch am Unterricht beteiligt hatte. Lag ja nicht an Olav ... oder meinen Mitschülern ... dass ich so ausgelaugt war. Kristina war hübsch anzuschauen. Sie trug einen schwarzen Business-Anzug. Hose mit weit ausgestellten Beinen, Schlaghose nannte man das. War zu Hippiezeiten, in den 70er schwer angesagt. Ab dem Knie im Verlauf nach unten weiter werdend. Dazu einen Blazer, der tief geschnitten, etwa auf Höhe des Bauchnabels mit einem Knopf verschlossen war.

„[133]*Har du ikke noe under jakken?*" schaute ich auf Kristinas Haut unter dem Blazer. „[134]*Ja, selvfølgelig*" schmunzelte sie, öffnete ein wenig das Revers. „[135]*Her, se. En Behå*". Leise schnalzte ich mit der Zunge. „[136]*Du ser sexy ut. Veldig sexy*". Nicht leise genug. Kristina warf mit einer Kopfbewegung ihre Locken nach hinten. „[137]*Takk for komplimenten*".

---

[131] Bloss keinen blöden Spruch Junge

[132] Wollen wir tauschen? Willst du meinen Job machen?

[133] Hast du nichts drunter ... unter der Jacke?

[134] Doch. Sicher.

[135] Hier, guck'. Einen BH.

[136] Du siehst sexy aus. Richtig heiss.

[137] Danke für das Kompliment.

Kristina zuppelte sich das Revers ihres Blazers zurecht als sie sich ins Auto gesetzt hatte. „Findest du wirklich ich seh' sexy aus? Oder hast du das nur so gesagt? Machst du vielen Frauen Komplimente?" Ich schaute zu ihr herüber. „Nicht vielen. Nur denen die auch sexy aussehen". Kristina schlug die Beine übereinander. „Ich wollte auch sexy aussehen. Für dich. Bin sogar nach der Arbeit noch mal schnell nach Hause gegangen. Um mich umziehen. Habe so gerade noch den Bus erreicht".

Ein paar Meter waren wir bereits gefahren. *„Du ser sexy ut. Veldig sexy* – sage ich auch gerne noch mal auf Deutsch Kristina, du siehst heiss aus". Erst sagte sie nichts, schniefte leise. „Ich war vielleicht so 13 oder 14 Jahre alt. Als Mädchen trägt man da ja schon mal Minirock. Da habe ich noch gedacht, dass Jungs meine Beine und meinen Po toll finden. Das wollte ich bestimmt auch hören ... dass die mich sexy finden". Sie trompete laut in ein Papiertaschentuch. „Das waren aber nicht die Jungs ... aus unserer Clique ... das war mein Vater ... der Freund meiner Mutter ... der ist mir direkt unter den Rock gegangen ... hat meinen Po gestreichelt ... meine Schenkel entlang ... ich hab' einfach meine Augen geschlossen ... dann hat er mich befummelt ... so richtig ... zwischen meinen Beinen ... seine Stimme war so sanft ... seine Finger so brutal ...". Kristina schnäuzte sich laut in das Taschentuch. Ich sah zu ihr herüber. „Weinst du?" Sie weinte nicht, ein Tränenbach lief ihre Wangen herunter. Ich fuhr an den Strassenrand, parkte den Wagen ein. „Kristina ..." „Ich dachte ... ich wollte dir gefallen ... so war es danach immer. Immer wieder. Der Typ hat mich befummelt. In unserer Wohnung. In der Wohnung meiner Mutter. Und ich habe immer stillgehalten. Aus Angst. Habe das einfach zugelassen. Damit er mir bloss nichts antut. Ab da eigentlich bei allen Typen. Immer nur zugelassen. Du bist anders. Du fasst mich nicht an. Du gibst mir nur einen Kuss. Mehr nicht".

Wieder trompete sie in das Taschentuch. „Findest du mich wirklich sexy?" Mit einer Hand löste ich meinen

Sicherheitsgurt, umarmte sie. „Ja Kristina. Du bist sexy. Du bist attraktiv. Du bist eine attraktive Frau". Hatte aber im selben Moment Bedenken ob ich mit meiner Umarmung nicht noch mehr in ihr lostreten würde. „Hast du mal drüber nachgedacht? Ob du mit Ingrid reden möchtest? Ich denke ... ich glaube das wird dir guttun. Ich kann dir nicht helfen. Nicht wirklich". Kristina legte ihre Arme um meinen Hals. „Doch, kannst du. Tust du. Du hörst mir zu. Dir kann ich erzählen. Du bist ... nicht wie die anderen ... die mir nur an die Wäsche wollen ... nicht mal an die Wäsche ... an meinen Körper".

Ich stieg aus, ging um den Escort herum, öffnete ihre Türe. „Steig' mal aus bitte". In Kristinas Augen war leichtes Entsetzen zu erkennen. „Was hast du vor?" „Nichts Kristina, nichts". Reichte ihr meine Hand, zog sie direkt in meine Arme. Sie zitterte am ganzen Körper. Nicht vor Kälte. Meine Arme legten sich um sie. „Ich möchte dir helfen. Wenn ich kann. Ich weiss nicht genau wie, aber ich möchte dir helfen". Legte ihren Kopf an meinen Brustkorb. Wischte mit einem Finger ihre Tränen auf. Kristina schaute auf. „Darf ich dich küssen?" „Darfst du ... aber nur küssen ... nicht mehr. Du musst niemandem gefallen ... gefällig sein. Du bist so oder so sexy".

Ein kurzer, eher flüchtiger Kuss, dann kuschelte Kristina ihren Kopf wieder an meinen Brustkorb. „Ich bring' dich jetzt nach Hause, okay?" löste ich die Umarmung.

Kristina kramte in ihrer Tasche. „Verdammt, ich habe gar kein Taschentuch mehr. Mir läuft so die Nase". Mit einer Hand zog ich mein Shirt aus dem Hosenbund. „Hier, rotz' da rein". Kristina lachte. „In dein T-Shirt?". „Ja, mach' ruhig. Kann man waschen".

Wie Benjamin Blümchen zu besten Zeiten trötete sie in mein Shirt. Legte ihren Kopf an meinen Oberkörper. „Kann ich ... so ... bis wir da sind?" Mit meiner Hand strich ich durch ihre Locken. „Kannst du".

„Aufgefangen"

Vor Kristinas Wohnung öffnete ich ihr wieder die Wagentüre. Nahm sie erneut in meine Arme. „Geküsst haben wir uns ja schon. Das fällt jetzt aus". Sie schniefte immer noch. Wenig. „Du denkst jetzt sicher ich bin verrückt ..." „Ja, bist du. Du bist verrückt, wenn du glaubst, dass ich ein Urteil über dich abgebe. Über etwas wovon ich keine Ahnung ... keine Vorstellung habe. Nein, denke ich nicht". Drückte sie noch einmal fest. „Ich hab' dich lieb". Zwinkerte ihr zu. „Wir sehen uns morgen".

Ich war noch nicht ganz eingestiegen als Kristina die Fahrertüre festhielt. „Gustav, ich habe dich auch lieb". Küsste ihre Fingerspitzen, legte mir ihre Hand auf die Lippen.

Heute ging ich erst zum Teich, zur Grabstelle. Leopold neben mir sitzend quatschte ich mich aus. Liess meiner Empörung über das von Kristina gehörte freien Lauf. Wie vor einigen Tagen, als Kristina mir zum ersten Male von ihrem Elend erzählte – und Michelle bei meiner Schilderung ihr gegenüber ganz treffend festgestellt hatte – hätte ich irgendwas kaputt machen können. Meine Wut an irgendwas auslassen können. Rauchte mir zwei Zigaretten hintereinander, sagte Willeke meine Gedanken. Führte dann bei meinem Spaziergang mit Leopold mein Gespäch fort. Mein Selbstgespräch. „Leopold mein Junge, Menschen sind mehr Tiere als Tiere, können es sein. Manche, einige, viele. Zu viele". Leopold musterte mich mit schräg gelegtem Kopf. Mit spitzen Ohren. Ihm Stöckchen zu werfen tat mir gut. Konnte ich so auch meine Empörung irgendwie mit von mir werfen.

Nachdem ich Leopold im Stall mit Futter versorgt hatte zog ich erst mein Hemd aus, dann mein T-Shirt, zog das Hemd wieder an, knüllte das T-Shirt zusammen. Musste jetzt beim Gedanken an Kristina erstmals lachen. „Ganz schön was abgerotzt, Mädchen".

Michelle sass mit Wilma zusammen. Unterhielten sich. War auch richtig gut gelaunt. „Die Koliken bei Torid sind wieder vorbei" drückte sie mir einen Kuss auf die Lippen. Schaute auf das T-Shirt Knäuel in meiner Hand. Schnupperte an mir. „Wonach riechst du?" „Yves Saint Laurent". „Das ist aber nicht dein Parfum. Und wieso hast du dein T-Shirt in der Hand?" Ich ging zum Badezimmer. „Das ist vollgerotzt. Ich wasch' das mal schnell aus".

Michelle war kurz darauf ins Badezimmer gekommen. „Wessen Parfum ist das denn?" „Von Kristina" „Hast du ... habt ihr ...?" „Nein, haben wir nicht. Ich geh jetzt ins Bett, ich bin hundemüde". Michelle gab mir einen Klapps auf den Hintern. „Gute Nacht, schlaf' gut mein Schatz". Unsere Blicke trafen sich im Spiegel. Wir lachten beide. „Was für eine bekloppte Unterhaltung, findest nicht?" lachte mich Michelles Gesicht an. „Ja mein Engel. Ich erzähl' dir morgen alles, okay? Ich geh' ins Bett".

Michelle setzte sich wieder zu Wilma. Ich gab ihr einen Kuss. Dann Wilma. „Tschüss Wilma, gute Nacht Wilma".

Nur noch einmal hörte ich Wilma laut auflachen, dann nur noch weit entferntes Getuschel. Schlief mit dem Gedanken „Ist doch viel cooler glücklich zu sein" ein.

Der heutige Tag lief deutlich ausgeruhter, ausgeschlafener an. Nach dem Spaziergang mit Leopold fand ich sogar gut dreissig Minuten für mich. Um in meinen Vokabeln zu schmökern. Eine Seltenheit die letzten Tage. Schrieb mir einen Reim für Kristina zusammen. Wie immer erst auf Nederlands, so konnte ich meine Gedanken doch am besten sortieren. Schaute zweimal nach, bloss keine Rechtschreibfehler machen. Zur absoluten Sicherheit noch ein drittes Mal, glich das immer wieder mit meinem Vokabelhaft ab.

[138]*Jeg vil gjerne se deg igjen. Igjen og igjen, selv når skolen er over. Vi kommer ikke til å ta flere kurs sammen. Jeg har alltid en gave til deg. Mine åpne armer som vil klemme deg, som vil beskytte deg. Uansett hva som skjer, vil jeg stå ved din side.*

Steckte das Blatt zu einem ganz klein gefalteten Briefchen in meine Hemdtasche. Schmierte die Pausenbrote. Trank mit Willem schnell einen Nescafé. Fuhr los.

In der Frühstückspause wurde ich wieder von Willem mit Informationen versorgt. Die Stahlhalterungen für den Flaggenmast habe er komplett gesetzt. Und Ingrid habe, weil er ja von „Chief Sysegard" die Adresse von der „Flaggfabriken" in Bergen bekommen habe, dort angerufen. „Wegen dieses Valknut, das möchte sie ja unbedingt". Der Stoff sei am Freitag fertig, „also morgen. Wenn du magst holen wir das nach Feierabend dort ab. Und Nationalflaggen haben die auf Lager". Konnte sich den kleinen Seitenhieb auf Ingrid – „Wenn die mal in Schwung ist mit ihrem Wikinger-Faible, ist die kaum zu bremsen" – nicht verkneifen. Das war mir bekannt. Vielleicht war ich da anders als Willem. Ich hörte ihr gerne zu, wenn sie ihr Wissen und ihre Geschichten kundtat. Vielleicht Spinnerei, vielleicht aber auch nicht. Dass das ihre Vorfahren waren war nun mal Fakt. Und sie stand eben auf Wikinger und Wikingergeschichten. Andere sammelten Porzellankatzen für ihr Fensterbrett. Was war jetzt besser oder schlechter? Ausserdem war Ingrid eine Wikingerbraut. Zäh, wild.

„Ja, gerne. Ich komme gerne mit. Mal schauen was die so an Flaggen haben. Doch sicher auch Zubehör. Was man so

---

[138] Ich würde Dich gern wiedersehen. Immer wieder, auch wenn die Schule vorbei ist. Wir keinen Kurs mehr zusammen absolvieren. Ich habe auch immer ein Geschenk für dich dabei. Meine offenen Arme, die dich umarmen wollen, beschützen wollen. Was auch immer passiert, ich will dir zur Seite stehen.

braucht. Befestigungsösen und so". Willem nickte. „Ganz bestimmt".

Im Unterrichtsraum errinnerte Chuck uns alle noch einmal an den morgigen Abend. „Acht Uhr, okay?" Olav gefiel die Idee, dass wir uns treffen wollten. Er würde aber nicht dabei sein betonte er gleichzeitig. „[139]*Vi ønsker ikke det i det hele tatt*" kicherte eine meiner Mitschülerinnen. Beatrix. Dänin. Ihr fiel es sowieso relativ leicht die für sie zwar neue, aber doch sehr verwandte Sprache Norwegisch zu erlernen.

Entgegen unserer Abmachung begann Kristina in der Pause auf Deutsch. „Tut mir leid, dass ich dich gestern so belästigt habe. Mit meinem Müll". Wenn es denn so wäre. Wenn es denn Müll wäre. Den konnte man entsorgen – und dann war er weg. Bei Kristina war das anders. Der Müll, wie sie es nannte, war eher ein Parasit, der sich in ihrem Kpf eingenistet hatte – und nicht mehr wegwollte. Stattdessen drohte sie von innen heraus zu verzehren. „Du hast mich nicht belästigt".

Nach Unterrichtsende wurden wir wieder von Olav mit „[140]*Ha en fin helg*" entlassen. Er lächelte kurz, ging einen Schritt auf Beatrix zu. „[141]*Selv uten meg*".

Bevor wir losfuhren wollte ich Kristina mein am Morgen verfasstes Gedicht widmen. Zog den Zettel aus meiner Hemdtasche. Trug es ihr vor. Mit allem an Reaktion hatte ich gerechnet, nur nicht, dass sie in Tränen ausbrach. Richtig losheulte. „Das ist so schön ... so lieb von dir. Sowas Nettes habe ich nicht mehr gehört ... seit mein Papa tot ist ... mein richtiger Papa. Und das obwohl wir uns gerade mal vier Wochen kennen. Nicht mal kennen. Nur diesen Kurs hier zusammen machen. Mein anderer Papa ... der Freund meiner

---

[139] Das wollen wir auch gar nicht
[140] Ich wünsche euch ein schönes Wochenende
[141] Auch ohne mich

Mutter … von dem hat meine Mutter immer behauptet *Der liebt dich, Der begehrt dich* … Und irgendwie war das ja auch mein Papa … was sollte ich anders zu ihm sagen? Onkel Ferdi? Das war für mich … mit dreizehn Jahren die Steigerung von sexy. Habe das echt geglaubt … dass der mich liebt … hat er ja auch … auf seine perverse Art. Ich war aber zu blöd … wollte wissen was seine Blicke … und sein mich anfassen bedeutet … habe mich sogar extra in meinem Röckchen anders hingesetzt. Für ihn. Um ihm zu gefallen. Andere aus meiner Klasse … mit Hirn … hätten bestimmt … richtigerweise … Angst bekommen. Ich habe aber geglaubt … weil meine Mutter das ja gesagt hatte … *Der liebt dich* … dass der das auch tut. Nichts hat der gemacht … nichts Liebe … der hat seine Finger in mich gesteckt … vorne … hinten … das hat so weh getan. Wollte ihm das aber nicht zeigen … wie weh mir das tut … ich blöde Kuh. Und dann … wenn Mama weg war … einkaufen … oder arbeiten …" Kristina schluchzte laut auf. „Er hat mir den Slip runtergezogen … seinen Schwanz in mich reingesteckt … verstehst du? Ich war dreizehn. Wusste nicht einmal was das eklige Teil bedeutet … Und die Drecksau steckt mir seinen dicken Pimmel rein … vorne … hinten …dicker als ein Stock … ich dachte es zerreisst mich. Ich bin gestört. Ich habe nie … nie mit einem Jungen … oder einem Mann Sex gehabt. Alles gelogen, was ich dir gesagt habe. Ich habe gar nicht viele Typen gehabt. Eigentlich gar keinen. Die … die haben mich gehabt. Sich einfach genommen was sie wollten. Mich, ja. Mein Stiefvater. Oder seine betrunkenen Freunde. Jeder. Nacheinander. Zusammen. Einer hat mir sogar mal eine Bierflasche unten reingesteckt. Bin …. Seit ich dreizehn alt bin keine Jungfrau mehr. Ich weiss gar nicht wie das ist? Was du mir geschrieben hast … das ist doch Liebe. Einen Menschen liebhaben".

Kristina drückte den Zettel an ihre Brust. „Darf ich das behalten? Schenkst du mir das?" Ich wollte etwas antworten. Konnte aber nicht. Mir steckte ein Kloss im Hals. Ein ganzer Gebirgszug. Musste mich mehrfach räuspern. „Das habe ich für dich geschrieben. Das ist für dich". Startete den Motor.

„Entschuldige. Das wusste ich nicht. Ich wollte dich mit meinen Worten nicht ..." Kristina legte ihre Handfläche auf meinen Mund. „Deine Worte sind schön. Darum will ich die auch behalten. Damit ich sie immer wieder lesen kann. Es ist ... ist auch ganz anders ... als ich gesagt habe ... ich habe dich angelogen ... ich will gar nicht nach Deutschland zurück ... nie mehr ... ich bin fast zehn Jahre missbraucht worden ... ich habe keine Jugend ... habe auch keine Ausbildungsstelle da ... ich bin einfach abgehauen ... hätte mich wohl sonst umgebracht. Das was ich gesagt habe ... ziemlich schnell ... zu dir ... dass ich mich verliebt habe ... in dich. Das stimmt. Du hast mir von Anfang an Liebe entgegengebracht. Du wolltest mir nicht an die Wäsche. Du warst ... du bist einfach lieb ... zu mir. Vielleicht bin ich aber auch gar nicht verliebt ... sondern nur einfach glücklich dich getroffen zu haben".

Ich war noch keinen Meter gefahren, stand immer noch mit Kristina auf dem Parkplatz. „Wir gehen morgen nicht zu dem Klassentreffen. Ich hol' dich ab. Wie besprochen. Aber dann fahren wir zu mir. Du kommst mit zu uns. Du redest mit Ingrid. Du bleibst bei uns. Am Montag fahre ich dich dann zur Arbeit. Ich komme sowieso bei dir vorbei. Auf meinem Weg zur Arbeit. Ich lass' dich jetzt keine Minute mehr aus dem Auge".

Legte jetzt endlich einen Gang ein, fuhr los. „Kannst du das denn so einfach? Entscheiden? Was sagt denn deine Freundin? Deine Frau? Wenn du einfach eine fremde Frau mitbringst?" „Nichts Kristina. Nichts wird sie sagen. Vielleicht sowas wie *Hallo Kristina*. Ich habe Michelle von dir erzählt. Jetzt keine Details. Dazu ist das alles zu heftig für mich. Aber wer du bist. Auch dass ich dich mag. Das weiss sie alles. *Schön dich zu sehen*. Das wird sie sagen". Schaute zu Kristina herüber. „Du wirst sie mögen. Sie wird dich mögen. Ganz sicher".

Vor ihrer Haustüre setzte ich Kristina ab. „Bitte heute keinen Kuss, okay? Ich bin morgen so gegen fünf Uhr bei dir".

Anders als sonst ging ich direkt zu Michelle. Keine Grabstelle, kein Hundespaziergang. Küsste sie zur Begrüssung, drückte sie ganz fest an mich. „Kristina kommt morgen zu uns. Ich hole sie ab". Michelle strich mir durch die Haare. „Ich dachte ihr habt euer Klassentreffen?" „Fällt aus, Hase. Für uns. Du kannst dir gar nicht vorstellen was ich für einen Dreck gehört habe. Eine furchtbare Geschichte". Sah mich um. Torid war im Bett. Weil sie nicht unten war, das Babyfon auf dem Couchtisch lag. „Magst du mir erzählen?" strich Michelle weiter durch mein Haar. „Nein. Deswegen möchte ich Kristina morgen zu uns holen. Sie soll ... sie muss erzählen. Am besten mit dir ... mit Ingrid ... mit euch Frauen".

Michelles Hand glitt aus meinen Haaren an meine Wange. „Du weinst ja. Ist es so schlimm?" „Schlimmer noch mein Schatz. Ich habe keine Worte". Sie nahm mich an der Hand, führte mich zur Couch. „Komm' in meine Arme. Ich kann mich noch genau erinnern wie du bei mir reagiert hast". Drückte meinen Kopf an ihre Brust. „Möchtest du weinen? Weine ruhig. Ich bin da. Für dich. So wie du auch da bist für andere".

Beruhigend streichelte sie meinen Kopf. Ich sah zu ihr auf. In ihr Gesicht. „Ich weiss nur nicht ... am Samstag wollen wir doch zu Nele und Jaap". Michelle drückte mich wieder an ihre Brust. „Das ist doch kein Problem. Du fährst einfach alleine. Ich bleib' dann hier. ich weiss genau, wie sehr dir daran liegt ... das mit Kristina. Du warst ... du bist immer für mich da ... ich kann mir vorstellen wie das ist ... in etwa. Kristina bleibt bei uns".

So musste sich Torid fühlen. Geborgen. So fühlte ich mich. Geborgen. Aufgefangen. Wohlbehütet. Kuschelte mich in ihren Hals. Liess sie meinen Kopf streicheln. Lange. „Komm', wir gehen ins Bett. Schlaf' einfach ein. In meinen Armen. Morgen sieht alles schon ganz anders aus. Ich rede morgen auch direkt mit Ingrid. Erzähle ihr, dass wir Besuch bekommen. Du hast ihr ja auch schon ein bisschen erzählt. Lass' uns hochgehen. Du musst morgen wieder früh raus. Und dann ist Wochenende. Das wird schon alles".

Im Bett zog sie mich direkt wieder an ihre Brust. „Nuckel' ein bisschen, mein Junge. Das beruhigt. Und dann schlaf' einfach ein". Ganz kurz spielte ich mit der Zunge um ihre Brustwarze herum. Michelle gab mir einen Klapps. „Nur nuckeln. Und schlafen".

„Selbstverständlich"

Torid war nur einmal wach geworden. Kurz. Schnell wieder eingeschlummert, nachdem Michelle sie an ihre Brust angelegt hatte. Mir bei der Gelegenheit noch gesagt „Du fährst nachher mit Willem, vergiss das nicht".

Schon während der Hinfahrt bekam ich heute alles von Willem erzählt. Es störte mich nicht, der letzte Tag der Woche. Ein überaus erfreulicher Ausblick. Ein paar Stunden arbeiten, dann Wochenende. Für ihn stand die Tagesplanung schon ziemlich fest. Nach der Arbeit nach Møllendalsveien, zur Flaggenfabrik. Etwas unterhalb der Stadtmitte Bergen, zwischen Solheim Nord und Kronstad. Dann, auf dem Rückweg Einkauf. „Wollen wir wieder grillen? Morgen? Wilma kommt heute abend erst wieder später heim. Aber morgen haben wir ja alle frei". Der Vorschlag gefiel mir. „Aber keinen Schnaps diesmal". Willem grinste. „Oder ich bring' dich vorher vorsichtshalber in dein Bett. Brauchst du nicht wieder im Stall schlafen". Heute würde er aber gerne, mit mit zusammen den Flaggenmast setzen, aufrichten. „Dann müssen wir uns aber ranhalten. Ich muss um Fünf wieder in Bergen sein".

Willem zog eine Augenbraue hoch. Stellte so seine Frage – ohne eine Frage zu stellen. „Ich geh' eine Freundin abholen, eine Klassenkameradin. Aus der Sprachschule". Willem schmunzelte. „Oha, aus der Sprachschule".

Das Ende der Schicht, 14 Uhr war schnell erreicht. Freitags schien die Zeit schneller zu laufen. Ratzfatz war Feierabend. Duschen, umziehen, Wochenende.

„Kannst du bitte das Reden da in der Fabrik übernehmen? Kriegst du doch mittlerweile bestimmt gut hin" schubste Willem mich leicht mit dem Ellenbogen beim Betreten der grossen Halle. Auf unzähligen Tisch lagen Flaggen in allen Farben und Dimensionen. Aus aller Herren Länder. Ich sprach in einem Büro vor, vergewisserte mich zuvor bei Willem auf welchen Namen Ingrid die Bestellung aufgegeben hatte. „Na auf den Firmennamen. Auf dieses Wikinger und so".

Schon als ich vortrug, dass wir eine „Valknut" bestellt haben wusste man Bescheid. Eine nette Mitarbeiterin zog einen Auftragsschein hervor, dann eine in Plastik eingeschlagene Flagge. Breitete sie vor uns auf einem Tresen aus. Hellbrauner Untergrund, darauf die ineinander verflochten Dreiecke. Eingefasst in einen Ring, der sowas wie ein Kriegerschild symbolisierte. „[142] *Symbolflagg, 160 g/m², vevd polyester, silketrykk. Klare, sterke farger med praktisk talt 100 % gjennomtrykk på markedets sterkeste flaggstoff. Doble flaggsømmer. 100 ganger 150 centimeter. Komplett med maljer. UV-bestandig, vind- og værbestandig.*" pries sie mit der Hand über den Stoff streichend den Artikel an. Das Ding gefiel mir. Sehr sogar. Würde Ingrid auch gefallen. „[143]*Har du også landsflagg? Fra Norge? Fra Nederland?*" schaute ich zu ihr. Statt ja oder nein bekam ich als Gegenfrage „Wie gross?" Standarmässig ... auf Lager hätten sie „60 ganger 90 centimeter". Legte ein Muster auf den Tresen. Jetzt von einem anderen Land, aber das war ja egal, Es ging um die Dimensionen. „[144] *Naturligvis også komplett med maljer*". Willem stubste mich wieder an. „Deine Stimme hat eine ganz andere Klangfarbe, wenn du norwegisch redest".

Die kleineren Flaggen würden 60 Kroner pro Stück kosten, die grosse Valknut, weil keine Standardflagge ... kein Standardmotiv ... 280 Kroner. „[145]*Vi tar dem. Alle tre. Men de riktige landene. Norge og Nederland*" teilte ich unsere, um

---

[142] Symbolfahne, 160 g/m2, gewebtes Polyester, Siebdruck. Klare, kräftige Farben mit praktisch 100 % Durchdruck auf dem stärksten Flaggenstoff auf dem Markt. Doppelte Fahennähte. 100 mal 150 Zentimeter. Komplett mit Ösen. UV - beständig, wind- und wetterfest.

[143] Haben Sie auch Länderflaggen? Von Norwegen? Von Nederland?

[144] Natürlich auch komplett mit Ösen.

[145] Die nehmen wir. Alle drei. Aber die richtigen Länder. Norwegen und Nederland.

genau zu sein, meine Entscheidung mit. Die Summe, insgesamt 400 Kroner hatte ich in bar im Portemonnaie.

„Das hat es ja voll gebracht, dass du zur Schule gegangen bist ... gehst" legte Willem die wieder in Plastikfolie eingeschlagenen Flaggen auf den Rücksitz seines Wagens. Bot mir eine Zigarette an. „Wo kommt denn dein Date her? Aus welchem Land?" „Das ist kein Date, Willem, das ist eine Schulkameradin". „Ja, okay. Wenn du das sagst".

In Åsane legten wir den Stopp für unsere Einkäufe ein. Willem kümmerte sich um den Metzger, in der Zwischenzeit kaufte ich andere Dinge. Gemüse, nicht zu vergessen Bier – Heineken – es war Wochenende. Wir wollten feiern, grillen. Und da gehörte nunmal ein Bier dazu. Nur, wie ich es Willem gegenüber schon erwähnte hatte „Bloss keinen Schnaps", egal ob Vodka oder Akquavit – nichts Hochprozentiges. Letzter Abstecher zum Bäcker komplettierte unseren Einkauf.

Ingrid war mit den Tieren beschäftigt als wir in den Hof einfuhren. Noch im Aussteigen erinnerte Willem „Wenn du gleich schon wieder losmusst, dann lass' uns erst den Flaggenmast setzen. Zusammen. Das geht einfacher". Nahm die Tasche, die er beim Metzger bekommen hatte direkt mit in die Werkstatt, verstaute alles im Kühlschrank. Nahm dafür eine Bohrmaschine, einen langen Bohrer, einen so genannten Schlangenbohrer, die zu dem Flaggenmast gehörenden Schlossschrauben und eine Wasserwaage mit. „Nimmst du noch eine Kabeltrommel? Dann sollten wir alles haben".

Strom mit der Kabeltrommel war gelegt. Willem ging noch einmal in die Werkstatt. Holte ein langes Seil. „Ich habe mir das so gedacht ..." begann er zu erklären. während er das Seil um den oberen Bereich des Masts legte. Wollte den Mast schräg in die seitlichen Befestigungseisen einführen, dann den Mast so weit schräg aufrichten wie es ging. Von unserer Körpergrösse her. „Dann stützt einer den unten, wie so eine

Art Drehpunkt. Der andere zieht den mit dem Seil in die Senkrechte".

Der Mast sass sehr spack in den Halterungen, noch ein wenig ausrichten, mit Hilfe der Wasserwaage ausloten, drei Bohrungen, mit einem kleinen Bohrer, klein im Durchmesser, vorbohren ... anzeichnen. Mit zwei Holzkeilen, die Willem von oben in die Stahlhalterungen einschlug, fixierte er die Position. „Das Ding steht, jetzt die Schrauben durch. Dann haben wir es".

Die erste Bohrung mit dem Schlangenbohrer setze er am Fussende an. Führte die lange Schlosssschraube hindurch. „Zumindest kann der Mast nicht mehr weg. Noch nicht die Schraube festziehen". Setzte zwei weitere Bohrungen an, eine in der Mitte der Halterung, eine im oberen Bereich. Masse und Positionen waren ja bereits durch die Halterung vorgegeben. Auch hier lose die Schrauben durchgesteckt. Willem grinste zufrieden. „Steht wie eine Eins. Wie mein Mann seiner". Hantierte mit dem Seil. Wie man einen Schlupp anlegte wussten wir, zur Genüge. Das war Teil unserer Arbeit auf der SHELL. Schwere Bauteile in Position bringen. Vor allem so anbinden, dass man das Führungsseil danach auch wieder einfach, mit einer einzigen Handbewegung, vom Werkstück entfernen konnte. Nicht verknoten, nur auf Zug.

Bis auf Schraubenschlüssel packte Willem alles Werkzeug zusammen, brachte es in die Werkstatt. Kam mit zwei Flaschen Heineken zurück. „Haben wir gut gemacht Kollege. Immer wieder ein Vergnügen mit dir zu arbeiten" hielt er mir eine Flasche entgegen. Zwinkerte mir „Wir sind schon ein gutes Team" anprostend zu. „Dann kannst du ja noch zu deiner Frau ... deiner Familie, den Rest ... Schrauben festziehen mach` ich dann schon". Trank einen Schluck. „Flaggen hissen machen wir nachher gemeinsam. Wenn alle da sind. Hast du sowas schon mal gemacht? Flagge hissen? Mit Zeremonie?" Hatte ich nicht. „Wann? Warum?" Willem schlug die Hacken seiner Schuhe zusammen. „[146]*In het leger. Bij de Koninklijke Landmacht. Heb jij niet gediend? In het Nederlandse leger*". Mein Gesichtsausdruck musste schon sehr blöd sein. „Wie gedient? Wem gedient?" Willem grinste. „Unserer Königin. Beatrix. Warst du nicht beim Militär?" War ich nicht. Schon gar nicht beim niederländischen. Auch nicht beim belgischen. Auch nicht beim deutschen. Nirgends. Das Einzige was ich von Militär kannte … und wusste, war, dass mein Vater Ausbilder … Luitenant-kolonel war. Die Soldaten, oder wie Willems es gerade genannt hatte, die „Dienenden" triezte, drillte. „Ich habe nur eine Königin, der ich diene. Und die heisst Michelle. Das ist meine Königin". Schaute Willem an. „Du? Warst du beim Militär? Hast du gedient?" War er, wie er mir jetzt sagte. „Koninklijke Landmacht, die bewaffnete Landstreitmacht der niederländischen Streitkräfte".

Dann hast du gelernt … dann hat man dir beigebracht zu schiessen? Auf Menschen? Zu töten? Du bist sowas wie ein ausgebildeter Killer?" Willem lachte. „Da hast du eine falsche Vorstellung. Ich wurde nicht zum Killer ausgebildet. Um unsere Königin … unser Land zu verteidigen. Und ich bin kein Mörder … falls du das meinst".

Liess ich einfach mal so stehen. Genau wie ihn. Ging zum Haus. Zu meiner Familie. Lud zuvor die restlichen Einkäufe aus Willems Wagen. Nahm sie mit hinein. „Schau' mal, mein Schatz. Schau' mal wer da ist" hob Michelle mir Torid entgegen. „Der Papa. Dein Papa". Torid strahlte mich an. Ihren Papa. Liess die Sonne in mir aufgehen. Brabbelte sofort los, patschte in mein Gesicht, kaum dass ich sie auf den Arm genommen hatte. „Selbst wenn ich dich nur ein paar Tage nicht sehe … du wächst und wächst. Du bist so ein grosses Mädchen". Torid freute sich – mindestens so sehr wie ich selbst. Michelle anlächelnd sagte ich „Du bist so ein Sonnenschein" zu Torid. Gab Michelle einen Kuss. „Wochenende Schatz. Weißt du was

---

[146] Bei der Armee. Bei der Koninklijke Landmacht. Hast du nicht gedient? Bei den niederländischen Streitkräften.

das heisst?" Michelle lächelte. „Ja. Papa und Mama haben Zeit füreinander. Mehr als nur eine Stunde am Tag". Sie streichelte Torid über die Wange, die ich schon an mein Gesicht gekuschelt hatte. „Und auch Zeit ... gemeinsame Zeit für unseren Schatz".

Michelle verstaute die Einkäufe, ich lief mit Torid im Arm durch die Wohnung. Schaute mich um. Sauber und aufgeräumt wie immer. Wie und wann machte Michelle das immer? Kind, eigenen Job ... bei Mikkel, und trotzdem war die Bude Tipp-Topp in Schuss. Nichts lag irgendwo einfach so herum, alles hatte seine Ordnung. Sogar die Magazine auf dem Couchtisch lagen fein säuberlich gestapelt. Und last but not least sah sie immer Klasse aus. Hübsch gekleidet, leicht geschminkt. Eine sexy und aufreizende Schönheit. So gar nicht was man wohl so unter „Hausfrau" verstand. Die in einem abgeranzten Kittel durch die Wohnung wuselte. Wie ein Putzteufel. So ein Kittel, wie ihn zu Beispiel Mikkels Frau trug. Oder würde sich das erst ab einem bestimmten Alter einstellen? Nach einer bestimmten Zeit eines Zusammenlebens? Einer Heirat? Würde Michelle zu einer solchen Hausfrau mutieren? Später? Mit strähnigen Haaren? „Niemals" schoss er mir in den Sinn. Eher würde ich eine Putzfrau einstellen. Die unseren Haushalt in Schuss hält. Eine Haushaltshilfe. Wie wir sie hatten, als Michelle frisch aus dem Krankenhaus entlassen war. Weil ihr Wohlbefinden wichtiger war als der Haushalt. Zumal ich zu der Zeit selber nicht arbeiten ging, also locker ein paar Aufgaben übernahm.

„Dann können wir doch heute abend zusammen essen. Also alle. Wenn Wilma nach Hause kommt" sortierte Michelle schon einige Lebensmittel. „Wenn du Kristina abgeholt hast. Dann lernt sie auch direkt alle kennen". Sie schaute kurz auf. „Oder was hast du so gedacht? Sie direkt zu Ingrid schleppen? Zur Therapie? Ingrid hat auch gesagt, dass es gut wäre ... erst etwas Nähe aufzubauen. Vertrauen aufzubauen. Sie ... Kristina kennt uns ja nicht. Nur dich".

Mit einer Papiertüte voller Kartoffeln kam Michelle zu mir. „Machst du uns dann Pommes?" Änderte aber dann das Thema. „Ich würde mich freuen, wenn wir etwas für sie tun könnten. Dir liegt doch so viel daran. Ich weiss doch wie das für dich ist. Was du mir gestern noch alles erzählt hast. Wie sehr dir das nahe geht. Wenn du weinst ist es schon arg. Merke ich doch".

Sie strich über meine Wange. „Ich werde auch nichts sagen. Wie du mich gebeten hast. Klar, dass du mir von ihr erzählt hast. Aber nicht, was sie dir gesagt hat. Ich weiss noch ... ich kann mich sehr gut erinnern ... wie dieser Stachel in mir sass. Manchmal sogar einfach wieder aus mir herausbricht. Zuletzt als dieses Dreckschwein mich in der Schule begrapscht hat. Das ist so ziemlich das Übelste was man einer Frau ... einem Mädchen antun kann".

Einen Arm legte ich um Michelles Taille. „Wenn das mit Ingrid nicht klappt ... warum auch immer ... hilfst du mir? Kristina zu helfen?" Michelle griff zu meiner, an ihrem Körper liegenden Hand. „Spinnst du? Was ist das für eine Frage? Selbstverständlich".

Gerne wollte ich mich noch ein wenig mit Leopold beschäftigen. Allzu viel Zeit blieb mir ja nicht mehr. Die Wanduhr zeigte bereits „Halb Fünf". Angekündigt bei Kristina hatte ich mich für Fünf. Musste jetzt aber nicht auf die Minute pünktlich sein. Hatte ja kein Date, wie Willem es eben, leicht sarkastisch, zu mir gesagt hatte. „Dann komm' ich mit raus. Geh' ein wenig mit Torid spazieren. Mal zu den Tieren" nahm Michelle mir Torid ab. „Vielleicht nimmt Ingrid sie auch für ein paar Minuten. Ich würde mich schon gerne noch umziehen" lächelte sie mich an. „Immerhin kriegen wir Besuch".

„Hübsch machen? Noch hübscher? Geht das überhaupt?" gab ich ihr einen Kuss. Michelle schmunzelte. „Geht. Immer".

„Nicht zu knapp"

Auch wenn ich eben noch - auch mir gegenüber, anders argumentiert hatte – ich war aufgeregt wie zu einem Date. Stand vor der Haustüre bei Kristina. Vor einem Klingelschild. Sowas hatte ich schon ewig nicht mehr gesehen. Drei Klingelknöpfe, aber keine Namen dazu. „Ich wohne im Dachgeschoss" – das hatte Kristina ja gesagt. Anzunehmen also, dass der oberste Klingelknopf zum Dachgeschoss gehörte.

„Komm' hoch, ganz oben" lugte Kristinas Kopf aus einem kleinen Fenster. Anscheinend hatte ich den richtigen Klingelknopf gedrückt. Ganz oben war eher geprahlt. Das Haus hatte lediglich zwei Obergeschosse. Kristina wartete bereits auf dem Treppenabsatz. „Ich habe beinahe gedacht du versetzt mich. Hattest du nicht gesagt um Fünf?" Legte ihre Arme um meinen Hals, küsste mich. Perplex sagte ich was ich dachte. „Küssen wir uns jetzt auch schon zur Begrüssung?" Wie weich sich ihr Oberkörper an mich anschmiegte. Sie trug nicht nur keinen BH, sie war dermassen aufreizend gekleidet. Trug ein atemberaubendes Outfit. Ein Minikleidchen. Modell Neckholder. Die dünnen Träger zurrten ihre Brüste so fest und hoch. So dicht aneinander liegend, dass da, wo bei mir das Brustbein war, nicht mal ein Blatt Papier zwischen ihre Brüste gepasst hätte. Durch eine stretchige Raffung des Kleides unterhalb ihrer Brüste wurde der Eindruck noch verstärkt. „Komm' rein" ging sie voraus.

Mit einer Schleife im Nacken war das Kleid gehalten. Auf dem Rücken eine weitere Schleife, die die dünnen Träger hielt. Ansonsten nichts, nackte Haut. Straffe Haut. Die Haut einer jungen Frau. Dann, abwärts, nur wenig türkisfarbenes Kleid, das ihre Hüften und ihren Po dermassen in Szene setzte. Hätte ich nicht um ihre Geschichte gewusst wäre ich versucht ... sofort und ohne langen Heckmeck genau das zu tun was Michelle mir unter Bedrohung meines Lebens gesagt hatte – „Wenn du es mit ihr machst bringe ich dich um". Aber genau das hätte ich tun wollen ... müssen ... sollen. Die angedrohte Tötung hätte ich in Kauf genommen.

„Du siehst toll aus" ging ich ihr hinterher. „Weil du doch gestern gesagt hast ich sei sexy. Nicht zu sexy? Nicht zu gewagt?" „Zu sexy ... Nein. Gewagt ... ein bisschen schon" musterte ich sie. Insbesondere ihre Brüste. „Wenn ... unter anderen Voraussetzungen ... du machst mich schon an. Du siehst einfach heiss aus". Löste mich von ihrer Hand. „*Du ser bare sexy ut* sagt man hier wohl". Kristina drehte sich auf der Stelle. Mehr war auch kaum möglich. Ihr Zimmer – anders konnte ich das nicht nennen - mehr war es nicht. Ein Zimmer, nicht einmal ein Appartment. „Du weißt ja ein bisschen von mir. Was ich dir erzählt habe. Aber ich will nicht in einen Sack gekleidet rausgehen. Soll ich mich immer verstecken? Ich bin doch hierhin ... nach Norwegen gekommen um mich zu befreien. Von dem was war ... was man mir angetan hat. Auch wenn wir jetzt nicht zu dem Klassentreffen gehen ... ich habe mich darauf gefreut mit dir auszugehen. Habe igendwie gehofft ... gedacht dich zu verführen ... weil du so anders bist wie das was ich erlebt habe". „Wie verführen? Was meinst du damit?"

Kristina zog einen Stuhl heran, setzte sich auf ihr Bett. Nicht einen Stuhl ... von mehreren. Es gab nur diesen einen Stuhl. Um mir einen Sitzplatz anzubieten. Anders wäre es auch gar nicht möglich. Das Zimmer war nicht nur klein, sondern auch durch die Dachschräge niedrig. Bis auf einen schmalen Streifen, vielleicht einen knappen Meter breit, gab es keine Stehhöhe. Für mich. Das Zimmer, das beengte und minimale errinnerte mich schlagartig an Michelles Appartment in Spijkenisse. Kein Platz, so gut wie keine Einrichtung. Das Kopfende des Bettes war die Rückwand einer Kommode. Hellbrauner Pappkarton. In der Kommode war garantiert ihre Kleidung. Hinter einem Vorhang blitzte eine Chromstange hervor. Mein Gedanke „Ist das dein Kleiderschrank?" fand seinen Weg aus meinem Mund. Nicht einmal, wie damals bei Michelle, eine kleine Kochecke gab es. Lediglich einen kleinen,

sehr kleinen Tisch. Auf dem ein Campingkocher stand. So wie
der, den Michelle und ich uns einen gekauft hatten. Für
unseren ersten Urlaub in Norwegen. Um uns wenigstens mal
schnell einen Kaffee zu kochen.

An einer Seite des Zimmers war eine Tür. „Ist da dein Bad?
Darf ich mal ... pinkeln?" Kristina zeigte auf die Tür. „Ja, Klar.
Aber zieh' deinen Kopf ein. Ist niedrig da drin". Gut, dass sie
das gesagt hatte. Es war nicht niedrig. Es war eine einzige
Dachschräge. Unmöglich zu stehen. Für mich. Mich vor die
Kloschüssel zu stellen unmöglich. Ich musste mich zum
Pinkeln hinsetzen. Das was ja eigentlich jede Frau wollte. Das
Mann nicht im Stehen pinkelt. Nicht neben die Keramik pisst.
Vor der Toilette, gegenüberliegend, war ein kleines
Handwaschbecken montiert. In so geringem Abstand, dass ich
mir auf der Toilette sitzend die Hände hätte waschen können.
Ohne aufzustehen. Keine Dusche. Keine Wanne. Über dem
Waschbecken ein kleiner runder Spiegel. Nicht einmal eine
Ablage für Kosmetik.

„Wo wäschst du dich denn eigentlich?" kam ich in gebückter
Haltung aus der Toilette. „Keine Dusche ...". Der Rest der Frage
blieb mir im Hals stecken. Kristina hatte das Oberteil ihres
Kleides heruntergeklappt. Sass mit nacktem Oberkörper auf
dem Bett. „Äh sorry ..." drehte ich mich den Blick abwendend.
„Willst du dich umziehen? Soll ich rausgehen?" „Nein. Nicht
umziehen. Auch nicht rausgehen. Du hast doch in der Schule ...
vor ein paar Tagen ... so auf meine Brüste geschaut ... und ich
wollte ... will dich verführen. Vielleicht ist es anders ... wenn
jemand Sex mit mir hat ... der mich liebt. Du hast mir das doch
gestern geschrieben ... dass du mich liebst". Zog den Zettel,
den ich gestern für sie geschrieben hatte - und der jetzt auf
ihrem Bett lag – heran. „Ich habe nicht geschrieben, dass ich
dich liebe ... also nicht so ... ich habe' dich lieb. Mir liegt viel an
dir. Zieh' dich bitte wieder an".

Kristina begann zu weinen. „Vielleicht wäre es mit dir schön.
Schöner als ich es bisher erlebt habe. Der Typ ... mein

Peiniger ... der Freund meiner Mutter ... der war auch so Mitte dreissig ... hat immer so Schweinerein mit mir gemacht ... ich will auch mal erleben, dass es schön sein kann einen Mann zu lieben ... von einem Mann geliebt zu werden ... das wollte ich. Von dir". „Zieh' dich bitte an Kristina. Ich bin weder Mitte dreissig ... noch ist Liebe unbedingt, dass wir zwei miteinander schlafen ... versteh' mich nicht falsch ... du bist attraktiv ... äusserst attraktiv ... du hast einen tollen Körper ... ich würde sogar wollen ... aber das geht nicht. Du bist absolut verführerisch ... aber deine Seele ist so geschunden ... ich kann doch nicht ...".

Kristina zog schniefend ihr Oberteil an. „Meine Mutter hat sogar manchmal dabei zugesehen ... wie ihr Freund erst mit mir ... dann hat er sie gepackt ... Meine Mutter hat sogar gesagt, dass es ihr nichts ausmacht ... sie sei nicht eifersüchtig ... ich sei frigide ... ich solle mich mal nicht so anstellen ... einen Mann in die Arme zu schliessen sei doch das Normalste von der Welt ..." Sie erhob sich vom Bett. „Machst du mir mal bitte eine Schleife in den Träger".

Mit leicht zittrigen Fingern band ich die Träger in ihrem Nacken. Konnte gar nichts dagegen tun, dass ich ihren Halsansatz küsste. „[147]*Du er vakker. Ikke misforstå meg. Jeg vil gjerne gjøre det med deg. Lyst til å ligge med deg. Bare ikke nå. Ikke under disse omstendighetene*". Kristina drehte sich um. „[148]*Jeg også. Jeg kan føle det. Det var penisen din som presset mot rumpa mi, ikke sant?*" Ich schloss sie in meine Arme. „Ja. Wir fahren jetzt, oder? Wir werden erwartet. Wir wollen zusammen essen. Hat du schon was gegesen? Wo isst du überhaupt? Kannst du dir überhaupt was zu essen machen hier?"

---

[147] Du bist wunderschön. Versteh' mich jetzt bitte nicht falsch. Ich würde es mit dir machen wollen. Mit dir schlafen wollen. Nur nicht jetzt. Nicht unter diesen Umständen.

[148] Ich auch. Spüre ich ja. Das war doch dein Penis der gegen meinen Po gedrückt hat, oder?

Mit einer Handbewegung öffnete Kristina ihren Kleiderschrank. Zog den Vorhang beiseite. Nahm sich einen Mantel. „Machst du das noch mal? Mich so zu küssen? Auf meine Schulter?" „Mach' ich. Gerne sogar. Aber jetzt fahren wir".

In Åsane verliessen wir die Hauptstrasse. „Ich muss noch schnell ein paar Blumen kaufen" parkte ich vor dem Blumengeschäft ein. „Willst du mitkommen?"

Kristina lief neben mir. „Ich fühl' mich gut in deiner Nähe. Du bist der erste der lieb zu mir ist. Vor allem irgendwie durchgehend. Auch wenn du sagst, dass du mit mir schlafen möchtest ... du tust es nicht ... oder wie die anderen ... du machst es nicht mit Gewalt ... du bedrängst mich nicht". „Warum sollte ich das tun? Warum sollte ich sagen, dass ich dich lieb hab' – und mir dann einfach – mit Gewalt das nehme was ich will. Ich habe den Fehler selbst einmal gemacht ... eine Frau bedrängt. Du wirst sie gleich kennen lernen. Sie heisst Wilma. Den Fehler bereue ich ... zutiefst ... heute noch". Kristina schaute mich an. „Kann ich mir gar nicht vorstellen".

„[149]*Hei. Du begynner å bli en stamkunde. Tulipaner, ikke sant?*" begrüsste mich die Floristin. „[150]*Ja, fire bunter denne gangen. Og ni prestekrager, takk*". „Ein paar Blumen? Das nennst du ein paar Blumen?" schaute Kristina mich an. „Ja, ein paar". Zeigte auf eine hölzerne Sonnenblume, die ich zwischen den Sträussen entdeckt hatte. „[151]*Og disse også, takk*". Die Floristin lächelte. Das sei eigentlich Deko. „[152]*Til datteren min, som akkurat har begynt å interessere seg for alt som har med farger å gjøre*". Sie zog die Deko heraus. „[153]*Hvor gammel er*

---

[149] Hallo. Du wirst ja langsam zum Stammkunden. Tulpen, richtig?

[150] Ja, vier Sträusse diesmal. Und neun Margeriten, bitte.

[151] Und die bitte auch noch.

[152] Für meine Tochter, sie fängt gerade an sich für alles Bunte zu interessieren.

[153] Wie alt ist sie? Bald sechs Monate.

hun?" „*Snart seks måneder".* Reichte mir die Holzblume. „[154]*Da er dette en gave fra meg".*

Die Strüusse legte ich auf die Rücksitzbank. Setzte mich ins Auto. Startete den Motor. „Hast du gar keine Tasche dabei? Wäsche oder so?" Kristina schaute ein wenig erstaunt. „Fährst du mich ... bringst du mich nicht gleich wieder nach Hause?" Das hatte ich nicht geplant. Nicht vor. „Ne, ich habe doch gesagt du kommst das Wochenende zu uns. Du bleibst bei uns". Blinzelte ihr zu. „Macht nichts. Meine Freundin ... Michelle ist zwar ein bisschen grösser als du ... sie gibt dir garantiert gerne was. Leihweise. Zum Wechseln. Magst du Kleider?" Kristina nickte. „Dann bist du bei Michelle goldrichtig".

„Sowieso" dachte ich mir nur. „Ich fahr' dich auf keinen Fall nach Hause zurück. Also heute nicht. Wir müssen dir helfen. Den Müll aus dir rauszuschaufeln". Aber auch das sagte ich nicht. Blieb in meinem Kopf. „Aber hatte ich doch gesagt, oder? Dass wir dich einladen. Übers Wochenende".

Langsam rollte ich den Escort in den Hof. „Hier wohnst du? Das ist schön hier. Das habe ich mir ganz anders vorgestellt. Hier sind ja weit und breit keine Nachbarn. Keine Häuser". „Nachbarn schon. Die Häuser die du hier siehst. Ja, es ist schön hier. Ich wohne ... ich lebe gerne hier. Mit meinen Nachbarn". Kristina zog sich direkt den Mantel an, als sie ausstieg, schloss alle Knöpfe, zog den Kagen hoch. „Dann ist das vielleicht doch ein wenig gewagt wie ich gekleidet bin. Ich dachte ja wir gehen aus". Vom Rücksitz nahm ich die Blumen. Trug sie in einer Hand, hakte mich mit der anderen bei Kristina ein.

Willem und Ingrid waren vor dem Stall zugange. Willem führte Gustine rum. „Ich stell' dir direkt alle vor" ging ich auf die Weide zu. Zog ... schob Kritina ein wenig. „Darf ich

---

[154] Dann ist das ein Geschenk von mir.

vorstellen ... darf ich euch bekannt machen? Das ist Kristina ... das ist Ingrid ... das ist Willem". Zeigte zu Gustine. „Und das ist Gustine". Ingrid umarmte Kristina sofort. „[155]*Hyggelig å treffe deg. Velkommen, min kjære. Du snakker norsk. Hvis du går i klasse med Gus*". Kristina schaute Ingrid an. „Wer ist Chüss?" Ingrid lachte. Der steht doch neben dir. So sprechen die das aus. Die ..." zeigte auf Willem „... die Nederlander". Willem machte fast einen Diener, eine Verbeugung, reichte Kristina die Hand. Küsschen links, Küsschen rechts. „Sorry, i only speak English. And of course Dutch".

Einen der Blumensträusse überreichte ich Ingrid. „Für dich meine Prinzessin". Ingrid bedankte sich mit einem Kuss. „Sehr aufmerksam. Immer wieder". Einen weiteren gab ich Willem. „Für Wilma". Willem nahm den Strauss entgegen. „Von mir kriegst du aber keinen Kuss. Bestimmt nachher von Wilma". Ein wenig „wie bestellt und nicht abgeholt" stand Kristina in unserer Mitte. „Und der ist für dich" hielt ich ihr ebenfalls einen Strauss Tulpen entgegen. „Für mich? Wieso?" „Einfach so".

Ingrid nahm meine Hand. „[156]*Ikke sant i det hele tatt. Nei, ikke bare sånn. Hvis Gus tar deg med ... så er du hans prinsesse også. Det er sånn han er. For prinsessene hans*". Willem sprach Nederlands mit mir. „Das ist dein Date? Aber Hallo".

Unsere Begrüssung hatte Michelle auch nach draussen kommen lassen. Hatte Torid im Tragetuch vor sich sitzen. Blickrichtung nach vorne. „Und das ist Michelle. Meine bezaubernde Frau Michelle. Und unsere bezaubernde Tochter Torid. Michelle, Torid – das ist Kristina". Michelle umarmte sie. Küsschen links, Küsschen rechts. Gus hat mir schon viel von

---

[155] Freut mich dich kennenzulernen. Willkommen meine liebe. Du sprichst doch norwegsich. Wenn du mit Gus in eine Klasse gehst.
[156] Stimmt doch gar nicht. Nein, nicht einfach so. Wenn Gus dich mitbringt ... dann bist du auch seine Prinzessin. So ist der. Zu seinen Prinzessinnen.

dir erzählt. Ich freu' mich total dich kennenzulernen. Fühl' dich wie zuhause". Kristina begann leicht zu weinen. „Ach, das gibt es doch gar nicht. Ihr seid so lieb. Alle". Schaute mich an. „Das sind alles deine Nachbarn?" „Eigentlich Mitbewohner. Wir wohnen ja alle hier. Und du musst entweder Norwegisch oder Englisch reden. Ausser mir spricht hier keiner Deutsch". Überreichte auch Michelle einen Blumenstrauss. „Für dich mein Engel". Zog die hölzerne Sonnenblume hervor. „Und das ist für dich mein kleiner Sonnenschein". Hielt Torid die gelbe Blume hin. Die direkt versuchte danach zu greifen. Michelle ihr aber zuvorkam. „Da mache ich aber erst den Holzstiel von ab. Nicht dass sie sich damit ins Auge piekt oder so". Kam einen Schritt auf mich zu. „Danke mein Schatz". Gab mir einen Kuss.

Kristina schaute Michelle an. „Ihr küsst euch alle?" Wie souverän Michelle regierte. „Ja. Hast du dich denn schon bedankt? Für die Blumen? Ich weiss, dass du Gus auch küsst. Hat er mir gesagt. Kannst du auch hier machen. Wenn du möchtest. Kannst ihn gerne küssen". Kristina sah Michelle mit grossen Augen an. „Echt?" „Ja, mach' ruhig. Gib ihm einen Kuss. Habe ich doch gesagt ... Fühl' dich wie zuhause. Du küsst ihn doch ... ihr küsst euch doch sonst auch".

„Ich bring' die Margeriten mal zu Willeke" entfernte ich mich ein Stück. Und dann geh' ich zu Leopold". Michelle schob Kristina leicht in meine Richtung. „Geh' ruhig mit. Gus zeigt dir bestimmt gerne alles. Und dann kommt ihr gleich alle rein. Wilma kommt ja auch bald. Dann können wir essen".

„Deine Frau ist total nett. Und hübsch. Und das macht ihr nichts aus ... das mit dem Küssen? Dass die andere dich auch küsst?" „Die andere ist Ingrid. Das ist meine Freundin Ingrid. Von der ich dir erzählt habe. Nein, das macht ihr nichts aus. Ich bin froh ... ich bin glücklich eine solche Frau zu haben". Kristina stellte sich vor mich. „Dann möchte ich dich auch küssen. Für die Blumen bedanken".

Aus der tönernen Blumenvase an der Grabstelle zog ich einige welke Margeriten heraus. Liess wieder einige Blätter in den Bachlauf herunter fliessen. „Und was ist das? Wofür stehen hier Blumen?" hockte Kristina sich zu mir. „Das ist das symbolische Grab für meine verstorbene Freundin Willeke. Und für meine verstorbene Tochter Willeke. Wilmas und meiner Tochter". Kristina richtete sich ruckartig auf. „Du hast noch ein Kind? Und das ist tot? Wie furchtbar. Das tut mir leid. Auch das mit deiner Freundin". Ich schaute über meine Schulter zu Kristina. „Mir auch. Aber sie sind bei uns. In unseren Herzen".

Richtete mich auf. „Hast du Lust mich zu begleiten? Ein bisschen in den Wald? Ein bisschen spazieren?" Kristina nickte stumm. Nur einmal musste ich „Leopold. Me meg" rufen, schon war Leopold zur Stelle. Hatte bisher auf der Weide bei den Schafen ausgeharrt. Sprang freudig an mir hoch. „Leopold, pass opp". Leopold setzte sich vor mich. „Leopold, das ist Kristina. Kristina, das ist Leopold". Entzückt ging Kristina in die Hocke. „Ist der süss. Wie weich. Wie ein Teddybär. Das ist dein Hund? Von dem du erzählt hast?" Leopold schleckte an Kristinas Hand. „Er mag dich. Gutes Zeichen".

Suchte auf der Weide nach einem der herumliegenden Holzstücke. „Wollen wir? Ein bisschen gehen?"

Immer wieder durch Stöckchenwerfen unterbrochen unterhielt ich mich mit Kristina. Gab ihr Antworten auf ihre Fragen. Die sie nicht zu knapp hatte. Bis am Himmel zu erkennen war, dass gleich die Dunkelheit einsetzen würde. Es also auf Acht Uhr zuging. „Wollen wir zurückgehen? Gleich gibt es Essen. Oder soll ich dich zurückfahren? Möchtest du nach Hause?" Kristina fasste meine Hand. „Ich würde gerne bleiben. Sehr gerne. Ihr habt es so schön hier. Ihr seid so liebe Menschen. Ich glaube … ich denke … ich weiss es … Ihr tut mir gut. Ich fühl' mich sehr wohl hier … wenn ihr mich haben wollt. Wenn ich willkommen bin". „Bist du".

„Schuss"

Noch schnell fütterten wir Leopold im Stall. „Echt schön hier. Auch mit den Tieren. Ein bisschen erinnert mich das an früher. Bei uns. Nur der Dreck ist nicht da. Zum Glück". Kristina sammelte ein paar Hühnereier aus dem Stroh auf. „Schon irre. So eine Idylle. Und doch so nah an der Stadt". Stellte sich vor mich. „Küsst du mich noch mal?" Ich musste grinsen. „Das wird jetzt aber nicht zur Angewohnheit, oder? Sollte schon was Besonderes bleiben. Zwischen uns. Einen noch. Dann ist aber gut". Ihr Geruch betörte mich abermals.

Michelle sass mit Ingrid und Willem am Esstisch. Unterhielten sich. Erledigten dabei letzte Essensvorbereitungen. Willem schälte Kartoffeln. Legte sie in einer Schüssel mit Wasser ab. Ingrid zupfte Salatblätter. Kristina legte beim Betreten des Hauses ihren Mantel ab. Michelle ging ihr entgegen, nahm den Mantel entgegen. *„Verdomme, wat een figuurtje. Wat een lekker en sexy wijfje"*. Kristina schaute sie an. „[157]*What does that mean?"* Michelle legte einen Arm um ihre Schulter. *„Damn, what a body. What a delicious and sexy girl"*. Kristina stieg ein wenig die Röte ins Gesicht.

Michelle nahm sie an der Hand. „Setz' dich zu uns". Kristina kam ein paar Schritte mit ihr. „Kann ich vielleicht ... soll ich vielleicht ein wenig mit eurer Tochter spielen? Wenn ihr bschäftigt seid?" Michelle hob Torid aus ihrer Babytrage. „Möchtest du mal zu Tante Kristina?" ging sie zu Kristina. „Dann hier, auf ihrer Spieldecke. Wenn sie nicht fremdelt. Sie kennt dich ja noch gar nicht". Kristina nahm sie in den Arm. Von Fremdeln konnte keine Rede sein. Direkt und scheinbar fasziniert von Kristinas Locken fasste Torid in ihr Haar. Begleitet von „Mem Mem Mem". Michelle blieb einen Augenblick bei ihr stehen. „Sieht so aus als würde sie dich

---

[157] Was bedeutet das?

mögen. Hast du auch Kinder? Ein Kind?" Kristinas Blick wurde leicht traurig. „Nein". Michelle hatte das auch bemerkt, umarmte sie an der Schulter. „Dann spielt mal schön. Dauert nicht mehr lange bis zum Essen". Ging zum Tisch zurück, verteilte die Aufgaben. „Gus, du kümmerst dich um Pommes. Willem, du kümmerst dich um Fleisch". Lachte kurz. „Und wir beide Ingrid lassen uns mal schön bedienen. Unser Teil ist erledigt".

Gerade hatte ich die Kartoffeln in gleichmässige Streifen geschnitten, sie erneut in Wasser gelegt um die Stärke etwas herauszuwaschen, als die Haustür aufschwang. Wilma trat ein. „Juhuu, Feierabend, Wochenende". Öffnete ihre weisse Pflegerjacke. Was jetzt folgen würde sah ich schon in Zeitlupe. Kannte ich, kannten wir alle. „Wilma ... wir haben ..." Bis zum Wort Besuch kam ich nicht. Schon hatte sich Wilma von ihrem BH befreit, ihn in bekannter Manier mit blanken Brüsten als Zwille durch das Zimmer geschleudert. „Wir haben Besuch. Das ist Kristina". Wilma schaute zu Kristina, die auf der Decke hockend Wilma mit grossen Augen ansah. „Hoi, ik ben Wilma". Sich langsam ihre Jacke wieder zuknöpfte. Beugte sich zu ihr herunter. Küsschen links, Küsschen rechts. „Du wohnst auch hier?" Mehr brachte Kristina nicht heraus. Wilma streckte sich wieder. „Du bist Gus' Schulkollegin, oder? Genau so hat er dich beschrieben". Ging zu Willem, umarmte ihn. „Hallo mein geliebter Schatz". dann zu Ingrid und Michelle. „Hallo meine Süsse" gab es für jede einen Kuss. Kam dann zu mir. „Hallo mein Schatz" gab sie auch mir einen Kuss.

Kristina kam mit Torid an den Tisch, setzte sich zu Michelle. „Kann mich mal einer aufklären?" Schaute dann aber direkt zu Wilma. Zeigte zu Willem. „Das ist dein Schatz? Und Gustav auch?" Wilma lachte. Laut. „Gustav, das habe ich ja ewig nicht gehört. Du meinst sicher Gus. Ja, das ist mein Schatz. Willem ist mein Partner. Wir wohnen ja hier nebenan in dem Haus. Das mein Schatz Gus für mich gebaut hat. Wir waren mal zusammen. Ein Paar". Kristina rutschte ein wenig auf dem Stuhl umher. „Dann bist du die Frau ... von der Gustav ... Gus mir eben erzählt hat ... du hattest ein Kind mit ihm?" Wilma hielt Kristina ihre beringte Hand hin. „Nicht hatten, haben wir. Nur leider verstorben. Hier, der Ring, das ist unser Andenken an sie".

Michelle setzte sich näher an Kristina heran. „Am besten ist wohl wir erzählen dir was und wie ... wie wir hier so leben. Und warum. Das dauert aber länger. Du hast doch Zeit, oder? Beim Essen. Willem wollte aber die Flaggen hissen. Hat extra auf Wilma gewartet". Schaute zu Willem herüber. „Wollen wir?" Hielt Kristina ihre geöffneten Arme entgegen. „Ich nimm die Kleine mal".

Die Flaggen waren bereits an die Leine durch die Ösen angebunden. Lagen noch auf dem Boden. Willem erklärte. „Zuerst die Flagge von Odin. Für Ingrid". Grinste sie an. „Für unsere Wikingerbraut. Dann die norwegische. Für unsere neue Heimat. Dann die von Nederland, unsere Heimat, wo unser Herz wohnt". Neben Kristina stehend übersetzte Michelle ihr ins Norwegische. Willem zog langsam, fast zeremoniell die Flaggen empor. „Warte, warte. Einen Moment" stoppte Ingrid seine leichten Zugbewegungen. Ging in die Werkstatt. Kam mit sechs Bierflaschen zurück. Verteilte sie unter uns. „Okay, Willem. Jetzt". Langsam glitt Odins Knoten nach oben. Ingrid reckte ihre Flasche in die Luft. „[158]*Jøss, så kult det ser ut. Vikinger, løft drikkeskålene deres. For Odin. For vår gudfader. Måtte han alltid våke over oss*". Wilma stellte sich zu Ingrid. „Bist du glücklich? Das war doch dein Wunsch. Diese Flagge. Als Ausdruck was du möchtest". Wilma stiess mit ihr an. Jetzt war die norwegische Nationalflagge auf halber Höhe. „[159]*Lærte du også nasjonalsangen på skolen?*" schaute Ingrid in die Runde. Setzte sogleich an zu singen. *Ja, vi elsker dette landet, som det stiger frem, furet, værbitt over vannet, med de tusen*

---

[158] Verflucht, wie geil das aussieht. Wikinger, hebt eure Trinkschalen. Auf Odin. Auf unseren Gottvater. Möge er immer über uns wachen.

[159] Habt ihr auch die Nationalhymne in der Schule gelernt?

hjem. Elsker, elsker det og tenker På vår far og mor. Og den saganatt som senker senker drømme på vår jord. Endete mit einem laut herausgesprochenen „Alt for norge".

Jetzt kam die niederländische Flagge. Willem hatte wirklich miltärisch Haltung angenommen. Stand steif wie ein Brett, die Flagge hochziehend. „[160]*Dames en heren, ik vraag om respect voor onze koningin. Voor Beatrix Wilhelmina Armgard van Oranje-Nassau, Prinses van Oranje-Nassau, Prinses van Lippe-Biesterfeld. Voor Koningin Beatrix der Nederlanden"*. Ein Lachen konnte ich mir nicht verkneifen. „Sowas hast du also bei der Armee gelernt?" Willem stimmte nicht wirklich in mein Lachen ein. Zumindest grinste er. Streckte seine Hand nach Wilma aus. „Wusstest du das? Dass unsere Königin so heisst wie du? Meine geliebte Wilhelmina". Wilma drehte sich um, trat mir gegen das Schienbein. „Du blöde Sau, du solltest das Willem doch nicht sagen. Wie ich heisse". Willem zog die Flaggen an den Anschlag, band das Seil fest. Blieb neben dem Flaggenmast stehen. Sprach jetzt Englisch. „Wie Ingrid gesagt hat – Mögen sie immer über uns wachen". Kristina hatte sich von Michelle gelöst, war zu mir gekommen. Lächelte, grinste fast. „Ein bisschen durchgeknallt seid ihr ja schon". „Jepp, sind wir". Sie nahm meine Hand. „Aber ein bisschen schon wie so ein kleines Dorf".

„So Kinder, kommt rein. Wir essen" löste Michelle die Runde auf. In der Wohnung zurück bat Michelle Kristina mit ihr zu kommen. Ich zeig' dir jetzt mal alles. Und danach fragst du nicht. Du nimmst dir was du brauchst". Ging mit ihr nach oben. Blieben gut eine halbe Stunde weg. Kristina war verändert als sie wieder nach unten kamen. Klebte an Michelle. Auch optisch. Trug eine Strickjacke von Michelle. Über einem nicht mehr ganz so knappsitzenden Keid. Hatte ihre Garderobe gewechselt. War von Michelle eingekleidet worden. „Ich habe

---

[160] Meine Damen und Herren, ich bitte um Respekt für unsere Königin. Für Beatrix Wilhelmina Armgard van Oranje-Nassau, Prinzessin von Oranien-Nassau, Prinzessin zur Lippe-Biesterfeld. FürKönigin Beatrix der Niederlande.

Kristina das Gästezimmer parat gemacht. Für später. Sie bleibt ja bei uns". Lächelte zu Kristina herüber.

Willem verteilte panierte Schweinekoteletts, die er sehr knusprig ausgebraten hatte. Dazu dann Pommes und Salat. „Macht ihr das immer so? Esst ihr immer zusammen?" schaute Kristina in die Runde. „Nicht immer. Aber sehr oft" schob Wilma ihr Saucen zu. „Zier' dich nicht. Greif' einfach zu". Begann dann eine Unterhaltung. Eigentlich mit Kristina, aber nicht gezielt an sie gerichtet. „Gus hat ja vorhin von unserer verstorbenen Tochter geredet. Ich erzähl' euch noch mal wie das war ..."

Mehr und mehr stiegen wir in das Gespräch ein, vieles war ja auch für Willem neu. Hatte er so bestimmt noch nicht gehört. Zwischendurch hatte ich Geschirr abgeräumt. Ingrid kam zu mir in die Küche. „Ihr macht das super. Dass ihr erzählt. Ihr Kristina einen Einblick in euer Leben gebt. Ihr síe so in euren Kreis aufnehmt. Sie wird sich lösen. Du wirst sehen. Das möchtest du doch, oder?" „Du nicht?" „Doch, aber du doch zuerst".

Michelle wollte Torid zu Bett bringen. Kristina kam wieder mit ihr. „Macht ihr uns Tee? Oder Kaffee? Oder beides?" bat Michelle Wilma. „Dann können wir gleich ganz gemütlich klönen. Willem und Gus haben bestimmt noch zu tun. In der Werkstatt, oder?" Hatten wir eigentlich nicht, ich verstand aber Michelles Hinweis – Männer raus. Ergänzte ihren Hinweis noch mit „Bringst du noch etwas Brennholz mit, wenn du zurückkommst?"

Wir hatten uns Bier geöffnet, standen rauchend in der Werkstatt. „Da hast du ja einen richtigen Schuss aufgerissen" stiess Willem mit mir an. „Mann Willem, ich habe gar nichts aufgerissen. Der Rest stimmt schon. Kristina ist echt ein Schuss. Was heisst das überhaupt?" Willem grinste. „Das was du sonst gerne sagst. Voll das Gerät".

„Geflüster"

Eine gute Stunde, gefühlt, hatten wir klönend in der Werkstatt zugebracht. Gerne hätte ich noch das ein oder andere Bierchen mit Willem gezischt. Musste aber ablehnen. Ich musste morgen arbeiten. Hatte Jaap meine Unterstützung zugesagt. Holte noch zwei Holzscheite. Hatte sie gerade neben dem Kamin abgelegt, als Ingrid zu mir kam. „Ich brauch' auch noch was aus der Werkstatt, ich möchte morgen was basteln". Wilma nutzte die Gelegenheit, dass Willem mehr oder minder am Türeingang stand. „Wir verzischen uns auch Schatzi. Machen es uns noch ein bisschen kuschelig. Das geht ja nur am Wochenende. Du kannst morgen ausschlafen".

„Was brauchst du denn? Was suchst du denn?" schaute ich Ingrid in der Werkstatt an. „Eigentlich gar nichts. Ich möchte mit dir reden. Ungestört". „Wenn du schon so anfängst ... was wird das? Psychostunde?" Ingrid grinste. „Ja. Ich möchte was von dir wissen. Bevor ich mich gleich an Kristina ranmachen will. Also mit Worten".

Sie stellte sich vor mich. „Wir gehen mal ganz weit zurück. Bei dir. Sei ganz locker. Vertrau' mir. Deiner Psychologin. Das bin ich jetzt nämlich. Ingrid ist gar nicht da".

„Du hast mir ... so ziemlich am Anfang unserer Sitzungen erzählt, dass du in der ersten Zeit mit Michelle immer deine verstorbene Willeke in ihr gesehen hast. Erinnerst du dich? Dass erst nach und nach Michelle richtig zu dir durchgedrungen ist. Du nicht mehr Vergangenes auf sie projeziert hast. Jetzt ist sie deine Frau ... und deine grosse Liebe. Das ist toll". Sie nahm meine Hände, führte sie an ihren Kopf. An ihre Haare. „Und jetzt mach' die Augen zu. Ich führe dich. Vertrau' mir".

Führte meine Hände durch ihre Haare. „Stell' dir vor sie sind nicht blond. Sie sind dunkel. So dunkel wie die von Wilma. Kannst du das sehen? Spüren?" Ich sah sie an.

„Ingrid ..." „Mach' die Augen zu. Du sollst nicht schauen, nur spüren. Alles was du dir vorstellst wirst du dann auch sehen. Mit geschlossenen Augen. Führte meine Hände ihren Oberkörper herunter. Von der Schulter über die Arme an ihre Taille. Von da aufwärts. Fühlst du meine Brüste? Wie fühlt sich das an? Sind sie gross? Sind sie klein?" Ich musste lachen. „Ich weiss wie sich deine Titten anfühlen". Ingrid wurde energisch. „Mann, mach' die Augen zu. Das ist kein Hokus-Pokus. Sonst hätte ich was anderes gesagt. „Wie sind meine Brüste? Klein? Gross? Eher so wie meine? Oder die von Michelle? Oder die von Wilma?" Sie hielt meine Hände einen Moment. Die sich ein wenig vom Pulloverkontakt entfernt hatten. „Und jetzt die von Kristina? Gross? Oder eher klein?" „Eher gross Ingrid. Also nicht gross. Stramm, rund, fest, verlockend". Stell' dir weiter vor ich wäre Kristina. Willst du mich anfassen? Meine Brüste?" „Ja, will ich". Ingrid drückte meine Hände wieder an ihren Pullover. „Fass' sie an. Sag' mir was du dir wünschst: Was du dir vorstellst". Ingrid führte meine Hände herunter. An ihren Hintern. „Und jetzt? Was stellst du dir jetzt vor?"

„Ich weiss nicht. Was Schönes auf jeden Fall". Sie nahm wieder meine Hände, führte sie wieder an ihre Brüste. „Fühlst du hier mehr. Wünschst du dir hier mehr. An den Brüsten? An Kristinas Brüsten?" Ingrid hörte auf zu reden. Für einen Moment. „Spürst du was? Was?" „Ingrid ... ich ... ich krieg' eine Erektion". Ingrid lachte. „Dachte ich mir. Aber nicht wegen mir. Kannst die Augen wieder aufmachen". Ganz kurz versuchte ich meinen Pimmel in der Hose zu sortieren. „Und? Was sagt mir jetzt die Psychologin? Ausser, dass ich einen Steifen kriege?"

Ingrid gab mir einen Kuss. „Die Psycholgin sagt dir, dass du in etwa das durchlebst was du auch bei Michelle erfahren hast. Dass du projezierst. Ist dir das nicht aufgefallen, dass Kristina ein Abbild ... in etwa ... von Wilma ist? In jung. In knackig. Sie hat dunkle Haare. Wie Wilma. Nur lockig. Sie hat genau so tolle Brüste wie Wilma. Sie ist Wilma sehr sehr ähnlich. Das ist doch das erste was dich an ihr angezogen hat. Noch bevor du von ihrer Geschichte erfahren hast. Ihr Aussehen, ihr Körper, das ist das was du gesehen hast. Willst du ... würdest du mit Kristina ins Bett wollen?" „Ja, verdammt ja, Ingrid. Will ich".

Ingrid fasste mir in den Schritt. „Schön, dass das funktioniert hat. Autosuggestion nennt man das. Und du hast ... dein Körper hat darauf reagiert". Gab mir einen Kuss. „Das war übrigens komplett kostenlos". Ging zur Tür. „Komm`, wir gehen rüber. Ich habe gefunden was ich gesucht habe. Du gehst dann jetzt schlafen. Du musst morgen raus. Du lässt mich und Michelle mit Kristina alleine. Dann können wir langsam bei ihr anfangen. Ich habe dir das versprochen. Bei ihr wirkt das bestimmt auch. Sie muss nur loslassen. Hat aber schon damit angefangen. Das ist Michelle zu verdanken. Hast du gesehen wie Kristina sich an Michelle orientiert?"

„So meine Prinzessinnen, ich geh` dann jetzt schlafen. Dann kann ich früh los. Zu Nele und Jaap. Bin dann auch früh zurück". Beugte mich zu Michelle herunter. Gab ihr einen Kuss. Schlaf` gut mein Spätzchen". Sie streichelte über meine Wange. „Ich habe dich lieb mein Schatz. Ach ja, wenn Torid wach wird ... ihr habe ein Fläschchen auf dem Nachttisch abgestellt. Fütterst du sie ... wenn ich noch nicht oben bin?" Gab Ingrid einen Kuss. „Gute Nacht mein Schatz". Michelle griff an meine Hand. „Hier sitzt noch ein Schatz. Kristina". Die Michelle anschaute. „Soll ich auch ... Gustav einen Gute-Nacht-Kuss geben?" Michelle grinste. „Nicht Gustav, das hört sich beknackt an. Gus. Den kannst du küssen. Wenn er das möchte. Du musst immer ihn fragen, nicht mich. Nur wenn du mich küssen möchtest musst du mich fragen". Kristina rutschte auf der Couch etwas nach vorne. „Ihr seid so ... was ihr mir in den paar Stunden jetzt gezeigt habt ... wie schön es sein kann Liebe zu empfangen. „Ja, ich möchte Gus küssen. Und dich auch Michelle. Das ist schön ... fühlt sich gut an ... Geküsst zu werden. Also nur geküsst zu werden. Ohne befummelt zu werden. Geht das? Kann ich euch küssen?"

Michelle gab ihr einen Kuss. „Du bist der Yves Saint Laurent. Nach dem Gus gestern gerochen hat. Du riechst lecker". Kristina beugte sich vor. „Gibst du mir einen Kuss Gus?" Michelle stand auf. „Ich mach' noch mal Tee, oder? Mädelsabend". Stubste Kristina leicht an. „Küssen, nicht lutschen. Zunge rein".

Ging noch kurz zu Michelle in die Küche. Hörte nur noch den einleitenden Satz von Ingrid. Sie sprach jetzt norwegisch mit Kristina. „Also, ich bin Ingrid Sysegard. Diplomierte Psychologin. Alles was du mir erzählen möchtest … wenn du möchtest, bleibt unter uns. Keiner wird davon erfahren. Keiner".

Einmal in der Nacht war ich wachgeworden. Torid verlangte nach Essen. Gut, dass ein Fläschchen griffbereit stand. Fütterte Torid in meiner Armbeuge liegend, sprach ihre einiges an Nettigkeiten zu. Kuschelte sie dann zu mir, unter die Bettdecke. Michelle war noch unten. Der Wecker auf dem Nachttisch zeigte 02:43 an. Leise, ganz leise drang Gespräch nach oben. Keine Worte, nur Stimmen.

Dann, irgendwann, waren die Stimmen deutlicher. Die von Michelle. „Ich habe dir drüben alles hingelegt. Frische Unterwäsche. Wenn du einen Schlafanzug brauchst oder so …? Schlaf' gut Süsse". Erst als Michelle ins Bett krabbelte, Torid in ihr Bettchen wechselte, sah ich erneut auf die Uhr. 05:17

Michelle kuschelte sich an mich. Flüsterte. Kristina ist so lieb. Wenn der Typ hier leben würde, würde ich dich bitten den wegzumachen. Ingrid hat sogar gesagt, sie kenne welche die das machen würden. So von dem Kaliber wie dieser Johan. Jetzt nicht Johan, aber solche Typen. Echte Männer. Muskelprotze eben". Sie beugte sich zu einem Kuss über mein Gesicht. „Findest du nicht auch Kristina hat Ähnlichkeit mit Wilma? Bestimmt, oder? Deswegen … wegen ihres Aussehens bist du doch auf sie angesprungen. Hast du gesehen was sie für eine Figur hat? Klar hast du das. Ich kann verstehen, dass du sie … du weißt schon was ich meine. Du hättest sie gerne, oder?"

Mit beiden Händen fasste ich ihr Gesicht. „Hast du nicht gesagt du wirst mich töten?" „Ja, habe ich. Aber ich will dich ja nicht verlieren. Weder weil ich dich töte, noch weil ich dir was verbieten will. Wenn das passieren sollte, passiert das sowieso. Was ich dir nicht verdenken kann. Mann, die hat so Prachttitten. Tu' mir … ihr … uns nur einen Gefallen. Lass' Ingrid sie erst wieder in die Spur bringen. Versprichst du mir das? Wenigstens das?"

„Hast du mal auf die Uhr geschaut? Ich steh' jetzt auf. Dann komme ich auch früh los. Geh' jetzt noch was mit Leopold, dann Kaffee, dann so gegen Acht zu Nele. Du kümmerst dich um alles. Macht euch einen schönen Tag. Vielleicht sogar einen Ausflug oder so". Gab ihr noch einen Kuss. „Und lass' die Knutscherei nicht zur Angewohnheit werden. Kristina soll nicht denken, dass ich sie in eine Sexkommune geschleppt habe".

Kurz nahm ich Michelles Brust in den Mund, sog so stark an ihrer Brustwarze, dass sie fest aufrecht stand als ich sie wieder freigab. Ganz leise war ein „Plopp" zu hören. Michelle lachte. Ohne Lachgeräusch. „Und gib Kristina bitte Klamotten. Sie hat vergessen Wäsche einzupacken". Drehte mich aus dem Bett. Michelle legte ihre Hand auf meinen Hintern. „Mach' dir keine Sorgen".

Die Zimmertüre des Gästezimmers war geschlossen. Unmöglich, dass von unserem Geflüster etwas zu Kristina vorgedrungen sein könnte.

Unwahrscheinlich wie sehr Leopold sich jedesmal freute, wenn ich ihn abholte. Drehte meine Runde mit ihm, belud anschliessend den Escort mit Schweissgerät und Werkzeugen, machte mir Kaffee. Die Küche war blitzblank. Kaum zu glauben, dass vor wenigen Stunden hier sechs Personen getafelt hatten.

„Gezijk"

Jaap war – hatte ich etwas anderes erwartet? – mit irgendetwas beschäftigt, als ich bei ihm und Nele auf den Hof einfuhr. Setzte mein Auto direkt rückwarts an seine Scheune heran. „Hoi, goedemorgen" kam Jaap auf mich zu, hielt mir seine Hand entgegen. Wollte mich aber erst gar nicht in längeres Gepräch hineinziehen lassen, begann sogleich meine Werkzeuge und Gerätschaften auszuladen. „Was hast du zu tun? Was soll ich ... kann ich machen?" Aber die Gefahr eines augedehnten „Schnack" bestand bei Jaap sowieso nicht. Friesen waren einfach nicht die Redner vor dem Herrn. Kurz und bündig – Hallo - Worum geht es? – Ah ja – Verstehe - Okay – auf Wiedersehen. Das gefiel mir. Zur Sache kommen. Nicht erst noch einen Roman um die wesentlichen Dinge herum konstruieren.

Er habe vor einiger Zeit einen Gabelheuwender gekauft, diesen aber bislang nicht einsetzen können. „Da ist einiges im Argen, wollen wir uns das mal anschauen?" Ging mit mir zu einer Weide, einer Pferdekoppel. Ein beeindruckendes ... wirklich beeindruckendes Pferd stand dort. „Das ist Big Boy, unser Brabanter". Jaap rief ihn heran. „Big Boy, grote jongen" schnalzte er laut mit der Zunge. Was für ein Muskelprotz. Bestimmt Einmetersiebzig gross, bis zum Rücken, den Kopf noch nicht dazugerechnet. Eine muskulöse Brust, dagegen war Arnold Schwarzenegger ein Hering, massive Beine. Eine Muskelmaschine durch und durch. „Was wiegt das Pferd? Wollte ich von Jaap wissen. „Big Boy? Bestimmt so etwa um die 900 Kilo". Klopfte dem herangekommenen „Big Boy" auf den Hals. Was sich anhörte, als würde Jaap gegen einen prallgefüllten Box-Sandsack schlagen. Dumpf. Nicht einen Millimeter gab der Hals des Pferdes nach. Kopf und Nacken war von einer dichten und zottigen Mähne bedeckt. Bei uns Menschen würde man sicher sagen „Was für eine Matte, ist dein Friseur gestorben?"

Etwas abseits stand ein Ackergerät, das ich auf den ersten Blick als „Kernschrott" einstufte. „Das ist das Ding" ging Jaap schon los. Um das Arbeitsgerät herumgehend erklärte er mir die Funktionsweise, den Einsatzbereich dieses „Gabelheuwender". An einer Welle, einer Art Achse wie beim Auto, waren einzelne Heugabeln montiert. Mit sowas wie Rohrschellen an einem angeschweissten Bolzen angebracht. „Kannst dir das ja mal anschauen ... ich hole mal Geschirr für Big Boy ... dann schleppen wir das in die Scheune" drehte Jaap sich, marschierte los. „[161]*Kom op Big Boy. Er is werk voor je*". Meinte ich das nur? Oder vibrierte tatsächlich der Boden unter den Schritten des Pferdes?

Zeit für mich, mir nicht nur das stählerne Trumm anzuschauen, auch zu verstehen wie das wohl funktionierte. Zwei grosse Stahlräder, Speichenräder. Wie sie auch an „Wells Fargo Postkutschen" waren. Wie ich sie aus Westernfilmen, aus „Gunsmoke" kannte. Wenn diese in Dodge City, die Stadt des Marshall Matt Dillon, einfuhren. Von schnaubenden Pferden gezogen, vom Kutscher mit einer Fussbremse zum Stillstand gebracht. Aber nicht hölzern, sondern stählern. Alles fiel mir plötzlich ein. Zur Western-Serie. Der leicht vertrottelte, komisch dreinblickende Gehilfe des Marshall – ein gewisser Festus Haggen, der, im Gegensatz zu den anderen Pistolenhelden, einen Esel ritt. Namens „Smokegun Ruth". Und die Saloonbesitzerin „Miss Kitty Russel". Die man heute wahrscheinlich als Puffmutter bezeichnen würde. Vielleicht sogar Bettgespielin des Marshall war. Gezeigt wurde das natürlich nie. Immer verlockend und trotzdem züchtig gekleidet. Aber immer aufreizend geschminkt wie eben eine solche Prostituierte. Ein wenig schmunzelte ich in mich hinein – also war ich nicht der Einzige ... und Erste - der seinen Schatz „Mein Kätzchen – Miss Kitty" nannte.

---

[161] Komm' Big Boy. Es gibt Arbeit für dich.

Mittig auf der Antriebswelle war ein Zahnrad montiert, das über eine Kette eine weitere Welle eine zweite Ebene antrieb. Echt schon sehr komplex. Über allem war auf einem gebogenen Flacheisen ein Sitz montiert. Aus gelochtem Stahlblech. Alles war in einem robusten Gestell aus massivem Flacheisen. Ich schätzte das mal eben auf irgendwas Richtung 200 bis 300 Kilogramm Gewicht. Auch wenn das Gerät irgendwie filigran wirkte. Stahl wog aber, das war mir bekannt.

Meine „Bestandsaufnahme" hatte locker eine halbe Stunde gedauert. Jaap war mit Big Boy zurückgekehrt, hatte ihn mit Geschirr ausgerüstet, führte ihn vor das Gerät. Legte mehrere Lederriemen an. Daran dann eine Holzstange. „Na, was meinst du? schaute Jaap abfragend zu mir. „Viel Arbeit. Auseinandernehmen, reparieren, alles neu fetten, alles wieder zusammenbauen. Lohnt sich das überhaupt? Für dich?" Das wisse er … könne er sich zumindest vorstellen. „Sicher, wahrscheinlich ist hier tatsächlich neu billiger. Aber ich möchte das Teil unbedingt verwenden". Erklärte mir, als Landmaschinenlaien, noch einmal die Funktionsweise … und den Vorteil den er darin sah. „Die einzelnen Gabeln werfen das Mähgut portionsweise nach hinten. Das ist nicht nur besser für das Stroh … oder Heu. Nährstoffreiche Blättchen im Heu werden einfach schonender behandelt". Ausschlaggebend sei aber für ihn, dass er keine Zugmaschine … keinen Traktor verwenden müsse. Der Boden geschont würde. „Big Boy zieht das. Dann hat er auch eine Aufgabe".

Die breite Lederführungsleine für Big Boy, die Jaap in einer Hand hielt, schnalzte laut in der Luft. „Kom op Big Boy". Obwohl das Pferd anzog bewegte sich nichts, gar nichts. Die Stahlräder waren bereits im Boden … im Gras eingewachsen. Japp stellte sich vor Big Boy. „[162]*Kom op, trek het ding eruit*". Big Boy spannte seine Muskeln. Stemmte sich in das Geschirr. Das Teil bewegte sich, aber nichts drehte sich. Das Pferd zog

---

[162] Komm`, zieh' das Teil einfach raus.

das Stahlkonstrukt einfach hinter sich her, eine tiefe Furche in der Weide hinterlassend. Wie einen Schlitten. Die, eigentlich Räder, fungierte als Kufen. Auf denen der Gabelwender einfach weggezogen wurde. Was für eine Power in dem Pferd steckte. „Voll die Maschine" hatte ich mich neben Jaap begeben, der jetzt Big Boy Richtung Scheune dirigierte. Erst über die Weide, dann über den mit Kieselsteinen ausgestreuten Weg. Auch hier fräste sich das Gespann förmlich durch den Untergrund.

„[163]*Ben je gek?*" schaute sich Nele das Spektakel in der Türe des Hauses stehend an. Konnte damit weder mich noch Big Boy meinen. „[164]*Jaap, hou op met dat stom gedoe*". Musste aber dabei lachen. „[165]*Wat een gestoorde vent*".

Einen Teil der Hauptkonstruktion hatte ich bereits demontieren können, zum Teil recht beschwerlich. Einiges war dermassen festgerostet, da half nur Gewalt. Hatte mir aus einem herumliegenden Rohr eine Verlängerung für die Gabelschlüssel zurechtgedengelt. Um einfach noch mehr Hebelkraft auf die Verschraubung auswirken zu können.

Nele war in die Scheune gekommen, trug eine, für sie, viel zu kleine Schürze. Vielleicht aus einem Kinderkaufladen. An dem, an ihr sehr schmal auschauenden Latz, drückten sich links und rechts ihre Brüste vorbei. Zeichneten sich in ihrem weissen T-Shirts ab. Nele schien meinen Gedanken „Lekkere tieten" zu erraten, verschränkte ihre Arme vor ihrem Oberkörper. „Komm' was essen. Wir machen Mittag" drehte sich um, ging wieder aus der Scheune.

Auf dem Tisch stand dampfend ein grosser Topf. Kartoffeln, zusammen mit grünen Bohnen und Möhren zu einer sämigen Suppe eingekocht. Nele legte jedem eine Rookworst

---

[163] Bist du verrückt?

[164] Jaap, hör' auf mit der Scheise.

[165] Was für ein geistesgestörter Kerl.

auf den Teller, gab mit einer Schöpfkelle Suppe dazu. Sie hatte ihre Schürze abgelegt, trug jetzt deutlich erkennbar einen BH. Verdammt, sie hatte genau erkannt was ich gedacht hatte. Schon ein wenig unangenehm. Für mich. Ertappt. Mist. „Schade, dass Michelle und euer Mädchen nicht mitgekommen sind" führte sie einen Löffel an den Mund. „Wir haben unerwartet Besuch bekommen. Aus Deutschland". Beides nicht ganz der Wahrheit entsprechend. Aber irgendwie dann doch. Wollte … und konnte ihnen doch nicht erzählen warum genau Michelle zu Hause geblieben war. Sie habe nämlich in den letzten Tagen ein paar Dinge für Michelle herausgesucht. „Die sie vielleicht gebrauchen kann. Haben möchte". Würde sie mir nach dem Essen gerne zeigen. Solle ich mir mal anschauen.

Befragte dann Jaap ob der „Heuwender" denn wieder in einen brauchbaren Zustand zu versetzen sei. „Für Jaap ist das mehr als nur das Gerät. Ein bisschen Nostalgie". „Ja, sowas hatten wir … mein Opa auf unserem Hof. Keine Maschinen, keine Traktoren. Nur Pferde. So wie Big Boy". So sei er aufgewachsen. So fände er das eigentlich auch gut.

„Das ist schon viel Arbeit, das Teil war ja schon richtig in die Weide eingewachsen" schnitt ich mir etwas Rookworst in dünne Scheiben. „Vielleicht schaffe ich das heute alles zu zerlegen. Kann Willem, meinen Mitbewohner, vielleicht fragen ob er nächste Woche mitkommt. Das ist echt viel Arbeit, selbst zu zweit. Das Ding muss komplett neu aufgebaut werden. Wie schon gesagt, lohnt sich das überhaupt?"

Jaap wischte sich mit einer Serviette die Lippen. „Ja, lohnt sich. Ich möchte … ich will das benutzen … nutzen. Andere … so Neureiche … stellen sich das vielleicht als Deko in die Einfahrt von ihrer Prunkvilla. Haben noch nie einen Handschlag gearbeitet … wollen aber auf dicke Hose machen … mit so einer Antiquität Eindruck schinden. Für mich ist das viel mehr. Wie Nele gesagt hat … das erinnert mich an meinen Opa. Der hat noch mit seinen Händen gearbeitet. Und nicht wenig. Das will ich einfach in Ehren halten, Ja, das lohnt sich". Wie enthusiastisch er das vorgetragen hatte erstaunte mich. Er, der sonst auf kurze Sätze bedacht war. Haute jetzt mal eben einen raus.

Nele stellte Kaffeetassen auf den Tisch. „Kopje koffie?" Jaap holte Tabak aus seiner Jacke. „Kein Kind ... dann können wir auch hier rauchen". Wegen mir musste das nicht sein, mir war das egal. „Ich geh' immer raus zum Rauchen. Auch zuhause. Ich rauche nicht einmal im Auto". Jaap schaute. „Aber du bist doch Raucher". „Ja sicher. Trotzdem finde ich das ... selber ziemlich eklig in einen Ascher einzusteigen. Das merkt man schon ob im Auto geraucht wurde oder nicht". Nele brachte die Kaffeekanne. Delfter Porzellan, genau wie die Tassen.

Meine Zigarette rauchte ich in der Scheune, an meinem Arbeitsplatz. Werkelte zeitgleich einfach weiter. Hatte mir von Jaap einiges an Zetteln geben lassen, die ich um die demontierten Teile wickelte. Mit Zahlen beschriftet. Irgendwie musste das alles ja auch wieder zusammengesetzt werden. Jaap hatte sich den Arbeitsfortschrit irgendwann auch angeschaut. „Ich besorge dann roten Lack, dann kann das so werden, wie es ursprünglich mal ausgesehen hat. Ich freu' mich schon richtig darauf" lief er um das schon sehr „gestrippte" Gestell herum.

Erst ganz zum Schluss nahm ich die schweren „Kutschräder" ab. Legte alles zusammen. Für heute sollte es das gewesen sein. Schaute kurz in meinem Auto auf die Uhr. Gleich Vier. Das sollte genügen. Für Samstag. Ein wenig Wochenende wollte ich schon noch haben. Fertig würde das so oder so nicht. Weder heute, noch nächste Woche. Selbst mit zwei Mann nicht. Wenn Willem mir helfen wollte ... konnte. War es ja nicht nur zusammenbauen. Auch anderes war zu tun. Defekte Teile ersetzen, alles fetten, alles auf Funktion prüfen. Am Besten auch eine Probefahrt. Arbeit für garantiert zwei weitere Tage. Bedeutete gleichzeitig zwei weitere Samstage. Lackierarbeiten sollte Jaap dann schon selber übernehmen.

Über den Hof laufend suchte ich nach Jaap. Fand aber nur Nele, in ihrer Käserei. „Jaap bereitet die Butik vor, morgen haben wir geöffnet. Für Kunden aus dem Umland" wusste sie. „Warte kurz, dann zeig' ich dir was für Michelle gedacht ist". Kam an einer anderen Türe aus dem Gebäude. Hatte ihre weissen Stiefel und ihre weisse Gummischürze getauscht. Schloss eine kleine, hölzerne Türe neben der Käserei auf. Zu einem kleinen Raum. Vollgeprödelt. Mit Töpfen. Auf einem Tisch stand ein Topf, ähnlich wie ein Einkochkessel, wie ich ihn noch von meiner Mutter kannte. Wenn sie Obst einkochte. Aus Edelstahl. Nicht der von meiner Mutter, der war aus Emaille. Hellblau.

„Das ist ein Pasteurisator. Für Milch. Für kleine Mengen. Bis 25 Liter. Für Käsemachen. Damit habe ich angefangen. Der ist noch aus Nederland. Mittlerweile verarbeiten wir ja grössere Mengen. Aber für Michelle … für den Anfang optimal. Kann sie sogar in der Küche verwenden. Ohne grossen Aufwand". Hob den Deckel an. „Mit Thermometer, alles Edelstahl, mit Heizelement". Lächelte mich nett an. „Klein, aber fein. Starterset. Vielleicht möchte sie das ja haben. Also nicht haben, von mir abkaufen. Ich habe … wenn ich mich recht entsinne … damals … in Lemmer so um die Zwölfhundert Gulden dafür bezahlt". Legte den Deckel, auch Edelstahl, wieder auf den Topf. Griff an das danebenstehende Gerät. Und das ist eine Käsepresse. Für Käselaiber bis zwei Kilo. Habe ich auch noch mal für Laiber bis fünf Kilo". Erklärte dann „Presskorb und alle mit Käse in Berührung kommende Teile sind aus Edelstahl, alles andere aus stabilem Aluminium, die Spindel ist aus Gusseisen".

Aus dem Regal hinter sich zog sie von diesen runden Plastikschalen, die sie in ihrer Käserei verwendete. „Das gehört dann auch dazu. Hast du ja drüben bestimmt gesehen. Da wird der Bruchkäse eingefüllt und dann hier … in der Press gepresst". Schob alles zusammen. „Wenn das was für Michelle ist? Für ... sagen wir mal ... alles zusammen 800 Gulden". Zur Kontrolle drehte ich die Pressspindel. Lief wie geschmiert. War leichtgängig. „Nele, wo soll ich ... Michelle Gulden herbekommen? Geht nicht auch Kroner?" Sie lachte. „Natürlich, habe ich nur so gesagt um eine Vorstellung zu haben. Vom Preis. Gulden sind dir doch sicher noch geläufig". Damit hatte sie recht. Oft, eigentlich immer, versuchte ich umzurechnen, wenn ich etwas kaufte, jetzt nicht im Supermarkt oder beim Bäcker. Aber alles was teurer war, konnte ich so deutlich einfacher in Relation setzen. Die letzten Jahre waren ja für mich auch durch die Währung Gulden geprägt. Nele lachte. „Mach' ich sogar selber. Heute noch. Preise in Gulden umrechnen".

Noch einmal sah ich mir den Einkochtopf an. Eigentlich wie neu. Was sicherlich auch an der Edelstahl-Ausführung lag. Nicht umsonst hiess das so – Edelstahl – edler Stahl. „Also 800 Gulden ... das ist genau der Preis ... den ich auch nehmen wollte ... für meine Arbeiten. Wollen wir einfach tauschen? Also ohne Geld? Nur Willem müsstet ihr bezahlen. Und ... ihr bringt das alles Michelle. Du zeigst ihr wie alles funktioniert. Ich sag' ihr aber nichts davon. Dann wird das eine Überraschung für sie".

Nele hielt mir ihre Hand entgegen. „Abgemacht. So machen wir das". Zog mich aber mit einem kräftigen Ruck in ihre Arme. „Das wird Michelle freuen. Sie hat mir ja erzählt wie sehr sie das möchte. Käsemachen. Und dass sie einen Laden bekommt. Von dir". Gab mir unvermittelt einen Kuss. „[166]*Goede jongen. Je bent een goede echtgenoot*".

Meine Werkzeuge wollte ich noch einpacken, dann aber definitiv aufbrechen. „Sagst du Jaap dann Bescheid? Nächste Woche geht es weiter. Und vorerst nichts neues raussuchen.

---

[166] Guter Junge. Du bist ein guter Ehemann.

Erst mal den Heuwender. Dann sehen wir weiter". Nele schmunzelte. „Also so weit ich weiss, hast Jaap schon die gesamte Nachbarschaft angespitzt. Wenn es nach ihm ginge könntest du dir hier ein Zelt aufschlagen". „Erst mal nicht Nele. Vielleicht ... je nachdem ... wenn ich die Schule fertig habe ... dann immer so ein oder zwei Stündchen nach der Arbeit. Aber vor Ende des Monats gar nichts".

Kabeltrommel, Werkzeuge und Maschinen waren im Kofferraum verstaut. Jetzt nur noch das Schweissgerät hineinhieven. „Nele hat mir Bescheid gesagt. Danke für heute. Danke überhaupt" stand Jaap plötzlich neben mir. Leicht erschrocken war ich zusammengezuckt. Zeigte Jaap noch einmal wie der Stand der Dinge war. „Bring' mir bloss nichts durcheinander. Alles ist beschriftet".

Aus einer Ecke kramte Jaap eine grosse, graue Abdeckplane hervor. „Fass' mal bitte mit an, damit decken wir das ab". Beschwerte die Plane am Boden mit ein paar Holzklötzen. „[167]*Je maakt me ... en grootvader een plezier. Weet je dat?*" Schaute zur Decke der Scheune. „[168]*In de hemel. Opa is al heel lang dood*".

Jaap half mir beim Verladen des Schweissgerätes. Auf dem Wagendach des Escort stand ein Pappkarton. „Für dich. Für euch" zog er den Karton heran. Mit reichlich Käse gefüllt. Grosse Stücke Käse. Achtel-Laibe. „Was bekommst du dafür?" Jaap sah mich gespielt böse an. „[169]*Probeer je ons te beledigen? Niets, natuurlijk. Neem dat maar mee. Veel plezier. Geniet ervan*". Ganz kurz nur setzte ich „Jaap ..." an. „[170]*Kop dicht. Geen gezeik*".

---

[167] Du machst mir ... und Grossvater eine Freude. Weisst du das?

[168] Oben im Himmel. Opa ist schon lange tot.

[169] Willst du uns zu beleidigen? Nichts natürlich. Nimm das einfach mit. Geniesst den Käse.

[170] Klappe halten. Kein Gequatsche.

„Dauereinrichtung"

Meine Freude nach Hause zu kommen war gross. In vielerlei Hinsicht. Ein Barbecue erwartete mich. Meine Familie. Meine Freunde. Mein Hund. Musste das jetzt nur in eine sinnvolle Reihenfolge bringen.

Parkte mein Auto, entlud es. Bis an die Werkstatt heranzufahren war nicht möglich, die Gartensitzgarnitur war bereits aufgebaut, etwas daneben stand schon der Grill. Auch die Werkstatt selbst, der Schuppen, nahm so langsam auch optische Züge unseres Lagers in Rockanje an. An einer Seite waren bereits zwei Türme mit Heineken-Kästen. Einer mit Leergut und einer mit ... wie sollte ich das nennen? Mit vollen Bierflaschen? Wenn Kästen mit leeren Flaschen doch als Leergut bezeichnet wurden – so müsste das Gegenteil folglich „Vollgut" heissen. Was es ja auch war. Volle Bierflaschen, Kistenweise, war ja auch auch voll gut.

Eine Runde drehte ich um den Tisch, die Barbecue-Gesellschaft umarmend und begrüssend. So viel Zeit musste sein. Zumindest die, die anwesend waren. Willem, Wilma, Ingrid und Kristina. Michelle sei im Haus. Mit Torid, liess Wilma wissen. Fast wie bei der Armenspeisung, so machte es den Einduck, hatte Kristina sich ganz hinten angestellt. Trug ein hübsches Kleid – von Michelle. Das ihr sehr gut stand. Zu ihrer Jugendlichkeit passte. Lässig an ihrem Körper herunterfiel. Nur in der Taille durch einen Stoffgürtel, im Design des Kleides, gebunden. Blau, mit weissen Punkten. Rundhalsausschnitt. „Was ist mir dir? Alles gut bei dir? Krieg' ich einen Kuss? Zur Begrüssung?"

Sie, ihr Kuss schmeckte auch schon leicht nach Bier. Ihr Vanilleparfum war weitestgehend verflogen. Sie roch nach Michelle. Nach Michelles Parfum. „Hast du dich ein bisschen eingelebt? Was hast du gemacht? Ach, kannste mir gleich erzählen. Ich will erst mal raus aus dem Overall". Griff mir aus der Heinekenkiste ein Bier. „Aber erst mal ..." setzte ich die schnell geöffnete Flasche an. Wie das zischte, immer wieder. Ging doch so gut wie nichts über ein gekühltes Bierchen. Stellte die beinahe in einem Zug geleerte Flasche auf den Tisch. Machte mich auf den Weg. Zu Michelle. Zu Torid.

Sie zu umarmen blockte Michelle mit erhobener Hand ab. „Du bist voll dreckig, kannst direkt ins Badezimmer durchmarschieren". Michelle folgte mir, mit Torid im Arm. „Der Papa ist ein kleiner Dreckspatz". Lehnte sich mit dem Hintern an den Waschtisch, sah mir zu wie ich mich entkleidete. Den Duschstrahl öffnete, um schon mal ein wenig die Wassertemperatur auf „Wohlfühl" einzustellen. Egal wo, beim Duschen kam immer ... und wirklich immer ... zuerst nur kaltes Wasser. Selbst wenn man nur den Warmwasserhahn aufdrehte. Warmwasser wurde ja nur auf Anforderung warm, bis dahin stand in der Leitung kaltes Wasser. Wir unterhielten uns, eigentlich mehr Michelle mich. Was sie gemacht habe, wie ihr Tag bisher war. Jetzt, mit entledigter Kleidung sollte ich ja nicht mehr „ein Dreckspatz" sein, meine Kleidung ... mein Gefieder lag ja auf dem Boden. Ging zu den beiden an den Waschtisch, umarmte und küsste sie. „Hallo meine Schätze". Setzte noch einen Kuss hinterher. „Der ist von Nele, ich soll dich ganz lieb grüssen". Michelle legte mir eine Hand auf den Hintern. Streichelte ein wenig über meine Pobacke.

„Du bist ganz schön spät ins Bett gekommen. Was habt ihr denn so lange gemacht? Gequatscht? War Ingrid auch so lange hier?"

Sie haben erst nur „einfach so" geredet. Erst als sie, Michelle, von ihren Erlebnissen – „auch um meinen Mist noch einmal aufzuarbeiten" – erzählt habe, sei Kristina lockerer geworden. Habe sich nicht nur für Michelles Schilderung interessiert. „Sie hat ein Gespräch mit Ingrid verabredet. Das sie heute wohl hatten. Bei Ingrid. In ihrem Beratungshaus. Also so ganz offiziell". Ingrid habe sich aber irgendwann verabschiedet. „Sie möchte Abstand ... um neutral beraten zu können hat sie gesagt".

Das Duschwasser hatte jetzt Betriebstemperatur. Michelle erzählte weiter während ich mich einseifte. Sie habe dann den Rest des Abends ... der Nacht alleine mit Kristina geredet. Ihr von sich erzählt, welche Parallelen zu ihr und Kristina bestanden. „Bei mir war das doch ähnlich ... und du ... und Wilma ... ihr habt mir doch da rausgeholfen. Mit Zuhören und Reden. Mit Verständnis, Güte und Liebe. Und dass du jetzt eben auch bei Kristina eigentlich gar nicht anders konntest ... anders kannst ... als ihr helfen zu wollen". Ihr erklärt habe, dass aus genau dem Grund ich sie wohl gebeten habe zu uns zu kommen. Um beschützt zu werden. Um ihr Hilfe und Stütze zu bieten. „Und alles andere habe ich auch erzählt. Wie wir zusammengekommen sind, wie wir dann letztendlich hier gelandet sind. Was du alles getan hast. Für mich ... für uns".

Leise klopte es an der Badezimmertüre. Die aber Sperrangelweit offen stand. Michelle hatte sie gar nicht geschlossen. „Darf ich reinkommen?" Kristinas Stimme. Mit einem erschrockenen Reflex hielt ich mir eine Hand vor den Unterleib, drehte mich zu der gefliesten Wand der Dusche. „Muss das ein? Ich dusche. Ich bin nackt". Spürte Michelles Klapps auf meinen Hintern, hörte „Ja sicher, komm' rein". Meinen Kopf über die Schulter drehend wiederholte ich „Muss das sein?"

„Wo ist jetzt dein Problem? Schämst du dich? Ist dir das unangenehm? Du machst gerade dasselbe was wir ... Ingrid und ich ... auch bei Willem gemacht haben. Unsere Nacktheit vor ihm versteckt haben. Aus Scham. Aus falscher Scham".

„Ich warte lieber draussen ... ich wollte eigentlich auf Toilette gehen". Kristinas Stimme. „Mach' ruhig. Für dich gilt das auch. Keine falsche Scham. Du hast nichts zu fürchten. Hier bei uns" Michelles Stimme. Zum Plätschern des Duschwassers gesellte sich Kristinas Pissstrahl. Michelle redete weiter. Zu mir. „Stell' dich nicht so an. Willst du jetzt zu der Wand reden? Oder dich weiter mit mir unterhalten? Auch mit Kristina? Dreh' dich um. Lass' sie doch sehen das ein Penis nicht grundsätzlich was Bedrohliches ist. Das ist er nämlich für sie. Sie hat es doch gar nicht anders erlebt. Bisher. Weißt du nicht mehr wie das bei mir war? Genau wegen dieser Bedrohung ... gefühlten Bedrohung ... habe ich doch auch nur mit Frauen ... erinnerst du dich daran, wie Wilma mir gezeigt hat ... mich aufgefordert hat deinen Pimmel in den Mund zu nehmen".

Ganz langsam drehte ich mich um. Schaute durch den Duschstrahl in Kristinas Gesicht. Die mir aber gar nicht ins Gesicht schaute. Sondern auf meinen Pimmel. „Könntet ... würdet ihr jetzt bitte rausgehen? Ja, das ist mir unangenehm. Wir können doch reden, wenn ich geduscht habe".

Michelle nahm Kristina an der Hand. „Ich hol' dir saubere Klamotten. Soll ich dir das auf die Wickelkommode legen?"

„Sag' mal, hast du in der nächsten Woche Zeit, um zur Bank zu fahren? Das Schweissgerät zu bezahlen?" setzte ich mich neben Michelle. Bereit das Barbecue anzugehen. Von der Grillstation zog schon leckerer Fleischgeruch herüber. Auf dem Tisch standen Schüsseln mit Beilagen. Nudelsalat, Kartoffelsalat. Von dem ich, mit einem Finger hineinstippend, „naschte". Wilmas Erklärung „Habe ich gemacht" war eigentlich müssig. Die Menge an Mayonnaise sprach für sich. „Habe ich schon, vor zwei Tagen war ich bei der Bank. Ist schon bezahlt. Sogar den Zahlungsbeleg habe ich bereits in der Buchhaltung abgegeben. Bei Wilma". Michelle leckte mir über meine, nach nur einem Fingerstipp, leicht fettigen Lippen. „Und ich habe gesehen, dass sich dein Kontostand langsam wieder auffüllt".

„Unser, mein Schatz. Nicht meiner. Unser". Kristina sass neben Michelle, beugte sich an ihr vorbei leicht vor. „Michelle hat mir ja erzählt, dass ihr ... Ingrid und du ... den Bauernhof gekauft habt. Wieviel Geld verdienst du eigentlich? Dass du dir das alles leisten kannst?" Von meinem Bier trank ich einen Schluck ab. „Eigentlich haben nicht Ingrid und ich den

Bauernhof gekauft. Wir alle haben den gekauft. Für uns alle. Ingrid hat einen nicht unerheblich Geldbetrag dazugesteuert. Den Rest haben wir drei … Michelle, Wilma und ich dazugetan. So stimmt es eigentlich". Schaute zu Ingrid, die mir gegenüber sass. „Ist es nicht so, meine Wikingerbraut? Wir haben das doch zusammen gemacht. Alles. Alles was wir jetzt haben. Das ist unsere Coproduktion". Ingrid drehte sich lachend über ihre Schulter. Richtung Flaggenmast. „Ja, Odin kann das bezeugen". Michelle stubste Kristina leicht an. „Gus sagt immer *Über Geld spricht man nicht, man hat es einfach*. Aber der … und auch Willem … die zwei verdienen schon fett Kohle". Zwinkerte sie an. „Und du? Ich habe ja selber als Pflegekraft gearbeitet. Für das, was ich geleistet habe war die Bezahlung aber eher jämmerlich. Jetzt … hier in Norwegen … verdient Wilma auch gerecht. Sie ist ja immer noch in einem Pflegeheim beschäftigt. Ist bei dir sicher ähnlich. Beim Roten Kreuz".

Kristina biss sich auf die Unterlippe. „Geht so. Ich bin ja nur Praktikantin. Für ein halbes Jahr. Ich bekomme 5.400 Kroner". Drehte sich auf der Sitzbank, setzte sich breitbeinig hin, drückte ihr Kleid züchtig zwischen ihre Schenkel. „Da bleibt nicht viel übrig … Sowas …" hob sie ein Bein in die Luft „… so schöne Schuhe kann ich mir nicht leisten. Die hat Wilma mir gegeben … ausgeliehen". Reckte ihr Bein in die Luft. Die Schuhe erkannte ich sofort. Schwarze Ankle Boots. Woran lag das eigentlich, dass allen Frauen untereinander alles passte? Kleider und auch Schuhe? Auf was bezog sich dieses „Grösse 38"? Sowohl bei Kleidung als auch bei Schuhen? Hatte die Schuhgrösse … direkt oder indirekt … etwas mit der Kleidergrösse zu tun? Oder umgekehrt?

Kristina drehte ihren Schuh, ihren Unterschenkel mit einer Hand leicht haltend. „Überhaupt … ihr … Wilma und du … ihr habt so schöne Kleider. Und so viele". Wilma grinste. „Haben wir von Gus. Ich war ja auch mal … nicht seine Frau … das habe ich selber verkackt … habe mich auf so ein Arschloch eingelassen … der mich nur zum ficken benutzt hat … geschwängert hat … und sich dann mit unserer Putze vom

Acker gemacht. Bin ich aber selber schuld". Sie lachte. „[171]*Eigen schuld, dikke bult*".

„5400 Kroner hast du gesagt? Das ist ja in etwa das was das Kemppi gekostet hat" stellte Willem eine erste Ladung Grillgut auf den Tisch. „Und wieviel Miete bezahlst du? schaute er seitlich zu Kristina. „2800". „Wat? 450 Gulden? " entfuhr es mir. „Das sind doch höchstens ... wenn überhaupt 15 Quadratmeter. Auf drei davon kann man stehen. Also ich. Ansonsten Dachschräge. Find' ich ein bisschen unverschämt". Eine lebhafte Diskussion kam in den Gang. „So ist das in Bergen. In der Stadt. Da ist alles teurer" war es Ingrid. „Ja, was denn? Mein Appartment ... in Spijkenisse war auch etwa so teuer". Michelles Worte. „Ja, aber das war schon ein bisschen grösser. *Je kunt geen kat op de kont slaan in Kristina's kamer*" Kristina sah mich an. „Was heisst das?" „In deinem Zimmer kannst du keiner Katze auf den Arsch hauen". Sie lachte. Über den Spruch. „Geht schon. Kommt ja sowieso nie einer zu mir".

Appetitlich braun gegrillte Schweinekoteletts, heute nicht paniert, dafür wohl ordentlich mariniert. Mit Gewürzen und Öl, lagen auf einem grossen Teller verzehrbreit. „Also, dann greift zu" hielt Willem den Teller leicht schräg.

Ein paar Bierchen hatten ihren Weg durch unsere Kehlen gefunden während wir speisten. Den ersten Gang. „Ich dreh' mal eine Runde mit Leopold" erhob ich mich vom Esstisch. „Bevor ... bevor ich mir weitere Biere reinschütte". Das hatte ich nämlich vor. Anständig ein paar Bier trinken. Weiter essen. Weiter trinken. In geselliger Runde. „Kann ich mitkommen? Darf ich mitkommen?" griff Kristina zu einer blauen Strickjacke, die neben ihr auf der Bank lag. Auch von Michelle.

---

[171] Eigene Blödheit, selber schuld.

Leopold freute sich ein Bein ab. Sprang an uns beiden hoch, rannte ein paar Meter, kam zurück, rannte wieder vor. Kristina begann direkt zu erzählen. Wäre heute morgen bereits mit Michelle zu den Tieren gegangen, hätten sie versorgt, gefüttert, Hühnereier eingesammelt. „Das ist total idyllisch wie ihr hier lebt. Nicht nur das mit den Tieren, auch wie euer Umgang miteinander ist. Wie eine richtige Familie. Obwohl ihr ja eigentlich keine Familie seid". Es fiel mir schwer mich gegen meinen Gedanken zu erwehren. Drückte Kristina an der Schulter fassend an mich. „Das wäre schön, wenn du auch … na, zu unserer Familie gehören würdest". „Ja, wäre nicht schlecht. Nur wie soll … könnte das gehen?" Das konnte ich nicht beantworten. Weder ihr, noch mir. „War nur so ein Gedanke, laut ausgesprochen".

Waren mittlerweile an der „Troll-Wurzel" angekommen. An dem ungstürzten Baum, dessen in die Luft ragendes Wurzelwerk an einen Troll erinnerte. Mich. „Wollen wir uns einen Moment setzten?" zog ich Tabak aus meiner Jackentasche. Warf einen dünnen Ast für Leopold. „So ein lieber Hund. Wie der um die Schafe herumflitzt Der ist so schnell" nahm Kristina das von Leopold apportierte Holz, warf es für ihn in das Gelände. „Darf ich das … darf ich dich mal was fragen?" Ihre Finger beider Händen schien sich zu verknoten, so wie sie sie ineinander verhakte. „Ist das so … so wie eben bei dir … in der Dusche … dein Penis … oder wie soll ich das nennen … der war so anders?" „Wie anders? Was meinst du? Hast du doch bestimmt schon gesehen. Bei deinem Freund. Einem deiner Freunde. Der war schlaff. Nicht steif. Und Penis finde ich einen blöden Ausdruck. Pimmel".

„Nein … habe ich dir doch ziemlich direkt am Anfang gesagt … du hast mich doch gefragt … in der Schule … ich habe keinen Freund … hatte ich auch noch nicht … und auch nicht mehr. Nur die Typen, die mich …". „Typen? Hast du nicht gesagt, dein Onkel Ferdi? Warum bist du eigentlich nie zur Polizei gegangen? Oder sonst zu jemand?" Tränen kullerten ihre Wangen herunter. „Entschuldige die blöde Frage. Du musst mir das auch nicht beantworten. Ich glaube da bist du eher bei Ingrid an der Richtigen. Blöd von mir. Entschuldige".

Laut hörbar zog sie die Nase hoch, schniefte laut. Kurzerhand zog ich mein Hemd über den Kopf, dann mein T-Shirt. Hielt es ihr entgegen. „Hier, dein Taschentuch". Kristina lachte. „Du … ihr seid alle so unkompliziert … so lieb … zu mir … warum macht ihr das?" Das Shirt das sie mir wieder anreichen wollte lehnte ich ab. „Behalt' das am besten. Kannst du ruhig vollschniefen, ist nicht schlimm". Kristina trötete in das Shirt hinein. „Mein Vater … mein Stiefvater … der Freund meiner Mutter … Onkel …". Ich drückte sie an der Schulter an mich. „Nenn' den nicht so. Das war … ist nicht dein Vater. Auch nicht dein Onkel. Ein Vater tut sowas nicht … mit seinem Kind. Nenn' ihn so wie er ist. Eine perverse Drecksau".

Kristina legte das „Taschentuch" erst gar nicht beiseite. „Wo hätte ich den hingehen sollen? Zu wem? Zu meiner Mutter? Die ja selber Spass daran hatte was der … diese Drecksau mit mit mir gemacht hat? Manchmal hat der sogar … mit einem seiner Kumpane … das zusammen mit ihm … mit mir gemacht. Mich auf sich gesetzt … festgehalten … und dann …". Sie begann schlimm zu weinen. „Dann in meinen Popo … und der andere vorne rein. Haben sich sogar abgewechselt … und gelacht". Ihren Kopf legte ich an meinen Oberkörper. „Wie furchtbar. Die müssen bestraft werden. Quatsch, die müssen getötet werden" strich ihr durch die Haare. „Ich will die nicht mehr wiedersehen. Nie mehr. Die sind schon tot. Für mich. Auch meine Mutter". Sie stand auf, trat vehement gegen einen kleinen Stein. „Diese verdammte Hure". Fasste sich an den Fuss. „Aua, das hat wehgetan". Musste selber lachen über die Auswirkung ihres Ausbruchs. „Deswegen … deswegen kann ich das auch nicht … weiss gar nicht damit umzugehen … wenn wir uns geküsst haben. Das haben die nämlich nie gemacht. Sind mir immer direkt zwischen die Beine gegangen. Haha, dass ich nicht lache. *Der hat dich lieb.* Meine Mutter hat mich belogen. Nach Strich und Faden".

Kristina zog sich die Rotze wieder in ihre Nase. „Bei dir glaube ich das, fühle das auch ganz anders. Auch bei Michelle. Wenn sie mich küsst … wenn sie mich streichelt … in den Arm nimmt. Deswegen habe ich so gezuckt als du mich … bei mir in der Wohnung geküsst hast … auf meinen Hals". Meine Hand zog den Reissverschluss im Rücken ihres Kleides ein kleines Stück herunter. „Ich küsse dich jetzt. Auf deinen Hals. Auf deine Schulter. Wenn du das zulässt". Schmiegte mein Gesicht an sie. „Das tut mir alles so furchtbar leid. Das hast du nicht verdient". Ohne es zu sehen konnte ich sehen wie Kristina sich auf die Lippe bis, tief Luft einsaugte. Liebkoste ihren Hals. „Michelle hat dich geküsst? Gestreichelt?" Ihr Kopf drehte sich. „Ja, so wie du jetzt. Gestern abend. Ihre Geschichte ist ja auch ganz schön Scheisse".

Den Reissverschluss schloss ich wieder, streifte ihr Kleid wieder über ihre Schulter. „Vertraust du uns? Lässt du uns dir helfen? Zumindest versuchen?" Kristina trötete erneut in das T-Shirt. Lachte. „Wird echt zur Dauereinrichtung. Dass ich in deine Klamotten rotze".

An der Hand zog ich sie von der Baumwurzel. „Wir gehen zurück, oder?" Nahm ihr das Shirt aus der Hand, tupfte behutsam ihre Tränen auf. „Ich kann damit nicht gut umgehen … wenn Frauen weinen. War deswegen auch bei Ingrid … unter anderem. Wir haben alle irgendwas was uns quält … einen Dämon … oder wie auch immer man das nennen soll. Und deswegen sind wir auch so … zueinander. Ingrid, Michelle, Wilma, Willem und ich. Wir wollen gut zueinander sein. Uns guttun. Das Böse soll fernbleiben. Von uns. Hast du ja gestern gehört, was Ingrid gesagt hat. Beim Flagge hissen. Odin soll über uns wachen. Das ist, was ich dir sagen kann … sagen möchte. Mehr weiss ich auch nicht. Werde Teil unseres Lebens, wir beschützen dich. Wir beschützen uns gegenseitig".

Kristina hob einen Ast vom Boden auf, warf ihn für Leopold. „Stell' ich mir schön vor".

„Walkie-Talkie"

„Was hat Ingrid denn zu dir gesagt? Als du bei ihr warst? Sie dich beraten hat?" „Kristina, sicher das was sie dir auch gesagt hat. Dass sie nicht über das redet, was man ihr anvertraut. Deswegen schätze ich sie auch so sehr. Dass sie immer im richtigen Moment umschalten kann. Von Ingrid auf Psychologin. Nur soviel kann ich dir sagen ... ich bin ein sentimentales Weichei". Kristina lachte. „Sentimental vielleicht ... Weichei wohl kaum ... ich habe deine Muskeln eben gesehen". Ganz leicht legte ich einen Arm um ihre Schulter. „Habe ich gesehen was du gesehen hast. Du hast mir auf den Pimmel geglotzt". Kristina lachte wieder. „Ja, habe ich. Schlimm? Du glotzt mir doch auch auf die Brüste. Habe ich auch gesehen". Langsam glitt mein Arm ihren Körper herunter, beinahe an ihren Konturen entlang hauchend. Fasste an ihre Hand. „Es ist schön dich lachen zu sehen. Zu hören".

Wieder zurück setzten wir uns in den Kreis der anderen. Kristina direkt zu Michelle. Die mir im Austausch Torid gab. Wie sich mich anstrahlte. Immer wieder die Sonne aufgehen liess. Obwohl es doch schon ein wenig kühl draussen war. Auch die drei Frauen, Ingrid, Michelle und Wilma hatten sich mit Pullovern der Strickjacken ausstaffiert. Torid war in eine warme Decke eingehüllt. Bei Willem keine Spur von frösteln. Er stand am Grill. „Ihr kommt genau richtig". Die angebratenen Elchsteaks hatte er in einen „Wärmebereich" des Grills gezogen, keine direkte Hitze mehr. Wie sehr im das gelungen war erkannte ich beim Anschneiden. Saft trat aus, das Fleisch war zart. Und extrem schmackhaft. Ein Brotkorb machte die Runde. Ingrid verteilte Preiselbeermarmelade aus einem Glas auf unsere Teller. Aus dem Kofferradio dudelte Musik im Hintergrund. Neben dem Tor zur Weide hatte Willem einen Baustrahler gelegt, der ziemlich hell in den Himmel strahlte.

Ich hatte mich mit Torid zu Willem und Wilma gesetzt. Neben Willem. Uns gegenüber sassen Ingrid, Kristina und

Michelle. In genau der Sitzfolge. Erzählte Willem jetzt davon was ich bei Nele und Jaap gemacht habe. Und weiterhin zu tun hatte. Und, wie bereits ja ganz kurz hatte anklingen lassen, seine Hilfe ziemlich gut gebrauchen könne. Am nächsten Wochenende. Für ihn auch bereits eine extra Bezahlung ausgehandelt habe. Wie ich den Auftrag aber sonst abgewickelt hatte erwähnte ich nicht. Die Kleinkäsereiausstattung sollte eine Überraschung für Michelle sein. Bleiben. „Eigentlich habe ich ja gedacht das Wochenende gehört uns" zwackte Wilma in Willems Bein. Willem zuckte kurz. „Aua, spinnst du? Wenn ich Gus helfen kann, warum denn nicht. Ausserdem müssen wir doch nicht immer aufeinanderglucken". Wilma war da anderer Meinung. „Doch, müssen wir wohl. In der Woche sehen wir uns kaum. Eine Stunde vielleicht, dann gehst du ins Bett. Also bleibt uns doch nur das Wochenende". Sie griff über Willem hinweg zu mir. „Genau wie bei dir. Unter der Woche war ich doch irgendwie gar nicht existent. Nur wenn du ... genau wie Willem ... wenn ihr das wollt. Dann kommt ihr zu mir ins Bett. Echt, muss das sein? Am Wochenende?"

Willem sah Wilma eindringlich an. „Muss das sein? Gehört das hier hin? Wann ich zu dir ins Bett komm'?" Michelle amüsierte sich über den Wortabtausch. „Willkommen im Club, Wilma". Aneinander klirrende Bierflaschen liessen uns schnell wieder zum Thema „Feiern" kommen. Ingrid hatte genau im richtigen Moment nicht nur für Getränkenachschub gesorgt, sondern auch mit ihrem Trinkspruch. „ [172] *For Norge, Kiæmpers Fødeland, Vi denne Skaal vil tømme, Og naar vi først faae Blod paa Tand, Vi sødt om Frihed drømme; Dog vaagne vi vel op engang. Og bryde Lænker, Baand og Tvang; For Norge, Kjæmpers Fødeland, Vi denne Skaal udtømme!*"

---

[172] Für Norwegen, den Geburtsort der Riesen, Wir werden diese Schale leeren, Und wenn wir erst Blut an den Zähnen haben, werden wir süß von der Freiheit träumen; Doch eines Tages werden wir aufwachen Und zerbrechen die Ketten, die Fesseln; Für Norwegen, den Geburtsort der Kämpfer, Wir werden diesen Panzer zerstören!

Kristina stand auf. „¹⁷³*Skål, dere er så jævlig kule. Jeg elsker å være sammen med dere. Med dere alle sammen. Med hver eneste en av dere*". Hatte ich das richtig mitbekommen? Nicht nur, dass sie in norwegisch den Spruch aufgesagt hatte, sondern sich auch in feinster Wikingermanier das Bier in einem Zug runtergekippt hatte. Einen gewaltigen Rülpser hinterher schickte. Sich scheckig lachte. „Du gefällst mir" erntete sie von Wilma. Bat Kristina sich zu ihr zu setzen. „Wir trinken uns jetzt mal einen. Nur wir beide". Orderte bei Willem. „Holst du uns mal bitte Bier".

Relativ schnell waren aus dem "Wir trinken uns jetzt mal einen" zwei bis vier Flaschen Heineken geworden. Pro Nase. Bei Wilma und Kristina.

Einige erste Klänge eines Lieds waren im Radio zu hören. Das ich gut kannte, auch sehr mochte. Wilma auch. Sie war aufgestanden, hatte ihren Kopf auf meine Schulter gelegt. „Mein Süsser, wie gerne haben wir beide dazu getanzt. Gib mir Torid. Tanz mit Kristina". Hob ihren Kopf. Schrie mir fast ins Ohr „Michelle, du musst mit Willem tanzen". Beugte sich wieder zu mir herunter. „Mach' bitte. Wenn die zwei, Willem und Kristina, bei dem Song nicht ihre Berührungsängste verlieren wird das nie was. Willem lässt Michelle ja an sich ran. Und Kristina dich. Habe ich doch gesehen. Sieht doch jeder hier". Wilma hob Torid in ihre Arme. „Na kommt, hopp. Discotime".

Zum ersten Mal erklang die typische Textzeile *Someday you'll return to your valleys and your farms. And you'll no longer burn to be Brothers in arms.* Michelle hielt Willem ihren ausgestreckten Arm entgegen. „Wenn ich bitten darf, der Herr". Zog ihn in ihre Arme. „Und Engtanz. Musst mir ja nicht direkt unter den Rock greifen, das kannst du bei Wilma

---

¹⁷³ Skål, ihr seid so verdammt cool. Ich bin gerne bei euch. Bei euch allen. Bei jedem einzelnen.

machen". Zog Kristina an der anderen Hand. „Und du auch. Engtanz". Zwinkerte mir zu. Was eigentlich gar nicht mehr nötig war. Ich wollte sowieso. Engtanz.

Nur den Partnerwechsel, den Michelle mitten in der Nummer bewirken wollte machte Willem nicht mit. „Mit dir tanzen - ja. Oder mit Wilma. Mehr nicht. Ich bin so gerade erst auf dem Weg. Mehr geht noch nicht. Echt nicht". Michelle machte eine Verbeugung vor Willem. So als wären die beiden auf dem Wiener Opernball. „Das war cool von dir Willem". Setzte sich zu Wilma. „Das war cool von dir Wilma". Sprach jetzt so laut, absichtlich, dass es bis zu uns … zur Tanzfläche herüberdrang. „Gib mir mal die Maus. Ich glaub' so schnell lässt Kristina Gus jetzt nicht los".

Auch als bereits keine Musik mehr lief, Gelaber, sei es Nachrichten, Wetterbericht, Staumeldungen oder was auch immer aus dem Radio tönte, hielt ich Kristina. Führte sie dann aber doch an den Tisch zurück. Sie legte ihre Arme um Michelles Hals. „Seid ihr alle sowas wie Therapeuten?" Michelle lachte sie an. „Ne, eigentlich nur ganz normale Leute". Schnell entfernte ich mich ein paar Schritte. Michelle kam zu mir. Lachte, grinste breit. „Du hast voll den Ständer. Sieht man". „Ja. Deswegen stehe ich auch hier. Wär' doch jetzt wohl ein bisschen unpassend … wenn ich so … Kristina gegenüber … sie … ihr Körper macht mich voll an". Michelle nahm meine Hand. „Hast du gut gemacht". Gab mir einen Kuss. „Du auch. Mit Willem. Vielleicht doch was dran … mit den Therapeuten. Zwei geschundene Seelen".

Nach einer Weile … nach Abklingen der Beule in meiner Hose gingen wir an den Tisch zurück.

Langsam löste sich unsere Tafelrunde auf. Erst Ingrid, die sich zuvor zu mir gesetzt hatte. „Ich bin ja sonst immer gerne dabei … mit euch. Feiern und so. Aber im Moment, das habe ich auch gestern schon Michelle gesagt, muss ich … will ich … möchte ich als seriöse Psychologin wahrgenommen werden. Von Kristina. Sonst kann ich nicht beraten". Kurz darauf waren auch Willem und Wilma am Zug. Und Michelle, die Torid zu Bett bringen wollte. „Ich mach' das alles. Ich räume auf. Ich bring' alles ins Haus. Was soll denn zu dir Wilma?" Wilma lächelte. „Nichts, vor allem kein schmutziges Geschirr. Gus hilft dir bestimmt gerne beim Abwasch". „Was bist du doch für eine abgebrühte Kanaille" oder ähnliches dachte ich mir nur als ich zu Wilma schaute. „Klar, mach' ich gerne. Ist ja meine Lieblingsbeschäftigung".

Warf noch einen Blick zu Willem. „Den Rest auch. Ich mach' einfach alles. Tisch weg, Grill weg, Licht aus". Den mein sarkastischer Unterton aber nicht störte. „Klar, aufgebaut haben wir ja alles".

Eine ganze Weile sassen Kristina und ich einfach nur da. Nebeneinander. „Das war schön mit dir zu tanzen, dich zu spüren. Ich finde es gar nicht schlimm von dir berührt zu werden. Eher das Gegenteil. Du berührst mich ja auch. Sonst wurde ich einfach nur genommen. Von einem Dreckschwein. Ich habe mich dann einfach nur hingelegt. Wie ein Brett.Und gehofft, dass es schnell vorbei ist. Er mir nicht wehtut. Weil ich mich wehre. Das habe ich nie gemacht. Ich habe einfach nur dagelegen. Und nichts gespürt. Ausser Schmerzen. Vorhin ... als wir getanzt haben ... habe ich sehr wohl gemerkt wie dein Penis gegen mich gedrückt hat. Das war schön". „Ich ... äh ... ich wollte das nicht ... das ist einfach so passiert ... du machst mich an ... dein Körper ... du bist so sexy ...". Kristina griff zu meiner Hand. Unter dem Tisch. „Du findest mich echt sexy?" „Ja, Kristina. Sehr". Sie stand auf, räumte Teller übereinander. „Dann lass' uns mal Klar Schiff machen".

Eine gute Stunde später waren wir durch. Aufgeräumt, gespült. Alle Spuren beseitigt. Michelle war schon wieder unten. Torid schlief. Auf dem Couchtisch hatte sie das Babyfon abgelegt. „Sollen wir einfach ein bisschen in die Glotze glotzen? Abhängen? Oder wollt ihr noch was machen? Wenn ja, was?" Kristina liess ich neben sie in die Couch fallen. „Au ja.

Ich habe ja keinen Fernseher. Und schon ewig nichts gesehen. Hbt ihr denn auch deutsches Programm? Michelle schmunzelte. Kann sein. Aber ich verstehe entweder Norge, English oder Nederlands. Deutsch fällt also aus". Kristina kuschelte sich an Michelles Schulter. „War das bei dir auch so? Dass du dich irgendwann ... nach dem ganzen Scheiss bei dir ... auch wie geborgen gefühlst hast? Ich fühl' mich voll geborgen bei euch". Michelle legte ihren Arm um Kristinas Schulter. „Habe ich doch gesagt, fühl' dich wie zuhause". Kristina befreite sich aus ihrer Umarmung. „Will ich nicht. Ich will mich nicht wie zuhause fühlen. Mein Zuhause war Scheisse". Lehnte sich wieder an Michelle an. „Ich will mich wie bei dir ... wie bei euch fühlen. Hier ist schön. Das andere war Scheisse".

Michelle öffnete auch ihren anderen Arm. „Komm' zu mir mein Schatz. Oder setz' dich quer auf die Couch. Dann kannst du mich in den Arm nehmen, ich Kristina". Die Variante gefiel mir. Legte ein Bein auf die Couch, das andere blieb am Boden. Michelle rutschte zwischen meine Beine, legte ihre Kopf an meine Schulter. Nahm Kristina an der Schulter. „Leg' dich ruhig auf meinen Bauch, deinen Kopf bei Gus auf den Bauch. Das ist gemütlich. Und wie. Dann spürt jeder jeden". Kristina drehte sich ein wenig auf die Seite. Lag über Michelle. Michelle strich ihr durch die Haare. „Weinst du?" „Ja Michelle. Aber nicht, weil ich traurig bin oder so. Weil es mir gut geht. Ihr gebt mir so eine Wärme". Schaute kurz zu Michelle ins Gesicht. „Kann man das auch zu einer Frau sagen? Also eine Frau zu einer Frau? Also ich zu dir? Dass ich dich lieb hab'?"

„Natürlich. Man kann ...man soll sogar sagen was man empfindet". Kristina kuschelte sich an Michelles Hals. „Du bist so eine liebe Mutter ... so eine liebe Frau. Und das obwohl du ... wie du mir ja erzählt hast nie selber deine Mutter ... eine Mutter kennengelernt hast". Michelle beugte sich über Kristinas Gesicht, gab ihr einen Kuss. „Und du bist so ein liebes Mädchen ...". Lachte. „Natürlich nicht Mädchen, junge Frau ... ich bin ja grad mal ein paar Jahre älter als du. Ich rede schon wie eine Mama. Weil ich ja sonst mit Torid rede".

Beim Durchzappen des Fernsehprogarmms hatte ich etwas Passendes gefunden. Niderländisches Programm Mit englischen Untertiteln. „Lass' das mal, das kenne ich" fasste Kristina meine Hand mit der Fernbedienung. „Denver-Clan. Das gibt es auch in Deutschland". Weder das sagte mir was, noch das von Michelle genannte „In Nederland heisst das Dynasty". Gestylte - überstylte Weiber. Deren Titten aus teuren Designerkleidern herausquollen. Typen in Anzug. Mit Fliege. Die sogenannte High-Society. Schon nach wenigen Minuten war mir klar „Gut, dass ich nicht deren Probleme habe".

Für einen Moment hatte ich vergessen, dass ich nicht allein mit Michelle auf der Couch sass. „Garantiert alles Plastik … Silikontitten. Das quietscht bestimmt, wenn man bei denen einen Tittenfick macht". Beide, Kristina und Michelle lachten. Kristina schaute hoch. Zu Michelle. „Macht ihr sowas? Manchmal?" Michelle lachte noch mehr. „Also ich nicht. Wenn dann schon Gus. Ich habe ja nur die Titten".

Der Fernsehabend wurde durch das Babyfon unterbrochen. Mein Fernsehabend. „Du bist dran" schob Michelle das kleine, sich leise meldende Walkie-Talkie über den Couchtisch. „Gibst du ihr was?"

Etwas umständlich pellte ich mich unter den beiden von der Couch. „Natürlich mein Engel". Holte aus dem Kühlschrank ein Fläschchen, wärmte es unter laufendem Wasser etwas an. „Kann aber gut sein, dass ich direkt oben bleibe, mich auch hinlege". Michelle streckte ihren Arm nach mir aus. „Dann kriegen wir aber einen Gute-Nacht-Kuss".

„Gute Nacht, mein Engel" gab ich Michelle einen Kuss, beugte mich zu Kristina. „Gute Nacht, meine Prinzessin".

„Schleife"

Mit enormem Druck auf der Blase wachte ich auf, tastete im Bett neben mich. Nichts. Neben mir lag niemand. Mein Blick zum Wecker zeigte 04:12. Anders als auf meinem Nachttisch, in meinem Zimmer – das jetzt ja Gästezimmer für Kristina war – stand bei Michelle neben dem Kopfende ein digitaler Wecker, der auch im Dunklen direkt, leicht bläulich leuchtend die Uhrzeit anzeigte. Schon komisch ... wenn ich, wie jetzt, in der Nacht mit Harndrang aufwachte hatte ich gar keine „ChroMoPiLa" – chronische Morgenpisslatte. Lag es also doch gar nicht am Harndrang, sondern dass ich den letzten Momenten vor dem Aufstehen erotische Träume hatte? Anders konnte es eigentlich gar nicht sein. Nur warum erinnerte ich mich nicht an diese Träume? Mit wem war ich vor dem endgültigen Aufwachen „Erotisch"? Und wie?

Einen schnellen Blick warf ich ins Gästezimmer, dessen Tür offenstand. Auch leer. Hatten die beiden, Kristina und Michelle wieder die Nacht durchgeredet? „Jetzt geh' mal pinkeln, sonst machst du dir noch in die Hose" ermahnte mich mein Kopf. Um im selben Moment zu denken „Dazu müsstest du dir zumindest erst mal eine Hose anziehen". Das war mir einfach zu oft schon passiert, dass ich nackt vor irgendeinem Besuch herumgeturnt war. Zuletzt vor Arnora. Schnell meine Boxershort gegriffen. Ab nach unten. Direkt durch ins Badezimmer.

Auf dem Rückweg sah ich die beiden auf der Couch liegen. In ähnlicher Position, wie ich sie gestern verlassen hatte. Kristina über Michelle, halb in ihren Armen. Ihr Kleid war ein kleines Stück nach oben gerutscht, liess ein wenig von ihrem Oberschenkel sehen. Wenig. Die am Fussende der Couch liegende Wolldecke legte ich über die beiden. Das Fernsehgerät war immer noch eingeschaltet, leise flimmerten schwarz-weisse Punkte über den Bildschirm. Mir kam eine Textpassage eines Lieds in den Sinn als ich die beiden betrachtete – „Ebony and ivory ... live together in perfect harmony". Wegen ihrer blonden und dunklen Haare, die sich ansatzweise auf Michelles Schulter vermischten.

„Schön, dass sie sich so gut verstehen" legte ich mich wieder ins Bett. Warf zuvor einen prüfenden Blick auf Torid. Die friedlich schlummerte. Konnte noch einmal knapp zwei Stunden schlafen. Dann riss mein „innerer Wecker" mich hoch. Meine Zeit. Um mich fertig zu machen. Unter der Woche. Ging nach unten, weckte Michelle, sanft am Arm rüttelnd. „Gehst du nach oben? Zu Torid".

Meine morgendliche Runde mit Leopold war mittlerweile zu einer festen Einrichtung geworden. Tat mir selber auch sehr gut. Durch die Wiesen und Wälder wandern, den Klängen der erwachenden Natur lauschen. Die klare Morgenluft atmen, das Kitzeln des nassen Grases und die ersten wohltuenden Sonnenstrahlen im Gesicht spüren. In der Dämmerung des Waldes die Sinne schärfen, Düfte und Geräusche wahrnehmen. Das tiefe und bewusste Einatmen der frischen Waldluft öffnete meine Lungen, gab mir Kraft für den Tag.

Leopold war versorgt, mit Futter. Jetzt wollte ich mich daran machen für uns Frühstück vorzubereiten. Sonntag. Mit allen gemeinsam frühstücken. Frische Hühnereier hatte ich aus dem Stall mitgebracht. Setzte die Kaffeemaschine in Gang. Wollte Michelle wecken.

Auch wenn ich sie gebeten hatte „Gehst du nach oben? Zu Torid?" hatte ich – wenn ich ehrlich war – nichts anderes erwartet als den Anblick, der sich beim Betreten des Schlafzimers bot. Michelle hatte Torid auf ihrem Oberkörper liegend an sich gekuschelt. Kristina lag neben ihr. Auf ihre Ellenbogen gestützt. Was für ein Körper. Schmale Taille, breite Hüften, wohlgeformter Po und straffe Oberschenkel. Zwischen ihren Schenkeln blitzten einige wenige dunkle Häärchen hervor.

„Guten Morgen, ihr Hübschen". Kristina erschrak. Zog sich das Plumeau über den Po. Drehte sich über die Schulter zu mir. „Du bist ja ein richtiger Frühaufsteher". Michelle streckte mir einen Arm entgegen. „Guten Morgen, mein Süsser". Schaute kurz zu Kristina. „Ja, leider".

„Kommt ihr dann gleich runter. Frühstück ist fertig. In zehn Minuten". Michelles Hand glitt über Kritinas Rücken. „Wir ziehen uns schnell an. Wenn du vielleicht duschen gehen möchtest ... nimm dir saubere Wäsche aus der Kommode. Und ein Kleid ... da aus dem Schrank. Dem mit der Schiebetür. Ein anderes ... oder willst du zwei Tage hintereinander das gleiche Kleid tragen?"

Michelle kam als erste die Treppe hinunter, Torid in Armen tragend. „Kannst du mal kurz rausgehen? Kristina möchte ins Bad". Auf Anhieb verstand ich nicht, was sie meinte. „Ja, geh' mal raus. Vor die Tür. Soll sie hier nackt durchspazieren?". Lächelte. „Ich weiss, würde dir gefallen. Geh' mal bitte für einen Moment raus".

Michelle trug ein knielanges Kleid. Mit rot-blauem Printmuster. In der Taille von einem ebensolchen Gütel gebunden, mit einer neckischen Schleife, die über die durchgehende Knopfleiste fiel. Die sie bis etwa zu den Knien geöffnet hatte. „Du siehst bezaubernd aus, mein Engel. Wie ein Geschenk ... das ich auspacken soll". Fuhr mit einer Hand an ihre Schenkelinnenseite. „Soll ich das auspacken? Soll ich dich auspacken? Trägst du was drunter?" Sie gab mir einen Klapps auf meinen Handrücken. „Nicht".

Die anderen, Ingrid, Wilma und Willem hatten sicherlich gerochen, dass der Tisch eingedeckt war. Auch Ingrid trug ein Kleid. Sah hübsch aus. In einem Kleid war sie eine andere als die Ingrid, die immer in Jeans und Pullover gekleidet war. Auf ihrem Decolleté lag Odins Halskette. Deren Zeichen jetzt auch die Flagge im Hof zierte. Wilma und Willem waren noch sehr lässig gekleidet. Auch noch nicht so wirklich wach.

"Euer Besuch ist noch oben? Schläft noch?" wies Wilma mit dem Kopf Richtung Decke. „Unser Besuch …" goss Michelle ihr Kaffee in den Becher „… Kristina ist im Bad". Kam auch kurz darauf zu uns. Trug eines von Michelles Kleidern. Ein weinrotes Etuikleid, sehr figurbetont, mit schwarz abgesetzter Knopfleiste, die schräg über ihren Oberkörper verlief. Aufgesetzte „Fake-Knöpfe". Der rechteckige Halsauschnitt mit schwarzer Bordüre abgesetzt. „Du siehst toll aus" zog Michelle ihr den Stuhl neben sich parat. „Lass' dich anschauen". Kristina schaute leicht zu Boden. „Naja, ist ja dein Kleid. Das Kleid sieht toll aus. Du hast so viele Kleider … so viele tolle Kleider. Du kannst jeden Tag ein anderes anziehen". Michelle goss auch ihr Kaffee in den Becher. Strich ihr mit dem Finger eine Locke aus dem Gesicht. „Blödsinn, du siehst toll aus".

Wir unterhielten uns über unsere Pläne. Über den Tagesablauf. Wilma und Willem hatten einen Ausflug geplant. Wollten nach Austevoll. Von Bergen aus. Mit einer Fähre. Die würde am Strandkaiterminalen båtkai ablegen. Etwa eine Stunde würde die Fährüberfahrt dauern. „Das ist direkt da, wo mein Büro war" erklärte Ingrid wie sie am besten dahin kämen. „Ihr alle? Oder nur du Wilma? Und Willem?" Wir alle? Das wäre mir neu. „Nur wir beide" bestätigte Wilma meinen Zweifel. Ingrid wollte, „nach langer Zeit mal wieder", wie sie betonte, zu ihrer Bestemor zum Essen. Dort auch ihre Eltern treffen. Schaute zu Kristina. „Und vorher machen wir zwei noch eine Sitzung, oder? Bleibt doch dabei, oder?" Kristina nickte, mit vollem Mund kauend. Erst als sie ihren Bissen verarbeitet hatte gab sie Antwort. „Auf jeden Fall".

„Und ihr?" wollte Wilma von mir wissen. „Wenn ihr alle weg seid will ich mein Geschenk auspacken" hätte ich am liebsten geantwortet. „Noch nichts geplant. Oder Schatz? Hast du schon was vor?" schaute ich zu Michelle. „Wir können ja an den See fahren. Da bei Nyborg. Da wo Frederike wohnt. Da ist es ja schön. Und auch nicht so weit weg. Wir können keine grosse Reise machen. Mit Torid. Etwas spazieren gehen.

Vielleicht wenn Kristina bei Ingrid durch ist. Zusammen was machen. Wenn Ingrid sowieso zu ihrer Grossmutter fährt".

„Wir können ja die Autos tauschen ... du nimmst meinen Wagen. Dann könnt ihr vielleicht sogar den Hund mitnehmen. Kommt der auch mal ein bisschen raus ... und ist trotzdem bei euch". Willems Angebot war sicherlich sehr gut gemeint ... und an sich keine schlechte Idee. „Ich weiss nicht ... ob das überhaupt erlaubt ist. Wir haben nicht einmal eine Hundeleine. Lieber nicht. Aber wir können ja mal bei Frederike vorbeischauen. Sie fragen. Sie weiss das bestimmt. Vielleicht beim nächsten Mal".

Wilma und Willem waren zu ihrem Ausflug aufgebrochen. Kristina war direkt mit Ingrid mitgegangen. Ich spielte mit Torid. Auf ihrer Decke. Michelle hatte noch ein wenig aufgeräumt. Sich dann zu uns gesetzt, auf die Armlehne der Couch. Der Stoff ihres Kleides fiel leicht zwischen ihre Beine. „Kannst du das Geschenk für mich nicht auspacken?" Michelle grinste. „Bist du so ...?" „Ja, bin ich. Wir haben tagelang nicht miteinander geschlafen. Zieh' dich aus. Wir haben ... vielleicht ... maximal Eineinhalb Stunden. Dann ist Ingrid durch mit ihrer Sitzung ... dann kommt Kristina wieder. Morgen ... die ganze nächste Woche habe ich wieder Schule. Genau wie die Woche jetzt. Auf einer Seite von unserem Bett schläft Torid ... auf der anderen ... im Zimmer nebenan Kristina. Ja, ich bin so ... ich möchte mit dir schlafen".

Michelle öffnete die Schleife ihres Kleids. „Und unser Mädchen? Sie liegt doch direkt hier. Auf der Decke. Wenn du so wild bist ... du kannst mich ein bisschen lecken ... ich mach's dir auch. Aber miteinander schlafen nicht. Nicht solange Torid wach ist". Knöpfte ihr Kleid auf. „Ich bleib' aber hier sitzen. Dann habe ich Torid im Auge".

Mit meinem Gesicht tauchte ich zwischen ihren Schenkel ab.

„Schweinsgesicht"

„Ooh mein Gott, Ooh mein Gott Gus, Oh verdammt, Ooh mein Gott ... Mama kommt" liess sich Michelle rückwärts auf die Sitzfläche der Couch fallen. Klopfte mit ihrer Handfläche laut und rhythmisch darauf. „Mach's mir ... Mach' weiter". Vor Lachen prustend liess ich meinen Kopf auf ihren Bauch fallen. „Ich kann nicht mehr, bist du bescheuert. Mama kommt. Was ist denn das jetzt für ein Spruch? Ist das jetzt neu?" Michelle lachte. Mein Kopf auf ihrem Bauch hob sich mit ihrem Lachen auf und ab. „Ich bin doch die Mama. Und ich bin voll gekommen". Fasste mit beiden Händen meinen Kopf. „Deine Zunge ... die schlabbert so an mir ... so wie Leopold im Bach schlabbert ... Verdammt, du machst es mir so gut". Sie schaute zu Torid. „Mama kommt. Jetzt auch zu dir, mein Schatz". Ich blickte ebenfalls zu Torid. „Mama ist bekloppt. Aber so richtig". Küsste Michelle auf den Unterleib. „Ich liebe dich ... du bekloppte Mama".

Michelle zog sich mit den Händen um meinen Hals wieder in eine Sitzposition. Ihre Wangen waren rosig. Ihre Augen strahlten. „Das war richtig geil". Stand auf. „Ich geh' mich mal schnell waschen. Mir läuft sonst alles die Beine runter. Riech' doch mal ... vielleicht braucht Torid ja auch ein Bad". Torid brauchte ein Bad. Und saubere Windel. Setzte sie ins Waschbecken. Michelle hatte ihr Kleid augezogen, duschte sich mit der Brause ab. „Und wieso wie Leopold?" Michelle kicherte. „Jedes Mal ... sobald du arbeiten bist ... ruf' ich ihn ... zum Lecken". Wie breit sie ihre Mundwinkel verziehen konnte. „Ach Mensch, Blödmann. Weil der auch so schlabbert ... mit der Zunge ... wenn der trinkt ... so wie du". Ein wenig Wasser spritzte sie mit ihren Fingerspitzen zu mir. „Mann, du machst es mir einfach phantastisch".

Kristina wirkte ein wenig abgekämpft. Goss sich Kaffee ein. Kalten Kaffee. „Das ist ganz schön .... Anstrengend ... Ingrid führt mich ..." Sie lachte. Fast gekünstelt. „In meine Abgründe". Michelle umarmte sie hinter ihr stehend. „Musst du uns nicht erzählen. Deswegen gehst du ja zu Ingrid. Wir machen jetzt einen schönen Ausflug. Komm' dann gleich doch mal nach oben. Ich zieh' mich noch schnell um. Ich habe auch passende Schuhe für dich ... zu deinem Kleid".

Kristina schaute zu mir. „Kannst du mir sagen was ich machen soll?" „Nein Kristina. Lass' Ingrid zu. Ich kann es dir nicht sagen ... ich weiss nicht was ich tun kann. Du brauchst einen Psychologen. Ingrid. Bei allem anderen will ich dir gerne helfen. Und Michelle auch". Sie trank den letzten Schluck Kaffee. „Ich möchte ... würde aber schon gerne mit dir ... mit euch reden. Ingrid hat ja auch gesagt reden hilft. Mit jemanden dem ich vertraue. Das bist du. Ich vertraue dir".

Ich nahm ihre Tasse. „Dann geh' doch jetzt zu Michelle. Macht euch ausgehfein. Ich mag es hübsche Frauen begleiten zu dürfen. Ich mach' das hier unten schon. Kinderwagen und so".

Torid war auch schon parat gemacht. Harrte in der Babytrage auf dem Tisch stehend. Michelle und Kristina kamen aus dem Badezimmer. Geschminkt, wohlriechend. „Nimmst du uns so mit?" lächelte Michelle mich an. „Auf jeden Fall. Zwei Schönheiten wie euch. Nehm' ich überall mit hin". Nahm Torid samt Trage vom Tisch herunter, ging hinter den beiden her. Die mit dem Geräusch der High Heels voranschritten. „Verdomme, wat verdomd lekkere billetjes" presste ich durch die Lippen. „Was heisst das?" drehte sich Kristina kurz um. „Frag' Michelle". Michelle grinste. „Sowas wie *Appetitliche Pobacken*. Höflich ausgedrückt. Aber eigentlich meint Gus natürlich *Was für geile Ärsche*". Hakte sich bei Kristina unter, wackelte ein wenig mit ihrem Hintern. Trug jetzt, nach dem Umkleiden, ein enganliegendes Mini-Kleid. Das ihre langen Beine so richtig zur Geltung brachte. Äusserst sexy. Über ihren Unteramen liegend Mäntel. Passte so gar nicht zu ihrer eben noch gemachten Aussage „Mama kommt". In meinem Kopf schwirrten die Worte „Was für Beine ... Was für ein geiles Gerät".

Bis nach Nyborg war es echt nur ein Katzensprung. Maximal vier Kilometer. Fanden am Dalavegen, der einmal rund um den See, den Langavatnet führte, einen Parkplatz. Ein wenig frisch war es schon, aber mit Mänteln ausstaffiert kein Problem. Torid war gut eingepackt, zudem hatte Michelle den Kinderwagen noch mit Decken ausgelegt. Nur wenige Häuser, sehr vertreut. Auf einer Seite des Sees grosse Ackerflächen. Keine Bebauung.

Das erste Stück schob ich den Kinderwage, flankiert von den beiden, die sich rechts und links bei mir eingehakt hatten. Kristina erzählte. Dass sie erst wieder einen Termin mit Ingrid für den nächsten Samstag vereinbart habe. „Unter der Woche schaffe ich das nicht. Büro, Schule, wie soll ich das schaffen?" Selbst der Samstagtermin machte ihr Sorgen. „Wie soll ich zu euch kommen. Es fährt ja nicht mal ein Bus". Michelle sah mich an. Für einen Augenblick. „Und wenn Gus dich abholen kommt? Komm' doch auch nächstes Wochenende zu uns. Dann kannst du Samstag und Sonntag einen Termin mit Ingrid wahrnehmen. Ist bestimmt auch gut ... besser, wenn du jetzt einfach am Ball bleibst. Gus und Wilma haben das auch so gemacht. Jeden Tag mit Ingrid geredet". Ihre Hand ging über den Schiebearm des Kinderwagens an Kristinas. „Also von uns aus überhaupt kein Problem. Du kannst gerne kommen. Auch einfach bei uns bleiben. So wie dieses Wochenende". „Ehrlich? Du würdest mich abholen? Auch wieder zurückbringen". Michelle drückte meinen Arm. „Gus. Er kommt doch sowieso aus Bergen. Nach der Arbeit".

„Wie ist das den eigentlich heute? Nachher? Bringst du mich nach Hause?" „Wenn du möchtest. Wenn du musst". Kristina schaute mich an. „Nein. Also nein, ich möchte nicht. Eigentlich nicht. Muss auch nicht. Eigentlich nicht. Ich würde gerne noch bei euch bleiben. Wenn das geht. Wenn das euch nicht lästig ist". Einige Meter liefen wir ohne Worte weiter. „Ich weiss nicht ... Ich muss ja ins Büro ... da brauche ich ja einen Rock ... und BH ..." Michelle lachte. „Wer sagt das? Gar nichts musst du. Wenn die ... deine Chefs das wollen, dann sollen sie dich auch anständig bezahlen, dann kannst du dir auch Rock und so kaufen. Ausserdem ... was haben die dir schon vorzuschreiben? Machst du doch auch nicht. Du sagst denen doch auch nicht auf welcher Seite des Hosenschlitzes ihres Anzugs ihr Pimmel zu liegen hat. Ob links oder rechts". Kristina lachte. Wie du das so raushaust. Aber BH will ich selber. Ich möchte nicht, dass die auf meine Brüste stieren. Hier ... jetzt am Wochenende ... bei euch ist das anders. Viel lockerer. Vorhin ... als wir beide im Bett lagen ... das hat mir nichts ausgemacht neben dir zu liegen ... nackt. Auch nicht, dass du mich gestreichelt hast ... oder Gustav ...".

„Gus, nicht Gustav" verbesserte Michelle. „Das ist doch okay. Jemanden zu streicheln ... oder gestreichelt zu werden ... wenn man den lieb hat ... das ist doch ein schönes Gefühl ... von einem Menschen der einen lieb hat". Kristina lächelte. „Ja, ist es ... war es ... wie Gus mich geküsst ... richtig zärtlich ... auf meine Schulter ...".

Unvermittelt brach sie in Tränen aus. „Ich war vielleicht so fünf ... oder sechs. Habe gar nichts kapiert ... Mein Stiefvater ... diese Drecksau ... hat sich zu mir ins Bett gelegt ... Das hat so wehgetan, was der bei mir gemacht hat ...". Michelle stoppte unsere gemeinsame Vorwärtsbewegung. „[174]Klootzakken ... verdomde klootzakken ... zo was het voor mij ook". Sprach jetzt durchgängig Nederlands. „Kannst du nicht irgendwas machen? Irgendwas? Sie muss das doch loswerden. Irgendwas? Wenn eure Schule beendet ist ... das ist doch nächste Woche. Kannst du nicht ... können wir nicht ... können wir nicht Kristina zu uns holen? Dass sie so schnell wie möglich diese Scheisse hinter sich lassen kann? Buche etwas bei Ingrid. Jeden Tag. So wie bei mir ... Wilma und dir. Das hat uns doch auch geholfen. Das muss aus ihrem Kopf raus. Mach' was. Bitte. Mach' irgendwas. Diese Drecksau ... dieses dämliche Stück Fleisch muss aus ihrem Kopf". Sie hatte sich

---

[174] Schweine ... gottverdammten Schweine ... so war das auch bei mir.

in Rage geredet, Tränen liefen ihre Wangen herunter. „Warum weinst du?" sah Kristina sie mit grossen Augen an. „Du kommst zu uns. Zu Ingrid. Wenn euer Sprachkurs vorbei ist. Jeden Tag. Gus holt dich ab. Jeden Tag".

„Nimmst du mal Torid?" bat sie Kristina, liess sich gleichzeitig mit mir ein paar Schritte zurückfallen. „Ich habe dir gesagt, dass ich dich umbringe, wenn du es mit ihr machst. Das wird über kurz oder lang passieren. Nicht dass ich dich umbringe ... dass es zwischen euch beiden funkt ... ihr werdet im Bett landen. Das weiss ich ... das wird sich nicht vermeiden lassen ... ihr beide wollt das ... das spüre ich ... das sehe ich ... aber wenn du es mit ihr machst bevor der Knacks nicht aus ihrem Kopf ist ... dann bring' ich dich um. Hast du mich verstanden? Du gehst nicht mit Kristina ins Bett ... nicht bevor sie ... das alles verabeitet hat". Michelle stellte sich vor mich. „Das versprichst du mir. Schwör' das. Beim Leben deiner Tochter".

„Spinnst du Michelle?" Sie fasste mir ins Gesicht, presste ihre Fingernägel in meine Wangen. Zu einem „Schweinsgesicht" zusammen. „Du versprichst mir das. Sie hat keinen Vater. Ihre Mutter ist eine echte Dreckshure. Diese verdammte Drecksfotze. Sie hat keinen Freund. Hat bisher nie erfahren wie schön es ist geliebt zu werden. Ist nur von dieser Drecksau durchgefickt worden. Du gehst nicht mit ihr ins Bett. Du fickst sie nicht". Ich griff an Michelles Hand. „Michelle, das tut weh". Michelle liess los. „Ne, das tut nicht weh. Das was Kristina hat ... was ich auch erlebt habe ... das tut weh. Dagegen ist das, was ich gerade gemacht habe gar nichts".

Von einem Moment zum anderen schaltete sie um, nahm meine Hand. „Komm' mein Schatz. Lass' uns zu Kristina und Torid gehen".

„Arrangiert"

Gute zwei Stunden, gefühlt deutlich länger spazierten wir am See entlang. Kristina hatte den Kinderwagen, den sie schob, erst gar nicht mehr aus den Fingern gegeben. Beugte sich immer mal wieder zu Torid herunter. Redete mit ihr. Sie konnte gut mit ihr, wusste sie zum Strahlen und Lachen zu bringen. Hatte den Kragen des Mantels hochgeschlagen. Michelle auch. Dennoch klagte sie „Ich frier' mir den Arsch ab". Was aber weniger am Mantel lag denn an ihrem ultraknappen Minikleid. Das auch nur bis kurz über den Hintern reichte. Da änderte auch der Mantel nichts dran.

Nachdem der Kinderwagen im Kofferaum verstaut war setzte sich Michelle auf die Rücksitzbank. Torid hatte ich noch im Arm, um sie ihr anzureichen. Direkt kam mir ihr Oberkörper entgegen. „Ne Junge, da kannst du dich mal schön nach hinten setzen. Ich fahre. Vorne gibt es Sitzheizung. Ich sitz' fast mit nacktem Arsch auf dem Leder. Kannste vergessen". Kristina amüsierte sich über Michelles leichten Ausbruch. „Du kannst ganz schön resolut sein". Michelle setzte sich auf den Fahrersitz. „Ich kann was sein?" „Resolut. Energisch". Michelle rutschte etwas auf dem Sitz hin und her. „Wo stell' ich die Heizung an? Was heisst denn hier resolut? Oder energisch? Ich habe da ein empfindliches Körperteil. Das wird noch gebraucht". Kristina lachte. „Dann eben nicht resolut. Herrlich direkt heraus eben". Auch Michelle lachte. „Ja was denn? Du hast doch selber ... wie nennst du das eigentlich selber? Deine Scheide? Deine Vagina? Oder deine Mumu?" Kristina fasste lachend an ihren Arm. „Muschi. Oder Pussy".

Michelle legte den Automatikwählhebel auf „D". Liess den Mercedes gemächlich anrollen. „Willst du noch zu Frederike? Aber nicht lange. Ich möchte irgendwo hin, wo es warm ist. Wo ich Torid wickeln kann, ihr die Brust geben kann. In ein Café. Es ist Sonntag. Ich möchte ein Stück Kuchen". Blickte in den Rückspiegel. „Kennst du noch was? Ausser

Regine?" Kannte ich. Auf der anderen Seite der Haupstrasse. Richtung Flaktveit. „Okay, nur kurz zu Frederike".

Blieben auch nur kurz, kurz angebunden. Seien in der Gegend gewesen – und wollten uns eigentlich schnell nach Vorgaben ... Vorschriften für Hunde erkundigen. „Weil wir hier am See waren ... sonst hätte ich angerufen". War zwar etwas geflunkert, liess uns aber die Situation abkürzen. „Das ist ganz einfach" wusste Frederike. „Zwischen 1. April und 20. August müssen alle Hunde an der Leine geführt werden ... oder sich in einem eingezäunten Bereich befinden, der einen sicheren Rahmen bietet. Damit sie keine Rentiere, Nutztiere oder Wildtiere jagen ... oder verletzen. Es reicht nicht aus, den Hund frei neben sich zu haben, egal wie gehorsam er ist". Fredrike wies auf ihr Terrain. „So wie hier. Oder bei euch. Grundsätzlich würde ich Leopold immer an die Leine nehmen. Sobald ihr euer Grundstück verlasst. In Norwegen ist es in den Frühlings- und Sommermonaten verboten, Hunde frei laufen zu lassen. In Nationalparks besteht immer Leinenpflicht".

Ab dem Kreisverkehr lotste ich Michelle. „Hier runter, dann hier lang. Hier jetzt links. Flaktveitvegen. Da kommt das gleich. Auf der rechten Seite".

Das Café, eigentlich mehr eine echte Konditorei, war hell erleuchtet. Lud direkt ein. Einmal kurz war ich hier. Hatte mir auf die Schnelle - was sonst - Kanelsnurrer gekauft. Noch bevor wir uns an einen Tisch setzten fragte Michelle „[175]*Finnes det et sted hvor jeg kan skifte bleie på barnet mitt?*" Also gab es doch recht komplizierte Satzgefüge für Dinge, die in unserer Sprache kurz und bündig formuliert wurden. Kristina und ich bestaunten die Auslage. Und auch wie gut besucht das Café war. Verlockend aussehende Schweinereien füllten die Vitrinen. Von kleinen Törtchen bis hin zu richtigen Torten. Meisterwerken zum Teil. Konditoten-Meisterwerken. Zwei

---

[175] Kann ich irgendwo mein Kind wickeln?

noch relative jungen Blondinen standen hinter dem Verkaufstresen, bereit unsere Bestellungen aufzunehmen. Dazu musste aber erst einmal herausgefunden werden was jetzt was war. „[176]*Hei, jeg heter Marta. Hva kan jeg hjelpe deg med?*" kam eine der beiden an unseren Tisch. „[177]*Hei, jeg heter Gustav. Dette er kjæresten min, Kristina. Og de to på badet ditt er Michelle, kona mi. Og Torid, datteren vår. Kan du ikke ta med to deilige kakestykker til oss? Til alle sammen. Og kaffe*". Marta grinste breit. „[178]*Og hvilken av dem?*" Leicht fasste ich an ihr Handgelenk. „[179]*Jeg stoler helt og holdent på din anbefaling*". Kristina lachte. „Du bist drollig. Sagst einfach ich bin deine Freundin". „Ja, bist du doch auch. Die Ebene Schulkameraden haben wir doch wohl verlassen? Oder?"

Michelle kam mit Torid, setzte sich, dann Torid an ihren Oberkörper gelehnt in ihrem Schoss. „Guck`, sie sitzt schon ein bisschen". Torid schien aber mehr Interesse an dem zu haben was vor ihr auf dem Tisch stand. Silbrig blinkendes Besteck. Zumal sie, jetzt auf Michelles Schoss sitzend, schon eine richtig gute Ausgangsposition hatte alles herunterzureissen. „Habt ihr schon was bestellt? Was denn?" „Lass` dich überraschen mein Engel".

Marta brachte erst drei Tassen Kaffee. In einem kleinen weissen Porzellankännchen Sahne dazu. Im zweiten Durchgang drei Stücke Kuchen. Drei unterschiedliche. Hinter ihr kam die andere Bedienung. „[180]*Hei, jeg heter Emilia. Jeg er Martas forretningspartner. Alle kakene er laget av oss. Ferske*".

---

[176] Hei, ich bin Marta. Wie darf ich helfen?

[177] Hei, ich bin Gustav. Das ist meine Freundin Kristina. Und die zwei in deinem Badezimmer sind Michelle, meine Frau. Und Torid, unsere Tochter. Bring' uns doch bitte zwei leckere Stücke Kuchen. Für jeden. Und Kaffee.

[178] Und welchen?

[179] Ich verlass' mich ganz auf deine Empfehlung.

[180] Hei, ich bin Emilia. Die Geschäftspartnerin von Marta. Alle Kuchen werden von uns gemacht. Frisch.

Das waren nicht nur Kuchenstücke, das waren Kunsstücke. Schon beim blossen Hingucken nahm man zu. So viel Sahne und Butter hatten sie verarbeitet. Michelle stiptte mit der Fingerspitze ihres kleinen Fingers in ein Kuchenstück, liess Torid den Finger abnuckeln. Ihre Augen weiteten sich um mindestens das Zehnfache, also wolle sie sagen „Boah, wie geil schmeckt das denn bitte?" Michelle liess ihren Finger extrem lange in Torids Mund. „Später. Wenn du grösser bist. Das ist nichts für dich. Da ist zu viel Zucker drin. Und Sahne. Davon kackst du im Strahl". Kristina musste arg an sich halten um nicht den Bissen Kuchen vor Lachen über die Tischdecke zu verteilen. „Du bist so krass" lachte sie Michelle an. „Gustav ... ich meine Gus hat einfach irgendwas bestellt. Ohne zu wissen was kommt. Und was das kostet. Und hat mich als seine Freundin vorgestellt. Bei den beiden. Und dich als seine Frau". Michelle grinste „Das sieht Gus ähnlich. Alles, einfach was bestellen. Und ... warum nicht. Du bist ja seine Freundin ... Und ich seine Frau. Was soll er denn sonst sagen? Wie würdest du das denn nennen? Wie nennst du das? Sind wir deine Freunde? Feinde doch wohl nicht?" Kristina legte ihre Kuchengabel auf dem Tisch ab, fasste Michelles und meine Hand. „Ihr seid meine Freunde. Ich glaub' sogar meine Einzigen. Ne, ganz sicher sogar. Ihr seid meine Freunde".

„Puuh, bin ich vollgefressen" klatschte sich Michelle auf den Bauch, an Torid vorbei. „Gut, dass ich ein Stretchkleid anhabe". Presste ihren Bauch extra hervor. Wie eine kleine Kugel. Blähte ihre Wangen auf. „So ungefähr hat das ausgesehen als ich Torid da drin hatte. Voll die fette Plauze. Voll die fette Kuh".

Gut gesättigt und aufgewärmt konnte es weiter gehen. So dachte ich, als ich am Tresen um die Rechnung bat. Kristina stand neben mir. „Hau' mal ab, das geht dich nichts an". Denn dass das nicht preisgünstig wurde, war mir klar. Schon beim Verzehr. Butter und Sahne war jede Menge verarbeitet, allein schon in unseren Portionen. Und so eine meisterliche Handwerkskunst – das war es ja letztendlich auch – würde seinen Preis haben. Kristina ging aber nicht weg. „Interessiert mich schon was das kostet". Marta rechnete zusammen. Laut. „*Seks kakestykker. Sekstito kroner hver. Tre kaffe til. Det blir fire hundre og ti kroner*". Kristina schlug sich die Hand vor den Mund. „Was? 410 Kroner? Für sechs Stücke Kuchen?"

Wilma und Willem waren noch nicht zurück, Ingrid sowieso nicht. Dafür war das für sie einfach eine kleine Reise. Bis nach Norheimsund. Es ging auf Sechs Uhr zu. So gesehen war der Tag noch jung. Ein paar Stunden blieben noch. Kristina kickte beim Betreten des Hauses direkt ihre Schuhe weg. „Kann ich mich ein bisschen hinlegen? Soll ich Torid mitnehmen? Sie zu mir ... also zu dir ... ins Bett nehmen?" Michelle instruierte sie, dass sie die Matratze seitlich mit Decken und Kissen gegen Absturz absichern solle. Sich auch nicht zu sehr im Bett zu drehen. Oder ausreichend Abstand zu Torid halten solle, um sie nicht versehentlich zu überrollen. „Aber nicht zu lange. Höchstens eine Stunde. Sonst schläft Torid nachher nicht. Du kannst ja ruhig länger schlafen. Ich komm' sie dann schon holen". Hatte dann aber doch keine Ruhe, begleitete die beiden kurzerhand nach oben. Blieb kurz auf dem Treppenabsatz stehen. „Deine Belohnung muss noch was warten. Ich wollte dir doch auch was Gutes tun" lächelte sie mir zu, verschwand nach oben.

Bis kurz vor Einbruch der Dämmerung war ich mit Leopold im Wald spazieren. Tollte mit ihm herum. Versorgte ihn anschliessend im Stall mit Futter. Bei der Gelegenheit auch die Hühner mit Körnerfutter. Das brauchten sie erst gar nicht wagen, sich an Leopolds Fressnapf anzunähern. Ein leises Knurren, wenn es ihm zu blöd war, auch mal ein kurzes Bellen. Dann hatte sich das direkt erledigt. Für die Hühner.

Das erste Mal das ich das tat. Mich um die blöden Hühner kümmern. Schon beim Rasseln in der Körnertüte scharten sie sich um mich herum. Gab es eigentlich sowas wie „Leckerli" für Hühner? So wie für Leopold? Und wofür gab man ihnen diese „Belohnung"? Was leisteten sie schon Besonderes? Konnten sie mir ein geworfenes Stöckchen zurückbringen? Oder sonst irgendwas Herausragendes? Auf Befehl ... auf Anordnung sich hinsetzen? „Ihr könnt doch gar nichts" streuselte ich das Futter über den Boden. „Naja, Eier legen. Aber sonst?"

Eine ganze Weile sass ich schon an der Grabstelle, auf dem Betonsockel des Flaggenmasts, als Leopold zu mir kam, sich direkt neben mich legte. Ob bewusst oder unbewusst, Willem hatte durch all seine Arbeiten ... Arbeitsschritte in gewisser Weise Leben in den eigentlich doch mit Traurigkeit behafteten Platz gebracht. Die Flaggen über mir bewegten sich im leichten Wind. Der künstliche Bachlauf plätscherte, aus dem Teich selbst stiegen zwei kleine Lichtfontänen auf. Bewegungen der Elemente Feuer, also Licht, Wasser und Luft. Und über allem thronte ... wachte Odin. So hatte Ingrid es ja genannt. „Odin wacht über uns".

Mein Blick schwiff über das Gelände. Wo sollte ... wo könnte eventuell sowas wie ein Hofladen entstehen? Für Michelle? Um mein gegebenes Versprechen einzulösen? Abgegeben, ohne näher darüber nachgedacht zu haben. Könnte ich das überhaupt einhalten? Würde ich das einhalten können? Wie? Wäre ich sowas wie Bibi Blocksberg – sicherlich mal eben erledigt. Mich einfach irgendwo hinstellen, die magischen Worte „Hex, Hex" raushauen, mit den Fingern schnippen – und schon stand ein Hofladen vor mir. So war es aber ganz und gar nicht. Da brauchte ich nur daran denken was für ein Aufwand für das Toilettenhaus betrieben werden musste. Fundament, Abwasser, Zuwasser, Strom, Innenausbau ... und nicht zuletzt ... reichlich Geld wurde benötigt. Sehr viel weiter kam ich gedanklich aber gar nicht. Bei Innenausbau setzte das Nachdenken aus. „Verdammt, innen ist alles fertig, aber aussen noch gar nichts". Keine wetterfeste Holzvertäfelung des Mauerwerks oder Verputz. Das fehlte noch. Genau so manfestierte sich das in meinem Kopf. „Das hat mir gerade noch gefehlt".

Wie Michelle so schön gesagt hatte – „Der Kontostand wächst ja wieder" - auch dem Umstand geschuldet, dass seit meiner letzten Abrechnung, noch in Rockanje, vor Monaten, jetzt ein zusätzliches Plus von gut tausend Gulden – jeden Monat – also knapp 6000 Kroner hinzukam. Wir mussten keine Mieten mehr bezahlen. Weder für unser Haus, noch für Wilmas Wohnung. Überhaupt hatte sich unsere finanzielle Situation wieder verbessert, war wieder auf dem Weg zu „Normal". In Kürze, in zwei Wochen würde ich wieder ein Gehalt bekommen. Was aber doch nicht gleichbedeutend sein musste wieder Kohle rauszuhauen. Was würde das wohl kosten? Verputz? Holzverkleidung? Was war sinnvoller? Kostengünstiger? Weniger Zeitaufwändig? Mal ganz abgesehen davon – wann sollte das gemacht werden? Gemacht werden können? Von wem? Die letzte Frage beantwortete sich beinahe von selbst. „Von dir natürlich, wer hat denn alles andere ... fast alles andere gemacht?" Das war aber zu Zeiten, in denen ich nicht meinem Job bei SHELL nachging, also deutlich mehr Luft für solche „Nebenbeschäftigungen" hatte.

Die Zigarette, die ich mir gedreht hatte, entzündete ich, ging gemächlich zum Toilettenhaus herüber. Der Gedanke daran, dass das erledigt werden musste, hatte sich bei mir festgesetzt. Hatte mir aus der Werkstatt ein Bandmass und etwas zum Notieren mitgenommen. Mich unterwegs selber „Warum kannst du nicht einfach mal stillsitzen" gescholten. War es doch noch gar nicht so lange her, dass Ingirid mir gesagt hatte „Du bist angekommen". Stimmte das gar nicht? Oder war ich angekommen – und jetzt einfach schon wieder unterwegs? Woanders hin? Wohin? Ausser jetzt konkret zum Toilettenhaus?

Wann war ich zuletzt im dem Toilettenhaus gewesen? Überhaupt seit der Fertigstellung? Genutzt hatte ich es noch nie. Umso erstaunter war ich beim Betreten. Ein kleines Regal, mit Handtüchern bestückt, stand an einer Seite. Auf dem Waschtisch Keramikseifenspender. Auf dem schmalen Fenstervorsprung Pflanzen. Das alles musste Wilma arrangiert haben. Sie nutzte ja diesen Raum. Von Ingrids Kunden hatte das wohl eher keiner hier abgestellt.

„Standardmass"

Am besten gefielen mir allerdings zwei kleine Holztäfelchen, die in den Toilettenkabinen, über der Toilettenschüssel, an messingfarbenen Kettchen hingen. „[181]*Mine damer - Vennligst bli sittende under netire-forestillingen*". An der anderen „[182]*Mine herrer - Stå nærmere, det kan være kortere enn dere tror*".

Den Notizzettel hätte ich mir schenken können, die Masse der Aussenwände konnte ich mir merken. 6 Meter mal 3 Meter. Höhe Zweieinhalb Meter. Das hatte ich im Kopf schnell überschlagen. Einmal 15 Quadratmeter, einmal die Hälfte davon. Und das mal zwei, der gegenüberliegenden Wandflächen. Fenster und Türe einfach übermessen. „Also 45" notierte ich nur die Zahl auf dem Zettel.

Bei uns war Trubel als ich zurückkehrte. Wilma und Willem waren auch eingetroffen. Sassen mit Michelle, Torid und Kristina zusammen. Sprachen scheinbar über ihren Ausflug. Willem sehr enthusiastisch. Dass die Insel Austevoll eigentlich nicht nur eine Insel sei, sondern eine beachtliche Anzahl mehrerer kleiner Inseln. „Keine Ahnung wieviele, aber jede Menge. Ein Paradies für Angler ..." Wilma fügte „Und für Wanderer" hinzu, blickte kurz zu Willem. „Das war garantiert nicht dein letzter Besuch da". Willem bestätigte Wilmas Eindruck. „Da sollte man dann aber länger bleiben, vielleicht mal übers Wochenende. Wir waren jetzt ja alleine zwei Stunden nur auf der Fähre. Und dann da vielleicht so eine kuschelige Hütte mieten. Mehr von diesen Inseln erkunden". Wilma drehte sich über die Schulter, schaute zur Wanduhr. „Kuschelig - kannst du schneller, unkomplizierter haben. Lass' uns rüber gehen. Können wir noch was kuscheln ... in meiner Hütte ... bevor du wieder zu Bett musst". Michelle

---

[181] Meine Damen, bitte bleiben Sie für die gesamte Aufführung sitzen.
[182] Meine Herren, treten Sie näher, er könnte kürzer sein, als Sie denken.

kicherte. Wir haben es schon nicht leicht mit unseren Arbeitern, oder?"

Wilma schob ihren Stuhl an den Tisch zurück, legte eine Hand auf Kristinas Schulter. „Kommst du grad mit? Ich wollte dir doch noch was geben". Jetzt erst, als Kristina sich erhob, sah ich, dass sie umgezogen war, ein anderes Kleid trug als vorhin noch. Das hatte Michelle jetzt an. Gegen ihren Stretch-Mini getauscht.

Wie Wilma ja gesagt hatte – das galt auch für mich – schon bald war Schlafenszeit, für die Arbeiter. Die wenige Zeit wollte ich nutzen, ein wenig mit Torid spielen. Legte mich zu ihr auf die Spielweise. Michelle bot „Soll ich noch was zu essen machen?" an, für mich lehnte ich aber dankend ab. In meinem Magen lagerten gefühlte Tonnen Sahne und Butter. Aus der Konditorei.

Kristina erzählte, dass sie „normalerweise" an Tagen bevor Schule war, sie abends eine Stunde – „mindestens" – Vokabeln üben würde. Ob ich nicht Lust hätte das gleich mit ihr gemeinsam zu machen, zumal sie auch keine Schulbücher dabeihabe, sie vielleicht bei mir mit reinschauen könne. „Zahlt das eigentlich dein Arbeitgeber? Den Sprachkurs?" wollte Michelle wissen. „Das wär' schön, nein, das zahl' ich aus eigener Tasche, habe ich mir vom Mund abgespart. Mein Arbeitgeber zahlt nichts ... ist ja eigentlich auch gar nicht mein Arbeitgeber ... ich mach' ja ein Praktikum. Bin jetzt im fünften von sechs Monaten. Danach dann noch die Monate Probezeit. Vielleicht übernehmen die mich ja". Michelle kicherte. „Wie sich das anhört. Als würdest du von einer Schwangerschaft reden ... bin jetzt im fünften Monat".

Michelle hockte sich zu mir und Torid. „Das ist doch keine schlechte Idee von Kristina. Übt doch noch etwas zusammen, ich spiele noch was mit Torid, sie geht ja gleich sowieso ins Bett, es ist schon spät. Für sie". Erzählte Kristina, dass sie, als sie den Sprachkurs absolviert habe, den Vorteil hatte „immer schön mit Wilma üben zu können".

****

„Oh … sorry … ich wusste nicht …" stotterte ich ein wenig verlegen, als ich nach meiner morgendlichen Runde mit Leopold ins Badezimmer marschierte, um mich für den Tag frisch zu machen. Waschen, rasieren, Zähne putzen, mal durch die Haare kämmen. Kristina unter der Dusche stehen sah. „Komm' einfach rein, du musst dich ja auch fertig machen" winkte Kristina mit dem Arm durch den Duschstrahl.

In den Spiegel über dem Waschtisch schauend seifte ich mich ein. Mit Rasierschaum. Liess meine Augen nicht von Kristinas Reflektion, die sich schwach, Wassserdampfvernebelt in dem leicht beschlagenen Spiegel abzeichnete. Ihre Scham war von einem Haarflaum bedeckt. Schwarz, lockig. Kurz geschnitten. War es jetzt, weil alle anderen um mich herum - Michelle, Ingrid, Wilma - völlig glattrasiert waren? Ihr Anblick reizte mich. Machte mich sogar ein wenig an. Kristina schaute genau so starr zu mir. Beobachtete, dass ich sie beobachtete. Einen Moment zu spät kam ihr „Pass' auf, dass du dich nicht schneidest beim Rasieren". Blut lief bereits mein Kinn herunter. „Aua, verdammt". Ein anständiger Schnitt zierte jetzt meine Oberlippe. Lachte Kristina jetzt, weil ich mich geschnitten hatte? Oder weil ich mit kleinen Fetzen Toilettenpapier versuchte das Blut aufzuhalten?

„Möchtest du auch einen Kaffee?" versuchte ich das Beste aus der Situation zu machen. Konnte meine Augen nicht von ihr … von ihrem Körper lassen. Jetzt erst recht nicht, weil ich mich zur Fragestellung zu ihr umgedreht hatte. Nicht mehr in den Spiegel schaute. Tupfte weiterhin mit Toilettenpapier meine Schnittwunde ab. Wenn ich nur ein wenig abgelenkter gewesen wäre, hätte ich mir glatt selber eine Hasenscharte geschnitten.

Jetzt, wo Kristinas Haare noch leicht feucht waren, fielen sie noch länger auf ihre Schulter. Die Locken waren erst wenig zu erkennen, ein wenig schien es so, dass sie glattes Haar hatte. Trug das dunkelblaue Etuikleid von Michelle. Das dürfe sie sich von Michelle ausleihen, bräuchte so auch nicht erst noch nach Hause, um sich umzuziehen. Für's Büro. „Ist auch viel schöner als mein Standard-Outfit. Kennst du ja. Rock und Bluse. Michelle hat so viel schöne Kleider. Ihr Kleiderschrank ist schon fast wie in einer Modeboutique". Sie nahm sich eines der Brote, die ich schon für das Frühstückspaket vorbereitet hatte. Kaute und sprach gleichzeitig. „Michelle ist eine hübsche Frau. Nicht nur wegen ihrer Kleidung. Sie ist sehr hübsch. Sexy ... ach Quatsch, sie hat Sexappeal".

„Soll ich für dich auch ein Lunchpaket machen?" nahm ich bereits weitere Brotscheiben. „Ist das nicht das Gleiche? Sexy. Sexappeal?" Kristina trank einen Schluck von dem Kaffee, den ich für sie bereitgestellt hatte. „Sexappeal ist mehr als sexy. Michelle hat nicht nur einen tollen ... einen sexy Körper – auch das, was ihr Sexappeal ausmacht - Selbstbewusstsein, Humor, ist sehr kommunikativ, sehr einfühlsam, fürsorglich. Du hast echt Glück eine solch tolle Frau zu haben". Ganz kurz schaute ich auf, unterbrach das Belegen der Brote. „Du auch ... du hast auch einen tollen Körper ... einen sexy Körper ... du hast ...". Gut, dass Willem gerade hereinkam, mit „Goedemorgen" mich davor bewahrte weiter unbedacht auf Kristina einzureden. Wäre sonst garantiert passiert. Sich zu uns gesellte, sich einem Becher griff. Nescafépulver einfüllte, den Wasserkocher einschaltete. In Kristina fand er einen Gesprächspartner, der genau so gerne am frühen Morgen redete wie er selber. War sehr schnell wieder bei den Eindrücken seines gestrigen Ausflugs mit Wilma.

Ein wenig fühlte ich mich „in der Zeit rückversetzt" als ich mit Kristina losfuhr. Richtung Bergen. Wie seinerzeit in Rockanje, wenn ich früh morgens gemeinsam mit Michelle zur Arbeit fuhr. Wie sie mich mit ihrem Redeschwall wach redete.

Überhaupt, eine hübsche Frau neben mir sitzen zu haben, die ich unterwegs irgendwo absetzen würde, mich dann drauf freute sie in einigen Stunden, nach Feierabend wieder zu sehen. Das würde ich ja, später. Zum Schulunterricht. Auch die unbeschwerte Art, die Kristina jetzt, nach nur wenigen Tagen, nach dem Wochenende bei uns, an den Tag legte, stimmte mich fröhlich. „Schau‘ mal" lupfte sie ein wenig den Ausschnitt des Kleides an, „den BH habe ich von Wilma bekommen. Der von Michelle sass mir ja ein bisschen stramm. Da sind meine Brüste oben so ein wenig rausgequollen".

Schmunzelnd sah ich zu ihr herüber. Auf ihre Brüste. Auf die Wölbungen, die aus dem BH herausschauten. Es war doch so einfach sich glücklich zu fühlen. Kristina, die sich freute, dass sie Kleidungsstechnisch ausstaffiert worden war – sicher auch so nett und liebevoll aufgenommen zu werden – und ich, mir Kristinas Brüste anschauen zu dürfen. Ähnlich wie ein kleiner Junge, der ein Aua hatte – und jetzt durch den Anblick auf diese Möpse sowas wie das tröstende Pusten der Mutter auf eben dieses Aua verspürte – schon war die Welt wieder in Ordnung. Musste unweigerlich daran denken, wie Kristina noch vor wenigen Tagen immer wieder in Tränen ausbrach, wenn sie von ihrem Leid erzählte. Dem Leid was ihr widerfahren war. Glück ist der Trost über Schmerz. Gehört zusammen. Es gab keinen Trost ohne Schmerz. Der Schmerz war die Voraussetzung für Trost. Es gäbe keinen Trost, wenn es keinen Schmerz gäbe. So war das – Glück bedeutet doch, dass es für alles eine Lösung gab.

„Ich bin froh, dass du da bist … jetzt an meiner Seite … neben mir sitzt … in meinem Leben … dass wir uns getroffen haben …". Fasste an Kristinas Knie. „Was meinst du? Getroffen haben?" „Na, wir beide. In der Schule. Im Leben. Ich mag es, wenn du fröhlich bist … lachst … ich mag dich". Sie legte ihre Hand auf meine, auf ihrem Knie. „Ich auch, das war ein Mega-Wochenende. Schon fast wie Urlaub für mich. Ein Kurzurlaub. Für meine Seele. Auf einem Bauernhof. Auf dem nur nette Leute wohnen."

Meine Hand hob ich von ihrem Knie, drehte die Handfläche, so dass ihre jetzt in meine griff. Sah sie nur an. Lange. Hatte angehalten, vor ihrer Wohnung. „Wo ist eigentlich deine Arbeitsstelle? Soll ich dich dahin fahren?" Kristina löste ihre Hand aus meiner. „Nicht nötig. Ist da oben, direkt hinter der Kurve. Vielleicht so zweihundert Meter von hier". Kristina stieg aus. „Warte ..." griff ich schnell zur Rücksitzbank, nahm ihr Lunchpaket, stieg ebenfalls aus. „Hier, deine Brote". Gab ihr das Paket, nahm sie in den Arm. „[183]Ha det, min prinsesse. Vi ses i kveld". Kristina nahm mein Gesicht in ihre Hände. „[184]Hvis du hadde en hvit hest, ville jeg sagt farvel, min prins". Gab mir einen Kuss. „[185]Til i kveld".

Nach dem Umkleiden und Einrichten unserer Arbeitsplätze, dabei eine Zigarette rauchend, ging es in den Tag, in die neue Woche. Mit der gewohnten Arbeit. Lauschte zur Frühstückspause erneut Willems Schilderungen zu „Austevoll". Der Ausflug hatte einen echten Eindruck bei ihm hinterlassen. Wollte ihn auch nicht unterbrechen, erst zur Mittagspause schnitt ich an, was ich mir gestern überlegt hatte, was mir in den Sinn gekommen war. Das Toilettenhaus. Auch wie sehr mir gefiel, was Wilma dort an „Wohnaccessoires" eingebracht hatte. „Logisch, ist ja unsere Toilette. Nur zum Duschen oder Baden würde Wilma zu uns rübergehen. „Ich sowieso nicht, ich dusche jeden Tag hier". Alles andere aber in dem Toilettenhaus sei eigentlich Wilmas Reich. „Ist ja eigentlich auch kein Toilettenhaus, ist unsere Toilette". Den kleinen verbalen Seitenhieb „Dann ist das mit dem Kurzem-Pimmel-Schild für dich?" konnte ich mir nicht verkneifen. Willem grinste. „Das will ich doch mal nicht hoffen". Legte eine Sprechpause ein. „Ich meine ... also wir sehen uns doch jeden Tag beim Duschen ... also wir beide ... meinst du

---

[183] Tschüss meine Prinzessin. Bis heute Abend.
[184] Wenn du ein weisses Pferd hättest, würde ich sagen Tschüss mein Prinz.
[185] Bis heute Abend.

mein Pimmel ist zu klein ... für Wilma?" Mein Lachen konnte ich nur schwer zurückhalten. „Weißt du wie oft ich das Wilma gefragt habe? Wie oft sie mich deswegen ausgelacht hat?" Zog mein Bandmass aus der Jackentasche. Rollte es auf „Standard-Pimmelmass" aus. „Ich denke nicht".

Willem nahm mir das Bandmass aus der Hand. „Woher weißt du das? Mit dem Standardmass?" „Ich habe das mal nachgelesen. Irgendwo. Eine Freundin von uns ... von Wilma und mir ... die hatte mal 'nen Afrikanerfreund. Und da hat mich das natürlich interessiert. Weil ... im Vergleich zu dem ... habe ich schon 'nen kleinen Pimmel". Willem lachte sich kaputt. „Naja, ist ja auch wurscht. Ich putz' ja sowieso auch die Toilette. Ausser mir benutzt die ja auch kein Mann. Komischerweise hat Ingrid ja nur ... fast nur Frauen, die zu ihr zur Beratung kommen. Wie kommt das eigentlich?"

Wissen tat ich das natürlich nicht, hatte nur so eine Vermutung. „Wahrscheinlich, weil Männer ... also auch wir ... zu stolz ... oder zu blöd sind Dinge einzugestehen. Was aber letztendlich auf's Selbe rauskommt. Zu stolz. Zu blöd". Willem nickte. „Also ich bin jedenfalls froh, dass ich mich Ingrid anvertraut habe. Das ... sie hat mir echt geholfen".

Willem klopfte eine Zigarette aus der Packung, bot mir auch eine an. „Ich dreh' mir lieber eine, danke". Zog meinen Tabak aus der Jackeninnentasche. Willem nahm einen tiefen Zug an seiner Filterzigarette. „Ich hoffe ... würde ich mir wünschen ... dass Ingrid deiner Freundin auch helfen kann". Atmete aus. „Deiner Schulkameradin meine ich natürlich". Kniepte mit einem Auge. „Ja Willem, wünsche ich mir auch. Und auch meiner Schulkameradin. Meiner Freundin. Kristina".

„Leihgabe"

Von dem was ich eigentlich erzählen wollte, was ich mit der Aussenfassade vorhatte – oder auch nicht, war kein Wort gefallen. War aber nicht wirklich tragisch. Konnte nachgeholt werden, musste ja jetzt auch nicht „Gleich" erledigt werden. War ja schon einige Wochen vernachlässigt worden. Von mir. Einen Tag mehr – selbst eine Woche mehr – machte den Kohl jetzt nicht fett.

Schon als ich den Klassenraum betrat stellte ich fest, als ich zu Kristina schaute, dass sie sich umgezogen hatte. Trug wieder in bekanntes Büro-Outfit. Rock, weisse Bluse, Blazerjacke. Mit einer Gestik, fragendes Schulterzucken, versuchte ich ihr mein Erstaunen mitzuteilen. Von ihren Lippen konnte ich „Erzähl' ich dir gleich, in der Pause" ablesen.

Olav wollte direkt wissen wie denn unser Klassentreffen verlaufen sei. Wir sollten doch einfach mal erzählen. Das war ja sowieso für diese, für unsere letzte Woche angesagt. Erzählen. Kommunizieren. Auf norwegisch. Chuck ergriff das Wort. Dass es ein sehr geselliger und ausgelassener Abend gewesen sei. „[186]*Dessverre møtte ikke alle opp. Hva skjedde med deg? Kristina? Gustav?*" Mal abgesehen davon, dass ihn das prinzipiell einen Scheissdreck anging – erst recht nicht der wirkliche Grund – konstruierte ich mir aus dem Stehgreif eine Notlüge. Mit der ich auch gleichzeitig Kristina aus der Verlegenheit einer Antwort befreien wollte. „[187]*Å ja, veldig dumt. Bilen min ville ikke starte ved Kristinas dør. Sikkert noe med batteriet. På grunn av kulden. Vi måtte ringe NAF for å få hjelp. Vi hadde gledet oss sånn til det*". Kristinas Mundwinkel

---

[186] Leider sind nicht alle gekommen. Was war denn mit euch? Kristina? Gustav?

[187] Ach ja, voll blöd. Mein Auto ist bei Kristina vor der Tür nicht mehr angesprungen. Wahrscheinlich irgendwas mit der Batterie. Wegen der Kälte. Mussten bei NAF (norwegische Straßenwacht) Hilfe anfordern. Wir hatten uns so darauf gefreut.

verzogen sich zu einem breiten Grinsen. Vom Nordpol bis zum Südpol reichend.

„Du bist ja voll der abgewichste Lügner" stellte Kristina sich in der Pause ganz dicht an mich heran. Lächelte. „Du kannst dir mal eben so eine Geschichte aus dem Ärmel schütteln?" Ich wollte sie küssen, das ging natürlich hier in der Schule nicht. „Was hätte ich denn sonst sagen sollen? Was war? Dass du bei uns warst? Und warum vielleicht auch noch? Geht die doch gar nichts an. In ein paar Tagen … wenn der Kurs vorbei ist … sehen wir die doch garantiert nie mehr wieder". Was bei zwei unserer Mitschüler aber gar nicht so aussah. Männlein und Weiblein. Die sich, im Flur stehend, leicht an den Fingerspitzen hielten. Sich sehr verliebt ansahen. Kristina wies mit dem Kopf dezent in die Richtung. „Die sehen sich bestimmt wieder". Berührte wie zufällig meine Hand. „Hätten wir uns denn wiedergesehen? Nach dem Sprachkurs?"

Wir sollten wieder in den Klassenraum kommen, bat Olav in den langen Flur sprechend. Der Unterricht ging weiter. Zweiter Durchgang.

Kristina hatte nach Ende der Unterrichtsstunde neben ihrer Ledertasche auch noch zwei Plastiktaschen abgestellt. Über eine Schulter ihrer Blazerjacke gelegt. Da sei Michelles Kleid drin, und in der anderen ihre Schuhe. Sie sei, nachdem ich sie heute morgen abgesetzt habe, erst nach Hause gegangen. „Ich fang' ja erst um Acht Uhr an. Von Acht bis Zwei. Ich arbeite ja nur sechst Stunden täglich. Bin ja nur Praktikantin". Habe sich dann auch umgezogen. „Weil die das wollen. Dass ich diesen Dress trage". Mein Blick ging an ihr hoch und runter. „Das wollen die? Weisse Bluse? Durch die man deinen BH sehen kann?" Nahm ihr die Jacke von der Schulter. „Zieh' das aus". Kristina machte grosse Augen. „Waas?" „Ne, ich mein' nicht zieh' dich aus … also doch … zieh' das aus. Zieh' dich um. Zieh' das Kleid an. In dem Rock … und mit der Bluse siehst du aus wie eine biedere Büromaus. Bist du nicht. Du bist eine sexy Frau. Zieh' das Kleid an.

Zieh' dich um. Auf der Toilette". Hielt ihr die beiden Tragetaschen hin. „Kleid und Schuhe. So wie du heute morgen auch mit mir gekommen bist".

Mit klackerndem Geräusch der Stöckelschuhe kam Kristina mir entgegen. „Genau so ... du siehst bezaubernd aus" hielt ich ihr meine Hand entgegen um die Wechselgarnitur, die jetzt in den Tragetaschen verstaut war, in Empfang zu nehmen. Reichte ihr die Ledertasche an. „So sieht eine Businessfrau aus. Genau so. Und nicht anders".

Hielt ihr auf dem Parkplatz die Beifahrertüre auf. „Wo darf ich dich hinfahren?" Kristina setzte sich in den Wagen. „Ja, nach Hause. Wohin denn sonst?" Strich sich das Kleid glatt. „Das ist auch ein anderes Gefühl ... in so einem Kleid. Ich habe ja nur dieses Kostüm ... und noch ein anderes ... und diesen Anzug ... den du ja schon gesehen hast ... und das kurze Röckchen ...". Direkt nachdem ich den Gang eingelegt hatte ging meine Hand an ihr Knie. „Das vom Wochenende? In dem du mich verführen wollest?" „Ja. Und zwei Pluderhosen". „Was für Hosen?" „Pluderhosen. Das sind so weite Hosen. An der Hüfte und an den Fussgelenken werden die geschnürt. Die sind ganz weit geschnitten. Bequem. Kann ich aber nicht zur Arbeit anziehen".

Pluderhosen – den Ausdruck kannte ich. Noch aus Kinder- und Jugendtagen. Wenn meine Mutter für uns Kinder Karnevalskostüme genäht hatte. Aus Gardinenstoff. „Du meinst so Piratenhosen? Oder wie Aladin sie hat? Die wie geschnürte Säcke aussehen? Wo man gar nicht erkennen kann, dass der, der sie trägt auch zwei Beine hat? So ein bisschen so als hätte man gerade gekackt? Zwischen den Beinen durchhängend?"

Kristina lachte laut. „Genau. Pluderhosen halt". Erzählte dann noch etwas. Dass sie zuhause noch etwas Zeit hatte bevor sie zur Arbeit musste. „Mir ist dabei etwas eingefallen ... als ich deine Brote einpacken wollte ... in meine Tasche. Früher ... als ich jünger war ... noch zur Schule gegangen bin ... wenn meine Mutter schon arbeiten war ... nur noch mein Vater ... mein Stiefvater zuhause war ... auch manchmal sein Freund ... der hatte ja keine Arbeit ... dann hat er mir auch Schulbrote gemacht ... mich auf seinen Schoss gezogen ... gesagt *Dann komm' mal her mein Täubchen. Setz' dich mal zu dem netten Mann* ... damit hat er einen Freund gemeint ... *und streichel' dem mal zur Belohnung über seine Hose"*. Kristina legte ihre Hand auf meinen Oberschenkel. „Lass' das Kristina". Führte ihre Hand weg von mir. „Nicht bedanken, nicht streicheln. Gar nichts". Kristina liefen ein paar Tränen die Wangen herunter. „Ich weiss. Ich hab' Monster in meinem Kopf. Die sind da einfach drin".

Vor ihrer Wohnung fuhr ich den Escort halb auf den Gehweg. „Ich möchte dir was erzählen". Wischte die letzten Tränentropfen von ihrem Gesicht mit einem Finger auf. „Als Michelle ... ganz am Anfang ... als wir uns kennengelernt haben ... da hat sie das auch gemacht. Sie ist zu mir ins Bett gekrochen. Wollte sich bei mir bedanken. Für irgendwas. Mit ihrem Körper. Das will ich nicht ... wollte ich nicht von Michelle ... will ich auch von dir nicht". Strich ihr eine Locke aus dem Gesicht. „Eines will ich schon ... möchte ich ... fände ich toll. Wenn wir Freunde sind ... werden. So wie jetzt die letzten Tage. Lässt sich das einrichten? Wenn irgendwann ... vielleicht ... vielleicht aber auch nicht ... mehr sein sollte ... du musst erst einmal die Monster aus deinem Kopf kriegen ..." Kristina erstickte meine Worte mit einem Kuss. Schaute mich an. „Ja. Ja. Ja. Ich möchte dein Freund sein. Ich möchte dich zum Freund haben". Mit einem leisen Kuss erwiderte ich ihre Worte. „Okay, dann sehen wir uns morgen. In der Schule. Im Kleid, okay?"

Schon sehr geschafft, sowohl körperlich als auch mental, parkte ich den Escort im Hof ein, drehte meine Runde mit Leopold. Bis ich zurück sein würde wäre es garantiert schon wieder Zehn Uhr.

Michelle sass mit Ingrid zusammen. Unterhielten sich, schauten gleichzeitig fern. Im Schelldurchlauf, an ihnen vorbei gehend begrüsste ich sie, ging in die Küche durch, machte mir Brote. Setzte mich an den Esstisch. Ingrid erzählte jetzt, wohl noch einmal für mich, von ihrem gestrigen Besuch bei ihrer Grossmutter. Sei auch erst sehr spät zurückgekehrt. Und dass sie sehr gerne weiter mit Kristina reden wolle, helfen wolle. „Ich habe aber eine Bitte an dich. Kannst du mir ein wenig Geld geben? Ich glaube ich habe mir einen Plattfuss gefahren. Jedenfalls verliere ich andauernd Luft im Reifen. Und ich dachte ... weil du ja gesagt hast, dass du mir was gibst ... für die Beratung von Kristina ...". „Logisch Ingrid. Fahr' doch dann bitte morgen einfach mit Michelle zur Bank. Sag' einfach was du brauchst. Gar keine Sache. Selbst wenn du nicht für Kristina ... überhaupt kein Problem. Wenn du Geld brauchst. Für dich immer. Das weißt du doch".

Ingrid kam zu mir, setzte sich auch an den Tisch. „Und noch etwas ... ich stecke ja doch ganz schön zurück ... wenn sie hier ist ... kann gar nicht so privat sein ... wie ihr ... muss immer die Psychologin sein ..." Michelle unterbrach sie. „Sag' es einfach Ingrid". Ingrid setzte sich aufrecht, legte eine Hand auf meinen Oberarm. „Ich würde gerne mit Michelle ins Bett gehen". Kurz zu ihr schauend, weiter mein Brot essend schaute ich sie. „Logisch Ingrid. Dann mach' das mit Michelle aus. Sag' ihr das. Nicht mir". Michelle kam auch an den Tisch. „Hat sie schon. Aber sie ... wir wollten dir das auch sagen. Haben eigentlich auf dich gewartet". Nahm Ingrids Hand. „Dann komm', lass' uns hochgehen".

„Michelle, eine Sache bitte. Du kümmerst dich um Torid. Auch. Nicht nur um Ingrid". Hielt ihr meine Hand entgegen. Michelle fasste danach. „Macht es euch schön. Ich bin dann jetzt bestimmt sechs Stunden weg. Ich muss ratzen. Ich bin echt fertig". Zwinkerte ihr zu. „Eigentlich hätte ich ja noch was gut bei dir. Muss aber warten, ich bin echt im Eimer".

Rauchte mir nach der Brotzeit eine Zigarette, wusch mich noch. Ging dann auch nach oben. Schaute kurz zu Michelle rein. Die mit Ingrid schon im „Fun-Modus" war. Schaute mir kurz ihre Körper an. „[188]*Dere er to skikkelig kåte søstre. Jeg gjorde århundrets fangst med deg. Hadde jeg hatt tid, ville jeg knullet dritten ut av deg".* „Mach' doch. Komm' zu uns" streckte Michelle mir ihren Arm entgegen. „[189]*Men det gir ingen mening. Jeg sovner med en gang uansett".* Ingrid lachte. „Unser Wikinger. Haste schon gut drauf. Mit dem Reden".

Ich warf Michelle eine Kusshand zu. „Willst du mal hören wie bescheuert sich so ein Spruch anhört … den du mir gedrückt hast? Michelle? Wenn du es mit ihr machst bringe ich dich um". Ingrid drehte sich auf die Seite, lehnte ihren Kopf an Michelles Brust. „Hast du das gesagt?" „Ja, hat sie. Da könnt ihr ja nachher mal drüber reden, nach eurem Turnunterricht". Zog leise die Türe zu, öffnete sie aber direkt wieder. „Kannst du mir bitte ein Kleid rauslegen? Das ich morgen mitnehmen kann? Für Kristina? Sie soll ja nicht zwei Tage im gleichen Kleid rumlaufen". Michelle rappelte sich ein wenig auf. „Wie geht es ihr?" „Ja, ich glaube eigentlich gut. Ingrid hat aber garantiert noch 'nen Arsch voll Arbeit vor sich". Zog die Türe endgültig zu. Schmunzelte ich mich hinein. „Hat sie jetzt auch bestimmt. Mit Michelle. 'nen Arsch voll Arbeit".

Auf dem Esstisch lag ein Kleid parat. Darauf ein kleiner Zettel. *Ich denke dieses Kleid wird Kristina sehr gut stehen. Es sieht zwar aus wie ein Zweiteiler, also Rock und Bluse, ist aber ein Kleid. Ein Etuikleid. Grüss' sie von uns. Gib ihr tausend Küsse. Am besten dazu passt ein schwarzes Jacket, das hat sie ja. Und das hier ist von uns beiden für dich. Wir lieben dich.*

---

[188] Ihr seid mir echt zwei geile Schwestern. Mit euch habe ich den Fang des Jahrhunderts gemacht. Wenn ich Zeit hätte, würde ich euch mal so richtig durchficken.

[189] Macht aber keinen Sinn. Ich schlaf' doch sowieso direkt ein.

Du bist alles für uns. Als Mann. Auch weil du uns lässt. Als Frauen. Michelle und Ingrid.

Darunter, etwas abgesetzt Es tut mir leid, dass ich so blöd bin. Michelle.

Darunter, noch einmal abgesetzt, in Ingrids Handschrift [190] *Ikke fortell Kristina om Michelle og meg. Jeg er psykologen hennes. Hvis jeg gjør det, sier jeg det til henne. Vi ses. Ingrid.*

Das Kleid nahm ich direkt mit raus, zum Auto. Ging dann durch zu Leopold. Mit ihm in den Wald. Dann zurück. Schmierte Brote, machte Kaffee. Kurz darauf kam Willem, wir konnten los.

„Jetzt erzähl' mir doch mal was du mir gestern sagen wolltest. Mit dem Klohaus" packte Willem Brote aus, als wir uns zur Pause gesetzt hatten. Was ich daan tat. Dass die Aussenwände, die Fassade wettergeschützt werden müssté. Durch Verputz oder Holzverkleidung. Ich schon mal alles gemessen hatte. Die Zahlen hatte ich ja im Kopf. „45 Quadratmeter. Alles. Öffnungen, also Fenster und Türe. habe ich übermessen. Also eher sogar etwas weniger". Willem zog einen Zettel aus seiner Jacke. „Sag' mir noch mal die Masse". Auch das war einfach. Zweimal sechs Meter, Zweimal drei Meter, Höhe Zweieinhalb". Willem notierte. „Ja, 45 Quadratmeter". Ich musste schmunzeln. „Hast du mir nicht geglaubt? Oder ist das jetzt der Quim, der durchkommt?" Willem steckte das Papier ein. „Machen wir zusammen".

---

[190] Bitte sag' Kristina nichts von Michelle und mir. Ich bin ihre Psychologin. Wenn, dann sag' ich ihr das. Später. Ingrid.

Zur Mittagspause war er wohl schon gedanklich, planerisch einen Schritt weiter als ich selbst. „Verputzen ist tierisch viel Arbeit. Das sind ja Unmengen an Putz. Ausserdem passt Holz doch auch viel beser. Alle Häuser sind holzvertäfelt. Selbst die Werkstatt und der Stall. Das sieht doch Scheisse aus ...“ Lachte kurz „... Auch wenn es ein Scheisshaus ist“.

Wolle sich aber mal beim Baustoffhändler schlau machen. Was Material koste. „Und ich rede mal mit den Frauen, die müssen das ja mitentscheiden. Insbesondere Wilma. Ist ja ihr Badezimmer“. Verzog seine Mundwinkel. „Sonst gibt es Gemecker. Kennst du doch. Happy Wife, Happy Life“. Sein Lächeln sprang von seinem Gesicht auf meines über. „Da sagst du was“.

Kristina stand wartend an der Türe zum Klassenzimmer. Trug das Kleid. Strahlte mich an. „Ich habe das auch zur Arbeit getragen. Die haben ganz schön gestaunt. Die Typen. Von meinen Kolleginnen habe ich Komplimente bekommen. Nahm mich am Arm ein Stück neben die Eingangstüre. „Die graue Maus ist tot“. Wir gingen in das Schulzimmer. Kristina setzte sich neben mich. Das erste Mal - seit Wochen. Sie roch wieder nach Kristina. Nach ihrem Parfum. Kritzelte etwas in ihr Schulheft, riss das Blatt heraus, schob es zu mir herüber. „[191]Takk for at du gjør alt dette for meg“. Mein Mund formte wortlos, auf Deutsch „Ist mir eine Freude“.

In der kurzen Pause richtete ich ihr die Grüsse von Ingrid und Michelle aus. „Im Auto habe ich auch noch was für dich. Von Michelle“. „Für mich? Was denn?“ „Tja, musst du dich noch etwas gedulden. Nachher. Liegt im Auto“. Versuchte, mich ihr so wenig wie möglich auffällig zu nähern. „Du riechst so gut“.

---

[191] Danke, dass du das alles für mich tust.

Olav ging jetzt noch einmal Querbeet durch alle Kapitel mit uns, forderte immer wieder auch mal komplizierte Satzkonstrukte. Fragte reihum ab. „Gustav, was könntest du sagen?" stand er vor mir. „[192]*Et smil er ofte det viktigste. Du får betalt med et smil. Du blir belønnet med et smil. Du blir revitalisert av et smil*". Olav schmunzelte. „Das ist sehr schön". Um mich aber nicht als der „Romantiker" darzustellen erklärte ich „[193]*Dette er fra en barnebok. Den lille prinsen. Av Antoine de Saint-Exupery*". Olav nickte. „Das kenne ich auch. Und auch das hat er geschrieben - *Man sieht nur mit dem Herzen gut.* Ein tolles Buch. Ein toller Schriftsteller". Ging einen Schritt, blieb stehen. „Hätte ich jetzt nicht gedacht ... dass du sowas liest".

Ich schloss den Escort auf der Beifahrerseite auf, beugte mich hinein, holte das Kleid heraus. „Das soll ich dir von Michelle geben. Damit du nicht jeden Tag das gleiche Kleid trägst". Legte ihr das Kleidungstück in die Hände. „Und das auch ..." gab ich ihr einen Kuss. „Auch von Michelle". Den von Ingrid unterschlug ich. Wie hätte ich das sagen sollen? Zum einen ihr einen Kuss von Ingrid geben? Zum anderen ihr gegenüber nichts von ihrem Begehren zu Michelle preiszugeben? „Und der ist von mir". Kristina liess das Kleid lang vor ihrem Körper fallen. „Wow, das ist wunderschön. Ich muss die aber schon zurückgeben, oder?" „Ja sicher. Leihgabe".

Die gesamte Fahrt über hatte Kristina das Kleid auf ihrem Schoss liegen. Strich immer wieder mal mit der Handfläche darüber. „Kommst du kurz mit hoch? Ich möchte das direkt anprobieren" öffnete sie die Wagentüre als wir vor ihrem Haus einfuhren.

---

[192] Ein Lächeln ist oft das Wesentliche. Man wird mit einem Lächeln bezahlt. Man wird mit einem Lächeln belohnt. Man wird durch ein Lächeln belebt.
[193] Das ist aus einem Kinderbuch. Der kleine Prinz. Von Antoine de Saint-Exupery.

„Dann Holz"

„Ist das schick. Und so edel" kam ihre Stimme aus dem winzigen Badezimmer ihrer Wohnung. „Komm' mal gucken". Das Kleid war genau wie Michelle es gesagt hatte. Es stand Michelle. Es passte wie angegossen. Um sie herumgegossen. Unten, der Rockteil schwarz. Genau auf Höhe der Taille abgetrennt, optisch, vom Oberteil. Das dadurch wirkte wie eine Bluse. Langärmlig, mit aufregendem braunem Muster. Geometrische Formen. Auf sandfarbenem Untergund. Kristina drehte sich. „Machst du mir bitte den Reissverschluss zu". Der, in schwarzem Stoff eingefasst, genau wie der Rock, von ihrem Po bis zum Nacken hinauflief.

„Das kann ich nicht anziehen. So kann ich nicht ins Büro gehen". Drehte sich, in meine Arme. „Guck' mal. Wie das aussieht. Da zeichnen sich ja voll meine Brüste ab. Das geht nicht. So kann ich nicht ins Büro gehen".

„Lass' mal sehen" drückte ich sie an der Schulter ein Stück von mir ab. Zog sie sofort wieder an mich heran. „Du hast so tolle Brüste". Drückte sie noch fester an mich. Kristina legte ihren Kopf an meinen Brustkorb. Ihre Hände auf meine Hüfte. Schaute leicht schräg in mein Gesicht. „Hast du eine Erektion?" „Oh Mann, Kristina. Du hast so einen tollen Körper. Ja, habe ich". Sie schmiegte ihren Kopf wieder an mich. „Kann ich das mal anfassen?" Sofort schob ich sie ein Stück zurück. „Auf gar keinen Fall. Freunde haben wir gesagt. Mehr ist nicht drin. Da liegt echt noch ein Stück Arbeit vor uns. Ja, ich habe eine Erektion. Einen Ständer. Und was für einen. Wenn es anders wäre ... meine Erektion ... müsste ich doch tot sein. Du bist eine solche Granate. Wenn es anders wäre ... ich würde das sofort wollen ... mit dir ...".

Kristina drückte sich wieder an mich. „Du würdest mit mir schlafen?" „Ja Kristina. Sofort. Wollen. Werd' die Monster los. Dann ... Sofort". Kristina fasste mich an. „Der ist voll dick. Und ganz hart". Zuckte aber selber zusammen. „Ja, die Monster müssen weg".

****

Einiges an Aufschnitt hatte ich mir aus dem Kühlschrank geholt, Brot und Butter dazu. Michelle setzte sich zu mir an den Esstisch. Stand direkt wieder auf, holte etwas vom Sideboard. Krabbelte auf allen vieren unter der Tischplatte hindurch, reckte mir einen Zettel an. „Soll ich dir von Willem geben". Ich spürte, dass sie meinen Pimmel in den Mund nahm. Fasste unter die Tischplatte. In ihre Haare. „Willst du mir jetzt einen blasen? Während ich esse? Wie in so einen ganz billigen Porno?" Von unter der Tischplatte kam nur „Hhhso Mmmi Sstö Nnni". „Was?" Michelle liess meinen Pimmel frei. „Also mich stört es nicht, wenn du isst".

„Ne, komm mein Hase. Setz' dich zu mir. Kein Nuttenkram, kein Mamakram. Komm' zu mir. Einfach nur zu mir. Neben mich setzen. Sei einfach mein kleines Kätzchen. Mehr will ich gar nicht. Das habe ich auch am Liebsten". Michelle kam hervorgeklettert. Setzte sich, legte ihren Kopf an meine Schulter. „Hier ist dein Kätzchen". Ich strich ihr durch die Haare. „Das habe ich am Liebsten. Dich. So wie du bist". Gab ihr einen Kuss auf die Stirn. „Mein süsses Kätzchen". Michelle kuschelte sich an meinen Hals. „Raaar. Raaar".

Das mir angereichte Blatt faltete ich auseinander. „Tilbud / Materielliste" lautet die Überschrift. Rechts davon der Briefkopf des Baustoffhändlers. Darunter „vikingen og prinsessene BA, Hylkje, Willem van Halderen". Dann eine Auflistung:

- IP 18 kalksementpuss for utvendig bruk
- ca. 24 kg per kvadratmeter
- påføringstykkelse 15 millimeter
- Pris per 30 kilo – 65 Kroner
- 1080 kilo for 45 kvadratmeter
- **Total pris – materiale – 2340 Kroner**

- Gipslister separat

Darunter dann:

- Alternativ:
- Fasadeprofil termogran
- 26 mm tykk, L x B: 600 x 14,2 cm, høvlet,
- Pris per kvadratmeter – 91 Kroner
- Andrevalg, tilbud, per kvadratmeter – 18 Kroner
- **Pris 45 kvadratmeter, selvsamler – 810 Kroner**

Natürlich stach mir sofort der Preis, die Preise ins Auge, dann aber – auch nicht unerheblich – 1080 kilo. Das musste an Putz nicht nur besorgt werden, ne, zusätzlich musste die schlappe Tonne Gewicht auch noch an die Wände geklatscht werden. Da war das Gewicht des Wassers noch nicht eingerechnet. Das Pulver, der Zement musst ja auch noch angemischt werden.

„Ich weiss ja nicht genau was ihr vorhabt, Willem hat uns nur gefragt *Lieber Holz oder Lieber Putz?* Ich weiss nicht einmal was mit Putz gemeint ist" lehnte Michelle sich an meinen Oberarm. „Was habt ihr denn vor?"

Ich erzählte Michelle was wir vorhatten. „Dann Holz. Sieht doch viel schöner aus. Passt doch viel besser". Also waren schon drei für Holz. Willem hatte das ja schon in der Kantine gesagt. „Wilma sowieso". Hatte er ja betont. Und jetzt noch Michelle. Es war also im demokratischen Sinne völllg unerheblich was ich oder Ingrid wollten. Wir waren einfach überstimmt. Jetzt schon.

„Ich muss schlafen, mein Engel" räumte ich Essen vom Tisch. „Ich schlaf bei dir. Heute möchte ich mal ... zur Abwechslung ... deinen Körper streicheln".

„Bilder im Kopf"

„Der Preis spricht ja schon für sich" legte ich in der Frühstückspause Willem sein eingeholtes Angebot vor. „Dachte ich mir. Hätte aber, egal wie du entscheidest, das Holz so oder so gekauft. Ich meine ... bei dem Preis ... hätten wir uns einfach auf Halde legen können". Hatte aber auch schon weitergedacht. Habe sogar schon über den Aufbau, die Konstruktion nachgedacht. Eine Zeichnung angefertigt. Habe er im Auto. „Hole ich gleich, zeige ich dir nachher, zu Mittag".

Den Block, den er mir mittags vorlegte konnte man, im Gegensatz zu einigen meiner Zeichnungen auch als eine solche bezeichnen. Eine Zeichnung. Nicht wie meine, zum Teil nicht mal gerade Striche. Fein säuberlich auf Millimeterpapier gezeichnet. Mit Lineal gezogene Striche, sowohl senkrecht als auch Waagerecht. Mit feinem Tuschestrich. „So habe ich das einfach gelernt" hatte er schon einmal, zu anderer Gelegenheit gesagt. Hier zeigte sich, dass er seinen Beruf des Rohrschlossers von der Pieke auf gelernt hatte. Ich dagegen nur vom Hilfs-Willi auf der Raffinerie über einen Qualifizierungslehrgang zum Schweisser ausgebildet worden war. Ebenso wie Willem, nach seinem eigentlichen Ausbildungsberuf. Hierbei hatten wir uns kennengelernt. Bei SHELL in Pernis. Und seitdem waren wir Arbeitskollegen. Mittlerweile Freunde. Dicke Freunde. Nicht im körperlichen Sinne. Wir waren nicht dick. Keiner von uns beiden. Gut im Saft – ja. Kampfgewicht nannte man das bei Boxern. Unser Freundschaftsband war dick. Richtig dick.

„Ich lass' die Hölzer auf drei Meter ablängen, dann bekomme ich die in mein Auto rein. An den Stossfugen setzen wir doppelte Unterlattung, da dann dick Silikon drauf, dann kann auch kein Wasser eindringen" erklärte er mir sein Vorhaben. „Sowieso nur an den beiden langen Seiten, die anderen beiden Fassaden sind ja genau drei Meter". Würde er auch direkt heute nach Feierabend besorgen – „Sonderangebote sind ja immer fix ausverkauft". Auch die Unterlattung – imprägnierte

Dachlatten habe er gedacht. „Das haben wir in einem Tag montiert. Schnell abgefrühstückt. Kein Zement anmischen, einfach nur die Bretter montieren".

„Hast du Geld dabei? Soll ich dir Geld geben?" warf ich noch einen Blick auf seine Zeichnung. „Schon okay, Geld habe ich. Karte habe ich dabei. Gebe dann auch die Quittung direkt Wilma. Für die Buchhaltung". Steckte seine Zeichnung ein. „Übrigens, Wilma ist schon ganz schön weit mit den Quittungen gekommen. Das sieht richtig gut aus, was sie macht ... gemacht hat. Vielleicht schaust du dir das mal an". Holte Luft. „Und lobst sie mal, war ganz schön viel Arbeit. Zum Teil hast du ... und auch Ingrid ja nur einfach Zettel mit irgendwelchen Zahlen drauf in einen Umschlag gesteckt".

Heute war ich ein wenig spät dran, kam nicht pünktlich zum Unterrichtsbeginn. Hatte mehrere Runden um den Block gedreht, auf der Suche nach einem Parkplatz. Die Türe zum Klassenraum war schon geschlossen. Alle Augen gingen zu mir, als ich eintrat. „Jeg måtte fortsatt lete etter en parkeringsplass" erklärte ich meine Unpünktlichkeit, setzte mich auf meinen Platz. Nickte und lächelte kurz zu meiner Sitznachbarin. Seit dem gestrigen Tag. Zu Kristina. Beugte mich leicht herab. Tat so als müsste ich was aus meiner Schultasche herausnehmen. Hatte aber gar keine Schultasche, wollte mich einfach an sie heranlehnen. Ihr Parfum einsaugen.

Dass wir Unterrichtstechnisch auf der Zielgeraden waren spürte man. Alles war deutlich gelöster, entspannter. Glich mehr einer Unterhaltung in fröhlicher Runde als Unterricht. Olav bat uns, doch mal zu erzählen was der Unterricht für uns gebracht habe. Welche Vorteile wir uns davon versprochen hatten – und ob diese denn jetzt tatsächlich denn auch eingetreten wären. In privater als auch beruflicher Hinsicht. Ob der ein oder andere vielleicht sogar plane einen weiteren Kurs zu besuchen. Seine Sprachkenntnisse noch weiter zu vertiefen.

„[194]Det hjalp meg ikke mye profesjonelt. Jeg forstår mye mer nå. Men som praktikant er jeg fortsatt en vaskeklut i selskapet vårt. Den dumme som får hente kaffe til mennene. Privat har det gitt meg mye. Jeg har blitt kjent med noen virkelig flotte mennesker. Og jeg kan kommunisere veldig godt med dem. Jeg forstår. Jeg vil si at jeg har fått venner gjennom språkkurset". Kristinas Worte berührten mich. Zum einen das mit den Freunden. Wie sie mir etwas sagte – ohne mich konkret anzusprechen – auch nicht namentlich nannte, wenn sie mich denn meinte. Aber auch was sie zu ihrem Job rausliess.

„Du hast ja doch das Kleid angezogen. Ich dachte … hattest du nicht gestern gesagt, dass könntest du nicht im Büro tragen?" Kristina öffnete ihre Blazer mit beiden Händen. „Habe ich auch nicht. Ich habe mich zu Hause umgezogen". Meine Augen klebten an ihr. An ihrem Körper. An ihrem Oberkörper. An ihren Brüsten. Ingrid hatte Recht mit dem was sie mir in ihrer Autosuggestionsstunde näherbringen wollte. Kristinas Brüste konnten dem Vergleich mit Wilma standhalten. Und das konnten bislang wenige. „Das Kleid steht dir ausgezeichnet. Betont deine Weiblichkeit". Kristina schlug den Blazer zu. „Meine Brüste meinst du, oder? Betont meine Brüste". Ganz leicht beugte ich mich zu ihr heran. „Ja. Und du riechst so gut. Eine absolut betörende Frau bist du. Für mich jedenfalls".

Olav bat uns wieder in den Klassenraum. „Das war auch die letzte Pause für diesen Kurs. Morgen zur Pause verteile ich dann eure Zertifikate. Zumindest an die, die eines bekommen. Danach war es das dann auch, danach ist der Kurs beendet. Wir machen früher Schluss".

---

[194] Beruflich hat mir das wenig gebracht. Klar, ich verstehe jetzt deutlich mehr. Bin aber als Praktikantin weiterhin der Putzlappen bei uns in der Firma. Die Doofe die Kaffee für die Herren holen darf. Privat hat mir das sehr viel gebracht. Ich habe ganz tolle Menschen kennengelernt. Mit denen ich mich hervorragend verständigen kann. Verstehe. Ich würde sagen, dass ich durch den Sprachkurs Freunde gefunden habe.

„Meinst du wir sind dabei? Wir bekommen ein Zertikat?" setzte sich Kristina in den Wagen, als wir nach Schulschluss aufbrachen. „Sicher. Also du auf jeden Fall. Mir ist es relativ egal. Ob Zertifikat oder nicht. Ich brauch' das sowieso nicht. Nicht für meinen Beruf. Ich versteh' mehr als vorher. Ich kann sogar reden. Was will ich mehr?" Sah kurz zu ihr herüber. „Und du? Bist du glücklich mit deiner Arbeit? Mit deiner Arbeitsstelle? Was ist denn überhaupt nach dem Praktikum?" Kristina schaute. „Ich habe keine Ahnung. Ob die mich nehmen. Übernehmen. Ich hatte dir zwar gesagt, dass ich danach in eine Werbeagentur gehe. Das war aber gelogen. Habe ich dir ja auch gesagt. Ich habe keine Ahnung. Nach Deutschland gehe ich nicht zurück, das ist klar. Und mit den paar Kröten, die ich habe, komme ich auch nicht weit". Sie lachte. „Für ein paar Bushaltestellen wird es reichen".

Das leuchtete mir ein. Von dem mickrigen Gehalt, abzüglich ihrer Miete, blieb ja eigentlich nichts. Da ihr Appartment absolut minimal ausgestattet war – nicht einmal eine Kochgelegenheit gab es – musste sie ja irgendwo „Auswärts" essen. Solange ihr Geld reichte. Wenn es denn reichte. Sicherlich hatte sie auch deswegen so reagiert, als wir in der Konditorei waren. Sie gefragt hatte „So viel kostet das?" Was ich aber in dem Moment überhaupt nicht wahrgenommen hatte, dass das für sie ein Batzen Geld war. Das wir mal eben, nebenbei, vernascht hatten. In Torte investiert hatten.

„Ich will dir noch Michelles Kleid mitgeben. Das andere. Das habe ich aber oben … in meiner Wohnung" war Kristina schon im Begriff auszusteigen. „Okay. Ich warte aber hier runten. Ich komm' nicht mit hoch". Das war mehr als reiner Selbstschutz. Das war vorausschauend. Was aber weniger brachte als ich gedacht hatte. „Nimmst du mich in den Arm? Zum Abschied? So wie gestern? Das war schön dich an mir zu spüren" stellte sie sich vor mich, nachdem sie zurückkam, das Kleid vom gestrigen Tag über den Unterarm gelegt. Ihr Jackett hatte sie auch schon abgelegt, trug jetzt „nur noch" dieses aufreizende Kleid. Den weichen und doch prallen Druck ihrer Brüste spürte ich an meinem Oberkörper. Genoss den Moment.

Kristina hatte sich ein wenig gestreckt, ihren Körper ein wenig gestreckt. Ihre Arme um meinen Hals gelegt. „Ich habe von dir geträumt ... also nicht geträumt ... ich habe mir dich vorgestellt ... gestern ... nachdem du gefahren bist". „Wie vorgestellt? Geträumt? Was meinst du?" „Wie du ... so wie du mich im Arm gehalten hast ... alle meine Männererfahrung ist negativ ... alle haben mich angefasst ... du hast mich gehalten ... ohne mich anzufassen ... alle Männer ... auch die bei uns im Büro ... wie die mich anschauen ... mir immer auf den Hintern glotzen ... ich weiss genau was die denken ... was die wollen ... du hast es wenigstes gesagt ... ausgesprochen ... aber es nicht getan ... ich habe mir das vorgestellt ... und mich dabei befriedigt".

Unfähig zu antworten schaute ich Kristina nur an. „Das kann ich seit einiger Zeit ... wieder ... es hat sehr lange gedauert ... bis ich mich selber anfassen konnte ... nicht immer die Bilder im Kopf habe, dass so ein Dreckschwein mich anfasst". Kristina gab mir einen Kuss. „Ich habe mir dich vorgestellt. Das war sehr schön".

An ihre Arme fassend löste ich ihre Umarmung. „Dann sehen wir uns morgen wieder. Zu unserem letzten Schultag". Nahm das Kleid von ihrem Arm. Ging die drei Stufen des Treppenabsatzes vor der Haustüre herunter, drehte mich noch einmal zu ihr um. Kristina winkte mir zu. Ähnlich wie eine Mutter, die ihr Kind für eine unendlich lange Reise verabschiedet. Zu fürchten schien, es nie mehr wieder zu sehen.

Zwischen Werkstatt und Stall lag ein ganzer Berg an Holz. Abgedeckt mit einer Plane. Willem hatte also bereits Baumaterial gekauft. Warum nannte er das nicht so? Gekauft? Warum sprach er immer von „Besorgt"? Woher kam überhaupt dieser Ausdruck – Besorgungen machen? Was konnte man denn so alles „Besorgen"? Irgendwie verband ich damit was Illegales. Gestohlenes. Diebesgut. Also ohne Geld, ohne zu bezahlen. Sonst würde man doch direkt – und verständlich - „Kaufen" sagen. Und eben den Sonderfall – zwischen Mann und Frau. Oder zwischen gleichgeschlechtlichen Partnern. Die es sich auch besorgten. Gelegentlich. Aber das war ja auch von Geld losgelöst. Vielleicht bei Nutten nicht. Aber sonst doch schon.

Besuchte nach meiner Hunderunde noch Ingrid. In ihrem Haus. „Welch seltener Besuch" bat sie mich herein. Bot mir Kaffee an. „Dafür, dass es unsere Idee war ... also unser beider Idee ... mit dem Hof hier ... sehe ich dich in letzter Zeit echt wenig" holte sie ihre kleine Espressokocherkanne an den Tisch. „Stimmt. In letzter Zeit schon. Ändert sich aber jetzt wieder. Ich habe nur noch morgen Schule, danach alles wieder normal". Ingrid holte ein Blatt aus ihrer Umhängetasche. „Meinst du das können wir in die Firmenkasse übernehmen? Die Reparatur von meinem Van? War ganz schön teuer" schob sie mir die Rechnung über den Tisch. „BF Goodrich, 275 / 55-17" war zu lesen. „Dekkbytte foran på begge sider, inkludert balansering – 2700 Kroner". Ein wenig erstaunt – über den Preis – sah ich sie an. „Wieso zwei? Was war denn überhaupt?" Sie habe sich wohl bei Bestemor, ihrer Grossmutter, irgendwo auf dem Hof, die Flanke des Reifens aufgerissen. „Und beim Reifenwechsel muss das immer Paarweise gemacht werden".

„Hast du Geldsorgen? Brauchst du Geld? Oder warum aus der Firmenkasse?" Ingrid nippte an ihrem Kaffee. „Geldsorgen nicht. Nur einfach weniger Geld aus du. Zur Verfügung. Mein Erspartes steckt doch in dem Hof. Das muss ich erst einmal wieder auffüllen". „Also aus der Firmenkasse wohl kaum, ist ja kein Firmenwagen ... so gesehen. Aber ich kann dir das geben. Ich kann dir auch mehr geben. Wenn du mehr brauchst. Du kriegst ja sowieso noch. Für deine Beratung von Kristina. Und da kommt bestimmt noch einiges". Zog meinen Tabak aus der Jacke. „Du darfst ja ... du redest ja nicht über deinen Job ... deine Patienten ... aber ich ... ich würde dir gerne ein paar Dinge erzählen ... natürlich bleibt das unter uns ... was ich von Kristina gehört habe ... was sie mir erzählt hat. Das sitzt ganz schön tief in ihr ...". Ingrid unterbrach mein Gestammel. „Und dir liegt viel daran, dass das aufgelöst wird, richtig?"

Schnell trank ich meinen Kaffee. Stürzte ihn fast hinunter. „Ich geh' kurz rüber. Sag' Michelle Guten Tag. Dann komm' ich wieder. Hast du Zeit für mich?"

Blieb auch nur kurz bei Michelle, eigentlich nur Begrüssung, ein paar Worte wechseln, mir dabei Brote schmieren, die ich aber auch mitnahm zu Ingrid. Meine Work-Life-Balance - wie man es so schön nannte - war völlig im Eimer. Von sechs Uhr morgens bis zehn Uhr abends bestand mein Leben aus Aufgabe. Zum Glück nicht mehr lange. Auf Dauer könnte das kein Schwein aushalten. Mal ganz abgesehen davon was in diesen Stunden so alles passierte. Womit ich mich auseinandersetzte. Was auf mich einprasselte.

Michelle begleitete mich bis an die Haustür. Worüber ich mit Ingrid reden wollte hatte ich Michelle nicht gesagt, nur dass ich mit ihr reden wollte. „Vielleicht willst du ja ... wenn es zu spät wird ... ihr euer Gespräch vertiefen wollt ... oder auch so vielleicht ... einfach bei Ingrid bleiben?"

Das war auch das Erste was ich Ingrid erzählte. Dass Michelle meinte ich könne auch bei ihr bleiben. Ingrid schmunzelte. „Ich habe aber keine Therapeuten-Couch. Halte ich auch für Blödsinn. Ich möchte den Menschen schon in die Augen schauen ... ins Gesicht schauen, wenn sie mit mir reden. Wir können uns aber auf's Bett legen. Da kannst du etwas entspannen, abspannen. Ich kann dir auch eine Massage verpassen während du redest". „Du hast aber schon einen Wecker, oder? Ich muss früh raus. Und bitte nur massieren. Nicht mehr". Ingrid nahm meine Hand. „Dann komm'. Lass' uns nach oben gehen. Und du erzählst mir. Was du auf dem Herzen hast".

Alles was Kristina mir die letzten Tage gesagt hatte, Häppchenweise, schilderte ich Ingrid. Mich zwischendurch immer wieder vergewissernd, dass sie das als Vertraulich betrachten soll. „Du wirst ihr gegenüber auch keine Bemerkungen machen. Wenn sie dir das erzählt ist das so für dich, als würdest du das erste Mal davon hören. Das ist Bedingung Ingrid". An der Schulter drehte sie mich auf den Rücken, knöpfte mein Hemd auf. „Mann, das musst du nicht extra betonen. Das weißt du doch. Und jetzt entspann' dich".

Es schien mir so, es kam mir so vor, als würden ihre sanften Hände, ihr Streicheln, auch die Worte, die Gedanken aus mir herausstreicheln. Ingrid redete kaum, hörte mir fast durchgängig zu. „Du magst sie wirklich, nicht? Mehr als mögen? Würdest du was mit ihr haben wollen? Was Festes?" Kniete sich breitbeinig über meinen Oberkörper. „Aber doch sicher nicht Michelle verlassen? Gegen sie eintauschen wollen? Oder doch? Wieviel liegt dir an ihr?" „Nein Ingrid. Vielleicht so wie mit dir. Einen Freund. Eine Freundin. Mit der ich auch ins Bett gehen möchte. So wie mit dir eben. Du bist doch auch mein Freund … meine Freundin". An ihren Armen zog ich Ingrid leicht an mich. „Und du hast Recht gehabt, ich vergleiche sie mit Wilma. Optisch, ihren Körper. Sie ist Wilma verdammt ähnlich. Und ich würde gerne was mit ihr haben wollen. Sie macht mich schon ziemlich an. Aber mehr noch möchte ich, dass sie alles vergessen … verabeiten kann, was ihr widerfahren ist. Und du hast doch auch gehört was Michelle gesagt hat – dass wenn ich es mit Kristina mache … jetzt … dass sie mich dann tötet".

Ingrid legte sich auf meinen Bauch. „Und ... jetzt nur mal hypothetisch ... was wäre denn ... wie würdest du damit umgehen, wenn Michelle ... so wie mit mir ... auch mit Kristina ins Bett gehen würde ... will? Und umgekehrt?" „Wie kommst du auf diese Frage?" Ingrid schmunzelte. „Hypothetisch. Das heisst Vorstellbar. Michelle steht doch auch auf Frauen".

„Vorstellbar ist alles Ingrid. Die beiden verstehen sich doch. Gut. Und sind doch auch nicht hässliche Schreckschrauben. Im Gegenteil. Warum sollten sie sich nicht gegenseitig von ihrer Attraktivität angezogen fühlen? Michelle würde doch auch garantiert nicht mit dir im Bett rumturnen, wenn du ... ...Ausserdem ... sie haben ja etwas was sie irgendwie verbindet. Beide haben doch die gleiche ... oder zumindest ähnliche Scheisse erlebt ... erleben müssen. Jede von ihnen weiss doch wovon die andere redet. Ich hingegen kann Kristina nur zuhören. So wie ich es auch bei Michelle getan habe ... versucht habe, ihr ein Zuhörer zu sein. Die Psychologin bist du". Ingrid legte ihren Kopf auf meinen Brustkorb. „Dann lass' uns jetzt schlafen. Es ist schon spät. Ich habe morgen auch einige Termine". Drehte sich von mir herunter. „Aber deine Klamotten ziehst du aus, wenn du in meinem Bett schlafen willst. Ich will mich schon an dich rankuscheln. Nicht an deine Kleidung".

Aneinander geschmiegt redeten wir dann doch noch eine ganze Weile, berührten uns dabei zärtlich und intim, schliefen dann ein. So wachte ich auf, als der Wecker losklingelte. Ingrid in meinen Armen. Ingrid hatte eine Hand auf meiner Pobacke. Zog einen Arm unter ihrem Körper hervor. Küsste ihren Hals. „[195]*Takk for intervjuet, fru Sysegard*".

Ging nach draussen. Zur Hunderunde. Stellte auch diesmal fest, dass Leopold auch pinkeln musste, wenn ich mich zum Pinkeln an einen Strauch stellte. Dann nach Hause. Schlich

---

[195] Danke für das Gespräch, Frau Sysegard.

leise zu Michelle ins Schlafzimmer. Nahm mir Wäsche aus dem Schrank. Küsste sie auf die Stirn. Kurz schlug sie ihre Augen auf. „Mein Hase" hauchte sie schlaftrunken, schloss wieder ihre Augen. Schnell warf ich noch einen Blick in Torids Bettchen.

Brote waren geschmiert, Nescafé vorbereitet. Ohne grosse Worte mit Willem zu wechseln machten wir uns auf den Weg. Lediglich „Heute ist mein letzter Schultag, ich bin dann wieder voll einzuplanen von dir" liess ich ihn wissen, wie es ab heute auf dem Hof aussehen werde.

Bei Åsane verliess ich die Hauptstrasse, machte einen schnellen Abstecher zur DNB Bank, um am Geldautomaten etwas Bergeld für mein Portemonnaie aufzufüllen. Wollte Willem unbedingt Geld geben, mich an seinem Einkauf beteiligen. Bei der Gelegenheit auch mal einen aktuellen Kontoauszug ausdrucken lassen. Ausser Michelles Hinweis „Kontostand wächst an" wusste ich - eigentlich seit ewig nicht mehr passiert - nicht genau wie es um meine Finanzen bestellt war. Noch zu Zeiten in Rockanje wusste ich genau, ziemlich genau, vielleicht mit einer Abweichung von ein paar Gulden, wie es um mein Geld stand. Jetzt nicht mehr. Zumal auch noch hinzu kam, dass alles was an Summe in Nederland auf vielleicht „Hundert" endete, hier in Norwegen direkt in die „Tausende" ging. Wieso gab es eigentlich kein einheitliches Zahlungsmittel? Das überall gültig war? Würde es doch garantiert einfacher machen – auch Preise zu vergleichen. Die lästige Umrechnerei würde entfallen. Gut, günstiger ... billiger würde es dadurch sicherlich nicht – in Norwegen war alles unverhältnismässig teuer. Für meinen Geschmack ... für mein Verständnis.

Der ausgespuckte Betrag – 6000 Kroner – schien der Maximalbetrag zu sein, sollte aber reichen. Wenn nicht müsste ich das morgen einfach noch einmal wiederholen. Oder direkt zur Bankfiliale in Bergen fahren. Morgen hätte ich Zeit,

Gelegenheit. Um zwei Uhr Feierabend. Da war die Bank auf jeden Fall geöffnet.

„Was hast du denn bezahlt? Ausgelegt? Ist ja doch schon ein ganz schöner Berg Holz, den du besorgt hast" wollte ich in der Frühstückspause von Willem wissen. Musste kurz schmunzeln, weil ich selber den Ausdruck „Besorgt" nutzte. „Knapp vierzehnhundert Kroner". Er habe neben dem Fassadenprofilholz, „Keilstülpschalung übrigens", auch noch Dachlatten, Dübel, Silikon und Edelstahlschrauben gekauft. „Visser, nicht so Billigzeugs". Wie er das audrückte amüsierte mich. „Fischer heisst das Willem, nicht Visser". Willem versuchte Fischer zu sagen, aber es wurde wieder Visser. So wie ein Nederlander eben einen deutschen Begriff aussprach. Aus meinem Portemonnaie zog ich zwei bräunliche 500 Kroner-Scheine, die das Portrait irgendeiner Trulla mit geflochtenen Haaren zierten, gab sie ihm. „[196]Goed zo".

Mit unserer Arbeitsaufgabe waren Willem und ich schon sehr weit vorangekommen. Sehr zur Zufriedenheit unserer Chiefs Kevin und Tjorben. Wollten wissen, ob sie auch für diese Segmente die Röntgenprüfer bestellen konnten. Die die Arbeiten begutachten und – im Idealfall - für weitere Verschweissung freigeben sollten. „Heute nicht, morgen wohl auch nicht, aber Montag garantiert" liess Willem sie, stellvertretend für uns beide wissen. Tjorben machte sich Notizen. „Kevin schaut sich das vorher sowieso noch einmal an. Montag habe ich notiert".

In der Mittagspause skizzierte Willem für mich seine Idee für unsere Holzverkleidung zuhause auf ein Blatt. Ohne Millimeterpapier, einfach so. Ähnelte jetzt doch den Zeichnungen, die ich selber anfertigte. „Alle 60 Zentimeter eine Dachlatte. In der Mitte, an der Stosskante doppelt. Vielleicht sogar noch ein senkrechtes Brett über der

---

[196] Stimmt so.

Stosskante. Auch in Silikon gelegt. Was meinst du?" Was sollte ich meinen? Er hatte sich das doch alles ausgedacht. Was sollte daran falsch sein? „Ja klar, machen wir so".

****

Olav begrüsste uns, begann seinen Vortrag mit einer Dankesrede, wie er sie wahrscheinlich schon unzählige Male vorher gehalten hatte – und wahrscheinlich auch nach uns, unserer Klasse, auch ebenso unzählige Male wiederholen würde. Wie sehr es ihm Freude bereitet habe uns sprachliches Wissen zu vermitteln ... wie sehr wir mitgearbeitet hätten. Die übliche Lobhudelei halt. Dass er sich natürlich freuen würde, den ein oder anderen bei einem weiteren Sprachkurs wiedersehen zu dürfen. Verteilte dabei Blätter, die eben genau diese Kurse beschrieben. Inhalt, Dauer, Zeitraum, Kosten. „[197]*Ok, jeg skal ikke holde deg i spenning lenger. Alle har bestått. Alle får et sertifikat. For vellykket deltakelse. Og så er vi ferdige for i dag. For dette kurset*" ging er zu seinem Pult. Rief einen jeden namentlich nach vorne. Händigte das Zertikat, das natürlich auch den jeweiligen Namen trug, mit einem Händeschütteln aus.

Das Ganze hatte vielleicht dreissig Minuten gedauert. Unser Kurs war tatsächlich beendet. Irgendwie komisch. Aber auch – für mich jedenfalls – sehr erleichternd. Meine, sich jetzt über Wochen ziehenden langen Tagen hatten ein Ende. Wir Schulkameraden untereinander verabschiedeten uns auch Händeschüttelnd voneinander. Einen Moment stand ich irgendwie verloren im Flur vor dem Kassenraum. Kristinas „Tja, dann war es das wohl", gekoppelt an das Anreichen einer Tragetasche – „Hier ist Michelles Kleid drin" – liess mich sie mustern. Sie war wieder die graue Maus, gekleidet in Rock, Bluse und Jacke. Wie die unzähligen Kurstage zuvor. „Das

---

[197] Okay, ich will euch nicht länger auf die Folter spannen. Alle haben bestanden. Ein jeder bekommt ein Zertifikat. Für erfolgreiche Teilnahme. Und dann beenden wir das für heute. Für diesen Kurs.

glaube ich nicht. Es fängt gerade erst an. Ich fahr' dich natürlich nach Hause. Und du kommst sowieso weiter zu uns. Du hast Termine. Mit Ingrid".

Nahm die Tragetasche entgegen. „Wollen wir irgendwo einen Kaffee trinken? Wir haben doch jetzt Zeit". Kristina legte sich ihre Ledetasche über die Schulter. „Musst du denn nicht ... willst du denn nicht nach Hause?" „Muss ich nicht. Eigentlich hätten wir doch noch bis Neun Uhr Unterricht. Wollen wir ... einen Kaffee trinken gehen?" Sie hakte sich bei mir unter. „Gerne. Auf mich wartet sowieso keiner. Bei mir ... zuhause ... ist keiner ... der auf mich wartet".

Im Auto nahm Kristina eine Klarsichthülle aus ihrer Tasche, friemelte ihr Zertifikat hinein. Verstaute es zwischen Zwei Aktenordnern. „Ich habe leider nur die eine Hülle". Das klang fast wie eine Entschuldigung von ihr. Mit Schwung legte ich mein Zertifkat samt der von ihr gegebenen Kleidertasche auf den Rücksitz. Sah jetzt das Kleid, das ich jetzt schon zwei Tage spazieren fuhr. Wie gut, dass ich im Auto nicht rauchte. Sonst wäre das schon anständig eingeräuchert.

„Kaffee trinken? In Bergen? Oder hast du ein Stammcafé? Wo du gerne hin möchtest?" In einer Art Automatismus hatte ich bei meiner Fragestellung an Kristinas Hand gegriffen. „Ne, habe ich nicht. Ich habe kein Geld für ein Stammcafé". Kristina erwiderte leicht meinen Händedruck. „Bei mir ... um die Ecke ... aber das ist kein Café ... da hole ich mir manchmal ein Brötchen oder so".

Ich fuhr los, nach Bergen rein. Das war sowieso unsere Strecke. Im Stadtzentrum kannte ich ein nettes Café. Direkt in der Nähe des Rathauses. Weil wir dort immer parkten. Wenn wir nach Bergen fuhren. Zum einkaufen. Oder zum Markt. Nur wenige Minuten fussläufig entfernt. „Bist du oft in Bergen? In einem Café? Mit Michelle?" hatte Kristina sich wieder untergehakt, als wir Starvhusgaten herunterliefen. „Nicht so oft. Aber wenn, dann mit Michelle. Oder mit Ingrid. Oder mit beiden. Sonst eher weniger". Zeigte auf ein über Eck gehendes Geschäft. „Hier zum Beispiel. Mit Michelle. Hier kauft sie am Liebsten ein". Strich Kristina anblickend eine Locke aus ihrem Gesicht. „Wollen wir mal reingehen?" „Und dann? Das ist doch gar kein Café". „Stimmt. Das ist Michelles Lieblings-Boutique. Such' dir was aus. Was dir gefällt. Ich möchte dir das schenken. Zur bestandenen Prüfung. Für Frau ..." schaute Kristina an. „Wie heisst du überhaupt? Ausser Kristina? Mit Familiennamen?" Kristina löste ihre Hand von meinem Arm, drehte sich vor mich. Meine Familie ist für mich gestorben. Ich will nicht so heissen wie die ... die Schweine. Sag' einfach Kristina. Einfach nur Kristina". Schaute ernst, traurig. „Du willst mir echt was schenken? Was denn?"

Sie an der Schulter umarmend gingen wir auf den Boutiqueeingang zu. „Das ist eine Modeboutique, oder? Ein Kleid. Was dir gefällt. Such' dir was aus. Nur kein Kostüm ... keinen Rock mit Bluse. Was hübsches, nichts Graue-Maus-Mässiges. Was ich gerade gesagt habe – zur bestandenen Prüfung". Kristina nahm meine Hand. „Das ist aber keine Prüfung was wir abgelegt haben, nur sowas wie Teilnahmebestätigung". „Okay, dann bekommst du das als Bestätigung. Von mir. Als Bestätigung, dass ich dich mag, liebgewonnen habe. Geht das denn? Akzeptierst du das?"

Kristina schlenderte durch die Gänge. Begutachte die Kleidungsstücke. „Ja, das passt alles zu Michelle. Verdammt coole Klamotten. Nur ... die kosten zum Teil ganz schön viel Geld". Nahm ein Kleid aus der Auslage. „Fast so viel wie meine Miete".

„Deine Miete ist für einen Monat. Kleidung ist für ganz lange. Und du hast viel mehr davon. Deine Wohnung musst du immer wieder verlassen. Klamotten kannst du immer wieder anziehen. Ausserden macht deine Wohnung dich nicht noch hübscher als du sowieso schon bist. Such' dir irgendwas aus".

„Irgendwas"

Mit einigen Kleidungsstücken über den Unterarm gelegt kam sie mir entgegen. „Aber du gehst nicht mit in die Umkleide. Wenn mir was gefällt ... dann zeige ich dir das. Vorher nicht". Blieb lange in der Kabine. Unter dem Vorhang waren nur ihre Unterschenkel und Füsse zu sehen. Dann endlich zog ihre Hand den Vorhang auf. Kristina trug ein sehr eng geschnittenes Oberteil. Ein elegantes, enganliegendes Top mit hohem Halsausschnitt und langen Ärmeln. Braun, mit bunten Farbklecksen. So als würden – von den Farben her – Papageien in einem Orchideenwald sitzen. Dazu eine helle Jeans. Mit beiden Händen zog sie sie am Bund noch ein wenig hoch. Machte dabei strampelnde Beinbewegugen. Als würde sie sich in die Hose hinweinwackeln. „Und? Gefällt dir?" schaute sie mich an. Strich mit einer Hand über ihre Oberschenkel. „Nicht zu eng? Nicht zu knapp?" Strich noch einmal über den Schritt. „Ein bisschen kann man ja schon meine Muschi sehen, oder?" Konnte man. Nicht sehen. Erahnen. Die Jeans hatte keinen Reissverschluss. Also nicht so wie meine zum Beispiel. Bei ihrer Hose sass der an der Seite. An ihrem Hüftknochen. „Ein bisschen. Ein kleines bisschen. Aber steht dir. Die Kombination. Sieht hübsch aus" Auch das Oberteil stand ihr ausgezeichnet. Betonte durch den elastischen Stoff ihre Rundungen.

Kristina betrachte sich lange im Spiegel vor der Garderobe. „Dann ist die graue Maus wohl endgültig Geschichte. Mir gefällt das. Und das würdest du mir kaufen?" „Nicht würde Kristina. Wenn dir das gefällt ... wenn du das ausgesucht hast ... dann kauf' ich das. Für dich. Nicht würde". Sie drehte sich noch einmal. Vor mir. „Dir gefällt das, oder? Wenn man den Körper einer Frau erkennen kann". „Nicht erkennen Kristina, erahnen". Mit ihren Händen hob sie ihre Brüste ein wenig an, zuppelte an dem elastischen Stoff des Oberteils. Bei ihr hatte ich das noch nicht gesehen. Michelle und Wilma machten das auch gerne. Vor dem Spiegel stehend, sich selbst betrachtend. Ihre Möpse richten. Oft mit der abschliessenen Frage „Kann ich so gehen?" gekoppelt. Eine typische Fangfrage. Selbst wenn ich wusste was die Frage eigentlich heissen sollte – nämlich „Sehe ich geil aus?" – so war sie doch inhaltlich falsch formuliert. Mit Möpsen konnte man nicht gehen. Mit den Beinen ja, also warum richteten sie nicht ihre Beine, sondern ihre Brüste?

Ähnlich war es jetzt bei Kristina. „Das zieh' ich auch zur Arbeit an. Ich habe es satt, mich zu verstecken. Vor den geilen Böcken ... im Büro. Eigentlich ist es auch egal was ich anziehe. Die ziehen mich sowieso aus ... mit ihren Blicken ... denen ist doch egal was ich trage ... die wollen mich einfach nackt sehen ... und auch an mir rumfummeln ... so wie das alle bisher getan haben". Kristina verschwand hinter dem Vorhang. Redete weiter. „Ich habe was von dir ... von euch gelernt. Und das werde ich auch machen. Ich werde mich wehren. Beim nächsten Mal ... wenn mich einer von diesen Typen ... aus Versehen wie sie ja immer betonen ... am Hintern berührt ... ich werde denen einfach zwischen die Beine treten". Ich hörte sie nur lachen. „Hat Michelle mir gesagt ... ich soll denen einfach mal voll in die Eier treten".

Ihr Kopf kam hinter dem Vorhang hervor. „Dann haben die Kirmes da unten". Ich musste lachen. Weil ich diesen Ausdruck ewig nicht gehört hatte. Meine Mutter nutzte den gerne mal. Früher. Als wir echt noch Kinder waren. Sie uns eine Tracht Prügel androhte. Weil wir wieder mal irgendeine Scheisse ausgeheckt hatten. Oder im Begriff waren eine solche zu begehen. Dann hiess es schon mal „Wenn du nicht spurst, hat dein Hintern gleich Kirmes". Oder, als wir noch kleiner waren, hiess es – relativ höflich ausgedrückt – gleich gibt es Popoklatsch. Mit Anlauf. Gab es aber nie. Die Androhung alleine reichte.

Nur meine Hand steckte ich durch den Vorhang der Umkleide. „Gib mir doch einfach die Preisschilder. Ich bezahl' das. Und lass' die Sachen doch direkt an. Begrab' die Maus doch direkt. Jetzt. Hier". Ging, statt zu warten durch einen Gang. Wurde auch schnell fündig. Weil ich genau wusste was zu dem Outfit – und den Temperaturen draussen fehlte. Reichte Kristina das Kleidungstück durch den Vorhang der Umkleide durch. Hatte das Etikett, das Preisschildchen bereits entfernt. Las ihr vor. „[198]*Den passer perfekt til antrekket ditt. Frage. Nydelig cardigan som er loose fit, men kort i lengden. Knapper i front og litt høy hals som krage*".

Ihre alte Kleidung, also nicht ihre alte, ihre vormalige Kleidung, trug Kristina über den Unterarm. Stellte sich zu mir an die Kasse. Reichte der Verkäuferin ihren Rock, Bluse und Jacke. „[199]*Dette er ikke lenger nødvendig. Kan du pakke den sammen for meg?*"

„Sonst noch einen Wunsch, Prinzessin?" nahm ich die Tragetasche für sie. Kristina gab mir einen Kuss auf die Wange. „Schön, dass du mich so nennst. So fühle ich mich auch. Wie eine Prinzessin". „Gut, dann gehen wir jetzt Kaffee trinken".

„Warum hast du das gemacht? Mir das gekauft?" hatte sich Kristina in dem Café neben mich gesetzt. „Weil du ... hast du ja selber gerade gesagt ... Du bist meine Prinzessin ... also nicht meine ... du bist eine Prinzessin ... für mich auf jeden Fall ...". Kristina legte ihre Handfläche auf meinen Handrücken. „Wenn ich eine Prinzesin für dich bin, dann bin ich doch deine Prinzessin". Ihre Hand hob ich mit meiner hoch, küsste sie auf den Handrücken. „Okay, dann bist du meine Prinzessin".

Nach leckerem Kaffee und Kanelsnurrer verliessen wir das Café, hatten uns lange unterhielten, gingen zum Parkplatz zurück.

„Ich hol' dich dann morgen ab. So gegen fünf Uhr wieder? Du bleibst doch wieder bei uns, oder? Ich mach' dann

---

[198] Das passt ganz hervorragend zu deinem Outfit. Farbe. Schöne Strickjacke, die locker sitzt, aber kurz in der Länge ist. Knöpfe an der Vorderseite und ein leicht hoher Hals als Kragen.
[199] Das wird nicht mehr gebraucht. Können Sie mir das bitte einpacken?

Termine mit Ingrid für euch aus, einverstanden?" hielt ich den Wagen bei ihr vor dem Haus an. Kristina drehte ihren Kopf zu mir. „Gustav ... das ist ganz lieb von dir ... was du für mich tust ... das ist schön so behandelt zu werden ...". Beugte sich zu einem Kuss heran. „Gustav ... ich hab' ... ich hab' dich doll lieb". Ihr leichtes Zungenspiel an meinen Lippen hätte ich nur zu gerne erwidert. Sicherlich auch gerne mehr noch. „Also, wir sehen uns morgen" strich ich durch ihre Locken. Kristina nahm ihre Tasche aus dem Fussraum. Über den Rücksitz greifend reichte ich ihr die Tasche aus der Boutique an. „Hier, vergiss deine Maus nicht". Kristina lächelte. „Doch, auch die ist tot".

Michelle war mit Ingrid in der Küche zugange. Meine Hunderunde hatte ich zeitlich nach hinten verschoben. Hatte durch den zeitigen Schulschluss jetzt noch Luft. War mehr als eine Stunde früher zuhause als sonst. Beide hantierten mit Töpfen. Michelle unterbrach sofort ihre Tätigkeit. „Mein Süsser. Danke. Danke. Danke. Nele war heute hier. Hat mir das alles gebracht. Das Käsemacher-Set, dass du bei ihr gekauft hast". Erzählte absolut euphorisch von Neles Besuch. Was sie ihr alles gezeigt habe. Wie sie dieses Set nutzen solle. Worauf zu achten sei. Zeigte zu einer grossen Milchkanne, die in der Küche stand. „Ingrid hat bei Mikkel Milch geholt ... auch die Kanne ist von Nele ... 25 Liter gehen da rein ... ich mache meine erste Milch ... hier bei uns ..." Kicherte. „Quatsch, nicht Milch. Käse. Ich mach' meinen ersten Käse hier".

Auch Ingrid begrüsste mich. „Alles okay bei dir? Hattest du genug Schlaf?" Sie habe Michelle natürlich erzählt, dass wir uns lange unterhalten haben. Bis in die Nacht hinein. „Nicht was. Nicht worüber". Michelle holte Torid, die in der Babytrage auf dem Tisch wartete. Gab sie mir. Erzählte weiter von Neles Besuch. Streute in ihre emotionale Schilderung immer mal kurz Fakten ein. Von Lab, von den Kunststoffbehältern, von der Presse – wie diese zu verwenden sei, von Neles Geheimrezepten – von denen sie ein paar Michelle verraten habe. „Ich werd' morgen direkt ein paar Kräuter kaufen, auf dem Markt. Pflanzen. Dann mach' ich mir ein kleines Beet.

Irgendwo. Neben dem Stall". Und sie benötige natürlich jetzt einen Platz wo der Käse reifen könne. „Und den Laden … den Hofladen Schatz". „Sicher, mach' ich dir gleich. Stunde … dann ist das erledigt". Michelle lachte. „Schön wär's. Du veräppelst mich doch".

„Ihr seid ja noch eine Weile beschäftigt, oder? Bind' mir doch mal bitte das Tuch um. Ich nehm' Torid dann mit auf meine Runde mit Leopold". Michelle legte mir das Tuch um. Umarmte mich. „Ich freu' mich total. Das mit meinem Käsetraum wird langsam". „Setzt du mir Torid in das Tuch?" wollte ich los. Zur Abwechslung mal nicht im Dunklen zu einem Spaziergang aufbrechen. Wäre ja auch ziemlich bescheuert – mit Torid durch die Dunkelheit zu stapfen.

Von hinter dem Haus war eine Schlagbohrmaschine zu hören. Das wollte ich mir anschauen. Brauchte Leopold nur heranrufen, schon kam er, über das Tor springend, zu uns. Willem hatte schon mehr als die Hälfte der Dachlattenkonstruktion angedübelt. Schaute ihm kurz zu wie er gerade eine Latte montierte. Die Dachlatte vorbohrte. Dann die Schlagbohrmaschine ansetzte. Durch die Dachlatte hindurch einen Dübel ansetzte. „Rahmendübel. Ansetzen, einschlagen, fertig" kommentierte er seine Handgriffe. „Hast du sonst nichts zu tun?" „Willem schmunzelte. „Gleich. Wenn Wilma nach Hause kommt. Bis dahin nicht". Legte eine Hand auf meine Schulter. „Bist aber früh zu Hause heute. Schulabschluss geschafft?" Hatte ich. „Mit Zertifikat". Das lag zwar noch im Auto. Hatte ich aber. „Ich geh' mal was spazieren. Jetzt habe ich endlich wieder Zeit für meine Tochter".

Kurz vor Einbruch der Dunkelheit waren wir zurück. Aus dem Escort holte ich Michelles Kleider. Auch mein Zertifikat. Legte die Kleider über die Rückenlehne der Couch. Das Zertifikat auf das Sideboard. Für mich bedeutete es nicht wirklich was. Bot mir persönlich keinen Mehrwert. Ausser – dass ich jetzt eben die Sprache – einigermassen im Griff hatte. „Ich soll dir von Kristina sagen wie sehr sie dir dankt. Für deine

Kleider" stellte ich mich wieder in die Küche. Zu den zwei Käsefrauen.

Michelle erklärte mir was sie bisher gemacht hatten. Milch auf exakt 32 Grad erwärmt – „Das geht super mit dem Topf, da ist ja ein Thermometer dabei. Und die Heizung funktioniert elektrisch. Dann ..." Michelle hob zwei kleine Glasgefässe an „... etwas Calciumchlorid und Lab dazu". Würden jatzt gleich ... „Dann sind etwa dreissig Minuten vorbei" ... den Käsebruch schneiden können. Könnten jetzt „... theoretisch ... wenn wir Kräuter hätten ..." auch die dazu geben. Michelle hantierte in dem Topf. „Jetzt noch mal alles auf 37 Grad erwärmen. Noch bei 50 Grad auskäsen lassen. Dann alles in diese ..." Hob eines der runden Plastikgefässe an ..."Formen geben und pressen". Schöpfte etwas Flüssigkeit ab. „Und das hier, Süssmolke, kann man trinken. Willst du gleich mal probieren?"

Wilma war zu uns gekommen. „Na Bäuerin, klappt alles?" stellte auch sie sich zu uns in die Küche. Sie habe ja nur ganz kurz Nele mitbekommen, musste dann zur Arbeit. „[200]*Ze is best aardig. Een echte Nederlandse vrouw"*. Lehnte sich leicht bei Michelle an die Schulter. „Der Rest bleibt? Wie besprochen? Ich nehm' Torid dann jetzt mit rüber?" „Wie? Mit rüber?" Wilma schmunzelte. „Deine Frauen möchten mit dir alleine sein". Auch Michelle schmunzelte. Grinste schon fasst. „Ja, nur noch den Käse pressen. Ein paar Mal umdrehen und abtropfen lassen Am besten über Nacht. Und in der Zeit ... Ja, deine Frauen möchten mit dir alleine sein. Mit dir ins Bett". Gab mir einen Klapps auf den Hintern. „Soso, das habt ihr also schon heute tagsüber ausgehandelt? Dass wir ins Bett gehen?" Michelle umfasste meine Hüfte. „Ja, haben wir. Und darum passt Wilma auf Torid auf. Dann kann sie auch nicht ... wenn wir ... wie so oft schon ...".

---

[200] Die ist ziemlich nett.

„Käsemachen"

Anscheinend hatte die beiden nicht nur alles mit Wilma besprochen, sondern einfach durchgeplant wonach ihnen gelüstete. Sämtliche Kissen und Plumeaus waren aus dem Bett geräumt. „Damit du erst gar nicht glaubst du könntest schlafen". Michelle grinste mich schelmisch an. „Sollen Ingrid und ich die Schürzen anziehen? Dich ein bisschen aufgeilen?" Nettes Angebot, aber eigentlich kaum noch nötig. Michelle hatte recht mit dem was sie gesagt hatte. Die letzten Tage hatten wir zwar mehrfach „angesetzt", aber jedesmal kam etwas dazwischen, wurden wir in unserem Liebesspiel unterbrochen. Oder unterbrachen es selber. „Dann möchte ich euch zusehen. Wie ihr es euch macht. Möchte euer Lächeln sehen". Fasste kurz an Ingrids Unterleib. „Das senkrechte Lächeln deiner Muschi will ich sehen". Michelle liess sich lachend auf die Matratze fallen. „Was ist das denn für ein Ausdruck?" Rutschte zwischen meine Schenkel. „Willst du nicht lieber zusehen wie wir es dir machen? Ingrid und ich? Mal schauen wie lange du es schaffst uns nicht anzufassen?"

War Michelle enttäuscht von ihrer Einschätzung? Nicht eine Minute konnte ich meine Hände von ihr lassen. Fasste in ihre Haare, schon kurz nachdem sie meinen Pimmel in den Mund genommen hatte. Hauchte meine Lust … und ihren Namen heraus. Nicht lange. Ingrid kniete sich breitbeinig über mein Gesicht, erstickte meine wohligen Geräusche. Bewegte ihren Unterleib über mein Gesicht. „[201]*Så la fitta mi smile*". Beugte sich weit vornüber, ihre Brüste drückten gegen meinen Bauch, ihre Fingernägel stimulierten meinen Unterleib. Spätestens jetzt war Schluss mit „Nicht anfassen". Meine Hände drückten ihre Pobacken leicht auseinander. Meine Finger tauchten in ihren Hintern ab. Nur kurz, Ingrid übernahm den Bewegungsablauf. „[202]*Pokker, gjør det for meg*".

---

[201] Dann lass' mal meine Fotze lächeln.
[202] Oh verdammt, mach's mir.

Mit sanftem Druck schob ich Ingrid an ihrem Hinterteil von meinem Gesicht herunter. Neben mich in die Matratze. Nahm Michelles Kopf. „Hör' auf. Bitte. Ich platze gleich". Zog sie auf mich. Küsste sie leidenschaftlich. Die sich kurz darauf von mir herunterrollte. Neben Ingrid. „Machst du es uns?"

So hatte ich die beiden noch nicht erlebt. Nebeneinander liegend, ihre Beine angezogen, ihre Schenkel für mich geöffnet. Küssten sich, leckten sich gegenseitig die Brüste – während ich wechselnd zwischen ihren Beinen abtauchte. Damit keine zu kurz kam meine Finger nutzte. Von der rechten zur linken Hand wechselnd. Je nachdem bei welcher von ihnen ich meine Zunge spielen liess. Michelle hatte mir nicht zu viel versprochen. Es war einfach geil mit den beiden. Hatte etwas ganz Besonderes. Besonders ausgefallen. Konnte irgendwann einfach nicht mehr an mich halten, drängte mich in Michelle hinein.

Schlafen wollte keiner von uns. Ich nicht, weil ich bald wieder losmusste. Michelle und Ingrid nicht, weil ihre Körper vibrierten. Vor Erregung. „[203]*Du er en så jævlig god elsker. Du gjør oss lykkelige*" strich Ingrid durch die Haare. „[204]*Ikke sant, Michelle? Å knulle med dere to er rett og slett sensasjonelt*". Mich zwischen beide gelegt nahm ich mit jeder Hand ihre Gesichter. „[205]*Og dere to er så megalekre jenter*". Löste mich von ihnen. „Ich möchte eine Zigarette rauchen. Ich geh' nach unten. Amüsiert euch noch was". Michelle drehte sich von der Matratze. „Ich komm' mit. Ich schau' mal nach dem Käse".

In der Küche angekommen liess sie direkt Wasser in das Waschbecken einlaufen. „Was meinst du wieviel Liter da rein gehen? Der Käse braucht eine ungefähr 20-prozentige

---

[203] Du bist so ein verdammt guter Liebhaber. Du machst uns glücklich.
[204] Stimmt es nicht Michelle? Mit euch beiden zu ficken ist einfach sensationell.
[205] Und ihr beiden seid so megageile Weiber.

Salzlake. Aus Wasser und Molke. Da muss der noch gut sechs Stunden drin liegen. Dann noch trockenreiben – und ganz am Schluss mit Salz einreiben. Erst dann kann der zur Lagerung weg". Nahm aus einem der Hängeschränke eine Packung Salz. „Was meinst du? Wieviel Wasser? Wieviel Salz?" Unter dem Spülbecken, in einem der Schränke war Putzzeug, unter anderem ein Putzeimer. „So ein Eimer fasst ungefähr zehn Liter Wasser. Mach den doch einfach voll, giess das ins Waschbecken, dann hast du in etwa eine Zahl. Plus-Minus. Salz kannst du doch abwiegen. Wir haben doch eine Küchenwaage". Nahm die Salzpackung, zeigte auf den Beschreibungstext. „500 Gramm pro Packung. 20% von zehn Liter sind dann zwei Kilo, also vier Pakete". Michelle streckte sich zum Hängeschrank. Die Gelegenheit nutzte ich um mich an ihren Hintern zu drängen. Über den Rücken drehte sie sich zu mir. „Weißt du ... dass trotz allem was wir gemacht haben ... es mir schon sehr viel bedeutet dass du in mir gekommen bist?" Ganz leicht küsste ich ihren Nacken. „Mir auch. Du bist meine Frau. Ingrid ist ... wie ist das denn mit Ingrid und dir? Mal ehrlich. Ihr seid so oft zusammen im Bett, ist da mehr? Zwischen euch?"

Michelle stellte das Salzpaket auf der Küchenarbeitsplatte ab. „Nein. Wir sehen uns einfach jeden Tag. Da bleibt das doch nicht aus. Wir haben Spass an Sex. Was wäre denn mit dir? Wenn du jeden Tag so viel Zeit mit Ingrid verbringen würdest? Ihr würdet doch auch öfter ins Bett gehen, oder nicht?" Sie lächelte mich entwaffnend an. „Doch, ich glaub' schon". Ihre Arme umschlangen meinen Hals. „Da ist nichts, sonst nichts. Einfach nur Sex. Ausserdem bist du ja so gut wie nie da". Mit zwei Finger zwackte ich in ihre Hüfte. „Das ändert sich jetzt aber wieder. Wenn ich zuhause bin ... dann bin ich wieder dran".

Betrachte das ganze Käse-Equiment das über die Küchenarbeitsplatte verteilt war. „Dann brauchst du ja eigentlich keinen Hofladen. Du brauchst eine kleine Käserei. Oder willst du das alles hier in der Küche machen? Die brauchen wir für andere Zwecke". Michelle nahm meine Hand. „Hast du noch Zeit?" Führte mich zur Couch. „Nele hat mir gesagt, was ich alles brauche. Irgendwie Edelstahlbecken ... für die Salzlake ... dann Regale ... für die Reifung und Lagerung. Das dauert ja mindestens vier Wochen bevor man den Käse überhaupt essen ... oder verkaufen kann. Und wenn ich jeden Tag einen Käse mache ... machen möchte ... wo soll der denn hin?"

Sie kuschelte sich an meinen Oberkörper. „Baust du mir was? Ein Lager ...?" „Also keinen Laden?" strich ich Michelle durch die Haare. „Doch, auch. Ein Lager ... eine kleine Käserei ... und einen Laden". Schaute mich mit Augenaufschlag an. „[206]*Michelles ostebutikk*". Schwang sich auf meinen Schoss. „Kannst du noch mal?" „Ich glaube nicht. Willst du mich jetzt mit Sex zu einer Antwort ködern?" Michelle nahm meine Hände, legte sie um sich. „Nein. Muss ich das denn?" „Nein, mein Hase. Gib mir mal ein bisschen Zeit ... zum Nachdenken. Das ist nicht mal eben gemacht". Trug sie zum Esstisch, setzte sie auf die Tischplatte. „Wenn ich könnte, würde ich schon gerne. Aber siehst du ja selber, da regt sich gar nichts mehr".

Wir gingen gemeinsam nach oben. Ingrid hatte sich das Bettzeug ins Bett geholt. Schlief. Michelle streichelte ihr über den Po. „Wie lieb sie aussieht, wenn sie schläft. Sollte man gar nicht denken, dass sie so ein Luder ist, oder?" Aus dem Schrank nahm ich mir Wäsche heraus. „Ich geh' dann jetzt meine Runde drehen. Vielleicht schläfst du auch noch was. Wann kommt denn Wilma? Mit unserer Tochter?" Michelle kuschelte sich unter das Plumeau. An Ingrid heran. „So gegen acht Uhr, ich muss ja um Neun bei Mikkel sein. Wenn ich dann zurück bin sollte der Käse fertig sein. Mein erster Käse. Hier im Haus". Setzte mich kurz auf die Bettkante, gab ihr noch einen Kuss. „Das ist dein Ding, oder? Dieses Käsemachen?"

---

[206] Michelles Käseladen

„Heavy Metal"

Letzter Tag der Woche. Kurzer Tag. Pausenbrote entfiel. Nur Kaffee. Bereitete alles vor. Damit Willem nicht aus Versehen irgendwas ins Spülbecken goss – oder abstellte. Das brauchte Michelle. Für ihre Salzlake. „Ich fahr' aber auch heute mit meinem Auto" informierte ich ihn über mein Vorhaben. Wollte nach Feierabend, wenn es denn möglich war, bei Lisa vorbeifahren. Würde sie zuvor anrufen, wie sie ja erbeten hatte. Wie wir – also Willem und ich - das jetzt mit unserer „HKWT" angehen könnten brannte mir unter den Nägeln. Zumal ja auch schon für morgen – bei Nele und Jaap – unser erster gemeinsamer Einsatz eingeplant war. „Und danach hole ich dann Kristina ab".

In der Frühstückspause nahmen wir unser flüchtiges Gespräch vom Morgen wieder auf. „Eine Gründung ist doch erst möglich, wenn ich hier gemeldet bin und so" stellte Willem ganz richtig fest. Das würde aber erst in etwa vier Wochen passieren. „Ich fliege über Ostern nach Nederland. Wenn ich frei bekommen. Urlaub nehmen kann". Vonnöten wäre das aber schon für ihn. „Ich muss meine Wohnung übergeben. Und mich dann abmelden ... damit ich hier alles offiziell machen kann". Selbst wenn das so war ... „Irgendwie müssen wir mit Jaap abrechnen ... können. Und wenn seine Nachbarn auch was von uns möchten? Wir müssen doch irgendwas in der Hand haben. Können das sicher erst mal über die bestehende Firma abrechnen. Das dann später gegeneinander verrechnen. Aber wir brauchen irgendwas Amtliches. Wenn etwas passiert. Uns. Oder wir einen Auftrag versemmeln". Trank von meinem Kaffee. „Was ich bisher bei Jaap und Nele gemacht habe, habe ich verrechnet. Mit Michelles Käsezeugs. Ohne Geld".

Willem entzündete sich eine Zigarette. „Habt ihr einen schönen Abend ... eine schöne Nacht gehabt? Ich fand das schon anstrengend. Deine Kleine hat ein ganz schönes Organ. Wenn sie weint. Ist das immer so? In der Nacht?" Tief sog ich Luft ein. „Ist schon weniger geworden. Deutlich weniger. War schon schlimmer. Aber ja, war schön. Und danke, dass ihr … also Wilma und du euch gekümmert habt". Willem grinste. „Schon okay. Nur wenn ich sagen müsste *Jederzeit gerne wieder*, würde ich lügen". Blies den Zigarettenrauch leicht schräg nach oben. „Wie ist das eigentlich? Mit zwei …?" „Das willst du nicht wissen. Und auch nicht fragen" unterbrach ich seine Fragestellung. Willem nickte.

Nach der Pause schlossen wir eine Wette ab. „Wer bis Feierabend weniger verschweisst hat zahlt das Bier". Darauf wollte ich mich gerne einlassen. Eigentlich gab es ja bei so einer Wette keinen Verlierer. Der Preis war Aussicht auf eine Kiste Heineken. Die dann über's Wochenende getrunken werden konnte. Sowohl von Gewinner als auch Verlierer. Und im Prinzip war der Gewinner eigentlich keiner von uns beiden, sondern mehr Kevin und Tjorben. Kamen wir doch so unserer gemachten Zusage ihnen gegenüber - „Montag können die Röntgenprüfer kommen" - auf jeden Fall näher.

Aus einer Telefonzelle unweit der SHELL versuchte ich Lisa anzurufen, wählte die Rufnummer, die auf der Visitenkarte, die sie mir gegeben hatte. „*Arkitektkontoret Skogveien. Du snakker med Janne*" klang es an mein Ohr. War im ersten Moment ein wenig Perplex. Janne? Auf Lisas Karte stand etwas ganz anderes. Ein anderer Name. „[207]*Hallo? Kan jeg få snakke med Lisa?*" Einen kurzer Moment Stille. „[208]*Et øyeblikk, jeg kobler*". Es knackte in der Leitung. „Med Lisa" wurde ich von Lisas Stimme förmlich mit Freundlichkeit überschüttet. Sie klang ganz anders als in echt. In Person. Kurzes Wortgeplänkel. Floskeln. „Wie geht es?" „Bist du im Büro? Kann ich vorbeikommen?" So in etwa 90 Minuten würde ihr gut passen. Wenn ich es einrichten könnte. Was sollte ich antworten? Ne, passt mir gar nicht? „Ja, prima. Passt bei mir auch. Also bis gleich".

---

[207] Guten Tag. Kann ich mit Lisa sprechen?
[208] Einen Moment, ich verbinde.

„Und jetzt? Wie schlag' ich die Zeit tot?" Mir kam eine glänzende Idee. Im wahrsten Sinne des Wortes „glänzend". Skogveien lag in etwa bei der Sprachschule. Und hier hatte ich doch, zuletzt bei mir umherirrenden Suche nach einem Parkplatz, erneut dieses Geschäft für Gastrobedarf gesehen. Vor dem ich schon einmal gestanden hatte. Mit den riesigen Kochtöpfen. Jetzt war es plötzlich für irgendwas gut, dass so viel Zeugs in meinem Kopf rumschwirrte. Ganz bestimmt würde ich hier irgendwas aus Edelstahl finden. Für Michelle. Für ihre Käserei. Dass sie sich die Salzlake im Waschbecken angesetzt hatte – für heute – für eine einmalige Sache sicherlich okay. Aber kein dauerhafter Zustand. Edelstahl hiess ja auch „Keimfrei", „Lebensmittelecht". Warum sonst sollte das in Grossküchen verwendet werden?

Schon in der Auslage des Schaufensters sah ich etwas was mein Augenmerk auf sich zog. „Sowas in der Art" zeigte ich beim Betreten des Ladens auf einen „Rechaud". „Nur ohne Heizung". Der Verkäufer führte mich an ein Regal. Vollgestellt mit Behältern. „[209]*Gastronormbeholder, 30 liter, Rustfritt stål, Caterchef*" erklärte er kurz und bündig. Das war doch ideal, bot reichlich Inhalt. Edelstahl. Absolut geeignet. Erfragte den Preis. „[210]*Tre hundre og førtito kroner*". Sah mich erst noch ein wenig um. Ob es vielleicht anderes, besseres, geeigneteres gab. Gab es. Anderes. In diversen Abmessungen. Was ich aber nicht unbedingt besser fand. Bis auf einen Artikel, der auch schon den Verwendungszweck im Namen tug - [211] *Ostedreneringssett i rustfritt stål, Kapasitet: 6,5 liter. Dreneringsstativ i rustfritt stål, Ristavstand: 1 cm.* Das war doch genau was ich suchte. Ohne zu wissen, dass ich genau das suchte. Und auch der Preis von 210 Kroner sprach mich an.

---

[209] Gastronormbehälter, 30 Liter, Edelstahl, Caterchef

[210] 342 Kroner

[211] Käseabtropfset aus Edelstahl, Fassungsvermögen: 6,5 Liter. Abtropfgitter aus rostfreiem Stahl, Abstand der Gitterstäbe: 1 cm.

Genau das hatte ich ja gestern abend gesehen, dass Michelle diese runde Kunststofform vor dem Pressen abtropfen liess. Ins Waschbecken. Und genau das wollte ich nicht mehr. Dass aus unserer Küche jetzt eine Käsewerkstatt werden sollte. Würde doch auch irgendwie nicht passen. Alles keimfrei machen, im besten Fall, wie bei Nele, in weissen Stiefeln und Plastikschürze rumlaufen, und dann in der Küche rumhantieren. Für Schimmelkäse würde das vielleicht noch gehen. Da brauchte man ja Keime. Aber sonst? Für Gouda oder ähnlich garantiert nicht.

Die beiden Behälter wollte ich haben. Für einen Moment war ich verunsichert, als der Verkäufer sagte, dass sie nur an Fachhandel verkaufen würden, keine Endverbraucher. „[212]*Et øyeblikk, jeg er straks tilbake*". Verliess kurz den Laden, holte mir aus dem Escort eine meiner Visitenkarte. Auf der ja ausser der Firmenbezeichnung nichts stand. Also was diese BA genau machte. „[213]*Det er vi, spesialisert handel*" log ich ihn völlig selbstverständlich an. So selbstsicher, dass nicht der geringste Zweifel bei ihm aufkam. Um das noch zu toppen fragte ich jetzt nach einem Sortimentskatalog. Was beim Verkäufer wahrscheinlich genau das auslöste, was ich bezwecken wollte. „Kunde droht mit Auftrag". Um es ganz rund zu machen zahlte ich auch mit Firmen-Kreditkarte, nicht mit meiner privaten. Die 550 Kroner würde ich dann einfach der Firma wieder zurückbezahlen. Brachte den Einkauf zum Wagen, verstaute alles im Kofferraum. Lungerte noch ein wenig auf der Einkaufsstrasse herum. Kaufte beim Bäcker Brot und Kanelsnurrer. Für den Direktverzehr. Mittagspause sozusagen.

Einigermassen pünktlich, zur vereinbarten Zeit, traf ich bei Lisa ein. In einer Art Empfangszimmer sass eine junge Frau. Dunkles Haar, rundes Gesicht, unwahrscheinlich weisse Zähne, die beim Lächeln hervorblitzten. Ziemlich direkt assoziierte ich

---

[212] Einen Moment, ich bin sofort wieder da.
[213] Sind wir, Fachhandel

„Sieht aus wie eine Indianerin". Da es aber keine Indianer in Norwegen gab, vermutete ich Inuit, die Ureinwohner des Nordens. An ihren Ohrläppchen bommelten zwei grosse Ohrringe. Die ein wenig aussahen wie Schneebälle. An ihren Finger dicker Goldschmuck. Unter ihrem gelb-weissen Kleid lugte am Decolleté eine dünne Goldkette hervor. „[214]*Hei, jeg heter Janne*" erhob sie sich, hielt mir ihre Hand zur Begrüssung entgegen. „[215]*Jeg er Gus ... Gustav. Jeg ringte deg. Jeg har en avtale med Lisa*". Ihre Hände waren feingliedrig, extrem gepflegt. Akkurat gefeilte und lackierte Fingernägel. Farblos lackiert.

Eine Türe öffnend bat sie mich in ein Zimmer, einen Büroraum. Der so gar nichts mit Büro gemein hatte. Eher an ein Wohnzimmer erinnerte. Vor einer steingrauen Dreisitzercouch stand ein runder Couchtisch mit Marmorplatte, auf einem Metallgestell. „[216]*Jeg skal si til Lisa at du er her*" ging sie auf eine andere Türe zu. Ihre einladende Handbewegung mich doch zu setzen war sicher als Scherz gemeint. Die Couch war über und über mit Kissen vollgepröddelt. Alle mit unterschiedlichen Stoffen bezogen. Ich blieb stehen. Bis Lisa mir in Begleitung von Janne entgegen kam. Sie trug ein knöchellanges hellgraues Kleid, fast in der gleichen Farbe wie die Couch. das weit geschnitten war, ab ihren Brüsten abwärts garantiert nirgends ihren Körper berührte. Mein Bild eines Architekten war komplett. Grau oder Schwarz als Kleidung – und dass sie einen Saab fuhr komplettierte das noch. Wäre sie ein Mann, hätte ich Rollkragenpullover erwartet. Sie kam näher. An der Art wie sie sich näherte befürchtete ich – und erwies sich auch richtige Einschätzung – dass sie mich umarmen wollte. Drückte mich an ihre Monstertüten. „Sorry dass du warten musstest. Bei uns ist der Teufel los. Schon länger. Wir haben einfach viel zu tun". Ich wollte mich aus

---

[214] Hallo, ich bin Janne

[215] Ich bin Gus ... Gustav. Ich hatte angerufen. Ich bin mit Lisa verabredet.

[216] Ich sage Lisa kurz Bescheid, dass du da bist

ihrer Umarmung befreien, gelchzeitig aber nicht unhöflich wirken. „Hat mir deine Sekretärin schon gesagt, dass du beschäftigt bist".

Schmunzelnd schaute sie zu Janne. „Das ist nicht meine Sekretärin. Janne und ich sind Geschäftspartner. Janne ist Architektin. Sie plant Häuser. Ich bin ja für die Einrichtung zuständig. Das ergänzt sich prima". Bat mich in das Büro aus dem sie gekommen war, bot mir einen Sitzplatz an. Auf den ich mich auch setzen könnte. Zwar unbequem, ein Designerstück – aber nicht vollgepackt mit Dekokissen. Mein Blick ging die Wände entlang. Unzählige Fotografien. Von Rockstars. Von den Rolling Stones, Robert Plant, Led Zeppelin, Kiss, Bruce Springsteen, Eric Clapton, Neil Young bis hin zu Metallica. Und auf allen war sie mit dabei. „Was hast du mit denen zu tun?" Lisa ging an die Wand. Zeigte auf ein paar Fotos. „Wir gestalten die Künstlerbereiche ... wenn die auf Tour sind ... sei es hier in Bergen ... oder in Oslo. Gelegentlich auch in Tromsø".

Schob mir ein Glas über dem Tisch zu, gefolgt von einer Flasche Wasser. Holte sich einige Magazine, blätterte ein paar Seiten auf. „Aktuell ist ja Stahl ... Stahlmöbel schwer im Trend". Schlug eine Seite auf. „Tische, Bettgestelle, Regale ... deswegen bin ich auch scharf auf dich ...". „Bitte? Was?" Lisa lachte. „Also nicht auf dich. Auf das was du machst, was ich gesehen habe. Du weißt doch, dass ich nicht auf Männer stehe. Die machen nur Dreck. Und Probleme". Wie konnte aus so einem netten Gesicht ein solch' dreckige Lache kommen? schaute ich Lisa an. „Kannst du dir vorstellen, dass du sowas bauen kannst? Also ich meine nicht vorstellen ... kannst du sowas bauen? Wir haben reichlich Kunden, die sowas haben möchten".

Janne war hinzugekommen, setzte sich auf einen Stuhl. „Ja, wir haben Aufträge satt. Das passt eben auch zu der Architektur, die wir im Neubaubereich realisieren. Viel Sichtbeton. Glatte Oberflächen. Kühl. Sachlich. Lisa hat mir erzählt was du machst. Mir auch die Fotos gezeigt, die sie bei euch gemacht hat".

Das war auch mein Stichwort. Eigentlich sollte mein Besuch dazu dienen, dass Lisa mich über Kalkulationen informierte. Wie ich Preise veranschlagen konnte. So sagte ich es auch Lisa. „Bauen kann ich das. Habe aber keine Ahnung wie man das kalkuliert". Lisa stippte die Magazine an einer Kante auf der Tischplatte zusammen. „Ich such' dir gerne was raus. Nur im Moment nicht. Echt nicht. Janne macht sogar schon Telefondienst, wie du ja mitbekommen hast. Wir bräuchten echt jemand. Eine Frau natürlich. Suchen aber schon eine ganze Weile. Die Person sollte …. Muss ja auch zu uns passen. Nicht nur telefonieren, auch Angebote schreiben. Aber ich such' dir was raus. Komm' doch nächste Woche mal zu Frederike. Ich würde dir gerne einen Probeauftrag geben. Dann kannst du mir ja zeigen was du drauf hast".

Das Gespräch hatte ich mir ein wenig anders vorgestellt, ergiebiger. Andererseits nicht damit gerechnet, dass es so nett war. Und von Lisa wollte ich mehr erfahren. Wenn sie solch einen Zugang zu Weltstars hatte. Und auch die sich plötzlich eröffnende Perspektive weiterer Aufträge war jetzt auch nicht das Schlechteste. Vielleicht könnte ich ja gar ein Möbelstück für einen dieser Weltstars bauen? Würde doch eigentlich gut passen – Heavy Metal Music und Heavy Metal Möbel.

Musste mich jetzt aber ein wenig sputen, wie ich auf der Uhr im Auto feststellte. Ich musste Kristina abholen, hatte für sechs Uhr einen Termin mit Ingrid vereinbart. Wäre zum einen blöd den nicht wahrzunehmen, Ingrid warten zu lassen. Zum anderen blöd für Kristina. Für die war das Gespräch wichtig … wichtiger. Aber auch sie wollte ich nicht warten lassen. Was machte das für einen Eindruck? Zu einer Verbredung mit einer Frau zu spät zu kommen?

„Spindeldürr"

Gut acht Kilometer, gut zehn Minuten später fuhr ich bei Kristina vor. Klingelte. Ein leises Summen des Türöffners. „Komm' runter. Ich warte" rief ich ins Treppenhaus. Mit einer Tasche in der Hand kam Kristina aus der Haustüre. „Ich habe mir diesmal auch Wäsche eingepackt" küsste sie mich zur Begrüssung. Habe auch Wilmas Schuhe dabei. Griff in die Tasche. „Und ihren BH". Sie sah gut aus, trug das Outfit das sie sich gestern ausgesucht hatte. War sehr Mitteilungsbedürftig. Sie habe einen schönen Tag im Büro erlebt. „Also war jetzt nicht schön wegen des Büros. Weil ich so gekleidet war. Bin. Ich habe das erste Mal keinen BH im Büro getragen ... tragen müssen. Unter der schicken Jacke die von dir bekommen habe sieht da ja keiner. Nur ich ... ich habe das gespürt ... wie meine Brüste an dem Stoff von dem Shirt gerieben haben". Sie hob den Cardigan an. „Guck' mal, habe ich schon den ganzen Tag ... ganz steife Brustwarzen". Ich sah zu ihr herüber. In ihr Gesicht, dann auf ihre Brüste.

„Darf ich dir was sagen ... nicht falsch verstehen ... je öfter ich dich sehe ... irgendwie eine neue Kristina ... deine gelockten Haare, dein Lächeln ... das mir zeigt, dass du glücklich bist, ein Lächeln das mich anzieht ... deine Stimme ... beruhigend wie eine Nackenmassage im Thermalbad ... Wenn ich an dir schnuppere ... dein Duft ... deine butterweiche Haut ... als hättest du 2 Wochen in Milch gebadet ..."

„Was ist? Was schaust du mich so an?" Kristinas Frage holte mich zurück. Beugte mich wenig zu ihr herüber. „Ich war kurz in Gedanken, abgelenkt. Wir müssen noch schnell zum Blumenladen, dann kann das Wochenende kommen". War mehr als froh, dass all diese Worte nur in meinem Kopf waren, nicht den Weg über meinen Mund nach draussen gefunden hatten.

Kurz in Åsane zur Floristin. Wissend was ich wollte vier Blumensträusse – Tulpen – geordert. Plus Neun Margeriten für Willeke.

Aus dem Kofferraum nahm ich die gekauften Edelstahlbehälter für Michelle heraus. Hantierte etwas ungelenk auch gleichzeitig mit den Blumensträussen herum. „Kann ich dir irgendwie helfen? Soll ich was tragen?" kam Kristina mir zu Hilfe. „Nimmst du die Blumen?" liess ich die Sträusse in ihre Hände fallen.

Michelle war in der Küche beschäftigt. Mit Käse machen. Ingrid half ihr diesmal nicht, lag mit Torid spielend auf der Decke vor dem Kamin. Schaute kurz auf. „Dann können wir ja gleich rüber gehen. Fühlst du dich ... Hast du Lust auf ein Gespräch?" ging ihr Blick zu Kristina. Die ihr zunickte. „Ja, unbedingt. Möchte ich". Ging zu Michelle um sie umarmend zu begrüssen. „Schau' mal. Habe ich von Gustav bekommen. Durfte ich mir aussuchen. Zur bestandenen Prüfung. Zum Zertifikat". Knöpfte ihren Cardigan auf. „Alles. Top, Hose, Jacke. Ist das nicht toll?" Michelle sagte nicht nur „Meine Fresse, hast du tolle Brüste", fasste sie auch an „Du hast eine Top-Figur. Weißt du das. Du siehst umwerfend aus. Steht dir, total".

Kristina legte die Blumen auf dem Tisch ab. „Ein Strauss ist für dich. Sollen wir den in eine Vase stellen?" nahm ich die anderen. „Einer für Ingrid, einer für dich. Für meine Prinzessinnen" reichte ich Michelle die Blumen an. Ingrid nahm Kristina an der Hand. „Wir gehen dann mal rüber. Bis gleich, oder? Wir essen doch zusammen, oder?"

Die Edelstahlbehälter stellte ich Michelle auf die Anrichte. „Und das ist für dich, meine kleine Milchbäuerin". Sie betrachte alles ausgiebig. „Cool, kann ich super gebrauchen". Holte aus einem Bereich der Küchenarbeitsplatte ein paar Töpfe mit Kräuterpflanzen. Habe die auf dem Markt gekauft. „In Hylkje ... und auch gleich jede Menge Salz". Schob mir zwei Töpfe herüber. „Kannst mir ja mal was kleinhacken, was du gerne magst". Schob ein grosses Messer hinterher. Hielt meine Hand fest. „Meinst du Kristina ist echt so naiv? So kindlich? Wie sie so rüberkommt. Sie weiss doch bestimmt genau was sie für eine Granate ist. Macht sie das bei dir auch? Dir ihre Brüste zeigen und so?"

„Ja, macht sie. Sie ändert sich ... sie verändert sich ... von mal zu mal. Sie wird lockerer ... gelöster. Das ist doch gut ... für sie. Jetzt hör' aber mal auf ... weisst du wie lange das bei dir gedauert hat ... bis du deinen Körper ... doch erst nachdem du Sex mit Wilma und mir hattest. Wie lange hast du geglaubt ... gesagt ... behauptet du seiest eine Lesbe? Und ich bin überzeugt, dass ihr das guttut, Komplimente zu hören. Feedback zu bekommen. Positives. Nicht so, wie sie es bisher erlebt hat. Aber angefasst habe ich sie noch nicht. Nicht so wie du. Ihr direkt an die Hupen gehen". Michelle lachte. „Hupen ist gut. Sie hat aber auch Hupen. Fest und rund". „Das meine ich halt. Es ist sicherlich nicht schlecht, sie mal ab und an zu berühren. Ihr zu zeigen, dass sie attraktiv ist. Vielleicht sogar erstmal von einer Frau, nicht von einem Mann. Männer haben ihr doch das alles angetan. Du brauchst ihr ja nicht direkt an die Pflaume zu gehen". Mit einer Hand fuhr sie in den Eimer mit Käsebruch. „Ich bin ihr nicht an die Pflaume gegangen. Nur an die Hupen. Dagegen sind meine eher so ..." Grinste. Liess den Käsebruch durch ihre Finger gleiten. „Wie Quarktaschen".

Meine Hand ging ebenfalls in den Käsebruch, dann mit Molke und Käsestückchen behaftet in ihren Kleiderausschnitt. „Ich liebe deine Quarktaschen. Die schönsten ... die leckersten Quarktaschen der Welt". Michelle kiekste auf. „Spinnst du?" Schaufelte mit einer Kelle Käsebruch in die runde Abtropfform. Stippte ihren Finger darin, leckte ihn aufreizend ab, liess sich lasziv die Molke aus dem Mundwinkel laufen. Schon ein bisschen als hättest du mich vollgespritzt, oder? Auch der Käsebruch, so leicht schwabbelig wie deine Wichse". Stellte die Form auf die mitgebrachte Edelstahlvorrichtung.

„Das ist total aufmerksam von dir. Nicht nur, dass du das besorgt hast … auch dass du genau weißt … genau beobachtest was ich brauche. Echt Kerl, du bist genau der, den ich will. Ein Mann der seiner Frau die Wünsche von den Lippen abliest, der sich die merkt".

„Machst du mir das Tragetuch parat? Dann gehe ich mit Torid ein wenig raus. Auch die Blumen für Willeke zum Grab bringen". Michelle wusch sich die Hände. „Bleib‘ aber nicht so lange weg. Und spazieren war ich schon mit Leopold. Mit Torid. Kümmer‘ dich jetzt wieder mehr um deine Tochter. Du bist lange genug spät nach Hause gekommen. Du wirst staunen was sie schon alles kann". Legte mir das Tragetuch um, stellte es auf mein Körpermass ein. „Und noch was. Finde ich total toll von dir … dass du Kristina Sachen gekauft hast … ich weiss noch wie du das auch für mich gemacht hast … wie sich das anfühlt, wenn sich einer kümmert". Gab mir einen Kuss in den Nacken. „Wenn sie doch geflüchtet ist … aus Deutschland weg … sie hat doch bestimmt auch nichts. Hast du doch gesagt, dass sie nur eine ganz bescheidene Bude hat". Zurrte das Tuch stramm. „Und sie hat ja auch gesagt, dass sie so gut wie nichts verdient". Ganz leicht kniff sie mir in den Hintern. „Habe ich das auch gemacht? Dir meine Titten gezeigt? So als Danke schön?" Ich griff ihre Hand. „Du? Nein. Nicht doch mein Engel. Sowas hast du nicht gemacht. Du doch nicht. Du … du bist direkt in mein Bett gekrochen. Wolltest mir einen blasen. Als Danke schön. Hast du das alles vergessen? Ich denke, du solltest zuallerest verstehen was mit Kristina ist. Was mit ihr passiert. Lass‘ sie einfach. Auch wenn du mittlerweile anders denkst. Die Situation ist aber ähnlich. Genau wie du es warst, ist Kristina eine geschundene Seele. Noch. Die Liebe, Zuneigung und Anerkennung braucht".

Wieder gab sie mir einen Klapps auf den Hintern. „Dann geht jetzt, bevor es dunkel wird. Entschuldige, ich bin manchmal einfach echt blöd. Das stimmt, ich habe viel vergessen. Aber auch zum Glück. Hoffentlich passiert Kristina das auch. Dass sie vergisst".

Eine Weile war ich mit Torid über die Weide gestromert, wo die Tiere, insbesondere die Schafe es zuliessen, verweilten wir. Um Torid in ihr Fell greifen zu lassen. Zu ertasten wie sie sich anfühlten. Was sie vergnügt mit Brabbeln, Quietschen und Lalala oder Bababa begleitete. Ähnliches stellte ich fest als wir uns an die Grabstelle hockten. Nach Leopold greifen zu wollen war gar nicht so schwer, weil Leopold zu ihr kam, es anscheinend auch toll fand, dass sie ihm ins Fell tatschte. Überhaupt war zu erkennen, dass er Torid sehr mochte. Schaute sie mit wachen Augen an, leckte immer wieder an ihr. Sei es an den Händchen oder auch mal gerne im Gesicht. Was Torid zu mehr freudigen Lauten animierte.

Dass es gut war, sie mit dem Rücken zu mir zu tragen hatte ich ja bereits vor einiger Zeit festgestellt. Michelle achtete auch sehr darauf, dass sie jetzt so in das Tragetuch gesetzt wurde. Ihre Umgebung betrachten konnte. Sicher auch weitaus interessanter als immer nur auf den Oberkörper der sie tragenden Person zu glotzen.

Auch auf die Berührungen mit den Blumenblättern, die ich aus der Vase aussortierte, reagierte sie. „Wär' schon schön wenn die kleine Willeke jetzt hier wäre ... bei dir ... um mit dir zu spielen ... du eine kleine Freundin hättest" schaute ich an ihrer kleinen Wange vorbei. Ob sie schon verstand was ich ihr sagen wollte? Dass es mir natürlich genau so ging? Wie gerne ich das alles ... was ich jetzt mit ihr erleben durfte ... auch zu gerne mit Willeke, Wilmas und meiner Tochter, erlebt hätte. Statt nur in meiner Erinnerung an sie hier zu verweilen.

Michelle war mit letzten Reinigungs- und Aufräumarbeiten beschäftigt. Neben dem Spülbecken stand das Edelstahlabtropfbehältnis mit der weissen Kunststoffschale, aus dem die Molke des Käsebruchs langsam heuströpfelte. Ihr gegenüber war Willem mit Essensvorbereitungen beschäftigt. Quasi in einer Mischung aus Begrüssung und Erklärung sagte er, dass er heute für das

Essen zuständig sei. Auf dem Rückweg einkaufen war. „Bohnen-Kartoffel-Eintopf" würde es gleich geben. „Grüne Bohnen". Er schmunzelte. „Passend zu dem was du immer sagst – Prinsessenbonen". Drehte sich kurz über die Schulter zu Michelle. „Stimmt's? Das sagt Gus doch immer ... zu euch". Spassig gemeint boxte ich leicht seinen Oberarm. „Hey, Hey, du hast deine eigene Prinzessin". Willem grinste. „Ja, die kommt bestimmt auch gleich. Meine Prinzessin Wilma".

In einem Sieb lagen frische Bohnen, daneben, in einem Topf in Würfelform klein gechnittene Kartoffeln. In Metzgerpapier eingeschlagen gekochter Schinken. Das sah jetzt schon verlockend lecker aus, versprach zudem auch ein „Nederlands eten" zu werden.

Michelle hatte sich nach ihrer Käse-Arbeit zu uns gesetzt, zu Torid und mir. Wir spielten auf Torids Decke. Genau wie Michelle es gesagt hatte bemerkte ich ihre motorischen Fortschritte. Drehte sich auf der Decke von Rückenlage in Bauchlage – auch wieder zurück. Mir erschien es so als wolle sie versuchen zu krabbeln. Schob sich auf ihren Unterarmen und Oberschenkeln ein Stück über den Boden. Drückte sich auch mal aus der Bauchlage in eine Art Standposition. Wie Frauen in gerne beim Yoga einnahmen – diese Hundeposition. „Wir dürfen sie jetzt keinen Moment mehr unbeobachtet lassen" streichelte Michelle über ihren kleinen Bauch. „Sie will ... egal wie ... rollend, rutschend, krabbelnd ... sie will sich bewegen". Legte ihre Hand auf meine Schulter. „Ab jetzt heisst es ... noch mehr als sowieso schon ... Aufgepasst!" Das „Aufgepasst" betonte sie besonders. „Auch nicht ... oder erst recht, wenn du sie auf die Wickelkommode legst". Michelle lächelte Torid an. „Eine Sekunde nicht aufgepasst ... und die Maus schmiert einfach ab".

Sie habe in der nächsten Woche auch einen Termin bei der Kinderärztin, für die U5. Dabei würden dann ihr Hör- und Sehvermögen, ihre Beweglichkeit und soziale Interaktion getestet. „Wie soziale Interaktion? Was heisst das?" Michelle grinste. „Was wir auch haben. Wie wir reagieren ... was unsere Gegenüber machen. Was ... und wie Torid auf das reagiert, was wir ihr vorleben. Und wie wir auf die Reaktion unseres Babys reagieren sollen". Sie nahm Torid kurz hoch. „So zum Beispiel ... Torid lacht ... lächelt, wenn ich sie anlächele". Liess ihren kleinen Finger im Mund von Torid verchwinden. „Fühl' mal, vorsichtig. Sie bekommt schon ein kleines Zähnchen". Nahm meine Hand. „Ganz vorsichtig, fahr' mal ihren Gaumen entlang". Torid selber war mehr daran interessiert an dem Finger zu saugen, zu nuckeln. Aber tatsächlich war ein Zähnchen ... zumindest etwas Festes in ihrem Mund zu ertasten.

Michelle setzte Torid zwischen meine Beine, ihren Oberkörper an meinen Bauch gelehnt. „Ich bin froh, dass du endlich wieder mehr Zeit hast ... für uns ... für Torid ... dass deine Schule vorbei ist. Du hast so viel gar nicht mitbekommen. Zum Beispiel das ... dass sie sitzen kann ... dass sie ihren Kopf stabil hält ... schon gut greifen kann". Michelle war anzusehen, dass das was sie sagte genau das war, was sie verspürte. „Wenn sie auf meinem Schoss sitzt ... wenn ich esse ... starrt sie auf mein Essen ... fängt sogar an leicht zu sabbern ... schmatzt sogar ein kleines bisschen". Michelle grinste. „Genau wie ihr Papa. Der sabbert auch. Zwar nicht beim Essen ... aber bei allem anderen was er haben möchte". Streichelte Torid über die Wange. „Und deinen ersten Brei hast du auch schon probiert. Milch allein ist dir schon zu öde, oder? Mamas Titten verlieren langsam ihren Reiz".

Ich war doch nicht weg, warum also hatte ich das nicht alles mitbekommen? Stellte das auch als Frage an Michelle. „Doch, im Prinzip warst du weg. Also nicht wirklich weg. Aber ... du bist jetzt sechs Wochen zur Schule ... morgens früh aus dem Haus ... da hat Torid noch geschlafen ... genau wie abends, wenn du nach Hause gekommen bist. Du hast mehr Zeit mit deinem Hund ... mit Leopold verbracht, als mit Torid. Das änderst du jetzt ... Bitte ... Torid wird so schnell gross ... verändert sich so schnell ... die Zeit kommt nicht wieder ... auch für dich nicht. Die Reihenfolge was für dich wichtig ist änderst du wieder ... wie es auch vorher war. Erst Torid, dann Michelle, dann alles andere".

Michelle setzte sich hinter mich, hinter mich und Torid, schob ihre Beine rechts und links an mir vorbei. „Dass du arbeiten musst ist klar, auch das mit der Schule. Und auch was du hier auf dem Hof machst. Ist auch klar. Du kümmerst dich. Ist auch klar. Aber wenn nicht ... dann verbringst du jede freie Minute mit Torid. Sie braucht dich. Als Vater". Drückte mir einen Kuss in den Nacken. „Kannste mir glauben ... ich hatte nämlich keinen ... ich weiss das".

Das Geklimper von Geschirr kam vom Esstisch herüber. Willem deckte den Tisch ein. „Wenn die anderen kommen, können wir essen. Alles ist fertig".

Michelle ging in die Küche, nahm sich eine Kartoffel aus dem Kochtopf, nahm Milch aus dem Kühlschrank. Machte aus dieser nur einen Kartoffel Pürree. „Dann kannst du ja Torid gleich mal füttern. Dann wirst du sehen wovon ich gesprochen habe". Sie lachte. „Aber mach' dich auf eine Riesensauerei gefasst. Torid hat natürlich noch keine Tischmanieren".

Kristina und Ingrid waren zurück, kurz darauf traf auch Wilma ein. Wir waren vollzählig. Willem trug die Mahlzeit auf. Zusätzlich zu meinem Geschirr platzierte Michelle einen bunten Kunststoffteller und einen kleinen Hornlöffel. Nicht nur davon ... dass wir so etwas besassen ... Nichts hatte ich mitbekommen. Gar nichts hatte ich mitbekommen. Wie mir Michelle eben noch mit netten Worten mitgegeben hatte. Nicht einmal, dass Torid jetzt auch mit uns am Tisch sitzen würde, mit uns essen würde ... könnte. Nicht mehr wie eine Aussätzige in ihrer Babytrage Abseits stand. Sie plötzlich Teil unserer Gemeinschaft war. Also quasi mittendrin statt nur dabei. Und gut, dass Michelle gesagt hatte „Riesensauerei". Die Torid auch bestens zu veranstalten wusste. Noch ein wenig unbeholfen und unsicher ... ich jetzt ... versuchte ich Torid den kleinen Löffel an den Mund zu führen. Amüsiert gab Michelle mir Tipps, wie zum Beispiel „Du musst selber mal probieren … ob das auch nicht zu heiss ist". Torid strafte mich dabei mit einem Blick, der in etwa bedeuten konnte „Hey Arschloch, was futterst du mir mein Essen weg". Fixierte ganz genau den Löffel. Der doch eigentlich in ihren Mund wandern sollte. Versuchte danach zu greifen. Mit dem Ergebnis, dass ich tatsächlich sehr schnell aussah wie ein mit Kartoffelpürree eingesprenkelter Gast in einem Lokal für Legastheniker. Noch einmal unterstrichen von Torids Versuchen an den Teller zu greifen. Mindestens die Hälfte ihrer Mahlzeit war auf mir, dem Tisch, sogar dem Fussboden verteilt. Für mein „Boah, was für eine Sauerei" erntete ich nur Gelächter und Gekicher.

„Und was ist jetzt mit Muttermilch? Gibst du ihr nicht mehr die Brust?" sah ich – schon fast verzweifelt – zu Michelle. „Doch, sicher. Aber einmal amTag will ich sie an Brei, an Zusatzkost heranführen. Sie entscheidet dann schon selber was sie lieber mag". Ungläubig schaute ich Michelle an. Könnte es eventuell daran liegen? Dass ich zu früh von der Mutterbrust weggerissen worden war? Dass da mein Wunsch an ihren Brüsten zu nuckeln herkam? Also nicht nur an Michelles Brüsten, an allen Brüsten zu denen ich Zugang hatte?

Nach allen Regeln der Kunst hatte Torid sich … und mich eingesaut. Essen konnte man das jetzt nicht unbedingt nennen. Von der Lautstärke ihrer Schmatzgeräusche schon, vom Rest eher weniger. Auch dass sie jetzt noch mehr Lust verspürte zu brabbeln machte es nicht unbedingt einfacher. Einen kurzen Moment wünschte ich mir so einen gelben Regenmantel wie wir ihn auf der SHELL hatten. Der vor Wind und Wetter schützte. Garantiert auch vor Kartoffelpüree. Gegessen hatte ich selber noch gar nichts, die anderen, allen voran Wilma waren schon beim Nachschlag. Mütter, ihr Kind fütternde Mütter, müssten doch eigentlich Spindeldürr sein. Kamen doch bestimmt selber gar nicht dazu ihre Mahlzeit einzunehmen.

„Michelles ostebutikk"

Trotz aller Sauerei war ich begeistert. Schaute Torid begeistert zu, wie sie die noch so kleinste Portion Kartoffelpüree zu sedimentieren versuchte, klein zu lutschen. Auch nicht vor dem Hornlöffel Halt machte, so als wolle sie ihn fermentieren. In seine Bestandteile lutschen. Hatte aber auch einen ganz komischen Gedankengang. War das der Beginn ihrer Autonomie als Mensch? Was das sozusagen der erste Schritt in diesem „Abnabelungsprozess" von dem mir andere Eltern schon mal erzählt hatten? Dass das wohl das Schlimmste war, mitzubekommen wie sich Kinder von ihren Eltern autark machten. Torid war auf dem Weg ein eigenständig funktionierender Mensch zu werden. Würde dann also irgendwann auch zu mir sagen „Verpiss' dich Alter" oder „Ich brauch' mehr Taschengeld" oder „Du nervst mit deiner Fragerei" oder „Geh' raus aus meinem Zimmer" oder all das, was ich ja auch zu meinen Eltern gesagt hatte.

Umso erstaunter, aber auch belustigter war ich, als Michelle sich neben mich setzte, begann mich zu füttern. Unter argwöhnischem Blick von Torid. „Das machst du schon ganz gut, noch ein paar Mal üben … dann siehst du auch nicht mehr aus wie Schwein". Sie lachte laut. „Und bekleckert hast du dich auch". Hahaha, toll wenn sich andere auf meine Kosten lustig machen konnten. „Ich komm' drauf zurück, mein Hase. Hauptsache du hast Spass".

Kristina hatte sich angeboten, fast aufgedrängt, den Abwasch zu erledigen. Wolle dann doch auch „irgendwie beteiligt sein, sich nicht nur bedienen lassen". Sie würde sich zwar fühlen wie im Urlaub, sei es aber ganz und gar nicht. „Und im Urlaub muss man ja auch bezahlen. Das könnte ich aber gar nicht. Nicht nur weil ich kein Geld habe, auch weil das, was ihr für mich macht sowieso unbezahlbar ist. Ihr nehmt mich auf wie einen Freund …" Michelle half ihr beim Abtragen des Geschirrs. „Nicht wie einen Freund Kristina. Wir haben dich in unsere Herzen geschlossen. Deswegen bist du hier … kannst du ... sollst du hierbleiben. Wann immer du möchtest". Drückte sie an der Schulter fassend an sich. „Schau` dich um. Wir sind mehr als Freunde. Auch, natürlich. Aber eigentlich viel mehr. Wir sind ein Team". Kristina legte ihren Kopf an Michelles Schulter. „Du bist lieb. Ihr seid alle so lieb ... zu mir". Verdrückte eine kleine Träne.

Noch eine ganze Weile sassen wir zusammen. Mit Willem besprach ich den morgigen Tag. Bei Jaap und Nele. Er habe mal darüber nachgedacht, wie das mit der Abrechnung ablaufen könnte. „Oder hast du was bei dieser Lisa in Erfahrung bringen können?" Das hatte ich schon, aber nicht konkret zum Thema wie man ein Angebot, einen Auftrag kalkulieren könne. Solle. „Wir können einen Probeauftrag von Lisa bekommen. Für Möbel, Stahlmöbel. Einrichtungsgegenstände". Willem war ziemlich angetan von dem was ich zu berichten wusste. Welche Perspektive sich ergeben könnte. Eventuell. Aus dem Kontakt zu Lisa.

„Also, ich habe mir das so gedacht ..." begann er. Unseren aktuellen Lohn, unseren Stundenlohn könnten wir natürlich nicht zugrunde legen. Das würden wohl die wenigsten bezahlen wollen. Können. „Aber ... ich zähl` einfach mal auf, du kannst mich ja korrigieren, wenn ich was vergessen habe".

Ging dann akribisch jeden Schritt durch. Schweissgerät einladen – „das mussten wir ja kaufen, bezahlen". Dann Gerätschaft und Werkzeuge – „mussten wir auch kaufen, bezahlen". Anfahrt – „Auto mussten wir auch bezahlen". Das seien darüber hinaus auch Verschleissteile – „auch die Reparatur oder vielleicht sogar neu kaufen, wenn es ganz im Arsch ist hängt an uns. Und nicht zuletzt unser Know-How, unser handwerkliches Geschick. Also nicht nur die reine Arbeitszeit, auch unser Können ... das müssen wir alles einrechnen. Und wenn wir eine Rechung stellen sollen ... dann auch noch Steuern. Vielleicht sogar noch Versicherung".

Hatte, während er alles aufzählte, synchron einen Block vollgekritzelt. „Ich denke fünfundzwanzig Gulden sollten wir schon berechnen. Pro Stunde". Machte unter seine Liste einen dicken Strich. Bei weniger … bleib' ich lieber bei Wilma. Mach' mir eine schöne Zeit mit ihr". Wilma griff unter seiner Armbeuge zu dem Block. „Das hast du so für dich klar? Ich bin dir also 25 Gulden die Stunde wert? Da zahlst du aber im Climax in Rotterdam mehr".

„Climax? Was ist das? Auch eine Schlosserei?" nahm Willem ihre Hand. „Wilma lachte. „[217]*Nee, dit is een Privehuis. Waar dames in sexy lingerie - en enorme borsten je verwennen. Maar het kost zeker meer dan 50 gulden per uur*". Strich ihm über die Wange. „[218]*Je kunt er ook een pijp leggen. Maar het is geen werkplaats*".

Ingrid verabschiedete sich. Weil sie, wie sie sagte, eh nicht verstehe was wir redeten. Und weil sie, das sagte sie deutlich leiser, „ich ja jetzt wieder … über's Wochenende die Rolle der Psychologin innehabe. Also gar nicht so privat sein kann wie ihr. Das dauert noch eine ganze Weile bis ich mich Kristina gegenüber privat zeigen kann. Sie soll mich … das was ich sage ja ernst nehmen". Beugte sich zu einem Kuss auf meine Wange heran. „Nicht mal mit dir knutschen kann ich vor ihr. Ich geh' rüber".

Willem und Wilma wollten auch zu sich rüber gehen. Michelle wollte Torid zu Bett bringen. „Dann packe ich schon mal unser Werkzeug für morgen". Verabschiedete mich von Torid mit einem Gute-Nacht-Kuss.

Drehte im Anschluss an das Verladen noch eine kleine Runde mit Leopold, ging zu Ingrid. „Dass tut mir leid … was du eben

---

[217] Nein, das ist ein Sexclub. Wo Damen in Sexy Lingerie - und riesen Möpsen dich verwöhnen. Kostet aber bestimmt mehr als 50 Gulden die Stunde.
[218] Da kannst du auch ein Rohr verlegen. Ist aber keine Werkstatt.

gesagt hast ... wie das für dich ist ... dass du aussen vor bist ..." Ingrid lächelte mich an. „So ist das eben. Ich muss einfach meinen Klienten gegenüber seriös sein. Ich meine ... was sollen die sonst denken? Die verlassen sich doch auf meinen Ratschlag ..." Ich zog sie in meine Arme. „Lass' uns knutschen. Spar dir deine Worte für deine Klientin".

Ingrid war auf die Tischplatte gehüpft. „Du weißt ja dass ich dir nichts erzählen darf. Aber so wie heute ... das waren gute zwei Stunden mit Kristina ... das machen wir jetzt jeden Tag ... also am Wochenende ... morgen und Sonntag auch ... das ist dann ähnlich wie euer Sprachkurs. Intensivkurs". Mit meinen Händen fuhr ich Ingrids Körper entlang. „Du kriegst sie hin? Wieder in die Spur?" Sie nahm mein Gesicht in ihre Hände. „Wenn du es nicht versaust. Du lässt die Finger von ihr. Selbst wenn sie versucht dich anzumachen. Das versucht sie nämlich. Das sagt dir nicht die Psychologin. Das sagt dir deine Freundin Ingrid. Du bleibst auf Distanz. Wenn sie irgendwann ... absehbar ... in der Spur ist ... wie du sagst ... dann kannst du sie durchrattern. Wenn es denn sein muss. Wenn dir ... euch danach ist. Vorher nicht".

„Durchrattern? Und du gibst dann sozusagen den Startschuss zum Rattern?" Ingrid lachte. *„Ja, skramling, knulling, ramming.* Das willst du doch". Sie liess mein Gesicht los. „Machst du mit mir doch auch. Mit Michelle ... zu Michelle bist du zärtlich. Bei mir lässt du dich einfach gehen. Gib es zu, du betrachtest mich doch ein bisschen wie deine kleine Nutte". Gab mir einen Kuss. „Ist aber okay, für mich sowieso. Ich mag das ja, weißt du ja auch". Strich mir mit der Handfläche über die Wange. „Geh' mal zu deiner Frau und Kind".

In Wohnzimmer und Küche war es ruhig. Keiner da. Aus dem Kochtopf schöpfte ich mir eine Portion des Eintopfs in einen Teller, setzte mich an den Tisch, löffete die Suppe. Ohne vollgekleckert zu werden. Rauchte mir anschliessend eine Zigarette vor der Haustüre. Ging dann nach oben. Zu Michelle. Sie schien zu schlafen. An einer Brust Torid. Auf ihrem

Brustkorb ruhte Kristinas Kopf. Eine Hand an Michelles anderer Brust. Kurz tippte ich Kristina an der Schulter an. Flüsterte „Schläft Michelle?" Kristina nickte. „Dann komm`, lass` sie schlafen". Leise und vorsichtig drehte Kristina sich aus dem Bett. Erst im Treppenhaus kam ihre Frage, mit leicht errötetem Gesicht, „Ist das schlimm? Dass ich Michelles Brust angefasst habe?" „Nein, ist nicht schlimm". Drehte mich zu ihr. „Michelle hätte sonst bestimmt was gesagt".

„Wollen wir ein bisschen reden?" setzte ich mich auf die Couch. Kristina setzte sich zu mir. „Können wir was im Fernsehen anschauen? Ich habe für heute echt genug geredet. Würde gerne einfach abschalten".

Hatte immer noch einen leicht roten Kopf. „Deswegen habe ich auch ... als ich oben noch mit Michelle geredet habe ... ich mag sie ... ich fühl` mich sehr wohl bei ihr ... geborgen ... sie hat das ja auch zugelassen ... dass ich ihre Brust angefasst habe ..." „Ist schon okay Kritstina. Ist überhaupt kein Problem. Echt, gar keins. Auch für mich nicht. Es freut mich, wenn ihr euch versteht ... euch zeigt, dass ihr euch mögt".

Nahm die Fernbedienung vom Couchtisch, reichte sie Kristina. „Dann zapp dich mal durch. Mal schauen was es gibt". Stand auf, ging in die Küche. Zum Kühlschrank. „Möchtest du auch ein Bier?"

Bei ZDF war Kristina kleben geblieben. „Miss Marple". Hatte sich gemütlich auf die Couch geflezt. Beine angezogen, auf der Sitzfläche liegend. Fühlte sich sichtlich wohl. Lehnte sich ein wenig bei mir an. Das würde sie ja so gar nicht kennen. Zum einen, weil sie ja keinen Fernseher habe – und auch weil in ihrer Wohnung, selbst ohne Fernseher, niemand sei, an den sie sich so herankuscheln könne. Trank einen Schluck Bier. „Ich fühl` mich richtig wohl bei euch. So ein bisschen wie eine Familie seid ihr ... geworden für mich. Wenn ich das früher gemacht habe ... zuhause ... dann hat der Freund meiner Mutter das direkt als Aufforderung verstanden. Hat sich direkt an mich ran gemacht. Nicht so wie du jetzt ... so ein bisschen ankuscheln ... der hat mich sofort befummelt ... auch nicht so wie ich es eben bei Michelle gemacht habe ... einfach so ein bisschen ihre Wärme spüren ... immer ..."

Sie stzte sich aufrecht, stellte vehement die Bierflasche auf dem Couchtisch ab. „Aber auch immer hat der ... und auch nichts anderes ... immer hat der mir zwischen den Beinen rumgemacht". Sie legte ihren Kopf an meinen Oberarm. „Verstehst du ... nur an meiner Muschi. Alles andere ... Kristina existierte für den gar nicht ... nur meine Muschi".

Meinen Arm legte ich um ihre Schulter. „Sprichst du auch mit Ingrid über das? Nicht nur mit mir? Ingrid kann dir bestimmt mehr sagen als ich". Kristina schniefte. „Ja. Ingrid ist auch so lieb zu mir. Fragt viel nach. Dann kommt aber auch so viel in mir hoch. Ich muss dann immer weinen. Aber Ingrid lässt mir einfach Zeit, sie hört mir einfach zu. Sie hat mir für jeden Tag Termine angeboten. Wie soll ich das alles bezahlen? Sie macht das doch nicht aus Langeweile, das ist doch ihr Beruf". „Nimm die Termine einfach an" zog ich sie an mich. „Das ist schon alles geregelt. Es geht nicht um Geld, es geht um dich. Erst der Mensch, dann das Geld. Und nicht anders herum".

Michelle kam die Treppe herunter, hielt in der Hand das Babyfon. „Na ihr zwei Süssen. Habt ihr es euch gemütlich gemacht?" Kristina stand direkt auf. „Michelle ... Gustav hat das gesehen ... dass ich ... oben im Bett ... deine Brust angefasst habe". Michelle strich ihr durch die Haare. „Und? Ist das schlimm?" Schaute zu mir. „Gus, ist das schlimm?" „Ne, mein Schatz. Gar nicht. Habe ich auch Kristina gesagt".

Michelle führte sie zur Couch. „Siehst du, alles gut". Schob ein Kissen beiseite, setzte sich zu uns. Nahm sich von neben der Couch eine Decke, legte sie sich über die Beine. Erzählte von ihrem Tag, von ihrer Arbeit bei Mikkel. Dass sie ihn gefragt habe ... dass das ja dann doch ins Geld gehen würde, wenn sie jeden Tag ... für jeden Käse diese Molke und Salzlake ansetzen müsse. Sie kicherte. „Echt, typisch blondes Dummchen. Mikkel hat mir gesagt, dass man die mehrfach verwenden kann. Sogar soll. In der Lake sind Stoffe wie Milchsäure, Proteine, Mineralien, Laktose und Feuchtigkeit aus dem Käse. Er hat das ja in riesigen Behältern. Wenn ich keinen Platz habe soll ich die einfach im Kühlschrank aufbewahren".

„Im Kühlschrank? Und wenn ich dir einen grosen Kanister besorge? In den du das umfüllen kannst? Und dann ... vielleicht in der Werksatt deponierst? Da ist es doch kalt genug. Im Moment jedenfalls schon". Michelle schlug die Decke etwas auf. „Gute Idee. Nur die oben auf der Lake schwimmenden Quarkstückchen soll ich entfernen. Wie soll ich das denn dann machen?" Mit meiner Hand griff ich über Kristina hinweg an Michelles Bein. „Ich besorg' morgen einen Kanister, einen Trichter, ein Sieb. Gibt es alles im Baumarkt. Ich füll' dir das dann um. Wie oft kanst du das denn verwenden? Immer? Oder muss das irgendwann weggekippt werden?" Kristina griff an einen Zipfel der Decke. „Kann ich mit unter die Decke?" Kurz schüttelte Michelle die Decke auf, legte sie auch über Kristinas Beine. „Brauchst du denn sonst noch was? Für deinen Käseladen?" Michelle schaute zu mir. „Nö, eigentlich nur den Laden. Dann habe ich ja alles".

Den aus dem Gastroladen mitgebrachten Prospekt zog ich vom Couchtisch heran. „Kannst du ja mal reinschauen ... was es alles so gibt. Das mit dem Laden muss noch eine Weile warten. Aber ... wenn du möchest ... mach' ich dir in der Werkstatt ein paar Regale. Für deinen Käse. Zum lagern. Da ist es kühl genug. Geht ja auch kaum einer rein. Wenn dir das reicht? Für den Anfang?"

Michelle begann in dem Prospekt zu blättern. Zeigte mir das ein oder andere Utensil. Bei einem war sie direkt mehr als begeistert. „Sowas ... das wäre schon verdammt cool". Legte die aufgeschlagene Seite auf Kristinas Beine. „Hier, schau' mal". Las mir dann auch direkt vor. Schon übersetzt. In

Nederlands. *Edelstahl-Waschbecken, mit Werkbank. Ganzmetallkonstruktion, verstellbare Tischbeine, Abfluss mit herausnehmbaren Siebkorb, Warm- und Kaltwasserhahn, aus Edelstahl 304, 360° drehbar.*

„Ja, liest sich gut, hört sich gut an, mein Kätzchen. Nur ... Warm- und Kaltwasserhahn heisst ja noch lange nicht, dass da dann sofort Wasser rauskommt. Das muss alles gelegt werden. Dann ... wenn das gemacht ist, kann der Hahn auch angeschlossen ... und aufgedreht werden. Und irgendwohin muss das Wasser ... oder was auch immer ... deine Molke ja auch hin abfliessen können".

Nahm mir das Prospekt. „Ich frag' morgen mal Nele. Meinst du das lohnt überhaupt den Aufwand? Dann musst du doch bestimmt mehr als einen Käse am Tag machen. Sonst rechnet sich das doch gar nicht". Michelle nahm mir das Prospekt aus der Hand. „Ach Mann, du wieder mit deinem *Rechnet sich das*? Bei dir dreht sich alles um Geld. Nele hat auch mal klein angefangen. Genau mit dem Equipment, dass du für mich gekauft hast. Dann hättest du das ja erst gar nicht kaufen brauchen".

Kristina schaute während der gesamten Unterhaltung zwischen Michelle und mir hin und her. „Was redet ihr denn? Streitet ihr?" Woher sollte sie auch wissen was wir besprachen? Sprach kein Nederlands. Und warum sollten Michelle und ich uns auf Englisch oder Norwegisch unterhalten? Michelle tätschelte Kristinas Hand. „Nein, wir streiten nicht. Wir diskutieren. Was ich gerne hätte. Für meine Käserei. Und wie Gus das am besten bauen kann". Zwinkerte mir zu. „Ist doch so, oder? Du baust mir das doch? Hast du versprochen".

Der Trick, ein ausgeklügelter Schachzug, war absolut filmreif. Eine dritte Person, in dem Fall Kristina, mit in die Diskussion einzubeziehen. „Du musst nämlich wisssen ... Gus tut alles für mich" lehnte sie sich an Kristina an. Grinste mich ganz breit an. „Nicht wahr, mein Schatz?" Ihr

Wimpernklimpern sagte alles. „Natürlich, mein Schatz. *Onmogelijke dingen worden meteen gedaan, wonderen duren iets langer, we toveren op verzoek*". Michelle lächelte. Übersetzte für Kristina. „Unmögliches wird sofort erledigt, Wunder dauern etwas länger, auf Wunsch wird gehext".

„Ich geh' jetzt schlafen. Ich muss morgen arbeiten" drückte ich mich aus der Couch. Nahm das Leergut mit, wusch mich noch schnell im Bad, ging nach oben.

****

Michelle küsste mich zärtlich wach, krabbelte unter das Plumeau. Kurz schaute ich auf den Wecker auf dem Nachttischchen. 03:12. „Nimmst du mich in den Arm?" Schmuste sich an mich heran. Kitzelte mit ihren Fingernägeln durch mein Schamhaar, herunter an meinen Sack. Halb lächelnd, halb schmunzelnd. „Siehst du, ich kann auch zaubern". Sie merkte sehr wohl, sicher auch weil ihr der Sinn danach stand, dass mich das ziemlich anmachte. „Gefällt dir, oder?" Leckte mit ihrer Zunge auffordend ... fordernd über meine Lippen. „Schscht. Leise". Führte mein Gesicht an ihre Brust.

In der Intensität meiner Erregung wechselnd sog ich ihre Brust tief in meinen Mund ein. Leicht süssliche Tropfen Muttermilch kamen aus ihrer Brustwarze, die, so schien es mir jetzt, am Wettbewerb „Wie hart und gross können Nippel eigentlich werden?" teilnahmen.

Erst waren es nur einige Tropfen Milch, als ich intensiver an ihrer Brust nuckelte, ergoss ich plötzlich ein „richtiger Schluck" Milch in meinen Mund. Beugte mich an Michelles Gesicht, liess alles aus meinem Mund in ihren laufen. „Iiihks, was war das?" schaute sie mich an. Die Milch lief an ihren Mundwinkeln herunter. Langsam. Am Kinn entlang, dann auf ihren Oberkörper. „Das ist deine Milch, mein Schatz. Aus deiner Brust". Michelle leckte sich die Unterlippe. „So schmeckt das? Mach' das noch mal. Bitte". Drückte meinen Kopf wieder an ihre Brust.

Wie sehr Michelle selbst gefiel was sie mit mir tat, wie meine Reaktion auf ihr Verwöhnen war, liess sie mich durch wildes Kraulen durch meine Haarpracht erahnen. Lautes Reden oder gar mehr Geräuschkulisse war nicht angesagt, nebenan schliefen Torid und Kristina. Torid in ihrem Bettchen. Kristina auch, nur nebenan im Zimmer.

„Das habe ich bisher nicht probiert. Wie meine Muttermilch schmeckt. Und ich habe auch vergessen Milch abzupumpen. Jetzt wo Torid weniger trinkt". Ihre Finger wuselten durch meine Haare. „Mach' das noch mal. Saug' meine Milch auf. Gib sie mir. Lass' sie in meinen Mund laufen".

Je mehr ich nuckelte, umso mehr Milch kam aus ihrer Brust. Lief zum Teil einfach aus meinem Mund heraus. Über ihre Brust. Michelle lachte laut. Fasste mit der Hand an ihre Brust. Knetete sie – wie einen Kuheuter. Aus ihrer Brustwarze spritze in einem dünnen Strahl Muttermilch heraus. Woran sie richtig Gefallen fand. Sogar versuchte nach mir zu zielen. „Du hast noch nie deine Muttermildch probiert?" schaute ich sie an, ihr zu, wie sie sich die Milch abzapfte. „Nur mal so einen winzigen Schluck. Aus dem Fläschchen. Nach dem Abpumpen. Oder um die Temperatur zu prüfen. Aber so viel ... wie du mir jetzt in den Mund laufen lässt ... nicht. Und vor allem frisch gezapft nicht". Nahm mein Gesicht in die Hände. „Nuckel' an mir. Nuckel' an meinen Brüsten. Lass' mir das in den Mund laufen". Unterstütze mein Saugen mit ihrer, ihre Brust pressende Hand. Lachte, lächelte, amüsierte sich. „Habe ich dir das nicht gesagt? Meine Brüste sind Quarktaschen. Dicke Euter. Guck' dir das mal an, wie meine Nippel abstehen". Ihr Schmunzeln wurde richtig breit. „Wenn ich könnte, würde ich die selber in den Mund nehmen wollen. Meine Fresse, wie die abstehen".

„Was für Titten" schaute ich Michelle an. Konnte gar nicht aufhören sie anzufassen. Sie stöhnte leise. Ich hätte 3 Hände haben müssen. Oder mehr. Und mehrere Münder. Michelle hauchte "Oh ja Gus, leck' meine Titten, das macht mich echt Geil". Ich konnte ihr ins Gesicht sehen und sah, dass sie die Augen zu hatte und das sichtlich genoss. "Ja, leck' mir meine Titten. Sag' mir, dass ich tolle Titten hab'. Mach' mir Komplimente". Stöhnte plötzlich laut auf, stöhnte und stöhnte, drückte ihre Brüste mit den Händen auf meinem Gesicht zusammen. Ich bekam keine, kaum noch Luft, war zwischen ihren Titten begraben, fühlte wie ihre Hand in meinen Schritt glitt, anfing mich anzufassen. „Mein Kätzchen, ich möchte mit dir schlafen" hauchte ich in ihren Brustkorb. Michelle lachte leise in meinen Kopf, der an ihren Brüsten lag. "Ja machen wir auch noch, ich will dir erst einen runterholen, sonst kommst du zu schnell. Wie hart dein Schwanz ist. Wie der zuckt".

Daran, jetzt einfach wieder einzuschlafen, war nicht zu denken. Aber warum erzählte Michelle jetzt, flüsterte sie jetzt, ausgerechnet vom Käsemachen? Wollte von mir wissen was ich schöner finde, welche Bezeichnungen sie für ihre Käse wählen sollte. Nannte ein paar Namen. „Bella, Fiona, Bianca, Belinda". Für die verschiedenen Käse, die sie gerne machen wollte. „Warum nicht einfach so wie die Sorte? Also Gouda, Leerdamer und so?" Michelle streichelte über meine Wange. „Ne, Michelles ostebutikk, Bella - zum Beispiel. Für jungen Gouda. Also vier Wochen gereift. Oder Michelles ostebutikk, Fiona – für Edamer. Dass immer mein Name dabei steht. Und von Willem lass' ich mir dann ein Logo zeichnen. Der kann das doch richtig gut".

„Bedankt jongens"

Zum Frühstück hatten sich alle wieder eingefunden. Was für Willem und mich anstand war klar, wir fuhren zu Nele und Jaap. Wilma und Ingrid wollten nach Bergen fahren. Shoppen stünde auf ihrem Programm. Vielleicht noch ein paar frische Lebensmittel einkaufen. Auf dem Markt. Im Hafen. Dass Michelle uns nicht zu Nele begleiten wollte war mir neu. Erstaunte mich auch ein wenig. „Ich versorge die Tiere. Während Kristina bei Ingrid ist. Und danach wollte ich eigentlich zu IKEA. In Åsane. Vielleicht will Kristina ja mitkommen". Kristina bejahte das sofort. Da habe sie Lust drauf. „Ausserdem ... was soll ich hier alleine rumhängen? Das mache ich doch die ganze Woche über". Michelles Antwort auf meine Frage - was sie denn brauche? – war Vielsagend. Und Nichtssagend. „Mal schauen, einfach mal schauen. Da gibt es doch jede Menge".

Mittlerweile kannte ich mich ja schon ein wenig aus auf Jaaps Hof. Begann direkt mit dem Entladen unseres Werkzeugs. Nahm die Abdeckplane von dem Heugabelwender herunter. „Da ist das gute Stück" präsentierte ich Willem unsere anstehende Aufgabe. Jaap war hinzugekommen. „[219]*Leuk dat je ons helpt. En leuk je te ontmoeten*" begrüsste er insbesondere Willem. Schüttelte seine Hand. „*Ik ben Jaap. Aangenaam*".

Willem lief um das Arbeitsgerät herum. Um den noch erkennbaren Rest. Die meisten Teile waren ja demontiert. „Voll das Museumsstück" verzog er die Mundwinkel zu einem Grinsen. „Da gibt es doch bestimmt mittlerweile moderne Maschinen für". Ich erzählte ihm kurz von Jaaps Anliegen. Von seinen Erinnerungen. Von seinem Grossvater. „Jaap möchte das Teil einfach haben. Verwenden. Einsetzen. Wissen wir

---

[219] Schön, dass du uns hilfst. Und schön dich kennenzulernen.

doch selber ... wie das ist ... wenn man etwas unbedingt haben möchte".

Willems Vorschlag klang nicht nur schlüssig und einleuchtend – war es auch. Er würde sich dann um die beschädigten Gabeln kümmern. Reparieren, in Form dengeln, richten. „Du baust alles wieder zusammen? Hast den Kram ja auch zerlegt. Weißt genau wo was hingehört". Wusste ich. Hatte mir das ja auch auf reichlich Zetteln notiert. Irgend wann kam auch Nele. Brachte Kaffee und ein wenig Gebäck. Begrüsste uns, anders als Jaap, sehr herzlich. Küsschen links. Küsschen rechts. Verstrickte Willem direkt in ein Gespräch. Das ich irgendwann aber unterbrach. „[220]*Niet kletsen, aan de slag*". Nele lachte. „[221]*Gus is de baas, niet dan?*" Nele liess uns weiterarbeiten. Erst nach einer Weile äusserte Willem seinen Eindruck. „[222]*Potverdekke ... wat een lekker wijf. Een echt nederlands meid*". Seine Äusserung liess mich sehr schmunzeln. Zumal er *Potverdekke* verwendet hatte. Eher ein flämischer als niederländischer Ausdruck.

Schon Richtung Mittagszeit zeigte sich, wie sehr auch bei unserer Arbeit die Regel „Viele Hände, schnelles Ende" bewahrheitete. Alle beweglichen Teile – alle Teile die sich bewegen sollten, es vorher nicht taten – hatte ich dick mit Fett eingeschmiert. Was ich letzte Woche bei Jaap geordert hatte – Wälzlagerfett. Die beiden, über einen Exzenter angesteuerten, Achsen drehten sich absolut „smooth", nicht hörbar. Wie alle anderen beweglichen Elemente auch. Die Radnaben machten nicht mehr „Quietsch, Quietsch", sondern liessen die stählernen Räder surren. Die Feststellbremse, die die den Mechanismus von „Freilauf" auf Arbeitsbetrieb umstellte rastete mit sattem Klang in die Zahnräder ein. Zwar mit sehr fettverschmierten Händen, aber zufrieden führte ich

---

[220] Nicht quatschen, an die Arbeit.

[221] Gus ist der Chef, nicht wahr?

[222] Heilige Scheiße, was für eine heiße Braut. Eine echte Niederländerin.

Willem die Gängigkeit vor. „Great Job, Buddy" liess er eines der Speichenräder drehen. „Läuft wie geschmiert" grinste er. „Ist ja auch geschmiert. Sieht nur noch ein wenig schäbig ... runtergekommen aus". Das, die Optik war aber Jaaps Aufgabe. Er würde alles streichen. Hatte er ja selber angeboten. Abkleben einiger Drehteile würden wir dann noch übernehmen. Fehlten nur noch einige Kleinteile. Und die Heugabeln selbst. Sieben Stück an der Zahl. Die Willem auch so gut wie Montagefertig hatte. Sich aber so akribisch um die Wiederherstellung gekümmert hatte ... alle Gabeln immer wieder übereinandergelegt, bis sie sich glichen. In Abmessung und Biegung. Als kämen sie gerade ab Werk. Mit dem Winkelschleifer alle Kanten und spitzen Punkte geglättet.

Jaap und Nele waren gemeinsan gekommen. Um uns zum Mittagessen zu bitten. Jaap war völlig aus dem Häuschen, als er sein wieder zusammengebautes Gerät sah. *„Verdomme, mannen. Onberispelijk werk*[223]*"* drehte er ein Speichenrad. *„* [224] *Nele, bekijk dit eens. Echt, als nieuw"* liess er seine Begeisterung heraus.

Beim Betreten des Hauses zeigte Nele direkt Richtung Badezimmer. „Geht euch erstmal waschen". Drehte sich kurz zu Jaap. „Hast du noch Handwaschpaste? Gib sie mal den Jungs". Hatte bereits aufgetischt als wir in die Küche zurückkehrten. Schöpfte Suppe aus dem Topf in unsere Teller. „[225]*Erwtensoep*" lächelte sie. Ein Rezept ihrer Mutter, fügte sie stolz hinzu. „Met schouderkarbonades, speklapjes, Veluwse fijne rookworsten". Die Erbsen seien aus ihrem Garten. Zwar nicht frisch, jetzt sei ja keine Saison, aber sie würde die immer einfrieren.

---

[223] Verdammt, Männer. Tadellose Arbeit.
[224] Nele, schau' dir das mal an. Echt, wie neu.
[225] Erbsensuppe

Eine herrlich deftige, sämige Suppe. Mit reichlich Fleisch und Wurst. Einen Nachschlag lehnte ich nicht ab. Wischte mit frischem Brot den Teller blitzblank sauber. Wenn ich wüsste, dass ich mich die nächsten Stunden nicht bewegen müsste, hätte ich mir noch eine dritte Portion gegönnt. „[226]*Heerlijk, Nele. De laatste keer dat ik zo'n soep heb gegeten was in Nederland*". Willem war auch angetan. Dem er mit „[227]*Je bent een verdomd goede kok*" noch ein Lob obendrauf setzte.

Jaap sparte auch nicht mir Lob, auch über unsere Arbeit. Wie sehr ihm gefalle, was er gesehen habe. Was wir aus seinen verrosteten Schrotthaufen gemacht hatten. Er auch seinem Nachbarn Bescheid gesagt habe, ihn vorhin kurz angerufen habe, er gleich vorbeikommen würde. „Arvid, unser Nachbar hat auch reichlich zu reparieren" – wolle sich deshalb gerne anschauen was wir gemacht hätten. Wollte dann aber wissen – worauf ich bislang keine Antwort hatte – was denn die Reparatur koste? „Meine Arbeit ... meine Arbeitszeit ist ja bereits abgegolten. Ich habe das Käse-Equipment von Nele bekommen. Das passt schon". Erzählte Nele dann auch gleich, dass Michelle es bereits fleissig nutze, schon zwei Käse gemacht habe. „Das ist toll bei euch. Euer Hof. Wie ihr lebt. Was ihr alles gemacht habt. Michelle hat mir ja alles gezeigt ... als ich bei euch war. Und euer Mädchen ist so süss". Sie schaute zu ihrem Mann. „Ein bisschen wie wir auch früher waren ... ein bisschen Hippiemässig. Beim nächsten Besuch kommst du mit. Wird dir gefallen".

Jaap hatte einen kleinen Notizblock und einen Stift zum Tisch geholt. „Dann sag' doch mal. Nele hat mir erzählt, dass deine Arbeit extra geht" schaute er Willem an. Der sich den Block heranzog. „Wir haben kalkuliert 25 Gulden für eine Stunde. Wenn du eine Rechnung brauchst". Jaap winkte direkt

---

[226] Lecker, Nele. Wenn überhaupt ... dann habe ich eine solche Suppe zuletzt in Nederland gegessen.
[227] Du bist eine verdammt gute Köchin.

ab. „[228]*Factuur hoeft helemaal niet*". Willem strich die bereits notierten Zahlen – 25 Gulden, 6 Stunden, 150 Gulden – durch. „Dann, für euch 90 Gulden. Also 15 Gulden pro Stunde. Aber nur für euch. Spezieller Preis. Voor Nederlanders". Schob Jaap den Block zu. „Aber für alle anderen, deine Nachbarn 25 Gulden. Und kein Wort über deinen Preis". Jaap schmunzelte. „Ja klar, Gulden hat hier sowieso keiner. Also dann 150 Kroner pro Stunde, richtig?"

„Wollen wir weitermachen?" drängte ich ein wenig. Wollte mir auch noch eine Zigarette rauchen, bevor wir die Restarbeiten angingen. Viel war es ja nicht mehr. Dann wären wir auch im angepeilten Zeitfenster durch. Wären am frühen Nachmittag wieder zuhause.

In der Scheune befagte ich Willem zu seinem preislichen Sinneswandel. „Die sind einfach nett, ich finde die zwei nett. Und warum sollten wir uns … wir Nederlanders … nicht gegenseitig helfen? Oder siehst du das anders?" Dagegen gab es nichts einzuwenden. Zumal ich selber keinen Preis hätte nennen können.

Jaap kam in die Scheune, jetzt norwegisch redend. Neben ihm ein uriger, sehr gegerbter Typ. In Arbeitskleidung. „[229]*Dette er Arvid, naboen min*" stellte Jaap ihn vor. Sein Händedruck war fest, sehr fest. Seine Hände rauh, fast derbe. „Eine Tube Handcreme könnte er gut gebrauchen", dachte ich mir. Ein mittelgrosser, sehniger Mann. Nicht sonderlich muskulös, aber auch kein Schwächling. Garantiert ein ganz zäher Typ. Schwadronierte auch gleich drauf los, während er mit Jaap um den Heuwender lief. Habe auch so einiges was einer Aufarbeitung bedürfe, wir sollten doch einfach mal zu ihm kommen. „Jaap kann euch zeigen wo mein Hof ist". Mein erstes geschäftliches Gespräch, neben dem mit Lisa, auf

---

[228] Eine Rechnung ist überhaupt nicht notwendig.
[229] Das ist Arvid, mein Nachbar

norwegisch. Der Sprachkurs hatte sich jetzt schon bezahlt gemacht. Obwohl ich ihn ja gar nicht bezahlt hatte, sondern als Geschenk bekommen hatte.

Willem klopfte sich die Hände an seinem Overall sauber. „[230]*Dat is het. Je kunt de machine gebruiken ... het apparaat*". Was Jaap auch wollte. Palaverte kurz mit Arvid. „Der zieht das schnell mit seinem Traktor raus, dann brauch` ich nicht extra Big Boy anspannen". Willem schaute mich mit schräg gestelltem Kopf an. Ähnlich wie Leopold es tat. Wenn er gespannt lauschte was ich sagte. „Big Boy?"

Nichts, aber auch gar nichts an dem Heuwender war schwergängig, alles drehte sich. Zunächst noch ohne „Heuwendefunktion". Die Jaap erst ausserhalb der Scheune entriegelte. Die Gabeln tanzten, ähnlich einem choreografierten Ballet auf und ab. Arvid fuhr ein Stück mit seinem Traktor, Jaap schaute der sich bewegenden Heu-Maschine einfach zu. „[231]*Gek werk, jongens*".

Klönte dann noch eine Weile mit Arvid, drehte sich einmal kurz zu Willem. „Also, dann kann ich Arvid sagen 25 Gulden ... 150 Kroner?" Willem erganzte Kopfnickend „Pro Person ... pro Stunde ... wenn es nötig ist ... dass wir zu zweit kommen". Jaap nannte Arvid das von Willem gesagte. Arvid nickte, hielt sein Hand vom Traktor herunter. „[232]*Hånden på det?*" In seine Hand einschlagend liess ich ihn „[233]*Så neste lørdag. Eller kanskje du kan se den i løpet av uken. Rundt klokken seks*" wissen. Willem stand ein wenig unbeteiligt daneben. „Von der nächsten Kohle, die wir verdienen, machst du einen Sprachkurs" stubste ich ihn leicht an.

---

[230] So, fertig. Du kannst die Maschine ... das Gerät nutzen.

[231] Klasse Arbeit, Jungs.

[232] Hand drauf?

[233] Dann nächsten Samstag. Oder zum Anschauen vielleicht schon unter der Woche. So gegen sechs Uhr.

„Geht doch schon mal rein, zu Nele, sie macht bestimmt Kaffee" forderte Jaap uns nach dem Einladen unserer Werkzeuge auf. „Dann regeln wir das auch direkt mit der Bezahlung".

Nele empfing uns in der Küche. „Willst du … wollt ihr duschen?" Zeigte zum Badezimmer. „Du weißt ja wo alles ist". Willem schaute ein wenig unentschlossen. „Ja, mach', geh' du zuerst. Ich hol' unsere Klamotten aus dem Auto. Oder willst du so versifft in mein Auto einsteigen? Würdest du dich so dreckig in dein Auto setzen?" Zeigte, wie Nele zuvor, zum Bad. „Ich rede derweil kurz mit Nele, ich habe ein paar Fragen. Zu der Käsearie von Michelle".

Legte Willem seine Kleidung auf einen im Bad stehenden Hocker. Neben der Toilettenschüssel und einem Handwaschbecken befand sich eine Dusche in dem Raum. Ein gefliestes Viereck. Eigentlich kein Viereck. Ein L. Eine über Eck angebrachte Abtrennung. An zwei Seiten offen. Am Boden lediglich mit einer kleinen, erhöht gefliesten Mauer vom Raum abgetrennt.

Bei Kaffee und Gebäck erzählte ich Nele davon, dass Michelle gerne nicht nur einen Hofladen hätte, sondern direkt eine, wenn auch kleine Käserei. Zur Herstellung und Lagerung. Nicht nur dass es schon eine gewisse Vorlaufzeit benötigte wusste Nele. „Bis der erste Käse verkauft werden kann dauert es mal locker vier bis sechs Wochen. Reifezeit. Vorher schmeckt der nicht. Oder so wie im Supermarkt. Nach Plastiktüte. Eigentlich ist das gar kein richtiger Käse. Käse muss reifen. Geschmack entwickeln. Leute die so Billigzeugs kaufen sind sowieso keine Kunden in einem Hofladen. Auch bei uns nicht. Die Arbeit … der Aufwand muss ja auch bezahlt werden. Oder dann eben … wie in Nederland ... bei Albert Heijn … für 5 Gulden pro Kilo verramscht werden". Sie stand auf, ging an einen Schrank. Holte Käse. Zum probieren. „Wenn Michelle so einen Laden eröffnen möchte, muss sie das aber auch anmelden. Beim Gewerbeamt. In Bergen. Und auch ein paar Vorschriften beachten. Einhalten". Sie schnitt mir etwas Käse herunter. „Ziegenkäse. Extra alt". Schnitt ein weiteres Stück, von einem anderen Käse herunter. „Oder Kuhmilch, auch extra alt. Also etwa 14 Monate gereift. Den verkaufen wir für knapp 300 Kroner pro Kilo".

Der Käse, beide Sorten, schmeckte vorzüglich. Würzig. Ein fester, fast harter Käse, mit leicht kristallinen Einschlüssen. „Was denn für Vorschriften?" wollte ich schon wissen. Das wisse sie im Einzelnen jetzt gar nicht mehr, könne sie aber raussuchen. „Nur eines weiss ich schon genau. Wenn du was neu bauen willst ... dann brauchst du eine Baugenehmigung". Sei hier in Norwegen aber nicht so kompliziert und streng wie in Nederland. „Und du brauchst die Zustimmung deiner Nachbarn. Das ist hier schon anders. Dürfte aber wohl kein Problem sein. Du kennst ja all' deine Nachbarn". Was mir aber nicht wirklich was brachte. Von Vorschriften ... gar Bauvorschriften kannte ich nichts. Weder in Nederland, noch in Norwegen. Hatte mich bisher auch nicht interessiert. Oder daran orientiert.

Willem kam zu uns. Sauber und umgezogen. Nele setzte ihm eine Tasse auf den Tisch. „Kopje koffie?" Wir nahmen quasi einen fliegenden Wechsel vor. Er setzte sich an den Esstisch, ich ging ins Bad. Erschrak leicht, als sich nach wenigen Minuten die Tür öffnete, Nele eintrat. „Hier, trockene Handtücher" legte sie zwei auf dem Hocker ab.

Jaap war auch in die Küche gekommen. Unterhielt sich mit Willem. Sehr angeregt. Betonte, als ich mich zu ihnen setzte, noch einmal wie sehr zufrieden ... wie glücklich er damit sei, dass der Heuwender jetzt – „endlich" – einsatzbereit wäre. Das wäre es aber nicht gewesen, er würde weitere Dinge raussuchen, „die eine Aufarbeitung gut gebrauchen können".

Nele zerteilte die beiden Käsestücke in zwei annähernd gleich grosse Dreiecke. „Einmal für dich und Michelle, einmal für dich und ... wie heisst deine Frau gleich noch mal?" schob sie Willem zwei der Abschnitte zu. „Wilma, Wilhelmina. Net als onze koningin".

Kurz darauf war Nele auch schon wieder in ihre weissen Gummistiefel geschlüpft. „Ich muss was tun. Morgen kommen ja wieder Käufermassen. Jeden Sonntag. Wenn Michelle das gut macht, wird das bei euch auch so sein" lächelte sie dabei. Umarmte uns zum Abschied. Küsschen links, Küsschen rechts. „Bedankt jongens".

Schon fast im Weggehen drehte sie sich kurz. „Ich such' den Amtskram mal raus. Wir kommen dann in der nächsten Woche bei euch vorbei. Dann kann ich Michelle noch ein paar Tipps geben". „Sehr gerne Nele. Am besten nach fünf Uhr, dann haben wir Feierabend. Und ihr bleibt zum Essen. Michelle wird sich sehr freuen". Kurz schaute ich zu Willem. „Und Wilhelmina natürlich auch". Konnte mir aber ein verschmitztes Grinsen nicht verkneifen.

Jaap begleitete uns bis zu unserem Auto, verabschiedete uns auch mit Küsschen links, Küsschen rechts. Völlig normal. Nederlands.

Erst als wir im Auto sassen sagte ich Willem, was ich wusste. „Wilma mag das gar nicht, wenn man sie Wilhelmina nennt". Was er aber anscheinend nicht gehört hatte – oder nicht hören wollte. Zog sein Portemonnaie hervor. „Jaap hat mir 600 Kroner gegeben" wedelte er mit den Geldscheinen. „Also die Anzahlung für meinen Sprachkurs hätte ich schon mal". Schaute mich dann erst an. „Wenn du nichts sagst, erfährt Wilma ja nichts davon. Dass ich sie Wilhelmina nenne. Mir gefällt das nämlich besser als Wilma. So heisst sie schliesslich ja".

Ein wenig rutschte er sich im Sitz zurecht, legte den Sicherheitsgurt an. „Das war ein cooler Job. Hat mir Spass gemacht. Mit dir zu arbeiten. Mal was ganz anderes als Rohre verschweissen".

„Muttersprache"

Ich musste ... wollte noch einkaufen. Im Baumarkt. Hatte ich Michelle versprochen. Fuhr in Åsane von der Hauptstrasse ab. Hatte Willem unterwegs informiert. Der zwar mit aus dem Wagen stieg, aber direkt zur Kaffeebude, nur wenige Meter entfernt, zeigte. „Ich zisch' mir in der Zeit ein Bier. Oder zwei. Oder drei. Du fährst ja sowieso".

Nicht mehr ganz so kopflos wie noch gestern, als Michelle von ihren Utensilien für die Käserei erzählte, ging ich etwas entspannter im Baumarkt auf Suche. Nele hatte mir zwei „Käsetücher" mitgegeben, die zum Abseihen der Molke zu verwenden waren. „Im Prinzip nichts anderes als Windeln, die habt ihr ja bestimmt reichlich, nur etwas feiner". Fand meine Idee, vor dem Umfüllen der Molke in einen Kanister die Tücher über einen Trichter zu stülpen richtig gut. „Brauchst es auch nicht übertreiben, die Molke, gemischt mit der Salzlake kann Michelle locker vierzehn Tage verwenden. Erst dann sollte sie frische ansetzen. Und jeden Tag kommt ja neue Molke dazu. Mit jedem Käse". Ab und an solle das Käsetuch gewaschen werden. „Könnt ihr auch in der Waschmaschine machen. Genau wie die Windeln. Nur nicht mit den Windeln zusammen" hatte sie gelacht. Denn Sauberkeit sei das A und O bei der Käserei. Darüber machte ich mir die wenigsten Gedanken. Michelle war nicht nur sauber, achtete auf Sauberkeit, sie war reinlich. So versaut sie auch manchmal im Bett war, so reinlich war sie im Haushalt. Das sah man. Überall. Nicht nur im Bad oder der Küche.

Einiges hatte ich schnell in einem der Gänge des Baumarktes gefunden. Einen transparenten Kanister, 20 Liter Fassungsvermögen, einen Plastikeimer, mit Ausgusstülle. Entschied mich aus dem riesigen Farbsortiment für Weiss. Wie Milch. Und sollte mal irgendein Dreck oder Verunreinigung in dem Füllgut sein würde man es auf Weiss natürlich am besten und schnellsten erkennen. In einer anderen Abteilung sah ich lustige „Warnaufkleber", nahm zwei mit, jeweils mit dickem

Ausrufezeichen in einem, auf der Spitze stehenden Viereck. Ähnlich wie ein Verkehrsschild. Einer davon würde auf dem Eimer landen. Einen Trichter zu finden war schon aufwändiger, zahllose Gänge war ich abgeschritten. Dafür hatte ich aber Pflanzkästen … Blumenkästen gefunden. Aus grünem Kunststoff. Mit dazugehörigen Haken, in der Weite verstellbar, an Fensterbänke anzupassen. „Das ist doch viel praktischer als ein Kräuterbeet anzulegen" war es mir in den Sinn gekommen. Erde rein – davon hatten wir ja reichlich – „Reste" vom Teichaushub. Kräutertöpfe in die Erde, fertig war das Beet. Griffbereit vor dem Küchenfenster.

„War ich jetzt echt so lange im Baumarkt?" stellte ich mir die Frage als ich die Kaffebude nach dem Einladen der Einkäufe in den Escort betrat. Willem sass auf einem Hocker an einem der Stehtische. Vor ihm ein Teller, auf dem noch ein letzter Bissen eines Sandwiches lag. An seiner mittelschwer lallenden Stimme „ [234] *Hoi klootzak, lust jij een biertje?*" erkannte ich, dass er nicht nur ein Bier – oder zwei, oder drei – wie er ja gesagt hatte, bereits intus hatte. Auch das *klootzak* war natürlich nicht angreifend oder beleidigend gemeint. Das sagte man einfach mal gerne auf Nederlands.

Biertje wollte ich aber nicht. Noch nicht. Wollte nach Hause. Ausladen, Feierabend machen, ins Wochenende starten. Dahin, wo Willem sich schon befand – in den Feiermodus. Bat am Tresen um die Rechnung, wurde von der Bedienung freundlich mit „[235]*Hei Gus, kompisen din har fylt opp skikkelig*" begrüsst. Sie zückte einen Zettel, der auf ihrem Verkaufstresen lag. „[236]*Lefseruller med røkelaks, to Akquavit, åtte Heineken*" machte sie einen Strich unter die Rechnung. „Dann komm', wir fahren nach Hause" holte ich Willem am Tisch ab. „[237]*Tot kijk, jij kleine slet*" schwankte Willem an der

---

[234] Hallo Arschloch, möchtest du ein Bier?
[235] Hallo Gus, dein Kumpel hat anständig getankt
[236] Lefsebrötchen mit Räucherlachs, zwei Akquavit, acht Heineken.
[237] Bis bald, du kleines Luder.

Theke vorbei. Jepp, Willem war gut betankt. Daran bestand jetzt gar kein Zweifel. Und das in kürzester Zeit, wie ich im Auto feststellte. Es ging auf vier Uhr zu, ich war also gar nicht so lange im Baumarkt gewesen, er hatte sich „nur mal eben" betrunken.

So richtig waren die Akquavit wohl bei ihm … in seiner Blutbahn angekommen, als ich im Hof einparkte. Direkt eierte er Richtung Stall. „SchwilltsunTiern". Lachend hielt ich ihn am Arm. „Du kommst besser mit rein".

Mein Angebot, nachdem ich Willem in einen Sessel verfrachtet hatte, Kaffee zu machen, lehnte er kategorisch ab. „Ne, ein Bier". Holte ihm Bier aus dem Kühlschrank, trank jetzt selber auch ein erstes Fläschchen Heineken. Prostete mit ihm an. „[238]*Gezonheid, maat*". Ging wieder nach draussen, setzte den Escort rückwärts an die Werkstatt. Werkzeuge, Maschinen, Schweissgerät ausladen. Alles andere war ja für Michelle. Wer weiss, wo sie das haben wollte? Warum also erst irgendwo ablagern – wenn es dann doch, vielleicht, ganz woanders hinsollte.

Nahezu zeitgleich fuhren der Mercedes und der Range Rover in den Hof ein. Michelle und Kristina im Mercedes, Wilma und Ingrid im Range. Ingrid trug drei grosse Shopping-Bags, verteilt auf beide Hände, Wilma Papiertüten, mit beiden Händen vor ihrem Oberkörper gestützt. Oben ragte Grünzeug heraus. Möhrengrün, Lauchstangen. Auch Michelle und Kristina waren mit Einkäufen ausgerüstet. Kleine Taschen. Mit Aufdruck „UNDERTØYSPESIALISTEN". Michelle wies mit dem Kopf auf den Kofferraum des Mercedes. „Kannst du gleich bitte mal die Sachen ausräumen". Hob Torid aus der Babysitzschale heraus.

---

[238] Prost, Partner.

„Was ist denn hier los?" blieb Wilma auf der Türschwelle stehen. Das Fernsehgerät war eingeschaltet. Willem schlief im Sessel. Sägte mit seinem Schnarchen wohl gerade den unseren Hof umgebenden Wald weg. Neben dem Sessel lag eine Flasche Heineken, zum grössten Teil ausgelaufen. Wie an der Pfütze zu erkennen war. „Schat ... Schatje" tätschelte sie leicht Willems Wange. Schatje schlief weiter, schnarchte weiter. „Was habt ihr gemacht?" drehte sie sich fast vorwurfsvoll zu mir. „Wieso ist der so blau?" Was war das jetzt für eine Frage? Und wieso an mich gerichtet? „Warum wohl? Weil Willem sich vollgesoffen hat. Deswegen". Wilma setze die Papiertaschen auf dem Esstisch ab. „Und du nicht? Du bist nüchtern, oder was?" War ich. Gut, ein Fläschchen Heineken hatte ich auch getrunken. Was aber im Prinzip nicht zählte, was war schon ein Bier? Liess Wilma kurz wissen „Ich war im Baumarkt, Willem hat gewartet, als ich zurückkam war er dicht". Wilma lachte. „So habe ich den noch nicht gesehen. Guck' mal wie der da hängt. Wie ein Schluck Wasser in der Kurve". Tätschelte erneut seine Wange. Willems Reaktion war ... blieb gleich Null.

Sie machte sich daran die Einkäufe - wie ich sehr richtig beobachtet hatte - Gemüse, auszupacken. Aus der zweiten Tüte kam Fisch zum Vorschein. „Scholle, Kabeljau und Lachs". Sie, Ingrid und sie, wollten „Bergens Fiskesuppen" machen. „[239]*Oppskrift fra min bestemor*" beendete Ingrid Wilmas Satz.

Michelle war sehr zielstrebig ins Badezimmer durchmarschiert. Um Torid zu waschen, ihr eine saubere Windel zu verpassen. „Und ihr, mein Liebling? Was habt ihr gemacht?" stellte ich mich zu ihr an den Waschtisch. Auch um sie zu begrüssen, zu küssen. Ihr einen Gruss von Nele auszurichten. Michelles Spiegelbild lächelte mich an. „Bei euch alles gut gelaufen? Seid ihr fertig geworden? Mit eurer Arbeit? Habt ihr noch mehr zu tun? Wie geht es Nele? Und Jaap?

---

[239] Rezept von meiner Grossmutter

Nimmst du mir mal meinen Mantel ab? Und holst du gleich die Sachen aus dem Auto?" Sie hatte diese Gabe unzählige Fragen - verschiedenster Sachgebiete – in einen Satz zu verpacken. Mir blieb eigentlich nur als Antwort, wie oft in diesen Momenten, „Ja gut. Ja sicher, Schatz". Womit Michelle, zumindest in diesen besagten Momenten, mehr als zufrieden war. In anderen Situationen gar nicht. Das hiess es dann schon mal „Lass' dir doch nicht alles aus der Nase ziehen".

Zuerst holte ich jedoch meine Einkäufe aus dem Wagen. Kanister, Trichter, Eimer, Käsetuch, Blumenkästen. Stellte es zunächst einfach irgendwo ab. Wo es nicht störte. Nicht im Weg stand. Behelligte Michelle erst gar nicht damit. Sie war mit Torid beschäftigt. Hatte sich bereits mit ihr auf die Couch gesetzt, sie an ihre Brust angelegt. „Soll ich dir helfen?" bot Kristina mir an.

Nahm aus dem Kofferraum des Mercedes eine grosse, gelbe Tasche von IKEA heraus. Warum waren diese Taschen eigentlich so überdimensional gross? Selbst in eine Wolldecke eingepackt hätte Torid bequem darin Platz gefunden. Das war Kalkül, ein Marketingtrick von IKEA. Dass man, spätestens an der Kasse, ein schlechtes Gewissen bekam, wenn man nur ein paar Dinge gekauft hatte, die sich dann in den Untiefen dieses gelben Ungetüms verloren. Quasi moralisch genötigt war, noch einmal zurück in den Verkaufsraum zu gehen, um irgendetwas einzupacken, das man garantiert nicht brauchte – und eigentlich auch nicht kaufen wollte. So war es auch in dieser Tasche. Kleine Handtücher, Teelichter, Krempel halt. Mittlerweile hatten wir bestimmt so viele Teelichter von IKEA, dass wir bei Stromausfall Hylkje komplett ausleuchten konnten. Über mehrere Tage.

Kristina schulterte die Tasche. Ich nahm mir einen ersten Pappkarton. Recht schwer. Dass alles von IKEA irgendwie Namen hatte wie Pornostars, Geschlechtskrankheiten oder ungeniessbare Speisen war mir bekannt. Belustigte mich mittlerweile sogar. „Stell' erstmal alles einfach hier ab" war Michelle schon auf dem Weg nach oben. Wollte Torid „für eine Stunde" schlafen legen. Was gleichzeitig für sie bedeutete „Ich leg' mich mal eine Stunde hin".

Insgesamt vier Kartons hatte ich ausgeladen. Einfach, wie mir gesagt worden war, abgestellt. Wilma und Ingrid präsentierten ihre Einkäufe. Nicht die Lebensmittel, das was sie geshoppt hatten. Für sich. Für Wilma einen sehr schönen Mantel. Knielang, rot. Mit zweireihigen silbernen Knöpfen. Elegant und schlicht zugleich. Ingrid hatte ein kariertes Zweireiher Sakko für sich ausgewählt. Kurz, bis zur Mitte ihrer Oberschenkel reichend. Mit aufgesetzter Tasche. Holte aus einer dritten Tasche eine weitere Jacke. „Die hat Wilma für dich ausgesucht" hielt sie Kristina die Jacke entgegen. „Zieh' mal an, probier' mal". Verlegen nahm sie das Kleidungsstück entgegen. „Meinst du die passt mir?" Wilma half ihr in die Jacke. „Ich habe die anprobiert. Und wenn meine Möpse da reinpassen, dann doch deine wohl auch". Zupfte die Jacke an Kristinas Schulter etwas zurecht. Schloss sie auf der Vorderseite, griff ihr mit beiden Händen unter die Brüste, hob sie leicht an. „Wenn dir mein BH passt, dann passt das auch".

Die von Wilma für Kristina ausgesuchte Jacke war nicht nur sehr schön, stand ihr auch hervorragend. Zweireihiger Blazer, lässiger Kragen, grobes Karomuster in schwarz-sandfarben. Passte zu ihrer Haarfarbe. Die ja auch der von Wilma ähnelte. Wie ich für mich schon lange festgestellt hatte. Kristina ähnelte Wilma. In jung. Jünger. „Dazu musst du natürlich Mini tragen, Hose sieht beschissen aus. Und … wenn du hast … Stiefel" strich Wilma ihre Haare zurecht. Dass sie auf ihre Schulter fielen. „Geh' gleich mal hoch … zu Michelle … wenn sie aufgestanden ist … da sind grosse Spiegel an den Schränken. Und bestimmt hat Michelle auch einen Mini für dich".

Wie sehr Kristina mit Wilmas Geschenk glücklich war zeigte sie ihr durch einen Kuss. „Danke Wilma". Wilma streichelte über ihren Arm. „Keine Sache, Süsse. Gerne. Da ... in der Boutique ist gerade Ausverkauf. Hat mir eine Arbeitskollegin gesagt. Und Montag ... bevor ich zur Arbeit fahre, gehe ich da noch mal hin". Alles in allem ... für die drei Teile habe sie gerade mal keine 450 Kroner bezahlt. „Da wär' ich doch blöd, wenn ich da nicht zuschlagen würde". Musterte Kristina noch einmal. „Komm' doch mit". „Würde ich ja gerne. Eigentlich. Aber ich muss arbeiten. Und kann mir das auch nicht erlauben". Wilma setzte sich auf die die Armlehne der Couch. „Das verstehe ich nicht. Ich werde zum ersten Mal für meinen Job anständig bezahlt. Und du kriegst so eine mickrige Bezahlung. Pflegerinnen werden immer gesucht. Rotes Kreuz, das ist doch auch sowas. Bewerb' dich doch einfach mal bei uns".

Kristina setzte sich zu ihr, neben sie. „Das ist glaube ich nichts für mich. Menschen anfassen ... fremde Menschen ..." Wilma unterbrach sie. „Das ändert sich bestimmt". Legte einen Arm um Kristina. Wenn du erstmal eine ganze Weile bei uns bist ... wirst schon sehen".

Erhob sich. „Kannst uns ja helfen, beim Kochen. Wir machen uns jetzt ein schönes Wochenende. Alle Erledigungen sind erledigt". Ging in die Küche. Sortierte Gemüse, das sie verarbeiten wollte. Für die Suppe. Machte eine Kopfbewegung zu Ingrid. "Kommst du? Du kennst das Rezept".

Mit leicht schmatzenden, ein wenig grunzenden Geräuschen kam Willem so langsam zurück ins Leben. Schaute verstört in die Runde. Wilma lachte. „Schau' an, der Vollgesoffsky wird wach". Willem ging zum Kühlschrank, nahm sich direkt ein neues Bier heraus. Wollte Wilma zur Begrüssung küssen. „Ne, hau' ab. Geh' rüber. Schlaf' deinen Rausch aus". Willem dackelte beleidigt ab. Wilma kam zu mir, redete Nederlands. „[240]*Echt, dronken worden. Dan valt hij hier gewoon in slaap.*

---

[240] Echt, säuft sich voll. Pennt dann hier einfach ein. Da warst du anders ... bist du anders ... wenn du gesoffen hast. Mit dir konnte ich wenigstens ins Bett gehen. Du bist wenigstens nicht eingeschlafen.

Je was anders... je bent anders... als je gedronken hebt. Ik kon tenminste met je naar bed. Je viel tenminste niet in slaap".

Den Sud für die Fischsuppe hatte Ingrid vorbereitet. Gemüse – mit Schale, zuvor dennoch geschält, zu einer kräftigen Brühe eingekocht. Wollte das jetzt mit einigen Kartoffeln „Einsämen". Michelle und Torid waren auch zurückgekehrt. „Magst du vielleicht eine oder zwei Möhren extra kochen? Für Torid? Für Püree? Vielleicht mag sie das ja. Ohne Gewürze" hatten sie sich zu Ingrid gestellt. Wilma präsentierte ihr auch ihre Shopping-Schnäppchen. „Du hast doch bestimmt einen Mini für Kristina. Der zu ihrem Mantel passt" hielt sie die Jacke für Michelle vor Kristinas Körper. Legte mir Torid in die Arme. „Geh' mal zum Papa". Nahm Kristinas Hand. „Komm' mit. Garantiert habe ich was für dich". Verschwand mit ihr nach oben.

Nicht allzu lange danach kamen sie wieder zu uns. Kristina trug ein extrem knappes Röckchen. Jeansstoff. Mit leichtem Faltenwurf. Maximal fünf Zentimeter über ihren Pobacken endend. Dazu ein schwarzes Bustier. Mit dünnen Spaghettiträgern. Michelle schob sie präsentierend an den Couchtisch. „Kristina sieht sowas von Hammer aus, oder? Das Oberteil haben wir gekauft. Wir waren ja auch in Bergen. Nach IKEA. Ich habe mir neue Unterwäsche gekauft. Bei Betty. In Starvhusgaten. Und auch für Kristina". Kristina lehnte sich an Michelle. „Du bist ... schon fast wie eine Mama zu mir". Michelle lachte. „Also optisch wohl eher Wilma. Ihr seht euch so ähnlich. Die Haare, die Figur ..." Lächelte jetzt Kristina an. „Und die Möpse. Wilma könnte deine Mutter sein ... vom Aussehen ... vom Alter". Wilma lachte. „Sicher, aber nur wenn mich einer mit vierzehn geschwängert hätte ... dann könnte das passen ... vom Alter her". Griff an Kristinas Hand. „Aber stimmt, du siehst Hammer aus".

Drehte sie, an der Taille gefasst. „Was ist denn mit dir? Verhütest du?" Kristina wurde sehr ernst. Sehr plötzlich. Ihre Stimmung schlug um. „Nein. Wozu auch? Ich habe keinen

Freund. Und auch keinen Sex. Nur ... mit diesem Dreckschwein. Aber das war ja kein Sex. So wie ihr den habt. Der hat mich nur missbraucht. Ich hatte zwei Abtreibungen ... eine mit vierzehn schon. Musste mit meiner Mutter nach Holland fahren. Weil es ja keiner wissen sollte. Von unseren Nachbarn". Wilma schoss aus dem Sesel hoch. „Waas? Der Typ hat dich gefickt? Geschwängert? Und statt dem die Eier abzuschneiden, fährt deine Mutter mit dir nach Holland? In so eine anonyme Abtreibungsklinik ... zu so einem Pferdemetzger. Nicht mal in ein richtiges Krankenhaus".

Kristinas Gesicht war Tränenüberströmt. Wilma nahm sie in den Arm. „Du armes Kind". Zog sie sanft zu sich auf die Couch, wischte ihre Tränen auf. „[241] *Michelle, breng haar naar de gynaecoloog. Ze heeft... op zijn minst de pil. En als dat niet werkt, krijg je een recept. Dan neemt ze de jouwe*". Schaute zu mir. Ihre Augen funkelten und flehten gleichzeitig. „[242]*Gus, jij doet alles wat je kunt. Zoals je voor ons hebt gedaan. Alles, hoor je. Stel je voor dat ze mijn kind was... zoals Michelle net zei. Dat kunnen we niet laten gebeuren. Dat ze hier helemaal alleen is... heeft niemand. Dat kan niet*".

„Was redet ihr?" schaute Kristina in die Runde. „Ach nichts Besonderes, das passiert manchmal, dass wir dann Nederlands reden, in unserer Muttersprache. Wegen morgen. Gus will ja mit Willem unser Klohaus fertig machen. Ob mein besoffener Freund dann wieder fit ist. Hoffentlich. Das haben wir gesprochen" log Wilma sie an. Erhob sich. Wolle mal rüber gehen, nach Willem schauen. Gab sie vor. Wollte sie garantiert auch. Aber nicht nur. Dafür kannte ich Wilma zu gut.

---

[241] Michelle, du gehst mit ihr zum Frauenarzt. Sie braucht ... mindestens die Pille. Und wenn das nicht klappt, lässt du sie dir verschreiben. Dann nimmt sie deine.

[242] Gus, du machst alles was dir möglich ist. Was du auch für uns getan hast. Alles, hörst du. Stell' dir vor, sie wäre mein Kind ... wie Michelle gerade gesagt hat. Das können wir doch nicht zulassen. Dass sie hier Mutterseelenallein ... keinen hat. Das geht doch nicht.

„Genehmigung"

Mit Torid im Arm folgte ich ihr. Wilma war ausser sich. „Das ist doch nicht normal, wusstest du das? Diese Drecksau. Die verdammte Fotze von Mutter. Lässt ihr Kind von so einem Bastard ficken. Immer und immer wieder. Pumpt die zweimal auf. Und dann fahren die nach Nederland. In so eine Drecksklinik. Damit die Nachbarn es nicht mitkriegen. Nicht mitkriegen sollen, dass das arme Ding schwanger ist. Machen nach aussen auf Familie. Nicht einmal, ne, danach dann noch weiter. Was gibt es doch für Schweine". „Nein Wilma, das wusste ich nicht. Von dem Missbrauch schon. Hat sie mir erzählt. Deswegen ist sie ja bei Ingrid".

Wilma weinte. „Du machst was. Irgendwas. Du ... und Willem ... ihr habt so viel Kohle. So viel Möglichkeiten. Ihr holt sie aus dem Loch raus. Aus dieser Einsamkeit. Das erwarte ich von euch. Besorg' ihr eine Wohnung ... eine gescheite Wohnung ... mach' das, was du auch für uns getan hast ... das ist doch kein Zustand. Wir können doch nicht einfach zuschauen. Sie nur am Wochenende hier bespassen. Und der Rest der Woche? Da hängt sie dann alleine auf den paar Quadratmetern. Hast du doch selber gesagt, dass ihre Bude ein Loch ist. In einem Monat endet ihr Praktikum ... was ist, wenn sie nicht übernommen wird? Dann hat sie kein Geld ... noch weniger als das erbärmliche Gehalt was sie jetzt bekommt. Und auch keine Wohnung. Wie soll sie das bezahlen? Was ist denn ... wenn sie sich was antut? Sie hat doch keinen ... Erinnerst du dich noch an unseren Mitbewohner auf der Boerderij? Peter, der hiess doch Peter? Der war doch auch aus Deutschland? Der sich vor Verzweiflung in seinem Zimmer aufgehangen hat". Sie lehnte ihren Kopf an meinem Arm. „Mann, du musst was machen. Du ... wir haben doch selber Kinder. Wir müssen was tun".

Einen Arm legte ich um ihre Schulter. „Machen wir Wilma. Ich kann das nicht sehen, wenn du weinst. Das bricht mir das Herz. Und du gehst jetzt zu Willem, entschuldigst dich. Der hat doch nur gesoffen, sonst nichts. Ist doch kein Grund ihn so anzupissen ... wie du das eben gemacht hast". Wilma gab mir einen Kuss. Wischte sich mit dem Handrücken die Tränen auf. „Wir kommen gleich. Essen ist bestimmt bald fertig".

Ingrid war dabei den Esstsch einzudecken als ich ins Haus kam. „Hilfst du mir grad? Nur noch den Fisch in dem Sud ziehen lassen, dann können wir essen". „Wo sind die zwei?" „Die sind oben". „Mache ich. Ich bring' schnell Torid zu Michelle".

„Schatz?" klopfte ich an die angelehnte Schlafzimmertür. „Nicht, komm' nicht rein Hase. Wir probieren gerade Kleider an. Und die neue Unterwäsche. Wir sind nackt. Beide. Wir kommen gleich runter" tönte mir Michelle Stimme entgegen. „Aber wenn du magst ... da ist ein IKEA-Karton mit einer kleinen Kommode. Siehst du ja an der Abbildung auf dem Karton. Kannst du den bitte zusammenbauen? Die soll ins Gästezimmer". Einen Spalt öffnete sich die Türe. Gerade genug, dass Michelle ihren Kopf durchsteckte. „Oder zuerst den Stuhl. Der ist für Torid".

Zuerst hatte aber Ingrid gefragt, um meine Hilfe gebeten. Das wollte ich dann zuerst erledigen. Half ihr beim Essen. „Hast du das mitbekommen? Eben? Was Kristina erzählt hat?" Ingrid rührte den Kopf schütteln im Topf. „Nein. Was war denn?" In groben Zügen erzählte ich Ingrid. Sie liess den Kochlöffel auf die Anrichte sinken. „Meine Güte, das ist ja furchtbar. Das geht mir nahe. Mir persönlich. Da hat sie mir nichts von gesagt".

Meine Hand griff an ihr Handgelenk. „Ich möchte ... nach dem Essen ... mit Wilma, Willem und Michelle reden. Wir gehen dann rüber. Zu Wilma. Bleibst du hier? Mit Kristina. Redest du mit ihr? Unterhältst du dich mit ihr? Ich komm' dann nachher zu dir. Möchte dir dann erzählen, was wir Nederlander besprochen haben ... besprechen wollen". Ingrid nickte.

„Sicher. Krisensitzung?" „Ja Ingrid. Ich denke schon. Nicht Krise, aber Sitzung".

Machte mich an den Aufbau des Stuhls für Torid. Schwarz lackiertes Holzgestell, das mit nur wenigen Schrauben zu montieren war. 4 Stuhlbeine, immer zwei gleichlang, eine Sitzfläche, zwei Armlehnen. Darauf eine Art Tisch, mehr ein Tablett. In der Mitte vor der Sitzfläche noch einmal mit einem hölzernen Steg verstärkt. An dem ein Sicherheitsgurt angebracht war, der auch links und rechts von der Sitzfläche durchzuführen war. Wie der Sicherheitsgurt im Auto. So wie in der Babytrage. Verstellbar, einstellbar. Das Tablett ganz easy in die Armlehnen einzuclippen. Zumal die Montageanleitung auch völlig ohne Worte auskam. Alles schön bebildert. Schritt für Schritt. Wer das nicht zusammenbekam war einfach „zu blöd".

Ingrid hatte in der Zeit mit Torid gespielt. „Komm' doch mal bitte. Einmal Probesitzen" winkte ich die beiden heran, setzte Torid in den Stuhl. „Da fehlt noch ein Sitzkissen, ist ja voll unbequem, nur Holz unter dem Kleinen Popo" hob ich Torid schnell wieder aus dem Stuhl heraus. Schäkerte Grimassenschneidend mit ihr. „Das macht die Mama gleich, wer weiss was die sich dabei gedacht hat".

Was Michelle dann auch übernahm als sie mit Kristina nach unten kam. Setzte Torid in den Stuhl. Schaute kurz zu mir. „Ist aber alles festgeschraubt, oder?" „Michelle, bitte, ich arbeite bei SHELL. Da werde ich doch wohl so einen Stuhl zusammenbauen können. Glaubst du ich bin blöd?" Hob sie aber, genau wie ich direkt wieder heraus. „Da muss ein Kissen rein". Hielt mir ihre Hand entgegen. Was nur heissen konnte „Kissen bitte". Schnallte Torid an. Sehr fest, ihren Rücken an die Rückenlehne. Ihr so gut wie keinen Bewegungsspielraum liess. Weder nach vorne, noch zur Seite. Hockte sich neben Torid, neben den Stuhl. „So ein grosses Mädchen. Jetzt kannst du schon bei uns sitzen". Sah freudig strahlend zu mir. „Schau' mal Papa. Ich kann ganz alleine sitzen".

Kam aus der Hocke. „Trotzdem, keine Sekunde aus den Augen lassen. Ich mach' ihr jetzt schnell Möhrenbrei. Bleib' bitte bei ihr stehen".

Was Ingrid gekocht hatte war extrem lecker. Ingrid hatte den unterschiedlichen Fisch in kleine Tranchen geschnitten, in die Teller gegeben, dann mit der Suppe aufgefüllt. Ein „runder" Geschmack. Leicht sauer, irgendwie nach Essig, leicht süss, nach Zucker, würzig, pfefferig und sehr „gemüsig". Bevor Michelle begann Torid mit dem Möhrenbrei zu füttern hatte sie aus dieser gelben IKEA-Tasche noch einen grellgelben Schlabberlatz geholt, den sie Torid um den Hals anlegte. Zuvor noch ein Etikett abriss. Der Name, die Produktbezeichnung passte. „grønnfink". Hatte sogar noch eine Reserveausführung gekauft. In ebenso knalligem Grün. Zu dem der Name natürlich noch besser passte.

Torids Gesichtsausdruck war Gold wert, als der erste Löffel Möhrenbrei in ihrem Mund verschwand. Und ebenso schnell wieder nach draussen befördert wurde. Michelle wischte alles auf. Von dem Tablett, vom Schlabberlatz, vom Esstisch. Heute war ich mal nicht der Vollgeschlabberte, konnte jetzt selber Witze machen. „Zieh' dir doch das andere Lätzchen an, mein Schatz. Steht dir bestimmt auch sehr gut. Ist doch genau deine Farbe". Michelle deutete mit dem kleinen Löffelchen an, den Möhrenbrei zu mir zu schleudern. „Vorsicht, mein Freund" grinste sie mich ganz breit an.

Willem war wieder obenauf, das ihm von Wilma aufgetragene Nickerchen hatte ihm gutgetan. Und auch dass Wilma zu ihm gegangen war. Den letzten Schliff in Sachen Fitness verpasste ihm jetzt die Bergens Fiskesuppen. Das Zusammensein war insgesamt sehr entspannt, gelöst. Alles mögliche war Thema, nur nicht „Problem". Willem erzählte von unserer Arbeit bei Nele und Jaap, dass er beide sehr sympathisch fand. In dem Moment fiel mir siedenheiss ein – „Nele hat uns Käse mitgegeben. Habe ich im Auto vergessen".

Lief schnell nach draussen. Was - dieses „Draussen" - glücklicherweise ähnliche Temperaturen hatte wie der Kühlschrank. Übernahm dann auch kurzerhand die Gesprächsleitung. Dass Nele und Jaap in der Woche kommen wollten. Wir ihren Nachbarn, diesen Arvid kennengelernt hatten. Auch da in den nächsten Tagen mal schauen wollten, was bei ihm zu tun sei. Willem zückte sein Portemonnaie. Zog die Geldscheine hervor. Wedelte damit, genau wie heute im Auto umher. „Mein erstes verdientes Geld. Mit unserer Firma". Ich musste lachen. „Das hast du aber mal schnell versoffen". „Wie? Hier ist es doch". „Ja, ich habe deine Zeche bezahlt. Fühl' dich eingeladen".

„Dann gehen wir gleich zu euch?" schob ich meinen Teller beiseite. Hatte sowohl Michelle, als auch Wilma bereits, als sie gekommen war informiert. „Über den Kloausbau reden". Willem wollte etwas sagen. Wilma stiess ihm leicht in die Rippen. „Hast du wohl vergessen? Warst du wohl noch besoffen als ich dir das eben gesagt habe". Michelle übernahm. „Dann räume ich alles zusammen, mach' noch den Abwasch. Hilfst du mir Ingrid? Und du, Kristina, passt du auf Torid auf in der Zeit?" Legte Torid den Schlabberlatz ab. „Grosses Mädchen. Was schmeckt dir besser? Kartoffelbrei oder Möhrenbrei?" Torids Antwort lautete Ba Ba ba, Ba Ba Ba". Michelle lachte. „Waas, das hat dir nicht geschmeckt? Soll Kristina dir noch ein Fläschchen geben?"

Als ich mich erhob, den Stuhl leicht vom Tisch abschob, hielt Michelle meine Hand. „Baust du noch die Kommode zusammen? Dann kann Kristina gleich ihre Wäsche einräumen". „Wie? Wäsche einräumen? Hast du nicht gesagt die soll ins Gästezimmer?" „Doch. Und wer ist jetzt im Gästezimmer? Kristina. Dann kann sie ihre Sachen einräumen".

Mit Willems Hilfe war der Aufbau schnell erledigt. Auch wieder für Doofe, zwei Seiteneile, an denen bereits Führungsschienen für Schubkästen montiert waren, ein Deckel und ein Boden. Beides Quadratisch. Pappendeckelrückwand, die einfach nur eingenagelt wurde. Den meisten Aufwand machte das Zusammenbauen der sechs Schubkästen. Willem liess sich bei der Montage aufklären. „Was wollen wir denn besprechen? War ich echt so dicht? Ich weiss von nichts". „Ne, alles gut. Ich habe das mit Wilma besprochen. Reden wir gleich drüber. Bei euch". Liess mich mit den restlichen zwei Schubkästen allein. „Ich geh' dann rüber. Ich nehm' Bier mit".

Wenig später stand die Kommode. War bereit eingeräumt zu werden. Ging nach unten. Ingrid hatte es sich bequem gemacht. Den Fernseher eingeschaltet. „Michelle ist schon rüber. Zu Wilma" schaute sie nur kurz auf. „Kann ich mal schauen? Vielleicht auch etwas einräumen?" war Kristina aschon auf der Treppe. Ging voraus. In unser Schlafzimmer. Holte eine der Einkaufstaschen. Michelle habe ihr auch Unterwäsche gekauft. Die sie jetzt einräumen könne. „Und auch ein paar Kleider hat sie für mich aussortiert". Hatte schon einen Träger des Bustier heruntergestriffen. Eine Brustwarze blitzte hervor. „Willst du mal sehen? schaute sie mich an, wollte gerade den anderen Träger herunterstreifen. „Ja, aber nur so hinhalten. Reicht schon. Nicht anziehen, nicht ausziehen". Kristina zog das Bustier wieder in Position. „Findest du mich nicht sexy? Hast du doch gesagt, dass du mich sexy findest". „Doch Kristina, doch". Nahm ihre Hand. Führte sie in unser Schlafzimmer. Stellte sie vor den raumhohen Spiegel des Kleiderschranks. „Was siehst du? Das was sich sehe? Ein Rasseweib. Du brauchst dich nicht ausziehen ... damit ich dich sexy finde ... schau' dich einfach mal selber an". Drehte sie in meine Arme, streifte beide Träger des Bustiers herunter. „Ich finde dich mehr als sexy ... ich würde mit dir ... hier in dem Bett ... aber, was hast du gesagt? Wenn die Monster aus deinem Kopf raus sind. Vorher nicht".

Ihre Knospen waren zwischen meinen Fingern steif angewachsen. Drückten sich durch meine Finger, die ihre Brüste fest umschlossen. Zog ihren Bustier wieder hoch. „Räum' deine Sachen ein, dann gehst du zu Ingrid, macht es euch gemütlich. Kann ein bisschen dauern bei Wilma". Liess einen Moment meine Fingerspitzen unter den Trägern hin und her gleiten. „Weißt du was das bedeutet? Was Michelle hier macht? Sie bietet dir nicht nur die Kommode an. Sie bietet dir alles an. Ist dir das klar?" Nahm ihre Hand. „So, komm', einräumen kannst du später noch. Setz' dich ein bisschen zu Ingrid, leiste ihr Gesellschaft".

„Schön bei euch" setzte ich mich direkt zu den dreien in Wilmas Wohnung. Willem öffnete mir ein Heineken. „Schön, dass ihr hier seid. Als wir noch in Rockanje gewohnt haben … also ihr … und ich in Nieuwenhoorn … wart ihr öfter bei mir als jetzt. Obwohl es nur ein paar Schritte sind" hob Wilma ihr Bier an. „Gezondheid lieve mensen".

Wilma brachte Willem im Schnelldurchlauf auf den Stand der Dinge, warum wir uns hier zusammengesetzt hatten. Nahm sich einen Block. „Also, was können wir machen? Was wäre möglich? Sollen wir mal zwei Varianten durchdenken? Eine ist, Kristina bekommt … behält ihren Job. Die andere ist, sie verliert ihren Job". Zog zwischen den beiden notierten Optionen einen senkrechten Strich. „Wenn sie den Job verliert … sollen wir sie dann einfach ziehen lassen? Fallen lassen?" Michelle schaukelte Torid in ihren Armen, lehnte sich an meinen Arm. „Gus sowieso nicht. Sonst wäre Kristina doch jetzt auch nicht hier". „Auf keinen Fall. Weil …" „Weil du sie haben möchtest" komplettierte Michelle meinen Satz. „Das willst du doch, oder? Am liebsten wär' dir doch dass sie hier bleibt. Bei uns".

Die Rechnung, die ich vor ein paar Tagen mir selber aufgemacht hatte, versuchte ich, so sachlich als möglich, den dreien zu erklären. „Für mich … für uns sind seit dem Umzug aus Rockanje gut 1000 Gulden frei geworden. Was wir vorher an Miete bezahlt haben. Für unsere Wohnung … für Wilmas Wohnung. Davon gebe ich gerne etwas. Um Kristina zu unterstützen. Ich will nicht, dass sie auf der Strasse sitzt. Wer weiss, was ihr dann noch alles widerfährt". Willem hielt mir seine Hand entgegen. „Mach' ich mit. Also wir. Wilma und ich.

Wir sind ja ein Team. Team Wilma". Nahm Wilma in den Arm. „Sind wir doch, oder?" Drückte sie fest an sich. „Wenn wir beide ... jeder etwas geben ... du musst das doch nicht allein stemmen ... wir haben das gleiche Gehalt. Das tut uns doch nicht weh". „Das würdet ihr tun?" rückte Michelle etwas auf ihrem Stuhl. „Soll ich dir mal was erzählen?" begann Wilma. „Ich habe mal ein ganz süsses Mädchen kennengelernt ... dem es gar nicht gut ging ... dass habe ich dann einfach mit nach Hause genommen ... da war Gus noch mein Mann ... und auch ... oder trotz ... oder weil ich mit dem jungen Hüpfer in die Kiste gesprungen bin ... hat mein Mann Gus uns nicht fallen lassen. Keinen von uns". Michelle hatte angefangen zu weinen. „Wilma ... ja, ihr beiden habt mich auch gerettet ... verdammt ... ich möchte verdammt sein, wenn wir nicht Himmel und Hölle in Bewegung setzen um Kristina beizustehen".

Wilma nahm über den Tisch hinweg ihre Hand. „Und weißt du noch? Derselbe Typ ist mir hinterher gereist ... um die halbe Welt ... obwohl ich ihn ... euch verlassen habe ... ein Anruf und Gus war da". Ich nahm Wilmas Block. „Bevor das jetzt voll sentimental wird ... also dann haben wir sozusagen Option Zwei abgearbeitet. Machen wir das so? Wir unterstützen Kristina?" Und was ist mit Option Eins? Oder Option Drei? Angenommen ... gehen wir mal davon aus, Kristina behält den Job, wird übernommen – also Option Eins – wird aber weiterhin beschissen bezahlt. Sollen wir nicht mal schauen ob es vielleicht einen anderen Job gibt? Der besser bezahlt wird? Was Wilma gesagt hat. In der Pflege zum Beispiel. Oder ... ich weiss zufällig dass Lisa und Janne eine Bürokraft suchen ..." „Und wer ist jetzt Janne? Ist das wieder eine, die du irgendwo aufgerissen hast?" grinste Wilma. „Blödsinn, das ist die Geschäftspartnerin von Lisa. Eine Architektin".

Ich kam jetzt leicht vom Thema ab. „Wo ich das gerade sage, Architektin. Nele hat mir gesagt, wenn du deinen Hofladen aufmachen möchtest ... wir einen Hofladen bauen wollen ... vielleicht auch eine kleine Käsewerkstatt ... dann brauchen wir eine Baugenehmigung. Für alles Gewerbliche ... oder

Wohnzwecke". Michelle schaute. „Wieso gewerblich?" „Ja, wie willst du denn sonst den Käse an den Mann bringen? Doch wohl verkaufen. In einem Laden. Das ist gewerblich. Es sei denn du willst das weiter in der Küche machen … und den Käse dann durchs Fenster verkaufen. Aber dafür haben wir keine tausende von Gulden in die Küche investiert. Dann hätte es auch eine Küche von IKEA zum Beispiel getan. Die Küche haben wir für dich gekauft, mein Schatz. Nicht zum runterrocken".

Einer nach dem anderen Gedanken schoss mir jetzt in den Sinn. Wie ist das überhaupt? Mit der Milch? Jetzt am Wochenende? Ist die sozusagen ein Geschenk an Mikkel?" Michelle lachte. „Das ist so typisch. Bei Geld bist du ganz komisch. Nein, ich kann dann einfach unter der Woche mehr Milch mitnehmen". „Und wie geht das? Woher weißt du welche Milch von unserer Kuh ist?" Michelle legte ihre Hand auf meinen Arm. „Warte mal, einen Moment". Wandte sich an Wilma. „Hast du eine Decke? Und ein paar Kissen? Dann kann ich Torid hinlegen. Sie schläft ja schon in meinem Arm". Wilma stand auf, bereitete ein kleines Lager. „Gib sie mir, ich mach' das schon. Erklär' deinem Mann was er wissen möchte".

„Mikkel mischt die Milch von allen Kühen. Ist doch klar. Da steht doch nicht eine extra Milchkanne für mich parat. Und von der ganzen Milch kann ich mir einfach abfüllen. Sind doch alles Kühe. Oder glaubst du Mikkel ist zu unserer Kuh besonders lieb? Oder zu den anderen weniger lieb? Ne, das ist alles in einem Edelstahltank. Die ganze Milch". Jetzt mit freien Händen, freien Armen streichelte sie mein Gesicht. „Erklär' mir das lieber mal mit der Genehmigung".

Mehr als „man braucht eine Genehmigung" wusste ich aber selber nicht. „Nele will das für uns raussuchen. Was sie alles gebraucht hat. Sie kommt ja nächste Woche".

„Kryptonit"

Unsere Unterredung ging noch lange weiter. „Also … weil wir ja noch nicht wissen wie es mit Kristina weitergeht … mit ihrem Job … können wir doch nur sagen dass wir sie unterstützen, habe ich das jetzt richtig verstanden" fasste Willem zusammen. Holte weitere Biere. „Was machen wir denn mit dem Klohäuschen? Klar, verbrettern ist klar. Nur wann? Morgen? An einem Stück durchziehen? Oder jeden Abend nach Feierabend so ein bisschen was?" Die Antwort, die er hören wollte, gab ich ihm. „Das ziehen wir morgen durch. Komplett".

Wilma nahm sich nochmals den Block. „Also, Thema Kristina – wir ziehen das auch durch, oder? Habe ich da was falsch verstanden? Wir unterstützen sie. In jeder Hinsicht. Egal was kommt. Wir lassen sie nicht allein". Legte ihre geöffnete Hand auf die Tischplatte. „Hand erop".

Michelle nahm Torid hoch. „Dann bring' ich unser Mädchen mal ins Bett. Du wolltest ja noch mit Ingrid reden. Wilma, würdest du sie ablösen sozusagen. Bei Kristina bleiben … wenn ich Torid zu Bett bringe? Dann kann Gus mit Ingrid quatschen. Am besten geht ihr auch zu Ingrid rüber, oder?" Willem ging nochmals in die Küche, holte Bier. „Dann süppel' ich mir einfach noch ein Bier. Oder zwei". Wilma wuselte ihm durch die Haare. Wenn man das überhaupt so nennen konnte. Bei einer Kurzhaarfrisur. „Sauf' dich nicht komplett voll. Ich komm' ja wieder. Und dann kannst du mir zeigen wie sehr wir Team Wilma sind".

Vor der Haustür blieb Michelle kurz stehen, bevor sie die Türe öffnete. „Ich habe mir was überlegt. Als wir … Kristina und ich vorhin uns unseren Einkauf präsentiert haben … die Unterwäsche und BH und so. Wie findest du die Idee, dass ich mir wieder meine Schamhaare wachsen lasse?" „Wie wachsen? Wie lang denn?" Michelle lachte."So bis zu den Kniekehlen dachte ich. Mann, Blödmann. So wie Kristina. So kleine Löckchen. Du hast das doch schon gesehen bei ihr. Nur bei mir dann eben blond. Tu' doch nicht so. Du hast Kristina doch schon nackt gesehen. Und sie dich doch auch. Mehr als einmal. Auch das was ich bei Wilma gesagt habe stimmt doch. Du willst sie. Nicht nur um dich. Du willst sie. Mann, ist doch kein Geheimnis. Wie ihr euch anschaut. Ich finde es gut, dass du dich zurückhältst. Wegen ihr. Aber eigentlich willst du sie doch lieber früher als später". Sie stellte sich leicht auf Zehenspitzen. „Meinen Segen hast du. Du lässt mich ja auch alles machen". Gab mir einen Kuss. „Ich werde dich auch nicht töten". Schaute mich fest an. „Nur wenn du mich … und Torid verlässt … egal für wen … dann bist du fällig. Denk' dran".

Ich blieb vor der Haustür stehen. „Ich rauch' mir eine Zigarette. Sagst du Ingrid Bescheid". Holte meinen Tabak aus der Jackentasche. Wilma lief an mir vorbei. Gab mir einen Klapps auf den Hintern. „Guter Junge".

Wie Michelle das meinte – sowohl das gerade genannte „Bist du fällig" als auch das „Töte ich dich" – wusste ich ja. Würde sie nicht tun. Warum auch? Was würde das bringen? An der eventuellen Situation ändern? Und warum sollte ich das tun? Sie verlassen? Wir waren im Begriff unser Leben aufzubauen. Sie war die liebevollste Mutter. Meines Kindes. Vielleicht sogar meiner Kinder. Wenn sich das bewahrheiten würde, dass sie schwanger war. Michelle war meine Freundin. Meine beste Freundin. Und wenn sie die zeitweiligen Eifersuchtsanwandlungen überstanden hatte, der generöseste Mensch, den ich mir wünschen konnte. Welche Frau würde das schon sagen? – „Geh' ins Bett mit wem du möchtest".

„Wollen wir dann?" hakte sich Ingrid bei mir ein. „Dann bring' mich mal auf den neuesten Stand. Was gibt es Neues aus Nederland?" Statt auf ihr Haus zuzulaufen ging sie zur Werkstatt. „Ich hole uns Bier. Ich möchte auch mal was trinken". Kam mit sechs Flachen Heineken zurück, die sie an ihren Oberkörper gepresst hielt.

Unsere Entscheidung Kristina unterstützen zu wollen fand sie „Fabelhaft". So nannte sie das. „Dann will ich mich natürlich auch beteiligen. Habe aber die Kohle nicht so locker sitzen wie du ... und Willem. Ich verzichte dann aber gerne auf mein Honorar. Du brauchst mir kein Geld geben. Das kann ich machen". Bei einem ersten Bier erzählte ich weitere Details – Option Eins bis Option Drei. „Bei Lisa wäre cool, die hat einen guten Job, die kann bestimmt anständig bezahlen. Kristina könnte auch gut zu denen passen. Zwei Frauen. Da hat sie garantiert keine Belästigungen zu fürchten. Lisa steht auf Frauen. Eigentlich nur auf Frederike. Die sind schon ziemlich lange ein Paar. Ausserdem gestandene Frauen. Schon was älter. Frag' Lisa einfach mal. Oder soll ich das machen? Sie kommt ja sowieso zweimal die Woche zu mir. Fahr' doch einfach mal mit Kristina bei ihr ... und Janne vorbei". Die Idee erschien mir gut. „Ich soll ja eh zu Lisa. Sie möchte uns einen Probeauftrag geben. Ja, dann nehm' ich Kristina einfach mit".

Kamen dann beim zweiten Bier zu dem Thema „Hofladen". Dass, wenn ich etwas bauen wolle, eine Genehmigung vonnöten sei. „Also, wenn du etwas baust ... mit Genehmigung ... für Michelle ... dann krieg' ich ... kriegen wir auch die Sauna. Deine Werkstatt war ja eigentlich die Sauna ... sollte sie werden". „Ingrid, wann soll ich das alles bauen? Und wie?"

Ingrid setzte sich auf meinen Schoss. „Mein kleiner Süsser. Eine Sauna kann man fertig kaufen. Wie ein Gartenhäuschen. Ein Norweger ohne Sauna ist wie ein Fisch ohne Wasser. Ausserdem ist eine fertige Sauna auch garantiert günstiger als eine zu bauen. Oder hast du sowas schon mal gemacht? Weißt du was zu beachten ist?"

Ein wenig lockerten wir die Unterhaltung mit Knutscherei auf. „Vielleicht ist es sogar auch günstiger du kaufst eine fertige Hütte für Michelle. Als Käseladen. Oder zwei kleine. Eine zum Käsemachen, die andere als Laden. Frag' doch mal Janne, die ist doch Architektin. Die kennt sich bestimmt mit Baugenehmigungen und dem ganzen Zeug aus".

„Das eine Bier noch …" öffnete ich den Kronkorkenverschluss der Bierflasche mit dem Feuerzeug „… dan geh' ich rüber. Ist schon spät". Stiess gegen Ingrids Flasche. "Du auch noch? Noch ein Bier?" Ingrid schüttelte ihre Flasche. „Ich habe noch. Ausserdem … ich vertrag' nicht so viel. Ich bin doch nur eine kleine Frau. Ich bin ruckzuck betrunken".

Am Ende der dritten Flasche Heineken, meiner dritten, waren wir eigentlich so weit durch mit dem, was wir besprechen wollten. Ingrid hatte sogar die überaus geniale Idee „Ich frag' einfach mal unseren Tischler Johan … oder meinen Vater. Bestimmt kennen die jemanden, der solche Häuser baut … oder anbietet. Vielleicht sogar der, wo du mit meinem Vater die Fussbodendielen gekauft hast. Das sind doch alles Wikinger. Die kennen sich garantiert aus mit Blockhütten und sowas". Noch einmal knutschten wir ein bisschen. Um uns zu verabschieden.

Leise betrat ich unsere Wohnung. Bis auf ein kleines Lämpchen auf dem Sideboard keine Beleuchtung. Alle schienen zu schlafen. Auf Zehenspitzen ging ich das Treppenhaus nach oben. Warf einen Blick ins Gäsetzimmer. Auf Kristinas schlafenden Körper. Öffnete die Schlafzimmertüre. Zog sie sofort wieder zu. Ging wieder nach unten. Schlüpfte in meine Schuhe, ging zu Ingrid zurück. „Das ging fix jetzt" schmunzelte sie, als sie mir auf mein Klopfen hin öffnete. „Kann ich bei dir schlafen?" Ingrid hatte eine Hand an das Türblatt gelehnt, versperrte mir quasi den Zugang. „Was heisst denn bei mir schlafen? Bei mir schlafen? Oder auch mit mir schlafen? Dann gehst du aber noch Bier holen. Wenn du mit mir schläfst möchte ich, dass wir betrunken sind. Oder ich zumindest. Noch eine Pulle, vielleicht zwei … dann bin ich sowieso abgefüllt".

Mit den Bieren kam ich zurück, setzte mich wieder an Ingrids Tisch. „Weißt du was? Das habe ich ewig nicht gesehen. Kristina schläft im Gästezimmer ... und Wilma liegt bei Michelle im Bett". Ingrid staunte nicht schlecht. „Nur bei Michelle? Oder mit Michelle?" „Das weiss ich nicht. Habe auch nicht nachgefragt. Aber nackt sieht für mich nicht unbedingt nach *Bei* aus".

Ingrid griff sich zwei Flaschen Bier. Ging auf ihr Treppenhaus zu. „Dann schlaf' hier. Schlaf' mit mir". Ihrer ausgestreckten Hand folgte ich sofort. In ihr Schlafzimmer. Auf ihrem Bett sitzend tranken wir noch ein Bier, redeten. Entkleideten uns. Nur unsere Oberkörper. Küssten und liebkosten uns. Ingrid liess sich in die Matratze fallen. „Machst du es mir? So wie du es auch mit Michelle machst. Sie ganz zärtlich leckst".

Langsam, ausgiebig küsste ich mich von ihrem Gesicht, über den Hals abwärts. Bis an ihre Brüste. Ingrid räkelte sich unter meinem Mund. Zog sich dabei selbst ihre Jeans und Slip aus. Wollte dann bei mir weitermachen. „Hey, Finger weg" hielt ich ihre Hand fest. Küsste weiter ihre Brüste. Spielte mit ihren Brustwarzen. Die in meinem Mund immer grösser und härter wurden. Ingrid versuchte erneut an meine Hose zu gehen. „Na, Ingrid. Du machst gar nichts" streichelte und knetete ich ihre andere Brust. Zwirbelte ihre Brustwarze zwischen Daumen und Zeigefinger. Legte meinen Kopf auf ihrem Brustkorb ab. Ingrid gab wohlige, leicht gurrende Geräusche von sich. Zog meinen Kopf an ihr Gesicht. Bedeckte mich mit Küssen. „Zieh' doch deine Hose aus. Ich möchte dich anfassen". „Kannst du doch. Nur nicht meinen Pimmel. Der bleibt erstmal eingepackt. Hast du nicht ... wann war das? Gestern? Hast du nicht gesagt, du könntest nicht einmal mit mir knutschen? Kannst du. Knutsch' mit mir. So viel du willst. Und vorhin? Dass du es so möchtest wie mit Michelle?"

Mit einer Hand drückte ich ihre Brust. „Wie machst du es denn mit Michelle? Eher zärtlich? Oder ruppig? Du bist ja sonst eher wild". Griff zur Bierflasche, trank einen Schluck. Liess etwas

Bier- und Speichelgemisch aus meinem Mund auf ihren Oberkörper. Küsste sie weiter. Lange. Ihre Brüste. Genoss es, wie sie genoss. Sich mehr und mehr wälzte. Ihre Fingernägel in meinen Rücken grub. Ein süsser Schmerz. Nicht so wie bei Wilma zum Beispiel, da war es nur Schmerz. Ingrid zog leichte, zärtliche Spuren in meinen Rücken. Ab und an fester. Je nachdem wie ein Schauer auch ihren Körper erzittern liess. Ganz langsam glitt ich ihren Oberkörper herunter, bis an ihren Bauchnabel. Spielte mit meiner Zungenspitze darin. Dann an ihre Taille. Ganz langsam ihren Brustkorb seitlich wieder hoch. Ingrid zitterte. „Ich bin so kitzelig. Du machst das so geil". Unerwartet, für sie, fasste ich ihre Taille. „[243]*Å nei, å nei. Vær så snill, ikke kile. Å nei, nei, nei. Å ja, fortsett"* wand sich Ingrid von einer Seite auf die andere. Zog ihre Beine an, spreizte ihre Schenkel. So weit wie es nur Ingrid konnte. „[244]*Din drittsekk. Du gjør meg så kåt. Vil du ta av deg buksene nå? Jeg vil ha pikken din"*.

Lachend legte ich meinen Kopf auf ihren Bauch. „Du bist so süss. Wenn du lachst. Und wenn du norwegisch redest. Das hört sich so überhaupt gar nicht geil an. Mehr wie Kinder auf dem Spielplatz. Willst du mal deine buksene ausziehen". Glitt wieder an ihr Gesicht. „Findest du nicht? Pikken din. Fitten din. Das hört sich doch drollig an. Überhaupt nicht nach Schwanz und Fotze". Küsste mich wieder langsam abwärts. An ihre Brüste. Kraulte mit meinen Fingernägeln an ihrem Brustkorb seitlich entlang. „Sag` das noch mal. Bitte. Und lach` noch mal". Kitzelte sie jetzt anständig durch. „[245]*Å nei, Gus. Vær så snill, ikke gjør det. Vær så snill, ikke kil meg. Knull meg. Gustav, knull meg"*.

---

[243] Oh nein, Oh nein. Bitte nicht kitzeln. Oh nein. Oh ja, mach' weiter.

[244] Du verdammter Mistkerl. Du machst mich so geil. Willst du jetzt endlich mal deine Hose ausziehen. Ich will deinen Schwanz.

[245] Oh nein, Gus. Bitte nicht. Bitte nicht kitzeln. Fick' mich. Gustav, fick' mich.

Aus liegender, lachender Position kam Ingrid mit einem „Klappmesser" mit ihrem Oberkörper von der Matratze hoch. „Du ziehst jetzt deine Hose aus". Öffnete meinen Hosengürtel, schob mir Hose und Boxershort herunter. Bis an die Kniekehlen. Beugte sich zu meinem Schwanz runter. Nahm ihn komplett in den Rachen. Innerhalb kürzester Zeit wuchs mein Pimmel zur vollen Größe hoch, begann nicht zuletzt wegen Ingrids Blaskünste aufgeregt zu zucken. Mit einer Hand fasste sie meine Eier, drückte fest zu. Ich spritze ihr voll in den Mund. Ingrid saugte einfach weiter, ohne abzusetzen, fest an meiner Eichel, umspielte sie dabei mit der Zunge. Liess meinen Pimmel frei. „Na, das war aber nötig, was?" grinste sie mich unverschämt an. Schnell legte ich Ingrid auf den Rücken, nahm ihre Beine, legte sie auf meine Schulter, drang in sie ein. Ingrid stöhnte leise auf. Erst. Wurde schnell lauter.

Ihr wollüstiges Stöhnen machte mich an. Volle Pulle. Meine Bewegungen wurden schneller, fester. Ingrid japste unter der Wucht meiner Bewegung, doch all das blendete ich aus. Schloss die Augen, dachte an die gelockte Versuchung, die in unserem Gästezimmer schlief. Welche Geräusche sie wohl beim Sex machte? Ob ihre Haut nach Honig schmeckte? Und ihre Muschi? Wie schmeckte wohl ihre Muschi? Bestimmt erinnerte ihr Anblick an Rosenblätter nach einem Sommerregen ... feucht und rosa. Mit einem leisen Knurren hob ich Ingrids Becken an, drang weiter in sie ein ... stöhnte erst leise, dann fast ekstatisch, spürte, dass ich kurz vor der Explosion stand. Einer weiteren.

Ingrid zog mich auf sich. „Du hast gar nicht mit mir gefickt, stimmt's? Das war Kristina. Du hast an sie gedacht. Und auch nicht an Michelle. So hast du noch nie mit mir gefickt". Hob meinen Kopf an der Kinnspitze an. „Gus?"

„Ja Ingrid. Kristina ist sowas wie mein Kryptonit. Sie raubt mir den Atem".

„Epilog"

Ingrid legte einen Arm um meinen Hals. „Kleiner Tipp von der Psychotante. Versuchungen sollte man nachgeben. Wer weiß, ob sie wiederkommen". Klatschte mit der Handfläche laut auf meinen Hintern. „Und wenn du immer so bist ... so abgehst, wenn du an sie denkst ..." Drückte mich an sich. „Dann komm' öfter vorbei".

Lange hatte ich auf Ingrids Oberkörper, an ihren Brüsten liegend, mit ihr geredet. Erst ihren psychoanalytischen Ausführungen zugehört, wie sie versuchte mir klarzumachen, dass meine Projektion, mein Wunschverlangen nach Kristina, zwar schon mit einer Idealvorstellung zu tun habe, sie aber aus dem, was sie gerade mit mir erlebt habe, sehr davon ausginge, dass es mir vordergründig doch sehr um sexuelle Befriedigung gehe. „Ich glaube ... ich denke du willst einfach das, was ich dir ja schon mal gesagt habe – du willst Kristina einfach durchrattern". Strich mir über den Rücken. „So wie du das gerade mit mir gemacht hast. Du hast mich voll durchgerattert. Nicht nur das, du hast auch in mir etwas gelöst, das ich so nicht kannte. An mir. Dieses Kratzen und Beissen". Leicht glitten ihre Fingerspitzen über meinen Rücken, über die Spuren die sie auf mir hinterlassen hatte. „Und noch was ist ganz bezeichnend dafür, dass du eigentlich nur deinem Trieb nachgeben möchtest. Dass du mit mir geschlafen hast ... nicht mit Michelle. Deiner Frau. Dich auf mir ausgetobt hast. Du hast ihr gegenüber einen ganz anderen Respekt ... eine andere Liebe". Ihre Hände glitten auf meine Pobacken. „Nicht falsch verstehen. Natürlich hast du ... zeigst du mir deinen Respekt. In unserem täglichen Umgang. Als Freunde. Als Partner. Das habe ich dir ja auch schon gesagt, dass du mich wie eine Nutte behandelst. Genau so hast du mich gefickt. Voll brutal. Und auch das wünschst du dir ... vielleicht ... mit Kristina ... würdest es aber nicht tun ... weil du um ihre Geschichte weißt". Ihr Finger glitt in meinen After. „Weil du weißt, dass ich auf härteren Sex stehe, es sogar sehr mag, wenn du brutal zu mir bist. Sicher auch weil ich dir gesagt habe, dass ich gerne wie eine Nutte behandelt werde ... durchgerattert werde ... von dir. Sonst nicht. So wie du sonst nicht bist, auch nicht, wenn ich mit dir und Michelle zusammen bin. Selbst da bist du nicht so wie jetzt gerade".

Immer wieder hatte ich auf Ingrids Worte und Fragen hin geantwortet, es zumindest versucht mich zu erklären. „Ich liebe ..." Ingrid legte ihren Zeigefinger auf meinen Lippen. „Das sagst du jetzt nicht. Nicht zu mir". „Ingrid, lass' mich ausreden. Ich liebe, dass du so gar nicht die Sentimentale bist. Zumindest bei mir nicht. Mir einfach sagst was du gerne hättest. Wie du es gerne hättest". Ihr Finger in meinem Darmausgang löste schon einen leichten Kackreiz aus. „Ich will ficken. Mit dir. Gefickt werden. Von dir. Kein Kuschelzeugs. Nix sentimentales. Einfach nur ficken". Auf mein Bitten „Magst du mal deinen Finger rausnehmen" reagierte sie nicht. Auch nicht, als ich ihr in die Brustwarze biss. Mir selber an den Hintern fassend zog ich ihre Hand fort. Lächelte sie an. „Unglaublich, du schläfst einfach ein ...".

Zog mich an, ging nach unten. „Toilettenhaus oder unser Bad?" überlegte ich auf dem Weg über den Hof. Betrat unsere Wohnung, ging ins Bad, dann nach oben. Um nach Michelle zu schauen. Auch nach Torid. Wusste ja, dass Michelle beim Ausleben ihrer Lust auch gerne mal Torid vergass ... überhörte. Hatte zuvor, im Vorbeigehen, die Uhrzeit auf der Wanduhr registriert. Gleich vier Uhr.

War dann schon überrascht als ich Michelle alleine im Bett liegen sah. Setzte mich auf die Bettkante, schaute in Torids Bettchen, die auch friedlich schlummerte. Zog meine Kleidung aus, kuschelte mich an Michelles warmen Körper. Mit einer Hand, noch schlaftrunken, hatte Michelle mich ertastet. Öffnete leicht die Augen. „Mein Süsser". Zärtlich kuschelte ich mein Gesicht an ihren Hals. „Wo ist Wilma?" Michelle schlang einen Arm um mich. „Sie ist gegangen". Brauchte einen Moment um richtig wach zu werden. „Sie ist gegangen. Zu

Willem. Will nicht, dass er uns so sieht. Du weißt doch wie er ist. Anders als wir". Leicht rutschte sie mit dem Rücken an das Kopfende. „Und du? Du riechst voll nach Ingrid".

Durch die Änderung ihrer Sitzposition war mein Kopf jetzt an Michelles Brüsten. „Gehst du jetzt auch wieder mit Wilma ins Bett? Statt Ingrid? Zusätzlich? Im Austausch? Ziehst du dir jetzt auch jede Frau rein, die hier ist?" Michelle lachte leise. „Du meinst so wie du?" Strich mir durch die Haare. „Nein. Wir haben gestern abend ... nachdem wir von Wilma zurück sind noch eine Weile mit Kristina geredet. Bis sie zu Bett gegangen ist. Wilma und ich haben noch über das geredet, was sie bei sich erzählt hat ... wie wir zusammengekommen sind". Michelle hob meinen Kopf an, sah mich an. „So wie du mich jetzt ... so wie wir uns jetzt anschauen ... war das auch bei Wilma und mir. Es hat einfach gefunkt. Wir sind einfach nach oben gegangen ... haben uns ausgezogen und uns geliebt. Aber Willem braucht davon nichts wissen. Wilma ist ja alles für ihn. Deswegen ist Wilma auch rüber. Das war eine einmalige Sache. Ne, ich zieh' mir jetzt nicht jede rein. Kannst du dichthalten? Sag' ihm nichts". Michelle gab mir einen Kuss. „Du brauchst eigentlich gar nichts sagen. Du warst ja bei Ingrid. Warst ja gar nicht hier. Ich habe mit Wilma lange geredet. Das haben wir beide abgesprochen. So ist der offizielle Spruch. Für Willem".

Michelle rutschte noch etwas weiter das Kopfteil des Betts empor. Legte meinen Kopf auf ihren Bauch. „Wie war es bei Ingrid? Was meint sie denn?" Meine Stimme sprach jetzt in Michelles Bauch. „Das war sehr ergiebig". Michelle lachte. „Das rieche ich. Was sie sagt wollte ich eigentlich wissen". Gab mir einen Klapps auf den Hintern. „Geh' dich mal duschen. Wenn Kristina aufwacht ... dich riecht ... sie ist ja auch eine Frau ... wir riechen sowas sofort. Du willst doch sicher nicht, dass sie das mitbekommt. Dass du ihre Psychologin fickst".

Ein Stück hatte ich mich bereits aus dem Bett gedreht. „Ist das jetzt neu? Dass wir verschweigen ... vertuschen wollen was eigentlich los ist? Ich soll nichts zu Willem sagen. Ich soll

Ingrids Geruch abduschen …" Michelle legte eine Hand auf meinen Oberschenkel. „Ja, du sollst nichts zu Willem sagen. Bitte. Ob du Ingrids Geruch abduschst ist deine Entscheidung. Ich kann dir nur als Frau sagen, dass ich das ganz und gar nicht sexy fände, wenn der Typ, den ich begehre nach einer anderen Fotze riecht". „Aber … du riechst das doch auch. Das heisst, du begehrst mich nicht? Nicht mehr?" Michelles Hand rutschte in meinen Schoss. „Doch. Sehr sogar. Aber ich bin nicht mehr frisch in dich verliebt. Ich bin verliebter als frisch verliebt in dich. Ich will dich komplett. So wie du bist. Mit all deinen Macken und Eigenarten. Ich kenne dich komplett. Wir haben keine Geheimnisse voreinander. Genau deswegen … unter anderem … bin ich verliebt in dich. Aber wenn das jetzt die erste Nacht wäre, in der du nackt an meinem Bett sitzt, würde ich das nicht gut finden, wenn du nach einer anderen riechst".

Geduscht … anders riechend machte ich mich auf den Weg. Meine Hunderunde. Der Hof schlief. Alle, ausser mir. Und Leopold. Selbst die Schafe und Gustine lungerten noch einfach auf der Weide rum. Folgtem dem Gesetz der Erdanziehung. Machte abschliessend einen Schlenker, bei Ingrid vorbei. Konnte nicht umhin ihren bettwarmen und verführerischen Körper zu streicheln. Ingrid drehte sich, auf dem Bauch liegend, ein wenig, schlug ihre Augen auf. „Du bist schon auf? Schon angezogen?" Stützte sich auf einen Ellenbogen. Schnupperte an mir. „Sogar schon geduscht". Ich drückte ihren Kopf an mich. „Michelle hat gesagt ich soll nicht nach dir riechen. Das wäre nicht gut. Kristina soll das nicht riechen". Strich ihr durch die Haare. „Michelle ist das aber egal. Also nicht egal, ihr macht das nichts aus. Sie würde ja selber oft genug nach dir riechen. Ihr zwei seid ja öfter im Bett als wir zwei". Ingrid gab mir einen Kuss auf den Hals. „Wenn wir … also Michelle und ich miteinander schmusen dann riecht das auch anders. Nicht nach Sperma. Haben wir ja nicht. Ich … und Michelle riechen ja immer nach uns. Das ist der Rotz, den du in uns reinpumpst. Der riecht so". Lehnte sich an meinen Oberarm. „Michelle hat recht. Das wäre nicht so gut. Ich habe dir ja gesagt, dass

Kristina dich will. Vergiss nur bitte eins nicht ... du wirst wahrscheinlich der erste Mann sein, der dann mit ihr schläft. Was sie erlebt hat, kann ... darf man ja nicht als Sex bezeichnen. Die anderen haben sie missbraucht. Gegen ihren Willen".

Tätschelte ihren Hintern. „Kommst du zum Frühstück? Ich würde mich sehr freuen ... dich wiederzusehen". Liess meine Finger in ihre Poritze gleiten. „Wie nennt man das eigentlich was du mit mir gemacht hast? Wie du mich behandelst? Wie einen ... Nutterich. Gibt es den Ausdruck?" Ingrid lachte. „Vielleicht Loverboy. Oder auf norwegisch [246] *hustler, gutt, gutteleke, mannlig prostituert*". Drehte sich komplett. „Aber Knabe bist du nicht mehr. Schon ein echter Mann". Schaute auf ihren Wecker. „Bis ich rüber komme dauert aber noch was, es ist ja nicht mal sieben Uhr. Und duschen möchte ich vorher". An der Hand zog ich sie aus dem Bett. „Dann komm' jetzt mit. Noch ist kein Gedränge im Bad. Heute ist Sonntag. Da kommen alle. Und die wollen garantiert auch alle ins Bad".

Ingrid griff sich nur einen frischen Slip, raffte ihre Oberbekleidung zusammen. „Ich komm' gleich". Lachte. „Auch das machst du nicht mit Michelle. Du hast nicht mal was gesagt, mir einfach nur ins Gesicht gespritzt". Drückte ihre Wäsche an ihren Körper. „[247]*Du spruter. Ja, det er det det heter. Ikke hustler. Spruter. Du er en spruter*".

Auf dem Esstisch lag knackend das Babyfon, aus dem Badezimmer kam das plätschernde Geräusch der Dusche. Babyfon konnte ja nur bedeuten, dass Michelle schon aufgestanden war. Ingrid warf einen Blick ins Badezimmer. Erst. „Guten Morgen meine Süsse, meine holde Schönheit" marschierte sie direkt durch. Es dauerte nicht lange bis das bekannte Getuschel und Gekichere der beiden zu

---

[246] Einen Stricher, Buhlknabe, Lustknabe, männlicher Prostituierter.

[247] Du Spritzer. Ja, so nennt man das. Nicht Stricher. Spritzer. Du bist ein Spritzer.

hören war. Ich ging nach oben. Zu Torid. Jetzt würde Michelle garantiert kein Babyfon mitbekommen.

Wie gut meine Intuition nach Torid schauen zu wollen war, wurde mir bewusst als ich ins Schlafzimmer kam. Kristina sass auf dem Bett, hatte Torid im Arm. Schäkerte mit ihr. Keine Spur von Quengeln oder Meckern, sie strahlte Kristina an, die sie anstrahlte. Zwar selbst noch ein wenig zerknautscht, verschlafen, aber sanft Torid in ihren Armen, an ihrem Oberkörper hin- und herwiegte. „Guten Morgen, Süsse" setzte ich mich zu ihr aufs Bett. Beugte mich zu Torid. „Guten Morgen, mein kleiner Engel". Kristina drehte ihren Kopf. „Hast du Süsse zu mir gesagt?" „Ja, du bist ja süss. Kümmerst dich um meine Tochter".

Sie habe, weil sie ja direkt nebenan sei, gehört, wie Torid leicht genölt habe, sei dann einfach rübergekommen. „Ja, Michelle duscht. Ich habe das Babyfon. Da warst du einfach schneller". Hielt Kristina meine geöffneten Arme entgegen. „Magst du sie mir geben? Vielleicht auch duschen gehen? Wenn die anderen kommen geht es im Bad zu wie in der Umkleide vom FC Hylkje. Michelle ist bestimmt jeden Moment fertig". Schaute sie an, als sie mir Torid gab. „Und zieh' dir was an, wenn du runter gehst".

Michelle kam ihr im Türrahmen entgegen. Nur mit Slip bekleidet. „Willst du duschen? Und dann kommst du wieder hoch. Wir suchen uns Kleider aus. Heute ist Sonntag, da machen wir uns alle schick. Gehen zwar nicht in die Kirche …" Schmunzelte sie an. „Beichten sowieso nicht. Aber wir machen uns schick. Mit Schminken, Haare machen. Das ganze Beauty-Programm". Schaute zu mir und Torid. Gus und Willem ja nicht, die wollen ja arbeiten. Aber wir Frauen, wir machen uns schick. Machen wir jeden Sonntag so".

Setzte sich neben mich auf's Bett. „Oder hast du was zu beichten? Hättest ja Kristina ruhig sagen können, dass sie nichts anhat. Also nur einen Slip". „Habe ich nicht dran gedacht, Schatz. Sie hat sich um Torid gekümmert. Während du geduscht hast. War schon hier, als ich hochkam". Michelle zog mir am Ohrläppchen. „Nicht dran gedacht – ist schon klar. Du bist echt ein Schlawiner". Öffnete ihre Arme. „Dann komm` mal her, mein Schatz. Dann kriegst du direkt mal was zu essen von mir". Hatte für mich nur noch „Machst du uns dann Frühstück?" übrig.

„Muss ich … Soll ich auch wieder für Torid eindecken? Kriegt sie wieder irgend so eine Pampe?" Michelle lachte. „Das ist keine Pampe. Das ist Gemüsebrei. Nein, bekommt sie nicht. Sie trinkt ja gerade. Ich möchte sie nur langsam daran gewöhnen. An die Pampe. Sie entwöhnen. Abstillen. Aber den Stuhl kannst du ihr hinstellen. Dann kann sie bei uns sein. Sieht uns alle. Liegt nicht einfach nur doof in der Gegend rum".

Kristina kam mir im Treppenhaus entgegen. In ein grosses Badehandtuch eingewickelt. Blieb stehen, versperrte mir den Weg. „Warum hast du das nicht gesagt? Dass ich nackt war? Warum hast du gestern gesagt ich soll mich anziehen? Als ich dir meine Unteräsche zeigen wollte?" Mit meinem Handrücken strich ich über ihren nackten, noch leicht feuchten Oberarm. „Weil das anders ist. Weil du, genau wie in deiner Wohnung … als ich dich abgeholt habe … mir extra deine Brüste zeigen wolltest … dich ausziehen wolltest … und jetzt war das natürlich. Nichts Erzwungenes. Nicht von dir erwzungen. Du hast es nicht darauf angelegt. Darum". Kristina schmunzelte. „Verstehe … aber auch nicht. Wenn ich dir meine Brüste zeigen möchte, willst du sie nicht sehen. Aber wenn du sie sehen kannst, willst du sie sehen?" „So ungefähr Kristina. Mal so, mal so".

Der Tisch war so gut wie eingedeckt, fehlte lediglich noch Kaffee, der aber bereits in der Kaffeemaschine durch leises Röcheln ankündigte gleich durchgelaufen zu sein. Wilma und Willem waren noch im Bad. Ingrid war auch wieder da. Noch in Jeans und Pullover. Michelle, Torid und Kristina hübsch zurecht gemacht. Lediglich das von Michelle angekündigte

„Schminken" fehlte noch. Würde sicher folgen. Sobald das Bad frei war. Das Willem dann als erster verliess. In Arbeitskleidung, alte Jeans, T-Shirt. Rubbelte sich mit einem Handtuch sein Haar trocken. „Hey, gar nicht geschminkt?" stänkerte ich ein wenig. Michelle betrat direkt das Bad. „[248]*Wilma, kunnen we snel onze make-up doen?*" Eine Antwort war nicht zu hören, scheinbar lautete die aber „JA". Michelle winkte Kristina zu. Beide gingen ins Bad.

Für Willem war das neu. Dass die Geräuschkulisse im Badezimmer der eines Besuchs bei einem Comedy-Festival ähnelte. „Ist das immer so? Wenn die Weiber zusammen im Bad sind? Das Gekicher? Wie früher. In der Schule. Soll man gar nicht meinen, dass da erwachsene Frauen drin sind. Was machen die denn da, dass die so gackern?" „Willem, was weiss ich? Die machen Witze … die erzählen sich Witze … keine Ahnung … die lachen über uns. Garantiert. Frag' sie doch einfach".

Ingrid hatte sich schon an den Esstisch gesetzt. Bespasste Torid ein wenig. „Du nicht? Willst du dich nicht auch schminken?" Ingrid winkte ab. „Nachher. Ich muss noch arbeiten. Danach vielleicht". Ich setzte mich zu ihr. Konnte ihr jetzt etwas sagen was ich schon vor Stunden sagen wollte. Als wir im Bett lagen. Und jetzt sagen konnte, weil Willem kein norwegisch redete, verstand. „[249]*Du er ikke en hore for meg. Jeg vil at du skal vite det*". Sie drehte ihr Gesicht zu mir. „[250]*Men du gjør ting med meg som en hore*". Unsere Worte wechselten schnell. „[251]*Tar du penger fra meg?*" „[252]*Nei, det gjør jeg ikke. Selvsagt ikke*". „[253]*Da er du ikke hore heller. Hun*

---

[248] Wilma, könnnen wir uns schnell schminken?

[249] Du bist keine Nutte für mich. Ich möchte, dass du das weisst.

[250] Aber du machst Sachen mit mir, wie mit einer Nutte.

[251] Nimmst du Geld von mir?

[252] Nein. Natürlich nicht.

[253] Dann bist du auch keine Nutte. Die macht das doch für Geld.

gjør det for penger". Ingrids Hand strich über meine Wange. „Das ist lieb von dir. Dass du mir das sagst. Bedeutet mir viel".

Als das Trio - Wilma, Michelle und Kristina - dann strahlend geschminkt aus dem Bad kamen konnten wir frühstücken. Michelle schnitt noch dicke Scheiben von Neles Käse herunter. „Plakken Kaas" hiess das auf Nederlands. Dicke Scheiben Käse. Für die es eigentlich nicht einmal Brot als Unterlage benötige. Womit dann auch das Thema – für Michelle – direkt wieder Käse war. Sie habe Käseregale gekauft. Bei IKEA. „Da, die beiden Kartons". Auf die Kartons zeigend, die noch unverpackt an das Sideboard gelehnt waren. Habe zusätzlich noch kleine Bambusmatten bei IKEA eingepackt. Habe sich gedacht, dass, wenn ich die Regale aufgebaut habe – „Machst du mir das nach dem Frühstück?" – sie sich einen Platz in der Werkstatt suchen wolle, wo die hingestellt werden könnten. „Die Temperatur da ist fast optimal, um die 12-15 Grad. Auch die Luftfeuchtigkeit".

Ganz kurz holte ich die Dinge, die ich von Nele mitgebracht hatte, im Baumarkt gekauft hatte. „Das ist auch alles für dich. Für deine Käserei. Und die Kästen … da kannst du deine Kräuter einpflanzen".

Ingrid hatte sich mit Kristina zu ihrer Beratung zurückgezogen. Willem ging mir bei den IKEA-Möbeln zur Hand. Hatte sich eine Ecke des Kartons abgerissen. Auf dem die Abmessungen standen. „Ich geh' mal in die Werkstatt. Ein Plätzchen suchen. Wo die Dinger stehen können, wo sich nicht stören, wo sie dann auch länger stehen bleiben können". Das erste Regal - eigentlich war es gar kein Regal in dem Sinne, eher ein Servierwagen. Mit Rollen. Mit drei Einlegeböden – war fix montiert. Wie der ganze Krempel von IKEA. Alles mit diesen drolligen Inbusschlüsseln zu verschrauben. Bei uns, bei SHELL, würde dieses Werkzeug direkt in die Mülltonne wandern. Klein, unhandlich, instabil. Eigentlich nur einmalig zu verwenden. Deswegen lag das auch jeder Scheiss Verpackung bei. Das wussten die bei IKEA wohl auch schon – dass das eigentlich

Müll war. Sondermüll. Unnütz verschwendetes Metall. Nicht einmal Stahl, sondern gepresstes Blech. Das eigentliche Gestell war zwar aus Holz, die Einlegeböden allerdings aus Bambus. Was in dem Fall, für Michelles angedachten Einsatzzweck, aber gar nicht verkehrt war. Sie wollte das ja als „Reiferegal" nutzen. Für ihre Käse.

„Uih, die sind ja richtig schick. Könnte man sogar im Bad verwenden. Für Handtücher oder so" begutachtete Michelle das erste montierte Gestell. Holte einen der runden Abtropfbehälter, stellte ihn in das obere Regalfach. Schob ihn ein wenig hin und her. „Sechs Stück pro Fach. Mal drei. Da kriege ich 18 Käse unter". Zwischen den Gefachen war aber „Luft" satt bis zur nächsten Ebene. „Wenn du dir ein paar kleine Hölzer parat machst, sogar noch mehr. Da kannst du bestimmt zwei Lagen übereinander stapeln. Wird ja auch eine Weile dauern, bis du das voll hast. 18 Käse gemacht hast". Michelle hatte mich falsch verstanden. „Die habe ich bestimmt schneller als du meinen Laden gebaut hast".

Willem kam zurück. Wollte das erste Gestell mitnehmen. Er habe einen Platz gefunden. „Wir stellen die einfach auf die Waschmaschinen. Auf die Palette. Das passt. Von der Höhe. Da stören die nicht. Und ist doch auch bestimmt nicht schlimm, wenn die mal ... beim Schleudergang etwas wackeln". Michelle kicherte. Erst. Lachte dann. „Und du? Wackelst du auch manchmal? Beim Schleudergang?" Willem sah sie fragend an. „Wie?" Michelle fasste ihn an. Im Schritt. „Na Schleudergang. Onanieren. Masturbieren. Wichsen. Dir einen runterholen. Oder machst du das nicht? Machst du es dir nicht selber? Manchmal?" Willem schob ihre Hand beseite. „Das geht dich ja wohl gar nichts an. Und selber? Was soll die Frage?" Michelle lehnte sich leicht an seinen Arm. „Ja, ich mach' das. Manchmal. Wenn ich Bock auf Sex habe ... und wenn Gus nicht da ist. So wie jetzt die letzten Wochen".

Wilma, die sich das ganze Spiel, mehr war es ja eigentlich nicht von Michelle, schon eine ganze Weile angeschaut und angehört hatte, schritt jetzt ein. Mit Worten. „Sag' mal Süsse, hast du eigentlich nichts anderes zu tun? Als meinem Freund am Pimmel rumzufummeln?" Michelle grinste sie an. „Öhm, nö, eigentlich nicht. Ich warte darauf, dass die Regale zusammengebaut sind". Willem nahm sich das Regal, verliess die Wohnung. Velleicht hatte Wilma darauf gewartet. „Hat Michelle dir Bescheid gesagt? Dass du die Klappe hältst? Wegen … Michelle hat dir das doch bestimmt gesagt?" „Nö, was meinst du? Klappe halten? Worüber?" Wilma schaute zu Michelle. Die ihr zunickte. „Doch, habe ich".

„Glaubst du, das ist richtig Wilma? Schlau? Willem das nicht zu sagen. Ist doch nichts. Du warst mit Michelle im Bett. Und?" „Ach Mann, Gus. Für dich ist das vielleicht Nichts. Willem ist anders als du. Was das anbelangt überhaupt nicht locker. Nein, ich möchte ihm das nicht sagen. Dann gibt es auch erst gar keine Diskussion. Willem ist eben anders. Da muss ich mit leben". „Was heisst denn leben? Du belügst ihn doch dann irgendwie, oder?" „Mann, jetzt hör' aber mal auf. Warst du das nicht, der mal gesagt hat *Etwas nicht zu sagen, bedeutet nicht automatisch zu lügen*? Wie oft hast du mir Dinge nicht gesagt? Hast du mich deshalb belogen? Am Ende ist es doch besser so. Besser was verschweigen … und alles ist gut – als die Wahrheit zu sagen … und nur Stress am Arsch zu haben". Mit ihren Händen machte Wilma Wischbewegungen auf der Tischplatte. „Erinnerst du dich an diese Fotze, da aus Tinte? Dieses durchtrainierte Drecksstück? Du hast ja nicht mal was mit der gehabt. Bisschen rumgeknutscht. Gefummelt. Mir es aber gesagt. Weißt du noch, wie ich ausgetickt bin? Für nichts und wieder nichts. Weil ich … zu dem Zeitpunkt … nicht damit umgehen konnte".

„Ja dann" nahm ich mir das montierte Regal. „Dann geh' ich mal arbeiten. Das Klohaus wartet". Michelle stellte sich mir in den Weg. „Du sagst also nichts?" „Was soll ich denn sagen, Hase? Wovon redest du? Ich heisse doch so wie du. Hase. Ich weiss von Nichts".

Lektorat: Rolf Schade

Klappentext: Judith Mücher

Coverfoto: Pixabay

****
Von Herzen bedanke ich mich bei Ihnen, liebe Leser*innen. Sie haben bis hierhin gelesen, was keine Selbstverständlichkeit ist. Ich hoffe, Sie hatten viel Freude dabei und ich konnte Ihre Neugier wecken, wie es in den folgenden Buchtiteln weiter geht.

Wenn Ihnen mein Buch gefallen hat, würde ich mich über eine Rezension und/oder Ihre Weiterempfehlung in Ihrem Freundeskreis sehr freuen!

Wenn Sie sich auf meiner Website für den Newsletter anmelden werden Sie immer über neue Bücher, Aktionen und Leseproben informiert.

Gerne höre ich Ihre Meinung und Ihr Feedback
www.gustavknudsen.com
autor@gustavknudsen.com
****

Gustav Knudsen

Der Autor Gustav Knudsen fand schon in jungen Jahren heraus, dass er es liebte zu schreiben. Erlebtes festzuhalten und mit seiner eigenen Sicht zu interpretieren.

Nach einigen beruflichen Ausflügen fand er zu seiner eigentlichen Passion, dem Schreiben zurück. Insbesondere das Thema "Erotische Literatur" reizt ihn dabei sehr. Aber nicht nur das. Auch über Dinge zu reflektieren, ihren Sinn oder Unsinn zu hinterfragen gehört zu seiner Sichtweise.

Erotische Bücher sind mittlerweile nicht mehr verrufen, sondern haben sich als festes Genre etabliert. Die lustvollen Geschichten reizen Tausende von Leserinnen und Lesern. Die Geschichten für Erwachsene offenbaren geheime Sehnsüchte und sinnliche Abenteuer.

In seiner Buchreihe "Die frühen 1980er Jahre – prägend und einprägend" beschreibt der Autor in kurzweiligen Romanen aus den Lebenserfahrungen des jungen Gustav, die in den 80er Jahren in den Niederlanden, Frankreich, Belgien, Grossbritannien und Norwegen spielen. Die Bücher sind durchgängig packend geschrieben und fesseln einen von Anfang an.

Mit diesen Büchern erhält man einen tiefen und abenteuerlichen Einblick in die Welt eines jungen heranwachsenden Mannes, dessen lektionreiches Leben sich während den 80er Jahren abspielt. Zudem wird dem Leser durch die gereifte und trotzdem emotionale Sprache das Gefühl gegeben die Konfrontationen des jungen Mannes mit Liebe, Lust und Begierde selbst miterlebt zu haben. Somit sammelt man durch die authentisch übermittelten Aspekte wichtige Erfahrung und Lebenstipps, obwohl man es in der Realität nicht erlebt hat.

Der avangardistisch flüssige Schreibstil des Autors ist versehen mit einem amüsanten, aber auch berührenden Touch, der es dem Rezipienten leicht macht, sich mit dem Protagonisten zu identifizieren.

Die eloquente Ausdrucksweise des Autors und die in der Ich – Form geschriebene Geschichte lassen mühelos im Kopf des Lesers intensive Bilder der beschriebenen Situationen entstehen, so dass dieser den Eindruck hat, selbst am Geschehen beteiligt zu sein.

Hervorragend gelingt es dem Autor, sich als Lebensbeobachter zu betätigen und seinen Hauptakteur in Situationen zu begleiten, mit denen der Rezipient sich mühelos aufgrund eigener Erfahrungen identifizieren kann.

*** Judith Mücher

Rockanje aan Zee

Gustav Knudsen

ROMAN

Blaues Licht

Gustav Knudsen

ROMAN

Liebe ist ein
fremdes Land
Gustav Knudsen

ROMAN

What about ...
Love? Trust?

Gustav Knudsen

ROMAN

Wie lange ist
für immer?
Gustav Knudsen

ROMAN

Kognitive
Dissonanz
Gustav Knudsen

ROMAN

Statt der Liebe
Gustav Knudsen

ROMAN

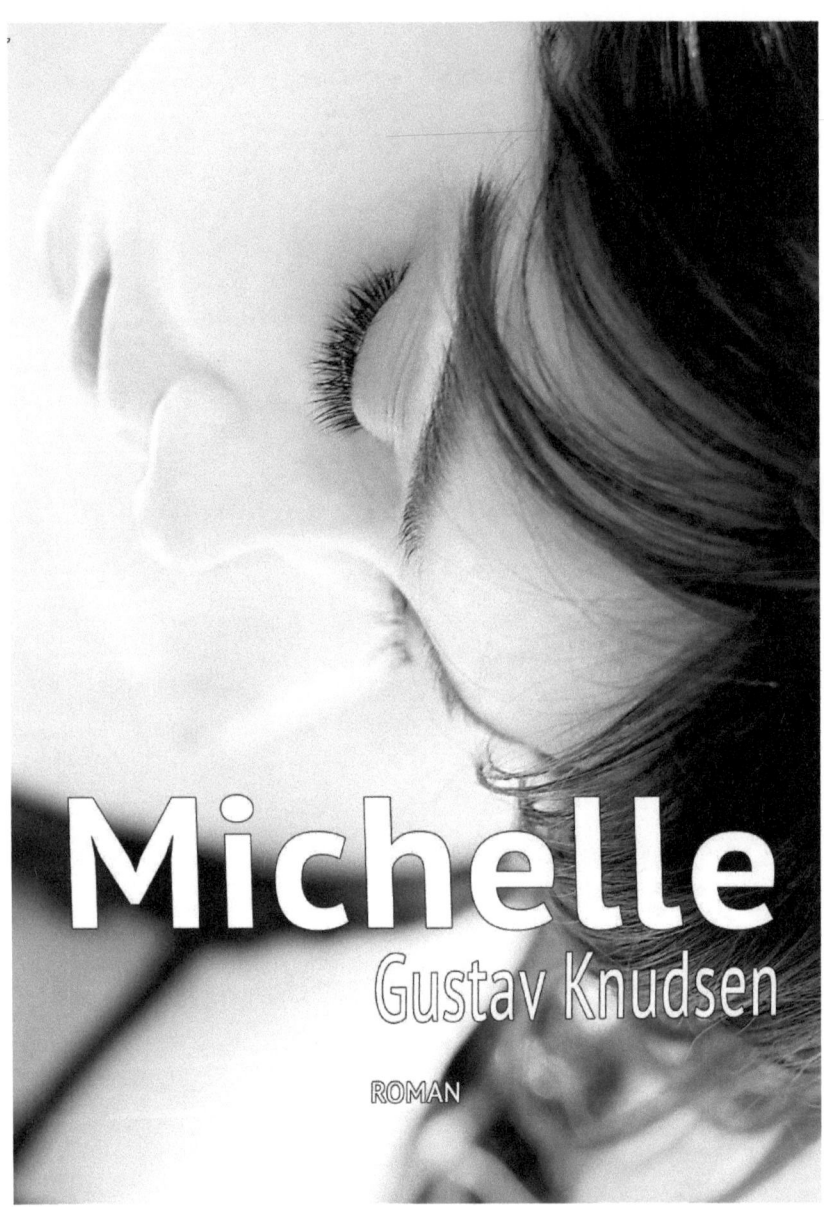

Michelle

Gustav Knudsen

ROMAN

462 – Gustav Knudsen
Die 1980er Jahre - prägend und einprägend

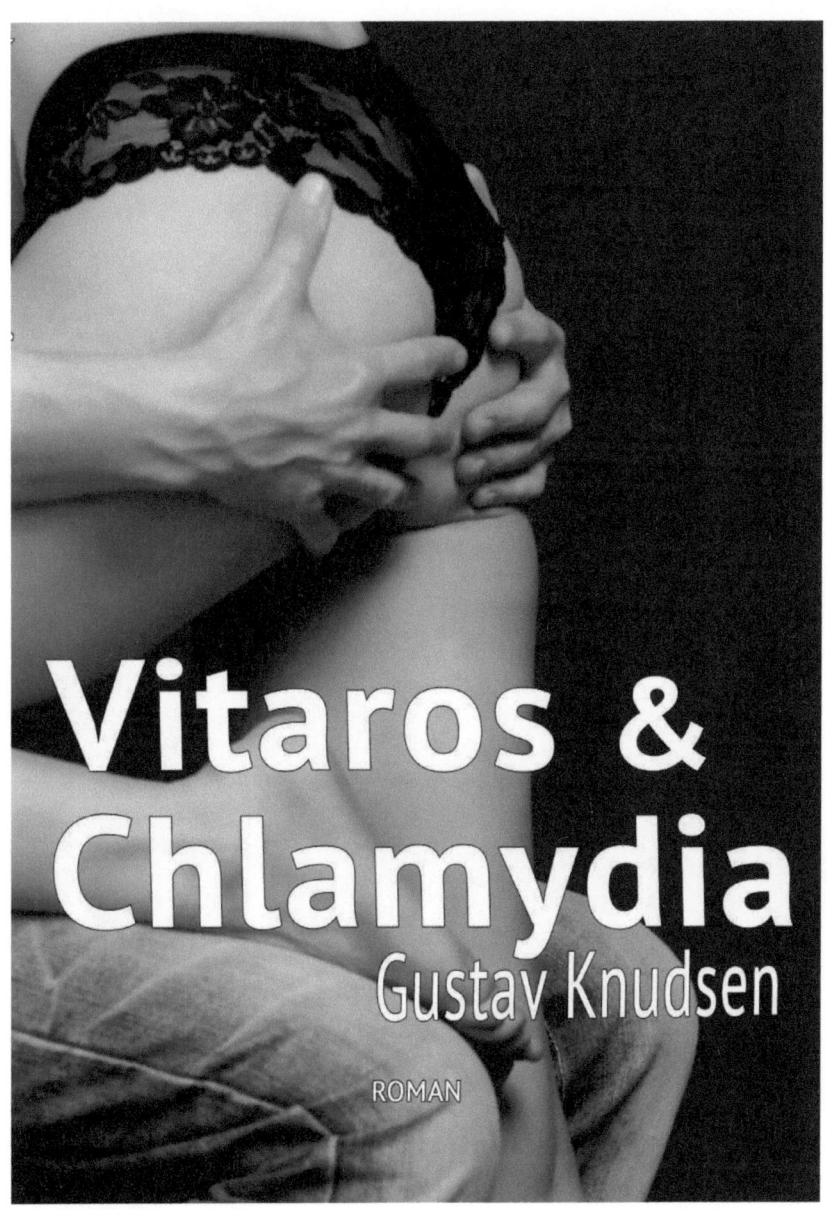

Vitaros & Chlamydia

Gustav Knudsen

ROMAN

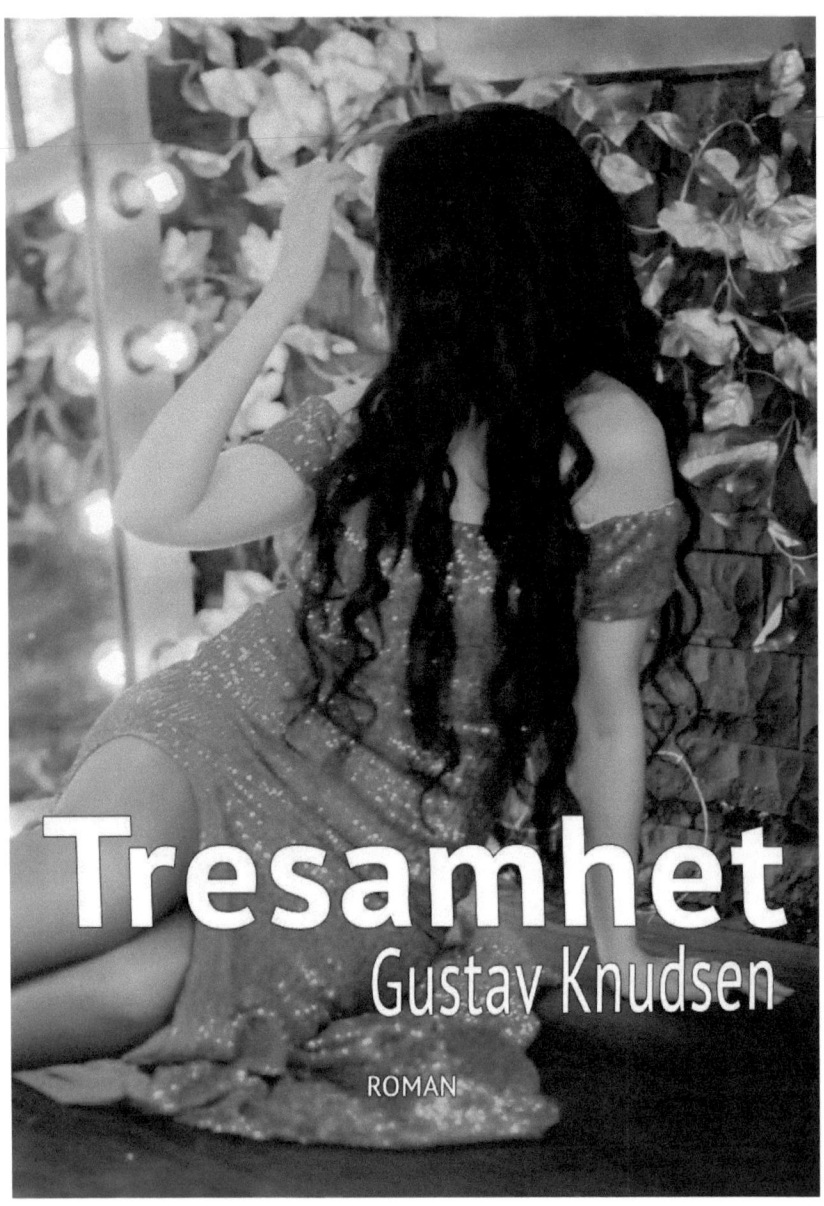

Tresamhet
Gustav Knudsen

ROMAN

464 – Gustav Knudsen
Die 1980er Jahre - prägend und einprägend

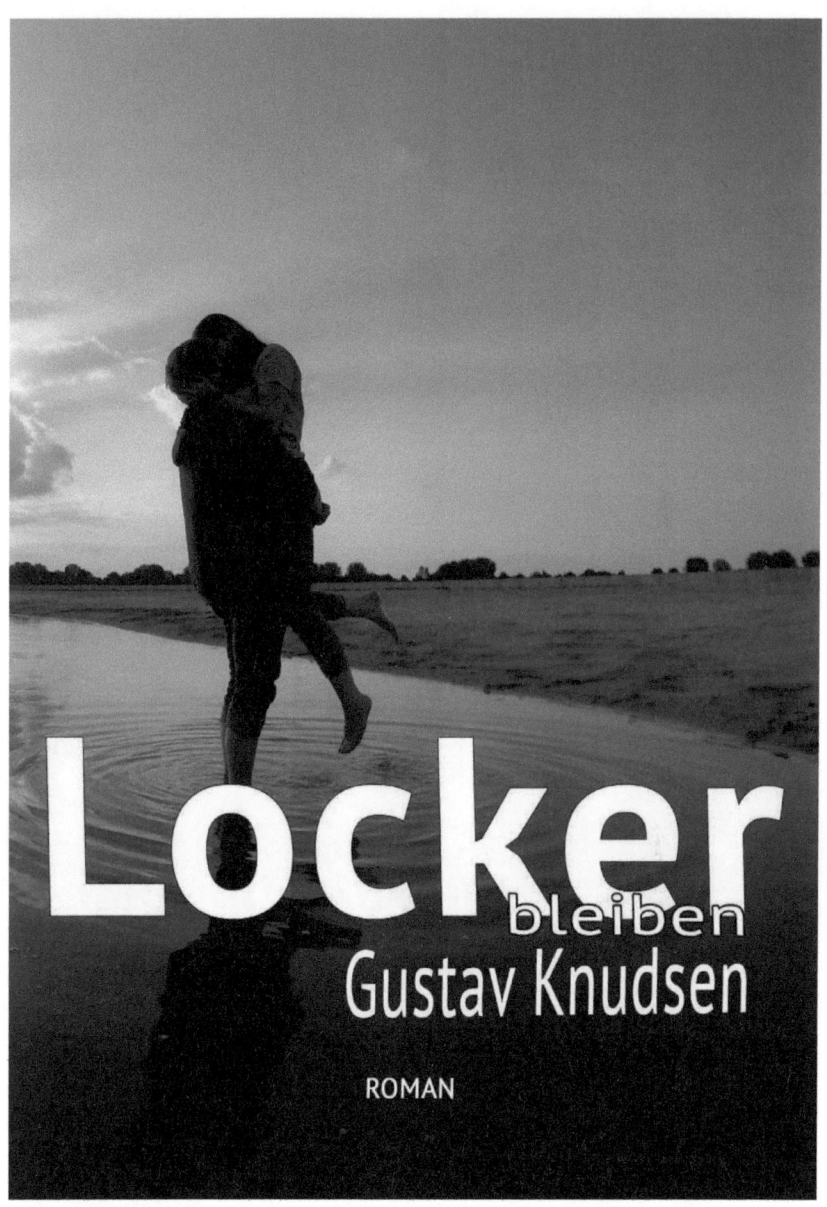

Locker
bleiben

Gustav Knudsen

ROMAN

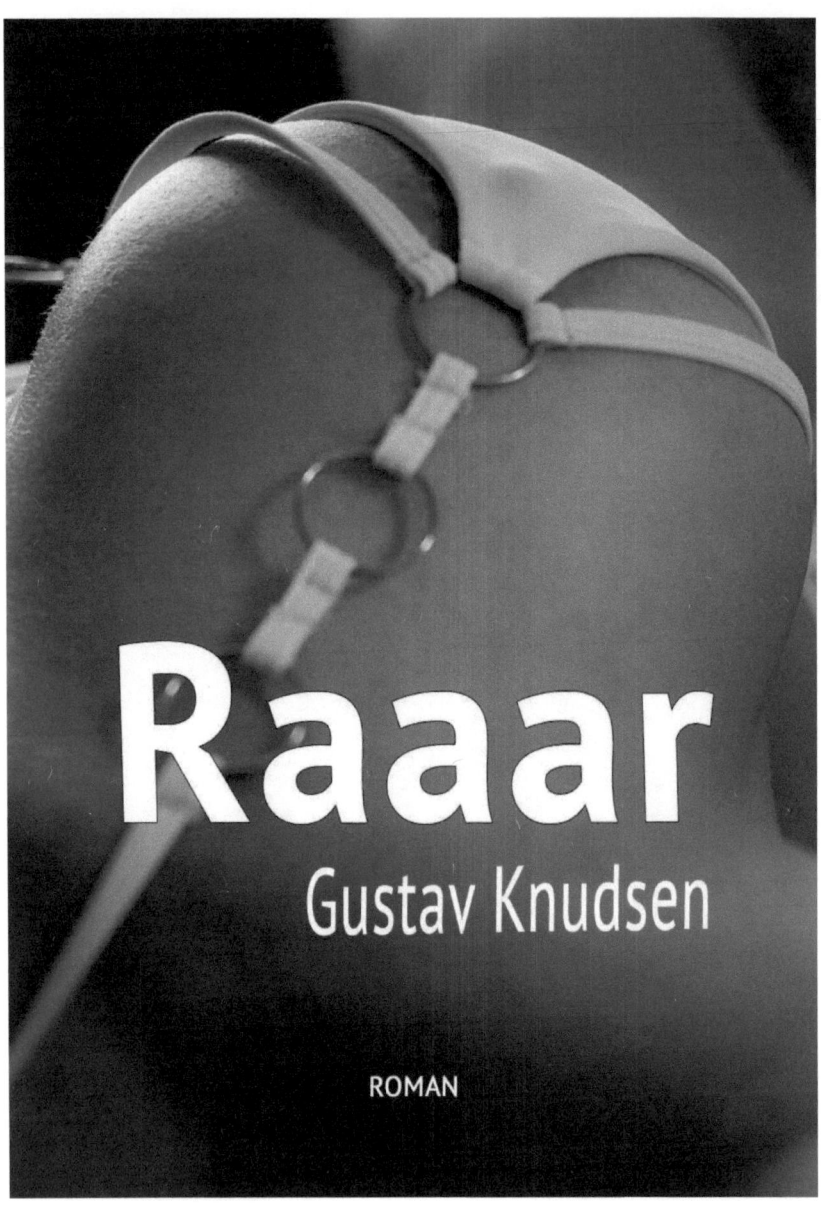

Raaar

Gustav Knudsen

ROMAN

Weil's so **schön** war
Gustav Knudsen

ROMAN

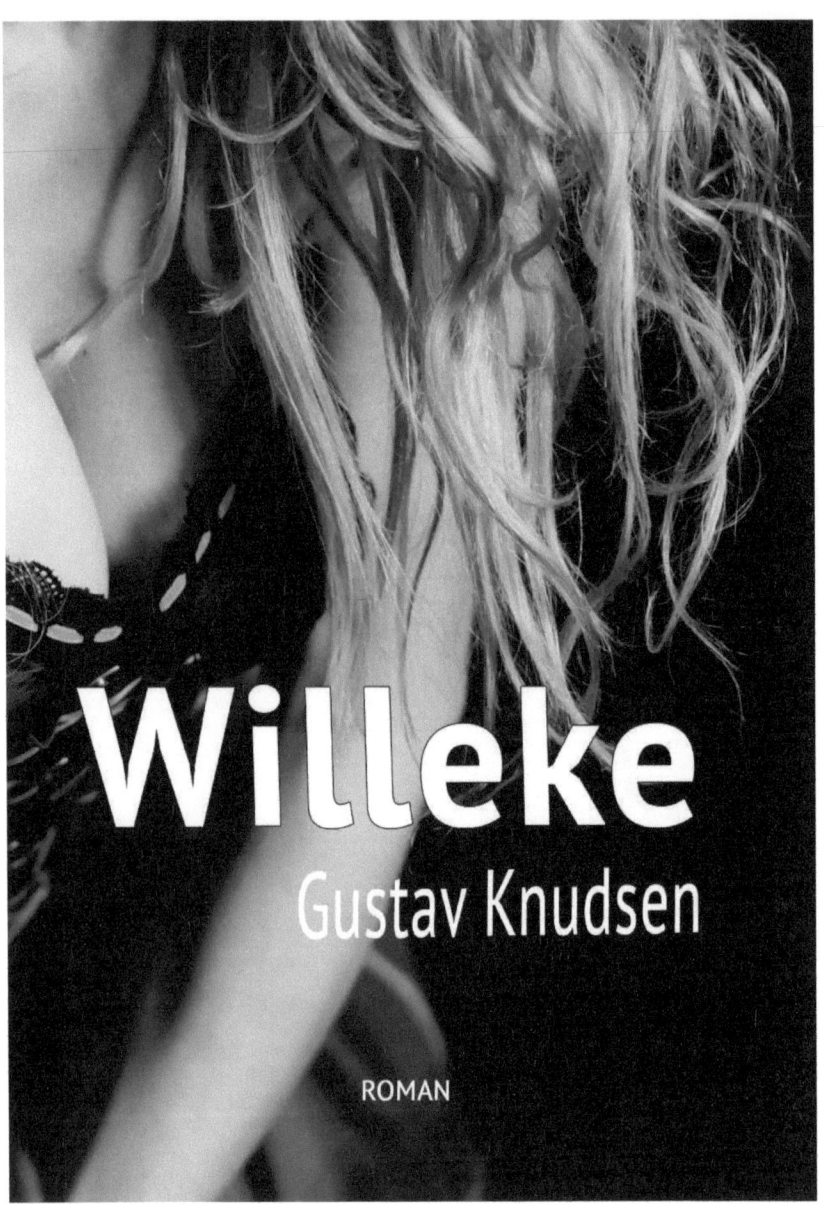

Willeke

Gustav Knudsen

ROMAN

Freundschaft
ist ein langer Weg
Gustav Knudsen

ROMAN

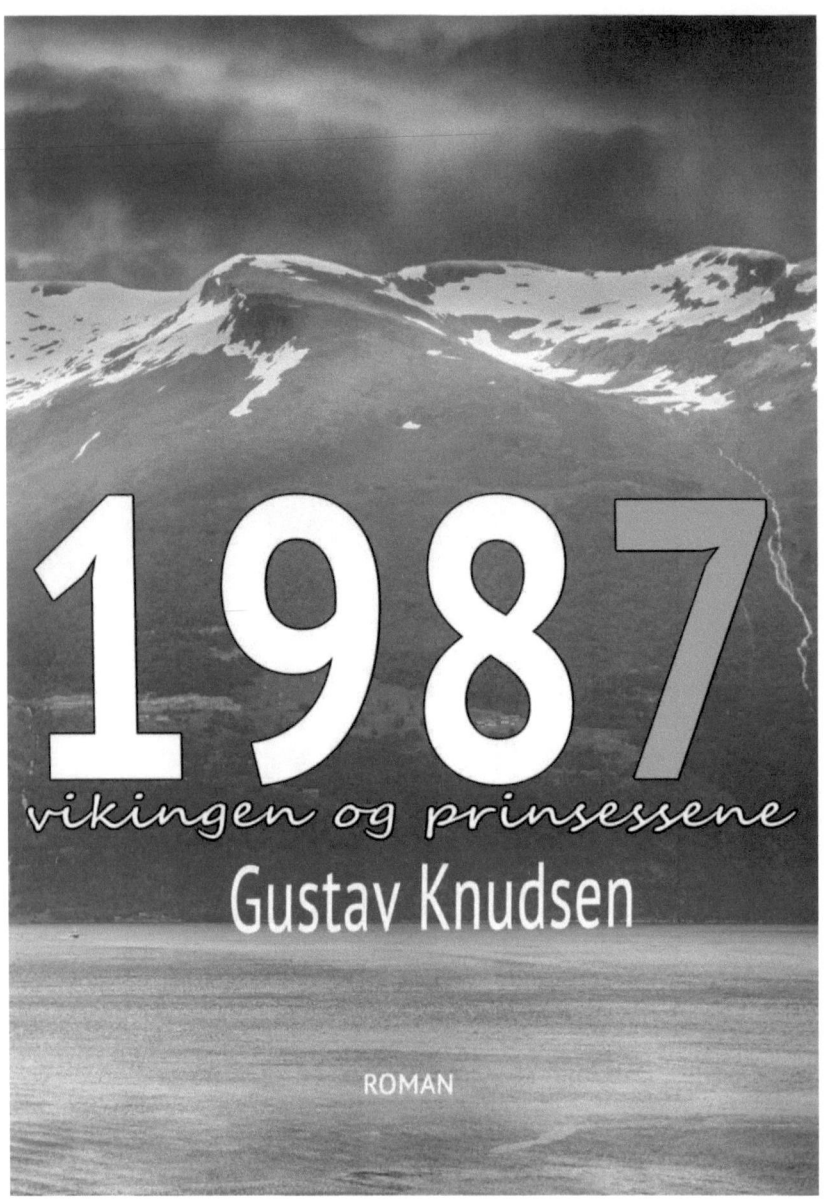

1987

vikingen og prinsessene

Gustav Knudsen

ROMAN

470 – Gustav Knudsen
Die 1980er Jahre - prägend und einprägend

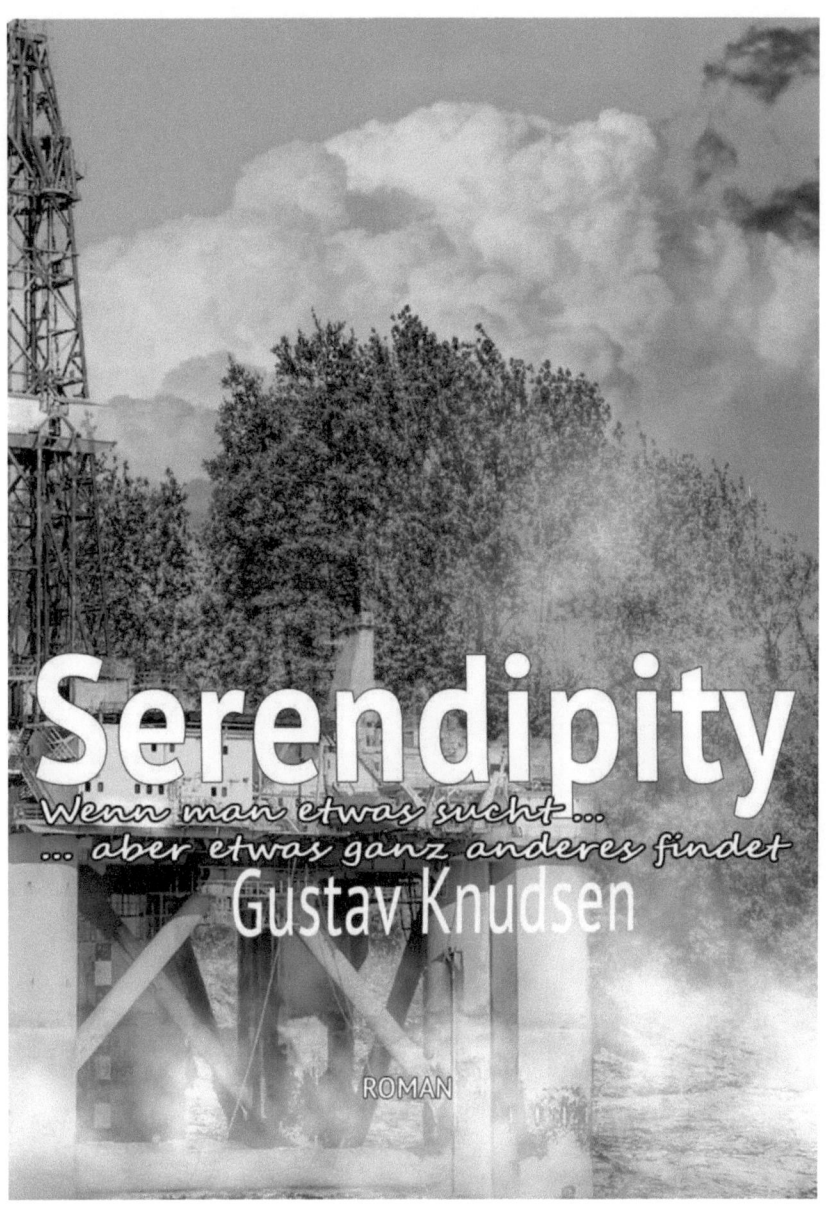

Serendipity
Wenn man etwas sucht ...
... aber etwas ganz anderes findet
Gustav Knudsen

ROMAN

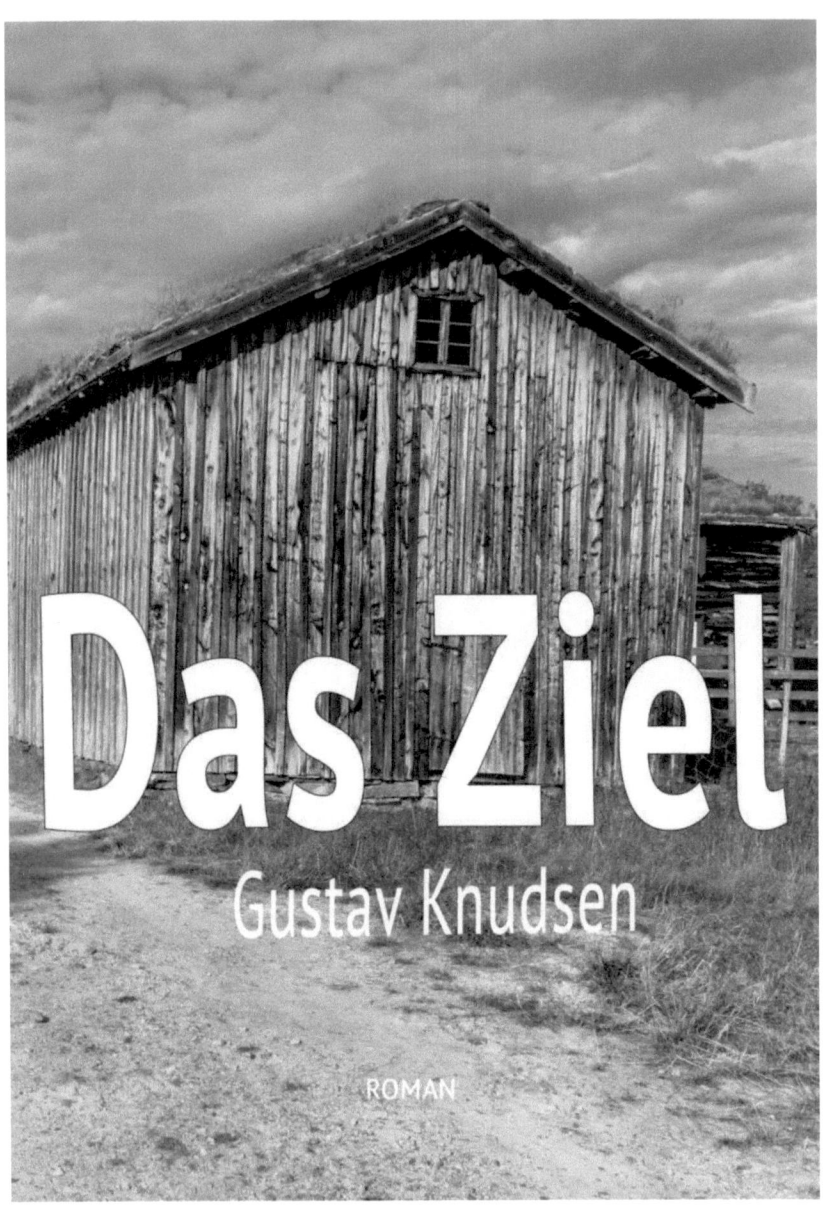

Das Ziel

Gustav Knudsen

ROMAN

Dichotomie

Gustav Knudsen

ROMAN